Victor Gardon

Brunnen der Vergangenheit

Zu diesem Buch

Der Armenierjunge Wahram wächst in der Altstadt von Van in einer Wunderwelt auf. Im geheimnisvollen Keller des großen Hauses findet er Folianten mit Geschichten über wundersame Heilige und vergrabene Schätze. Als er mit seiner Großmutter darüber reden will, fährt sie ihm über den Mund und beruft den großen Familienrat ein. Wahram lernt, dass ein Armenier im Osmanischen Reich schweigen muss.
Die Großmutter ist die Zentralfigur der Sippe und versucht unbeugsam, die Familie in den Stürmen der Zeit zusammenzuhalten. Im Weltkrieg wird Wahrams verzauberter Garten zum Lageplatz der Truppen, und als der Sultan gestürzt wird, muss er mit seiner Familie fliehen.
Dieser autobiografische Roman erzählt die armenische Tragödie – als einziger aus armenischer Feder.

»Den Zauber, die Kraft und die mannigfaltigen Stimmungen dieses Buches kann man fast nicht beschreiben. Es ist von einer außergewöhnlichen Intensität und Poesie.« *Le Figaro, Paris*

Der Autor

Victor Gardon (1903–1973) wurde in der ostanatolischen Stadt Van geboren und flüchtete nach der Vertreibung der Armenier 1923 nach Paris. 1940 geriet er in deutsche Gefangenschaft, floh zurück nach Paris und arbeitete in der Résistance. Seine großen drei autobiografischen Romane fanden breites Echo.

Die Übersetzerin

Gerda von Uslar (1909–1966) war eine deutsche Dramaturgin, Übersetzerin und Hörspielregisseurin.

Mehr über Buch und Autor auf *www.unionsverlag.com*

Victor Gardon

Brunnen der Vergangenheit

Roman

Aus dem Französischen von Gerda von Uslar

Unionsverlag

Die französische Originalausgabe erschien erstmals 1961 unter dem Titel *Le Chevalier à l'Émeraude* innerhalb der Romantrilogie *Le Vanetsi*. *Une enfance arménienne* bei Editions Stock, Paris.
Die deutsche Erstausgabe erschien 1964 im Scherz Verlag, Bern.
Für die vorliegende Ausgabe wurde die deutsche Übersetzung nach dem Original durchgesehen.

Im Internet
Aktuelle Informationen, Dokumente, Materialien
zu Victor Gardon und diesem Buch
www.unionsverlag.com

Unionsverlag Taschenbuch 741
© by Editions Stock, Paris 1961, 2008
© by Unionsverlag, Zürich 2016
Neptunstrasse 20, CH-8032 Zürich
Telefon +41 44 283 20 00
mail@unionsverlag.ch
Alle Rechte vorbehalten
Reihengestaltung: Heinz Unternährer
Umschlaggestaltung: Heike Ossenkop
Umschlagmotive: mikle15/Shotshop (Karte),
CoffeeChocolate/Shotshop (Mohnblumen),
cookelma/Shotshop (Kompass)
ISBN 978-3-293-20741-7
Auch als E-Book erhältlich

INHALT

Die trügerische Dämmerung   7

Der Sturm bricht los   117

Wer nicht mit dem Ohr hört,
wird mit dem Rücken hören   243

Freiheit, geliebte Freiheit   317

Die Flucht   379

Die trügerische Dämmerung

Rien de beau ne peut se résumer.

Paul Valéry

Wahram fühlte, wie sein Herz sich zusammenkrampfte. Aber es war niemand zu Hause, also hatte er nichts zu fürchten. Er hatte seinem Vater ernsthaftest erklärt: »Väterchen, ich muss einen Aufsatz über den Bergbach von Hanguistzor schreiben. Ich möchte allein bleiben. Ich muss nachdenken.«

Harutiun war hocherfreut. Sein Sohn hatte gewichtig gesagt: »Ich muss nachdenken.« Man stelle sich das vor! Er entsagte freiwillig den Freuden, die ihn bei einem Tauffest erwarteten, um einen guten Aufsatz zu schreiben. Welche Freude, solch einen Sohn zu haben!

Großmama hingegen schien nicht überzeugt. »Bestimmt hat der Teufel seinen kleinen Finger im Spiel«, hatte sie gesagt und das Kind mit einem durchdringenden Blick gemustert. »Wahram, du Teufelsatem, was heckst du aus?«

Aber Harutiun hegte keinerlei Zweifel. Er war glücklich, dass Wahram allein zu Hause bleiben wollte, um zu »arbeiten«. Und so hatte er zum ersten Mal gegen seine Mutter und für seinen Sohn Partei ergriffen. »Du wirst mir deinen Aufsatz zeigen, wenn wir zurückkommen«, hatte er gesagt.

Großma hatte gelächelt. Sie hatte Wahram an den Locken gezupft, ihren Schal zurechtgerückt und das Zeichen zum Aufbruch gegeben.

Wahram frohlockte. Sein Aufsatz war längst geschrieben! Wie leichtgläubig Papa doch war!, dachte er und verspürte wegen seiner Lüge doch einen leichten Gewissensbiss. Aber er musste unbedingt das Versteck ergründen. Seit dem Tag, an dem er durch die offene Tür des Wandschranks die Treppe in der Mauer erspäht hatte, die nach unten führte, war er besessen von dem Wunsch, dort hinunterzusteigen. Und alles war bereit: Kerze, Streichholzschachtel, ein Stock für den Notfall. Er brauchte nur die Umrahmung des Wandschranks beiseitezurücken und die beiden nun sichtbar gewordenen Zapfen herauszuziehen. Und dann? … Gute Frage. Einen Augenblick noch zögerte Wahram. Wenn sie jetzt zurückkamen? Dann entschloss er sich. Er schlich so leise hinüber, wie er nur konnte. Dennoch knackte der Fußboden unter seinen Tritten. Als er die Tür zum Salon öffnete, stürzten zwei Katzen heraus und streiften seine Beine. Er stieß einen Schrei aus, dann lachte er. Angst zu haben, weil zwei Katzen ausreißen!

Ohne Mühe rückte er die Umrahmung beiseite und zog die Zapfen heraus. Knarrend öffnete sich die Tür des Wandschranks. In der Dunkelheit erkannte er die Unebenheiten der Mauer und die obersten Stufen der Steintreppe. Ein betäubender Modergeruch kitzelte Wahrams Nase, sodass er fast geniest hätte. Er zündete die Kerze an und steckte die Streichholzschachtel wieder in seine Tasche.

»Hilf mir, heiliger Georg, Schutzpatron der Ritter! Ich schwöre dir, dass ich die rosa Kerze, die ich so gernhabe, für dich opfern will.«

Kein Hauch drang aus dem Keller empor, die Flamme der Kerze bewegte sich kaum. Aber das schwere Dunkel lichtete sich allmählich. Wahram wandte den Kopf. Sein Schatten überdeckte die Treppe.

Wie viele Stufen stieg er hinab? Zwanzig? Dreißig? Er gelangte in einen weiten Raum, dessen Größe er nicht erahnen konnte. Da und dort undeutliche Umrisse. Am Boden undefinierbare Haufen von Dingen. In die Mauer eingelassene Bänke. Nischen, über denen sich Spitzbogen wölbten. Im Hintergrund ein Strohhaufen, von dem ein blasser Goldschimmer ausging. Links der Treppe eine kleine Tür. Sie war nicht verschlossen. Glück gehabt! Wahram öffnete sie: Ein Wandschrank tat sich auf.

Ein riesiger Skorpion, bernsteinfarben glitzernd, den hakenförmigen Stachel drohend erhoben, lief auf Wahram zu. War er der Wächter des Schrankes? Mit Stockhieben zermalmte Wahram ihn. Dann ließ er misstrauisch das Licht der Kerze über den Inhalt des Schrankes gleiten.

Hefte, mit Bindfäden verschnürte Bündel, dickleibige Bände und Pergamentrollen füllten von oben bis unten die Regale. Er zog den dicksten der Folianten heraus, setzte sich damit auf die unterste Stufe, steckte die Kerze in eine Vertiefung zwischen den abgetretenen Fliesen der Treppe. Die Blätter des schweren Buches waren aus Pergament. Miniaturen zierten jede der Seiten.

Vor dem Bild eines Ritters stutzte Wahram. Helm und Rüstung des Mannes schimmerten in einem grünen Licht. Die riesengroßen amethystfarbenen Augen schleuderten Blitze unter dem hochgeklappten Visier, während über der scharfen Kante des Helmstutzes ein blutroter Federbusch triumphierend emporragte.

Wie kam es, dass dieses Bild das Kind so verzauberte? War es die Breite der gepanzerten Brust? Die eindrücklichen, stahlbewehrten Schultern? Nein. Etwas anderes war es ... Dieses rosa Kreuz auf der grünen Brust. Ein Kreuz, dessen vier Spitzen je eine Kerbe aufwiesen. Und die Enden dieser Kerben waren ihrerseits wieder durch gerade, pastellgrüne Linien miteinander verbunden. Im Mittelpunkt des Kreuzes aber, dort, wo die Linien sich überschnitten, funkelte ein Smaragd wie eine grüne Sonne. Wahram war verzaubert.

»Wer bist du, Herr Ritter?«, fragte er. »Warum gibt es keine solchen Ritter mehr? Ich würde dir so gern einmal begegnen ...« Einen Augenblick lang verfolgte er schweigend diesen Traum. Doch keine Geste des Ritters deutete darauf hin, dass dieser ihn verstanden hatte.

Schließlich begann Wahram, den Text des Pergaments zu entziffern. Die eckigen Buchstaben und das alte Armenisch waren ihm fremd und schwer verständlich; an einigen Stellen jedoch las er den Namen Bachlawuni, seinen eigenen Vornamen Wahram und dann diese beiden Namen nebeneinander. Ohne den Sinn der Sätze zu erfassen, begriff er doch einige Worte: »Kampf, Einbruch, Seine Majestät der König« und dann die Namen »Hamazasp Mamikonian« und »Senekherim Ardzruni«.

Er las: »Mit dem Segen Gottes hat ...« Nun folgten mehrere unverständliche Worte. »Wahram Bachlawuni, der unerschrockene ...« Wieder standen da einige sehr lange rätselhafte Worte, und dann hieß es: »Die in der blauen Festung eingeschlossene Königin vereitelte heldenhaft alle Ränke der Heiden.« Er gab seine Bemühungen auf, blätterte jedoch weiter in dem Buch und betrachtete die stilisierten Miniaturen am Anfang jedes Absatzes. Das grünliche Blau, das Gold, die kräftigen roten Töne und das schillernde Grün leuchteten im Licht der Kerze. Plötzlich entdeckte er etwa in der Mitte des Bandes ein loses Blatt mit einem in modernem Armenisch abgefassten Text:

»Mein Sohn, nimm dieses Pergament nie aus seinem Versteck und hüte es wie deine Augäpfel. Suche die Schätze, von denen es berichtet, wenn du es willst, vor allem aber, wenn du sie heben und zum Wohle unseres Fürsten verwenden kannst.

Nahe dem Kloster von Hoch-Warak, wenn du von der Christusquelle aus sieben Lanzen weit nach Osten gehst, steht ein Felsen, der die Form eines Helmes hat. Stürze ihn um und grabe darunter nach. In einer Tiefe von zwei Armlängen wirst du zehn mit Gold gefüllte Krüge finden.

Steigst du über der Armbandquelle zehn Lanzen hoch empor, so wirst du auf Felsen stoßen, die den Eingang zu einer kleinen Grotte verdecken. Ihr linker Stollen endet bei einer Mauer. Hinter dieser Mauer wirst du einen Krug voller Kleinodien finden, die mit Rubinen, Diamanten und Perlen verziert sind, sowie drei weitere große, mit Gold gefüllte Krüge.

Westlich des Sumpfes von Sehga, in gerader Linie auf den Bergbach von Hanguistzor zu, wirst du drei große, zwei Lanzen hohe Felsen sehen und sechs Ellen hinter ihnen einen sehr schweren Felsen, der abgeplattet ist wie ein Tisch. Stürze ihn um und grabe. Dort liegt ein Schatz verborgen, viel reicher noch als die beiden anderen. Es bedarf der Kraft von zehn Männern, um den Felsen umzustürzen. Wenn du zehn tapfere Ritter beisammenhast, geh den Schatz suchen.

In der Mitte des kreisrunden Brunnens der Ritter, und zwar in Fließrichtung links, musst du drei Steine losbrechen. Dahinter findest du in einem viereckigen Raum eine Kassette voller Rubine und Smaragde und zehn mit Gold gefüllte Krüge.«

Am Ende des Textes befanden sich ein unentzifferbarer Namenszug und ein schwarzes Siegel mit ineinander verschlungenen Buchstaben und einem Widderkopf.

Das Buch auf den Knien, versank Wahram in Nachdenken. Er schwitzte. Wer hatte diese Zeilen geschrieben? Ein Vorfahre? Ein einstiger Fürst? Wie war dieses Pergament hierhergelangt? Das Pergament der Schätze! »Schätze, Schätze«, wiederholte das Kind, geblendet, und mit einem Schauern. Gold, Kleinodien, Diamanten, Smaragde, Rubine ...

Plötzlich erklang ein hallendes Geräusch in den Tiefen des unterirdischen Gewölbes. Wahram klappte das Buch zu, legte es wieder an seinen Platz in den Wandschrank und schlug die Tür zu. Die Kerze fiel um. Die Flamme war noch nicht erloschen, als ein hochgewachsener Ritter mit grünem Helm und grüner Rüstung auftauchte. Unter dem hochgeklappten Visier blickten zwei amethystfarbene Augen unbegreiflich wohlwollend auf Wahram ... Der Ritter lächelte. Dann verschwand die Erscheinung ... Hatte er nur fantasiert?

Wahram wusste später nie zu sagen, wie er es fertiggebracht hatte, die Kerze wieder anzuzünden, die Treppe hinaufzusteigen und die Tür des Verstecks zu schließen.

Und plötzlich erinnerte er sich. Vor Wochen, als er einmal die Kätzchen beobachtete, die bei der halb offenen Tür des Salons herumspielten, hatte er einige Sätze aus einem Gespräch zwischen seinem Vater und seinen zwei Onkeln, Tigran und Hrant, aufgeschnappt, bei dem immer wieder von einem Schatz die Rede war. Tigran hatte gesagt, dass der von Hoch-Warak am zugänglichsten sei, und die anderen schienen seiner Meinung zu sein. Dann wurden die Stimmen lauter, so, als stritten sich die drei Männer. Wahram hatte die Ohren gespitzt.

»Der Schatz gehört uns und muss unser bleiben«, erklärte Tigran.

»Wir können nichts damit anfangen, Armenien und seine Zukunft hingegen schon«, entgegnete Harutiun, Wahrams Vater. »Ohne Geld kann man gar nichts bewirken. Mit diesem Schatz hingegen ...«

»Er wird sich in nichts auflösen wie der Wind über der Wüste!«

»Nein, Tigran, du kannst dich nicht vor den Augen einer hungernden Menge zu einem Festmahl niederlassen. Und außerdem gehört dieser Schatz der ganzen Nation. Unsere Vorfahren ...«

»Zum Teufel mit unseren Vorfahren!«, rief Tigran. »Diese Narren! Immer gegen den König, stets eifersüchtig ...«

»Müssen wir es so halten wie sie?«

»Wie sie, wie sie ...«, begann Tigran. Dann stockte er.

»Lasst uns Mutter um Rat fragen«, erklärte Hrant.

Neugierig schlich Wahram sich immer näher zur Tür. »Was willst du da, Wahram?« herrschte Tigran ihn an. »Mach, dass du fortkommst!« Die drei Brüder verstummten und blickten beunruhigt auf das Kind. Harutiun rief ihn ins Zimmer. »Was hast du gehört?«, fragte er ihn.

Wahram erinnerte sich nur noch an das, was ihm den tiefsten Eindruck gemacht hatte. »Tigran«, sagte er, »hat behauptet, dass unsere Vorfahren Narren waren und dass der Teufel sie holen soll. Aber der Teufel kann sie gar nicht holen, denn sie sind ja schon tot!«

Hrant und Harutiun lächelten. Tigran wurde wütend. »Kümmere du dich um deine Angelegenheiten!«, knurrte er.

»Und sonst hast du nichts verstanden?«, fragte Harutiun weiter. »Wiederhole mir alles, was du gehört hast, damit ich sehe, ob du ein gutes Gedächtnis hast.«

Aber Tigrans Zorn hatte das Kind verwirrt. Es wollte lieber wieder den Kätzchen zuschauen. »Nein, Väterchen«, sagte Wahram. »Sonst weiß ich nichts mehr.«

»Gut, dann geh jetzt«, sagte Harutiun. »Und mach die Tür zu!«, fügte Tigran hinzu.

Jetzt kam ihm das Gespräch, das er damals belauscht hatte, wieder in den Sinn. Trotz der Zeit, die unterdessen verstrichen war, hörte er in der Erinnerung wieder ganz genau die Stimmen der drei Männer, und die Sätze, die sie ausgesprochen hatten, gewannen eine erregende Bedeutung.

Wahram saß träumend unter der Hecke. Der Rosenduft, Teearomen nicht unähnlich, sättigte die Luft. Ein leichter Wind bewegte die Zweige. Golden schien die Sonne zwischen den großen Blättern der dreihundertjährigen Birnbäume. Wahram war traurig. Ein undeutlicher, doch unwiderstehlicher Drang erfüllte ihn. Er rief nach Gail. Langsam kam der Jagdhund herangetrottet, seine gutmütigen Augen in dem schwarzen Haarkranz, der fast komisch gegen das gelbbraune Fell abstach, auf das Kind gerichtet. Wahram streichelte den mächtigen Hals, aber er verspürte keine Lust, mit Gail zu spielen.

Sollte er Cousine Sirarpi von seinem Abenteuer erzählen? Nein ... Vielleicht ... Nein, doch nicht. So gern er sie auch hatte, er durfte ihr die Geheimnisse des Hauses nicht offenbaren. Und Großma, sollte er ihr davon erzählen? Ja. Er würde mit Großma sprechen. Warum ihr seine Expedition verheimlichen?

Voller Ungeduld ging er in den Dandun, die große Küche, holte sich Brot und Käse und begann zu essen. Wie lange sie ausblieben! Wie unendlich schleppend die Zeit verging ...

Er musste die unvermeidlichen Details zum Tauffest über sich ergehen lassen. »Hemajags Kleiner war einfach entzückend!«

Zum Teufel mit dem Kind!, dachte Wahram, der darauf brannte, mit Großma allein zu sein.

»Er hatte ein Spitzenlätzchen um! Wie hat Baydzar so etwas nur fertiggebracht? Das Muster sah unheimlich kompliziert aus!«

Zum Teufel mit der Spitze!, dachte Wahram.

Dann fragte sein Vater nach dem Aufsatz. Wahram hatte gehofft, er würde ihn vergessen. Er musste ihm die Beschreibung des Bergbachs von Hanguistzor und noch dazu die des antiken Tempels von Zem-Zem-Mahara und der Pforte von Mecher vorlesen. Sein Vater hörte andächtig zu und unterbrach ihn mehrere Male mit dem Ausruf: »Lang mögest du leben, Wahram!« Keiner wagte sich zu rühren; Großma lächelte. Am Ende erhob Harutiun sich begeistert, küsste den Jungen und sagte: »Möge deine Feder stets grün bleiben! Wahram, nie werde ich vergessen, dass du auf ein großes Vergnügen verzichtet hast, um einen sehr, sehr schönen Aufsatz zu schreiben.«

Dieses Lob freute Wahram nicht. Seine Lüge quälte ihn. Wie konnte er, nachdem sein Vater sich so begeistert gezeigt hatte, Großma noch von seinem Abenteuer erzählen?

»Wahram, versuch nicht, alle Geheimnisse zu ergründen! Wahram, belüge deine Eltern nicht! Wahram, man muss immer und allezeit die Wahrheit sagen!«

Nein, er würde Großma nichts erzählen. Aber er wollte wissen, wer dieses Pergament geschrieben und all diese Schätze angehäuft hatte und warum sie vergraben worden waren. Er wollte wissen, wissen um jeden Preis.

Jetzt nahm für Wahram dieser Schatz die Stelle der magischen Pferde, der verzauberten Säbel und all der Wunderdinge ein, von denen Großma erzählte und die zu besitzen er sich immer gewünscht hatte. Er fragte sich, ob der Brunnen am Hause vielleicht der Brunnen der Ritter sei. Aber wie kommt man da hinunter?, dachte er und ließ seinen Blick in das Dunkel tauchen, wo die Reflexe des Wassers wie Diamanten schimmerten. Und warum sollte nicht auch unter den Bäumen des Obstgartens ein Schatz vergraben sein? Von nun an stellte er sich bei jedem Zollbreit Erde die gleiche Frage.

Inmitten der Weinstöcke befand sich eine mit großen Fliesen bedeckte Plattform, die man nur während der Weinlese benutzte, um darauf die mit Trauben beladenen Körbe abzusetzen. Von hier aus trugen die Männer die Körbe zum Lagerraum, um sie zu entleeren. Lag unter diesen Steinplatten etwa ein Schatz? Am liebsten hätte Wahram sie aufgehoben, um nachzugraben. Prüfend betrachtete er die Fugen der Steine und suchte nach einem Hinweis.

Wenige Tage nach der Entdeckung des Pergaments begab er sich noch einmal zu der Plattform. Der Weinberg war kurz zuvor bewässert worden. In unzählige flimmernde Vierecke aufgeteilt, aus denen die Weinstöcke aufragten, glühte er unter den Liebkosungen der Sonnenstrahlen. Wahram vernahm ein Flüstern. Er setzte sich in eine Kuhle und spitzte die Ohren. Waren hier Feen? Oder vielleicht die Dschinns, die bösen Dämonen? Und würde er etwas über die Schätze erfahren, wenn er sie belauschte?

Nein, es war seine Adoptiv-Schwester Araxi. Mit wem sprach sie? Wahram konnte die andere Stimme nicht erkennen. Es war eine Männerstimme, und sie sagte: »Araxi, Araxi, ich liebe dich so sehr ... Wenn die ganze Welt mir gehörte, ich würde sie in ein Taschentuch wickeln und dir schenken ...«

Der ist verrückt!, dachte Wahram. Wie will er die ganze Welt in ein Taschentuch wickeln? Plötzlich erkannte er Zakar, den Sohn des Nachbarn, der Gott weiß wie in Großmas Garten gelangt war.

»Zakar, Zakar!«, sagte Araxi in einem kläglichen Ton.

»Ja, ja, ich schwöre es dir! Unser Garten, unser Haus, unsere Teppiche, unsere fünf Kühe, unsere Schmuckstücke, alles gehört von heute an dir! Warte doch, Araxi! Hab keine Angst ...«

Wovor sollte Araxi Angst haben? fragte Wahram sich. Er stützte sich mit den Ellbogen auf und spähte zwischen den Blättern der Weinstöcke zu den beiden hinüber. Zakar hatte den Arm um Araxi gelegt und versuchte wohl, ihr etwas ins Ohr zu flüstern, aber das junge Mädchen rief leise und ängstlich: »Nein, nein, nein!«

Noch nie hatte Wahram ein so zärtliches Nein gehört. Es klang fast wie ein Ja.

Die Lippen des jungen Mannes haschten nach dem Mund des Mädchens.

»Zakar, Zakar, das darf nicht sein, das ist verboten! Du darfst mich nicht so küssen! Wir sind noch nicht verheiratet. Es geht nicht, dass du –«

»Araxi«, murmelte Zakar, »das ist unsere ›Freiheit‹. Wir haben das Recht, uns zu lieben. Sträube dich nicht so!«

Die beiden Körper schmiegten sich eng aneinander. Wahram hatte noch nie etwas so Erstaunliches gesehen. Doch jetzt löste Zakar sich von seiner Gefährtin, erschreckt durch das Schluchzen, das sie nicht mehr unterdrücken konnte. »Zakar, du hast mich entehrt, du hast mich getötet!«, jammerte sie. »Zakar, du hast mich auf den Mund geküsst, und das durftest du vor der Hochzeit nicht tun! Was soll ich jetzt der Großen Frau sagen? Zakar, ich werde sterben.«

»Nein, meine weiße Taube, wir werden heiraten. Wir werden sehr bald heiraten. Aber nun lass mich noch ein wenig bei dir, ein ganz klein wenig ...«

Araxi, die jetzt verstummt war, zitterte nicht mehr. Sie schien eingeschlummert in Zakars Armen, dessen Lippen über die Wangen und die Ebenholzhaare des Mädchens wanderten.

Wahram duckte sich in den Graben zwischen den Reihen der Weinstöcke. Er wollte nicht mehr hinschauen. Sich so aneinanderzudrängen, sich so zu küssen, das war schmutzig, widerlich!

Araxis schwache Stimme klagte: »Wenn du mich nicht sofort heiratest, muss ich sterben!«

Angeekelt kroch Wahram davon.

Eine tobende Menge riss Wahram mit sich, bis er, halb betäubt, in Hatsch Poran anlangte. Kaum zehn Tage war es her, seit man sich von der ständigen Angst vor Massakern befreit fühlte. Dem Jungen war so leicht zumute, eine unendliche Freude erfüllte sein Herz. Alles kam ihm wunderbar vor.

Wie er so verloren inmitten der Menge stand, sah er die schönste Kutsche der Stadt auf sich zurollen: Die Räder mit den Gummireifen waren rot lackiert, der Wagen glänzte schwarz, und über den Köpfen der Pferde nickten rote Federbüschel. Wahram verspürte den brennenden Wunsch, in diese Kutsche zu steigen.

»Achtung!«, brüllte der Kutscher. Aber die Menge teilte sich nur langsam. Plötzlich entdeckte Wahram seinen Vater in dieser Traumkutsche. Welche Freude! Er bahnte sich einen Weg und entdeckte neben seinem Vater einen Unbekannten, den er schon einmal gesehen hatte. Aber natürlich! Das war doch der Mann, der ihm von dem Sturz des Roten Sultans erzählt hatte! Die Kutsche hielt, und Harutiun machte Wahram ein Zeichen, einzusteigen. Der fremde Herr lächelte das Kind an.

»Hast du mich erkannt?«

»Aber gewiss!«

»Du kennst meinen Sohn, Howaguim?«, fragte Harutiun.

»Väterchen, das ist der Mann, der mir erzählt hat, dass der Rote Sultan von seinem Stuhl gefallen ist.«

»Von seinem Thron«, verbesserte Harutiun.

»Weißt du auch, Väterchen, dass du mir noch fünf Kutschfahrten schuldest? Du hast sie mir neulich versprochen!«

»Dafür haben wir noch viel Zeit«, erwiderte Harutiun lächelnd.

Die Pferde blieben vor dem Palast des Gouverneurs stehen. Wahram sah von der Kutsche aus, wie sein Vater und Howaguim in den Palast gingen, ohne die Wachtposten auch nur eines Blickes zu würdigen.

»Aber ... wird der Gouverneur sie nicht ins Gefängnis werfen?«, fragte er den Kutscher.

»Nein. Dein Vater ist ein bedeutender Mann.«

»Dann wirft man also die bedeutenden Männer nicht ins Gefängnis?«

»Doch, manchmal schon. Oder sie schicken die anderen dorthin.«

Ein Schwarm türkischer Kinder tauchte neben dem Wagen auf. Sie schrien und balgten sich. Wahram betrachtete sie eingehend. Sie schnitten wilde Grimassen, waren schmutzig, zerlumpt, barfüßig. Hätten sie sich wohl auf ihn gestürzt, wenn er nicht in der Kutsche säße? Er sah, wie sie durch den Bach wateten und sich unter eine Trauerweide setzten, deren Stamm von silbergrauen Zweigen wie von einem Frauenrock umgeben war.

Jetzt erschienen Howaguim und Harutiun wieder. Vor dem Palast präsentierten die Wachtposten das Gewehr, als der goldbetresste Offizier, der die beiden begleitete, an ihnen vorüberschritt. Der Offizier schritt auf den Wagen zu. Der Säbel klirrte gegen seine Sporen.

»Steh auf, Junge!«, sagte der Kutscher. Wahram zitterte plötzlich, aber er hatte keine Angst. Der Offizier ließ sich neben Harutiun auf den Kissen nieder; Wahram und Howaguim saßen auf den Klappsitzen. Die Hand des Offiziers ruhte auf seinem Säbel, der zwischen ihm und Harutiun blitzte, während die Säbelschnur fröhlich hin- und herschaukelte.

»Das ist mein Sohn, Selim Bey«, sagte Harutiun. »Wahram, mach einen tiefen Diener und sag: ›Ich grüße Sie, Mulazim Bey!‹«

Wahram tat, wie ihm geheißen. Dann fragte er: »Aber Väterchen, ist das ein anderer Selim Bey? Der, den ich kannte, war Major.«

Der Offizier lachte laut. »Das war ich früher. Jetzt bin ich Oberst.«

»Und wann wirst du General sein?«

»Wahram!«, mahnte Harutiun.

»Lassen Sie ihn doch, lassen Sie ihn, Harutiun Bey«, sagte der Offizier.»Wenn Gott es will, werde ich in einigen Jahren General sein, mein Lämmchen.«

»Dann musst du mich zu dir nehmen, denn ich will auch General werden.«

Die drei Männer lachten schallend und vergaßen darüber, Wahram zu antworten. Dann begannen sie, von Sebuh zu sprechen. Wahram wusste hinterher nicht mehr, welchen Weg die Kutsche genommen hatte, denn er betrachtete verzückt den Revolver, die Abzeichen, die vergoldeten Knöpfe, die Litzen und die Schulterstücke, vor allem aber die blanken Stiefel des Obersten, die ihm bis zu den Knien reichten.

Gleichwohl entnahm er aus den Gesprächen der Männer, dass Selim Bey, der aus Arabkir stammte, zu ihnen nach Hause kommen wollte, um das Bild seines Landsmannes Sebuh zu betrachten. Dann wollte er zu Sebuhs Grab gehen, um seinem Andenken Ehre zu erweisen. Für Wahram unerklärliche Ungereimtheiten. Der türkische Oberst, dessen Männer Sebuh umgebracht hatten, redete Wahrams Vater mit dem Titel »Bey« an. Tausend Fragen schossen dem Jungen durch den Kopf, aber er fühlte, dass er keine von ihnen aussprechen durfte.

»Merk dir, Wahram, nur Dummköpfe stellen immerzu Fragen.«

Auf allen Straßen flatterten die Fahnen im Wind. Weiß prangten Halbmond und Stern auf rotem Grund.

Zu Hause führte Großma die Männer in den Salon und bot ihnen Erfrischungen an. Über dem Wandschrank, der das Geheimnis barg, hing jetzt ein großes Porträt von Sebuh.

»Ich erkenne ihn wieder. Ich habe ihn in Arabkir gesehen. Wie entsetzlich, dass ein solcher Mann dahingehen musste! Ach, immer sind es die Besten, die gehen müssen!«

Wahram sah auf Großmas zusammengepresste Lippen.

Dann fuhr die Kutsche wieder zum Kendertschi-Platz. Ein Grammophon plärrte den Marsch der Befreiungsarmee, die Bäume strahlten in ihrem Grün, und die Häuser lächelten. Alle Fenster standen offen, die Fahnen wehten im Wind. Aus den Obstgärten und den Häusern stiegen Lieder zum Himmel empor. Die Kinder spielten auf den Straßen. Die Frauen schritten mit unverschleiertem Gesicht einher. Eine Woge der Sicherheit, der Freude und der sorglosen Zuversicht hatte alle erfasst.

Die Kutsche fuhr über den Großen Markt, der von Menschen, Reitern und Tieren wimmelte. »Väterchen …«, begann Wahram plötzlich, da er nicht mehr an sich halten konnte.

»Wenn die Erwachsenen reden, unterbrich sie nicht, Wahram! Schweig und hör zu!«

»Sieh doch, Väterchen! Drei Mullahs, die sich mit drei Priestern unterhalten!«

Nein, das war nicht möglich! Wahram konnte es nicht fassen, dass ein Mullah, ein türkischer Priester, sich mit einem armenischen Priester befreunden konnte. Und er hatte auch noch nie einen Mullah und einen Priester beisammenstehen sehen.

Die Kutsche hielt vor der Friedhofspforte. Neben den prächtigen Grabmälern aus schwarzem, gelbem oder grauem Marmor erhoben sich zahllose Stein- oder Holzkreuze. In einem abgesonderten Winkel nahe der Mauer war ein frisch aufgeworfener Erdhügel. Hier ruhte Sebuh.

Jetzt erfuhr Wahram die größte Überraschung seines Lebens. Ohne jede Rücksicht auf seine Uniform und seine Würde als Mann und Oberst warf Selim Bey sich schluchzend über das Grab. Es war ein unfassbarer Anblick. Ein hoher Offizier der türkischen Armee, ein Oberst, dessen bloßer Name Angst verbreitete, weinte auf einem christlichen Friedhof am Grabe eines Mannes, den seine eigenen Soldaten getötet hatten! Musste man wirklich an die magischen Worte »Freiheit, Gleichheit, Brüderlichkeit« glauben?

Nach einer Weile erhob sich Selim Bey, die Augen voller Tränen, die Uniform mit Erde beschmutzt.

Wahram hätte gern seinen Vater gefragt: »Warum schämt Selim Bey sich nicht, zu weinen?« Und Selim Bey hätte er gern gefragt: »Warum hast du Sebuh getötet?« Aber er starrte nur mit offenem Mund und wagte nichts zu sagen. Doch er sollte noch viel mehr staunen. Während die Armenier das Grab umringten und riefen: »Hoch Mulazim Bey, hoch die Befreiungsarmee!«, erschienen ein Priester und ein Mullah. Die Menge machte ihnen Platz, und als sie beim Grabe angelangt waren, legte Selim Bey grüßend die Hand an die Mütze.

»Ach, Herr Pfarrer«, sagte er dann, »so wie dein Herz blutet auch das meine. Der Sohn, den du verloren hast und den wir beweinen, war ein Löwe. Komm in meine Arme! Spüre den aufrichtigen Schmerz und den tiefen Kummer eines Landsmanns!« Voller Herzlichkeit umarmte er den Priester. Und dann ... und dann fielen sich der Priester und der Mullah unter den begeisterten Hochrufen der Menge in die Arme! Und als Selim Bey schließlich Wahram hochhob und auf beide Wangen küsste, wurde diesem schwindlig.

»Komm mir nicht nahe! Sprich nie wieder ein Wort mit mir!«, schrie Sirarpi, rot vor Wut.

»Aber Sirarpi, ich kann doch nichts dafür!«

»Hat er dich geküsst? Ja oder nein?«

»Ja, aber ich habe ihn nicht geküsst.«

»Ekelhaft ist das! Komm mir nie wieder vor Augen!« Und sie begann zu schluchzen, als sei der ganze Berg Warak auf sie herabgestürzt.

Seit drei Tagen, seit Wahram ihr von seiner denkwürdigen Kutschfahrt erzählt hatte, war mit Sirarpi kein Auskommen mehr. Die Vorstellung, dass Selim Bey ihn geküsst hatte, versetzte sie in helle Wut. Weder sie noch Araxi teilten die allgemeine Freude und das Gefühl der Hoffnung, das alle anderen berauschte. Sie wollten ihre Häuser wiederhaben. Für sie waren alle Türken verantwortlich für die Ermordung jener Menschen, die sie geliebt hatten.

Die Spannung zwischen Wahram und seiner Cousine hielt einige Zeit an. Es war, als blase Wahram ein kalter Wind ins Gesicht. Eines schönen Morgens kletterte er auf den größten Aprikosenbaum, denjenigen, dessen Früchte am spätesten reiften, jedoch die glatteste und schönste Haut hatten und wie Purpur und Honig schimmerten. Im Wipfel des Baumes schien die ganze Kraft der Sonne sich in den Früchten zu sammeln. Jede Aprikose war noch schöner als die unter ihr hängende. Plötzlich tauchte Sirarpi auf. Ihr goldglänzendes Haar hatte seinen Glanz verloren. Mit erloschenen Augen schleppte sie sich dahin, als habe sie Schmerzen.

Plötzlich hatte Wahram keine Lust mehr auf Aprikosen. Trotzdem kletterte er noch höher und begann, die größten und reifsten Früchte zu pflücken. Er ließ sie in sein offenes Hemd gleiten, sodass die Früchte sich zwischen dem Stoff und seiner Brust drängten. So trat er vor Sirarpi, mit geschwollener Brust, die Lippen mit Aprikosensaft beschmiert. Sirarpi brach unwillkürlich in Lachen aus.

»Dummkopf!«, rief sie. »Ein Dummkopf bist du!«

»Sirarpi, die Aprikosen waren noch nie so gut. Komm, iss davon!«

»Nein, ich will nicht.«

»Doch! Nimm dir eine!« Er knöpfte sein Hemd noch weiter auf.

Sirarpi errötete und sah ihn ernsthaft an. Schüchtern griff ihre Hand nach einer Aprikose, ohne jedoch das Hemd oder die Brust Wahrams zu berühren. »Wahram«, sagte sie, »du bist gemein, du bist schmutzig, du bist schwärzer als der schlimmste Teufel, aber ich habe dich lieb.

Du musst etwas für mich tun. Bitte Großma, dass sie mich zu meinem Haus begleitet. Ich möchte, dass du selber sie darum bittest. Dann will ich dir auch verzeihen. Sag nicht nein!«

»Ich werde sie darum bitten«, sagte Wahram. »Aber du weißt doch, dass Großma nicht auf mich hört.«

Sirarpi lächelte honigsüß. »Geh zu ihr, bitte!«, drängte sie.

»Nicht jetzt ...«

»Doch, Wahram, ich kann nicht länger warten. Ich liebe unser Haus und unseren Garten so sehr, und ich bin schon so lange Zeit von dort weg. Und vielleicht sind mein Vater, meine Mutter und meine Geschwister doch noch da. Ich träume jede Nacht davon.«

Wahram wusste, dass er sich den Wünschen seiner Cousine beugen musste. Sonst würde der eisige Wind wieder wehen. Und er war doch so glücklich, dass Sirarpi von seinen Aprikosen aß und ihn anlächelte!

Großma stand im Hof und bereitete Rosenessenz. Auf dem Tisch, den ihr Diener Sarkis herausgebracht hatte, reihten sich die bauchigen Glasgefäße, und die Rosenblätter in dem großen Topf bildeten eine feste, glänzende rote Masse, die leicht ins Violette spielte. Großma füllte die Gefäße damit, verstöpselte sie und stellte sie auf das Bord in der Mauer, wo sie der Sonne am stärksten ausgesetzt waren.

Sie warf einen durchdringenden Blick auf die Kinder. »Wahram, nimm die Aprikosen aus deinem Hemd. Meinst du etwa, du bist ein Korb? Sarkis, bring einen richtigen Korb her.«

»Großma, ich möchte, dass wir mit Sirarpi zu ihrem Haus gehen.«

»Kleines Vipernbündel! Sie hat dich behext, was?«

»Großma, Vater schuldet mir noch fünf Fahrten in die Stadt. Ich werde ihn bitten, dass er uns im Wagen hinfahren lässt.«

Aber Großma, die ihre Augen fest auf Sirarpis verzerrtes und ängstliches Gesicht gerichtet hielt, sagte: »Warum willst du das Haus wiedersehen, Kindchen? Es ist niedergebrannt, und du wirst nur Trümmer und Asche vorfinden. Du wirst vor Kummer krank werden, und der Anblick wird sich tief in dein Gedächtnis graben.«

Sirarpi verlegte sich aufs Flehen: »Bitte, Große Frau, ich will das Haus wiedersehen!«

»Bewahr dir die Erinnerung, die du daran hast, Töchterchen. Dann wirst du es immer so vor dir sehen, wie du es gekannt hast.«

»Bitte, Große Frau! Ich brenne vor Verlangen, es wiederzusehen – das Haus und auch unseren Garten. Nur ein einziges Mal!«
»Und wenn du dort die Nachbarn triffst ...«
Sirarpi schrak zusammen.
Jetzt begann Wahram wieder: »Großma, bitte doch Selim Bey, uns zu begleiten.«
Nun wurde Großma ärgerlich. »Weg mit euch, ihr kleinen Raben! Gehorcht den Erwachsenen, und macht, dass ihr in den Garten kommt!«

Die Kutsche erreichte den Bergbach von Hanguistzor. Das Wasser floss still dahin, und auf seiner Fläche blitzte ein tausendfaches Rautenmuster. Links von ihnen erhoben sich die ockergelben Mauern der Pforte von Mecher und der Versteinerten Hochzeit. Auf der anderen Seite des Bachs bot die Stadt einen ganz anderen Anblick. Dieses Viertel, in dem es keine Bäume und keine Bäche gab, war die Verkörperung des Schweigens und des Todes. Die Fenster waren vergittert, die Türen verschlossen, der obere Rand der Mauern schartig und kahl. Die einzigen Lebewesen, die man sah, waren Hunde, die umherirrten, gähnten und sich kratzten.

Großma hatte endlich nachgegeben. Araxi und Sirarpi saßen rechts und links von ihr. Wahram, der auf dem Klappsitz hockte, wartete ängstlich auf den Augenblick, an dem sie Araxis Haus erblicken würden.

Bald verbreitete sich ein bitterer Geruch nach verbranntem Holz. Araxi erhob sich ungeduldig, ihre Lippen zitterten. Ein zweistöckiges Haus tauchte auf. Seine verkohlten, halb zusammengestürzten Mauern ragten zum Himmel empor. »Da ist es!«, sagte Araxi erschauernd. »Hinter dieser weißen Mauer, die oben so schwarz ist, war mein Zimmer. Ach! Und sie ... sie ... liegen dort ... unter den Trümmern.«

Großma legte ihre Hand auf Araxis Schulter. »Sprich nicht, Kind. Schau hin! Und dann versuche zu vergessen, wenn du kannst.«

»Oh, Große Frau ...«, murmelte Araxi leise und wies mit dem Finger auf das niedergebrannte Haus, hinter dem die grünen Flammen der Bäume zum Himmel ragten. Und dann, während die Kutsche ihren Weg fortsetzte, verbarg sie ihr Gesicht in den Händen. Wahram sah die Tränen, die durch ihre Finger rollten. Sirarpi war blass und still.

»Große Frau«, begann sie dann aufstöhnend und schreckerfüllt. »Ist das … bei uns … auch so?«
»Ja, Kindchen, genauso.«
»Ich will nicht hin«, sagte sie, den Tränen nahe. »Ich wollte es so sehen, wie es früher war.«
»Das Haus deines Vaters wird nie wieder so sein, wie es früher war«, sagte Großma.
»Dann … dann will ich nicht hin, Große Frau.«

Wahram erwachte. Was hatte er gehört? Sein Bruder Wartkes schlief tief und fest und atmete geräuschvoll. Sirarpis Bett war leer. Draußen erhellte ein feierliches Licht die Nacht. Der Mond überzog die Mauer mit einer durchsichtigen Silberschicht. Wahram hielt den Atem an und kleidete sich rasch an. Das Haus schlief, aber die Gartenpforte stand halb offen.

Seit Tagen versank Sirarpi in immer tiefere Schwermut. Ihre Wangen verloren ihre Frische, ihre Stimme wurde dumpf, jede Lebensfreude wich von ihr. »Sirarpi gleitet auf den Tod zu«, hatte Großma zu ihm gesagt. »Nur ein Wunder könnte sie noch retten.«

Und darum bewachte Wahram sie so sorgsam und bemühte sich mit allen Kräften, das Wunder herbeizuzwingen.

Geblendet blieb er stehen. Wie eine riesige gelbe Rose leuchtete der Mond über dem Gipfel des Berges Warak. Die Wälder erfüllten den Himmel mit ihren violetten Blättern und ließen zahllose diamantene Knospen aufblitzen.

Aber wo verbarg sich Sirarpi? Wahram, dessen Schatten über die Blumenbeete fiel, bewegte sich wie von einer unsichtbaren Aura geführt auf die Hecke zu. Hier saß Gail auf seinen Hinterbeinen und blickte starr auf Sirarpi, während das junge Mädchen, dessen bleiches Gesicht von den goldenen Zöpfen wie von einem Heiligenschein umrahmt wurde, vor dem Jagdhund kniete und mit abwesender Stimme zu ihm sprach:

»Erinnerst du dich an unseren Garten, Gail?«, hörte Wahram.
Gail rührte sich nicht.
»Antworte mir, Gail!«
Gail versuchte, Sirarpis Kinn zu lecken.
Sie legte die Hand über seine Schnauze. »Auch in unserem Garten leuchtete der Mond. Aber unser Garten ist jetzt tot.«

Gail bewegte sich.

»O Gail, ich bin so allein. Sie haben mich verlassen. Ich bin verloren. Mein Herz ist gebrochen ...«

Wieder zappelte Gail etwas.

»Und ich kann nicht mehr singen, Gail. Was erstickt mich so?«, fuhr Sirarpi fort – sie sprach mit sich selber. »Meine Stimme ist wie abgedrosselt. Und doch würde ich so gern ein Lied singen, das mich zum Weinen bringt. Ich ersticke, Gail ... Ich ersticke!«

Gail knurrte. Plötzlich wedelte er mit dem mächtigen Busch seines Schwanzes und stürzte bellend die Allee hinab.

Wahram trat aus dem Schatten des dreihundertjährigen Birnbaums, in dem er sich versteckt hatte.

»Was?«, keuchte Sirarpi. »Du? Bin ich erschrocken!« Ihre Hände verkrampften sich über der Brust.

Wahram setzte sich auf die Bank, die rings um den runden Tisch bei der Hecke lief. Das weiße Schweigen des Mondlichts hatte eine imaginäre Decke darübergebreitet. Wahram schwieg. Ja, sagte er sich, seit ihre Familie umgebracht wurde, hat Sirarpi nie mehr gesungen. Früher sang sie ununterbrochen. Man müsste ...

»Es ist gut, dass du gekommen bist, Wahram«, sagte Sirarpi. »Aber wer hat dich geweckt?«

»Du wahrscheinlich.«

»Nein. Als ich hinausging, schliefst du.«

»Ich habe wohl gespürt, dass du hinausgingst. Und deshalb bin ich aufgestanden und hergekommen. Ich möchte gern, dass du einmal für mich singst.«

»Nie wieder!«

»Nie wieder? Aber ja! Ich will, du kannst, ich will, du kannst, ich will ...«

»Es ist aus damit, Wahram, du Tollkopf. Schweig. Lass uns still hier sitzen, dann wird die Nachtigall an meiner Stelle singen.«

»Ich will aber deine Stimme hören. Schau nur, der Mond hat genau die Farbe deiner Zöpfe, und er wartet auch darauf, dass du singst. Darum hat er mich aufgeweckt.«

»Wahram, du redest Unsinn!«

Er wurde wütend. Er packte Sirarpi bei den Schultern und schüttelte sie. »Nein! Du, du redest Unsinn! Du musst einfach singen! Ich will es!«

Gail stieß plötzlich ein wildes Geheul aus, sprang Wahram an und warf ihn um. Sofort ergriff Sirarpi Gail bei den Ohren und gab ihm einen Klaps. Verdutzt begann der Hund zu jaulen. Seine Herrin schlug ihn, während er sie doch verteidigte! Er verstand diese Welt nicht mehr. Enttäuscht zog er sich zurück.

Wahram erhob sich. Ein Lachkrampf ließ vor seinen Augen die vom schneeigen Mondlicht gebadete Weite tanzen, und bald begann auch Sirarpi zu lachen.

Als die beiden Kinder sich ein wenig beruhigt hatten, setzten sie sich nebeneinander hin. Die geheimnisvolle Stille hielt sie in ihrem Bann. Ein ungeheuer großer Bogen berührte eine Saite – eine unsichtbare Saite. Ein Ton klang auf, vom Echo wiederholt, und verlor sich in der Ferne. Zahllose Saiten schwangen, Hymnen begrüßten das Mondlicht – klagend zuerst, dann frohlockend –, und die Welt war verzaubert.

Endlich stimmte die Nachtigall ihr Lied an, samtweich wie der Duft der Rosen, ein Lied, das zu den Geistern, den Blumen, den Dornen, den Schlangen, dem Mond sprach, zu allem, was da lebte, zu allem, was da atmete, zu allem, was da war. Dann wurde die Stille wieder ruhig und weiß.

Wahram näherte seine Lippen Sirarpis Ohr. »Jetzt bist du an der Reihe. Sing *Mein Garten*. Du hast das Lied so geliebt.«

»Ach, mein Garten, mein armer Garten ...«

»Du wirst nicht mehr weinen. Ich schwöre dir bei allem, was mir lieb ist, Sirarpi. Wenn du nicht singst, werde ich dich so lange schlagen, bis Gail mich in Stücke reißt.«

»Ich kann nicht, Wahram. Mein Herz ist leer. Das verlorene Lied wird nie wiederkommen.«

Wahram war so darauf versessen, sie singen zu hören, dass er alles andere vergaß. Er wollte sie eben von Neuem bestürmen, als er, kaum vernehmbar, wie das Murmeln einer Quelle im Grunde eines fernen Felsentals, die ersehnte Melodie als schluchzenden Laut in Sirarpis Kehle hörte. Zaghaft zuerst, dann ein wenig fester, formten sich die Töne. Sirarpi sang die letzte Strophe:

> »*Wenn ich unter Menschen gehe,*
> *Ach, Geliebter, liebstes Herz,*
> *Lass ich lachen meinen Schmerz,*
> *Doch mein Herz bleibt wund und wehe.*«

Sirarpis Erscheinung stimmte mit dem Inhalt ihres Lieds überein. Und plötzlich übertrug sich ihre Niedergeschlagenheit auf Wahram. Und als er funkelnde Kristalle auf Sirarpis Wangen fallen sah, wurden auch seine Augen feucht.

Sie aber wischte mit der Hand die Tränen fort und stimmte tapfer die zweite Strophe an. Und diesmal vertrieb das Lied den Kummer, den es heraufbeschworen hatte.

»Da bist du, doch du rufst mich nicht.
Du siehst mich – redest nicht mit mir.
Wo ist dein Herz? Ich spür es nicht.
Tot muss es sein: es kennt mich nicht.«

Die Zeit schien stillzustehen. Die Seelen der beiden Kinder waren eins geworden. Als der letzte Ton verklungen war, legte Sirarpi ihren Kopf auf die Mondscheindecke des Tisches. Jetzt quollen die lindernden Tränen.

In einer plötzlichen Eingebung rief Wahram: »Sirarpi, mein Herz gehört dir – dir für immer! Du wirst nie wieder allein sein. Selbst wenn du nicht da bist, werde ich dich sehen und hören …« Dann stockte er. Sein spontaner Ausbruch beschämte ihn. Sicherlich würde Sirarpi jetzt böse sein.

Aber sie hob den Kopf, und auf ihrem Gesicht zitterte ein schüchternes Lächeln. »Ach, Wahram, mein Lieber«, sagte sie. »Deine Worte … dieses Lied … ich bin befreit.«

Nie vergaßen Wahram und Sirarpi diesen Augenblick, der sie für immer vereint hatte.

Aghawni, Wahrams Mutter, wurde unsichtbar, ging jedoch weiterhin ihren üblichen Beschäftigungen nach. Nur hin und wieder begegnete ihr Wahram im Hof, im Garten oder im Haus. Sie trug ein weites Gewand aus blauem Samt. Ein sanftes Licht strahlte auf ihrem Gesicht. Ihre goldgesprenkelten Augen schienen größer geworden. Man hörte sie in ihrem Zimmer vor sich hin summen, und – etwas fast Unerhörtes – Großma verbrachte lange Stunden bei ihr.

»Großma, warum versteckt Aghawni sich?«, fragte Wahram.

»Was faselst du da? Aghawni versteckt sich nicht. Sag mir, Wahram, erinnerst du dich an Sebuh?«

»Aber gewiss, Großma. Nur verstehe ich eines nicht: Er hat sich in zwei kleine Knaben verwandelt. Der eine ist bei Jegarian und der andere bei Garo.«

»Du Hanswurst meiner alten Tage!«, lachte Großma laut. »Das sind doch zwei verschiedene Kinder, die beide Sebuh heißen. Hättest du auch gern einen kleinen Bruder, der Sebuh heißt?«

Wahram stimmte begeistert zu.

In der folgenden Nacht wurde Wahram von ungewohnten Geräuschen und einem Hin und Her von Schritten geweckt. Sirarpi lag nicht in ihrem Bett. Wahram überlegte, ob er aufstehen sollte. Aber bevor er sich dazu entschließen konnte, schlief er wieder ein.

Am nächsten Morgen fehlte Aghawni beim Frühstück; fröhlich und lächelnd bediente Großma die Kinder. Plötzlich neckte sie Wartkes.

»Mein Kleiner, deine schönen Schuhe sind fort!«

Wartkes lief schnell hinaus. Dann kam er wieder, seine kleinen Schuhe in der Hand. »Aber nein, Großma, da sind sie doch!«

»Gewiss, aber du wirst sie jetzt dem Brüderchen überlassen, das Gott uns geschickt hat, dem kleinen Sebuh.«

»Dann gibt es jetzt also drei Sebuhs!«, rief Wahram.

»Und wo ist er?«, fragte Wartkes.

»Ihr werdet ihn in drei Tagen zu sehen bekommen. Vorläufig ist er noch zu erschöpft von seiner langen Reise.«

Welch Zauber, diese Früchte! Die Pflaumen, graugrün zuerst, bitter und versteckt unter den Blättern ... um sich langsam und sachte die Seele der Sonne zu stehlen. Sie wurden blass und weich, sie verwandelten sich, bis sie als leuchtende, saftige, zuckersüße Topaskugeln am Baum hingen.

Wahram fühlte das, ohne es ausdrücken zu können. Sirarpi stand wartend unter dem riesigen Pflaumenbaum, der als erster die Fülle verteilte, die Erde und Sonne ihm geschenkt hatten. Wahram berührte vorsichtig die Früchte, prüfte zwischen seinen Fingern die Festigkeit ihrer Haut. Dann pflückte er die besten und warf sie Sirarpi hinunter.

»Da kommt Großma, Wahram«, sagte Sirarpi plötzlich und verschwand, wie es ihre Gewohnheit war.

»Wahram, wo bist du?«

»Auf dem großen Pflaumenbaum.«

»Nimm diesen Korb. Pflücke die reifsten Pflaumen, aber nicht die, an denen die Vögel gepickt haben.«

Kaum war Großma fort, als Sirarpi wieder auftauchte. Sie glühte vor Empörung:»Wahram, das ganze Haus ist voller Türken!«

Eine Sekunde lang übermannte die alte Angst das Kind. Vor seinem Geist tauchte die Vision von Männern auf, die Revolver und Säbel in der Faust hielten, bereit zu Mord und Gewalttat ...

Aber die Sonne strahlte, die Insekten summten zwischen den Blättern, und Sirarpi blickte ihn sanft aus ihren himmelblauen Augen an.

Großmas Stimme schallte herüber:»Wahram, wenn dein Korb voll ist, bring ihn her, damit ich die Pflaumen abkühlen kann!«

»Ich komme.« Er sprang von Ast zu Ast, und als er fast am Fuße des Baumes angelangt war, schlang Sirarpi ihren Arm um ihn. Ihre heiße, leichte Hand fuhr in Wahrams Hemd und berührte flüchtig seinen Hals, seine Schulter und seine Brust. Dann zog Sirarpi rasch die Hand wieder zurück und ging fort. Wahram fühlte sich in einen Zustand sonderbarer Verzückung versetzt. Wie gut war es gewesen, diese Hand auf seiner Brust zu spüren!

Beim Brunnen reichte er Großma den Korb, und diese besprengte den Seidensamt der Pflaumen.»Nimm die Pflaumen und komm mit«, sagte sie dann.»Du wirst allen der Reihe nach von diesen Früchten anbieten, zuerst Selim Bey. Und du musst ihn mit Mulazim Bey anreden.«

Im Salon thronte Selim Bey auf dem Ehrenplatz zwischen Garo und Harutiun. Weitere Offiziere, unter ihnen auch Said Hilmi Effendi, der »Neger«, saßen da, rauchten und plauderten mit etwa zwanzig Armeniern. Wahram hielt Selim Bey den Korb hin, und dieser nahm einige Pflaumen. Als der Junge weiterging und schließlich zu Said Hilmi kam, begrüßte er ihn mit einem Lächeln.

»Jetzt, mein Lämmchen«, sagte der Araber,»wirst du dank dem neuen Freiheitsregime General des Vaterlands der Osmanen sein. Selim Bey, hier siehst du einen deiner zukünftigen Vorgesetzten, falls du nicht noch vorher General wirst.«

»Willst du Soldat werden, mein Sohn?«, fragte Oberst Selim Bey.

»Nein, Mulazim Bey.«

»Und wie willst du es dann zum General bringen?«

»Aber Mulazim Bey, ich will General werden und nicht Soldat.«

»Man muss aber zuerst Soldat sein und dann Offizier, bevor man General wird.«

»Ich will General werden, nicht Soldat oder Offizier!«, widersprach Wahram, der allmählich in Zorn geriet. Er fürchtete, der Oberst werde ihn noch einmal küssen; dann aber würde Sirarpi ihm wieder böse sein.

»Wahram, rede keinen Unsinn«, mischte Großma sich ein. »Du bist doch ein großer Junge. Willst du etwa zehn Jahre alt sein, bevor du neun warst?«

Verwirrt blickte Wahram sie an. Das war gewiss eine Falle. »Das möchte ich schon«, antwortete er.

»Wahram, zähle einmal von eins bis zehn.«

Wahram zählte.

»Na, warum sagst du nicht: acht, zehn, neun?«

»Weil man eine Eins zur Acht hinzufügen muss, um neun zu bekommen, Großma, und eine Eins zur Neun, damit zehn herauskommt.«

»Bravo!«, warf Selim Bey ein. »Und um General zu werden, muss man auch zum Soldatenstand den des Unteroffiziers hinzufügen, den des Offiziers zu dem des Unteroffiziers und schließlich den des höheren Offiziers zu dem des Offiziers. Dazu braucht man mindestens zwanzig Jahre.«

Zwanzig Jahre! Das war ja der reine Wahnsinn! Bis dahin würde Wahram längst tot sein. »Aber bis dahin bin ich ja tot!«, erklärte er.

Garo brach in lautes Lachen aus und schlug die Hände zusammen. »Selim, mein Bruder«, sagte er, »warum entmutigst du dieses Kind? Deine Generäle? Die würde ich ... ich ...« Er konnte vor Lachen nicht weitersprechen.

»Die würde ich nicht einmal als Ordonnanzen nehmen. Hör mir einmal gut zu, Wahram. Ein Mann von zwanzig Jahren, der sich Alexander nannte, hat Dutzende von Generälen kommandiert. Die Welt ist wie Butter. Du greifst hinein und nimmst dir, was du packen kannst. Wenn du stark bist, nimmst du alles. Denk an das, was ich dir gesagt habe, und hör nicht auf die anderen.«

»Tolle Ratschläge gibst du da, Garo!«, bemerkte Großma.

»Aber gewiss, Große Frau. Vor dem starken Mann sind der Weise, der Reiche und der General nichts.«

»Und wie kann ich jetzt sofort stark werden, Garo?«, wollte Wahram wissen.

»Das musst du selber herausfinden. Niemand kann es dir beibringen.« Diese Ratschläge wirbelten in Wahrams Kopf, als er den Salon verließ. Sirarpi hatte sich vor die Tür geschlichen, um alles zu hören, ohne gesehen zu werden. Sofort griff sie ihn an: »Wenn du ein türkischer General wirst, kratze ich dir die Augen aus.«

»Nein, Sirarpi, ich will nur stark werden, sonst nichts.«

»Stark wie Garo, ja, das ist recht! Arme und Beine wie Balken und ein Herz, an das die Angst nicht herankommt. So will ich dich haben.«

Großma war empört. »... gut, auf den Straßen, auf den Feldern oder den Bergen, aber nicht hier. Ich will hier keine Türken haben. Jeder gehört an seinen Platz. Diese Geschichte mit der Freiheit ist eine Erfindung des Teufels. Ach, da bist du ja, du Unglücksgeneral! Komm!« Und als Wahram die Augen weit aufriss: »Komm hierher, kleiner Teufel, du! Wer hat dir diesen Gedanken in den Kopf gesetzt? Los, antworte!«

»Ich weiß es nicht mehr, Großma ... Lass mich nachdenken ...«

In diesem Augenblick wollte Tigran sich eine Zigarette anzünden. Großma riss sie ihm aus der Hand. »Das ganze Zimmer ist voller Rauch. Willst du auch noch verrückt werden? Dein Geld hinauswerfen, um Rauch auszuspucken?« Noch nie hatte Wahram Großma so zornig gesehen.

»Hast du es ihm gesagt, Harutiun?«

»Nein, Mutter.«

»Also, Wahram, wer war es?«

»Richtig!«, rief Wahram. »Jetzt erinnere ich mich. Es war Vasak Mamikonian.«

»Vipernschuppe, willst du dich über mich lustig machen? Vasak Mamikonian ist lange tot.«

»Ich weiß, Großma. Aber er war der Oberfeldherr von Arschak II., unserem König. Zwanzig Jahre lang hat er gegen den König von Persien und den Kaiser von Byzanz gekämpft. Und er ist nicht auf dem Schlachtfeld gefallen, sondern durch Verrat des Königs von Persien umgekommen.«

»Lieber Gott!«, rief Großma und schlug sich auf die Brust. »Schenk mir ein Körnchen Deiner unendlichen Geduld und Deiner Weisheit! Wahram, du Vipernzahn, Vasak Mamikonian war Oberfeldherr des Königs von Armenien, und du, du sprichst davon, türkischer General zu werden. Bist du verrückt?«

»Ich habe gesagt, dass ich General werden will, nicht türkischer General.«

»Aber es gibt keinen armenischen General, und wir haben keinen König. Also?«

»Wahrams Vorfahren waren Generale, Oberfeldherren und Palastkommandanten des Königs. Warum sollte er nicht ...«

»Tigran!«, zischte Großma. »Verflucht sei dein Mund! Wie kannst du es wagen, das Unaussprechliche auszusprechen? Willst du die Vernichtung unserer ganzen Familie heraufbeschwören? Auf die Knie mit dir!«

Totenstille herrschte. Tigran erhob sich langsam, beschämt, mit zerknirschter Miene und sank vor seiner Mutter auf die Knie. »Ich bitte dich um Verzeihung, Mutter. Ich habe diese Worte unbedacht ausgesprochen.«

»Unbedacht!«, wiederholte Großma ruhig und eiskalt. »Dann muss man diesen Mund bestrafen, der nicht weiß, was er spricht.« Und sie schlug ihm auf den Mund. »Einen so schweren Fehler begehen heißt mit unser aller Leben spielen, das weißt du, Tigran. Und jetzt steh wieder auf.«

Tigran kehrte an seinen Platz zurück. Wahram kochte innerlich. Was hatte er da gehört? Alles verwirrte sich in seinem Kopf: der Smaragdritter, das Pergament, die Namen von Bachlawuni und Mamikonian.

Unterdessen fuhr Großma fort: »Wahram, schlag dir diese Gedanken aus dem Kopf. Und ihr alle, hört mir zu. Das, was die Menschen sagen oder schreiben, ist kaum von Bedeutung. Nur das, was sie im Herzen haben, zählt. Das Herz der türkischen Gouverneure aber wird sich nicht ändern. Du, Harutiun, bist ein Führer unseres Volkes, und du wirst nach Konstantinopel fahren und dort mit den Führern der Jungtürken zusammentreffen. Trau ihren Worten nicht. Es ist ausgeschlossen, dass der Türke sich von heute auf morgen bessert, dass er die Freiheit, die Gleichheit und die Brüderlichkeit auf seine Fahne schreibt.«

»Aber, Mutter, sie haben doch ...«, begann Harutiun behutsam.

»Unterbrich mich nicht und denke an das, was ich dir jetzt sage, denn ich stehe schon mit einem Fuß im Grabe. Begib dich nach Konstantinopel, mein Sohn, und meine Gebete werden dich begleiten. Aber glaube nichts, versprich nichts, tu kaum den Mund auf – wenn irgend möglich, gar nicht. Dafür aber sperre deine Augen und Ohren weit auf, und vor allem bewahre dir deinen Scharfsinn. Sei wachsam, beobachte und überlege. Diese Jungtürken sind Neureiche, Parvenüs. Sie sind unersättlich, ›ihr Auge ist durchbohrt‹, wie wir sagen. Viel Blut und Elend werden sie brauchen, bevor sie befriedigt sind. Die Sultane und ihre Gefolgsleute hingegen waren seit Langem befriedigt.«

Großma schwieg, ließ den Blick nachdenklich über ihre Kinder schweifen und rief dann Wahram zu sich. »Komm ganz nahe her zu mir, mein Kleiner, und hör zu«, sagte sie. »Meine Kinder, ihr seid gewillt, dem Lächeln der Türken Glauben zu schenken, und ihr vergesst, dass sie eure Väter, eure Großväter, Sebuh, die Eltern von Araxi und viele andere hingemetzelt haben. Es ist ganz richtig, wenn ihr euch fügsam zeigt, aber ihr müsst mehr denn je auf eurer Hut sein. Öffnet dem Türken weder euer Haus noch euer Herz. Wenn sie sich in beiden auskennen, werden sie nur umso leichter eure Häuser niederbrennen und eure Herzen durchbohren können.«

»Aber Mutter«, wandte Harutiun ein, »es gibt keine Türken mehr. Wir sind jetzt alle Osmanen. Wir sind einander gleich geworden.«

Großma bekreuzigte sich mehrere Male. »Jesus, Maria, ihr Erzengel und Heiligen Gottes, gewährt uns eure Barmherzigkeit! Ihr meint also, der Türke sei kein Türke mehr, sondern ein Osmane, und der Armenier sei kein Armenier mehr, sondern ebenfalls ein Osmane. Und das Gleiche gilt für den Griechen, den Assyrer, den Juden, den Araber oder den Kurden. ... Aber sag mir doch, Harutiun, was ist das, ein Osmane? Ist es ein Muslim oder ein Christ?«

»Der Türke bleibt Muslim und der Armenier Christ. Es steht jedem Menschen frei, sich seine religiöse Überzeugung zu bewahren.«

»Dann hat sich also nichts geändert. Oder wird die Tatsache, dass sie nun Osmanen sind, das Herz der Türken und der Kurden verändern? Werden sie aufhören zu plündern, zu morden und Häuser niederzubrennen?«

»Mutter, du weißt genau, dass wir dem Massaker nur entgangen sind, weil die Jungtürken es verhindert haben.«

»Ja, allerdings. Die Türken waren sich diesmal untereinander nicht einig und fühlten sich nicht stark genug. Aber über kurz oder lang wird unter dem Lammfell, das er sich übergeworfen hat, doch wieder der Wolf hervorschauen.«

»Nein, Mutter, jetzt übertreibst du«, widersprach Tigran freundlich und ernst. »Von nun an wird das Parlament die Gesetze erlassen und

nicht der Sultan. Und die armenischen Abgeordneten werden im Parlament Sitz und Stimme haben. Außerdem werden armenische Soldaten in der Armee dienen ...«
»Schweig, du Tollkopf«, unterbrach Großma ihn hoheitsvoll. »All das wird nie und nimmer die Herzen der Menschen verwandeln. Um sich zu ändern, müssen die Herzen sich jahrhundertelang in den Weidegründen der Weisheit ergehen.«
Zwei ungewohnte Tränen rollten über die verwelkten Wangen der alten Dame. Am liebsten hätte Wahram ihre Behauptungen mit schlagenden Beweisen unterstützt, die alle Welt zum Schweigen gebracht hätten. Aber er konnte dem Gespräch nur mit Mühe folgen. Die Worte flogen wie Kometen an ihm vorüber. Er schaute alle Anwesenden der Reihe nach an: Tigran war rot wie ein Hahnenkamm, Harutiun blass und etwas verlegen, Hrant fast gleichgültig, Aghawni gelassen. Sirarpis weit geöffnete Augen schossen blaue Blitze, während Araxi, die auf der Sofaecke kauerte, einen fast verstörten Eindruck machte.
»Meine Kinder«, begann Großma wieder, »wenn ihr dem Tiger einen Dienst erweist, wird er euch dafür dankbar sein und es nicht vergessen. Aber der Türke wird es vergessen. Seit Jahrhunderten ist sein Herz vergiftet. Er glaubt, ein Recht auf unsere Dienstleistungen zu haben. Wie sollen die Türken uns achten, wenn sie nicht einmal den Koran verehren?«
»Aber Großma«, fiel Wahram plötzlich ein. »Du hast mir doch erzählt, dass sie in ihren Moscheen den Koran aufsagen, so wie wir in den Kirchen die Bibelsprüche.«
»Ja, mein Kleiner, aber sie hören Gott nicht, der durch den Koran zu ihnen spricht. Ihr wisst es selbst, meine Kinder: Mohammed erklärt, dass er kein Prophet sei, sondern nur ein von Gott erwähltes Werkzeug. Und ihr wisst auch, dass der Koran Moses, Elias und Jesus als Propheten anerkennt. Er sieht in Maria die Muttergottes, und er sagt auch, dass die den Menschen durch den Mund Mohammeds verkündete Religion die der Juden und der Christen sei. Die Araber ehrten diese Offenbarungen, aber die Türken haben ihren Sinn umgekehrt. In ihren Augen sind wir Ungläubige geworden. Schlechter als Hunde. Es hat keinen Sinn, von Gleichheit zu sprechen; dieses Wort gibt es in der türkischen Sprache nicht. ›Mussawat‹ bedeutet nicht Gleichheit, sondern Gerechtigkeit.«
»Mag sein, Mutter«, meinte Harutiun. »Aber eine Gerechtigkeit ist undenkbar ohne die Gleichheit der Rechte.«

»Die Türken haben vor nichts Achtung als vor der Stärke. Und sie sind nun einmal die Stärkeren. Bleiben wir auf dem Platz, den sie uns zugewiesen haben. Fordern wir sie nicht heraus, indem wir ihresgleichen werden wollen. Wie wagt ihr zu glauben, dass ihr die Brüder der Türken seid? Seid ihr verrückt geworden?«
»Aber die Gleichheit steht jetzt im Gesetz, Mutter«, erklärte Harutiun.
»Dann möge Gott uns helfen! Wenn das Gesetz euch verpflichtet, euch dem Wolf anzuvertrauen und euch als sein Bruder zu fühlen, dann wird er euch fressen.«
»Nein, Mutter«, widersprach Tigran ungeduldig. »Das hat sich alles geändert. Russland, Deutschland, England und Frankreich werden die Türken nicht gewähren lassen.«
Großma stand auf, legte ihre rechte Hand auf Wahrams Kopf und erhob die andere zum Himmel. »Herr, Herr, habe Erbarmen mit uns!«, rief sie. »Wenn wir Deines Erbarmens nicht würdig sind, weil wir die Einsicht verloren haben, die Du uns verliehen hast, so versage es doch nicht diesem Kind und allen anderen Kindern und entleere das Herz der Türken vom Gift!« Dann wandte sie sich an Harutiun und sagte: »Die Franzosen sind fern. Die Russen und die Deutschen sind arm und gefräßig. Und die Engländer?« Nun blickte sie auf Tigran und fuhr fort: »Die Engländer haben im Austausch gegen Zypern, das unseren Königen gehörte, die Armenier an den Roten Sultan ausgeliefert. Dreihunderttausend der Unseren sind ermordet worden. Nein, meine Kinder, haltet euch fern von den Türken! Vertraut ihnen nicht eure Gedanken an, solange das Wort Gottes ihre Herzen nicht berührt hat.«

Seit Monaten herrschte das Gesetz der »Freiheit« unumschränkt. Diese Freiheit gestattete dem Verlobten, seine zukünftige Frau schon vor der Hochzeit zu sehen und zu küssen. Und es gab noch manches sichtbare oder unsichtbare Zeichen dafür, dass die seit Jahrhunderten gültigen Regeln durchbrochen und gelockert wurden. Diese Freiheit schien wie ein fröhlicher Wind der Sicherheit und des Fortschritts zu wehen. Bücher und Zeitungen kamen aus Europa und sogar aus Russland. Begeisterung erfasste die jungen Männer, die ganz offen der Mode »à la franca« huldigten und sich mit Sport und Politik beschäftigten.
Wahram hörte Großma brummen und sich über das Benehmen der jungen Mädchen empören. Diese verhüllten jetzt nicht mehr ihre Ge-

stalt, sie zeigten die Früchte ihres Oberkörpers! Das Feuer des Himmels würde auf sie alle herabfallen wie einst auf Sodom und Gomorrha!

Wahram seinerseits nahm Unterricht in schwedischer Gymnastik, gewissermaßen das erste Stadium dieser Emanzipation der Jugend. Eines Nachmittags trat er in die Küche, fröhlich und ungezwungen. Großma war damit beschäftigt, ein kompliziertes Heilmittel zuzubereiten. Zerstoßene Kräuter, Honig, Wachs und eine Unmenge von Fläschchen und Gläsern bedeckten den Tisch. Großma richtete sich von ihren Kräutern, ihren buntfarbigen Pulvern und ihren geheimnisvollen Mixturen auf und warf einen prüfenden Blick auf die wichtigtuerische Miene ihres Enkels, der, nachdem er ihr die Hand geküsst und einen guten Abend gewünscht hatte, reglos in seinem Matrosenanzug stehen blieb, die Bücher und Hefte unter dem Arm, als brenne er darauf, etwas zu sagen.

»Wahram, was nagt an deiner Zunge?«, fragte Großma. »Kannst du nicht reden, anstatt hier den Storch zu spielen?«

»Wir haben jetzt die schwedische Gymnastik erlernt«, antwortete Wahram. »Weißt du, Großma«, fuhr er eifrig fort, »ein armenischer Hauptmann mit Namen Wahram Bey hat sie uns beigebracht.«

»Dass der Tod deinen Offizier hole! Was ist das für eine Teufelsgymnastik?«

Nun berichtete Wahram über die Ausdehnung der Brustmuskeln. Er führte die zehn Übungen vor, die die Atmung regelten und die Lungen erweiterten, er sprach mit gewählten Worten von der Nützlichkeit der Bewegungen, die den Sauerstoff einströmen ließen und gewisse Muskeln entwickelten.

Großma hörte sich diesen Sturzbach der Erläuterungen an und bewunderte die anmutigen Gesten des Kindes. »Diese Bewegungen wirken wie ein Tanz, mein Kleiner«, sagte sie. »Aber was ist dieser Sauerstoff, von dem du da redest?«

»Er ist in der Luft. Und wenn viel davon da ist, dann ist die Luft rein.«

»Unsinn! Ein Armenier, der türkischer Offizier geworden ist, bringt euch Dummheiten bei. Du weißt sehr gut, Wahram, dass im Umkreis dicht belaubter Bäume die Luft gut und rein ist. Was hast du darauf zu erwidern?«

Wahram erzählte von der Atmung der Pflanzen, die unter der Einwirkung des Chlorophylls Sauerstoff absondern. Großma wurde ärgerlich. »Mein Gott!«, rief sie. »Wie können die Menschen sich nur solche Albernheiten ausdenken! Die Pflanzen atmen! Was für eine Geschichte …«

»Aber Großma –«

»Schluss damit! Du solltest besser ein ordentliches Handwerk erlernen, das deines Vaters zum Beispiel, anstatt deine Zeit damit zu verlieren, solchen Unsinn anzuhören!«

Das Handwerk deines Vaters erlernen. Diese Bemerkung gefiel Wahram, und er stellte sich augenblicklich vor, wie viel Vergnügen es ihm bereiten würde, Metalle zu vergolden und zu versilbern und Armbänder, Ringe, Gürtel, Tabaksdosen und Ketten anzufertigen. In Gedanken sah er die glitzernde Kaskade aus Gold, Silber und Edelsteinen vor sich, die er im Laden seines Vaters immer so bewundert hatte.

Warum sollte er nicht einen Gang durch die Stadt unternehmen? Jetzt, da er ein großer Junge war und die Türkengefahr gebannt war, bestand kein Grund, nicht sofort loszuspazieren. Nur … musste er Großma um Erlaubnis bitten? Es wäre wohl besser gewesen, aber er wollte es doch nicht tun. Ich bin kein kleines Kind mehr, sagte er zu sich selber. Ich bin stark, und ich weiß mehr als Großma. Warum soll ich immer erst um Erlaubnis betteln? Er zögerte noch einen Augenblick, und dann ging er langsam in Richtung von Hatsch Poran davon. Bis dorthin werde ich gehen, und wenn ich dann meine, dass es doch nicht richtig war, ohne Erlaubnis fortzulaufen, kehre ich um. Aber noch bevor er am Hause der Franziskanerbrüder angelangt war, traf er Abro, seinen Klassenkameraden, der zwischen Hatsch Poran und der Badepforte wohnte. So wanderten sie jetzt gemeinsam weiter, und Wahram prahlte: »Mein Vater erwartet mich, und wir können in der Kutsche zurückfahren.«

Nachdem er einmal so begonnen hatte, blieb ihm nichts anderes übrig, als sich noch weiter in Lügen zu verstricken. Er fügte hinzu: »Wenn du bis zur Stadt mitkommst, werde ich meinen Vater bitten, dich in der Kutsche nach Hause zu fahren.«

Diese Aussicht überzeugte Abro. Er konnte der Versuchung, auch einmal im Wagen fahren zu dürfen, nicht widerstehen. Frohgemut durchschritten die beiden Freunde die Badepforte.

Wahrams Bedenken waren zerstreut. Die beiden plauderten über tausenderlei Dinge und gelangten so zum Palast des Gouverneurs. Zu zweit kam ihnen der Weg viel kürzer vor. Die breite Straße, die in diesen frühen Nachmittagsstunden nur wenig belebt war, schien zu schlafen.

Plötzlich stürzte ein Schwarm türkischer Jungen schreiend und gestikulierend aus einer Seitengasse hervor und hatte im Handumdrehen die beiden Ausreißer umringt. Stille. Und dann Rufe: »Das sind Ungläubige!«

Abro rannte auf sie zu, warf einen Türkenjungen um, der ihm den Weg versperren wollte, und lief in Richtung auf Hatsch Poran davon. Wahram jedoch, den einige seiner Gegner gepackt hatten und mit Schlägen traktierten, musste sich ihnen stellen. Unwillkürlich wich er etwas zurück. Hinter sich bemerkte er eine schmale Tür, die tief in die Mauer eingelassen war. Er flüchtete sich an diesen Platz, wo er nur von zweien seiner Gegner zugleich angegriffen werden konnte, und gab sich alle Mühe, die entfesselte Meute von sich fernzuhalten.

Unter einem Hagel von Verwünschungen (diejenigen, die nicht an ihn herankamen, beschimpften seine Religion, seinen Vater, seine Mutter, seine Brüder, seine Schwestern, seine Rasse, seine Augen, seinen Mund) kämpfte er, so gut er konnte. Ein Fußtritt jedoch nahm ihm fast den Atem. Da seine Gegenwehr deshalb kurz nachließ, warf sich ein Türkenjunge auf ihn und versuchte, sein Gesicht zu treffen. Wahram bückte sich. Der Schlag hob den Türklopfer, der dröhnend wieder zurückfiel. Plötzlich tat die Tür sich auf.

Wahram stolperte rückwärts. Irgendjemand packte ihn bei den Schultern und schob die Tür wieder zu. Er fühlte sich in einen stinkenden, schwach erleuchteten Gang gestoßen. Dann packte der Unsichtbare ihn um den Leib, zog ihn weiter und warf ihn auf einen Haufen gehäckselten Strohs.

»Du bist Armenier, nicht wahr?«, fragte der Türke mit kehliger Stimme.

Wahram antwortete nicht. Er wollte sich erheben, erhielt aber einen Fußtritt in die Seite. Die fette Gestalt des Türken wälzte sich über ihn, und ein übel riechender Atem blies ihm ins Gesicht. Ihm wurde schlecht. Er erbrach sich, und der Strahl traf den Türken mitten ins Gesicht. Der Mann schrie auf, wischte sich ab, und dann versuchten seine Hände, Wahrams Hose aufzuknöpfen. Eine blinde Wut bemächtigte sich des Jungen. Seine Augen verdunkelten sich. Er wusste nicht mehr, was er tat. Sein zu Boden gedrückter Körper diente ihm als Stütze, um Fußtritte auszuteilen. Plötzlich stieß der Mann einen Schrei aus, fuhr auf und fasste sich mit der Hand zwischen die Schenkel. Im gleichen Augenblick schoss Wahram in die Höhe. Eine Staubwolke zwang ihn zum Niesen. Er stürzte auf die Tür zu. Zwei türkische Frauen standen dort und bemühten sich, ihn zurückzuhalten, doch er nahm allen Mut zusammen und rannte, ohne sich um ihr Geschrei zu kümmern, auf die Gartentür zu, die glücklicherweise nicht verschlossen war. Er lief durch die mittlere Allee, folgte einem Bewässerungsgraben, kam an die Mauer, kroch auf dem Bauch durch eine Kanalisationsöffnung und kam auf die Straße. Er überquerte den Boulevard, auf dem er mit den Türkenjungen gekämpft hatte, und wusch sich Hände und Gesicht im Wasser des Baches. Die Wut machte ihn unempfindlich gegen jeden Schmerz. Kaum bemerkte er die lindernde Wirkung des kühlen Wassers.

Da er nicht den Mut hatte, den Rückweg anzutreten, zog er es vor, bis zum Laden seines Vaters weiterzuziehen. Diese Strecke betrug nur ein Drittel des Weges nach Hause – etwa anderthalb Kilometer. Erschöpft langte er schließlich am Geschäftshaus seines Vaters an. Es wunderte ihn nicht, dass die Rückwand halb eingerissen war und hier und da Schutt- und Kalkhaufen herumlagen. Wie er sich jetzt erinnerte, hatte der Vater seit der »Befreiung« oft davon gesprochen, dass er die Räume neu herrichten und sich mit Jeghia und Durzian zusammentun wollte. Die Arbeiten hatten also begonnen.

»Bespeichelst du dich neuerdings?«, fragte Hrant streng. Er stand mit Harutiun, dem Arbeiter und zwei Männern in einer Ecke.

»Nein, ich habe mich übergeben. Mir war schlecht.« Er würde nichts erzählen, das stand fest. Niemals. Die Fragen hörten auf. Wahram nutzte das Schweigen, um sich in eine Traumwelt gleiten zu lassen … Er würde wegfahren, weit weg. In Frankreich würde er Paris sehen, vielleicht sogar Napoleon und die fränkischen Ritter, die gewiss dem Smaragdritter glichen.

Plötzlich kam ihm eine Idee: »Hör zu, Väterchen. Anstatt der Kutschfahrten, die du mir versprochen hast, könntest du mich nach Paris schicken.«

Aber es gab einfach keinen ernsthaften Menschen hier. Alle lachten laut auf. »Hör erst auf, dich zu übergeben, dann kannst du fahren … nach Paris!«, erklärte Hrant prustend.

Wahram war wütend. »An meiner Stelle hättet ihr euch nicht übergeben, sondern wärt jetzt tot«, sagte er.

»Was willst du damit sagen?«, fragte sein Vater. »Nun … nichts!«, rief Wahram. Im selben Augenblick trat ein Mann ein, der von Kopf bis Fuß schwarz war. Wahram erkannte Said Hilmi Effendi, den Araber, und lächelte ihm zu.

Harutiun drückte lange die Hand des Arabers. Ein so wissendes wie glückliches Lächeln erhellte ihre Gesichter. »Seien Sie willkommen!«, sagte Harutiun. »Endlich! Jetzt muss man wohl glauben, dass es wahr ist.«

»Ja, es ist wahr«, erwiderte der Araber, »und Gott möge uns zum Guten führen. Denn …«

»Was ist?«, fragte Harutiun.

»Da immerhin war noch das Massaker von Adana«, antwortete Said Hilmi.

»Ja, das ist unbegreiflich.«

»Ich fürchte, es war nur eine Warnung. Nehmen wir die ›Freiheit‹, die man uns versprochen hat, nicht allzu ernst.«

Bestürzt blickten Harutiun und seine Gefährten auf Said Effendi.

»Du bringst uns einen Donnerschlag aus heiterem Himmel …«, sagte Harutiun endlich. »Du meinst also …«

»Bleiben wir auf der Hut. Diese Leute scheinen noch blutigere Gelüste zu haben als der Sultan Abdul Hamid.«

»Ich werde bald nach Istanbul fahren müssen. Vielleicht werde ich dann mehr verstehen.«

»Gehen Sie zu dem Scheich Abdurrahman al-Nuri, grüßen Sie ihn von mir, und sprechen Sie offen mit ihm.«

Dann setzten Hilmi Effendi und Harutiun ihr Gespräch leise fort. Wahram, der nichts mehr verstehen konnte, trat näher. »Said Hilmi Effendi«, sagte er, »ich möchte gern sofort nach Paris fahren. Willst du mich hinschicken?«

Der Araber warf den Kopf zurück und lachte ebenfalls. Was sollte das nur? Immer, wenn Wahram es ernst meinte, lachten die anderen. Er wurde wieder ärgerlich.

»Verzeih mir, mein Lämmchen«, sagte der Araber, »aber man fährt nicht so einfach nach Paris, wie man eine Treppe hinaufsteigt. Warum hast du es so eilig?«

»Weil mein Vater mir fünf Kutschfahrten versprochen hat und ich noch nicht ein einziges Mal gefahren bin. Jetzt möchte ich, dass er mich stattdessen nach Paris schickt.« Wahram hatte seine eigene Art zu zählen: Selbst nach der zehnten Fahrt schuldete sein Vater ihm immer noch fünf!

»So, Wahram, nun ist es genug«, unterbrach sein Vater ihn. »Wir haben etwas zu besprechen. Jeghia wird gleich mit der Kutsche wegfahren, und du darfst ihn begleiten.«

Die leere Kutsche hielt vor dem Laden. Jeghia nahm die schmutzigen Lappen und die staubigen Papiere fort, die sich auf einem der Werktische häuften. Drei Kisten erschienen, eine längliche und zwei quadratische, kleinere. Jeghia steckte sie in drei Säcke, die er einzeln zur Kutsche trug. Wahram versuchte, einen davon zu heben, aber das Gewicht überstieg seine Kräfte.

Kaum saß er im Wagen, konnte er nicht mehr an sich halten. »Was ist in den Säcken? Sie sind ja so schwer«, sagte er.

»Metall, Holz und Staub«, lautete Jeghias rätselhafte Antwort.

»Für deinen Vater?«

»Nein. Für ein großes Musikinstrument, auf dem die Menschen eines Tages spielen werden.«

Wahram wurde immer neugieriger, aber er schwieg.

Die Straße, die das Stadtzentrum mit dem Armenierviertel verband, war sehr belebt. Die Menschen, die nach Hause gingen, versperrten fast die ganze Breite des Fahrdamms. Die Sonne versank im Van-See und ließ ein wenig von ihrem Gold auf dem blassen Himmel zurück. Das eintönige Licht der Dämmerung umhüllte die Pappeln und Weiden mit einem zarten grauen Schleier. Kein Türke weit und breit. Die Passanten traten zur Seite, um den Wagen vorbeizulassen, sobald sie das Klingeln der Glöckchen am Pferdegeschirr vernahmen.

Als sie am Palast des Wali vorüberkamen, erkannte Wahram das Haus wieder, in dem er vor wenigen Stunden mit knapper Not dem Tode entronnen war. Die kleine rote Tür war geschlossen. Aus einem der vergitterten Fenster, gewiss dem des Harems, drang ein schmutzig gelbes Licht. Wahram hatte Lust, auszusteigen, an die Tür zu klopfen und sich auf den Türken zu stürzen.

Er schrak zusammen, denn Jeghia hatte ihn etwas gefragt.

»Musst du dich oft übergeben?«

»Nein, fast nie«, stotterte er undeutlich. »Und es wird auch nicht wieder vorkommen.« Er verschanzte sich hinter seiner Wut und sprach kein Wort mehr, gleichgültig gegen all die tausend Dinge, die er sonst bei einer Kutschfahrt so gern beobachtete.

Die Reise endete auf dem Platz der Hamid-Agha-Kaserne vor Jeghias Haus. Über die Mauern seines Obstgartens, die dreimal so hoch waren wie die anderen, ragte kein einziger Zweig.

»Ach, das ist dein Haus?«, rief Wahram. »Kennst du Nathanael Agha?«

»Klar ... das ist mein Vater!«

Wie oft schon hatte Wahram davon geträumt, in diesen unzugänglichen Garten eindringen zu können, den seine Mauern schützend umgaben wie Bollwerke eine Festung! Der Mann, den man den Patriarchen der Obstgärten nannte, der Mann, der so klug war, dass er die besten Früchte der Welt züchtete, war also Jeghias Vater!

»Sag mir, Jeghia, darf ich mir deinen Obstgarten wohl einmal ansehen?«

»Da müssen wir erst meinen Vater um Erlaubnis bitten.«

»Aber du bist doch schon groß und hast einen Schnurrbart!«

»Jawohl, aber über mir steht mein Vater, und der Garten gehört ihm. Er lässt niemanden in sein Paradies.«

Als Jeghia die enttäuschte Miene des Kindes sah, lächelte er. »Gut, gut«, sagte er. »Ich werde mit ihm sprechen, und er wird dem Enkel von Wosgehad Hatun diese Freude nicht versagen. Aber jetzt geh nach Hause.« Und Jeghia machte sich daran, seine sonderbaren Pakete abzuladen.

Großma erwartete ihn im Hof. »Wo warst du, Wahram?«, fragte sie ärgerlich. »Ich habe kein frisches Wasser mehr.«

»Ich hole welches«, sagte das Kind. Er stürzte zur Neuen Quelle und war im Handumdrehen mit dem Krug zurück.

Aber Großma schien nicht befriedigt. »Es ist recht, Wahram, wenn man rasch nachholt, was man zuvor versäumt hat. Aber wo warst du nun?«

»Ich war in der Stadt.«

»Was?«, fragte Großma verblüfft. Sie konnte es nicht fassen, dass er gewagt hatte, die Vorschrift zu verletzen, und dass er es so unverfroren zugab.

»Sarkis!«, rief sie.

Doch bevor der Diener kommen konnte, schrie Wahram rasch und voller Wut: »Mach dir nicht erst die Mühe, Großma! Da, schau her!« Blitzschnell ergriff er die Pfefferbüchse und ein Glas Wasser, nahm eine große Prise Pfeffer, zeigte sie Großma, stopfte sie in den Mund und trank einen Schluck Wasser hinterher. Großma starrte ihn mit großen Augen an. »So«, sagte Wahram mit seltsam zitternder Stimme. »Jetzt siehst du wohl ein, Großma, dass der Pfeffer nichts mehr für mich ist. Du kannst ihn nehmen, um Wartkes oder Wruir zu bestrafen. Ich habs hinter mir.«

Eine Sekunde lang rührte ihn Großmas verzweifelte Miene. Doch als das Brennen in seinem Mund immer heftiger wurde, flüchtete er in den Garten.

»Er ist ganz außer sich«, sagte Großma. »Mein Gott, was hat er nur?«

Als Harutiun nach Hause kam, nahm Großma ihn beiseite und erzählte ihm, was geschehen war. »Ist er in den Laden gekommen?«

»Ja«, erwiderte Harutiun, der ein sorgenvolles Gesicht machte und müde schien. »Er kam blass und verstört. Wie er sagte, hat er sich am Tor des Wali übergeben müssen.«

»Aber der Junge erbricht sich sonst nie«, meinte Großma. »Sicher hat er sich mit den Türken geschlagen.« Es tat ihr jetzt leid, dass sie nicht mehr Geduld mit ihm gehabt hatte. »Verzeih mir, Gott«, sagte sie. »Ich bin nur Schmutz und Staub. Dieses Kind war unglücklich, und ich habe seinen Kummer noch vermehrt.«

»Wo ist er jetzt?«, fragte Harutiun.

»Im Garten vielleicht.«

»Ich gehe ihn suchen.«

Die Nacht war mondlos, aber die Sterne schienen wie auf einen violetten Untergrund geheftet, der auf den Warak zutrieb. Die dunkle Masse des Berges war mit Lichtern besprenkelt: die des Dorfes Schuschantz und die des Klosters Garmerwor.

Wahram, der am Fuße des spät tragenden Aprikosenbaums im Gras saß, hatte die heruntergefallenen Früchte neben sich aufgehäuft und zerstreut eine nach der anderen gegessen. Das Brennen in seinem Mund war verschwunden. Jetzt schmiegte er sich in den Rasen, lachte über den Pfeffer und vor allem über Großmas fassungslose Miene. Aber dann fiel ihm das Haus des Türken wieder ein, und der Zorn übermannte ihn von Neuem.

Plötzlich hörte er die Stimme seines Vaters: »Wo bist du, Wahram?« Nicht antworten!, war sein erster Gedanke. Aber er richtete sich trotzdem auf: »Hier bin ich, Väterchen.«

Harutiun kam und setzte sich neben ihn. »Hör zu, Wahram«, sagte er. »Mutter ist eine alte Frau. Man darf sie nicht erschrecken. Und außerdem weißt du doch, dass man sie achten und ihr gehorchen muss.«

»Aber Väterchen –«

»Einen Augenblick!«, fuhr Harutiun fort. »Es wäre besser gewesen, dich gewähren zu lassen, da du den Pfeffer nicht mehr fürchtest.« Er begann zu lachen, und da Wahram vor lauter Erstaunen kein Wort hervorbrachte, sprach er langsam und freundlich weiter: »Denk immer daran, Wahram! Eines Tages wird Großma nicht mehr da sein, und du wirst sie vermissen. Du wirst dir Vorwürfe machen, weil du nicht immer gut zu ihr gewesen bist. Und diese Erinnerungen werden dich traurig machen.«

»Ja, Väterchen«, sagte Wahram.

»Und willst du mir jetzt sagen, warum du dich übergeben hast?«

»Das weiß ich nicht«, antwortete Wahram, wieder missmutig geworden.

Harutiun drang nicht weiter in ihn.

Als die Abendmahlzeit beendet war, fragte Großma: »Warum bist du so müde, Harutiun?«

»Mutter, ich glaube, dass ich bald nach Istanbul fahren muss und vielleicht sogar nach Paris.«

»Ich komme mit dir«, erklärte Wahram.

»Und woher willst du das Geld für die Reise nehmen?«, fragte Großma weiter.

»Die armenische Nationalpartei wird mir die Hälfte geben, und den Rest übernehme ich. Ich muss die Ausstellung der Juweliere und Goldschmiede von Van organisieren und an einem Kongress teilnehmen.«

»Fahre hin, mein Sohn«, sagte Großma, »und Gott möge dir beistehen. In Istanbul wirst du sicherlich deinen Bruder Mempre sehen.«

»Ich werde Mempre sehen, und vor allem werde ich mit den Armeniern und den Türken von Istanbul zusammentreffen. Wir wissen nicht mehr, auf welchem Fuß wir tanzen sollen. Du hattest recht, Mutter. Theoretisch herrschen die Freiheit, die Gleichheit und die Brüderlichkeit, aber die Türken scheinen unverbesserlich zu sein. Dauernd setzen sie die Steuern herauf, holen unsere jungen Leute zum Militärdienst und streichen das Ablösegeld ebenfalls als eine Art Steuer ein. Ja, theoretisch … da sind wir alle Osmanen. Wir haben unsere Abgeordneten, aber ich muss dir ganz ehrlich sagen, Mutter, mir scheint, dass Enver,

Talaat, Dschemal und all die anderen Paschas drauf und dran sind, Sultane zu werden. Und jeder von ihnen ist zehnmal schrecklicher als der eine Sultan, den wir hatten, bevor sie an die Macht gelangten.«

»Oh, das Kleid verändert die Frau nicht«, sagte Großma. »Ein Türke wird stets ein Türke sein, Harutiun. Wann gedenkst du zu reisen?«

»Ich weiß es noch nicht.«

»Ich fahre mit dir!«, rief Wahram noch einmal.

»Du kannst fahren, wenn du einen Schnurrbart hast, vorher nicht«, erklärte Großma.

Nathanael Agha, Jeghias Vater, lud Wahram in seinen Obstgarten ein.

»Tu deine Augen und Ohren auf, Wahram, meine schönste Morgennarzisse«, sagte Großma zu ihm. »Kein Mensch auf der Welt versteht die Sprache der Bäume und der Früchte besser als Nathanael. Und er erlaubt sonst niemandem, in seinen Garten zu kommen. Es ist eine große Ehre für dich, dass du einen ganzen Tag dort mit ihm verbringen darfst.«

»Und du, Großma? Kennst du seinen Garten?«

»Ich bin einmal mit Nathanaels Vater darin spazieren gegangen, und nie habe ich vergessen, was er mir damals gesagt hat. Kein anderer Mensch hätte mich das lehren können.«

Nach all diesen Ermahnungen war Wahram doch ein bisschen bang, als er den Klopfer an Nathanael Aghas Tür hob. Wie oft war er schon an dieser Mauer gegenüber der Hamid-Agha-Kaserne entlanggegangen auf seinem Weg zur Kirche, zur Schule oder in die Stadt! Ihre unmenschliche Strenge und Höhe hatte ihn stets beschäftigt. Jetzt würde er hineingelangen ... In seiner Fantasie verglich er sich mit Aladin, der in die Gärten der Wunderlampe hinabsteigt.

»Wahram Pascha, Wahram Pascha«, rief sein Gastgeber. »Du möchtest also gern meine Bäume und meine Blumen sehen? Man hat mir berichtet, du seist ein feuriger Felsen. Du bist also der Enkel Wosgehads! Hast du deine Zunge verschluckt?«

Es war das erste Mal, dass jemand zu Wahram von seiner Großma sprach, ohne sie »Große Frau« oder »Wosgehad Hatun« zu nennen. Das erstaunte das Kind und flößte ihm einen gewissen Respekt ein. Der Mann, der zu ihm sprach, war hager, hochgewachsen, mit sonnenverbranntem Gesicht. Seine Augen lächelten, und sein grauer Schnurrbart fiel gerade zu beiden Seiten des Kinns herab.

»Guten Tag, Nathanael Agha«, brachte Wahram endlich hervor. »Ich grüße Sie und danke Ihnen, dass Sie mir Ihre Bäume zeigen wollen.«

»Komm, mein Kleiner, komm nur.«

Die sauber mit Sand bestreute Mittelallee zerteilte den Garten in zwei Hälften. Doch schon nach den ersten Schritten entdeckte Wahram zu seiner Überraschung etwas, das ihm völlig neu war: Die Mauern verschwanden ganz und gar hinter den Zweigen der Bäume. Und die Stämme der meisten dieser Bäume, der Aprikosenbäume, der Apfelbäume, der Pflaumenbäume, der Kirschbäume, der Quittenbäume und der Pfirsichbäume, waren ungeheuer dick. Und das Allererstaunlichste: Drei riesige Birnbäume, so wie die Birnbäume bei ihm zu Hause, breiteten ihre Zweige über eine große Rosenhecke.

Versteckt in dem dichten Laubwerk der ineinandergeschlungenen Zweige verteidigten spitze Dornen eine Fülle von Blüten. Sie bildeten große Arabesken auf diesem Laubpolster. Eine üppige grüne Baumgruppe neben der Hecke gab einem das Gefühl, dass man die belebende Feuchtigkeit dieses Gartens fast mit den Augen berühren könne. Und wirklich, Wahram spürte diese außerordentliche grüne Feuchte nicht, er sah sie. Hinter der Baumgruppe begann das Reich der Aprikosenbäume. Ihre schwarzen, mit dicken Rinden bedeckten Stämme stiegen hoch empor, bevor sie nach allen Seiten ihre Zweige ausbreiteten, die eine schier unglaubliche Last an Früchten trugen.

»Liebst du Aprikosen, Wahram?«, fragte Nathanael Agha.

»Ich liebe sie alle.«

»Alle? Wieso?«

»Weil es doch so viele Sorten gibt. Großma sagt, alle Früchte fänden sich in der Aprikose wieder, und –«

»Man darf keinen Unsinn reden, Wahram. Die Aprikose enthält nicht alle anderen Früchte in sich, wie man annehmen könnte, wenn man dir zuhört. Ich zähle fünfunddreißig Aprikosensorten, von denen jede einer anderen Frucht ähnelt. Der Pfirsich, die Pflaume, die Maulbeere, die Melone, die Weintraube, sie alle haben den einzelnen Aprikosensorten etwas von ihrem Geschmack mitgegeben und ihnen dabei doch ihren eigenen Duft gelassen.«

Jetzt zog der Patriarch Nathanael Agha eine ernste Miene. »Wahram, Wahram«, sagte er, »es scheint, dass Großma dich sehr liebt und dich tausend Dinge lehrt. Man muss also wohl glauben, dass du ein kluger

Junge bist. Aber stimmt das auch? Man erzählt von dir die unglaublichsten Dinge. Etwa, dass der Teufel in dich fährt und dich anstiftet.«

»Nein«, sagte Wahram, »wenn ich den Teufel sähe, würde ich mich bekreuzigen, und er würde im Boden versinken.«

»Gut, gut«, sagte Nathanael Agha.

Doch Wahram hatte das Gefühl, dass er still in sich hineinlachte.

»Deine Großma hat dir also unendlich viel beigebracht. Nun wiederhole mir doch einmal irgendetwas, das dir besonders gefallen hat, damit ich sehe, ob du Nutzen ziehst aus den Erfahrungen eines Menschen, den die Jahre weise gemacht haben.«

Wahram blickte forschend in Nathanael Aghas Gesicht. Wenn er mit Erwachsenen sprach, merkte er sehr schnell, ob sie ihn wie ein Kind behandelten oder nicht. Im ersteren Fall wurde er augenblicklich aufsässig. Zu Nathanael Agha hingegen hatte er vom ersten Augenblick an Zutrauen gefasst. Er hatte gefühlt, dass dieser ihm nicht nur Freundlichkeit entgegenbrachte, sondern auch jene Achtung, die man den Erwachsenen bezeugt. Nun musste er seinem Gastgeber zeigen, dass er kein Kind mehr war. Er überlegte ein wenig und begann:

»Großma hat mir erzählt, dass die große Natter in unserem Garten eine Fee ist und dass der Reichtum unseres Hauses von ihr abhängt. Sie ist es, die die Traube reifen und das Gemüse wachsen lässt und die Vaters Unternehmungen begünstigt. Solange sie unter uns und gesund ist, wird uns nur Gutes widerfahren. Ja, Nathanael Agha, ich bin klug, denn ich bin sicher, dass all dies wahr ist. Bitte, sag mir doch, hast du auch eine Natter in deinem Garten?«

Nathanael Agha lächelte dem Kind zu, nahm es bei der Hand und ging mit ihm zu den Weinstöcken. Sie traten zum mittleren Bewässerungsgraben. Mitten unter dem reichen Laub eines Stockes, der besonders viele Trauben trug, war ein Loch, das schräg in die Böschung hineinführte. Nathanael Agha begann leise, eine melodische Tonfolge zu pfeifen. »Sie wird kommen«, sagte Nathanael Agha. »Hab keine Angst, Wahram, sie ist sanft und friedlich. Du darfst dich nur nicht rühren. Bleib reglos stehen und schau.«

Wahram gewahrte eine leichte Bewegung im Laubwerk. Ein graues Dreieck streckte sich durch die Reben und erhob sich. Ihm folgte ein langes, leuchtend grünes Seil, mit blauen und weißen Flecken übersät. Der Kopf hob sich Nathanael Agha entgegen und richtete seine kalten

Augen auf ihn. Der Mund öffnete sich, und mit scharfem Zischen begann eine bewegliche rote Blume zu flattern.

»Oh, sie ist doppelt so groß wie unsere!«, flüsterte Wahram. Kaum hatte er diese Worte ausgesprochen, als die Natter verschwunden war. »Du hättest nicht reden dürfen, Wahram. Aber es macht nichts. Komm jetzt mit mir. Wir wollen frisches Wasser holen, denn man muss zuerst trinken, wenn man den Geschmack der Früchte richtig auskosten will.«

Eingehüllt von den berauschenden Düften, gingen sie über das Spitzenmuster aus Schatten und Licht, bis sie am Brunnen anlangten. Aus einer zwischen den Säulen eingelassenen Nische holte der Patriarch ein Glas und einen rosafarbenen, feuchten Krug. Langsam, als lausche er dem Lied der Seilwinde, holte er das Wasser herauf. Eine kristallene Kaskade ließ den Krug überlaufen. Nathanael Agha reichte Wahram das Glas.

»Lass es nicht fallen, das würde dir Unglück für dein ganzes Leben bringen«, sagte er so ernst, dass Wahram erschrak.

Dann gingen sie auf den großen Aprikosenbaum mit dem majestätischen Stamm zu. Der Patriarch der Obstgärten stellte den Krug ins Gras. »Wahram«, sagte er, »dieser Baum ist der König der Aprikosenbäume. In ganz Van, vielleicht in der ganzen Welt, gibt es keinen, der ihm gleicht. Ebenso wie die anderen Bäume dieses Gartens trägt er die Früchte der Semiramis. Weißt du, wer Semiramis war?«

»Nein.«

»Wie«, versetzte Nathanael, »du kennst Semiramis nicht?«

»Ich habe sie nie gesehen«, antwortete Wahram. »Aber ich weiß, dass sie nach Van kam, um unseren König Aray zu töten.«

»Gut«, meinte der Greis. »Du kennst sie. Nun, sie lebte vor mehr als viertausend Jahren. Sie ist es, die alle Obstbäume in Van pflanzen ließ, und da sie eine Zauberin war, hat sie sie für alle Zeiten behext, indem sie ihnen ihre eigene Schönheit gab. Weißt du, dass sie sehr schön war?«

»O ja! Sie war hübscher als die armenische Königin. Sie war die schönste Dame ihrer Zeit.«

»Ah, das weißt du also«, sagte Nathanael Agha belustigt. »Und weißt du auch, was die Schönheit einer Frau ausmacht?«

»Die Augen und die Hände«, antwortete Wahram, ohne zu zögern.

»Sie hatte schwarze Augen und ebenso feine Hände wie Aghawni …«

»Aghawni? Wer ist das?«
»Mama.«
»Ach. Und sie hat feine Hände? Ja«, sagte er nachdenklich, »ich erinnere mich. Du bist ein guter Junge, Wahram, ich werde dich vieles lehren«, seine Stimme wurde wärmer. »Hör mir gut zu. Semiramis ließ rings um die Festung Van einen Obstgarten anlegen. Der Obstgarten bedeckte die ganze Fläche unserer heutigen Stadt. Und als die Bäume Früchte trugen, spazierte Semiramis in einer hellen Mondnacht in diesem Garten, und sie schenkte den Kirschbäumen ihre Lippen, den Apfelbäumen ihre Wangen, den Pfirsichbäumen ihre Haut, den schwarzen Trauben ihre Augen und den Aprikosen ihre Brüste ...«

Wahram riss die Augen weit auf, während sich unter dem grauen, gebogenen Schnurrbart des Patriarchen ein schelmisches Lächeln abzeichnete.

»Such jetzt die heruntergefallenen Aprikosen und bring sie hierher«, sagte er.

Wahram verschwand bis zu den Hüften im Gras. Hier und dort blinkte ein rosiger Schein zwischen dem Dunkelgrün auf, und Wahram sammelte einige fast durchsichtige Aprikosen ein, die er neben dem Krug niederlegte, um sich dann wieder auf die Suche zu begeben. Nach wenigen Minuten schon gebot der Patriarch der Obstgärten ihm Halt. Er legte ihm eine Frucht in die Hand, die diese ganz ausfüllte.

»Iss sie langsam«, sagte er. »Beiß ein möglichst großes Stück heraus und schiebe es in alle Winkel des Mundes, um es richtig zu genießen. Kaue langsam, wende den Bissen wieder und wieder um und atme ihn ein, bevor du ihn hinunterschluckst.«

Eine Mischung aus Honig, Rose, Muskat und Aprikosenduft durchdrang alle Sinne Wahrams. Eine schwere, köstliche Quelle, golden wie die Sonne, rann seine Kehle hinab.

»Und jetzt, nachdem du den Bissen gegessen hast, trink einen Schluck frisches Wasser. Trink langsam.«

Wahram trank. Der nächste Bissen erschien ihm noch wohlschmeckender. Und der dritte noch herrlicher als der zweite.

»Siehst du, Wahram, wenn du den Mund erfrischst, erneuerst du deinen Geschmackssinn«, sagte der Greis. »Dann kannst du das, was du isst, voll genießen. Weißt du, wie diese Aprikosen heißen?«

»Ich habe noch nie so wundervolle gegessen!«, rief Wahram.

»Das sind die ›Brüste der Semiramis‹!«, sagte der Greis.

»Ah, ich verstehe«, fiel Wahram eifrig ein, »es ist eine verzauberte Frucht!«

Der Patriarch der Obstgärten hatte die Hand auf den Stamm des Aprikosenbaums gelegt und streichelte zärtlich die Rinde mit ihren vielen Rissen. Sie schien seine Hand magnetisch anzuziehen, während Nathanael weitersprach: »Siehst du, so lebt Semiramis durch ihre Früchte seit viertausend Jahren fort. Aber du musst auch wissen, Wahram, dass die Menschen diesen Früchten seit viertausend Jahren unendliche Mühe, Sorgfalt und Aufmerksamkeit gewidmet haben. Nur so konnten sie die Könige aller Früchte werden.«

In diesem Augenblick knarrte die Gartenpforte, und in ihrem schwarzen Rahmen erschienen drei Wachsoldaten des Gouverneurs. Sie trugen Körbe in der Hand.

Nathanael Agha ging zur Hauptallee. Wahram, der noch immer sein Glas trug, folgte ihm. Das Kind zitterte. Kamen diese Männer, um den Patriarchen der Obstgärten zu verhaften? Aber nein! Die Wachen grüßten achtungsvoll, und ihr Anführer, ein Leutnant, legte die Hand an den Kalpak, die hohe Pelzmütze, und sagte: »Bey Effendi, der Herr Gouverneur bittet Sie, ihm Früchte für den Empfang zu liefern, den er zu Ehren einiger hoher Herren geben will, die aus Dersaadet eingetroffen sind.«

Nathanael Aghas Ungezwungenheit grenzte an Vermessenheit! Kühl und hoheitsvoll musterte er den Leutnant von Kopf bis Fuß. Er erwiderte nicht einmal seinen Gruß. »Gut«, sagte er. »Lassen Sie die Körbe hier, und kommen Sie in einer Stunde wieder.«

Die Soldaten machten kehrt. »He!«, rief der Patriarch hinter ihnen her. »Sagt im Vorbeigehen meinem Sohn, er soll kommen und mir helfen.«

Jeghia kam fast augenblicklich und fragte ehrerbietig, was sein Vater von ihm wünsche. Plötzlich umgab in Wahrams Augen eine ungeheure Majestät den Patriarchen der Obstgärten. Wie ein Herrscher auf dem Gipfel seiner Macht stand er glorreich inmitten seines Hofes.

»Mein Sohn«, befahl er, »fülle die Körbe des Gouverneurs. Wähle nur die reifsten und schönsten Früchte.« Er nahm den Krug wieder auf und führte Wahram zu einem Apfelbaum. In der Mitte des Gartens sah man etwa ein Dutzend dieser Bäume, deren glänzende Blätter die roten Äpfel verbergen. »Dies sind die ›Wangen der Semiramis‹«, sagte Nathanael Agha lächelnd. »Betrachte sie genau. Sollte man nicht meinen, sie erröten, wenn ein Blick sie trifft?«

Wahram glaubte die schreckliche Königin unter ihren goldenen Schleiern zu erblicken. Nein, das war nicht möglich. »Nathanael Agha«, sagte er plötzlich. »War Semiramis nicht eher dreist? Wie konnte sie dann erröten?«

Der Patriarch der Obstgärten verlor seinen Ernst. Sein Lachen endete mit einem Hustenanfall. Nachdem er sich etwas beruhigt hatte, streichelte er den lockigen Kopf des Kindes und sagte: »Du musst wissen, Wahram, dass es Augenblicke gibt, in denen jede Frau, selbst wenn sie eine Semiramis ist, vor Scham errötet. Wäre es nicht so, dann hätten die Frauen ihren schönsten Zauber verloren.«

Wahram vermutete ein Geheimnis hinter diesen Worten. Aber welches?

»Und dieses schamhafte Erröten war bei Semiramis ausgeprägter als bei allen anderen Frauen. Versuche nicht, das zu verstehen, Wahram, du wirst es noch früh genug begreifen.«

Und Nathanael Agha goss ein wenig Wasser in das Glas. »So, und nun trink einen tüchtigen Schluck, bevor du die ›Wange der Semiramis‹ kostest.«

Die Frucht, die Wahram zum Munde führte, durchdrang ihn förmlich mit ihrem köstlichen Geschmack. Unter seinen Zähnen spannte sich die zarte Schale ein wenig, gab nach, und dann zerbröckelte knirschend die harte und zugleich zarte Masse des Fruchtfleisches. Er verspürte den Drang, die Augen zu schließen, um den Genuss noch tiefer auszukosten.

Großma wartete schon ungeduldig auf Wahrams Rückkehr. »Er hat dich lange dabehalten«, sagte sie. »Also du schwimmst jetzt in einer Wolke von Glück, ja?«

»Großma«, rief das Kind, »warum haben wir nicht so einen Obstgarten wie er?«

»Weil wir nicht Nathanael sind.«

»Diese Früchte!«

»Bist du betrunken, Wahram?«, fragte Großma lächelnd. »Oder hast du zu viele davon gegessen?«

»Vier. Aber Nathanael Agha hat mir gesagt, ich solle in einem Monat noch einmal zu ihm kommen. Großma, wie ist es möglich, dass solche Früchte nur in seinem Obstgarten wachsen?«

Großma war glücklich über die Begeisterung ihres Enkels. Aber andererseits beunruhigte sie die allzu sichtbare Erregung Wahrams ein wenig. Sie wollte gern alles erfahren, was das Kind gesehen und gehört hatte, denn der Patriarch der Obstgärten galt in der Stadt Van und in der ganzen Provinz Wasburagan als ein »Kopf«, ein Führer, ebenso wie Großma und noch zwei oder drei andere Persönlichkeiten. Diese Führer sahen sich fast nie, aber sie kannten einander sehr gut. Eine unerschütterliche Hochachtung verband sie.

»Du weißt, kleine Platanenknospe«, sagte Großma, »dass Nathanael Agha ein sehr, sehr großer Weiser ist, ein Ozean der Weisheit in allem, was Gärten, Bäume und Früchte angeht. Vor ihm genoss sein Vater Daniel diesen Ruf, und nach ihm wird ihn gewiss sein Sohn Jeghia genießen. Sie alle tragen die Namen von Propheten, denn Jeghia bedeutet Elias; und es ist eine Familie von gottgesegneten Männern.«

»Großma«, sagte Wahram zögernd, »er hat mir von Semiramis erzählt. War das denn nicht eine schlechte Frau?«

»Aber sicher! Eine Zauberin, eine … eine …« Großma bekreuzigte sich.

Wahram fuhr fort: »Nathanael Agha hat mir erzählt, dass sie eine Fee war und dass sie uns alle Früchte geschenkt hat, die wir besitzen.«

»Möge sein Mund verbrennen!«, rief Großma. Doch dann hielt sie inne; was sie sonst noch dachte, verschwieg sie.

Wahram war enttäuscht. Er wusste, dass in Van nicht nur die Früchte den Namen der königlichen Zauberin trugen. Er kannte auch das Stadtviertel »Bei Semiramis«, die »Kanäle der Semiramis«, den »Schatz der Semiramis«, Lieder, Legenden … Bei jedem Schritt stieß man auf sie. Und rief nicht auch einer der ältesten Namen für Van, der Name Schamiramakert, die Erinnerung an jene fernen Tage wach?

Großmas Stimme riss ihn aus seinen Träumereien: »Du weißt, Wahram, dass die Geschichten, die man sich von Semiramis erzählt, nur Legenden sind. Die harte Wahrheit ist, dass die Menschen sich abgemüht haben, um die Erde und die Bäume zu pflegen, sie zu bewässern, zu beschützen, zu veredeln. Seit die Welt besteht, gibt es die Obstbäume von Van, denn unsere Stadt wurde niemals verwüstet, selbst damals nicht, als Dschingis Khan und Tamerlan alles in Feuer und Blut tauchten. Stets waren die Bäume ihr Reichtum. Wenn du erwachsen bist und ich nicht mehr da sein werde, denke immer an die Bäume und lass sie nie an Wassermangel eingehen. Das wäre eine ebenso große Sünde, wie wenn du einem Säugling die Milch entziehen wolltest. Die

Bäume sind wie kleine Kinder: sie können nicht selber für sich sorgen, und der Himmel schickt nie genügend Wasser.«

Semiramis ging Wahram nicht aus dem Sinn. Er fragte seinen Vater: »Väterchen, kennst du die Geschichte der Semiramis?«

»Nicht genau, ich habe sie vergessen.«

Diese Erwachsenen! Immer vergaßen sie alles und schämten sich nicht einmal, es zuzugeben! »Aber Väterchen, erinnerst du dich denn an gar nichts?«

»Wahram, du bist besser in der Geschichte als ich. Als ich noch zur Schule ging, wusste ich vieles, was ich inzwischen vergessen habe. Jetzt habe ich mir auf anderen Gebieten Wissen erworben. Warum gehst du nicht in die Bibliothek? Leihe dir auf meinen Namen Bücher über Semiramis aus. Die kannst du lesen, und dann weißt du Bescheid.«

»Väterchen«, rief Wahram aufgeregt, »bekommt man wirklich Bücher über Semiramis in der Biblo… wie sagtest du?«

»Bibliothek.«

»Und findet man dort Bücher über alle Dinge und Menschen auf der Welt? Auch über dich?«

»Du bist ein Dummkopf, Wahram«, sagte sein Vater lachend und nahm ihn in die Arme. »Semiramis war die mächtige Königin eines reichen Landes. Ich bin nur ein armer Handwerker und Goldschmied. Warum sollte man über mich ein Buch schreiben?«

Wahram glaubte das nicht recht. Seiner Ansicht nach war sein Vater noch berühmter als Semiramis. So viele Menschen erkannten ihn als ihren Führer und Sprecher an! Und er würde nach Istanbul reisen, nach Paris. Bestimmt hatte man schon Bücher über ihn geschrieben. Väterchen wollte es seinem Sohn gegenüber nur nicht zugeben.

Wahram lief zur Bibliothek. Ein junger Mann empfing ihn. »Ach, du bist der Sohn von Harutiun Agha«, sagte der junge Ghazar. »Sehr schön! Und welches Buch möchtest du?«

»Hast du ein Buch über meinen Vater?«, fragte Wahram. »Gib es mir! Ich schwöre dir bei der grünen Sonne meines Lebens, dass ich ihm nichts davon sagen werde.«

»Aber«, meinte der junge Mann etwas erstaunt, »es gibt kein Buch über Harutiun Agha. Hat er dir etwa …«

»Er behauptet, es gäbe keines. Aber das glaube ich nicht. Alle Welt kennt ihn, und er ist … er ist bedeutender als Semiramis.«

Entgeistert fragte der junge Ghazar: »Was für eine Art Werk wünschst du?«

»Bücher über Semiramis.«

»Semiramis!«, rief der junge Bibliothekar verblüfft. »Was hast du bisher gelesen?«

»Meine Schulbücher natürlich.«

»Und außer deinen Schulbüchern?«

»Nichts.«

»Bist du denn sicher, dass du die Bücher verstehen wirst?«

Wahram riss verdutzt die Augen auf. Er hatte noch nichts gelesen als die Lektionen in seinen Schulbüchern, und auch die nur unter Zwang. Nie hatte er versucht, mehr davon zu verstehen als das, was nötig war, um den Inhalt wiederholen zu können.

Aber Ghazar suchte bereits unter den Bänden, die auf den Gestellen aus neuem weißem Holz standen. Die Bibliothek, die man erst vor Kurzem mithilfe von Stiftungen und Sammlungen eingerichtet hatte, gehörte seit der »Freiheit« der armenischen Nationalpartei. Ghazar kam mit drei Büchern zurück: *König Aray der Schöne und die Königin Semiramis*, *Die Königin von Babylon* und *Semiramis in Van*.

Wahram brannte vor Ungeduld. Im Garten angekommen, kletterte er auf einen Apfelbaum, der die »Wange der Semiramis« trug, setzte sich bequem zurecht und schlug das erste Buch auf.

Die Sonne intensivierte die Düfte des Gartens, und bei jedem Windhauch tanzten Schatten über die Buchseite. In kühlen oder warmen Wogen streichelte der Geruch der Äpfel der Semiramis die Wangen des Kindes. Irgendwo flöteten hartnäckig einige Amseln. Wahram begann mit *König Aray der Schöne und die Königin Semiramis*. Er las:

»Als – der – mächtige – König – Aram – starb – folgte ihm – sein – Sohn – Aray – der – Schöne – auf – dem – Thron – von – Armenien. – Man – nannte – ihn – den Schönen – weil …«

Verwundert hielt Wahram inne. Genau wie Großma, wenn sie ihm eine Geschichte erzählte, sprach dieses Buch zu ihm, nur ohne Stimme. Er las den Satz noch einmal, und das Buch sagte noch einmal dasselbe. Wahram fuhr konzentriert in seiner Lektüre fort. Kein Zweifel, er verstand dieses Buch. Sein Staunen wuchs. Dafür hatte man ihn also zwischen die vier Wände eines Klassenzimmers gesperrt, mit langweiligen Dingen seine Laune vergiftet, ihn bestraft und geschlagen. Jetzt würde er alle Bücher in der Bibliothek lesen, und sie alle würden ihm schöne Geschichten erzählen.

Langsam senkte die Sonne ihre Strahlen in die blauen Wasser des Van-Sees. Auf der Straße blökten und brüllten die Herden. Wahram las noch immer. Als er das letzte Blatt umwendete, stachen tausend unsichtbare Dornen in seine Beine. Wie im Traum las er aufs Geratewohl einige Seiten noch einmal, rutschte dann, das Buch unter dem Arm, am Baumstamm hinunter und stürzte zum Dandun.

»Großma!«, rief er. »Oh, Großma, ich habe das ganze Buch hier ausgelesen und alles verstanden!«

»Garstiges kochendes Wasser, du!«, sagte Großma. »Du bist ja rot wie eine Runkelrübe! Warum regst du dich so auf? Du kannst doch schon seit drei Jahren lesen. Was erzählst du mir da?«

»Aber Großma, so hör doch, ich habe dieses Buch hier gelesen! Das ist kein Schulbuch und auch kein Brief.«

»Und warum glaubst du, hat man dich lesen gelehrt?«

»Damit ich dem Lehrer auf seine Fragen antworten kann. Nie hat mir jemand gesagt, dass ich alles verstehen kann. Pass auf, Großma, ich werde dir erzählen, was ich gelesen habe.«

»Nun, und was hast du gelesen?«

»Die Geschichte der Königin Semiramis.«

»Semiramis, Semiramis! Ja, bist du denn verhext? Komm her zu mir und knie nieder, damit ich die bösen Geister aus dir austreiben kann.« Und Großma schlug langsam und feierlich dreimal das Kreuz über das kniende Kind. »Wahram, merke es dir gut: Semiramis war keine Christin, sondern eine Heidin; sie war keine Armenierin, sondern eine Tochter Babylons, und sie war eine schlechte Frau. Hast du das verstanden? So, und nun erzähle.«

Aufgeregt begann Wahram: »Er war so schön, unser König Aray der Schöne, dass es auf der ganzen Welt keinen schöneren Mann gab. Semiramis hörte davon und schickte ihm folgende Botschaft: ›Du bist der schönste Mann, ich bin die schönste Frau. Heirate mich! Dann wirst du König von Babylon und Armenien sein und ich Königin von Armenien und Babylon.‹ Aray der Schöne war aber schon verheiratet, und er liebte seine Frau Newarte sehr. Außerdem wollte er nicht zwei Frauen haben.«

Wahram unterbrach sich: »Großma, warum wollte er nicht zwei Frauen haben, wo er doch König war?«

»Du Teufelsheuschrecke!«, sagte Großma belustigt. »Die Armenier haben niemals zwei Frauen. Die armenische Frau ist so viel wert, dass ihr Mann an ihr genug hat. Erzähl weiter.«

»Da antwortete König Aray der Schöne der Königin Semiramis: ›Ich bin mit der Königin Newarte verheiratet, und ich will mich nicht von ihr trennen. Eure Majestät möge mir verzeihen und Königin von Babylon bleiben.‹ Die Königin Semiramis wurde zornig und ließ ihm sagen: ›Wenn du mich nicht heiratest, komme ich mit meinem Heer und werde von dir und deinem Land Besitz ergreifen. Dann wird dir nichts anderes übrig bleiben, als mich zu heiraten.‹ König Aray wies ihr Ansinnen noch einmal zurück. Wutentbrannt stellte Semiramis ein großes Heer zusammen und marschierte damit gegen Armenien. Sie gab jedoch Befehl, König Aray nicht zu töten, sondern lebend gefangen zu nehmen. Auch König Aray rief seine Truppen zusammen und ließ sie gegen die Königin von Babylon aufmarschieren. Um nicht in Gefangenschaft zu geraten, kleidete er sich als einfacher Ritter und schmückte einen anderen Fürsten mit seinen königlichen Insignien.

In der Schlacht vollbrachte Aray die unerhörtesten Heldentaten, aber er wurde getötet. Der Mann hingegen, der die Königsrüstung trug, wurde gefangen genommen. Man führte ihn vor die Königin Semiramis, und diese merkte wohl, dass er nicht Aray der Schöne war. Sie gab Befehl, nach diesem zu suchen, und als die Leiche entdeckt wurde, weinte sie. Sie ließ die Leiche im Westen der Festung von Van, gegen Lezk zu, aufbahren. Zu jener Zeit gab es göttliche Hunde, die sogenannten Haralesen. Wenn ein berühmter Krieger verwundet oder auch getötet wurde, leckten sie seine Wunden und heilten ihn. Semiramis hoffte, die Haralesen würden König Aray wieder zum Leben erwecken. Aber der leblose Körper begann, sich zu zersetzen …

Ach, der arme König Aray!«, rief Wahram bekümmert. »Warum wurde nicht statt seiner die Königin Semiramis getötet?«

»Weil ihr Orhass, ihre Schicksalsstunde, noch nicht gekommen war«, belehrte Großma ihn. »Nun erzähl weiter.«

»Nachdem Semiramis König Aray den Schönen mehrere Tage lang beweint hatte, ließ sie ihn heimlich beerdigen. Sie änderte den Namen von Van in Schamiramakert um und machte die Stadt zu ihrer Sommerresidenz. Sie ließ hier Paläste und Häuser erbauen, Bewässerungskanäle anlegen und Obstbäume pflanzen.

Sie liebte aber noch immer König Aray, der einen Sohn mit Namen Gartoss hinterlassen hatte. Diesen krönte sie zum König von Armenien und verhätschelte und liebte ihn wie einen eigenen Sohn im Gedenken an seinen Vater …

Großma«, sagte Wahram, und seine Stimme zitterte, »Großma, wenn sie ihn liebte, warum hat sie dann zugelassen, dass er getötet wurde? War sie denn verrückt?«

»Kleine Goldgrille«, sagte Großma, »sehr oft tötet man den Menschen, den man liebt, wenn man Gewalt anwendet, um ihn zu bekommen. Das kannst du noch nicht verstehen.«

»Aber doch, Großma«, protestierte das Kind. »Ich verstehe es, denn ich habe doch das Buch gelesen und dir erzählt, was darin steht. Aber trotzdem kann man nicht den Menschen töten, den man liebt. Semiramis hat König Aray nicht richtig geliebt.«

»Vielleicht …«, meinte Großma nachdenklich. »Sie hat wohl nur sich selber geliebt.« Dann, als erwache sie aus einem fernen Traum, nahm sie Wahram in ihre Arme und küsste ihn – zur größten Verwirrung des Kindes, dem dies noch kaum je widerfahren war. »Armes Kind«, sagte sie zu ihm, »dein Herz ist rein und klar wie ein Diamant. Das Leben wird dir Leiden bescheren. Wie soll man diese Glut dämpfen, die in dir leuchtet? Armes Kind …«

Wahram war fassungslos über diese plötzliche Aufwallung seiner Großmutter. In seiner Überraschung konnte er kein Wort hervorbringen.

Aber jetzt presste Großma die Lippen zusammen und fand ihren gewohnten Ton wieder. »Geh, mein Kleiner«, sagte sie, indem sie das Kind wieder zu Boden setzte. »Geh, und Gott möge stets seine Hand über dich halten.«

Doch Gott hielt seine Hand nicht über Wahram.
Die Klasse sollte zum Ende des Schuljahres einen Aufsatz schreiben. Das Thema lautete: Meine Heimatstadt! Wahram entschied sich für »Van und Semiramis« und machte sich voller Eifer daran, all das niederzuschreiben, was er über diese Vergangenheit voller Wunder und Legenden gelernt hatte. Es lag ihm sehr am Herzen, und er arbeitete mit Inbrunst und Begeisterung daran. Lange vor dem Tag, an dem jeder Schüler seinen Aufsatz vor der ganzen Klasse vorlesen musste, hatte er den seinen fein säuberlich fertig geschrieben. Er fand ihn recht

gelungen. Doch als er ihn noch ein paarmal durchlas, fühlte er sich immer weniger befriedigt. Er hatte den Eindruck, dass all das, was ihn so aufwühlte, ungesagt geblieben war.

Am Tag vor dem entscheidenden Termin wollte er die Meinung seines Klassenkameraden erfahren, der die Schulbank mit ihm teilte. In der Pause bat er darum Suren, sich seinen Aufsatz anzuhören; er wollte sehen, wie dieser darauf reagierte. Wahram fand es völlig natürlich, dass sein Banknachbar sich seinem Willen fügte. Die beiden verband eine Beziehung besonderer Art: Suren brachte Wahram ehrliche Bewunderung und zugleich grenzenlose Eifersucht entgegen, während Wahrams offene Kameradschaftlichkeit einen kleinen Unterton von Überlegenheit hatte.

In seinem Aufsatz hatte Wahram zunächst seiner Begeisterung für seine Vaterstadt Ausdruck verliehen, sich sodann der Vergangenheit zugewandt und berichtet, was er über den Ursprung der Stadt, über Semiramis und König Aray wusste.

Suren hörte mit starrem Lächeln zu, und als Wahram immer weiterlas, zeichnete sich ehrfurchtsvolles Staunen auf seinem Gesicht ab. Am Ende saß er einige Sekunden mit offenem Mund da, bevor er Worte finden konnte. »Das ist wundervoll«, sagte er. »Das ist so gut, Wahram, so gut, dass ... sag mir, hast du das auch nicht irgendwo abgeschrieben?«

Wahram lachte. »Du bist ja verrückt! Das würde der Lehrer doch sofort merken. Du weißt, er hat alle Bücher gelesen, alle!«

»Also dann«, erklärte Suren, »dann ist das, was du geschrieben hast, einfach großartig. Schön und kräftig wie eine Platane!«

»Na, und du? Hast du deinen Aufsatz auch schon fertig?«

»Nein, du weißt doch, dass mir das Schreiben schwerfällt.«

»Soll ich dir helfen? Was für ein Thema hast du dir gewählt?«

»Die Katzen von Van.«

»Ein gutes Thema! Das kann man sehr hübsch machen!«, rief Wahram, ganz begeistert von diesem Titel.

»Aber jetzt, nachdem ich deinen Aufsatz gehört habe, mag ich keine Zeile mehr schreiben.«

»Doch, du musst! Du sagst zuerst, dass es nirgends so nette und reizende Katzen gibt wie in Van, und dann erzählst du ein paar Erinnerungen. Beschreibe nur alles gut, das genügt. Damit kannst du mindestens ... nun, sagen wir, drei große Seiten füllen.«

»Ja, wenn ich du wäre, könnte ich das«, meinte Suren. »Ich wollte, ich hätte deinen Aufsatz geschrieben.«

»Hör zu, Suren, ich werde einen Entwurf für dich machen, und du wirst ihn ausarbeiten.«

Wahram hatte Suren schon mehrmals auf diese Weise geholfen. Jetzt aber schien es dem Kameraden nicht ganz recht zu sein. Einen Augenblick lang hatte Wahram beinahe den Eindruck, sein Freund sei von einer fast feindseligen Verzweiflung erfüllt. Aber ihm klang noch immer Surens schmeichelhaftes Lob in den Ohren, und darum sagte er: »Suren, ich gehe jetzt wieder ins Klassenzimmer und schreibe den Entwurf für dich auf. Du bekommst ihn, sowie die Pause zu Ende ist. Einverstanden?«

»Ja«, meinte der andere etwas widerstrebend. »Aber du weißt doch selbst, neben deinem Aufsatz kann kein anderer bestehen. Ich würde so gern – «

»Hör auf damit!«, unterbrach Wahram ihn. »Ich mache mich jetzt an die Arbeit. Du kommst zuerst nie so recht in Schwung, aber wenn du dann dabei bist, läuft es wie von selbst. Das weiß der Lehrer auch ganz genau, und er hat dich ebenso gern wie mich.«

Plötzlich wurde Surens Stimme bitter, ohne dass Wahram es bemerkte. »Ja«, sagte er, »aber er hat mich nie so geliebt wie dich. Das weißt du ganz genau.«

Wahram ging.

Als er am nächsten Tag zur Schule kam, war er überzeugt, dass sein Aufsatz noch immer in seinem Lesebuch lag. Aber er blätterte alle Bücher und Hefte durch, er kehrte seine Schulmappe um und um – vergebens. Seine fieberhafte Suche wurde durch ein Geräusch unterbrochen: Der Lehrer trat ein. Wahram erhob sich.

»Ich bin überzeugt, dass ihr euch alle die größte Mühe gegeben habt«, sagte der Lehrer. »Habt ihr gut gearbeitet, so wird euch das zur Ehre gereichen, aber die Ehre wird auch auf mich zurückfallen. Komm, Wahram, und lies uns deinen Aufsatz vor.«

»Herr Lehrer«, sagte Wahram, »ich habe ihn geschrieben … und ich kann ihn nicht mehr finden. Wenn er nicht hier ist, habe ich ihn vielleicht zu Hause gelassen.«

»Na«, meinte der Lehrer etwas missmutig, »das fängt ja schlecht an. Suren, lies du deinen Aufsatz, während Wahram Effendi den seinen sucht.«

Es fiel Wahram auf, wie hastig Suren zum Pult des Lehrers stürzte. Aber dann suchte er weiter in seinen Büchern und Heften.

Plötzlich verspürte er wie den grausamen Biss einer Viper in seinem Herzen. Mit unsicherer Stimme las Suren … Wahrams Aufsatz. Dieser saß wie versteinert da und ließ die Arme schlaff herunterhängen. Jedes seiner Worte, die da aus dem Munde eines anderen kamen, erschien ihm wie eine gemeine Lüge. Er wollte aufspringen und öffentlich verkünden, dass Suren einen gestohlenen Aufsatz vorlas. Aber dieser ungeheuerliche Betrug lähmte ihn.

»Ich wusste gar nicht, dass du ein Dichter bist, Suren«, sagte der Lehrer auf einmal. »Deine Stimme zittert ja. Du liest mit viel innerer Anteilnahme. Sehr gut. Lies weiter.«

Suren las. Wie durch einen Nebel drangen die Worte an Wahrams Ohr. Und die Decke des Klassenraums brach nicht herab? Er sah seine Kameraden mit offenem Mund dasitzen. Einige lächelten, andere zeigten deutlich ihre Anerkennung.

»Diese Dummköpfe!«, murmelte Wahram vor sich hin. Suren war jetzt bei der Legende von den Früchten angelangt, die die Schönheiten der Semiramis aufwiesen. Unwillkürlich zuckte Wahram einige Male zusammen, denn Suren hatte gewisse kleine Änderungen an dem Text vorgenommen. Jedes eingefügte Wort, jeder veränderte Ausdruck traf Wahram wie ein Faustschlag. Er fühlte sich erniedrigt. Ja, geschah denn gar nichts? Dann musste er aufstehen und die Wahrheit verkünden.

Endlich schwieg Suren. Sein Gesicht war vor Aufregung ganz verzerrt.

»Bravo, Suren!«, sagte der Lehrer mit einem gerührten Lächeln. »Du hast dich selbst übertroffen. Ich hätte nicht geglaubt, dass du so gut schreiben kannst. Lass mir deinen Aufsatz hier und geh an deinen Platz zurück. Wahram, hast du deinen Aufsatz wiedergefunden?«

»Ja, Herr Lehrer«, sagte Wahram. Aber mehr brachte er nicht heraus. Der Zorn erstickte seine Stimme. Er raffte seine Bücher zusammen, erhob sich und ging zum höchsten Erstaunen der ganzen Klasse auf die Tür zu. »Wahram, geh an deinen Platz!«, rief der Lehrer. »Man darf nicht so eifersüchtig sein! Los, gehorche!« Aber schon schlug Wahram die Tür zu.

Zu Hause trat er in den Dandun, warf seine Schulmappe zu Boden und erklärte mit dumpfer Stimme: »Großma, ich gehe nie wieder in die Schule.«

Nie hatte Großma ihren Enkel so bleich und erregt gesehen.
»Wahram, ist dir nicht gut?«, fragte sie ihn.

»Ich bin nicht krank!«, schrie Wahram. »Ich sage nur, dass ich nie wieder in diese Schule gehe! Ich werde keinen Fuß mehr hineinsetzen! Ich will weder den Lehrer noch meine Kameraden wiedersehen! Niemals ...«

»Spricht der Teufel durch deinen Mund, oder sprichst du durch den seinen? Wahram, du Büffelkopf, steig vom Teufelspferd herab und erzähle mir, was dich so durcheinandergebracht hat. Warum bist du aus der Schule fortgelaufen? Der Unterricht ist doch noch nicht zu Ende.«

»Ich habe dir gesagt, dass ich nie wieder dorthin gehen werde.«

Weder Großma noch sein Vater brachten mehr aus ihm heraus. Ermahnungen, Strafen, Versprechungen waren umsonst. Niemand konnte ihn zur Vernunft bringen.

»Ich werde zu deinem Lehrer gehen«, sagte Harutiun. »Der wird mir den Grund deiner Verstocktheit erklären können.« Aber der Lehrer wusste nichts. Er schrieb Wahrams Verhalten seiner Eifersucht zu.

Man wurde es müde, in ihn zu dringen, und ließ ihn in Ruhe, aber er war bei allen in Ungnade gefallen. Alle sahen durch ihn hindurch, sprachen nur das Nötigste mit ihm und versuchten nicht mehr, die Ursache seiner Dickköpfigkeit zu ergründen. »Das geht vorüber«, sagte Großma. Nur Sirarpi bemühte sich, ihren Vetter zu einem Geständnis zu bewegen. Sie erriet, dass etwas Schreckliches ihn so verstört hatte.

»Willst du dich mir nicht anvertrauen?«, fragte sie ihn.

»Nein.«

»Ich weiß, du bist nicht eifersüchtig. Komm, sag mir die Wahrheit.« Sirarpis Stimme klang so liebevoll, dass es fast unmöglich schien, ihr ihre Bitte abzuschlagen. »Wahram, du liebst mich nicht mehr«, murmelte sie, und ihre Augen wurden zu einem Meer der Tränen. »Sag es mir doch!«

»Ich will diese Schule nicht wiedersehen, und auch den Lehrer und meine Kameraden nicht.«

»Aber warum denn? Was haben sie dir getan?«

»Ich will nicht ...«

»Hat der Lehrer dich geschlagen?«

»Nein.«

»Und deine Kameraden?«

»Bist du verrückt? Natürlich nicht!«

»Hast du etwas gestohlen?«
»Oh, Sirarpi ...«
»Dann hat man dir also etwas gestohlen?«
»Ja.«
»Was?«
»Ich will nicht mehr hingehen.«
»Wahram, mein Bruder, es tut mir weh, wenn ich sehen muss, wie alle dich verachten. Die Große Frau wendet sich von dir ab, und doch fühle ich, dass du im Recht bist. Sag mir alles, ich werde es niemandem weitererzählen.«
»Und warum soll ich es dir dann sagen?«
»Du liebst mich nicht mehr, du bist nicht mehr der Bruder meines Herzens!« Und Sirarpi zerfloss in Tränen.

Wahram litt. Es zerriss ihm das Herz, dass Sirarpi an ihm zweifelte, aber die Ungerechtigkeit erschien ihm so ungeheuerlich, dass ihm Worte fehlten, das Vorgefallene zu erzählen. Nicht nur der Diebstahl empörte ihn so, sondern auch Surens Treulosigkeit, die Dummheit des Lehrers, die Leichtgläubigkeit seiner Kameraden und der Mangel an Vertrauen und Achtung, den Großma und die anderen ihm gezeigt hatten. Es war, als hätten sich von allen Seiten riesige Felsen auf ihn gestürzt. Er wandte Sirarpi den Rücken, denn er begann jetzt, auch ihr zu grollen. Warum sagte sie ihm nicht, dass er hundertmal recht hatte und alle anderen sich irrten? Sie hätte ihm vertrauen müssen, auch ohne Erklärungen von ihm zu verlangen ... Er lief in die hinterste Ecke des Gartens, um Sirarpis Schluchzen, das seinen Zorn nur steigerte, nicht mehr hören zu müssen. Dort warf er sich ins Gras, schrie und brüllte vor Wut.

Wochen vergingen, und dann, eines Tages, erfuhren alle die Wahrheit, ohne dass Wahram den Grund erahnte. Wie bei Frühlingsanbruch schmolz von heute auf morgen das Eis im Hause, und alle lächelten verständnisvoll. Aber obgleich Wahram die wiedergewonnene Achtung seiner Familie freute, ließ sein Zorn doch nicht nach. Er flüchtete zu den Büchern, die er sich aus der Bibliothek geholt hatte.

Eines Abends, kurz bevor die Männer nach Hause kamen, klopfte es an die Tür. Wahram lief öffnen und stand plötzlich seinem Lehrer gegenüber. Ohne ein Wort wandte er sich um, rannte zum Dandun und meldete Großma: »Der Lehrer ist hier. Ich will ihn nicht sehen.«

»Bleib hier, Wahram«, herrschte Großma ihn so gebieterisch an, dass Wahram reglos stehen blieb.

Der Lehrer trat in den Dandun und sagte halb lächelnd, halb ernsthaft zu Wahram: »Du kleiner Dummkopf, hättest du mir nicht erklären können, dass Suren dir deinen Aufsatz stibitzt hatte?«

Großma lächelte. »Nun vergiss das alles und geh wieder zur Schule«, sagte sie. »Du kannst deine Zeit doch nicht so vertrödeln.«

»Nein«, entgegnete Wahram. »Ich gehe nie wieder in diese Schule. Eher sterbe ich, als dass ich noch einmal einen Fuß dort hineinsetze.«

»Aber ich habe dir doch nichts getan, Wahram Effendi«, sagte der Lehrer.

»Wenn sonst ein Schüler etwas aus einem Buch abschreibt«, sagte Wahram, »so merken Sie das gewöhnlich und wissen, wer der eigentliche Verfasser ist. Warum haben Sie dann nicht erraten, dass Suren seinen Aufsatz nicht selber geschrieben hatte?«

»Weil ich in den anderen Fällen die abgeschriebenen Stellen kannte, weil ich sie schon gelesen hatte, Wahram, während dein Aufsatz mir unbekannt war. Übrigens muss ich zu meiner Entschuldigung sagen, Große Frau, dass mir sofort etwas Ungewöhnliches auffiel, eine Art Angst und Verlegenheit in Surens Verhalten während des Vorlesens. Er zitterte, und seine Stimme schwankte. Ich habe dieses sonderbare Benehmen seiner Aufregung zugeschrieben. Wenn Wahram nicht wie ein Verrückter hinausgelaufen wäre oder wenigstens ein Wort gesagt hätte …«

Großma schien nachzudenken. Unter ihren halb gesenkten Lidern blickte sie forschend auf den Lehrer. Man hätte fast glauben können, dass sie Mühe hatte, seinen Worten zu folgen. Doch plötzlich belebte sich ihr Gesicht, und aus ihren Augen strahlte eine große Güte. »Dieser Junge ist wahrhaftig eine Kohlenglut, die man niemals wird löschen können, Herr Lehrer«, sagte sie. »Die Bücher, die er gelesen hat, haben seine Fantasie entfesselt, und seit dieser Sache mit dem Aufsatz hat er weder Furcht vor Gott noch Respekt vor den Menschen.«

»Ich bin tief bekümmert, Große Frau«, sagte der Lehrer. »Ich vermisse Wahram, so wie jeder Lehrer einen guten Schüler vermisst. Ich hatte ihn gern in meiner Klasse. Aber sein Verhalten ist unsinnig. Wer hätte annehmen können, dass er stumm bleiben würde wie ein Baum? Wäre es nicht viel einfacher gewesen, aufzustehen und zu sagen, dass Suren seinen, Wahrams, Aufsatz vorlas?«

Der Lehrer seufzte und fuhr mit einer klagenden, entmutigten Stimme fort: »Seit der Betrug aufgedeckt wurde, habe auch ich unter der Sache zu leiden gehabt, wenn ich mir diese Bemerkung gestatten darf, Große Frau. Meine Kollegen spotten über mich, und dem Direktor ist es gar nicht recht, dass der Enkel von Wosgehad Hatun unter solchen Umständen die Schule verlässt...«

Die Stimme des Lehrers begann zu zittern. Er verstummte. Die rechte Spitze seines grauen Schnurrbarts hing kläglich herab, und plötzlich war Wahram tief bewegt und gleichzeitig äußerst erstaunt. Dieser schreckliche Lehrer, vor dem die ganze Klasse zitterte, war also nur ein armer Mensch wie so viele andere, und er kam mit seinen Sorgen zu Großma und erbat ihren Schutz. Wahram konnte es kaum fassen.

»Aber nein, aber nein, Herr Lehrer«, sagte Großma sehr freundlich. »Dich trifft gar keine Schuld. Du brauchst dir wirklich keine Sorgen zu machen. Mein Wahram ist unausstehlich. Gott bewahre dich davor, ein solches Kind zu haben! Ich weiß genau, dass du ein ausgezeichneter Lehrer bist, denn dir ist es gelungen, diesem Büffelkopf ein ›Meer von Dingen‹ einzutrichtern. Jedes Mal, wenn Wahram mir berichtete, was er bei dir gelernt hatte, habe ich die Mühe gespürt, die du dir mit ihm gegeben hast. Beunruhige dich nicht. Harutiun wird zum Direktor gehen und ihm sagen, dass sein Sohn allein an allem schuld ist und du nichts dafür kannst. Und wer weiß, vielleicht können wir mit der Zeit Wahram doch so weit bringen, dass er vom Teufelspferd herabsteigt!«

Großma begleitete den Lehrer bis zur Tür. Sie machte Wahram ein Zeichen, ihnen zu folgen, und hieß ihn, die Worte, die sie ihm vorsagte, zu wiederholen: »Herr Lehrer, ich danke Ihnen für all die Mühe, die Sie sich gegeben haben, um mich etwas zu lehren. Verzeihen Sie mir mein schlechtes Betragen. Es soll nicht wieder vorkommen.«

Nun nahm der Lehrer Großmas Hand, um sie zu küssen, und dann zog er ohne ein Wort sein Taschentuch heraus und schnäuzte sich geräuschvoll.

Als die Tür hinter ihm ins Schloss gefallen war, legte Großma die Hand auf Wahrams Nacken und zog ihn mit sich in den Dandun.

Wahram schwankte förmlich unter dem Schlag, den Großma ihm versetzt hatte. Noch nie hatte er einen so eindringlichen Verweis erhalten. Unfähig, den Mund aufzutun, setzte er sich hin und wartete.

»Hast du begriffen, Wahram?«
»Was denn, Großma?«

»Welches Unrecht du deinem Lehrer, diesem guten und braven Mann, angetan hast. Er hat fünf Kinder und dazu noch seine Eltern zu ernähren. Im schwärzesten Elend plagt er sich herum. Er ist arm und unglücklich, und du vermehrst sein Unglück noch, indem du ihn in Gefahr bringst, seine Stellung zu verlieren.«

»Ich, Großma? Aber ...« Wie konnte der Lehrer in Gefahr kommen, seine Stellung zu verlieren? »Aber Großma, der Lehrer ist doch ein schrecklicher Mann!«

»Es gibt keine schrecklichen Menschen, Wahram. Alle Menschen haben irgendeinen Kummer, und je mehr er sie bedrückt, umso härter werden sie. Wahram, du weißt, dass die Armenier entsetzliche Leiden erdulden mussten. Sei darum immer dienstfertig und freundlich zu allen.«

»Und die Türken, Großma? Sie sind nicht unglücklich, und doch ...«

»Und doch sind sie schlecht und böse, nicht wahr? Das kommt daher, dass Meere von Leid und Unglück sie umgeben und sie es nicht einmal ahnen. Sie sind arm, und sie haben Hunger. Die meisten von ihnen sind Soldaten und Beamte. Sie haben Vorgesetzte, und über jedem dieser Vorgesetzten steht noch ein anderer. Jeder von ihnen traktiert seine Untergebenen mit der Reitpeitsche. So kann ihre Bosheit keine Grenzen haben. Sie fällt stets auf die zurück, die noch schwächer sind, vor allem auf die Armenier, auf die Griechen, die Araber und die Juden. Solange die hohen Beamten und Offiziere unter den Türken sich nicht in die Lage ihrer Untergebenen versetzen wollen, werden alle Türken schlecht bleiben.«

»Großma, warum sagst du all das nicht den Türken?«

»Weil sie nicht meine Enkel sind. Ihnen kann ich nicht Pfeffer auf die Zunge streuen oder sie an den Ohren ziehen, so wie ich es mit dir mache, wenn du den störrischen Esel spielst. Aber merke dir, Wahram, dass ein Übermaß an Leid sich oft auf den Nächsten überträgt. Deine Verstocktheit hat uns alle unglücklich gemacht, und vor allem deinen armen alten Lehrer.«

Mit einem Satz fuhr Wahram auf und lief aus dem Dandun.

Den ganzen Tag über kämpfte er mit sich selber. Ein beklemmendes Gefühl erstickte ihn. Sein Stolz bäumte sich auf gegen das, was der Lehrer und Großma als Gerechtigkeit bezeichnet hatten. Er hatte immer geglaubt, die Gerechtigkeit setze sich von selbst allen Menschen gegenüber durch, und nun sagten ihm diejenigen, deren Weisheit er auf dieser Welt am meisten verehrte: »Nein, du hättest der Gerechtigkeit zum Sieg verhelfen müssen, indem du die Wahrheit sagtest.«

Als er vor und nach der Abendmahlzeit das Vaterunser aufsagte, stutzte er bei den Worten: »Dein Wille geschehe wie im Himmel also auch auf Erden.« Lange überlegte er: Welches konnte Sein Wille sein? Unter dem Licht der Petroleumlampe erzählte Großma Harutiun vom Besuch des Lehrers. »Wahrams Lehrer scheint in einer schwierigen Lage zu sein«, schloss sie. »Die Verstocktheit unseres Kindes hat ihm geschadet. Geh du morgen zum Direktor der Schule von Noraschen und sag ihm, dass unser Gewitterkorn unrecht hatte und dass deiner Ansicht nach den Lehrer in dieser Sache keine Schuld trifft.«

»Ja, Mutter«, versprach Harutiun. Sein zärtlicher und doch strenger Blick ruhte eine Sekunde auf Wahram. Zwei Falten bildeten sich auf seiner Stirn. Er erhob sich und sagte: »Komm mit, Wahram, wir wollen einen Spaziergang machen. Es ist schön jetzt im Garten.«

Durch den grauen Schleier einer Wolke ließ der Mond ein bleiches Licht sickern. Es war, als wolle der Garten mit seinem tiefen Dunkel Wahram seine Missbilligung zeigen.

Vater und Kind gingen durch die von Quittenbäumen gesäumte Mittelallee. Der Duft der Bäume, der sich mit dem der indischen Nelken mischte, erhöhte Wahrams Verwirrung noch. Sanft legte Harutiun die Hand auf die Schulter seines Sohnes. Wahram blickte mit gerunzelter Stirn zu Boden. »Du weißt, Wahram, das Leben ist hart«, sagte Harutiun. »Aber die Kinder haben ihre Eltern, die all diese Härten von ihnen abhalten. Großma, deine Mutter und ich werden dich beschützen, solange wir da sind. Verstehst du das?«

»Ja, Väterchen.«

»Aber wir werden nicht immer bei dir sein können, um dir zu raten und zu helfen.«

»Ja, Väterchen.«

»Hast du schon einmal einem Kätzchen wehgetan?«

»Nie, Väterchen.«

»Siehst du. Dein Lehrer ist ein schwacher Mensch. Du hast ihm wehgetan, und er ist genau wie ein hilfloses Kätzchen.«

Eine unbekannte Welt tat sich vor Wahram auf. Ihn überkam die Ahnung von schrecklichen, empörenden Ungerechtigkeiten.

»Es könnte aber auch einmal geschehen, dass du, ohne es zu ahnen, einem Löwen wehtust. Dann würden, bevor du noch weißt, wie dir

geschieht, nur deine Knochen übrig bleiben.« Sie gingen weiter. Die Wolke gab den Mond frei. Die Mauer wurde hell, die Düfte weicher.
»Ich will dich nicht tadeln. Aber ich möchte, dass du etwas Wichtiges verstehst und es nie vergisst. Willst du das?«
»Ja, Väterchen.«
»Gut, Wahram. Wenn du unrecht getan hast, sage nichts, sei demütig, sieh zu, dass man dir verzeiht, und bessere dich. Wenn du jedoch im Recht bist, schreie, brülle, kämpfe für dein Recht, aber sei nicht verstockt und missmutig.«
»Ja, Väterchen.«
»Denke oft an das, was ich dir eben gesagt habe. Was geschehen ist, lässt sich nicht ändern. Es wäre sinnlos, es nachträglich wieder einrenken zu wollen. Ich hatte die Absicht, dich wieder in die Schule von Noraschen zu schicken. Aber da ich dich auch ohne diesen Zwischenfall noch in diesem Jahr in der Eramian-Schule anmelden wollte, bleibt dir im Augenblick nichts, als zu schweigen und zu vergessen. Großma hat dich gezwungen, dich bei deinem guten alten Lehrer zu entschuldigen. Das hättest du aus eigenem Antrieb tun sollen. Verstehst du das, Wahram?«

Die Hand, die auf Wahrams Schulter lag, deutete eine Liebkosung an. »Ja, Väterchen«, sagte das Kind.

In Araxis Augen war Wahram groß und siegreich aus diesem Abenteuer hervorgegangen. Ein solches Geheimnis allen Menschen gegenüber wahren zu können! Es erschien ihr wundervoll!

Jetzt spazierte sie mit ihm durch den Obstgarten und spähte nach rechts und links. Sie wollte etwas sagen, wusste jedoch nicht, wie sie anfangen sollte. Als sie am Ende des Gartens angelangt waren, entschloss sie sich endlich: »Wahram, mein Bruder, du weißt, wie lieb ich dich habe. Und jetzt bewundere ich dich noch viel mehr, weil du dieses Geheimnis bewahrt hast.«

»Trotzdem sind Großma und Väterchen der Ansicht des Lehrers«, sagte Wahram verdrossen. »Und der Lehrer meint, ich hätte Suren sofort verpetzen sollen.«

»Das macht mir nichts aus. Ich bewundere dich, weil du wochenlang geschwiegen hast, als alle Welt dir den Rücken kehrte und du dich mit zwei Worten hättest rechtfertigen können. Du bist ein starker Charakter, Wahram. Kann ich dir ein Geheimnis anvertrauen?«

»Welches?«

Wahram erriet, dass es sich wieder einmal um Liebe handelte. Er brauchte nur auf diese bebende Brust zu blicken, auf die dichten Schatten, die dieses blasse Gesicht umlagerten, auf die verschleierten Augen, in die die Männer nicht zu schauen wagten.

Wahram hatte keine Scheu, diesem Blick standzuhalten. Im Gegenteil. Ihn belustigte fast die hastige Art, mit der Araxis Augen den seinen auswichen. Er verstand jetzt, warum die jungen Männer und vor allem die jungen Mädchen, die »Liebe spielen«, immer gleich schüchtern und melancholisch werden. Aus Zuneigung zu Araxi beschloss er, sie zu beruhigen.

»Ich weiß Bescheid, Araxi.«

»Bescheid? Worüber?« Ein rosiger Zephirhauch schien plötzlich um das Gesicht des Mädchens zu wehen. Wahram lächelte. Diese jungen Mädchen! Sie erröteten und erblassten wie eine Petroleumlampe!

»Über deine Liebe.«

»Oooh!«

»Aber ich habe mit niemandem davon gesprochen.«

»Nicht einmal mit Großma oder Sirarpi?«

»Nein.«

»Oh, Wahram!«

»Und ich werde es nie jemandem erzählen.«

Araxi lächelte beruhigt. Der rosenfarbene Schimmer verschwand von ihren Wangen. Ihre Augen, die sich Wahrams Blick darboten, spiegelten Zärtlichkeit, Hoffnung und noch etwas viel Tieferes in ihrer unergründlichen Schwärze.

»Weißt du, wer es ist?«, fragte Araxi.

»Zakar.« Jetzt umwehte ein noch dunklerer Rosenwind das junge Mädchen. Ihr Blick floh von Neuem.

In dem klagenden, liebevollen Tonfall Araxis sagte Wahram: »Oh, Zakar, du hast mich entehrt, du hast mich getötet! Zakar, du hast mich auf den Mund geküsst ...«

»Pfui! Du schmutziger ...« Wahram erhielt eine kräftige Ohrfeige. Dann schlug Araxi die Hände vor die Augen und begann zu schluchzen. »Teufelsfüllen, du!«, rief sie verzweifelt. »Musst du denn überall sein!« Dann wurde sie plötzlich demütig. »Oh, verzeih mir, Wahram«, sagte sie, »verzeih mir! Ich bin verrückt, ich weiß nicht mehr, was ich tue.« Und sie küsste Wahrams Hand.

Wahram wischte sich mit einer heftigen Bewegung die Hand ab. Dieser feuchte Kuss war ihm unangenehmer als die Ohrfeige. Dann lachte er: »Großma ohrfeigt mich, Väterchen, Mama und Sirarpi tun es, und jetzt fängst du auch noch damit an. Nur Wartkes und Wruir haben es noch nicht versucht. Glücklicherweise habe ich eine feste Haut.«

»Wahram, ich wollte es nicht tun!«

»Wirklich nicht?«

»Schwöre mir, dass du nichts verraten wirst, niemals ...«

»Ich schwöre es dir bei der grünen Sonne meines Lebens.«

Wieder wollte Araxi seine Hand küssen. Er versteckte sie hinter seinem Rücken.

»Wahram ...«, sie stockte. »Wahram, würdest du Zakar einen Brief von mir bringen?«

»Gib her.«

»Er ist noch nicht geschrieben.«

Die lackierten Blätter der Quittenbäume glänzten, der warme Duft eines Sussambar-Beetes tränkte die Luft, die Sonne vergoldete die Weinstöcke. Und hier saß Araxi, zutiefst betrübt, und um sich zu befreien, setzte sie auf Wahram, den einzigen Menschen, den sie auf dieser Welt hatte. Wahram erriet es, und ihr Zustand rührte ihn. Wenn er später in seinem Leben an das junge Mädchen dachte, sah er immer wieder diese Farben vor sich, roch den Duft des Sussambars und fühlte die stumme Trauer dieser Feueraugen.

»Wahram, mach dich nicht über mich lustig! Jetzt haben wir doch die ›Freiheit‹. Alle Verbote sind aufgehoben. Ich hätte das Recht, Zakar jederzeit zu sehen. Aber Wosgehad Hatun würde das nicht verstehen, und ich möchte sie nicht erzürnen. Deshalb erbitte ich deine Hilfe.«

»Wird er dich heiraten?«

»Natürlich.«

»Ja, worauf wartet ihr noch? Dann werdet ihr euch doch immer sehen können!«

»Ach, so einfach ist das nicht. Und seine Eltern? Ich muss ihn sehen, Wahram!«

»Also dann gib mir den Brief.«

»Heute Abend. Ich wage gar nicht zu schreiben. Ich habe Angst, und ich schäme mich.«

»Gut, hör zu. Warte hier; ich gehe jetzt sofort hinüber und suche Zakar. Er ist bestimmt zu Hause.«

»Wirklich? Oh, Wahram! Sag ihm, er soll in den Garten kommen, an die Mauer hinter den Maisstauden.«

Wahram war schon losgelaufen, aber das junge Mädchen rief ihn noch einmal zurück: »Wahram, wenn er kommt, werde ich doch wieder Angst haben. Versteck dich in unserer Nähe. Willst du?«

»Ich werde mich zwischen die Maisstauden legen!«, rief er zurück.

Als Araxi allein war, packte sie die Angst wieder. Konnte sie auf Wahrams Verschwiegenheit rechnen? Erlaubte die neue Freiheit ihr wirklich, tausendjährige Bräuche mit Füßen zu treten? Warum hielt Zakar nicht um ihre Hand an? Warum verspürte sie solche Sehnsucht danach, ihn wiederzusehen?

Alles, was sie um sich sah, jedes Möbelstück, jede Blume, ja selbst Gails treue Augen oder das Spiel der jungen Kätzchen, beschwor eine grausige Erinnerung herauf: das Massaker an ihrer Familie, das brennende Haus. Diese Schrecken wichen nur, wenn Zakar bei ihr war. Seine Gegenwart bewirkte Wunder! Die ganze Welt verschwand. Ein Gefühl der Sicherheit durchdrang sie, und sogar die Angst, welche die heftigen Liebkosungen des jungen Mannes ihr einflößten, wurde zu einem Vergnügen.

Aber sie war überzeugt, dass Großma zürnen würde, dass dieses Abenteuer nicht »gut« war. Aus Angst vor den Vorwürfen der Großen Frau wollte sie sie weder um Rat fragen noch ihr erzählen, was vorgefallen war. Plötzlich wurde ihr klar, in was für einer gefährlichen Lage sie sich befand. Sie durfte keine Minute mehr verlieren. Koste es, was es wolle, sie musste Wosgehad Hatun alles sagen. Sie erhob sich. Aber in diesem Augenblick tauchte Zakar auf. Ungeduldig, mit raschen Schritten, trat er vor sie hin und schlang seine eisenstarken Arme um sie. Die Welt war versunken.

Wahram, der Zakar auf dem Fuße gefolgt war, schlängelte sich zwischen die Maisstauden und duckte sich, so tief er konnte. Diesmal empfand er es als unangenehm, Zeuge der »Liebe« zu sein, nur weil Araxi ihn darum gebeten hatte. Es war nichts Geheimnisvolles oder Überraschendes mehr dabei. Widerwillig und missbilligend blickte er zu Zakar hinüber, der mit den Worten »Endlich, endlich!« das junge Mädchen in die Arme nahm, während Araxi die Augen schloss, als wol-

le sie ohnmächtig werden. Ein solcher Anblick erregte Wahrams Zorn. Zakar küsste Araxis Augen und ihre Wange. Als sein Mund den ihren berührte, zitterten sie beide ...
   Wovor haben sie Angst?, fragte Wahram sich. Warum zittern sie so? Großma hat immer gesagt, es sei schmutzig, sich auf den Mund zu küssen. Gewöhnlich riecht das schlecht. Wahrscheinlich weint Araxi deswegen.
   Plötzlich rollten Araxi und Zakar zur Erde. Zakars Hände vollführten eine Bewegung, die Wahram nicht deutlich erkennen konnte. Darauf streckte Araxi mit einem Ruck ihre Beine aus, die wie zwei Blitze aus den Röcken hervorschossen. Ihre Strümpfe reichten bis zur Mitte der Wade; der Rest war ein undeutliches Weiß.
   »Nein, du Wahnsinniger!«, schrie sie und stieß den jungen Mann zurück. Dann setzte sie sich auf und begann zu schluchzen.
   Sind sie verrückt?, fragte sich Wahram. Er hatte Lust wegzulaufen. Sein Ekel war grenzenlos.
   Araxi kniete jetzt im Gras, und Zakar setzte sich neben sie.
   »Zakar, wir müssen heiraten. Ich habe Angst, dass ich nach einer solchen Umarmung ein Kind bekomme. Wenn das geschieht, hänge ich mich auf! Dann springe ich in den Brunnen, dann stürze ich mich ins Feuer. Zakar, wir müssen heiraten! Zakar, so antworte mir doch! Wir müssen heiraten!«
   »Aber natürlich.«
   »Worauf wartest du noch?«
   »Ich will es dir sagen ... Ich wage nicht, mit meinem Vater zu sprechen. Ich habe es schon versucht. Ich kann nicht.«
   »Aber warum nicht?«
   »Araxi, ich weiß, dass wir frei sind und tun können, was wir wollen. Seit Monaten schon wollte ich mich meinem Vater eröffnen, aber ... ich wage es nicht. Ich schäme mich, ihm zu sagen, dass ich heiraten will.«
   »Dann vertrau dich deiner Mutter an.«
   »Das ist unmöglich. Vor ihr schäme ich mich noch mehr. Wenn ich eine Großmutter hätte, würde ich es vielleicht wagen. Araxi, ich sterbe vor Ungeduld und vor Liebe, ich will dich heiraten, aber der bloße Gedanke, mit meinem Vater darüber zu sprechen, lässt mich zu Eis erstarren.«
   »Ooh!«, schluchzte Araxi.

»Und du, Araxi? Könntest du nicht ... Könntest du dich nicht Wosgehad Hatun anvertrauen?«

»Oh, Feigling, Feigling, Feigling!«, schrie Araxi.

Der junge Mann wollte sie wieder in die Arme schließen, aber sie stieß ihn zurück. Er rollte ins Gras, während Araxi davonlief und rief: »Ich werde mich umbringen, mich erhängen, mich ertränken ...«

Bei der Rosenhecke versuchte Wahram, sie zurückzuhalten. »Lass mich, du Feigling, ich will dich nicht mehr sehen!«, schrie sie wieder. Doch dann merkte sie, dass die Hand, die ihren Rock gepackt hatte, nicht Zakar gehörte. Sie umarmte das Kind und presste ihr von Tränen überströmtes Gesicht gegen seine Wange.

Wahram zog sein Taschentuch hervor, wischte sich ab und trocknete dann die Augen des jungen Mädchens. »Du bist die größte Eselin, die ich je gesehen habe!«, herrschte er sie wütend an.

Araxi weinte noch immer, aber sie schluchzte nicht mehr.

»Du klebrige Kröte, schämst du dich denn gar nicht, Zakars schmutzigen Mund zu berühren!«, fuhr Wahram fort.

»Sein Mund ... ist n-n-nicht sch-schmutzig«, jammerte Araxi.

»Wahram, mein Bruder, sei nicht so böse auf mich! Ich habe doch nur dich ...«

»Du hast nur mich!«

»Ja, Wahram, ja! Ich bin allein, allein auf der Welt. Keinem Menschen kann ich mein Herz öffnen, keinem kann ich meinen Kummer anvertrauen. Mit keinem anderen als mit dir kann ich zornig sein, weinen oder lachen. Bitte, sei mir nicht böse!«

»Gut«, sagte Wahram, geschmeichelt im Bewusstsein seiner Wichtigkeit. Und plötzlich fügte er gerührt hinzu: »Araxi, wasch dir das Gesicht mit kaltem Wasser, kämm dich, und wenn du willst, dass ich dich noch immer liebe, bring dich nicht um.«

»Du liebst mich also doch ein bisschen?«

»Eigentlich dürfte ich es nicht, aber ich sage es dir trotzdem: Ich habe dich sehr lieb.«

Ein strahlendes Lächeln erhellte Araxis Augen. Sie hörte auf zu weinen. »Wenn du mich wirklich lieb hast, werde ich mich waschen und kämmen und ... es mir überlegen«, murmelte sie.

Wahram trat in den Dandun. Großma bereitete ein Heilmittel zu. Sie machte ein sorgenvolles Gesicht, und Wahram wusste, dass sie bei dieser Arbeit nicht gestört werden mochte. Aber da war diese Frage, die ihn unablässig quälte. Anstatt ihr, wie er es vorgehabt hatte, zu sagen, dass »man Araxi mit Zakar verheiraten müsse«, gebrauchte er einen Umweg.

»Großma«, begann er, »warum küssen die jungen Mädchen und die jungen Männer sich auf den Mund und zittern dabei, als hätten sie die Malaria? Und ist es denn nicht schmutzig, sich auf den Mund zu küssen?«

Großma ließ das Messer fallen, das mit Honig beschmiert und mit Kräutern bespickt war. Ihre Miene verhieß nichts Gutes. Sie durchbohrte Wahram mit ihrem Blick und fragte drohend: »Was hast du gesehen? Wer hat wen auf den Mund geküsst?«

»Großma – «

»Wer? Sag es mir! Knie nieder! Was habe ich da gehört?« Sie bekreuzigte sich mehrere Male und schlug drei Kreuze über dem Kopf des Kindes, das vor ihr auf die Knie gesunken war.

»So, Wahram«, fuhr sie fort. »Welche mit Höllendreck erfüllten Münder haben sich aufeinandergepresst? Sag es mir sofort! Sofort!«

Wahram zögerte einige Sekunden, die ihm wie Stunden erschienen. Das nahm eine böse Wendung. Großmas Zorn würde auf Araxi fallen, und er, der Schweigen gelobt hatte, würde daran schuld sein.

»Großma, ich kann dir nicht antworten«, sagte er. »Ich habe bei der grünen Sonne meines Lebens geschworen, dass ich es nicht verraten werde.«

Großmas Arme fielen herab, und ihre Unterlippe begann zu zittern. Sie überlegte. Da bereitete sich ein Unglück vor, bestimmt. Unerhört! Und das alles kam nur von dieser »Freiheit«! Wie sollte sie Wahrams Starrsinn besiegen? Wie konnte sie Gewissheit erlangen und dem Unheil zuvorkommen?

Sie setzte sich. »Hör mir einmal zu, Wahram«, begann sie. »Steh auf und komm hierher zu mir. Wenn du geschworen hättest, dich nicht dem Feuer zu nähern, und mich plötzlich wie eine Fackel brennen sähest, würdest du mir dann nicht zu Hilfe eilen? Würdest du mich bei lebendigem Leibe verbrennen lassen?«

»Aber nein, Großma!«

»Siehst du. Und wenn du mir jetzt nicht ganz genau alles erzählst, was du gesehen hast, dann wird vielleicht ein großes Unglück geschehen. Wer weiß, ob wir dann nicht einen gewaltsamen Tod zu beklagen haben.«

Wahram wurde von Zweifeln gepeinigt. Sollte er die Wahrheit sagen? Sein Wort brechen? Sollte er schweigen, Großmas Zorn erregen und möglicherweise Araxis Tod heraufbeschwören? Sollte er sich auf seinen Trotz versteifen wie nach der Sache mit dem Aufsatz? Sollte er noch einmal ein kategorisches Nein aussprechen?

Großma erriet seinen inneren Konflikt. »Wahram, gewiss darf man nie einen Schwur brechen, den man bei der grünen Sonne seines Lebens geleistet hat, aber du darfst dich auch nicht zum Komplizen einer bösen Tat machen, indem du sie verheimlichst, und du darfst deine Eltern nicht belügen. Vertraue mir also an, was du deiner Ansicht nach sagen kannst. Ich werde es keinem Menschen weitererzählen.«

Wahram zögerte noch, dann entschloss er sich: »Großma, man muss Zakar und Araxi verheiraten.«

»W-W-Was?« Großma fuhr von ihrem Sitz hoch. »Ameisenstaub, du, in was für Dinge steckst du deine Nase?«

»Nun, es ist nur, weil ... Zakar sich schämt, mit seinem Vater darüber zu sprechen, und Araxi Angst davor hat, es dir zu sagen.«

»Aber, du Teufelsmund, du hast vor nichts Angst, was?« Großma wurde sichtlich freundlicher. Ein Lächeln kam auf ihre Lippen. Sie legte ihre Hand auf den Kopf des Kindes. »Möge der Friede in diesen Höllenschädel einkehren«, sagte sie leise. »Aber wie soll ich die beiden verheiraten, wenn du mir nicht mehr über diese Sache erzählst? Hör zu, mein Kleiner. Wenn du rings von Schatten umgeben bist, wenn du nichts mehr unterscheidest, kannst du dann vorwärtskommen? Nein. Es ist eine ernste Sache, zwei Menschenleben miteinander zu verknüpfen. Hast du sie zusammen gesehen?«

»Ja.«

»Einmal?«

»Nein.«

»Öfter?«

»Ja.«

»Haben sie dir anvertraut, was du mir eben erzählt hast, oder hast du es selber erfunden?«

»Sie haben es mir gesagt. ... oder vielmehr, ich habe sie überrascht, und dann hat Araxi mich gebeten, mit dir darüber zu sprechen.«

»Warum eröffnet sie mir nicht selber ihr Herz?«

»Sie hat Angst, dass du böse wirst. Sie weint, und sie will ...«

»Was?«

»Sie will sich das Leben nehmen. Sich erhängen oder sich in den Brunnen stürzen. Sie wollte sich dir ja gern anvertrauen. Aber sie ist dumm.«

»Küss mir die Hand, mein Kleiner«, sagte Großma. »Du hast gut daran getan, es mir zu erzählen.«

Wahram strich um den großen flachen Stein, der ganz in der Nähe von Segha den Bergbach überragte. Kein Zweifel, dieser hier war es. Sein Herz hatte heftig geklopft, als er die spitzen Felsen entdeckt hatte und in gerader Linie, ein wenig weiter, diesen großen flachen Stein. Der Boden zwischen den Felsen war mit Sand bedeckt, den noch nie eines Menschen Fuß betreten zu haben schien. Wahram setzte sich auf den Stein wie auf die Tür zu einer Schatzkammer. Seine Machtlosigkeit ärgerte ihn. Nicht allzu weit von ihm entfernt zeichnete sich, wie ein weißes Band auf grünem Grund, ein schmaler Weg ab. Langsame, knarrende Büffelkarren, Esel mit riesigen Distelballen, Männer und Frauen, Türken und Armenier kamen und gingen ohne Unterlass – zu Wahrams Verzweiflung. Seine Wut steigerte sich. Und plötzlich glaubte er, jemanden zu erkennen. War es möglich? ... Ja, das war der Türke, jener Türke, der ihn in seinem Haus beim Gouverneurspalast so übel behandelt hatte. Wahram fuhr hoch und hätte sich in seiner ersten Aufwallung beinahe wie eine Furie auf den Mann gestürzt. Aber dann beherrschte er sich und folgte dem Mann, der sich nach Segha wandte und durch ein Tor ein großes, mit einer Mauer umgebenes Feld betrat. Da drinnen erstreckten sich endlose Reihen von Melonen und Wassermelonen. Die Melonen boten ihre goldenen Kugeln der Sonne dar, während die festen Rundungen der grau und grün gestreiften Wassermelonen schwer auf der Erde lagerten. Wahram, der vor Wut kochte, begann zu überlegen. Er schlich sich um das Feld herum. In seiner Mitte bot eine mit Maisstängeln und Kürbisblättern gedeckte Hütte drei Männern Schutz, zu denen der Türke sich jetzt gesellt hatte.

Wahram beobachtete sie noch eine Weile und kehrte dann voller Rachedurst zur Stadt zurück. Im Laufe des Abends besuchte er alle seine Freunde, und es gelang ihm, sie für seinen Plan zu gewinnen.

An der Kreuzung bei den Obstgärten, nicht weit von Großmas Grundstück, stand ein Weidenbaum, alt wie die Welt. Im Schatten seiner seidengrauen Blätter lag ein stets frischer, samtgrüner Rasen. Die

Zweige des Baumes bildeten einen riesigen Sonnenschirm, und in dem mächtigen, beinahe gelben Stamm tat sich eine große Höhlung auf, in der drei Kinder aufrecht stehen konnten. Um diese Jahreszeit waren die Frauen stets sehr beschäftigt und hielten sich von dem Weidenbaum fern. Nur während der Weinlese streckten sich die Männer in seinem Schatten zu einem kurzen Mittagsschlaf aus.

Am folgenden Spätnachmittag machten sich sechzehn kleine Taugenichtse, leere Säcke unter dem Arm, auf den Weg zum Bergbach. Sie liefen quer über die Felder und gelangten in die Nähe der Melonenpflanzung, wo sie sich in vier Gruppen aufteilten. Dann schlichen sie um die Mauer herum, die kaum höher war als sie.

Wahrams Trupp duckte sich gegenüber der Tür der Hütte nieder, in der die vier Türken plaudernd und rauchend saßen und offenbar darauf warteten, dass die Melonen und Wassermelonen reif würden. Wahram und seine Gefährten beobachteten das Vorgehen der anderen drei Gruppen, ließen jedoch die Türken keine Sekunde aus den Augen. Jetzt sah Wahram, wie die Jungen über die Mauer kletterten und sich mit ihren Säcken ins Feld schlichen.

Plötzlich fuhr einer der Türken hoch. Doch bevor noch die anderen den Kopf drehen konnten, sprangen Wahram und seine beiden Gefährten ebenfalls über die Mauer und versteckten sich zwischen den dichten Blättern, die den Boden bedeckten, jedoch auffällig genug, um die Aufmerksamkeit der Männer auf sich zu lenken. Nun folgte eine Art Ballett: Die Türken rannten hin und her, um der Jungen habhaft zu werden, die ihren Verfolgern geschickt entwischten, nicht ohne einen beträchtlichen Vorrat an Melonen und Wassermelonen mitzunehmen, den sie in der hohlen Weide aufstapelten, bevor sie auf das Feld zurückkehrten, um ihre Razzia fortzusetzen. Dieses Spielchen wurde mehrmals wiederholt. In der Hitze des Gefechts bemerkte keiner, dass einer der Türken wieder zur Hütte gelaufen war.

Als sie jetzt erneut über das Feld schwärmten, ertönte ein Schuss, und Schrotkugeln pfiffen den Jungen um die Ohren. Eiligst zogen sie sich zurück. Ein zweiter Schuss, der in dem Augenblick losging, als sie die Mauer überkletterten, traf einen der Türken, der sofort zu schreien und sich zu übergeben begann. »Oh, Gott!« brüllte der Mann mit heiserer Stimme. »Ich sterbe um dieser schmutzigen Ungläubigen willen! Oh, Mohammed, warum muss ich wegen dieser gottlosen Schweine einen elenden Tod erleiden!«

Die beiden anderen Türken halfen ihm auf. Wahram hörte deutlich: »Nichts hast du! Ein paar Schrotkörner im Hintern. So heul doch nicht wie ein Frauenzimmer!«

Wahram reckte sich über die Mauer und schrie: »Gut gemacht! Gut gemacht, ihr elenden Schakale!«

In diesem Augenblick wandte »sein« Türke den Kopf, erkannte ihn, konnte jedoch kein Wort herausbringen. Ein Kamerad zog Wahram mit aller Gewalt von der Mauer herab, und schon prasselten die Schrotkörner gegen den Mauerrand, über den eben noch sein Kopf geragt hatte. Die drei Komplizen rannten schnell auf den Bergbach zu und verloren sich im Wirrwarr der Felsen, verfolgt von den Flüchen und den wirkungslosen Flintenschüssen der Türken.

Vor der hohlen Weide erwartete sie ein mächtiger Haufen Wassermelonen und Melonen. Die Beute belief sich auf zweiundvierzig mehr oder weniger reife Früchte, genug also, um sich mehrere Tage lang den Magen vollzustopfen!

Die Haufen von Schalen, die man am Fuße der alten Weide entdeckte, Gerüchte und die Koliken, die plötzlich im Stadtviertel wüteten und Großma viel Arbeit machten, brachten die Erwachsenen schließlich auf die Spur.

Aber Wahram wurde nicht gescholten, und er geriet – vielleicht – nicht einmal in Verdacht.

In diesem Jahr siechte der Obstgarten dahin. Es mangelte an Wasser, man konnte die Bäume und Pflanzen nicht genügend versorgen. Jeder kam an die Reihe, doch durfte man das ihm bewilligte Wasserkontingent nicht überschreiten.

»O Gott, hab Mitleid mit diesen Blumen und diesen Bäumen! Das Wasser wird immer knapper! Die Blätter welken. Deine Sonne gehorcht Dir nicht mehr und verbrennt die Pflanzen. Mindere ihr Feuer, o Vater der Welt. Schick keine Hungersnot über unser Land!«, beteten Wahram, Wartkes und Wruir, die neben Großma knieten. Die alte Dame hatte ihnen gesagt: »Mit euren drei jungen und unschuldigen Stimmen werden wir vielleicht das Herz des Ewigen rühren.«

Als das Gebet gesprochen war, lief Wahram in den Garten. Die schwachen Stängel der Tulpen konnten nur mit Mühe die schweren Blütenkronen tragen. Die Blätter rollten sich ein. Die Grashalme waren kurz. Die Bewässerungsrinnen und die rissige Erde schienen unzählige durstige Münder zum Himmel zu strecken. Der Blumenduft, der sich mit dem schweren Aroma des verbrannten Grases mischte, roch wie versengt. Und sie mussten noch acht Tage warten, bevor sie mit ihrer Wasserzuteilung an der Reihe waren. Bis dahin würde alles verdorrt sein! Dabei floss der Bach, wenn auch ein wenig verkümmert, noch immer durch die Straße.

Wahram fasste einen Entschluss: Noch in dieser Nacht sollte der Obstgarten bewässert werden. Man brauchte nur die Öffnung, durch die das Wasser in den Garten fließen konnte, ein wenig freizulegen.

Der Mondschein warf sein spiegelndes Licht in den Hof. Fröstelnd kleidete Wahram sich an, nahm eine Schaufel mit und öffnete ganz vorsichtig die Tür zur Straße. Alles schlief. Ein getüpfelter Schleier schien über den Pappeln und Weiden zu liegen. Im stillen Weiß des Himmels schwamm der Mond wie die riesige Scheibe einer leuchtenden Sonnenblume. Keine Wolke. Hier und da vereinzelte kleine Sterne.

Wahram wartete ein wenig. Er hatte Angst. Aber die Welt lag im Schlaf, und die Straße war leer, denn die Bewässerung regelte sich während der Nachtzeit automatisch: Sowie das Wasser in die Hauptrinne gelenkt war, tränkte es die ersten beiden Beete rechts und links und rieselte dann, wenn es eine gewisse Höhe erreicht hatte, zum nächsten Beet hinunter. Nur bei den Weinstöcken musste man seinen Lauf kontrollieren.

Schließlich entschloss sich Wahram. Er hob mit der Schaufel einen Teil der Böschung ab, die dem Wasser den Zutritt zum Garten versperrte. Etwas Graues, Schlüpfriges kroch unter die welken Blätter und Zweige und bahnte sich einen Weg. Wahram lief in den Garten und machte sich daran, die Höhe der Böschungen zwischen den einzelnen Beeten etwas zu verringern, damit das Wasser sich rascher verteilen konnte.

Er verfolgte die Bewegung dieser flüssigen Lippen, die sich immer weiter vorstreckten, um Erde und Pflanzen zu küssen. Eine neue Frische durchzog die schwere Luft, die die Sonne hinterlassen hatte. Am Fuße des spät tragenden Aprikosenbaums lag die Natter, ein glänzendes, zusammengerolltes Kissen. Sie streckte sich, hob ihren rautenförmigen Kopf und schaute auf Wahram. Das Kind begann, leise und sanft zu pfeifen, doch als das Wasser heranrieselte, verschwand der Schutzgeist des Gartens nach kurzem Zögern wie ein wellenförmiger Blitz zwischen den Blumenstängeln und Gräsern.

Der Mond schien den Lauf des Wassers zu lenken. Überall, wo es hinkam, bedeckte die Oberfläche der Erde sich mit zahllosen weißen Scheiben. Wahram atmete erleichtert auf, ging die Hauptallee hinunter und sagte zu den Bäumen, den Blumen und zu allem Grün: »Jetzt habt ihr endlich getrunken und habt keinen Durst mehr. Ihr seid erfrischt, und morgen früh werden eure welken Blätter zu neuem Leben erwachen.«

Er glaubte ihre Antwort zu hören, eine Stimme, so hell wie das Mondlicht. »O Wahram, möge dein Leben stets grün sein und der Segen Gottes auf dir ruhen, denn wir hatten Durst, und du hast uns zu trinken gegeben.« Sein Herz weitete sich, und eine ungeheure, berauschende Freude erfüllte ihn. Er schritt durch den magischen Spitzenschleier, mit dem der Mond jede Nacht in wechselnden Schattierungen den Garten bestickt, und lenkte das Wasser zu den Weinstöcken.

Jetzt, in dieser duftenden Feuchte, ertönte der Lobgesang der wieder zum Leben erweckten Erde. Wahram gelangte zur letzten Bewässerungsrinne. Wenn das Wasser hierherkam, war seine Aufgabe beendet. Nun dankten ihm auch die Blätter der Weinstöcke und neigten sich tief vor ihm. »Möge die grüne Sonne deines Lebens in dir brennen, Wahram«, sagten die Myriaden von Blättern und wiegten sich im Nachtwind. »Wir werden dir wunderbare, saftige Trauben schenken.« Langsam, indem es die welken Blätter und Grashalme mit sich führte und bei jedem Schritt einen neuen Mond in seinem Spiegel aufnahm, erreichte das Wasser das Ende der letzten Rinne und begann zu steigen. Wahram lief davon. Mit größter Vorsicht schlich er sich durch die Haustür auf die Straße hinaus und verstopfte das Loch in der Böschung wieder.

Trotz seines wundervollen Glücksgefühls war er nicht ruhig, bevor er die Straßentür wieder verriegelt hatte. Ach, die Schaufel! Er versteckte sie im Schuppen. Jetzt erst bemerkte er, dass seine Kleider durchnässt waren; er begann zu frieren. Leise schlüpfte er wieder ins Bett. Niemand rührte sich. Die wohltätige Wärme umhüllte sanft seinen müden Körper und ließ ihn in die Fühllosigkeit des Schlafes gleiten.

Das harte Dröhnen des Türklopfers und laute Rufe weckten Wahram. Eine wütende Stimme hallte durch die Straße. »Ihr wart es! Ihr habt mein Wasser gestohlen! Hat man so etwas schon erlebt? Ich hatte meinen Garten kaum zur Hälfte bewässert. Meine Bäume werden eingehen! Schämt ihr euch denn gar nicht?«

Wahram zog sich die Decke über den Kopf. Mein Gott, dachte er, wie hat er das herausbekommen? ... Er kann doch nichts gesehen haben.

Als Tigran die Haustür öffnete, wurde der Tumult draußen noch lauter. Wahram hörte seinen Onkel schreien: »Seid ihr verrückt? Unser Garten ist ausgetrocknet. Kommt und seht doch selber! Kein Mensch hat euch euer Wasser gestohlen!«

Es wurde still auf der Straße, und Wahram versuchte, trotz seiner inneren Unruhe wieder einzuschlafen. Aber plötzlich zog Tigran ihn aus dem Bett, schüttelte ihn und schleppte ihn im Nachthemd auf den Hof. Er ließ ihm nicht einmal Zeit, sich anzuziehen.

»Wahram«, sagte Großma. »Warst du das? Hast du den Garten bewässert?«

Wahram hatte sich keine Antwort zurechtgelegt. Er hatte geglaubt, seine liebevolle Fürsorge für den Garten werde unbemerkt bleiben. Außerdem widerstrebte es ihm, nicht die Wahrheit zu sagen. »Großma«, rief er aufgeregt, »Großma, ich schwöre dir, ich habe nur ein bisschen Wasser genommen. Der Bach ist unterdessen weitergeflossen. Und ich habe es doch nur für die Blumen, die Bäume, das Gras, die Weinstöcke und die Erde getan! Sie kamen um vor Durst.«

»Schmutziger Wasserdieb, du!«, schrie Tigran. »Weißt du immer noch nicht, dass die Wasserzuteilung eine geheiligte Einrichtung ist?«

»Vergib mir, Herr«, sagte Großma. »In großer Verwirrung stehe ich vor dir.« Sie bekreuzigte sich. Die Fremden sagten nichts. Nun richtete Großma das Wort an sie: »Verzeiht uns, ihr Nachbarn. Dieses Kind hier hat in seiner übereifrigen Liebe für den Garten unrecht getan. Glaubt mir, es ist ohne unseren Rat geschehen; er hat es sich ganz allein in seinem störrischen Eselskopf ausgedacht. Ihr sollt unser Wasser haben, wenn die Reihe an uns ist.« Dann wandte sie sich an den Verantwortlichen für die Wasserverteilung. »Ampagum Agha«, fuhr sie fort, »ich bitte dich, mir einen Gefallen zu tun. Teile dem Garten des Nachbarn noch drei Wasserstunden zu, diesem armen Garten, der sich nicht satt trinken konnte. Du nimmst dann diese drei Stunden von uns zurück, wenn wir in acht Tagen an der Reihe sind.«

Ampagum Agha senkte den Kopf. Er kratzte sich den Nacken ... »Große Frau, wir sind alle in deiner Schuld. Und deine Bitte ist so vernünftig, dass wir nach deinem Willen tun wollen.«

Nun verabschiedeten sich alle von Großma und zogen sich zurück.

»Sagt jetzt kein Wort mehr«, gebot Großma ihren Kindern. Dann wandte sie sich zur Küche, ohne Wahram auch nur eines Blickes zu würdigen.

»Komm, nun zieh dich an, Wahram«, sagte Aghawni traurig. »Wasch dich, und dann geh zu Großma und bitte sie um Verzeihung, denn du bist ein Dieb, und zwar einer von der schlimmsten Sorte: ein Wasserdieb.«

Alle wandten ihm den Rücken und gingen weg.

»Ein Wasserdieb!«, wiederholte Wahram verdutzt. »Aber ich habe es doch nicht getrunken! Ich habe es dem Garten gegeben!«

Langsam trat Wahram in den Dandun, den Schwanz zwischen die Beine geklemmt, dachte er, ein bisschen wie die Katze Pessuk, welche jeweils ihren buschigen Schwanz zwischen ihre Hinterläufe nahm, wenn sie gescholten wurde. Großma hielt den Blick ins Leere gerichtet und ließ mit kummervoller Miene die Perlen ihres Rosenkranzes durch die Finger gleiten. Wahram blieb vor ihr stehen und wartete. Sie waren allein.

Kein Wort. Schließlich sagte er: »Großma, wenn der Garten nicht unbedingt hätte trinken müssen, hätte ich es nicht getan. Man darf mir doch darum nicht böse sein.«

Großma blieb reglos sitzen, wie versteinert. Ihre Augen blickten nicht zornig, aber eine Trauer lag auf ihrem Gesicht, die sie weniger hoheitsvoll, dafür aber umso liebenswerter erscheinen ließ.

Wahram kniete vor ihr nieder. »Großma, verzeih mir! Aber warum sollte unser Garten verdorren, wo es doch Wasser auf der Straße gab? Das verstehe ich nicht.«

»Gemeiner Wasserdieb, Höllenteer, du«, sagte Großma mit strenger Stimme. »Weißt du nicht, dass man das Eigentum der anderen nicht nehmen darf, und vor allem nicht das Wasser, das ihnen gehört?«

»Aber es war doch Wasser vom Bach. Es gehört niemandem ...«

»Was redest du da, du Geierkopf? Das Wasser gehört dem Garten, der an der Reihe ist. Wäre es dir recht, wenn man uns die Hälfte des Wassers nähme, das uns zusteht? Sechs Stunden lang gehört das Wasser uns und keinem anderen. Du hast das Wasser anderer Leute gestohlen.«

»Aber ich wollte nicht stehlen ...«

»Wie das Brot ist auch das Wasser heilig, Wahram. Wer dieses Gebot nicht achtet, verwandelt das Paradies in eine Wüste. Beinahe hättest du einen Garten zerstört, indem du ihn daran hindertest, seinen Teil zu trinken.«

»Was soll ich denn jetzt tun, Großma? Ich kann doch das Wasser nicht mehr aus unserem Garten herausholen und anderswohin tragen ...«

»Mein Gott!«, stieß Großma aus. Sie presste die Lippen zusammen, und man wusste nicht, ob sie ihren Zorn oder ein Lachen unterdrücken wollte. Aber nach einer Pause fuhr sie fort:

»Nein, das kannst du nicht, und das ist schade. Denn wenn man dich zwingen könnte, all das Wasser auf deinem Rücken zum Garten des Nachbarn zu tragen, würden deine Rückenschmerzen dir bald die Lust an solchen Streichen vertreiben. Du darfst so etwas nie wieder tun, Wahram. Nie darfst du nehmen, was den anderen gehört.«

»Ich schwöre dir bei der grünen Sonne meines Lebens, dass ich es nie wieder tun werde. Aber ich wusste ja nicht, dass – «

»Jetzt weißt du es. Das Schlimmste daran ist, dass ich in meinem langen und kummervollen Leben noch nie so gedemütigt worden bin wie vorhin. Wenn du etwas stiehlst, Wahram, fällt die Schande auf uns alle zurück, auf das ganze Haus. Dann gelten wir alle als Diebe, genau wie du. Vergiss das nie.« Dann hob Großma den Kopf und rief: »Sarkis!« Der Diener kam. »Sarkis«, sagte sie. »Schließ den Lagerraum im Keller auf und sperre Wahram hinein. Er wird den ganzen Tag dort bleiben.« Und mit einem strengen Blick auf Wahram befahl sie: »Du wirst dir bis zum Abend immer wieder vorsagen: ›Das Wasser ist heilig.‹«

Der gemauerte Raum wies oberhalb der Tür eine winzige Öffnung auf, durch die Wahram aber nicht kriechen konnte. Finsternis umgab ihn. Die ganze Pracht des besonnten Gartens war so weit weg, dass sich Wahram an diesem Sonntag wie im Mittelpunkt der Erde fühlte.

Vom Morgen bis zum Abend brannte die Sonne auf die Erde nieder. Nach drei Tagen begannen die Blätter im Garten wieder, gelb und welk zu werden, und ein scharfer Geruch nach verbranntem Gras ging von ihm aus. Im Schatten der Bäume fühlte Wahram sich, als habe man ihn in einen weiß glühenden Zuber getaucht. Diese erschreckende Reglosigkeit, dieses Licht wie von schmelzendem Silber lag drückend wie eine Drohung auf ihm. Am Ende der Woche bildeten sich tiefe Risse in den Bewässerungsgräben, und Wahram fragte sich ängstlich, ob Großmas allmächtiger Gott ihn wohl dafür bestrafte, dass er das

Wasser anderer Leute gestohlen hatte. Aber wenn Gott ihn bestrafen wollte, warum mussten dann auch die anderen Gärten darunter leiden?

Wahram fasste einen Entschluss: Ich will mich an Gott wenden, denn Er ist gut, sagte er sich. Ich will Ihm mein Herz öffnen. Bestimmt wird Er mich erhören.

Sofort kniete er mitten zwischen den Weinstöcken nieder und begann mit solcher Inbrunst und solchem Nachdruck zu beten, dass er davon überzeugt war, mit seinen Worten Gottes Ohr zu erreichen. »Mein Gott«, sagte er, »dies ist das erste Mal, dass ich allein und in eigenem Namen zu Dir spreche. Ich schwöre Dir bei der grünen Sonne meines Lebens, dass ich das Wasser nicht stehlen wollte. Du weißt es, Du, der in den Herzen der Menschen liest. Und Du weißt auch, dass ich nur unseren Garten retten, aber nicht den der anderen zerstören wollte. Vergib mir, wenn ich noch nicht klug genug bin. Ich schwöre Dir, dass ich eines Tages klug sein werde. Und da ich mit offenem Herzen zu Dir spreche, erhöre mich! Bedecke den Himmel mit großen, schweren Wolken, die alles bewässern. Ich bitte Dich, tu das für mich!«

Als er sein Gebet beendet hatte, lief er zu Großma und erklärte: »Ich habe ein sehr eindringliches Gebet an den Allmächtigen gerichtet, damit Er uns Regen schickt. Jetzt möchte ich eine große Kerze anzünden, die längste und dickste, die ich nur finden kann. Willst du mir Geld dafür geben?«

Großma warf einen durchdringenden Blick auf ihren Enkel, und ein solches Erstaunen lag auf ihrem Gesicht, dass man meinen konnte, sie sähe etwas, was kein anderer sah. Wie lange verharrte sie in diesem Zustand der Entrücktheit? Jedenfalls gab sie Wahram ohne ein Wort, was er von ihr verlangte. Der Junge lief rasch zur Kirche, wo eben der Vespergottesdienst zu Ende ging.

Als Wahram die Kerze anzündete und vor dem von Strahlen umgebenen dreieckigen Auge aufstellte, hatte er ein Gefühl, als zöge eine unbekannte Kraft sich von ihm zurück.

Am nächsten Tag jedoch marterte die Sonne die Erde mit unverminderter Wut, und Wahram, der aufs Dach geklettert war, konnte nirgends eine Wolke entdecken. Rechts vom Van-See hoben der Krkur und der Artos, die beiden großen Berge, sich als blauschwarze Massen vom Horizont ab. Aber doch, vielleicht dort … Der weiße Gipfel des Sipan trug einen riesigen Hut aus grauen Wolken, aus dem der ewige Schnee wie ein weißes Tuch herabhing.

Wahram erzitterte. Jetzt war er sicher …

Am folgenden Tag, als Wahram und Sirarpi unter den dreihundertjährigen Birnbäumen saßen und die Geier im flammenden Himmel nur noch wie Ascheflöckchen aussahen, fiel plötzlich ein Schatten auf die beiden Kinder. Wahram trug nur ein leichtes Hemd und Sirarpi eine bauschige, mit blauen Blumen bestickte Bluse mit hohem Kragen, die an der Taille von einem weiten Rock zusammengefasst wurde, der ihr bis zu den Fesseln reichte.

Ein Grollen stieg in der Ferne auf, ein Luftzug streifte die Blätter, die ächzend durcheinandergeschüttelt wurden. Ihr Rauschen vermischte sich mit dem scharfen Pfeifton des Windes; dann rissen sie sich von den Zweigen los, während eine Staubwolke sich erhob und das ferne Grollen immer lauter wurde … Ein Blitz zerriss die Unendlichkeit des Himmels, erdfarbene Wolken schoben sich gegen den Berg Warak, das Licht wurde fuchsrot, und ein riesiger Tropfen, wie eine weiße Weinbeere, klatschte gegen Wahrams Wange. Weitere Tropfen folgten, ein wahrer Sturzbach. Sirarpi fasste Wahram bei der Hand und lief mit ihm ans Ende des Gartens.

Der strömende Regen durchnässte Wahrams Hemd und Hose. Ihm war, als riesele das Wasser über seine Haut. Die Tropfen, die auf seine Lider fielen, zerspritzten zu lang gezogenen Funken. Außer Atem, laut lachend, flüchteten sich die beiden Kinder unter die Apfelbäume. Wahram musste lachen, weil der Regen Sirarpis Oberkörper zur Geltung brachte und ihre Brüste sich durch den Stoff der Bluse hindurch abzeichneten. Und auch sein eigener Körper sah wohl wie modelliert aus. Trunken vor Glück, nahm er seine Cousine in die Arme und wärmte sich an der Berührung ihres Körpers. Plötzlich fuhren die beiden wie mit einer einzigen Bewegung auseinander und rannten auf das Haus zu.

»Aber Kinder, ihr seid ja ganz pudelnass!«, rief Aghawni. »Mein Gott, wie kann man auch bei einem solchen Regen draußen bleiben! Kommt schnell!« Und sie befahl den beiden, sich umzuziehen.

Wahram war auf eine sonderbare Weise aufgewühlt. Nie hatte er sich Sirarpis Körper so vorgestellt. Aber noch ein anderer Gedanke erregte ihn: Bestimmt hatte Gott ihn erhört. Von ehrfurchtsvollem Schauer gepackt, fiel er auf die Knie und dankte dem Ewigen. Er war völlig verwirrt über diese göttliche Willfährigkeit und fragte sich, wie er Ihm seine Dankbarkeit bezeugen könne.

Er ging, um Großma zu fragen, und traf sie im Vorratsraum an. »Großma«, rief er, »Gott hat mich erhört und uns den Regen geschickt!« »Schweig!«, gebot Großma, indem sie den kleinen, mit schwarzen Körnern gefüllten Sack neben einer Reihe anderer Körnerhaufen niedersetzte. Einen Augenblick lang schien sie ihre Gedanken zu sammeln. »Wahram«, sagte sie dann, »vielleicht hat Gott dich erhört, aber es steht dir nicht zu, das zu behaupten. Sag also nie wieder, was du eben gesagt hast. Das Feuer des Himmels würde auf dich herabfallen und dich in Sekundenschnelle vernichten.«
»Aber Großma, ich habe doch ...«
»Sei still und geh jetzt. Lass mich meine Körner sortieren. Ich muss sie aussäen, sobald der Regen vorüber ist. Der Allmächtige hat uns mit ihm eine große Gnade gewährt.«

Als Wahram hinausging, bemerkte er vor der Küchentür Sirarpi, deren Gestalt sich vor den leuchtenden Streifen des Regens abhob. Aber diese Gestalt hatte jetzt wieder die gleichen Umrisse wie sonst. Wahram hielt es für besser, jetzt nicht zu ihr zu gehen. Stattdessen stieg er die Treppe hinauf und schlich sich in den Salon.

Trotz Großmas Verbot konnte er sich doch nicht gegen den Gedanken wehren, dass gewiss sein Gebet den Regen herbeigeführt hatte ... Und wenn es so war, warum sollte er dann nicht auch den Schatz des Smaragdritters von Gott erbitten? Er dachte den ganzen Samstagnachmittag daran und entschloss sich, noch einmal einen Gang zum Bergbach zu unternehmen. Die Melonen und Wassermelonen waren schon vor einem Monat geerntet und die Türken bestimmt wieder nach Hause zurückgekehrt. Also ...

Er begab sich wieder auf den Weg nach Segha und drang in das Gewirr der schwarzen und roten Felsen ein. Die Wege wurden immer schmaler und schmaler, und plötzlich stand Wahram vor einem riesigen grünlichen Felsblock. Er wandte sich um. Hier standen die Felsen noch enger und versperrten ihm den Rückweg. Wahram lief nach rechts und links, während wie mit einem Schlage die Nacht hereinbrach. In einem der Felsen öffnete sich eine Tür. Von der anderen Seite her drang ein Lichtstrahl. Wahram ging über feinen Sand, konnte jedoch nichts mehr sehen. »Grabe in dem Sand, Wahram, grabe! Es ist ganz einfach!«, hörte er eine Stimme sagen. »Grabe, und du wirst den Schatz finden.« Er begann, in dem Sand zu wühlen, aber plötzlich rutschte er über eine schräge Fläche hinab, schneller, immer schneller …

Die Morgensonne vergoldete die Pappelblätter vor dem Fenster, und Wartkes sagte zu ihm: »Hast du jetzt endlich ausgeseufzt? Du hast mich geweckt.« Wahram, noch in seinem Traum gefangen, antwortete nicht. Und wenn ich nun in dem Sand neben dem flachen Stein grabe?, fragte er sich. Dort kommt nie ein Mensch vorbei. Vielleicht gelange ich bis zu dem Schatz.

Er beschloss, sofort nach dem Frühstück aufzubrechen. Er würde heute Morgen nicht in die Kirche gehen und sich damit herausreden, dass er noch seine Schulaufgaben machen müsse.

Da Sirarpi auch nicht weggehen wollte, blieben die beiden Kinder mit Sarkis allein im Hause zurück. Seit dem großen Regen sehnte Wahram insgeheim einen neuen Wolkenbruch herbei, der ihn wieder mit Sirarpi im Garten überraschte. Aber wenn er seine Cousine ansah, bemächtigte sich seiner eine unerklärliche Scheu. An diesem Morgen setzte er sich allein in eine Ecke und tat, als lese er. Bald schon setzte Sirarpi sich neben ihn und schien entschlossen, nicht von diesem Platz zu weichen. Hatte sie etwas erraten, oder war es – das Schicksal?

Als Wahram das Buch zuschlug, fragte Sirarpi: »Woran dachtest du, Wahram?«

»Ich habe gelesen.«

»Nein. Deine Augen haben sich nicht bewegt.«

»Aber ich habe trotzdem –«

»Wahram, ich weiß, dass du nichts angesehen hast. Ich habe dich beobachtet.«

»Ich gehe jetzt in den Garten«, sagte er. »Mir ist, als wäre ich noch gar nicht wach. Ich bin immer noch in meinem Traum.«

»In was für einem Traum, Wahram?«

Wahram erzählte. »Und weißt du«, schloss er, »diese schwarzen und roten Felsen, dieser Sand, der wie Wasser herabrieselte und mich in rasender Geschwindigkeit mitriss, diese Stimme, die zu mir sprach … all das lässt mir keine Ruhe.«

Sie waren unter der Rosenhecke angekommen. Der frische Lacküberzug, den der Regen den Blättern geschenkt hatte, verwandelte sie in jadegrüne Feuerzungen. Die hundertblättrigen Rosen zwischen ihnen dufteten. Jeder Sonnenstrahl war ein goldener Faden, auf dem die Bienen tanzten.

»Setzen wir uns, Wahram«, sagte Sirarpi, die Augen fest auf ihren Vetter gerichtet. »Was ist das für eine Geschichte mit dem Schatz, dem flachen Stein und diesem Smaragdritter? Wenn ich recht verstanden habe, ist es nicht nur ein Traum.«

Noch nie hatte Wahram sich so offenkundig ertappt gefühlt. In seiner Verwirrung errötete er bis zu den Haarwurzeln.

»Du verheimlichst mir etwas, Wahram«, sagte Sirarpi mit klagender Stimme. »Liebst du mich nicht mehr?«

Wahram wusste nicht, was er antworten sollte. Er hatte Sirarpi weder von dem Schatz noch von seinem Erlebnis mit dem Türken erzählt, und das bedrückte ihn ein wenig.

»Nun? Du antwortest nicht?«, drängte das junge Mädchen.

»Ich kann es dir nicht sagen.«

»Wahram, ich muss alles wissen, alles. Selbst wenn du alle Menschen umbringen würdest, müsste ich es erfahren.«

»Warum, Sirarpi?«

»Weil niemand dich so liebt wie ich. Und außerdem, weil ich zwei Jahre älter als du und ein Mädchen bin. Ein Mädchen ist klüger als ein Junge.«

Das war neu für ihn! Sprachlos starrte Wahram seine Cousine an. Aber diese fuhr fort: »Glaubst du etwa, dass ich weitererzähle, was wir uns anvertrauen? Keinem Menschen! Von unserer Geschichte zum Beispiel habe ich weder Großma noch Tante ein Wort gesagt.«

»Von welcher Geschichte?«

»Na, neulich, als es so regnete –«

»Und was ist da passiert?«

»Unsere Körper waren fast nackt und haben sich berührt. Weißt du nicht, dass das verboten ist?«

»Oooh!«

»Siehst du, du weißt weniger darüber als ich! Wenn du mir nicht glaubst, versuche nur, es Großma zu erzählen. Sie wird dich mindestens für drei Tage und drei Nächte in den Keller sperren, und mich würde sie vielleicht wieder nach Hause schicken.«

»Und was weißt du sonst noch?«

»Dass du gestohlen hast.«

»Das Wasser?«

»Nein, doch nicht das Wasser«, sagte Sirarpi und brach plötzlich in Lachen aus. »Dummkopf, du, diese Geschichte mit dem Wasser, die hast du mir auch verheimlicht. Mitten in der Nacht bist du ganz allein in den Obstgarten gegangen! Ich an deiner Stelle wäre vor Angst umgekommen.«

»Es war so schön, all den Pflanzen zu trinken zu geben! Ich hatte den Eindruck, als verneigte sich jeder Grashalm, jedes Blatt und jede Blume vor mir, um mir zu danken.«

»Du hast noch anderes gestohlen: Melonen und Wassermelonen.«

»Von wem weißt du das?«

»Du sprichst manchmal im Schlaf. Und ich habe gehört, wie du ganz deutlich sagtest: ›Wir haben den Türken mehr als vierzig Melonen und Wassermelonen genommen.‹«

»Aber dann weißt du auch …«

»Was denn?«

»Das andere. Den Grund.«

»Den Grund? Ihr hattet eben Appetit auf Melonen.«

»Gut. Davon habe ich also nicht im Schlaf gesprochen.«

»Gibt es denn noch einen anderen Grund? Sag ihn mir!«

Sirarpi stand auf und setzte sich dicht neben Wahram. Sie schlang ihren Arm um seinen Hals. »Ich bin deine ältere Schwester, und ich liebe niemanden so wie dich. Weißt du das?«

»Ich weiß es. Ich liebe dich auch wie eine große Schwester, vielleicht sogar noch mehr.«

»Dann musst du mir auch alles über den Schatz, den Ritter und den Wassermelonendiebstahl erzählen.«

Wahram zögerte noch. Aber als Sirarpi sich so zärtlich über ihn neigte, konnte er nicht widerstehen und erzählte von dem Versteck, das er entdeckt hatte, und von dem Bild des Ritters, das ihn Tag und Nacht verfolgte.

»Oh!«, rief Sirarpi erschrocken. »Aber dieser Ritter ist doch ein Toter! Hast du denn vor nichts Angst?«

»Ich weiß nicht. Ich … Manchmal habe ich Angst vor Großma, und auch vor dir, wenn du böse auf mich bist.« Dann berichtete Wahram sein schreckliches Erlebnis mit dem Türken.

Langsam füllten sich Sirarpis Augen mit Tränen, und ihr Arm lastete immer schwerer auf Wahrams Nacken. »Du bist verrückt, Wahram«, sagte sie. »So etwas ist doch nicht möglich! Noch nie habe ich einen so leichtsinnigen Menschen gesehen wie dich. Was soll denn aus mir werden, wenn man dich eines Tages umbringt?«

»Ich fürchte mich nicht. Mich bringt so leicht keiner um.«
»Und was hast du jetzt wieder vor?«
Wahram zögerte. »Ich möchte zu dem flachen Stein gehen«, sagte er dann. »Ich will dort im Sand graben und versuchen, den Schatz zu heben.«
»Ich komme mit dir.«
»Du bist verrückt!«
»Und du?«
»Ich bin ein Junge.«
»Die Türken machen da keinen Unterschied.«
»Aber ich kann mich verteidigen. Du nicht.«
»Das würde dir nichts nützen. Sie sind immer bewaffnet.«
»Heute wird niemand dort sein.«
»Dann habe ich also auch nichts zu fürchten.«
Fast wäre Wahram zornig geworden. Aber Sirarpi gegenüber war ihm das unmöglich.

Sie trafen unterwegs keine lebende Seele. Bald tauchte der Bergbach auf, der inmitten der bizarr geformten Felsen in weißen Windungen dahinschoss. Das Viereck von Zem-Zem-Mahara über dem schwarzen Gipfel des Wew K'herra hob sich leuchtend hell vom Himmel ab.
»Dort ist der große Stein, der so flach ist wie ein Tisch«, sagte Wahram. »Darunter ist nur Sand, der lässt sich leicht wegschaufeln.« Er machte sich an die Arbeit. Dieses Graben im Sand war ein Kinderspiel. Er hatte bereits ein Loch ausgehoben, in dem er aufrecht stehen konnte, als er auf einen Felsen stieß.
»Na, siehst du«, meinte Sirarpi. »Gehen wir lieber wieder nach Hause. Für diese Arbeit braucht man zehn tapfere Ritter. Neun davon fehlen uns, und der zehnte ist noch recht klein.«
Wütend und enttäuscht versetzte Wahram dem Felsen einige so heftige Fußtritte, dass er sich wehtat. Dann machten sie sich auf den Heimweg.
Es kam so unerwartet wie ein Blitzstrahl. Als die Kinder in die Landstraße einbogen, stand plötzlich ein Türke da, der ihnen den Weg versperrte. Der Mann stürzte sich auf sie, warf Wahram mit einem Faustschlag zu Boden und traktierte ihn mit Fußtritten. Wahram hörte, wie seine Cousine etwas sagte, dann aufschrie und sich wehrte. Der Türke kniete neben Sirarpi, stützte eine Schulter gegen ihren Leib und

versuchte, ihre Beine auseinanderzuzwingen, während das Mädchen mit den Fäusten auf seinen Rücken einhämmerte. Unter Sirarpis zerrissener Bluse war ihre nackte Brust zu sehen.

Wahram vergaß seine Schmerzen. Er schleuderte einen großen Stein gegen den Mann, der ihn am Hals traf. Ein zweiter streifte den Kopf, der dritte erreichte sein Ziel nicht. Mit einem wütenden Fluch ging jetzt der Türke, den Dolch in der Hand, auf den Knaben los.

Wahram, der den Stein, den er gegen ihn schleudern wollte, nicht aus dem Erdboden lösen konnte, nahm zwei Hände voll Sand und warf sie dem Mann ins Gesicht. Der hielt sich die Hände vor die Augen, und Wahram warf noch mehr Sand.

Die Flüche und Schreie des Türken hallten weit in die Runde. Je heftiger er sich die Augen rieb, umso lauter brüllte er.

Nun stürmte Wahram, außer sich vor Wut, mit aller Kraft gegen den Mann an, warf ihn um und versetzte ihm einen Fußtritt gegen die Nase. Das Blut schoss hervor.

Sirarpi saß auf dem Boden und weinte.

»Steh auf! Wir laufen!«, rief Wahram, und schon flog Sirarpi in Windeseile vor ihm her.

Als sie den ersten Garten der Stadt erreichten, waren sie völlig außer Atem. Kein Mensch weit und breit. Wahram wandte sich zu Sirarpi. Zwischen den Fetzen ihrer Bluse gewahrte er den weißen Schimmer einer nackten Brust und eine winzige blassrote Kirsche. Die linke Brust war von blauen Flecken und Blutspuren gezeichnet.

»Hast du Schmerzen, Sirarpi?«, fragte der Junge.

»Nein, es ist nichts weiter«, antwortete sie. Aber sie weinte noch immer.

»Wenn du nicht zu große Schmerzen hast, dann bedecke bitte deine Brust.«

Sirarpi richtete ihre Bluse und knöpfte sie zu.

»Wir wollen jetzt nach Hause gehen«, sagte Wahram.

»Dein Gesicht ist ganz schwarz.«

»Ich werde sagen … dass ich vom Baum gefallen bin. Aber du?«

»Ich werde Jodtinktur darauf tun und …«

Sie fing wieder an zu laufen. Plötzlich blieb sie stehen. »Wir werden nichts davon erzählen, nicht wahr, Wahram?«

»Selbstverständlich nicht, Sirarpi. Und wir werden dieses Geheimnis für uns behalten. Ich schwöre es bei der grünen Sonne meines Lebens.«

»Ich auch«, sagte Sirarpi. »Ich schwöre es auch bei der grünen Sonne meines Lebens.«
Sie wussten, dass bis zu ihrem Tode nichts und niemand ihnen dieses Geheimnis würde entreißen können.

Vom Dach des Danduns aus betrachtete Wahram den Warak, diese große blasslila und goldene Fläche mit den weißen Flecken des Schnees, der die Schluchten und Spalten füllte. Die Reflexe des Sonnenlichts wanderten über die Felsen und Hänge. Wahram träumte vom Kloster von Hoch-Warak und der Armbandquelle. Wo der Ritterbrunnen lag, wusste er nicht, und an den Schatz beim Bergbach durfte er nicht mehr denken. Zweimal schon hatte der Tod dort auf ihn gelauert. Er wollte nach Hoch-Warak gehen. Aber wie?

Die Augen auf die riesige Brust des Berges gerichtet, unter der sich »sein« Schatz verbarg, träumte er: Ich werde nachgraben und den Schatz finden. Dann sage ich meinem Vater Bescheid, und wir schaffen ihn hierher. Der Schimmer der Edelsteine wird das ganze Haus erhellen … Aber dieses Ziel war unerreichbar, das fühlte er genau. Wie leicht war alles, wenn der Gedanke mit schwindelerregender Schnelligkeit Berge versetzte und alle Hindernisse aus dem Weg räumte!

In diesem Augenblick sah Wahram Zakars Eltern durch die Mauerlücke kommen und auf das Haus zugehen. Der Mann gestikulierte heftig, die Frau senkte ihren Kopf so tief, dass man nur ihr Kopftuch sah.

Wahram hörte, wie sie endlose Begrüßungsworte mit Großma tauschten. Er schlich sich zur Dachluke, schaute hindurch und bemerkte, dass Aghawni und Sirarpi den Raum verließen. Jetzt ergriff Zakars Vater das Wort. »Wosgehad Hatun«, sagte er, »seit wir einen Sohn haben, denken wir Tag und Nacht nur an sein Glück. Das ist auch natürlich so.«

»Gewiss«, stimmte Großma zu. »Zakar ist euch ein sehr guter Sohn.«

»Nein«, sagte der Vater. »Es hat eine schlimme Wendung mit ihm genommen. Nie hätte er sich dieser dreisten Person nähern dürfen, die ihr bei euch aufgenommen habt und die sich nicht zu benehmen weiß. Wir hatten ihm schon seit Langem eine Braut ausgesucht; er durfte seine Augen nicht auf eine andere werfen. Mein Gott, diese Jugend von heute! Zu unserer Zeit wäre ein solches Verhalten undenkbar gewesen.«

»Aber Mann«, warf die Frau ein, »wir haben doch jetzt die ›Freiheit‹. Dagegen lässt sich nichts machen.«

»Die Hölle soll die Erfinder dieser Teufelsfreiheit verschlingen! Mit einem Wort, Wosgehad Hatun, wir können dieser Heirat nicht zustimmen.«

»Mann«, begann Zakars Mutter wieder, »Araxi ist ein sehr gutes Mädchen. Wir haben genug zum Leben, und wir haben nur einen einzigen Sohn. Man darf ihm nicht das Herz brechen wegen der paar Kleider und Goldstücke, die Manuschak als Mitgift in die Ehe bringen würde.«

»Frau, du hast zu schweigen, wenn ich rede! ›Lange Haare, kurzer Verstand‹, das ist ein wahres Wort! Wir wollen keinen Mund, der jeden Tag an unserem Tisch isst und nichts mitgebracht hat.«

»Aber Nachbar«, meinte Großma begütigend, »ich habe dir doch neulich versprochen, dass ich Araxi ausstatten werde. Sie wird Kleider und ein Bett mitbringen, so wie es sich gehört. Sie wird sogar Schmuck haben. Aber weder mein Sohn noch ich kann fünfzig Goldpfund zusammenbringen.«

»Manuschak erhält hundert Pfund als Mitgift. Nur dir zuliebe will ich mich mit der Hälfte dieser Summe begnügen und noch einmal hinwegsehen über das Benehmen dieser –«

Großma fiel ihm ins Wort. »Nachbar, Nachbar«, sagte sie, »denk doch an die Hölle, der sie entkommen ist! Denke daran, dass du ein ähnliches Schicksal hättest erleiden können. Dann besäße Zakar jetzt gar nichts, und kein Mensch würde ihm seine Tochter zur Frau geben.«

»Aber Zakar ist ein Mann.«

»Umso wichtiger, Mitleid mit einer armen Waise zu haben. Deine Frau versteht das.«

»Daran ist nur der Priester schuld, der ihr diese Flausen in den Kopf gesetzt hat!«, erwiderte Zakars Vater.

»Der Priester hat gesagt, was recht und billig ist. Er denkt genau wie die Große Frau«, gab die Mutter zurück.

»Schweig, Frau! Du hast schon Unheil genug damit angerichtet, dass du Zakar all das erzählt hast. Jetzt wagt er, mir zu widersprechen und mir den Gehorsam zu verweigern. Er redet davon, dass er weggehen will, wenn wir ihm nicht diese schamlose Person geben, diese Herumtreiberin!«

»Nachbar, du vergisst, dass sie mein Patenkind ist und dass du sie mit offenen Armen aufnehmen würdest, wenn ihre Eltern noch am Leben wären. Bist du ein Christ, ja oder nein? Unser Herr Jesus hat die

Anbeter des Goldes mit Peitschenhieben aus dem Tempel gejagt. Sei nicht der Schmied deines eigenen Unglücks, des Unglücks deiner Frau und dieser beiden Kinder!«

»Der Priester braucht sich nur nach Verwandten von ihr umzusehen, die sie mit einer entsprechenden Mitgift versorgen.«

»Araxis Verwandte sind in Agrpi niedergemetzelt worden, und denen, die in der Stadt lebten, hat man alles genommen. Sie hat niemanden, der sie ausstatten könnte.«

»Ich habe gesagt, was ich zu sagen habe«, erklärte Zakars Vater.

Großma schwieg. Wahram vernahm ein Schluchzen und dann die Stimme des Mannes.

»Schweig, Frau!«, sagte er.

»Dein Herz war immer hart wie ein Stein. Darum haben wir auch nicht mehr Kinder bekommen als diesen einen Sohn«, schluchzte die Frau.

»Nachbar«, ergriff jetzt Großma wieder das Wort, »ich habe in meinem Leben oft Glück und Unglück aufeinander folgen sehen, und ich weiß etwas von den Geheimnissen der menschlichen Beziehungen. Verhärte dein Herz nicht! Wenn es viele Herzen gäbe wie das deine, dann würde nicht nur ein Mensch unglücklich, sondern eine ganze Stadt. Es steht nicht in meiner Macht, in dieser Sache etwas zu tun; aber höre meinen Rat. Du hast deiner Mutter viel Kummer gemacht, und sie hat sehr zu leiden gehabt. Jetzt ruht sie in Frieden. Ohne Stütze wankt dein Haus. Dein Sohn ist dir ähnlich. Bleibst du hart, wird auch er sich verhärten. Wenn ihr zusammenstoßt, werdet ihr alle beide daran zerbrechen. Warte! Habe Geduld! Lass mit dir reden!«

»Ich habe Nein gesagt, und dabei bleibt es.«

»Dann leb wohl, Nachbar. Mögen deine Füße, die dich aus diesem Hause tragen, nie wieder meine Schwelle überschreiten, solange dein Herz hart ist wie ein Kiesel.«

Wie vom Blitz getroffen sah Wahram den beiden nach. Die Frau war von Schluchzen geschüttelt. Sie senkte den Kopf noch tiefer als vorhin.

Sirarpis Wunde kam Wahram wieder in den Sinn. Er sagte sich, dass Araxi sicherlich ebenso zarte Jungmädchenbrüste haben müsse. Und nun stand es schon seit Wochen so schlecht um ihre Sache! Jenes Mitleid, das ihn zum Sklaven der verlassenen Katzen, aller hilflosen Tiere und Vögel machte, erstreckte sich von nun an auch auf die jungen Mädchen. Er hatte das Bedürfnis, sofort mit Araxi zu sprechen, und machte sich auf die Suche nach ihr.

Im Haus war sie nicht. Er lief durch den ganzen Garten, ohne sie zu finden. Als er zurückging, sah er sie mit verlorenem Blick auf dem Brunnenrand sitzen. Leise trat er herzu und legte ihr die Hand auf die Schulter. Araxi schrak zusammen und richtete ihre tiefen Augen auf ihn.

»Warum sitzt du hier, Araxi?«, fragte Wahram.

»Ich weiß nicht mehr, wo ich mich hinflüchten soll. Mir ist, als gäbe es nirgends mehr einen Platz für mich.«

»Aber das Haus und der ganze Garten sind doch auch für dich da!«

»Das alles ist zu groß. Mir fehlt ein kleiner Winkel für mich allein.« Ihre Stimme war tonlos.

»Aber Araxi, du hast doch deinen Platz in unserem Haus! Du hast dein Zimmer, dein Bett …«

»Das alles ist da, aber es gehört mir nicht.«

»Und ich? Habe ich etwa mehr?«

»O du, du hast mehr, als du brauchst. Du besitzt das Herz von Großma, die ohne dich nicht leben könnte. Du hast deinen Vater, deine Mutter, deine Onkel –«

»Nicht Tigran.«

»Doch! Tigran liebt dich auch, auf seine Weise. Und du hast Sirarpi, die dich nicht eine Sekunde aus den Augen lassen kann, wenn du in ihrer Nähe bist, und mich und viele andere noch!«

Ein angenehm warmes Gefühl der Überraschung und Freude stieg in Wahram auf. »Aber du bist hier doch auch zu Hause, Araxi«, sagte er. »Jeder weiß das.«

»Nein, Wahram, nein!«, widersprach sie. »Wenn ich einmal nicht da wäre, würde kein Mensch nach mir suchen.«

»Und … Zakar …?«

»Er?«

Sie legte den Kopf auf Wahrams Knie und brach in Schluchzen aus.

»Wann hast du ihn zum letzten Mal gesehen?«, fragte er.

»Am … aber du warst ja selber dabei.«

»Du hast es also noch gar nicht gehört? … Seine Eltern wissen alles. Großma hat mit ihnen gesprochen.«

Erschrocken fuhr Araxi auf. »Dann ist alles verloren! Nun weiß ich auch, warum er seit Wochen nicht mehr versucht hat, mich wiederzusehen.«

»Zakar würde sein Leben für dich hergeben, Araxi, das weiß ich.«

»Mein Gott, ist das wirklich wahr? Erzähl!«

»Zakar hat seinem Vater erklärt, dass er keine andere als dich heiraten will. Seine Mutter wäre damit einverstanden. Aber sein Vater –«

»Dieser böse Mensch! Wahram, ich muss unbedingt Zakar wiedersehen!«

»Ich gehe ihn suchen.«

Sie fasste seine Hand und küsste sie. Wahram wischte sie rasch ab.

»Küss mir nicht so die Hand!«, sagte er heftig. Und dann fügte er etwas freundlicher hinzu: »Du weißt es doch, Araxi, Großma liebt dich wie eine eigene Tochter.«

»Das ist nicht dasselbe, Wahram. Aber sag mir, warum bist du vorhin hierher an den Brunnen gekommen?«

»Ich habe dich gesucht.«

»Wirklich?«

Der Junge schlug einen belehrenden Ton an: »Jawohl«, sagte er, »Wahram, der Dumme, der von nichts etwas versteht, hat im Haus und im Garten nach Araxi gesucht. Er hat sie am Brunnen gefunden und sie gefragt, warum sie hier säße.«

Wieder versuchte sie, seine Hand zu fassen.

»Nein«, sagte er, indem er die Hand schnell zurückzog, »lass meine Hand in Ruhe! Hältst du mich etwa für einen Großvater?«

»Du hast mich gesucht, Wahram! Damit beweist du mir, dass ich einen Platz in deinem Herzen habe. Und wenn du mich wirklich ein bisschen lieb hast, kannst du mir auch deine Hand lassen.«

»Du bist das dümmste Mädchen, das ich je gekannt habe, Araxi. Was soll meine Hand denn davon verstehen? Für mich bist du, seit du hier lebst, meine ältere Schwester. So, und nun lass mich lieber Zakar holen.«

Er wollte gehen, aber Araxi hielt ihn zurück. »Ich muss dich küssen! Ich muss jetzt einfach einen Menschen küssen!«

»Also gut, dann küsse mich, Araxi. Aber bitte, wisch dir erst die Lippen trocken!«

Sie zog ein Taschentuch aus ihrem Ärmel, rieb sich damit den Mund ab, warf dann ihre beiden Arme um Wahrams Hals und küsste ihn mehrere Male. Ihre Tränen benetzten seine Wange, aber er wagte nichts zu sagen. Dann wischte sie ihm lächelnd das Gesicht ab. Ihre Augen leuchteten vor Freude.

»Du hast mir immer noch nicht erklärt, was du hier am Brunnen wolltest, Araxi.«

»Ach, das ist jetzt nicht mehr wichtig.«

»Von nun an«, sagte Wahram – und er hatte dabei das Gefühl, als wiederhole er Wort für Wort einen Satz, den er schon einmal gehört hatte –, »von nun an musst du mir alles sagen, aber auch wirklich alles, denn du weißt, dass du einen Platz in meinem Herzen hast.«

»Nun gut, Wahram. Der Brunnen lockte mich an. Wenn du nicht gekommen wärst, dann wäre ich vielleicht ...«

»Was für ein Unsinn!«

»Sei nicht böse, Wahram!«

»Ich bin nicht böse. Aber von jetzt ab bist du nicht mehr allein, und du wirst alles, was du tun willst, mit mir besprechen. Schwöre es mir! Ich will den großen Schwur.«

»Wahram, lieber kleiner Bruder, ich schwöre es dir bei der grünen Sonne meines Lebens.«

Der gellende Schrei eines Kindes brachte das ganze Haus in Aufruhr. Wahram und Araxi stürzten auf die Straße, Aghawni, Sirarpi und Wartkes hinter ihnen her. Nun tönte ein schwaches Wimmern aus dem Küchenbau.

»Wruir!«, schrie Aghawni. Sie rannte hinüber, die anderen eilten ihr nach. Auf den Fliesen unter der offenen Luke lag Wruir in einer großen Blutlache. Zuckungen erschütterten den kleinen Körper. Dann begann ein feiner roter Faden, langsam aus seinem Mund zu rieseln.

Aghawni nahm ihn in die Arme. »Mein Kleiner ... mein Kleiner ... Diese entsetzliche Luke, die nicht vergittert ist ...«

»Ich müsste jetzt sterben!«, jammerte Araxi. »Ich hätte ihn nicht allein lassen dürfen! Es ist meine Schuld.«

»Gib mir das Kind«, ertönte gebieterisch die Stimme von Großma, die unbemerkt hereingekommen war.

Mit unendlicher Vorsicht nahm sie Wruir auf den Arm und hob seine reglosen Lider. »Er ist bereits bei unserem Herrn«, sagte sie. »Lasst uns jetzt allein, meine Kinder. Aghawni, meine Tochter, es war der Wille des Himmels. Weine nicht, erhalte dir deine Kräfte für Sebuh.«

Harutiun musste nach Konstantinopel fahren, um dort als Abgeordneter der Armenaganen am Parteikongress teilzunehmen. Er war sehr enttäuscht, dass er nun nicht nach Paris kommen würde, denn von dieser Reise hatte er seit jeher geträumt. Während er seine Vorbereitungen traf, kam es zu immer neuen Diskussionen mit seiner Mutter, die von seiner Absicht keineswegs erbaut war. »Das Datum einer Abreise ist immer bekannt«, sagte sie, »das Datum der Rückkehr hingegen nie. Mein Sohn Seth und mein Sohn Mempre, von denen ich jetzt schon sieben Jahre getrennt bin, haben mich mit der festen Absicht verlassen, nicht länger als zwei Jahre fernzubleiben. Ich warte noch heute auf sie und fürchte, ich werde sie vor meinem Tode nicht wiedersehen.«

»Aber ich verreise doch nur für einen oder zwei Monate.«

»Woher willst du das wissen? Wer weiß das überhaupt?«

»Ich habe keinerlei Grund, dortzubleiben. Die Partei bezahlt meine Reise. Und du schienst doch zuerst ganz einverstanden mit dieser kurzen Trennung.«

»Ja, aber ich dachte im Stillen, dass du vielleicht doch nicht fahren würdest. Versuche, Seth und Mempre wieder mitzubringen, und versuche auch ...«

Großma hielt inne. Harutiun schien ihre Gedanken erraten zu haben. Er wartete. »Versuche auch, etwas über Wahram zu erfahren«, fuhr die alte Dame fort. »Das Herz einer Mutter ist eben schwach. Trotz seiner Bosheit und Verstocktheit besitzt dieser Büffelkopf noch immer meine Liebe.«

»Aber ich bin doch da, Großma!«, rief Wahram.

»Schweig, wenn die Erwachsenen sprechen!«

»Mutter«, sagte Harutiun vorsichtig, »da du selbst davon angefangen hast, kann ich dir jetzt, wenn du es erlaubst, über meinen ältesten Bruder Wahram etwas berichten.«

Wahram riss die Augen weit auf. Man stahl ihm seinen Namen! Aber Großma schüttelte ihn. »Mach nicht solche Eulenaugen, Wahram!«, sagte sie. »Du heißt genau wie der älteste deiner Onkel. Er hat zwei Jahre nach dem Tod deines Großvaters unser Haus verlassen. Der Älteste unserer Familie, der erstgeborene Sohn, heißt immer Wahram. Also, Harutiun?«

»Mutter, ich muss dir sagen, dass wir Nachricht von meinem Bruder erhalten haben. Aber ich wollte nichts sagen, weil ich wartete, bis du bereit sein würdest, davon zu hören.«

»Du hättest es mir sofort sagen sollen«, versetzte Großma ungeduldig. »Also?«

»Er ist Arzt in Adana, Oberstabsarzt bei einer Division. Es geht ihm gut, und er will uns Geld schicken.«

»Ist er verheiratet?«

»Nein, Mutter. Er möchte herkommen und bei uns heiraten.«

»Er ist bald vierzig!«, sagte Großma. »Dieser Narr, dieses Gottes- und Teufelsfeuer! Kann er denn nie so handeln wie andere Menschen?«

»Übrigens, Mutter, spricht er so gut Arabisch und Türkisch, dass fast alle in seiner Umgebung ihn für einen Araber halten. Und er ist sehr angesehen. Aber er liebt es, genau wie früher, sich immer mit einem Geheimnis zu umgeben. Wenn die rechte Stunde gekommen ist und die Umstände es ihm gestatten, wird er, wie er sagt, nach Van kommen, deine Verzeihung erbitten und mit deinem Segen heiraten.«

Großma wischte sich die Augen und sagte: »Harutiun, lies mir seinen letzten Brief vor.«

Harutiun zog ein Blatt aus der Jackentasche und las:

»An meine liebe und verehrte Mutter Wosgehad Hatun, der Gott ein langes und glückliches Leben schenken möge. Meinen lieben Brüdern Tigran, Harutiun und Hrant, meiner lieben und tapferen Schwester Aghawni, meinem teuflischen Neffen Wahram, dem Ältesten der Familie in der Generation nach mir, sowie Wartkes, Wruir und Sebuh meine zärtlichen Grüße.«

»Er weiß noch nicht, dass Gott uns Wruir genommen hat«, sagte Harutiun und las weiter:

»Wir hoffen, dass unsere liebe Mutter bei guter Gesundheit ist, ebenso wie die ganze Familie. Was uns betrifft, so sind wir seit zwei Monaten nicht mehr in Mersin, sondern dem Generalstab der Division von Adana zugeteilt, wo wir jetzt zum Oberstabsarzt befördert wurden.

Wir haben diese erstaunliche Beförderung unserer beruflichen Tüchtigkeit sowie unserer vollkommenen Kenntnis der türkischen und der arabischen Sprache zu verdanken. Fast alle halten uns für einen Araber.

Wir sind noch immer betrübt über die Fehler, zu denen unser ungestümes Blut uns verleitet hat, vor allem in Gedanken an unsere geliebte Mutter, Wosgehad Hatun, und wir hoffen, vielleicht bald, wenn die Zeit dazu reif ist und wir die Genehmigung erhalten, nach Van zu kommen, um ihre Verzeihung zu erlangen und eine Familie zu gründen.

Ich weiß nicht, Harutiun, ob ich Dich in Konstantinopel werde sehen können; ich sage heute weder Ja noch Nein. Aber geh zu den Brüdern Nathanian, die Dir in meinem Auftrag fünfundzwanzig türkische Pfund auszahlen werden, mit denen ich der ganzen Familie eine Freude machen möchte.

Da es uns nicht möglich ist, unter all den hundert Dingen, die wir Euch zu sagen hätten, eine Wahl zu treffen, beschließen wir unseren Brief. Dein älterer Bruder Wahram«

»Aber Väterchen«, sagte Wahram, der sich von seinem Erstaunen gar nicht erholen konnte, »warum hat man mir denn nie gesagt, dass Tigran nicht mein ältester Onkel ist?«

»Sei still, jetzt weißt du es ja«, versetzte Großma. »Ach, Harutiun, mein Sohn, küss meine Hand! Du hast mir einen großen Stein vom Herzen genommen. Ja, geh auf diese Reise und bring mir meine verlorenen Kinder wieder zurück.«

Während seine Mutter die Betten für die Nacht zurechtmachte, bestürmte Wahram sie mit Fragen. »Mama, warum hat man mir verheimlicht, dass ich einen Onkel Wahram habe?«

»Weil die Stunde, es dir zu sagen, noch nicht gekommen war. Außerdem hat die Große Frau verboten, dass man von ihrem ältesten Sohn spricht.«

»Aber warum?«

»Wahram, ich habe jetzt etwas anderes zu tun ... Oder nein, ich werde es dir sagen.« Aghawni wandte sich von dem Gestell ab, aus dem sie die Decken und Kissen herausnahm, um sie auf dem Teppich auszubreiten und so die »Betten zu machen«. Sie trat zu Wahram und zog ihn an sich. »Dein ältester Onkel war ein Hitzkopf, der beim geringsten Anlass außer sich geriet«, begann sie ein wenig verlegen. »Eines Tages hat er Großma nicht gehorcht und ist dann ohne ein Wort verschwunden. Seitdem hat Großma ihn aus der Familie gestrichen und verboten, in ihrer Gegenwart seinen Namen zu nennen, bevor er sie nicht um Verzeihung gebeten hat.«

»Und warum war er so ungehorsam?«
»Und du?«
»Ach, ich ... Mütterchen, ich meine es doch immer gut.«

»Er meinte es sicherlich auch gut, nur nahm es immer ein schlimmes Ende. Und als Großma einmal sehr böse auf ihn wurde, brauste er auf und ging fort.«

»Und warum ist er ...«

»Schluss jetzt mit den Fragen! Hilf mir lieber die Betten zurechtlegen.«

Am Tag seiner Abreise küsste Harutiun seiner Mutter die Hand und kniete vor ihr nieder, um ihren Segen zu empfangen. Die ganze Familie hatte sich zum Abschied im Dandun versammelt. Nur Aghawni fehlte.

Als die Reihe an Wahram kam, nahm Harutiun ihn in die Arme und hob ihn hoch. »Sei ein braver Junge, Wahram, gehorche allen und vor allem deiner Großmutter. Was für ein Geschenk soll ich dir aus Konstantinopel mitbringen?«

»Einen kleinen weißen Revolver.«

»Das geht nicht. Den werde ich dort nicht bekommen.«

»Dann bring mir mit, was du willst.«

Wahram war sehr erstaunt, als er hörte, dass Wartkes sich Lackschuhe wünschte und Sebuh eine Trompete.

Alle Gesichter waren traurig. Jetzt erst, als alle Abschiedsworte gesprochen waren, bemerkte Wahram, dass seine Mutter nicht da war.

Harutiun ging hinaus, und gleich darauf verkündeten die Glöckchen am Pferdegeschirr die Abfahrt der Kutsche. In diesem Augenblick hob Großma ihr Taschentuch ans Gesicht, und auch die anderen weinten. Wahram begriff den Grund dieser Tränen nicht, aber er wagte keine Frage zu stellen.

Nie hatten die Rosen in der Hecke so üppig geblüht. Es schien Wahram, als würden sie jedes Jahr schöner und ihr Duft immer süßer. Die Früchte, die Bäume, die Vögel und die Insekten veränderten für ihn ihr Aussehen und offenbarten ihm neue Schönheiten, erstaunliche Einzelheiten, die er bisher nie bemerkt hatte. Es kam ihm vor, als seien diese Wunder eigens für ihn geschaffen. Auf den Blütenblättern der Rosen funkelten Tröpfchen wie Diamanten in kleinen roten, mit Samt ausgeschlagenen Schmuckkästchen, und wenn Wahram den Kopf darüber neigte, um sie zu betrachten, strömte ihm ein berauschender Duft entgegen.

Ein ersticktes Schluchzen riss ihn aus seiner Verzückung. Auf dem langen Rasenstreifen vor den Weinstöcken saß Araxi, schaute sehnsüchtig zu Zakars Garten hinüber und jammerte leise vor sich hin. Wahram trat zu ihr. »Es sieht ja fast aus, als ob du weinst«, sagte er.

»Was hast du denn?«

»Harutiuns Abreise macht mir Kummer.«

»Aber dazu besteht doch gar kein Grund.«

»Du bist dumm, Wahram! Du verstehst überhaupt nichts! Das ist eine Reise von vierzehn Tagen, und sie wird ihn über Berge und durch Täler führen, in denen es von Kurden wimmelt. Dann muss dein Vater den Ararat überqueren, der so hoch ist wie der Himmel, er muss durch Russland fahren und schließlich über das Schwarze Meer, auf dem die Stürme alle Schiffe zum Kentern bringen. Und er wird zweimal all diese schrecklichen Gefahren bestehen müssen!«

»Und warum starrst du auf Zakars Garten, wenn du doch um Harutiun weinst?«

»Ich saß nun einmal hier. Die beiden Quellen meines Kummers haben sich miteinander vermischt ...«

Es war sonderbar. Je größer Wahram wurde, umso dümmer erschien ihm die Welt im Allgemeinen und Araxi im Besonderen. Wie konnte man behaupten, zwei verschiedene Arten von Kummer gleichzeitig zu empfinden?

»Hör zu, Araxi. Ich gehe jetzt zu Zakar und sage ihm, er soll herkommen und die eine Hälfte deiner Tränen trocknen.«

Wahram ging zwischen den Weinstöcken hindurch. Auf halbem Wege blieb er vor dem Erdloch stehen, das zum Nest der Natter führte. Es war glatt und sauber und bewies, dass der Schutzgeist des Hauses noch da war. Wahram hatte ihn schon seit Wochen nicht mehr gesehen. Aber wenige Schritte weiter, gleich bei den Weinstöcken, welche das »Auge der Semiramis« trugen und deren Beeren jetzt noch klein und hart waren, bemerkte er die Natter, die sich in heftigen Zuckungen wand. Ein Ende ihrer langen, matten und fast durchsichtigen Haut hing hinter ihrem Schwanz, während die andere Hälfte noch den unteren Teil ihres zuckenden Körpers bedeckte. Zwischen dem Kopf der Natter und dem Rand dieses »Hemdes« sah man die neue Haut mit ihren frischen und klaren Arabesken, Flecken und Zeichnungen. Wahram begann, langsam und leise zu pfeifen. Die heftigen Bewegungen hörten für einen Augenblick auf, und der rautenförmige Kopf mit den zwei kalten, leuchtenden Augen hob sich dem Kind entgegen. Dann fuhr die Natter in ihrer mühsamen Tätigkeit fort.

Vor Zakars Gartenpforte stieß Wahram mehrere Male nacheinander drei Pfiffe aus. Endlich sah er Zakar kommen. Seine Augen waren gerötet, seine Haare zerzaust. »Eben wollte ich dich suchen, Wahram«, sagte er. »Aber ich wusste nicht, wie ich es anstellen sollte. Ich habe Angst davor, Araxi zu begegnen, und gleichzeitig sterbe ich vor Sehnsucht nach ihr.«

»Dann komm doch mit mir. Sie sitzt auf der Plattform zwischen den Weinstöcken.«

»Sie ist dort?«

»Ja, und sie erwartet dich.«

»Ich muss mich erst waschen und kämmen«, sagte er hastig. »Oh, Wahram, an deiner Stelle würde ich aufhören zu wachsen. Bleib, wie du bist.«

»Im Gegenteil, ich will so schnell wie möglich groß werden. Sag mir, Zakar, warum kümmerst du dich gar nicht mehr um Araxi? Sie weint die ganze Zeit.«

»Wirklich? Ich auch.«

»Schämst du dich gar nicht?«

Halb lächelnd, halb traurig blickte Zakar ihn an. »Nein«, sagte er. »Ich schäme mich nicht, um sie zu weinen. Aber wenn man versuchen wollte, mich zu schlagen oder zu bestehlen, dann würde ich nicht weinen, sondern mich wehren.«

Wahram spürte, dass er nie etwas von der sogenannten Liebe verstehen würde. Alle Menschen, die sich damit abgaben, wurden dumm und albern. Zakar zog den Eimer aus dem Brunnen, tauchte seinen Kopf mit den dichten Haaren in das kühle Wasser, holte dann einen schwarzen Kamm aus Büffelhorn hervor und sagte geheimnisvoll zu Wahram: »Komm heute Abend, wenn es dunkel wird, hierher. Ich muss etwas mit dir besprechen. Willst du?«

Dann gingen sie zu Araxi, die wie eine Fee zwischen den Reben saß. Zakar nahm sie in seine Arme. Angesichts der Tränen der beiden Liebenden wollte Wahram sich scheu zurückziehen.

»Wahram, bleib hier!«

»Nein, Araxi. Küsse du Zakar, soviel du willst. Erschöpfe deinen ganzen Vorrat an Küssen. Ich gehe unter die Rosenhecke und komme bald wieder.«

Aber die Rosen der Hecke erschienen ihm plötzlich matt und ihr Duft ohne Reiz. Mitleid verdüsterte sein Herz. Er trug in sich das Bild von Araxis traurigem Gesicht und diesen schwarzen Augen, aus denen eine so tiefe Verzweiflung sprach.

Die Zeit verging. Wahram unterhielt sich damit, die Fingerspitzen gegen die Dornen der Rosen zu drücken, als Araxi plötzlich auftauchte. Sie strahlte. »Wahram, du bist mein Leben!«, sagte sie, indem sie seine Hände ergriff. »Ich schwöre dir, ich liebe dich mehr als Zakar. Du machst mir nie Kummer. Lass mich –« Und sie küsste stürmisch seine beiden Hände.

»Dann steht also alles gut mit Zakar?«, erkundigte sich Wahram.

»Ja, ich hoffe. Ich war so aufgeregt, dass ich nur auf seine Stimme gehört habe, ohne die Worte zu verstehen.«

Kurze Zeit darauf erwartete Zakar Wahram an der Mauerbresche. Sein Gesicht war verzerrt, Wut und Verzweiflung spiegelten sich darin.

»Wahram«, sagte er, »ich werde von zu Hause fortlaufen. Ich will nach Persien gehen. Mein Vater hat mich geschlagen.«

Jetzt bemerkte Wahram, dass Zakar blaue Flecke im Gesicht und eine hässliche Beule hinter dem Ohr hatte.

»Als ich vorhin von Araxi kam, habe ich meinen Vater noch einmal um seine Einwilligung gebeten. Diese Bitte hat ihn so wütend gemacht, dass er mir gedroht hat, mich aus dem Haus zu jagen, wenn ich noch einmal von Araxi anfange. Und als ich weiter in ihn dringen wollte, hat er mich geschlagen. Meine Mutter, die uns trennen wollte, hat er auch misshandelt.«

»Du musst mit Großma sprechen.«

»Nein. Morgen in aller Frühe breche ich nach Persien auf. In Dilman habe ich einen Onkel, einen Bruder meiner Mutter. Sie will, dass ich mich ihm anvertraue und ihn um Hilfe bitte. Ich kehre nicht wieder nach Hause zurück.«

»Aber warum gehst du nicht zu Großma?«

»Sie hat doch schon mit meinem Vater gesprochen. Sie kann nicht die Goldpfunde aufbringen, die er als Mitgift fordert.«

»Willst du Araxi noch einmal sehen?«

»Nein, das würde ich nicht ertragen. Sag ihr nichts. Aber erzähle alles der Großen Frau. Ich reite morgen früh bei Tagesanbruch los und werde spätestens in drei Tagen in Dilman sein. Dort bleibe ich nur zwei Tage. Ich werde also höchstens eine Woche abwesend sein.«

»Gut. Wenn du unbedingt willst –«

Zakar erschien ihm ebenso bedauernswert wie Araxi. Nachdem der junge Mann gegangen war, blieb Wahram noch lange an der Mauerbresche stehen und beobachtete das Spiel der Schwalben auf dem flammenden Hintergrund des Abendhimmels. Es kam ihm vor, als sei der Himmel ein Abbild des Lebens, und der schwirrende Zickzackflug der Schwalben gleiche dem unruhigen Liebesstreben der jungen Leute.

Als Wahram am nächsten Morgen mit Großma allein war, berichtete er ihr von Zakars Abreise. »Mein Gott!«, rief sie. »Sein Onkel ist nicht mehr in Dilman, er ist jetzt in Tiflis! Sieh nach, ob Zakar noch da ist.«

Aber er traf nur Zakars Mutter, die allein vor dem Hause saß und weinte. »Er hat den Sonnenaufgang gar nicht abgewartet, sondern hat sich schon vorher auf sein Mietpferd geschwungen und ist fortgeritten«, sagte sie.

Großma rief Sarkis herbei. »Sattle das graue Pferd«, befahl sie. »Ich mache dir unterdessen eine Vorratstasche zurecht. Reite auf die Straße nach Baschkale, versuche, Zakar einzuholen, und komm mit ihm zurück. Halte dich unterwegs nicht auf und sei vorsichtig; lass dich nicht mit den Kurden ein. Du trägst die Verantwortung für zwei Seelen.«

»Großma, darf ich mit Sarkis reiten?«, fragte Wahram. »Ich habe Ferien. Dann kann ich endlich einmal das ›Tal der Armenier‹ kennenlernen.«

»Dazu wirst du in den nächsten Jahren noch Zeit genug haben, Wahram, du Teufelsschwanz. Halt den Mund!«

»O Großma, bitte, bitte, lass mich mit! Ich möchte mit Sarkis reiten! Wenn du mich nicht fortlässt, laufe ich hinterher!«

Großma, die gerade die Vorräte zusammenpackte, hielt in ihrer Tätigkeit inne. Die Augen auf Wahram gerichtet, schien sie einer fernen Erinnerung nachzuhängen, denn sie stand eine ganze Weile mit hängenden Armen nachdenklich da. »Gut, Wahram«, sagte sie endlich. »Dieses eine Mal will ich dich fortlassen. Ihr werdet nicht sehr weit reiten. Ich nehme an, dass ihr noch vor Mitternacht zurück seid.«

Wahram saß rittlings vor Sarkis auf dem Pferd, das munter galoppierte. Je näher sie dem Kloster zum Heiligen Kreuz kamen, umso höher wuchs der Berg Warak empor. Jahrelang hatten diese fernen Zacken und Spitzen sich in der Weite, die das Auge mit einem Blick erfasste, übereinander geschoben. Jetzt wurde jede Einzelheit deutlicher und gewichtiger als der ganze Berg selber. Was Wahram zuvor wie Punkte und flüchtige Pinselstriche erschienen war, verwandelte sich in tiefe Abgründe und ungeheure Felsmassen. Das vertraute Gebirge nahm unheimliche Ausmaße an.

An einer Wegbiegung vernahm Wahram das metallische Plätschern herabrieselnden Wassers. Bald darauf tauchte zu seiner Linken die Armbandquelle auf. Das Wasser breitete sich fächerförmig aus und schlängelte sich gemächlich dahin, doch weiter unten brach sich der kräftige Strahl zu wirbelndem Schaum. Die Sonnenstrahlen, die auf die Quelle trafen, schmückten sie mit flimmernden Funken und zeichneten ein riesiges juwelenbesetztes Armband.

Sarkis stieg ab, legte seinen Knüppel auf einen Felsen und half dann Wahram vom Pferd. Die beiden kletterten einige Stufen im Felsen hinauf und gelangten hinter den Bogen des Wasserfalls, der über die glatten, sauberen Steine hinabschoss. Einer nach dem anderen füllten sie ihre hohlen Hände und tranken das eiskalte Wasser. Plötzlich erinnerte Wahram sich an das Ziel all seiner bisherigen Nachforschungen. Er hob den Kopf.

»Steigst du über der Armbandquelle zehn Lanzen hoch empor, so wirst du auf Felsen stoßen, die den Eingang zu einer kleinen Grotte verdecken ...«

Schwierig, wenn nicht gar unmöglich, hier zehn Lanzen hoch emporzuklettern. Wahram, der starr und erregt dastand, fragte sich, ob er den Versuch wohl wagen könne. Vielleicht von der linken Seite aus, wenn er einen Umweg machte. Aber Sarkis würde sich nicht aufhalten wollen; es war besser, ihm nichts zu sagen.

Sarkis hob das Kind wieder auf das Pferd, schulterte seinen Knüppel, ergriff die Zügel und begann auszuschreiten. »Es geht jetzt bergauf«, sagte er. »Ich komme hier ebenso schnell voran wie das Pferd.« Sarkis' goldblonde Haare fielen ihm in einem Schwall wirrer Locken in den Nacken. Seine Stirn erinnerte an einen Büffelschädel; sie wirkte noch fester als der Knüppel und ebenso hart wie ein Felsen.

Gegen Mittag erreichten sie die Hänge des »Tals der Armenier«. Soweit der Blick reichte, sah man ein Meer von Kornfeldern, aus dem hier und da die Dörfer mit ihrem dichten Kranz grünen Laubwerks wie Inseln auftauchten. In der Nähe eines größeren Marktfleckens trat ihnen ein Junge entgegen, der ihnen auf seinen Armen ein Lamm wie eine Opfergabe hinhielt. Sarkis gab dem Kind ein kleines Geldstück, nahm das Lamm, drückte es an die Brust und reichte es dann zurück. Diese Sitte symbolisierte die Gastfreundschaft der Bauern gegenüber den Reisenden. Ein wenig später stand plötzlich ein kleines Mädchen vor ihnen, das ihnen eine Schale mit Madzun darbot. Sarkis nahm die fermentierte Milch, und Wahram wollte dem Mädchen mit einer Münze die Schale zurückgeben. Aber es weigerte sich.

»Nein«, erklärte es mit heller Stimme. »Ihr sollt unseren Madzun kosten.«

»Wo ist die Quelle?«, fragte Sarkis.

»Dort.«

Und wirklich, nur wenige Schritte entfernt glitzerte das Wasser unter den niedrigen biegsamen Zweigen der Weiden.

Kaum hatten die beiden Reisenden sich an die Quelle gesetzt, als das kleine Mädchen wieder erschien und ihnen eine rotgoldene Kugel brachte: frisches Roggenbrot.

»Hast du einen jungen Mann zu Pferde vorbeikommen sehen?«, erkundigte sich Sarkis.

»Ja, aber er hat nicht angehalten. Er schien es eilig zu haben.«

»Und ist das schon lange her?«

»Die Sonne stand über dem Hügel da drüben.«

Jetzt war die Sonne weit entfernt von dem Punkt, auf den die Kleine wies.

Zakar hielt also seinen Vorsprung, sosehr Sarkis sich auch bemühte, ihn einzuholen. Gegen Abend, als die Schatten sich über die Bergkette von Tschuh legten, sagte Sarkis: »Wir sind im Gebiet der Kurden. Ich frage mich, wie Zakar es fertiggebracht hat, lebendig über diese Berge zu kommen.«

»Wieso?«

»Er war zu Pferde.«

»Und?«

»Für ein Pferd würde ein Kurde hundert Männer umbringen.«

An diese Gefahr, die ihm doch so vertraut war, hatte Wahram nicht gedacht. Seit der »Freiheit« vergaß man diese Dinge so leicht.

»Und wir haben auch ein Pferd«, sagte Sarkis und kratzte sich den Kopf – ein Zeichen, dass er angestrengt nachdachte.

Nicht einmal der Schatten eines Angstgefühls streifte Wahram. Den ganzen Tag hatte die Sonne auf die Welt herabgestrahlt, und kein Mensch auf all den Wegen hatte sie bedroht.

»Das Beste wäre, wenn wir die Nacht bei befreundeten Kurden verbrächten«, schloss Sarkis seine Überlegungen ab.

Nun verstand Wahram überhaupt nichts mehr!

»Ich komme in ein Kurdenlager und bitte den Bach Agha um seine Gastfreundschaft«, erklärte Sarkis. »Solange ich bei ihm bin, beschützt er mich, gibt mir zu essen und sorgt für mich. Aber sobald ich das Lager verlasse, bin ich eine gute Zielscheibe und ein begehrtes Wild für ihn und seine Leute.«

»Und – «

Aber Wahram kam nicht dazu, weiterzufragen. Sarkis lenkte blitzschnell das Pferd vom Wege in das Felsengewirr und hielt es dann zwischen zwei Granitmauern an. »Kurdische Reiter«, sagte er. »Wir müssen sie vorbeilassen.« Deutlich drangen das Klappern der Pferdehufe und die Stimmen der Reiter zu ihnen herüber.

»Sprichst du ihre Sprache gut?«, fragte Wahram.

»Ja. Wir werden also einen Besuch bei den Kurden machen. Wir werden unter einem Zelt aus Ziegenfell schlafen. Und du darfst dich nicht ausziehen, denn wir wollen schon vor dem Morgengrauen aufbrechen.«

Nun schlugen die beiden Reisenden einen Maultierpfad ein, der sie bald auf eine Hochebene brachte. Rings um mehrere schwarze Zelte, die in unregelmäßigen Abständen aufgeschlagen waren, machten sich Männer, Frauen und Kinder zu schaffen. Sofort stürzten vier oder fünf Hirtenhunde den Ankömmlingen entgegen; doch anstatt ihnen an die Kehle zu springen, legten sie sich ihnen zu Füßen und erwarteten sichtlich, dass man sie streichelte. Offenbar kannten sie Sarkis. Wahram betrachtete voller Schrecken ihre Reißzähne und die eisenharten Krallen an ihren breiten Pfoten. Sarkis kraulte ihnen den Kopf, streichelte sie und führte dann, von den Hunden umschwärmt, das Pferd auf das größte der Zelte zu. Das niedergetretene und verbrannte Gras auf dieser Fläche dauerte Wahram. Den ganzen Tag über hatte das kräftige Grün von Luzerne, Klee und Esparsette sein Auge erfreut. Hier jedoch bot die Erde nur Sand, Kiesel und nackte Risse. Und am meisten störte es Wahram, dass weit und breit kein Baum zu sehen war.

Sie langten vor dem Hauptzelt an. Ein kräftiger Mann mit bronzefarbenem Gesicht trat ihnen entgegen. Seine schwarzen Haare fielen ihm bis in den Nacken hinab. Der dichte, grauschwarze Schnurrbart wirkte in dem derben Gesicht fast komisch.

Er erkannte Sarkis und begrüßte ihn: »Willkommen!«

»Willkommen, pari jegar.« Der Kurde sprach armenisch.

»Sar sawan, sar tschawan«, rief er Sarkis zu. Dann trat er zu Wahram, streckte ihm seine mächtigen Arme entgegen und hob ihn vom Pferd.

»Ist das dein Junge?«, fragte er Sarkis. »Er ist schön und kräftig.«

»Nein, Kinoa«, erwiderte Sarkis. »Er ist der Sohn von Harutiun Agha, dem Führer der Armenaganen, der die schönen Armbänder, Ringe und Ohrgehänge für dich gemacht hat.«

»Wer kennt Harutiun Agha nicht!«, rief der Kurde. »Hat er noch immer eine so felsenharte Gesundheit und ein Lächeln, so offen wie der Himmel?«

»Er ist nach Istanbul gefahren, um dort mit den Paschas zusammenzutreffen«, berichtete Sarkis.

»Bei Gott, Mohammed und Ali, euer Besuch beglückt mich. Er ist eine Ehre und ein Fest für meinen weißen Bart. He, lao, lao!«, rief er. Das Echo ließ seinen Ruf im ganzen Gebirge widerhallen.

Ein junger Riese kam angelaufen und grüßte, indem er die Hand zuerst ans Kinn und dann an die Stirn legte. An seinem Gürtel hing ein gekrümmter Dolch.

»Lass zwei Lämmer braten. Die Frauen sollen sich beeilen und uns eine gute Mahlzeit bereiten. Los, lauf!«, befahl der Führer der Kurden.

Über den blauen Bergen, die den Horizont begrenzten, schwamm die Sonne in einem Himmel, dessen Farben ineinander verschmolzen. Auf der anderen Seite waren die Täler mit einem Nebelschleier angefüllt, aus dem nur einige schwarze, graue und bläuliche Spitzen emporragten. Die Schatten wurden immer länger, und ein kalter Wind umwehte die Gesichter.

Der Bach Agha führte Wahram und Sarkis zu dem großen schwarzen Zelt, dessen tief in die Erde eingelassenen Ränder nur einen viereckigen Eingang offen ließen. In den mit Teppichen und Kissen ausgestatteten Innenraum fiel zu dieser Stunde ein breiter Sonnenstreifen.

Durch die Tür sah Wahram die Hunde, die über den Platz liefen, die Männer, die hin und her gingen, und die braunen, unverschleierten Frauen, die mit den Vorbereitungen für die Mahlzeit beschäftigt waren.

Sie kamen herein, breiteten ein Tuch auf dem Teppich aus, brachten Roggenbrot, weißen Käse und Honig und schließlich auf zwei großen Zinnplatten die beiden gebratenen Lämmer. Sie zerteilten die Lämmer und richteten die einzelnen Stücke kreisförmig in der goldbraunen Sauce an. Dann traten, die Hände über der Brust gekreuzt, zwei Riesen ein, die noch jünger zu sein schienen als der erste. Der Kurdenführer setzte sich, wies Wahram den Platz zu seiner Rechten und Sarkis den zu seiner Linken an und forderte dann mit einer Handbewegung seine drei Söhne auf, sich ebenfalls auf dem Teppich niederzulassen. Die Frauen blieben stehen und kreuzten die Hände über der Brust.

Die Mahlzeit war kurz und wurde schweigend eingenommen. Jeder bediente sich mit den Fingern und kaute mit vollen Backen. Als noch etwa die Hälfte des Fleisches auf den Platten lag, holten die Frauen sie fort und brachten einen ungeheuren Berg Pilaw herbei. Die weiße, mit zerlassener Butter übergossene Masse wirkte imponierend. Jeder der Männer streifte die Ärmel zurück, nahm eine ordentliche Portion Reis in die Hand und tat sich daran gütlich. Die warme Butter floss ihnen am Unterarm hinab und fiel dann in dicken Tropfen vom Ellbogen zu Boden.

Wahram beobachtete mit höchstem Vergnügen diese wilden Sitten. Als Nachtisch setzte man ihnen Hawerdschil vor, saftige Stängel wilder Bergpflanzen. Man entfernte die obere Haut dieser Stängel und kaute das süßsaure, erfrischende Mark, das ähnlich schmeckte wie Pampelmusensaft, aber nicht so bitter war.

Unterdessen hatten die Frauen die Platten mit dem Pilaw weggeholt, um sie dem Rest der Familie zu überlassen: den sechs Frauen des Kurdenführers, seinen fünf weiteren Söhnen und seinen fünf Töchtern. Als die Mahlzeit beendet war, nahmen der Bach Agha und seine Söhne ihre Kopfbedeckung, eine runde, flache Mütze, ab – die des Bach Agha war turbanartig mit gerollten Seidenbändern umwickelt –, und jeder von ihnen wischte die fettigen Hände an seinen schwarzen, glänzenden und struppigen Haaren ab. Mit einem feierlichen Gruß verließen die Söhne daraufhin das Zelt.

»Die Vorsehung, die die Schritte deines Pferdes zu unserem armseligen Zelt gelenkt hat, ist unser Wohltäter, und unsere Brust ist vor Freude geschwellt. Welchen Dienst kann ich euch erweisen?«

»Bach Agha, ich werde dir auf Armenisch antworten, da du selbst dich soeben unserer Sprache bedient hast. Die Nacht hat uns überrascht, und wir haben nur deine Gastfreundschaft erbeten, um die nächsten Stunden nicht inmitten von Wölfen und Schlangen und im unbarmherzigen Eiswind der Berge verbringen zu müssen.«

»Es sind also keine Waffen mehr abzuholen? Ich habe dein Pferd wiedererkannt. Du bist damals auf ihm nach Dilman geritten, um von dort den Türken zum Trotz eine Ladung Waffen herüberzuschmuggeln.«

»Nein, diesmal geht es nicht um so etwas. Du weißt doch, seit der Freiheit –«

Der Agha Bach brach in lautes Lachen aus. »Der Sultan war ein schwarzer Panther, aber diese Jungtürken sind eine Meute von Schakalen. Du kannst Harutiun sagen, dass die Jungtürken uns weiterhin mit Waffen versorgen und uns nicht verheimlichen, dass ihrer Ansicht nach die Armenier im Dschennet, im Jenseits, am besten aufgehoben wären.«

»Harutiun Agha wird mich nach seiner Rückkehr aus Konstantinopel sicherlich zu dir schicken«, sagte Sarkis. »Wenn er sich dort mit dem Satrasam, den Wesiren und den Paschas unterhalten hat, wird ihm klar geworden sein, was zu tun ist.«

»Sag ihm, dass ihr Waffen braucht, mehr denn je. Er sollte mit den Führern der kurdischen Haydarantzi- und Manguni-Stämme ›das Brot und das Salz tauschen‹. Wir sind den Armeniern wohlgesinnt, denn wir lieben diese jungen Grünschnäbel, die sich als Sultane aufspielen, ebenso wenig wie ihr. Vergiss das nicht! Und sag ihm, er solle herkommen oder mir eine Nachricht senden.«

Nun erzählte Sarkis von Zakars Flucht und deren Zweck.

Der Kurdenführer wollte seinen Ohren nicht trauen. »Was? Wosgehad Hatun, eine Weise unter den Weisen, die Königin der Zauberinnen, die ebenso gelehrt ist wie Lokman, gibt sich mit solchen Kindereien ab?«, rief er mit schallendem Gelächter. »Aber ein Mädchen ist doch weniger als ein Pferd, sie ist höchstens zwei oder drei Hammel wert. Du wirst deinen Zakar in Baschkale einholen.«

»Ja, deshalb wollen wir auch bei Tagesanbruch den Abkürzungsweg über Alalan nehmen«, sagte Sarkis. »Haben wir unterwegs Unannehmlichkeiten zu befürchten?«

»Nein, Sarkis Agha … Du willst dich also jetzt zur Ruhe begeben und noch vor den Hähnen aufstehen? Ihr werdet alle beide hier schlafen. Aber die Nächte sind kalt. Ich überlasse dir Faraza, die jüngste meiner Frauen. Sie ist heiß und wird dir dein Bett anwärmen. Und wenn du ihr einen Sohn schenken kannst, so schön und stark wie du, dann werde ich das als eine große Ehre betrachten.«

Sarkis schien irgendwelche Zeichen zu machen, aber der Kurde verstand ihn offenbar nicht, denn er blickte auf Wahram und fuhr fort: »Was ihn betrifft, so könnte ich ihm die Frau meines dritten Sohnes anbieten. Sie ist schmiegsam wie ein Schilfrohr und lebhaft wie eine Schlange, aber sie ist rund und fleischig genug für das Bett. Oder schläft der Sohn des Harutiun Agha allein?«

»Er schläft allein, und er weiß noch nichts von …«, erwiderte Sarkis rasch. »Es wäre Wosgehad Hatun nicht recht. Sei nicht böse, Bach Agha, aber heben wir das lieber für ein nächstes Mal auf.«

»Nun gut, wie du willst.«

Jetzt klatschte der Kurdenführer in die Hände und rief: »Faraza!« Im Nachbarzelt erschallte ein helles Frauenlachen. Eine junge Frau mit glänzenden Wangen kam langsam heran und blieb auf der Schwelle stehen. Ihre dunklen Augen blinzelten nach rechts und links, wagten jedoch nicht, die Männer anzusehen. Die letzten Strahlen der Sonne umgaben den Schwung ihrer Waden mit einem Bronzeschimmer. Sie legte die Hände auf die üppigen Brüste.

»Mache zwei Betten in diesem Zelt zurecht und halte während dieser Nacht den Körper von Sarkis Agha warm«, gebot der Kurde.

Dann trat er mit Sarkis und Wahram hinaus auf den Platz. Die Sonne, die als scharlachroter Halbkreis auf dem Gipfel eines Berges zu lagern schien, ließ ringsum alle Spitzen und Zacken aufglänzen. Der Wind war noch kälter geworden. Das Echo vom Blöken einer Schafherde und die melancholischen Töne einer Hirtenflöte gaben die Begleitmusik zum Pfeifen des Windes ab. Der Nebel verdichtete sich, und gegen Osten wurde das Dunkel immer schwärzer. In der Ferne tanzten hier und da große Feuer auf dem Gebirge; der blaue Rauch löste sich auf im blassen Silber des Himmels.

Wahrams Bett bestand aus zwei dicken, übereinandergelegten Filzdecken. Ziegenfelle mit langen weichen Haaren dienten als Oberbett. Ein Kopfkissen gab es nicht.

»Zieh nur deine Schuhe und deine Jacke aus«, riet Sarkis ihm. »Leg den Arm unter den Kopf und schlafe. Morgen müssen wir früh aufbrechen. Ich sehe jetzt noch einmal nach unserem Pferd.«

Wahram befolgte diese Ratschläge. Die leichte, kühle Luft, die er einatmete, schmeckte nach Schnee. Plötzlich dachte er an den Schatz bei der Armbandquelle und nahm sich vor, auf dem Rückweg bis zur Grotte hinaufzuklettern. Sein Körper entspannte sich wohlig trotz der Härte des Lagers. Er war gerade am Einschlummern, als ein Schatten über das Stück Sternenhimmel glitt, das von der Zeltöffnung umrahmt wurde. Einige Minuten später folgte ein zweiter Schatten. Eine unbekannte Furcht erfasste Wahram. Sein Unterbewusstsein zeigte ihm das Nahen eines ungewöhnlichen, geheimnisvollen Ereignisses an. Er fürchtete es umso mehr, als er sich von dem Wesen dieses Ereignisses keine Vorstellung machen konnte.

»Wahram, Wahram!«, flüsterte Sarkis.

Die kurdische Frau murmelte einige Worte, die Wahram nicht verstehen konnte.

»Wahram«, flüsterte Sarkis noch einmal. »Wenn du nicht schläfst, antworte mir. Ich muss dir etwas sagen.«

Aber Wahram war entschlossen, sich schlafend zu stellen. Er gab keinen Laut von sich.

Jetzt hörte er, wie zwei Körper auf das benachbarte Bett fielen. Rasche Bewegungen, ein leises Glucksen, das Geräusch von Küssen. Die Frau keuchte. Sie stieß einen kleinen Schrei aus, und Sarkis murmelte etwas. Sekundenlang hatte Wahram den Eindruck, als höre er Mäuse, die an einem Brot nagten. Dann verwandelten die glucksenden Laute sich in ein dumpfes, öliges Lachen. Der Lärm hörte auf, und das Kind vernahm nur noch die tiefen Atemzüge der zwei schlafenden Menschen. Beunruhigt suchte er nach der Bedeutung all der Laute, die er gehört hatte, als das Glucksen wieder ertönte und alles noch einmal von vorn begann, während unter seinen geschlossenen Lidern wirre Bilder vorüberzogen: leuchtende, ineinander verschwimmende Farbflecken, der Junge, der ihnen das Lamm darbot, die gleichmäßigen, goldenen Wogen der Kornfelder ...

Wahram schien es, als wiege das Lied der Felder ihn in Schlaf.

»Wahram! Wahram!«

Wer rief ihn? Wo war er? Wie kalt es war! Am blasslila Himmel stand kein Stern.

»Zieh deine Schuhe und deine Jacke an. Wir brechen auf.«

Das war Sarkis' Stimme.

Vor der Zeltöffnung stieß ein Pferd ein lang gezogenes Wiehern aus. Wahram war noch wie betäubt, aber er schlief nicht mehr, als Sarkis ihn auf das Pferd hob und dann selber in den Sattel stieg. Der lila Himmel färbte sich grau und verschmolz an einigen Stellen mit dem Gebirge. Die Steine knirschten unter den Hufen des Pferdes. Die Welt schien eingeengt, ihre Farben und Formen verschwanden. Nur Sarkis' feste Brust war noch da, an der Wahrams Rücken und Kopf lehnten.

»Gut geschlafen, Wahram?«, fragte Sarkis.
»Ja, sehr gut.«
»Nichts gehört?«
»Doch ... da waren ... Mäuse unter dem Zelt.«
»Hoho!«, machte Sarkis. »Nun, du wirst aber der Großen Frau nichts sagen, nicht wahr?«
»Wovon?«
»Von Faraza.«
»Warum nicht?«
»Weil sie böse darüber wäre.«
»Und warum hast du sie dann zu dir gelassen? Hast du gefroren?«
»Nein, ich friere nie. Aber der Kurdenführer wäre sonst sehr zornig gewesen.«

Wahram hatte plötzlich den Eindruck, als sei Sarkis trotz seines mächtigen Körpers nur ein großes Kind.

Der Weg führte jetzt steil nach unten. Sarkis stieg ab und ging vor dem Pferd her, den Knüppel über der Schulter. Nach und nach stiegen aus dem Dunkel die Umrisse der Berge auf. Schluchten voller Sandmulden zu beiden Seiten, felsige Spitzen, grüne Hochflächen und in der Ferne die roten, grauen, goldgelben oder schwarzen Felder eines riesigen Schachbretts.

Plötzlich tauchten von der Seite her drei Kurden auf und stürzten sich, den Dolch in der erhobenen Hand, auf Sarkis. Der wurde zu Boden gerissen. Im Fallen rief er: »Weiterreiten, Wahram! Schnell!«

Das Pferd griff aus, und Wahram wandte den Kopf. War Sarkis tot? Nein. Sein Knüppel wirbelte herum, traf die Kurden an Hüften und Beinen und mähte sie nieder. Nun sprang Sarkis auf und ließ seine furchtbaren Schläge auf die weichen Körper niedersausen. Es war ein einziges Klatschen, Krachen und Heulen.

Wahram sprang vom Pferd.

Die drei Kurden lagen mit zerschmettertem Schädel am Boden. Sarkis entkleidete die noch zuckenden Körper. Er packte den ersten bei den Füßen, schleppte ihn zur Seite und warf ihn in eine Schlucht, die sich nicht weit vom Wege zwischen zwei Felsen auftat. Dann ließ er die beiden anderen nachfolgen.

»Angst, Wahram?«, fragte er lächelnd das Kind. Auf seiner Stirn perlten Schweißtropfen.

»N... nein. Aber, Sarkis –«

»Das hat nichts zu bedeuten. Kurden. Weiter!«

Als sie sich Baschkale näherten, hatte der wunderbare schweigende Gesang der Bäume bereits begonnen. Die Sonne war aufgegangen und hüllte Erde und Himmel in ihre goldene Musik.

Die Bauern waren schon auf dem Weg in die Felder, und ihre Füße, die den Tau auf dem Gras zertraten, hinterließen dunkelgrüne Spuren. Auf der Hauptstraße von Baschkale stand Zakar mit düsterer Miene, hielt einen Fuchs am Zügel und unterhielt sich mit einem Mann. Als er Wahram gewahrte, rieb er sich die Augen, ließ das Pferd los und stürzte auf ihn zu.

»Ist ein Unglück geschehen?«, fragte er.

»Nein. Aber dein Onkel ist nicht mehr in Dilman, er wohnt jetzt in Tiflis. Deshalb will die Große Frau, dass du zurückkommst.«

»Ich muss ihn in Dilman finden!«, rief Zakar. »Was soll sonst aus mir werden?«

»Die Große Frau ist sehr klug«, sagte Sarkis. »Wenn sie sagt, dass du mitkommen sollst, hat sie recht.«

»Heilige Jungfrau!«, jammerte Zakar. »Was soll ich jetzt tun?«

»Die Große Frau wird es dir sagen«, erklärte Sarkis in orakelhaftem Ton.

Einige Schritte entfernt plätscherte eine Quelle. Sarkis ging hin, kniete nieder und begann, das Blut von seinem Knüppel zu waschen.

»Und Araxi?«, fragte Zakar.

»Sie weiß nicht, dass du fortgeritten bist«, erwiderte Sarkis. Dann trat er zu dem jungen Mann und fügte hinzu: »Steig auf. Wir reiten.«

Zakar zögerte noch.

Aber Sarkis war unerbittlich. »Los, du Spatzenhirn!« Er packte Zakar um den Leib und hob ihn mühelos auf sein Pferd. Dann half er Wahram auf den Grauschimmel. Nachdem er noch einmal seinen

Knüppel gemustert hatte, dessen Ende jetzt glänzte wie ein glasierter Tonkrug, ergriff er die Zügel des Pferdes und wandte sich um. Zakars Widerstand war besiegt. Er folgte.

Sarkis schlug diesmal einen kürzeren Weg ein. Er führte sie südlich des »Tals der Armenier« über Ardamed, sodass Wahram zu seiner Enttäuschung nicht anhalten konnte, um nach dem Schatz der Armbandquelle zu suchen.

Der Tag neigte sich bereits, als Sarkis den Türklopfer hob. Großma öffnete. »Ihr Dromedarsdisteln«, rief sie. »Wohin wart ihr denn verschwunden? Hättet ihr nicht gestern zurückkommen können?«
»Große Frau, dieser Bursche hier war auf Geiersflügeln geflüchtet. Heute Morgen wollte er eben aus Baschkale aufbrechen, als ich seinem Ungestüm Zügel anlegte.«
Großma betrachtete prüfend die Pferde. »Da haben wir aber zwei abgehetzte Kreaturen«, brummte sie. »Versorge sie gut, Sarkis. Wahram, du bist schwarz wie ein Kurde. Zieh dich von Kopf bis Fuß um und ruhe dich eine Weile aus. Und du, Zakar, du Rebhuhnkopf, kommst mit mir.«
Aber plötzlich rief sie Wahram noch einmal zurück. »Wenn du dich umgezogen hast, geh in den Garten«, sagte sie. »Araxi ist dort und pflückt Bohnen. Sieh zu, dass sie dort bleibt, bis ich euch holen lasse.«

An der Rosenhecke sprang Gail Wahram an und warf ihn fast um. Der Hund äußerte seine Freude so stürmisch, dass Wahram Sirarpi gar nicht kommen sah.
»Aber Wahram!«, sagte sie erschrocken und setzte ihren vollen Korb zur Erde. »Wahram, du bist ja schwarz wie ein Kohlenhaufen. Wo kommst du her?«
»Ich war mit Sarkis fort. Wir haben eine Nacht bei den Kurden verbracht. Oh, Sirarpi, wenn du wüsstest ...« Verwirrt hielt er inne. Er hätte ihr gern von der Nacht erzählt und sie gebeten, ihm diese Rätsel zu erklären, aber es war ihm auf einmal nicht möglich, davon zu sprechen.
»Warum hast du mir nicht Bescheid gesagt, bevor ihr weggeritten seid?«, fragte Sirarpi.
»Ich hatte keine Zeit mehr.«

»Aber du hast doch sicher geahnt, dass ich unruhig sein würde und dass die Angst mich mit ihren gelben Fingern packen würde. Seit zwei Tagen weiß ich vor Sorge kaum mehr, was ich tue.«

Wahram starrte sie verdutzt an. Warum hatte Sirarpi sich so geängstigt? Ein wenig beschämt wurde ihm bewusst, dass er die ganze Zeit über nicht ein einziges Mal an sie gedacht hatte. Aber die Besorgtheit seiner Cousine rührte ihn und machte ihn so glücklich und zugleich so verwirrt, dass er nicht wusste, wie ihm geschah. Er hatte das Bedürfnis, Sirarpi zu umarmen und sie gleichzeitig ihrer Ängste wegen auszuschelten.

Aber nun schlang sie die Arme um ihn, küsste ihn auf die Wangen und streichelte seine Locken. Dann trat sie, rot und verwirrt, einen Schritt zurück und fuhr ihn an: »Ein solches Kohlengesicht dürfte ich eigentlich gar nicht küssen! Dein Herz ist sicherlich ebenso schwarz und hässlich. Oh, du, du ...« Sie nahm ihren Korb auf und schritt auf das Haus zu, indem sie ihren Rock anmutig nach rechts und links schwenkte.

Ein wenig fassungslos, aber stolz ging Wahram weiter bis zu dem Beet mit den Kletterbohnen, wo er Araxi inmitten dieser grünen Mauern entdeckte.

»Oh, Wahram, sag mir ...«, begann sie. Doch schon erstickte ihre Stimme in Schluchzen.

Wahram mochte Tränen nicht. Wenn er ein Mädchen weinen sah, verspürte er den gebieterischen Drang, diese Tränen zu trocknen. Er fühlte sich so machtlos, dass er ärgerlich wurde. »Ich weiß wirklich nicht, warum du weinst«, sagte er. »Das ist doch dumm und nur etwas für kleine Kinder.«

»Ich fühle mich aber so hilflos wie ein Säugling«, erwiderte Araxi. »Nun sag mir doch ... Zakar?«

»Ist wieder da. Er ist bei Großma.« Wie der Wind war sie davon.

»He! Dableiben!«, rief Wahram. Aber sie hörte nicht auf ihn, und er musste ihr nachlaufen und sie mit Gewalt zurückhalten. Das hatte eine neue Sintflut zur Folge, welche Wahrams Hals und Schulter tränkte.

»Man sollte alle Mädchen in den Keller sperren«, sagte er wütend.

»Großma will nicht, dass du ins Haus kommst, bevor sie dich ruft. Pflück du weiter deine Bohnen.«

Aber Araxis Hände zerrten nervös an ihrem Taschentuch. Wahram fing statt ihrer an, Bohnen zu pflücken.

»Wo war Zakar hingeritten?«

»Nach Baschkale.«

Araxi fuhr entsetzt auf. »Zu den Kurden? Mein Gott, warum denn?«

»Großma wird es dir erklären ... Sag mir, Araxi, warum liebst du Zakar? Er ist ein Rebhuhnkopf. An deiner Stelle würde ich Hrant oder Tigran wählen. Dann könntest du bei uns bleiben, und ich wäre für immer dein kleiner Bruder.«

Wie mit einem Schlag versiegten Araxis Tränen, und ihre großen schwarzen Augen, die wie durch einen Schleier blickten, richteten sich starr auf Wahram. Das junge Mädchen konnte kein Wort hervorbringen. Ihr Gesicht wurde purpurrot. Auch Wahram war verwirrt: Er hatte sich das, was er soeben gesagt hatte, nie zuvor überlegt. Lange Zeit standen die beiden stumm da und rührten sich nicht.

Der Sturm bricht los

Die Türken waren da, und alles ist entsetzt.
Chios, das Traubenland, ist eine Trümmer jetzt,
Chios, bedacht von Buchenzweigen,
Chios, das in den Well'n die Wälder spiegelte,
Paläste und, wenn sich der Abend rötete
Der jungen Dirnen muntere Reigen.

Öd ist es rings:
doch nein, auf schwarzem Mauerstein
Saß ein blauäugig Kind,
ein Griechenkind, allein.

Was willst du?
Blume – Frucht – den Vogel wunderbar?
»Freund«, sagt das Griechenkind,
das Kind mit blondem Haar,
»du musst mir Blei und Pulver geben.«

Victor Hugo

Der Salon war festlich herausgeputzt und bereitete sich vor, eine Menge Gäste zu empfangen. Man hatte hier alle Stühle aufgestellt, die gewöhnlich auf dem oberen Flur standen. Wahram zählte fünfundzwanzig Stück. Wenn man die achtzehn Plätze auf den beiden Sofas und die anderen Stühle dazurechnete, würden achtundvierzig Personen sitzen können, und da mindestens fünfundzwanzig weitere Personen sich im Schneidersitz auf dem Teppich niederlassen konnten, kam man auf rund siebzig Menschen. Eine stattliche Anzahl! Aber seit Harutiun nach seiner Rückkehr aus Konstantinopel von seinen Unterhaltungen mit Enver Pascha, Talaat Pascha und dem Patriarchen Zawin erzählt hatte – er hatte mit jedem von ihnen persönlich gesprochen! –, konnte nichts mehr Wahram verblüffen. Und wenn die ganze Stadt sich hier im Salon eingefunden hätte, er wäre nicht überrascht gewesen.

»Dir vertraue ich die Rolle des Pförtners an, Wahram«, sagte sein Vater zu ihm. »Du stellst dich an die Tür und zeigst den Besuchern den Weg in den Salon.«

»Kann ich nicht auch hineinkommen?«

»Du wirst deine Aufgaben lernen.«

»Die kann ich schon. Welche soll ich dir –«

»Wahram, jetzt ist nicht der rechte Augenblick, den Dummkopf zu spielen. Halt den Mund.«

»Aber Väterchen, wenn ich ein Dummkopf bin, wie kann ich dann den Pförtner machen?«

»Lieber Gott«, seufzte Harutiun, »schneid diesem Kind ein Stück von seiner Zunge ab, damit wir endlich Ruhe haben!«

»Väterchen, du sagtest aber doch, dass meine Zunge –«

»Nicht heute, Wahram. Heute möchte ich dich einmal stumm sehen.«

Schon klopfte es an die Tür, und Wahram lief öffnen. Es war Jegarian mit seinem dunklen Gesicht, den lachenden Augen, dem rauchgeschwärzten Schnurrbart, den blitzenden Zähnen und dem gutmütigen Lächeln. »Ach, du bist in Van, Armenag Agha?«, sagte Wahram. »Großma hat erzählt, du reistest durch Persien.«

»Ich bin eigens zurückgekommen, um dich zu sehen.«

»Oh«, sagte Wahram verlegen. Dann fasste er sich: »Du weißt genau, dass du lügst. Du bist wegen Väterchen zurückgekommen. Geh in den Salon.« So empfing er nacheinander alle Kameraden seines Vaters. Einige von ihnen waren ihm bekannt und sogar vertraut, andere hingegen hatte er noch nie gesehen.

Brennende Neugier erfüllte ihn; der Salon lockte unwiderstehlich. Er rief Wartkes herbei, der eben in den Garten gehen wollte. »Wartkes«, sagte er, »willst du auch einmal Pförtner sein? Du musst die Tür öffnen, wenn es klopft, und den Gästen sagen, sie sollen in den Salon hinaufgehen. Und wenn sie den Weg nicht wissen, musst du ihn ihnen zeigen.« Und schon stürzte er hinauf zum Schauplatz der Versammlung.

Die Männer bestürmten Harutiun mit Fragen. Er war so beschäftigt, dass er gar nicht bemerkte, wie Wahram sich rasch zum Sofa schlich.

Plötzlich verstummten alle. Ein hochgewachsener Mann trat ein, nach Pariser Mode gekleidet, wie Sirarpi gesagt hätte – doch woher wusste sie solche Dinge? Wahram bewunderte die Bügelfalten in seiner Hose, die so scharf und gerade waren wie die Klinge eines Säbels, seine blaue Krawatte, seine glatten, glänzenden Haare und seine königliche Haltung. Wirklich, Wahram beneidete den Mann um sein Aussehen! Der Ankömmling, der Direktor des Lehrerseminars, war viel gereist und hatte lange in Paris gelebt. Er sprach französisch, »wie man Wasser trinkt«, und war auf eine Pariser Zeitung abonniert.

Howsep nahm in dem großen Sessel vor dem Tisch Platz, den Rücken dem Wandschrank mit der Geheimtür zugewendet, über dem das Bild Sebuhs mit nachdenklichem Blick die Versammlung zu mustern schien. »Meine lieben Freunde«, sagte er. »Wir sind hier zusammengekommen, um den Bericht unseres verehrten Präsidenten Harutiun zu hören, der, wie ihr alle wisst, an dem Parteikongress in Konstantinopel teilgenommen hat.«

»Einen Augenblick«, fiel Tigran ein. »Wahram, geh hinaus.«

»Nein«, widersprach Wahram und klammerte sich mit beiden Händen an die Armlehne des Sofas.

»Los, sei nicht eigensinnig! Schämst du dich gar nicht, vor all den Herren hier so ungezogen zu sein? Du gehörst nicht hierher. Geh und mach deine Schularbeiten oder spiele im Garten. Hier gibt es nichts Interessantes für dich.«

»Ich will aber zuhören.«

»Das ist nichts für Kinder.«

»Schön, ich habe noch keinen Schnurrbart und bin noch ein bisschen klein, aber ich bin kein Kind mehr. Ich bin stark und kräftig.«

»Mein Gott!«, rief Tigran ungeduldig. »Entschuldigt bitte, aber dieser Junge ist ein Büffelkopf.«

»Geh hinaus, Wahram, mein Sohn«, fiel Harutiun begütigend ein. »Du bist noch nicht alt genug, um dabei zu sein, wenn Erwachsene etwas zu besprechen haben. Geh in den Garten und lies die Ilias, die ich dir aus Konstantinopel mitgebracht habe.«

»Die habe ich schon gelesen. Ich will hierbleiben.«

In diesem Augenblick stürzte Tigran sich auf Wahram und riss ihn von seinem Sitz los, an den er sich mit aller Kraft festklammerte. Ein Krachen ... und schon fühlte sich Wahram, der noch immer die Sofalehne umklammerte, in die Luft geschleudert.

»Jetzt hast du das österreichische Sofa kaputt gemacht«, rief Tigran wütend. »Schämst du dich nicht?«

»Nein, das war ich nicht. Du hast es kaputt gemacht.«

Tigran setzte seinen Neffen im Hof ab. Aber das Kind rannte in großen Sprüngen die Treppe wieder hinauf, lief ins Zimmer und setzte sich auf seinen alten Platz, der frei geblieben war. Als Tigran ihn dort sah, wurde er röter als die schönste Rose von Kabul. Gulohlian, ein alter Lehrer, legte sich ins Mittel: »Lass dieses Kind hier. Ich bewundere seine Wissbegier. Er wird unser Zeuge für künftige Tage sein.«

Wahram betrachtete die vom unterdrückten Lachen geschwollenen Gesichter ringsum, ließ sich jedoch dadurch nicht stören. Hauptsache, er blieb hier, dann mochte seinetwegen die Welt einstürzen.

»Gut«, sagte Howsep lächelnd, »nun, da dieses kleine Zwischenspiel vorüber ist, möchte ich der Hoffnung Ausdruck verleihen, dass unsere ›reiche und mächtige‹ Partei den Schaden bezahlt, den dieses Sofa erlitten hat, und Harutiun bitten, mit seinem Bericht zu beginnen.«

»Zunächst fordere ich den Schwur«, sagte Harutiun.

Alle erhoben sich schweigend, und auf ein Zeichen von Howsep sprachen sie mit lauter Stimme: »Mögen wir gehängt werden, aber das Volk soll leben. Ich schwöre, das, was ich hier hören werde, für mich zu behalten.«

Nun begann Harutiun zu sprechen. »Meine lieben Freunde, ich weiß meine Worte nicht kunstvoll zu setzen und mit schönen Ideen auszuschmücken. Ich bin nur ein einfacher Handwerker, und in Konstantinopel habe ich gemerkt, dass man mich für einen Bauern hielt.

Wie soll ich euch also erklären, was ich empfunden habe? Wenn ich mich abmühe, ein schwieriges Stück zu vergolden, vertiefe ich mich so in diese Arbeit, dass man meinen ganzen Laden ausrauben könnte, ohne dass ich es bemerken würde.

Unsere Anführer dort in Konstantinopel sind so betört von den Worten ›Freiheit, Gleichheit, Brüderlichkeit‹ und von dem Gedanken an eine einheitliche osmanische Nation, dass nicht einmal die Explosion eines Arsenals sie aus ihrer fixen Idee reißen könnte. Unsere Führer wissen über alles Bescheid, nur nicht über die Erfordernisse des Landes und die elenden Lebensbedingungen seiner Bewohner. Sie haben Konstantinopel stets nur verlassen, um nach Paris oder in die Schweiz zu fahren. Und wenn sie von diesen Reisen zurückkehren, sind ihre Augen weit aufgerissen vor Staunen und ihre Wünsche bis ins Maßlose gesteigert. Sie bilden sich ein, dass unser Land von heute auf morgen ein zweites Frankreich oder eine zweite Schweiz werden kann. Da Enver Pascha, Talaat Pascha und Dschemal Pascha ihnen, wie sie sagen, ihr Vertrauen geschenkt haben, glauben unsere Leute, das Ideal der Freiheit, der Gleichheit und der Brüderlichkeit sei bereits verwirklicht. Natürlich wird man, um eine große Türkei aufzubauen, ein mächtiges Heer, also sehr viel Geld benötigen, und den Steuern werden keine Grenzen mehr gesetzt sein. Ist es etwa nicht unsere Pflicht, ›uns‹ zu opfern, damit die Türkei Baku und seine Petroleumquellen, Persien, Afghanistan, Belutschistan, Turkestan, Dagestan, Kirgistan und die Mongolei erobern kann und damit wir schließlich bis nach China vordringen und Samarkand zur Hauptstadt unseres Reiches machen können?«

Wahram lauschte mit offenem Mund. Kein Atemzug war zu hören; eine tiefe Bestürzung schien sich aller Anwesenden bemächtigt zu haben.

»Und wir, die Armen und Geknechteten, die Armenier, Griechen, Araber, Juden und Assyrer, wir werden alle diese Eroberungen vollbringen müssen, wir werden das Heer, die Waffen und – das zerbrochene Geschirr zu bezahlen haben. Aber wenn das Land erst groß ist, werden wir glücklich sein. Denn, so sagt man uns, alle Völker werden uns achten, und aus dieser allgemeinen Hochachtung wird das Glück aller erstehen.

Ich habe versucht, unseren Führern begreiflich zu machen, dass in unseren Dörfern und sogar in unseren Städten nicht einmal unser Leben in Sicherheit ist, dass die Kurden und die Tscherkessen noch immer bewaffnet sind, dass die Dienstpflicht uns alle nur in finanzielle Schwierigkeiten stürzt und die Erhöhung der Steuern die türkischen Beamten und die militarisierten Kurdenstämme nur zu Erpressungen und Grausamkeiten anstacheln wird. Ich habe sie darauf hingewiesen, dass man unsere Sicherheit garantieren, den Handel fördern, Straßen und Eisenbahnlinien bauen, Kapital aus dem Ausland – vor allem aus Frankreich – hereinholen muss, kurz: zum Wohlstand des Landes beitragen, anstatt eine Politik der Eroberungen, der Kriege und der utopischen Träume zu planen. Und damit meine ich den Gedanken an eine mögliche und sofortige Verbrüderung mit dem Türken und dem Kurden. Aber sie haben nur nachsichtig gelächelt. Sie glaubten, ich verstehe nichts von diesen Dingen. Und um mich endgültig zu überzeugen, haben sie mich dem Patriarchen Zawin, Enver Pascha und Talaat Pascha vorgestellt.

Ihr wisst, dass der Patriarch mehrere Jahre als Bischof der Diözese in Van verbracht hat. Er sieht in seiner Erinnerung noch immer die Schönheiten unserer Stadt vor sich, und er glaubt, dass unsere Lage sich allmählich bessern müsse und dass die gegenwärtige Regierung alle Welt glücklich machen werde. ›Man muss nur ein wenig Geduld haben‹, sagte er zu mir. ›Bald wird es keine Massaker und keine Unsicherheit mehr geben, denn die armenischen Soldaten sollen in die Armee eingegliedert werden. Dann haben sie Waffen und werden sich ihrer zu bedienen wissen. Alles andere kommt von selbst.‹

Und was Enver Pascha betrifft ... Oh, er ist ein sehr schöner Mann mit einem glänzend gewichsten Schnurrbart. Er hat ein rosiges Gesicht, er trägt eine makellos saubere Uniform und blanke Stiefel. Er hat feine weiße Hände mit gepflegten Nägeln, und er parfümiert sich. Er ist ungeheuer höflich und verfügt über einen unerschöpflichen Sack voller Versprechungen. Er hat uns mit großer Liebenswürdigkeit empfangen und sich nach Tachsin Bey, unserem Gouverneur, erkundigt, dessen Schwager er ist.

›Der Tag wird kommen, an dem Van in noch höherem Ansehen stehen wird als die Schweiz‹, sagte er zu mir. ›Menschen aus aller Welt werden dort ihre Ferien verbringen; ein bescheidener Bürger von Van wird reicher sein als hier bei uns ein Minister.‹

All das war sehr schön gesagt und angenehm zu hören. Bei so viel Höflichkeit glaubte man fast, einen Franzosen vor sich zu haben. Als er merkte, dass ich aufmerksam zuhörte und ihn sichtlich bewunderte, ließ er sich ein wenig gehen. ›Wir hier sind gar nichts‹, sagte er. ›Die wahre Kraft des Reiches verkörpert ihr, die ihr auf dem Lande lebt. Aber wenn die osmanische Nation erst einmal alle Turkvölker dieser Erde in sich aufgenommen hat, werden wir eine große Nation sein, und euch, unseren Landsleuten seit eh und je, wird eine wichtige Rolle zufallen.‹ Dann maß er mich mit seinen Blicken und fügte mit einem honigsüßen Lächeln hinzu: ›Die Männer von Van sind geborene Soldaten, wahrhafte Löwen. Wenn sie ihre Aufgabe als echte Osmanen richtig erfüllen, werden sie beim Aufbau unseres großen Vaterlandes von morgen Wunderdinge vollbringen.‹

Der armenische Doktor, der mich bei Enver Pascha eingeführt hatte und der sein Freund und Leibarzt ist, mischte sich nun ins Gespräch. ›Pascha‹, sagte er, ›Harutiun Bey wünscht von ganzem Herzen, dass das osmanische Vaterland groß und blühend werde und allen, sogar den

Kurden, das Glück bringen möge. Wie ich Ihnen schon gesagt habe, ist Harutiun Bey der Führer unserer Partei, und diese Partei ersehnt die Größe der Türkei.‹

›Harutiun Bey‹, erwiderte Enver Pascha – und einen Augenblick hatte ich fast den Eindruck, er wolle mich küssen –, ›ich bin glücklich, derartige Gefühle bei meinen lieben armenischen Landsleuten vorzufinden. Ich werde es nicht vergessen und Tachsin Bey schreiben, er solle Ihre Ratschläge befolgen.‹ Als ich das Kriegsministerium verließ, drehte sich mir der Kopf. Ich fragte mich, wer wohl wem die größte Ergebenheit bezeugte: Enver Pascha den Führern der armenischen Partei von Konstantinopel oder die armenischen Parteiführer von Konstantinopel dem großen Enver Pascha.

Mein Besuch bei Talaat Pascha verlief ganz anders. Er empfing uns umstandslos und schlicht. Er bot uns Zigaretten an, fragte nach Neuigkeiten aus Van und wollte wissen, wie wir über die Revolution dächten. Der Doktor, der mich bei ihm eingeführt und ihm vorgestellt hatte, antwortete an meiner statt. Ich muss euch sagen, dass ich mich nicht sehr behaglich fühlte bei diesem Menschen, dessen Kälte und dessen bald tückischer, bald freundlicher Blick auf Verschlagenheit und Hass hindeutete. Er enthüllte mir seine Gefühle nicht, unterwarf mich aber einem strengen Verhör. Würden die Männer von Van im Kriegsfall gegen Persien antreten? Und gegen Russland? Wie lautete mein Urteil über Tachsin Bey, unseren Gouverneur? Welches waren unsere Pläne für die Zukunft? Als ich ihm von unserem Wunsch sprach, in Van eine Straßenbahnlinie einzurichten, schien er sehr überrascht. Hatten wir hierfür die Zustimmung der Türken von Van? Lebten wir in einem guten nachbarlichen Einvernehmen mit ihnen? War es bei uns zu Auswanderungen gekommen? Als ich diese Frage verneinte, sagte er: ›Es ist also nicht so wie in Kharput.‹ Und plötzlich stellte er mir eine unerwartete Frage: ›Wenn ich nach Van käme, würdet ihr mir zu Ehren ein Festmahl veranstalten?‹

›Gewiss, Minister Pascha, und zwar ein sehr prunkvolles‹, erwiderte ich. ›Ihr Besuch wäre für uns eine solche Ehrung, dass wir alle Sie voller Dankbarkeit empfangen würden.‹ Diese Antwort schien ihn zu erstaunen. Dann lächelte er, und seine Züge entspannten sich ein wenig. ›Vielleicht werden die Armenier das Fundament des osmanischen Vaterlandes sein‹, sagte er nachdenklich.

Wie soll ich euch das Unbehagen schildern, das dieser Mann in mir ausgelöst hat? Ich hatte das Gefühl, als sei hier im Körper eines friedlichen, ein wenig törichten und gutmütigen Mannes einer der Drachen unserer Sagen versteckt.

Nie in meinem Leben habe ich so verschiedene Menschen gesehen, die doch von derselben Idee besessen waren. Sie waren überzeugt, dass die Türkei sich rasch auf das Niveau Frankreichs oder der Schweiz würde erheben können.

Aber ihr fragt euch jetzt gewiss, wie ich darauf reagiert habe, ich, den ihr als Anwalt eurer Ideen auf den Kongress geschickt habt. Nun, ich habe etwa Folgendes erklärt:

›Meine lieben Paschas‹, sagte ich, ›– denn im Vergleich zu uns seid ihr wahrhafte Paschas –: Eure Ansichten sind vorzüglich, und wir stimmen ihnen zu. Aber ich muss euch auch sagen, worauf es uns ankommt. Zunächst möchten wir, dass ihr den Kurden ihre Waffen wieder wegnehmt oder aber uns die gleichen Rechte zugesteht wie ihnen. Sodann bitten wir euch darum, dass ihr den Bauern Wasser gebt, den Kaufleuten Straßen, den Armen Arbeit und uns allen die Möglichkeit, in Frieden zu leben. Für den Augenblick ist das alles, was wir wollen.‹

Sie erwiderten mir: ›Aber all das ist doch seit der Befreiung erreicht. Die Zustände werden sich mit der Zeit immer besser gestalten. Seien wir keine Pessimisten.‹

Ich fühlte, dass sie mich als einen Provinzler ansahen, der nicht so wie sie die großen Staatsangelegenheiten erfassen konnte. Und doch, wie höflich und gerissen waren diese Politiker, die nicht ahnten, dass ich in ihren Gedanken ebenso mühelos lesen konnte wie in einem aufgeschlagenen Buch!

Ich habe in Konstantinopel auch Landsleute aus Van getroffen. Sie stehen mit ihren Ideen und Ansichten den Paschas näher als uns. Am erschütterndsten aber war für mich meine Unterhaltung mit Schehrikian und Agnuni, zwei Führern der Daschnakzagan-Partei. Sie sind den Jungtürken völlig ergeben, schenken ihnen ihr ganzes Vertrauen und ihre bedingungslose Freundschaft. Wir alle wissen, dass die Daschnaks die Jungtürken tatkräftig unterstützt haben und ihnen noch heute helfen. Aber es ist noch schlimmer: Sie sind wie geblendet von ihnen und glauben fest an eine brüderliche Zusammenarbeit. Die Abgeordneten unter ihnen sind fast täglich mit Enver, Talaat, Dschemal und Bedri, dem Polizeichef, zusammen. Sie handeln mit geschlossenen Augen – das ist so erschreckend.

Wollt ihr jetzt meine Meinung hören? Nun gut, alles ist anders geworden, aber es hat sich zum Schlechten gewendet. Der Sultan hatte noch eine gewisse Achtung vor den Gesetzen des Korans und den zahllosen Menschen in der Welt, die sich zu Hütern dieser Gesetze gemacht haben. Er konnte die Bewohner der Türkei hängen, ertränken und ihnen die Haut bei lebendigem Leibe abziehen, aber von den dreihundert Millionen Muslims unterstanden nur dreißig Millionen seiner Herrschaft. Über all die anderen, die in Persien, in Indien, in Russland, in Afrika und selbst in Arabien und Ägypten wohnen, hatte er keine Macht. Er fürchtete sie, denn er betrachtete sich als das religiöse Haupt, als den Kalifen und Anführer der Gläubigen. Die Jungtürken hingegen fürchten nichts. Keiner von ihnen ist ein Anführer der Gläubigen. Sie bilden sich ein, sie seien vom Himmel gesandt, um zuerst die gesamte islamische Welt zu erobern und zu unterwerfen und dann – warum nicht? – alle Teile der übrigen Welt. Sie sind die Nachfolger eines Dschingis Khan, eines Tamerlan und eines Attila.

Darum müssen wir vorsichtiger sein denn je. Ich bin überzeugt, dass die Jungtürken bei der ersten Gelegenheit versuchen werden, uns auszurotten. Und sie werden nicht so verfahren wie der Sultan, der alle fünfzehn oder zwanzig Jahre begrenzte Massaker veranstalten ließ, um den Türken Beute zu verschaffen und ein Anwachsen unseres Volkes zu verhindern. Sie werden uns alle, vom Säugling bis zum hundertjährigen Greis, niedermetzeln. Wir können nur noch auf uns selber zählen.«

Die letzten Worte Harutiuns tönten wie ein Totengeläute. Der Schrecken ließ die Gesichter der Männer erbleichen, und in der Stille schienen sich die Umrisse einer grausamen Zukunft abzuzeichnen.

Wahram konnte diese Verzweiflung nicht begreifen. »Väterchen«, erklang auf einmal eine helle Stimme, »man muss all das, was du gesagt hast, dem König von Frankreich schreiben und viele Gewehre kaufen. Dann werden die Jungtürken Angst bekommen und ...« Doch angesichts der anhaltenden Stille ringsum wurde Wahram unsicher und verstummte.

Der alte Lehrer Gulohlian Agha ergriff das Wort. »Gott spricht zuweilen aus dem Munde der Kinder. Harutiun, ich danke dir für deinen Bericht. Alles, was du sagst, ist wahr. Wir können uns auf niemanden verlassen. Und ich erinnere euch an die Worte des russischen Ministers Lobanow Rostowski: ›Ich will ein Armenien ohne Armenier.‹ Bismarck seinerseits hat uns mitteilen lassen, dass wir auf Deutschland nicht zählen können, und hat gesagt: ›Gegen alle Armenier der Welt würde ich nicht die Knochen eines einzigen pommerschen Soldaten eintauschen.‹ Und hat England nicht Zypern besetzen dürfen zur Belohnung für sein stillschweigendes Einverständnis mit dem Mord an dreihunderttausend Armeniern? Nur Frankreich würde uns vielleicht helfen; aber es hat keine Möglichkeit dazu, denn es fühlt sich selbst zu sehr bedroht von den Deutschen und den Österreichern.«

»Doch, Frankreich kann uns helfen!«, rief Garo. »Es braucht den Jungtürken nur zu sagen, dass es alle Muslims in Marokko, Algerien und Tunesien ermorden lassen werde, wenn die Türken es wagen sollten, Hand an einen einzigen Christen zu legen.«

Harutiun lächelte und wollte eben antworten, als Howsep Agha, der Vorsitzende der Versammlung, bereits den Mund auftat. »Nein, Garo«, sagte er. »Frankreich wäre nicht mehr das, was es ist, wenn es handeln wollte wie ein Dschingis Khan, ein Tamerlan oder ein Attila. An so etwas dürfen wir gar nicht denken – das sind unsinnige Ideen. Harutiun hat völlig recht, und ich möchte ihm in eurem und in meinem Namen unsere Dankbarkeit und unsere Glückwünsche aussprechen. Adschemian, trag bitte in das Protokoll ein, dass Harutiuns Ansichten einstimmig gebilligt wurden.«

Darauf folgte die Wiederwahl Adschemians zum Sekretär und die Harutiuns zum Präsidenten.

Wahram war innerlich erregt, ohne sich dieses Gefühl erklären zu können.

Es wurde Nacht. Der Mond, der über dem »Tal der Armenier« hing, warf lange Schatten und Lichtzungen zwischen die Bäume. Wahram saß im Halbdunkel des Obstgartens, betrachtete die Sterne und verspürte eine brennende Sehnsucht danach, sich weit von der Erde zu entfernen. Er hätte singen mögen und konnte es doch nicht. Und er wollte nicht schlafen.

Plötzlich hörte er Schritte. Großma trat neben ihn und fragte: »Welches ist dein Lieblingsstern?«

»Ich liebe sie alle, aber sie sind so weit weg.«

»Kennst du sie?«

»Nein, Großma.«

»Siehst du diese Sterne dort, die heller leuchten als die anderen? Sieben Stück sind es, und sie sehen fast aus wie ein Topf aus Diamanten.

Vier Sterne stehen sich je zu zweit gegenüber; die drei anderen verlaufen in gerader Linie auf den Van-See zu.«

»Ja, sie sehen ein bisschen aus wie ein hockendes Kamel.«

»Sie alle zusammen heißen der Große Wagen oder auch der Große Bär. Und nun sieh einmal auf die beiden Sterne ihrer Grundlinie. Hast du sie?«

»Auf der Seite nach Zem-Zem-Mahara zu?«

»Ja. Geh in dieser Richtung weiter, etwa fünfmal so weit, wie der Abstand zwischen diesen beiden Sternen beträgt. Dann siehst du ganz hoch oben einen funkelnden blauen Stern, gegenüber der Kaserne von Zem-Zem-Mahara.«

»Ja, Großma, ich sehe ihn.«

»Das ist der Stern des Nordens, der Polarstern.«

»Also der Stern von Russland!«

»Richtig. Und er steht immer über Zem-Zem-Mahara, also im Norden. Unverrückbar zeigt er die Nordrichtung an. Wenn du ihn ansiehst, liegt hinter dir Süden, rechts von dir Osten und links von dir Westen.«

»Das stimmt. Der Berg Warak ist rechts von mir.«

»Wenn du nun vom Polarstern aus auf den Kopf des Großen Bären zugehst, siehst du zwei andere Sterne, die wiederum auf vier Sterne hinführen, welche über dem Kopf des Wagens zu hängen scheinen. Diese sieben Sterne, die genauso angeordnet sind wie die im Sternbild des Wagens, nennt man den Kleinen Bären.«

Wahram schaute angestrengt zum Himmel empor. Die Sterne schienen vorbeizugleiten und doch gleichzeitig stillzustehen.

»Wenn du dich also einmal während der Nacht verirrst und den Weg nicht kennst«, fuhr Großma fort, »dann brauchst du nur den Polarstern zu suchen. Wenn du immer in seiner Richtung gehst, gelangst du zum Berg Ararat, zum Kaukasus und schließlich nach Russland.«

»Dann liegt Russland also noch hinter Zem-Zem-Mahara?«

»Gewiss. Nur überschreitest du, wenn du immer weitergehst, die Bergkette und hast sie dann hinter dir, während du den Polarstern immer vor dir hast. Ob du hier bist, in Istanbul oder in Bagdad, der Polarstern wird an derselben Stelle stehen und dir immer die Nordrichtung weisen.« Dann zeigte Großma Wahram noch den Widder, den Skorpion, den Großen Hund und schließlich die Venus.

Aber Wahram konnte sie alle schlecht voneinander unterscheiden; er fand sie nicht wieder. Nur den Polarstern konnte er sofort wieder entdecken. Zehnmal, zwanzigmal machte er die Probe aufs Exempel, und immer stand der Polarstern an seinem Platz.

»Bist du denn nicht müde, mein Kleiner? Oder zieht etwa das Mondlicht dich an?«

»Ich weiß es nicht, Großma. Ich möchte weit fort, fliegen möchte ich ... oder noch besser so schnell auf einen Stern zuschießen, dass niemand mich einholen könnte.«

»Ja«, sagte Großma nachdenklich. »Das ist der Geist der Räume, der dich heimsucht. Das Weltall ist voll von unsichtbaren Geistern, mein Kleiner, und jeder Stern schickt die seinen auf die Erde. Überall sind sie: in den Bäumen, in den Vögeln, im Gras, und jeder Geist versucht, dich anzulocken. Aber dein Geist muss stärker sein als sie alle.«

Ein schmelzender Flötenton erscholl plötzlich von der Rosenhecke her. Er füllte den ganzen Raum und drang bis hinauf zu den Sternen. Dann kam die Stille wieder und bewahrte geheimnisvoll in sich den ersten Ruf der Nachtigall.

»Weißt du auch, Wahram«, sagte Großma leise, »dass die Nachtigall früher ein kleiner Junge war, ein wenig älter als du, aber ebenso unruhig? Er hieß Sahag. Er war schön und konnte verführerisch singen. Alle Mädchen der Welt waren verrückt nach ihm und wünschten sich ihn zum Mann, um immer seine Stimme hören zu können. Aber er wollte keine von ihnen. Die anderen Knaben aber erdrosselten in ihrer Eifersucht den jungen Sahag und stürzten ihn vom Gipfel des Bergs Warak ins Ghialital. Der heilige Sergius war so empört über dieses Verbrechen, dass er den jungen Mann, während sein Körper in den Abgrund stürzte, in einen Vogel verwandelte, dem er die wohltönendste und traurigste Stimme schenkte, sodass alle, die sie hörten, an dem Kummer dieses Vögelchens würden teilnehmen wollen.«

In diesem Augenblick ließ ein Windstoß alle Schatten und Lichter tanzen. Dann stieß die Nachtigall einen sanften, tiefen Ton aus, dem ein scharfes Pfeifen folgte. Nun trat eine Pause ein. Und plötzlich durchdrangen lang gezogene Melodien den Garten. Wahram fühlte, wie jedes Blatt, jeder Grashalm diesem Gesang lauschte, und er vergaß seine Sehnsucht nach der unbekannten Ferne.

»Komm mit auf die Plattform zwischen den Weinstöcken«, sagte Großma. »Im Sommer sind die Sterne der Erde näher. Es gibt immer Zeichen, die man beobachten muss.«

»Aber die Nachtigall ...«

»Die wirst du auch dort hören. Aus der Ferne klingt ihr Lied noch süßer.«

Großma setzte sich mitten im Mondlicht auf die Böschung, und Wahram ließ sich neben ihr nieder. Nachdem Großma sich gesammelt hatte, hob sie die Augen zum Himmel. Ihre Lippen bewegten sich. Wahram schwieg und versuchte herauszufinden, auf welchen Punkt Großma blickte. Dann senkte sie den Kopf und pfiff leise mehrere Male hintereinander. Plötzlich war die Natter da und badete sich im milchigen Licht des Mondes. Das Mosaik auf ihrem Leib funkelte, und von ihrem kalten Blick ging ein lockender Zauber aus.

Großma sprach zu ihr. Wahram verstand keines ihrer Worte. Geflüsterte einsilbige Laute folgten einander, und der Schutzgeist des Gartens antwortete auf seine Weise, indem er die Ringe seines Körpers Wellenlinien beschreiben ließ, den Kopf hin- und herwiegte und zuweilen die feine gespaltene Zunge flattern ließ wie einen Nachtfalter. Ein- oder zweimal stieß die Natter einen hellen, zischenden Ton aus, hob dann den Kopf ziemlich hoch und blickte Großma an. Schließlich verschwand sie wie ein gesprenkeltes Seil zwischen den Weinstöcken.

Großma saß mit halb geschlossenen Augen reglos da. Und Wahram, von einer Art ängstlichem Entzücken ergriffen, wagte sich kaum zu rühren, kaum zu atmen. Auf die Weinstöcke, die sich bis zu den Mauern des Hauses erstreckten, hatte der Mond eine Unzahl von Funken gestreut, und wenn ein Windhauch darüberstrich, zuckten Blitze aus jedem Blatt auf. Wahram hob den Kopf. Ohne dass er ihn gesucht hätte, fielen seine Blicke auf den Großen Wagen, und voller Entzücken stellte er fest, dass der Polarstern noch immer am selben Platz flimmerte.

»Mein Kleiner«, sagte Großma, »Gott allein weiß, wie viel Zeit wir auf dieser Erde verbringen werden; aber die Sterne, die Geister und die Schatten sagen mir, dass die Erde sich bei der nächsten Sonnenfinsternis in eine Hölle verwandeln wird und die Menschen in wilde Tiere. Hungersnot und Durst werden das Los der Enterbten sein, und alles wird über uns zusammenstürzen. Warum, ach warum ist diese Nacht so reich und schön?«

Die Nachtigall sang. Ihre zarten Rufe träufelten wie Honig in die Ohren. Ein Meteor durchschnitt wie ein leuchtender Säbel den Himmel über ihnen und verschwand.

Sarkis und die beiden Pferde waren auf geheimnisvolle Weise über Nacht verschwunden. Somit fiel Araxi und Wahram die Aufgabe zu, den Stall zu säubern.

Jedes Mal, wenn er den Stall betrat, empfand Wahram ein ganz sonderliches Gefühl der Andacht. Es herrschte nur Dämmerlicht hier, doch die freundlichen Augen der Tiere schienen Strahlen auszusenden. Die Kälber drängten sich an ihre Mütter. Eine Katze räkelte sich mit trägen, anmutigen Bewegungen. Die verschiedensten Düfte durchdrangen einander: Mist, Heu, Stroh ... aber auch die Ausdünstungen der Tiere, deren demütiger, ängstlicher Blick auf eine Liebkosung zu warten schien. Und schließlich waren da die Spinnweben. Dichter als sonst irgendwo hingen sie wie zerrissene Tücher herab, verschmolzen mit dem Raum, mit allen Dingen im Stall und schienen einen von der übrigen Welt absondern zu wollen.

Als der Stall gesäubert war, die Raufen gefüllt, das Wasser erneuert und die frische Streu verteilt, setzten Wahram und Araxi sich auf eine Bank neben dem Strohhaufen, auf dem das Kätzchen Pessuk es sich behaglich machte. Lang ausgestreckt wie eine schneeweiße Fellmatratze, beäugte es die beiden.

Araxi ließ die Schultern hängen. Das schwarze Feuer ihres Blickes glühte nicht mehr. »Araxi ist müde«, flüsterte Wahram ihr ins Ohr. »Der Schlaf ruft sie, und dabei ist es heller Tag. Wie kommt das?«

»Wahram«, sagte sie, ohne eine Bewegung zu machen oder die Augen zu heben, »Wahram, ich möchte sterben.«

»Willst du, dass wir zusammen sterben?«

»Du darfst mich nicht auslachen ...«

Wahram ergriff Araxis linke Hand, wandte ihre Innenfläche zum Licht und betrachtete prüfend ihre Lebenslinie. »Hmm«, machte er, indem er Großma nachahmte, »mein Töchterchen, du wirst fünfundneunzig grüne Jahre erleben.«

Ein seltsamer Laut entrang sich Araxis Brust. Lachte sie, weinte sie, oder tat sie beides zugleich?

»Aber Araxi, was hast du denn?«

»Immer dasselbe.«

»Aber was?«

»Das weißt du doch.«

»Zeig mir deine Augen, damit ich es erfahren kann.«

Er sah in zwei schwarze Abgründe. Wahram wehrte sich gegen die

Rührung, die ihn beschlich. »Araxi«, sagte er entrüstet, »du bist dumm! Sieh dir nur einmal das kleine Kalb hier an. Es ist kaum vierzehn Tage alt, und bestimmt beobachtet es uns und macht sich schon über dich lustig. Also, was willst du?«

»Das, was ich will, ist zurzeit unmöglich.«

»Erzähle es mir! Du hast es geschworen.«

»Wozu?«

»Um … mir dein Vertrauen zu zeigen.«

Wahram fühlte, wie unglücklich das junge Mädchen war und wie schwer es ihm fiel, zu sprechen. Sein Ärger wich dem Mitleid. »Sag mir alles, meine große Schwester«, murmelte er. »Lass mich deinen Kummer teilen.«

»Zakar will fort. Er will nach Russland gehen.«

»Aber er wird doch wiederkommen?«

»Nein, er glaubt …« Und jetzt brach sie endgültig in Tränen aus.

»Weine nicht, das macht dich nur krank! Was hat er gesagt? Wann hast du ihn gesehen?«

»Vorgestern. Er war wie wahnsinnig. Er wollte … die Hand gegen seinen Vater erheben … Früher war er mutlos und verzagt, jetzt ist er böse und heftig. Auch gegen mich. Er wollte …«

»Was?«

»Er wollte mich mit nach Russland nehmen. Als ich mich weigerte, brauste er auf. Er hat mir vorgeworfen, ich liebte ihn nicht, mir sei es nur darum zu tun, einen Mann zu bekommen …«

Wie verworren war das alles! Wahram betrachtete das junge Mädchen mit verdoppelter Aufmerksamkeit. Sie glich den Kranken, die man zu Großma brachte, den vom Sumpffieber Befallenen mit glänzenden Augen und brennendem Gesicht, die, schon seit Tagen von diesem Leiden verzehrt, von der Welt der Gesunden abgeschnitten waren und nicht mehr verstanden, was man zu ihnen sagte.

Wahram zog Araxis Kopf auf seine Schulter. »Jetzt musst du mir ganz ruhig sagen, was du möchtest. Willst du Zakar sehen?«

»Oh, ja!«, rief sie.

Ihr Kopf wurde schwerer.

»Ich hole ihn her.«

»Er wird nicht kommen. Vorgestern hat er mich fast weggejagt. ›Du fliehst mit mir, oder ich gehe allein, und du siehst mich nie wieder‹, hat er zu mir gesagt. Aber ich will ihn noch einmal sprechen, denn ich fühle es: Wenn er erst einmal fort ist, werde ich ihn nie wiedersehen.«

»Also gut, ich gehe jetzt zu Großma und erzähle ihr alles.«

»Nein«, rief Araxi, »du darfst kein Wort sagen! Sie würde böse werden.«

»Du bist verrückt.«

Blitzartig wurde es Wahram klar: Araxi war nur ein krankes kleines Mädchen. Er streichelte ihre schwarzen Zöpfe und schob sie zurück, um ihr ins Gesicht sehen zu können. Aber plötzlich sprang Araxi auf und begann zu schreien. Eines der Kälber versuchte, ihr den Rock abzureißen. Wahram half ihr, dem Kälbchen, das schon an dem Rock herumkaute, den Stoff aus dem Maul zu ziehen.

»Du böses Tier, du«, sagte Araxi halb lachend, halb weinend. »Was willst du denn mit meinem Rock anfangen? Dabei bist du hundertmal glücklicher als ich. Du weißt nur nicht, wie glücklich du bist ...«

Wahram überlegte. Aus welchem Grund waren Sarkis und die beiden Pferde verschwunden?

Seit Langem schon war so etwas nicht mehr vorgekommen. Wahram erinnerte sich aber, dass der Diener sich früher zuweilen zu irgendwelchen geheimnisvollen Ausflügen entfernt hatte, und die Worte des Kurdenführers kamen ihm wieder in den Sinn. Ist Sarkis etwa mit Zakar fortgeritten?, fragte er sich plötzlich. Er stürzte zum Nachbarhaus.

Zakars Mutter saß vor der Tür und blickte auf den großen Birnbaum. Als sie Wahram sah, schrak sie zusammen.

»Ist Zakar zu Hause?«

»Zakar«, sagte sie, »Zakar ...«

»Ja.«

»Er ist heute Morgen fortgegangen.«

»Wohin?«

»Nach Russland.«

»Was? Nach Russland?«

»Er will zu meinem Bruder. Wenn ich denke, dass ich noch gestern hier auf dieser Türschwelle saß und zusah, wie er auf unserem Birnbaum herumkletterte ... Hier steht der Baum, das Haus ist noch da, der Garten auch, aber er ... Welche Erde betritt sein Fuß in diesem Augenblick? Werde ich ihn je wiedersehen?«

Plötzlich brach sie in wilde Schmähungen aus. »Warum hat der Tod diese verfluchte Araxi nicht gleichzeitig mit ihren Eltern hinweggerafft? Mögen die Wünsche dieses Mädchens sich nie erfüllen! Möge die Hölle mit all ihrem Pech und Schwefel sie verschlingen! Möge sie mit offenen Augen sterben und keine barmherzige Seele finden, die ihr die Lider zudrückt ...«

Wahram war ehrlich verzweifelt. Er wusste nicht, wie er diese Frau beruhigen und trösten sollte. Je größer er wurde, umso häufiger musste er entdecken, wie die Fehler und Leidenschaften der Menschen alles zum Schlechten kehren. Wie angenagelt stand er da und konnte seine Augen nicht von einer goldgeränderten Wolke losreißen, die über die Baumwipfel glitt. Wie sollte er sich jetzt zurückziehen?

Nun wandte Zakars Mutter ihre Wut gegen ihn. »Mach, dass du fortkommst!«, schrie sie. »Lass dich nie wieder hier blicken, du nicht und auch die Deinen nicht. Sonst soll es euch übel ergehen!«

Bestürzt kehrte Wahram nach Hause zurück. Er irrte durch den Garten und blieb zerstreut vor den Tulpen stehen. Ihre purpurn schimmernden Blütenkelche hätten ihn zu jeder anderen Zeit entzückt. Heute jedoch stimmte ihre Schönheit ihn traurig. Er lief in den Dandun zu Großma. Sie hielt ein Buch mit einem alten, abgeschabten Ledereinband auf den Knien und schien versunken in einer vergangenen Welt. Wahram blieb schweigend vor der Großen Frau stehen.

Sie hob den Kopf. »Was gibt es schon wieder, Wahram?«, fragte sie. »Warum ziehst du eine Miene wie vor dem Jüngsten Gericht?«

»Großma, Zakar ist nach Russland geritten, und seine Mutter hat mich weggejagt.«

»Erzähle.«

Wosgehad Hatun hörte gleichmütig zu, bis Wahram ihr sagte, dass er glaube, Sarkis und die beiden Pferde seien mit Zakar gezogen.

»Wahram, du Geißel des Großen Drachen, willst du wohl deine Augen nachts schließen und tagsüber offen halten! Sarkis ist nicht nach Russland geritten. Du musst nicht immer Hummelhonig schlecken. Lerne endlich, vernünftig zu denken, mein Kleiner. Zakar ist verloren. Ein Aprikosenbaum aus Van geht ein, wenn man ihn in einen anderen Boden pflanzt. Unglückliche Mutter, armer Zakar, unselige Araxi! Begreifst du das Unheil?«

»Ja, Großma.«

»Nein, du kannst es nicht begreifen. Zakar übrigens auch nicht. Nie kann ein Mensch das Herz einer Mutter wahrhaft ergründen. Am

Anfang ihres Lebens fordern und erwarten die Kinder alles von ihrer Mutter. Dann quälen sie sie mit ihren törichten Streichen. Und später vergessen sie sie und werden zu einer unerschöpflichen Quelle des Kummers für sie. Bist du dir bewusst, Wahram, dass eine Mutter, die ihr Kind nur um den Preis ihres eigenen Lebens aus Todesgefahr retten kann, nicht zögern würde, sich zu opfern? Eine Mutter lebt nur für ihre Kinder, und diese leben nur durch sie.«

»Aber Großma, warum sagst du das alles? Ich habe Aghawni nichts getan.«

»Gewiss, noch nicht. Aber sie umgibt dich Tag und Nacht mit ihrer Fürsorge und zittert nicht allein um deiner täglichen Streiche willen, sondern auch vor den Fehlern, die du in Zukunft begehen könntest. Und weißt du, Wahram, dass du weitaus mehr und tollere Streiche begehst als alle Jungen, die ich kenne?«

»Ich bin nicht ausgerissen wie Zakar, und ich habe nie ›Liebe gespielt‹!«

»Was, du Höllenpfeiler, du hast noch keinen Schnurrbart und wagst es schon, dich wie ein Erwachsener aufzuspielen?«

»Aber Großma, ich werde nie einen Bart tragen. Ein Bart ist hässlich.«

»Du wirst trotzdem einen haben. Und ich wünschte nur, dass mit deinem Bart auch die Weisheit kommen und wachsen möge.«

»Großma, dann hat der Onkel, der so heißt wie ich, bestimmt keinen langen Bart gehabt.«

»Sprich mir nicht von ihm, Wahram. Wenn ich dich mit seinem Namen rief, glaubte ich anfänglich, er selber sei wiedergekommen. Ich habe alles getan, um zu verhindern, dass du ihm ähnlich wirst.«

»Großma, du hast gesagt, dass die Kinder ihre Mutter quälen. Deine Kinder haben dich nie gequält.«

»Doch, Tag und Nacht, mein Kleiner. Wie ein Teufel, der den Himmel verlässt, ist Wahram, mein ältester Sohn, von hier weggegangen. Später sind dann auch Seth und Mempre fortgezogen, aber sie haben meinen Segen mitgenommen. Sie wollten nach zwei oder drei Jahren zurückkommen. Ach, und jetzt sind zehn Jahre verstrichen, und ich weiß, dass ich sie nie wiedersehen werde.«

»Sie werden nächstes Jahr kommen. Hat Väterchen dir das nicht gesagt?«

»Meine kleine Rosenknospe, ich bin vom Gegenteil überzeugt. Diese drei Kinder haben mir nichts als Kummer gemacht. Seit zehn Jahren denke ich jeden Tag an sie, die fern von ihrem Vaterland ohne eigenes Heim leben müssen, und jeden Tag nagt der Kummer um sie an meinem Herzen.«

»Warum kommen sie nicht nach Van zurück?«

»Das weiß Gott allein, Wahram. Aber nun Schluss mit den Fragen. Wir haben hier einen frischen Kummer, den wir lindern müssen. Hol mir Araxi her, aber sei vorsichtig und verschwiegen. Zakar ist geflohen, er ist ein Feigling. Er hat nicht begriffen, dass nur der Tod jede Hoffnung nimmt, während Araxi einen Anspruch auf das Leben hat. Zakar ist schlecht. Er zerreißt seiner Mutter und seiner Verlobten das Herz. Araxi muss ihn vergessen. Hol sie mir schnell her, Wahram.«

Wahram war empört. Er hatte das, was Großma ihm gesagt hatte, nur zur Hälfte verstanden, aber er spürte den ernsten Gehalt ihrer Worte. Ja, auch ohne Plünderung, Brand und Mord sah man, wie die Menschen durch das Spiel unbekannter Kräfte litten oder sich wie Wahnsinnige aufführten.

Nach dem Essen erklärte Harutiun: »Mutter, trotz der Befreiung wird das Leben von Jahr zu Jahr härter. Meine Geschäfte gehen schlecht, und diesen Monat schließe ich mit einem Defizit ab. Die Steuern steigen ständig, das Geld wird knapp, ich bin gezwungen, auch sonntags und abends zu Hause zu arbeiten. Ich werde meinen Posten als Präsident der Armenaganen-Partei aufgeben müssen.«

»Du weißt besser als ich, wie du dich entscheiden musst, mein Sohn«, sagte Großma. »Und wenn du nun zum Hoch-Warak gehst und einmal nachsiehst …?«

Harutiun überlegte. »Ich glaube nicht recht daran, Mutter«, sagte er dann. »Aber wir könnten trotzdem im nächsten Sommer ein paar Tage dort verbringen.«

Wahram hatte verstanden, dass es darum ging, den Schatz zu heben. »Ich will auch mit, Väterchen!«, rief er.

»Aber natürlich, Wahram Pascha, wir können doch ohne dich nichts unternehmen.«

»Weißt du, neben wem ich jetzt in der Schule sitze? Stell dir vor, heute ist der Sohn des Gouverneurs Tachsin Bey in unsere Klasse aufgenommen worden, und der Lehrer hat ihn neben mich gesetzt.«

»Das hast du wohl nicht richtig verstanden.«

»Doch! Er heißt … Raymond. Das ist ein französischer Name. Seine Mutter ist die Schwester von Enver Pascha, und sie hat diesen Namen für ihn ausgesucht.«

»Willst du jetzt endlich aufhören mit diesen Flausen, Wahram?«

»Aber es ist wirklich wahr, Großma.«

»Und er lernt Armenisch?«

»Er lernt alles, was wir lernen, nur nicht die Heilige Geschichte.«

»Ist so etwas möglich?«, wunderte sich Großma. »Was steckt nur dahinter?«

»Gar nichts, Großma. Raymonds Vater, der Gouverneur, liebt die Armenier, und ich glaube, Papa hat ihm auch sein ganzes Geschirr versilbert und vergoldet. Tachsin Bey war sehr zufrieden damit, und Raymond hat mir erzählt, dass die silbernen Becher und Teller so gut vergoldet sind, dass sie aussehen wie pures Gold, und dass die Löffel, die Gabeln und die Messergriffe jetzt viel hübscher aussehen als das gewöhnliche Silber.«

»Mein Gott!«, sagte Großma. »Harutiun, mein Sohn, ist das wahr?«

Harutiun lachte. »Ja, Mutter. Ich hatte bisher noch keine Gelegenheit, es dir zu erzählen, denn ich bin erst vor knapp drei Tagen mit dieser Arbeit fertig geworden. Es waren siebenundneunzig Teile zu vergolden und zu versilbern. Ohne diesen Auftrag, den mir die Vorsehung geschickt hat, hätte ich diesen Monat keinen Pfennig in der Tasche gehabt. Vorgestern hat Tachsin Bey mich rufen lassen. So einen Türken wie ihn habe ich noch nie gesehen, Mutter. Mir scheint, dass er den Armeniern wirklich zugetan ist. Er erklärte, meine Arbeit sei so gut, dass sie auch in Paris nicht besser ausgeführt werden könnte. Enver Pascha persönlich hatte seiner Schwester dieses Geschirr geschenkt, und Tachsin Bey sagte mir, ich hätte ihm seinen ursprünglichen Glanz wiedergegeben. Und er hat auch über Politik mit mir gesprochen.«

»Und du hast dir das alles einfach angehört?«

»Aber Mutter, ich sage dir doch, ich habe noch nie so einen Türken kennengelernt! Er ist uns gegenüber sehr freundlich eingestellt. Er hat mir sogar eine sensationelle Neuigkeit mitgeteilt, die uns betrifft.«

»Und von der du noch nichts wusstest?«

»Ich wusste, dass die sechs Großmächte sich mit der armenischen Frage befasst haben, aber der Ausgang dieser Besprechungen war mir bisher unbekannt. Tachsin Bey wusste darüber Bescheid. Stell dir vor, Mutter, es ist etwas fast Unglaubliches geschehen. Deutschland und Russland sind übereingekommen, zwei Vizekönige in Armenien einzusetzen.«

»Und warum zwei?«, fragte Großma erstaunt.

»Der Deutsche von Wangenheim hat es so gewollt, und er steht gegen die Russen aufseiten der Türken.«

»Allmächtiger Gott!«, rief Großma. »Die Deutschen von der Mission in Van sind gute Christen. Sie beherbergen und ernähren mehr als sechshundert Waisenkinder, deren Eltern bei den Tebks, den Massakern, umgekommen sind. Wie ist es möglich, dass sie sich plötzlich mit den Türken verbünden?«

»Mutter«, sagte Harutiun, »dieser Beschluss bedeutet ein solches Glück für uns Armenier, dass ich kaum daran glauben kann. Der Kaiser von Deutschland bürgt dafür, dass wir in Sicherheit leben und arbeiten können. Die Russen und die Türken haben hinsichtlich ihrer armenischen Untertanen dieser Regelung zugestimmt. Und auch Frankreich, England, Italien und Österreich haben sich zu Garanten unserer Sicherheit erklärt.«

Aber Großma schien diese Nachricht zu beunruhigen. »Heilige Maria!«, rief sie. »Welche Reichtümer, welche Edelsteinminen besitzen wir, was für Erzengel sind wir, dass all diese Großen sich so für uns einsetzen? Bestimmt steckt der schwärzeste aller Teufel hinter dieser Geschichte. Sei auf der Hut, mein Sohn!«

»Aber wenn doch zwei Vizekönige, die der Sultan und seine Regierung anerkannt haben, über die Durchführung dieses Beschlusses wachen wollen!«

»Zwei türkische Vizekönige natürlich«, versetzte Großma. »Ich wusste es ja!«

»Nein, Mutter. Derjenige, der in Van seinen Sitz nehmen wird, ist Norweger. Er heißt Hoff.«

»Hoff?«, rief Wahram. »Aber das ist doch kein Königsname!«

»Ruhe, Wahram. Der andere ist Holländer und heißt Westenenk. Sie sind beide Christen, und die sieben armenischen Provinzen sollen ihrer Autorität unterstellt werden. Tachsin Bey hat es mir so erzählt. Er selbst wird Hoffs Anordnungen befolgen müssen ...«

»Hoff, Westenenk«, wiederholte Wahram. »Aber Väterchen, ich hoffe doch, sie werden ihre Namen ändern! Sicher werden sie die Namen der alten armenischen Könige annehmen und sich Tigran, Arschak, Dertad oder Leo nennen.«

»Wahram, du redest Unsinn! Ich werde dir anstelle deiner Zunge ein Brettchen in den Mund stecken müssen. Schweig endlich!«, sagte Großma streng.

Jetzt herrschte Stille, und alle hingen ihren Gedanken nach. Würden die Armenier endlich in Frieden leben können? Würde man ihnen wirklich nicht mehr ihr Hab und Gut, ihr Land, ihre Kinder und ihre Frauen wegnehmen, würde man sie nicht mehr einsperren, martern und umbringen? Würden die Türken und die Kurden sich zur Arbeit bequemen?

Großma zweifelte daran. »Harutiun«, fragte sie, »wie konnten die Russen sich damit einverstanden erklären? Wenn unser Leben und unser Besitz nicht mehr ständig bedroht sind, werden sie keinen Vorwand mehr haben, um das türkische Armenien zu besetzen.«

»Es ist noch mehr im Gange, Mutter. Tachsin Bey hat es mir nicht gesagt, aber er hat etwas angedeutet. Und das ist eine noch größere Überraschung.«

»Noch so ein Kunststück des Teufels, mein Sohn?«

»Nein. Jedenfalls werden wir in Sicherheit arbeiten können, und das Land wird aufblühen. Es wird uns mit der Zeit besser gehen als den Armeniern in Russland ...«

»Und dann werden die russischen Armenier zu den Türken übergehen. Willst du das damit sagen?«

»Allerdings. Wir hier auf unserer Seite müssen Massaker über uns ergehen lassen, sie da drüben sollen zu Russen werden. Beides ist gleich schlimm. Wenn hingegen unsere Lage sich verbessert, Mutter, und den russischen Armeniern beneidenswert erscheint, werden sie sich uns anschließen wollen. Dann werden zwangsläufig zuerst die Tataren von Aserbeidschan, dann die Georgier und schließlich die Turkmenen östlich des Kaspischen Meeres versuchen, sich mit der Türkei zu vereinigen.«

»Das ... das hat Tachsin Bey dir angedeutet?«

»Ja, Mutter.«

»Das ist zu schön, um wahr zu sein, mein Sohn. Nein, daraus wird nie etwas. Der Zar wird nie zulassen, dass man ihm so übel mitspielt ... Und wir werden die Opfer sein ... Wenn je ein Krieg ausbrechen sollte ... wenn sich den Türken je eine derartige Gelegenheit bieten sollte, dann gnade uns Gott!«

»Aber, es liegt doch im Interesse der Türken ...«

»Ach, mein Sohn, lass die Güte deines Herzens nicht deine Klugheit einschläfern! Glaubst du wirklich, die große Schar der Kadis, der Ulemas, der Softas, der Mullahs, der Imame, der Scheichs, der Emire, der Beys, der Paschas und ihrer zahllosen Parasiten werden den Kuchen fahren lassen, den sie schon im Mund haben, und zu arbeiten beginnen? Der Islam ist nicht allein eine Religion, sondern er bedeutet auch das Gesetzbuch, den Staat, die Regierung und die Justiz. Er ist die Kraft, die alle Türken, wenn sie ihr Gebet in der Moschee verrichtet haben, in eine entfesselte Meute verwandelt, in die Horden eines Dschingis Khan ...«

»Aber die Zeiten haben sich geändert, Mutter. Heute regieren die Jungtürken. Sie bilden eine große Partei, die sich ›Einheit und Fortschritt‹ nennt, und es gibt Zehntausende, die so sind wie Tachsin Bey ...«

»Tachsin Bey! Was weißt du von ihm? Die Zunge hat keine Knochen. Sie kann alles sagen. Und sind diese Zehntausende von Jungtürken Muslims, ja oder nein? Sie werden ihr bequemes Leben nicht aufgeben, um ihren Nacken unter das Joch der Arbeit zu beugen.«

»Du weißt selbst, Mutter, dass die Daschnaks, die große armenische Partei, die sich zuerst in Russland und dann in der Türkei gebildet hat, mit den Jungtürken zusammenarbeitet. Ihre Führer Agnuni, Schehrikian und Haschak treffen täglich mit Enver Pascha, Talaat Pascha, Dschemal Pascha und Bedri Bey, dem großen Polizeichef, zusammen.«

»Sie ... sind mit dem Chef der Polizei befreundet?«, fragte Großma erstaunt. »Was erzählst du mir da, mein Sohn?«

»Ja, es ist ganz sicher, Mutter. Vor der Befreiung haben die armenischen Daschnaks unter eigener Lebensgefahr die Führer der Jungtürken bei sich aufgenommen, versteckt und aus den Händen des Roten Sultans gerettet, der sie hängen, ertränken oder erwürgen wollte. Viele von ihnen verdanken ihr Leben und ihren Erfolg den Armeniern.«

»Das hat nichts zu sagen, mein Sohn. Ein Mächtiger kennt keine Dankbarkeit, und ein Türke kann einem Sklaven gegenüber nie so empfinden ...«

»Mutter, Mutter, es sind ja nicht nur die Armenier, die den Jungtürken vertrauen! Auch die Araber, die Juden und die Griechen hoffen –«

»Aber Väterchen«, warf Wahram ein, »Hilmi Effendi hat dir doch gesagt –«

»Ach, hast du das auch gehört?«, fragte Harutiun lächelnd. »Sag, Wahram, du liebst doch Großma, und du liebst auch Sirarpi, nicht wahr?«

»Aber gewiss.«

»Und du bist ihnen nie böse?«

Wahram überlegte. Das war bestimmt eine Falle. Aber er hatte nicht die Zeit, sie zu durchschauen, bevor er antwortete. »Doch, Väterchen«, sagte er, »aber ... das hat keine Bedeutung.«

»Siehst du, Wahram, und Hilmi Effendis zornige Aufwallung hat auch keine Bedeutung.«

»Das stimmt nicht, Harutiun«, fiel jetzt Tigran ein, der bisher schweigend und mit finsterer Miene dabeigesessen hatte. »Zur Zeit Abdul Hamids haben Türken getötet und sich genommen, was sie brauchten. Das war das Recht des Stärkeren. Heute hat man die Methode des Sultans durch eine sehr viel feinere und spitzfindigere ersetzt. Die Jungtürken sind dabei, ein System auszuarbeiten, das uns völlig vernichtet. Im Augenblick nehmen sie uns unsere Ländereien, vor allem die der Kirche, deren Einkünfte wir zur Unterhaltung unserer Schulen verwendet haben. Sie ahmen die Maßnahmen des Zaren nach. Sie werden es uns unmöglich machen, unser Leben zu fristen. Die Steuern werden ununterbrochen erhöht. Alles das geschieht nach den Buchstaben des Gesetzes. Ich frage mich, was die Vizekönige da tun können. Auch sie müssen die Gesetze anwenden.«

»Was erzählst du da, Tigran?«, fragte Harutiun erschrocken.

»Hast du von der Sache mit dem großen Friedhof in Haygawank gehört, auf dem sich zahllose armenische Grabsteine befinden? Die Türken wollen ihn sich aneignen, als sei er ein Stück ›verlassene Erde‹. Sie werden die Klöster, die Kirchen, deren Nebengebäude und alle dazugehörenden Ländereien besetzen, wenn wir ihnen nicht die Besitztitel vorweisen. Die aber sind im Verlauf all der Zerstörungen, Plünderungen und Tebks verloren gegangen. Und so wird die Anwendung der französischen und Schweizer Gesetze auf unsere Kosten das Werk krönen, das der Rote Sultan nicht zu Ende führen konnte.«

»Aber Tigran, die Urkunden über den Friedhof von Haygawank sind in unserem Besitz. Dein Vater und vor ihm dein Großvater haben die Geschäfte dieser Kirche geführt und – «

»Was sagst du, Mutter?«, rief Tigran erregt. »Das wäre ein Wunder Gottes, denn seit zwei Monaten haben alle armenischen Beamten der

Stadtverwaltung danach gesucht und nichts gefunden, und die Sache ist so gut wie abgeschlossen. Es handelt sich um verlassene Erde, wird behauptet.«

»Die fraglichen Besitztitel liegen, zusammengebündelt mit anderen Dokumenten, im Wandschrank ... unten.«

»Wir müssen sie heraufholen! Die Nachricht wird wie der Blitz einschlagen!«

In diesem Augenblick wurde an die Tür geklopft, die zur Straße führte. Besuch um diese Zeit? Alle sahen sich erstaunt und schweigend an. Hrant ging öffnen und kam mit Mardiross, Sarkis' Bruder, zurück. Der Mann küsste Großmas Hand. »Große Frau«, sagte er, »du hast mir das Leben wiedergeschenkt; du hast mich geheilt, als ich schon fast tot war. Aber heute komme ich schon wieder, um eine Wohltat von dir zu erbitten.«

»Was gibt es, mein Lieber? Hast du gegessen?«

»Danke, ich habe gegessen. Aber bald werden weder meine Kinder noch ich etwas haben, um unseren Hunger zu stillen. Die Türken wollen den Flüchtlingen aus Rumelien mein Land geben.«

»Wie ist das möglich?«

»Vor fünf Jahren haben die Kurden mein Haus niedergebrannt, und mich haben sie fast umgebracht, denn ohne dich, Große Frau –«

»Das weiß ich, du brauchst es nicht noch einmal zu sagen.«

»Nun, mit dem Haus sind auch meine Besitztitel verbrannt.«

»Da seht ihr!«, rief Tigran. »Und es gibt Tausende, denen es so ergeht wie Mardiross. Die Behörden sind angewiesen, alle Besitztitel zu überprüfen, vor allem aber in den Gebieten, in denen früher einmal Tebks stattgefunden haben.«

Mardiross wischte sich mit dem Ärmel den Mund ab. »Jetzt habe ich kein Stück Land mehr, auf dem ich säen und ernten könnte. Sie haben mir meine zwei Büffel, die Gefährten meiner Freuden und Leiden, weggeholt. Nun soll Harutiun Agha mir beibringen, wie man sich schlägt, und mir ein Gewehr geben.«

»Harutiun, das ist nicht gut«, sagte Großma. »Du versuchst den Teufel. Warum verlangt Mardiross so etwas von dir?«

»Ich weiß es nicht, Mutter.«

»Aber jemand muss ihn doch auf den Gedanken gebracht haben. Mardiross, wer hat dir gesagt, du sollst zu meinem Sohn gehen?«

»Niemand, Große Frau. Aber an wen sollte ich mich sonst wenden, um meinem Herzen Frieden zu geben? Ist er nicht der Führer der Armenaganen? Da die Türken mich nicht leben lassen, will auch ich ihnen das Leben rauben.«

»Harutiun, mein Sohn, ihr müsst in alle Klöster und Kirchen gehen. Sucht überall nach. Ich weiß, dass die Besitztitel über die Ländereien, die zu Mardiross' Dorf gehören, sich im Kloster von Surp Hatsch befinden müssen.«

Seit einiger Zeit schon kochte es in Wahram. Jetzt konnte er sich nicht länger beherrschen. »Aber Väterchen«, rief er, »warum sagt ihr das nicht dem Konsul von Frankreich? Ich weiß jetzt, wo er wohnt und –«

»Halt den Mund!«, sagte Tigran. »Du zielst wieder einmal über deine Nase hinaus.«

»Nein. Und wenn ihr es nicht tut, gehe ich selbst hin und sage es ihm.«

»Diese Ameisenkanone ist wirklich kaum mehr zu ertragen«, sagte Großma. »Man hat uns auch unser Haus am Semiramis-Hang weggenommen, obgleich wir die Besitztitel darüber noch immer haben. Was nützt es uns, wenn wir sie den Behörden vorweisen?«

»Die Türken haben Großvater umgebracht. Wenn er am Leben geblieben wäre, hätte er sich nie das Haus von ihnen wegnehmen lassen!«, rief Wahram in wilder Empörung.

»Das wirst du alles verstehen, wenn du erst größer bist, Wahram. Schweig jetzt und rede keinen Unsinn.«

»Ich verstehe alles. Ich bin groß, und ich weiß sogar, dass es kein Ungeheuer gibt, das die Sonne verschlingt!«

»Aber ... aber ... Große Frau«, sagte Mardiross plötzlich, der wie versteinert, mit weit aufgerissenen Augen, dastand. »Wenn ich nun selber zu dem Konsol von Frankistan ginge?«

In ihrer Erregung hatten sie den Türklopfer überhört. Plötzlich führte Sirarpi Anahide herein. Schwere Flechten fielen dem jungen Mädchen über Schultern und Rücken. In der rosigen Frische ihres Gesichts leuchteten die großen schwarzen Augen. Ihre Stimme zitterte, als sie sich an Harutiun wandte.

»Mich schickt Leo, Harutiun Agha. Du weißt, dass er fort ist?«

»Ja.«

»Aber bevor er wegritt, hat er mir gesagt, ich solle zu dir gehen und dich warnen. Die Daschnaks planen einen Anschlag auf dein Leben.«

»Das ist doch ausgeschlossen – «, begann Harutiun. Aber Großma schnitt ihm das Wort ab. »Anahide, mein Töchterchen, so etwas darf man nicht leichthin behaupten. Was du da sagst, ist sehr ernst. Woher hat Leo es erfahren?«

»Er hat sich mit Leo und Harutiun gestritten, große Frau, mit den beiden Armeniern, die in Russland die Post beraubt haben und dann nach Van geflüchtet sind. Und sie haben zu Leo gesagt: ›Bald gibt es hier nicht mehr zwei Leos und zwei Harutiuns, denn wir beide werden allein am Leben bleiben.‹ Und deshalb hat Leo – unser Leo – mich hergeschickt, damit ich euch sofort Bescheid sage.«

»Wer sind dieser Leo und dieser Harutiun?«, fragte Großma.

»Das ist eine sonderbare Angelegenheit, Mutter«, antwortete Harutiun kopfschüttelnd. »Diese beiden Individuen haben in Russland einen Kurierwagen der Post ausgeraubt und sind dann mit ihrer Beute nach Persien geflüchtet. Von dort sind sie hierhergekommen. Sie sind gut angezogen, immer parfümiert, geben das Geld mit vollen Händen aus, gehen zwei- oder dreimal in der Woche aufs russische Konsulat und spazieren überall umher.«

»Sind das etwa die beiden Männer, die am helllichten Tage mit einer Pistole im Gürtel an der türkischen Polizeiwache vorbeischlendern?«, fragte Großma, die ihren Zorn nicht mehr verbergen konnte.

»Das sind sie.«

»Und die Türken sagen nichts dazu?«

»Die beiden sind russische Untertanen und stehen aufgrund des Staatsvertrags unter dem Schutz des Konsulats«, warf Tigran ein.

»Aber wie kann der russische Konsul sie schützen, wenn sie doch die Post beraubt haben? Oder geht es hier so zu wie bei den Bösen dieser Welt, die der Teufel beschützt, damit sie ihm dienen können?«

»So sind also die Daschnaks!«, entrüstete sich Wahram. Und plötzlich brach es aus ihm heraus: »Väterchen, es ist Zeit, dass du mir einen Revolver kaufst. Jawohl, ich muss sofort einen Revolver haben; dann gehe ich hin und erschieße die beiden …«

»Du wütende Wespe!«, rief Großma. »Wenn du jetzt noch ein einziges Wort sagst, sollst du etwas erleben, was du noch nie erlebt hast! Du schweigst jetzt!« Dann wandte sie sich zu Anahide und fuhr fort: »Komm her zu mir, meine Schöne. Warum zitterst du so? Bist du etwa krank? Das Blut strömt ein wenig zu heftig in deine Wangen.«

Großma legte die Hand auf Anahides Stirn. Dann blickte sie erschrocken auf.«Aber Töchterchen, du brennst ja im schwarzen Fieber! ... Schnell, ihr Männer, hinaus mit euch! Araxi, setz den Wasserkessel auf, und du, Aghawni, bereite alles Nötige für einen Umschlag vor. Komm her, Sirarpi, hilf mir ... Es ist höchste Zeit.«

Wahram erwachte. Nicht weit von ihm lag Anahide in ihren Kissen und stöhnte. Seit mehreren Tagen glühte sie im Fieber. Häufig war sie nicht bei Bewusstsein, fantasierte, rief nach Leo, flehte ihn an, nicht wegzugehen. Oder sie schluchzte ununterbrochen und behauptete immer wieder, ihr Leo sei tot, er sei einem Terreur, einem politischen Attentat zum Opfer gefallen.

Mittlerweile hellwach, sah sich Wahram verständnislos um. Die Fenster waren nicht mehr da. An ihrer Stelle sah er riesige Zuckerstücke. Draußen tobte ein wütender Wind, und die vom Frost erstarrten Bäume ächzten und knackten.

Wahram stieg in den Hof hinunter. Der Schnee fiel so dicht, dass die Flocken eine Wand vor seinen Augen bildeten. Schon bedeckte eine meterhohe Schicht den Hof. Aus dem Brunnen stieg dichter Dampf auf. Als Wahram die Gartenpforte öffnete, versperrte ihm eine weiche, flockige Mauer den Weg. Plötzlich drängte der Schneesturm sich durch die Pforte und füllte ihm Augen, Nase und Ohren. Wahram stemmte sich mit aller Kraft dagegen, und es gelang ihm, den Türflügel zu schließen. Nun kam Großma hinter ihm her.

»Hol einen Eimer Wasser herauf, Wahram«, sagte sie. »In meinem ganzen Leben habe ich noch nicht einen solchen Schneesturm gesehen. Möge die Barmherzigkeit des Allmächtigen die Menschen geleiten, die jetzt zu Lande oder auf See unterwegs sind. Du wirst heute nicht zur Schule gehen können und meine Söhne nicht in die Stadt.«

Der Schnee, der in alle Ritzen drang, brachte beißende Kälte mit sich, die den Körper erstarren ließ.

»Wahram, hol Holz herauf, Rebholz, schichte es in den Ofen im Salon und mach das Feuer an. Sarkis ist nicht da, und ich hoffe doch, du kannst den Ofen bedienen.«

Augenblicklich empfand Wahram ein warmes Gefühl der Freude. Er holte das Holz und entfachte sorgfältig, fast mit Leidenschaft, das Feuer im großen Ofen. Als es knisternd auflöderte und eine belebende Wärme verbreitete, blickte Wahram in den Spiegel und machte seinem Bild eine tiefe, respektvolle Verbeugung.

»Bist du völlig verrückt geworden, Wahram?«, rief Großma. »Vor wem verbeugst du dich da?«
Wahram drehte sich um und wurde rot wie Kohlenglut. Dass Großma auch ausgerechnet jetzt kommen musste! »Antworte!«, drängte die Große Frau. »Vor wem hast du dich verbeugt?«
»Vor mir selber.«
»Warum?«
»Weil ... weil es das erste Mal ist, dass ich ganz allein den großen Ofen angemacht habe und das Feuer sofort gebrannt hat.«
»Und dafür beglückwünschst du dich? Du Ameisenelefant! Mach das nicht noch einmal! Warte immer, bis deine Lehrer oder die Leute, die älter und klüger sind als du, dich loben.«
»Und woher soll ich das wissen?«
»Was?«
»Dass sie klüger sind.«
»Wenn du das nicht merkst, verdienst du überhaupt kein Lob. Und wenn du dich bei einem Lob aufblähst, so bedeutet das, dass du nur Wind im Kopf hast.«
Doch trotz dieser mahnenden Worte war Wahram vergnügt. »Großma«, sagte er, »ich habe noch nie ein so schönes Feuer gesehen wie meines. Wie springendes und singendes Gold ist es, während draußen die Kälte beißt und schneidet.«
Von der Tür zur Straße her ertönten jetzt die kräftigen Schläge des Türklopfers. »Die Ärmsten müssen ja völlig durchgefroren sein«, sagte Großma. »Schnell, Wahram, lauf hin und mach auf!«
Wahram lachte.
»Willst du wohl gehen?«
»Sieh nur, Großma, jetzt sitzen schon drei Katzen vor dem Feuer. Ich wette, die anderen warten draußen vor der Tür. Pass nur auf!« Und wirklich, als Wahram die Tür des Salons öffnete, kamen vier Katzen herein, vier große, würdig in ihre schneeweißen Pelze gehüllte Damen, den buschigen Schweif erhoben, die goldenen und azurblauen Augen voller Dankbarkeit.
»Ja, es ist kalt, nicht wahr?«, sagte Großma zu den Katzen. Sie miauten im Chor, als wollten sie ihrer Zustimmung Ausdruck geben.
»So, nun lauf, Wahram. Die Leute warten draußen.«
Die vom Frost grau beschlagene Eisenstange vor der Eingangstür brannte zwischen Wahrams Fingern. Draußen wieherten Pferde und

stampften mit den Hufen auf das Eis. Schließlich gelang es Wahram, die Stange zu heben, doch der riesige Schieberiegel rührte sich nicht. Glücklicherweise kam Tigran dazu, schob den Riegel zurück und drehte den schweren Schlüssel im Schloss. Aber noch immer gab das Tor nicht nach.

»Drückt von außen gegen das Tor, während ich ziehe!«, rief Tigran. »Die Angeln sind eingefroren.«

»Einverstanden«, ertönte eine Stimme von der anderen Seite.

»Bist du es, Sarkis?«

»Dein Diener, Leo Agha und der Scheich Kirwa. Wir drücken.«

Wahram vernahm ein lautes Krachen, und das Tor tat sich auf. Der Wind trieb einen ganzen Wirbel von Eiszapfen und Schneeflocken herein. Drei Männer tauchten auf und hinter ihnen die beschneiten Köpfe von vier Pferden. Die sieben Gestalten betraten den Hof.

Tigran ergriff einen großen Besen aus Quittenreisig, gab auch Wahram einen in die Hand, holte die große Schaufel, fegte und schaufelte den Schnee nach draußen und schloss das Tor wieder. Dann machten Onkel und Neffe sich daran, die Männer und die Pferde von dem Schnee, der sie bedeckte, zu befreien. Tigran und Sarkis entledigten die Pferde ihrer schweren Lasten und führten sie in den Stall.

Großma, die unterdessen dazugekommen war, begann, mit dem Scheich kurdisch zu sprechen. Plötzlich unterbrach sie sich. »Leo, mein Sohn«, sagte sie, »geh schnell in den Hof und reibe dir Nase und Ohren mit Schnee ein. In meinem ganzen Leben habe ich noch nicht so eine Kälte gespürt. Sarkis, schüre das Feuer in der Küche und frottiere dich mit kaltem Wasser. Und der Scheich soll das auch tun.«

Als sie dann Leo und den Kurden in den Salon führte, war keine Spur von Schnee oder Eis mehr an ihnen zu sehen. Ihre Nasen und Ohren, die nun nicht mehr vom Frost erstarrt waren, wurden zusehends feuerrot. Von ihren angeschwollenen blauroten Händen, die sie mit Schnee abgerieben hatten, stieg der Dampf auf. Nachdem der Kurde das Zimmer betreten hatte, stieß er einen tiefen Seufzer aus, setzte sich auf den Teppich, zog seine Stiefel von den Füßen und schüttelte sie aus. Etwa zwanzig Goldstücke fielen auf den Boden. Er steckte sie in seine Hosentasche.

Ohne dass der Kurde es hörte, sagte Großma leise zu Wahram: »Geh schnell zu Aghawni und sag ihr Bescheid.«

Im Zimmer stand Aghawni am Fenster und bereitete einen Umschlag vor. Wahrams Blicke fielen auf den nackten Oberkörper Anahides. Das junge Mädchen saß im Bett, ihre schweren Zöpfe waren aufgelöst, und die Haare flossen ihr über die Schultern. Die goldfarbenen Spitzen ihrer Brüste wiesen nach rechts und links. Brüste, Schultern, Arme und Hüften erschienen Wahram auf eine wunderbare Weise zart und zerbrechlich. Er hatte den Eindruck, als könne dieser Körper unter seinen Blicken dahinschmelzen. Aber schon vernahm er einen Schrei, und die Vision verschwand unter einem dichten schwarzen Schleier, während Sirarpi und Araxi, die auf dem Diwan saßen, laut auflachten. Wütend fuhr Aghawni ihn an: »Warum bist du nicht in der Schule? Was hast du hier zu suchen? Mach, dass du hinauskommst!«

Doch Wahram blieb wie verzaubert stehen. Das geheimnisvolle Bild, das so rasch verschwunden war, hatte ihn gleichzeitig gerührt und erschreckt. Er fand im ersten Augenblick keine Antwort.

»So sprich doch und mach nicht so ein Gesicht wie ein verirrtes Schaf!«

»Großma schickt mich. Sie lässt dir sagen, dass die Mädchen und die Kinder unter keinen Umständen hinuntergehen dürfen und dass du den Dandun nicht verlassen sollst. Sarkis wird die Gäste bedienen.«

»Wahram, was sind das für Gäste?«, fragte Sirarpi.

»Es sind vier Pferde gekommen: unsere beiden und außerdem ein rotes und ein schwarzes. Das schwarze ist noch schwärzer als Anahides Haare und so schön, dass ich es am liebsten umarmt hätte.«

»Dummkopf, du!«, sagte Aghawni. »Die Pferde sind doch nicht allein gekommen. Wer war dabei?«

»Sarkis, der kurdische Scheich und Leo.«

»Oh, Heilige Jungfrau!«, rief Anahide, die bisher so still dagelegen hatte, als schliefe sie. »Du hast mein Gebet erhört! Er ist heil und gesund zurückgekehrt. Wahram, ich danke dir für diese gute Nachricht. Jetzt bin ich dir auch nicht mehr böse, obgleich du mich erschreckt und beleidigt hast, weil du mich ohne Kleider überraschtest.«

»Sind die Männer in die Stadt gegangen?«

»Nein, Mütterchen. Großma hat bestimmt, dass ich heute nicht zur Schule gehe und die Männer zu Hause bleiben sollen.« Dann fügte er in unschuldigem Ton hinzu: »Mütterchen, der kurdische Scheich wird bei uns übernachten. Aber wer von euch wird bei ihm schlafen, um sein Bett anzuwärmen?«

Sirarpi, Anahide und Araxi hielten die Hand vor den Mund und stießen kleine Schreie aus. Aghawni stand wie versteinert da. Dann stürzte sie sich wütend auf Wahram, und ehe er wusste, wie ihm geschah, hagelten die Ohrfeigen auf ihn herab. »Nichtsnutziger Bengel, du, lernst du so etwas in der Schule? Hinaus mit dir! Hinaus!« Und sie setzte ihn vor die Tür.

Wahram ging wieder in den Salon. Harutiun, Tigran, Hrant, der Kurde und Leo waren in ein Gespräch vertieft. Großma war nicht mehr da.

Als das Kind eintrat, verstummten die Männer. Dann wandte der Kurdenscheich sich an ihn. »Du bist gewachsen, seit ich dich zum letzten Mal gesehen habe«, sagte er. »Warum hast du mich nicht noch einmal mit Sarkis besucht?«

»Das kann er nicht. Er geht zur Schule«, sagte Harutiun.

»Wenn du nicht mehr zur Schule gehst, kommst du zu mir, und dann lernst du reiten, schießen und gut zielen. Willst du das?«

»Ich werde kommen. Gehört das schwarze Pferd dir?«

»Ja. Das ist mein Arab Khan. Gefällt er dir?«

»Ich habe noch nie ein so schönes Pferd gesehen. So eins möchte ich auch haben.«

»Bei Gott, wenn er viele Kinder bekommt, schenke ich dir eins davon. Aber warum gefällt er dir besser als der Fuchs? Ist der nicht noch schöner?«

»Nein!«, rief Wahram. »Bei Arab Khan könnte man glauben, er hat Flügel. Ich … Väterchen, war Nasik, die Stute von Großvater, nicht ebenso?«

Harutiun sah seinen Sohn erstaunt an.

»Richtig«, fiel Tigran plötzlich ein, »das ist Nasik, wie sie leibte und lebte … Jetzt verstehe ich auch, warum es mir vorkam, als hätte ich das Pferd schon einmal gesehen.«

»Wieso?«, fragte der Kurde. »Wer ist Nasik?«

»Das war unsere arabische Stute«, erwiderte Harutiun. »Mein Vater wurde in Bergri umgebracht, nachdem man sie ihm geraubt hatte.«

»Gott ist mein Zeuge, dass ich hundert Schafe für Arab Khan bezahlt habe!«, rief der Kurde. »Ich hab ihn in Mamkoran gekauft, und er war dort im Gestüt des Kaimakam von Norduz.«

»Schewket Bey war Kaimakam von Norduz«, sagte Tigran, »und er war es, der mithilfe einiger Kurden unseren Vater umbringen und Nasik entführen ließ.«

Der Kurde saß stumm da. Sein offenes, sonnenverbranntes Gesicht spiegelte seine Bestürzung.

In diesem Augenblick trat Großma wieder ein. Sie lächelte, doch Wahram bemerkte einen dumpfen Zorn hinter diesem Lächeln. »Bach Agha«, sagte sie, »du bist uns willkommen. Du hast einen herrlichen Araber.«

Zu Tode erschrocken, fiel der Kurde vor ihr auf die Knie. »Ich schwöre beim Brot und beim Salz, dass ich in Mamkoran in der Provinz Norduz hundert Schafe gegeben habe, um Arab Khan zu erwerben. Zieh mit deinen Zauberkünsten nicht den Zorn der Dschinns und der Peris auf mich und die Meinen herab! Nie habe ich etwas von Schewket Beys Gestüt gewusst; erst vor drei Jahren, lange nach seinem Tode, hörte ich davon, als sein Sohn die Pferde verkauft hat.«

»Steh auf, Scheich Kirwa, du bist in unserem Haus, und deine Vorfahren waren gewiss Armenier. Aber Gott ist mein Zeuge, dass Arab Khan ein Nachkomme Nasiks ist. Er trägt den gleichen Stern auf der Brust.«

»Große Frau«, erwiderte der Kurde, indem er sich erhob, »Schewket Bey hat schon vor langer Zeit seine Seele aufgegeben. Und es war die arabische Stute, die Teufelin, diese Schaitan, wie er sie nannte, die ihn abgeworfen und dann mit einem Hufschlag getötet hat. Aber sein Sohn ist noch am Leben ... und bei Gott und Ali ...«

»Lassen wir das, Kirwa«, sagte Harutiun freundlich. »Die Wege des Schicksals sind unerforschlich. Wo befindet sich der Sohn von Schewket Bey zurzeit?«

»Er ist jetzt Unterpräfekt von Saray.«

»Gut«, sagte Harutiun, »sprechen wir nicht mehr darüber. Ist eure Reise gut verlaufen?«

»So gut, dass ich mich frage, ob der Gott der Armenier nicht vielleicht mächtiger ist als der Gott der Muslims. Wenn die Armenier je einen König bekommen sollten, wie man sagt, dann werde ich Christ. Der Himmel war uns so gnädig, dass es schien, als seien die Zöllner, die Grenzwächter und die Gendarmen allesamt in den Leib ihrer Mütter zurückgekehrt. Es war ein regelrechter Spazierritt, den wir da im Schnee, im Eis und im Sturm unternahmen. Nur die Spitzen unserer Schnurrbärte sind ein wenig angesengt.«

Nun bot Großma persönlich dem Bach Agha Schnaps und Süßigkeiten an. Dieser begriff, welch große Ehre ihm damit zuteilwurde, und während er sich bediente, verneigte er sich wieder und wieder.

Wahram beobachtete das alles. Er wusste sich vor Staunen kaum zu fassen und konnte das, was er sah, nicht begreifen. Das Gesicht des Kurden erschien ihm von Freundlichkeit und einer etwas tierhaften Angst geprägt, und im nächsten Augenblick entdeckte er wieder eine grausame Wildheit darin. Ein wahres Drama hatte sich hier in seiner Gegenwart entwickelt, und doch hatte niemand die Stimme erhoben. Alle blieben ruhig und gelassen, während eine Geschichte von ungesühntem Raub und Mord langsam Gestalt gewann ...

»Ja, wie gesagt, Harutiun Agha ...«, begann der Kurde jetzt. Dann stockte er und warf einen Blick auf Wahram.

Dieser klammerte sich unwillkürlich an seinem Stuhl fest und sah seinen Vater flehend und zugleich trotzig an.

»Du kannst ruhig sprechen, Kirwa«, sagte Harutiun. »Wir versuchen lieber gar nicht erst, meinen Sohn hinauszuschicken.«

»Nun gut«, willigte der Kurde ein. »Ich glaube, wir können versuchen, im nächsten Monat noch einmal fünfzehn Gewehre und die nötige Munition herüberzuschaffen. Außerdem habe ich dir die Grüße des Mar-Schimun zu überbringen. Er möchte dich sehen. Die Jungtürken, diese Schakale, erfüllen ihn mit Bitterkeit. Aber soweit ich verstanden habe, möchte auch er vorerst Näheres über diesen Plan hören, einen König der Armenier einzusetzen. Ich weiß nicht, was ich davon halten soll. Erkläre es mir. Soll dieser König nur über die Armenier herrschen? Oder sollen auch wir Kurden seine Untertanen sein?«

Der Kurde zog eine sonderbare Grimasse, und sein ergrauender Schnurrbart sträubte sich. Besonders fielen Wahram seine riesigen gelben Zähne auf. Dieses Bild sollte in Zukunft immer wieder in seinem Gedächtnis auftauchen, wenn er im Zirkus oder in einer Menagerie Tiger erblickte, die drohend ihre Fänge zeigten.

Und dieser Kurde hatte eben davon gesprochen, sich zum Christentum zu bekehren! Jetzt war er nur noch ein sprungbereites Raubtier.

Endlose Tage hindurch lag Anahide im Fieber, von Kälte- und Hitzeschauern abwechselnd geschüttelt. Doktor Usher, der Arzt der amerikanischen Mission, den man herbeigerufen hatte, schüttelte den Kopf und verordnete Medikamente. Vergebens. Die Kranke wies alles zurück. Die Tage vergingen, und Anahides Schönheit schwand zusehends dahin; sie wurde zu einem armseligen, erschreckenden Häufchen Elend.

Die drei Frauen des Hauses weinten wie damals beim Tode des kleinen Wruir, bis eines Tages Großma mit zwei kleinen Flaschen das Zimmer betrat, in dem Anahide dahinsiechte. Sirarpi saß neben dem Bett der Kranken und deckte sie immer wieder sorglich zu, wenn diese ihre Decken abschüttelte. Ein Geruch nach Apotheke, Schweiß und Feuchtigkeit kündigte den Tod an. Wahram, der auf dem Sofa saß, erschauerte mitleidig, wenn er an jenes bezaubernde Bild dachte, das er am Tage nach Anahides Ankunft für einen Augenblick erspäht hatte. Kaum war Großma im Zimmer, als sie alle hinausschickte, die Tür abschloss und länger als eine Stunde mit der Kranken allein blieb.

Weder Wahram noch sonst jemand erfuhr je, was sich während dieser Stunde abspielte. Plötzlich öffnete Großma die Tür und befahl, man solle ihr einen Topf siedende Milch, ein nussgroßes Stück Honig und ein Eigelb bringen.

Ein Lächeln auf dem blassen Gesicht, mit strahlenden Augen, saß Anahide in ihrem Bett. Während sie tapfer die Milch schluckte, röteten sich ihre Wangen.

»Und jetzt ist Schluss mit diesen Dummheiten, nicht wahr, mein Töchterchen?«, sagte Großma streng mit ihrer tiefsten Stimme. »Du wirst dich jetzt ausstrecken und bis morgen früh schlafen, verstanden? Du wirst einen Rosenschlaf tun, ruhig und süß wie von der Sonne erwärmtes Wasser. Und morgen früh wirst du Leo sehen können, denn er ist gekommen. So, und nun gebt ihr alle einen Kuss dafür, dass sie so brav gewesen ist und sich heilen lassen wollte.«

Aghawni, Sirarpi, Araxi, Wartkes und sogar Sebuh küssten nacheinander Anahide; doch Wahram blieb stehen, wo er war.

»Wahram, du kleine Kröte, worauf wartest du noch? Komm und gib Anahide einen Kuss.«

»Ich will nicht.«

»Was? Weil du dich geweigert hast, wirst du ihr jetzt zwei Küsse geben, dann wird sie noch besser schlafen.«

Zitternd, beleidigt, doch wie unter einem Bann trat Wahram an das Bett. Er wollte Anahide nicht nach all den anderen küssen. Diese lachte belustigt.

Schließlich brachte Wahram es doch fertig, sie auf eine Stelle ihrer Wange zu küssen, die die anderen Lippen nicht berührt hatten.

»So«, sagte Großma, »und jetzt wird geschlafen, meine kleine Anahide. Nicht einmal durch einen Kanonenschuss darfst du dich aufwecken lassen. Schlaf, meine kleine Veilchenknospe, schlaf ...«
Als die Große Frau wenige Sekunden später das Zimmer verließ, war Anahide bereits eingeschlafen. Großma ging in den Dandun hinunter, setzte sich in ihre Ecke und begann zu beten.

Die Große Frau hatte nach Leo geschickt. Als dieser kam, traf er zunächst nur Wahram an. Verlegen stand er vor der Tür und wagte nicht hereinzukommen. Dann fragte er ängstlich: »Wahram, sag mir vor allem, wie es Anahide geht. Dann gehe ich zur Großen Frau.«
»Sie ist vom Tode auferstanden! Sie hat Milch getrunken, sie hat gelächelt, und jetzt wird sie bis morgen früh schlafen. Großma hat es gesagt.«
»Sie ... sie ist also nicht tot?«
»Bist du verrückt, Leo?«
»Komm her zu mir, Leo!«, rief Großma vom Dandun aus.
Kaum hatte Leo seinen Fuß über die Schwelle gesetzt, als er mit flehender Stimme fragte: »Wosgehad Hatun, Anahide ist nicht ... sie ist nicht ...?«
»Anahide schläft. Sie ist geheilt, aber sie kommt von den Pforten des Paradieses zurück. Wenn du sie je wieder so ängstigst, wie du es getan hast, indem du ihr Geschichten über ›Terreurs‹ erzählst, dann verfluche ich dich, und du wirst dein Leben lang mit hängendem Kopf herumgehen müssen. Was ist das nur für eine Erfindung des Teufels, diese ›Freiheit‹! Zu meiner Zeit lernte der Mann seine Frau erst nach der Hochzeit kennen. Auf diese Weise konnte er sie wenigstens nicht krank machen, bevor sie ihm angetraut war.« Und als sie Leos Verwirrung bemerkte, fügte sie hinzu: »Beruhige dich, in zwei Tagen wird sie wieder aufstehen können. Aber pass auf und mach ihr keinen Kummer mehr!«
»Danke, Große Frau! Wir sind alle in deiner Schuld«, sagte Leo und küsste ihr die Hand. »Ist Harutiun schon da?«, fragte er dann.
»Er wird heute Abend zur gewöhnlichen Zeit nach Hause kommen.«
»Nein. Heute wird er früher kommen. Er wird bald da sein.«
»Wieso? Was gibt es?«, fuhr Großma auf.
»Er wird es dir selber sagen, Wosgehad Hatun. Ich habe ihn vor etwa einer Stunde verlassen und bin herumgelaufen, um alle seine Kameraden hierher zu beordern.«

»Geht in den Salon«, sagte Großma. »Schüre das Feuer, Wahram, und lege Holz nach.«

Während Wahram die Asche ausräumte und neue Scheite im Ofen aufschichtete, trat Leo mit rotem Kopf zu ihm. Er schien noch immer nicht ganz beruhigt. »Sag mir, Wahram, wie geht es Anahide? Zu Hause hörte ich, sie würde diese Nacht nicht überleben.«

Wahram blickte auf und musterte voller Erstaunen diesen jungen Helden, der Schlangen beim Hals packte und mit seinen bloßen Händen erwürgte, und der beim Schießen nie sein Ziel verfehlte. »Ich habe es dir doch schon gesagt: Sie hat Milch getrunken und sie bei sich behalten, sie hat gelächelt, sie hat wieder rote Backen, und sie schläft. Sag mir, Leo, warum lieben die Männer die Frauen? Niemand will es mir erklären. Da heißt es doch immer, Töchter zu haben, sei ein Unglück, der Vater müsse sein halbes Vermögen hergeben, wenn er sie verheiraten wolle, und was die Leute sonst noch alles sagen. Warum liebst du dann Anahide?«

»Wer hat dir gesagt, dass ich sie liebe?«

»Versuch nicht, mich anzulügen! Wenn du sie nicht liebst, warum willst du dann unbedingt wissen, wie es ihr geht? Du bist ja nicht einmal verwandt mit ihr.«

Leos Miene verdüsterte sich wieder; doch dann lachte er auf. »Na, das sind ja Töne von einem, der kaum so hoch ist wie eine Tulpe. Sag mal, hast du schon von einem Weisen namens Sokrates gehört?«

»Erst mal bin ich größer als eine Tulpe. Und dann war dein Weiser abstoßend hässlich. Und er mochte keine Idioten, weswegen diese ihn getötet haben, nicht wahr?«

Leo lachte wieder. »Wahram«, sagte er, »willst du Anahide morgen etwas von mir ausrichten? Hör schnell zu, ich glaube, es kommt jemand. Sag ihr nur, dass ich hier war und dass ich sehr glücklich darüber bin, dass sie wieder gesund ist.«

»Du hast meine Frage noch nicht beantwortet. Warum soll ich dann – «

»Das tue ich ein andermal. ... jetzt versprich mir, dass du ihr meine Worte wiederholen wirst, wenn du mit ihr allein bist.«

Leos flehende Miene schmeichelte Wahram und erweichte sein Herz.

»Na gut, ich verspreche es dir. Bist du jetzt zufrieden? Aber vergiss auch du dein Versprechen nicht!«

Jetzt näherten sich mehrere Männer laut debattierend dem Salon. »Ich werde sie zerquetschen wie Raupen, diese Hunde, diese Hundesöhne! Ich werde einen Schlauch aus ihrer Haut machen und meinen Wein daraus trinken!«, schrie Garo.

»Garo hat recht«, stimmte ein anderer ihm bei.

»Die brauchen mal eine Lektion! Sie sollen die Männer von Van kennenlernen!«, eiferte sich ein Dritter.

»Ruhe, Ruhe!« bat der Lehrer Gulohlian.

Nun betraten die Männer den Salon.

»Da ist ja auch Leo wieder«, sagte Garo. »Nun berichte noch einmal, damit alle hören können, was diese schmutzigen Vipern gesagt haben.«

»Ihr habt es ja schon von Anahide gehört«, begann Leo etwas befangen. »Als ich wegreiten wollte, bin ich den beiden russischen Armeniern Leo und Harutiun begegnet. Sie haben die Hand an ihre Pistole gelegt und mir zugerufen: ›Sag du dem Harutiun, er solle sich um seine eigenen Angelegenheiten kümmern, sonst gibt es in Van bald nur noch einen einzigen Leo und einen einzigen Harutiun.‹«

»Und hättest du dieses Ungeziefer nicht im Schmutz zertreten können?«, schrie Garo. »Bist du nicht dreimal so kräftig wie diese beiden Würmer zusammen?«

»Ich hatte keine Zeit zu verlieren; ich musste fort.«

»Aha!«, dröhnte Garo. »Du hattest keine Zeit. Und deshalb haben sie sich heute Morgen an Harutiun herangemacht. Ihre fauligen Mäuler haben Drohungen ausgespuckt! Harutiun soll sich von den Armeniern lossagen. Er soll die Partei auflösen ... die erste und weiseste aller armenischen Parteien, die hier im Herzen unseres Landes geboren wurde und nicht wie andere in London, in Tiflis oder in Konstantinopel.«

In diesem Augenblick kam Harutiun herein, begleitet von Jegarian, Ardasches, Howsep Effendi und anderen Armeniern. Ein unbeschreibliches Stimmengewirr erfüllte den Raum; doch als Howsep in die Hände klatschte, verstummten alle.

»Ich erteile Harutiun das Wort«, sagte Howsep.

»Meine Freunde«, begann Harutiun mit dumpfer Stimme. »Ihr wisst, dass ich meinen Posten als Präsident unserer lieben Partei, den ich seit fast fünfzehn Jahren innehatte, aufgeben musste, weil ich mich gezwungen sah, meine Zeit einzig meinem gefährdeten Geschäft zu widmen. Ich kann nicht mehr beides zugleich tun. Ich habe neun Personen zu ernähren, und das Leben wird von Tag zu Tag härter. Ihr habt meinen Nachfolger noch nicht gewählt, und ich bin euch sehr dankbar für dieses Zeichen eurer Achtung ...«

Er hielt nachdenklich inne. Sein Blick begegnete dem Wahrams, der erregt, mit weit aufgerissenen Augen, zuhörte. Ein schwaches Lächeln kam auf Harutiuns Gesicht. »Nun wohl, meine Freunde«, fuhr er fort. »Ich bin der Ansicht, dass es nach der Todesdrohung, von der ihr ja gehört habt, meine Pflicht ist, meine Demission zurückzunehmen.«

Laute Bravorufe ertönten. Jemand schluchzte: Garo! Wahram war fassungslos.

»Wir alle sind arme Menschen«, fuhr Harutiun fort. »Unser Platz auf Erden und unter der Sonne ist gering. Wir opfern uns, um das Recht auf Arbeit und die Sicherheit unseres Lebens zu erlangen. Wir wollen, dass die menschliche Würde von allen Untertanen des Osmanischen Reiches anerkannt werde. Mehr fordern wir nicht. Aber jetzt sollt ihr mir als Ausgleich für das Opfer, das ich mit der Zurücknahme meiner Demission gebracht habe, eine Bitte erfüllen: Wendet keine Gewalt an! Verfolgen wir unser Ziel, indem wir unseren Verstand gebrauchen. Bleiben wir ruhig, verlieren wir nie unsere Kaltblütigkeit, denn wir sind sehr schwach ... Es hat nichts zu sagen, wenn wir selbst geopfert werden, aber das Volk soll leben.«

»Nein!«, schrie Wahram plötzlich mit hochrotem Gesicht. Er begann zu stottern: »Nein, ich ... ich werde sie töten ... diesen Leo und diesen Harutiun und ... und ... ihren Führer Ischkhan ... und alle anderen ...«

Harutiun lächelte. »Da seht ihr es, liebe Freunde«, sagte er. »So wie dieses Kind dürfen wir eben nicht handeln.«

Wahram fühlte, dass er sich lächerlich gemacht hatte. Er schämte sich und schwieg.

Zwischen den weißen Schneegipfeln und dem zärtlichen Blau des Himmels breitete das grüne Reich des Frühlings sich aus.

Wahram saß verzückt unter der Rosenhecke, über die sich das weiche Laubdach der dreihundertjährigen Birnbäume spannte, und bewunderte wieder einmal das Erblühen der Rosen von Kabul. Die von den Wölbungen der zahllosen Blütenblätter gezeichneten Muster, so neu und doch so vertraut, erfüllten ihn mit Rührung und Staunen.

Wahram empfand diese Wiederkehr der Blüten mit der schönen

Jahreszeit fast als Überraschung. Die Luft, die Farben und die Düfte waren von einer lichten Durchsichtigkeit, einer unbekannten Frische.

In einem neuen, modisch geschnittenen Kleid sah er seine Cousine auf sich zukommen. Sie war kaum wiederzuerkennen. »Sirarpi«, rief Wahram, »wie hübsch du bist! Aber ...«

»Was?«

»Du bist so hübsch, dass ich Angst bekomme. Am liebsten würde ich dich in der Grotte von Zem-Zem-Mahara verstecken, damit niemand dich sehen und sich dir nähern kann.«

»Du ... willst du wohl auf deinem Platz bleiben!«

»Komm her und setz dich neben mich.«

»Ausgeschlossen! Ich würde mein Kleid ruinieren.«

Wahram sprang auf und schlang seine Arme um Sirarpi. Sie stieß einen Schrei aus. Im nächsten Augenblick stand Großma da und versetzte Wahram eine Ohrfeige. Das junge Mädchen verschwand wie ein duftiger Traum, und die Große Frau durchbohrte Wahram mit einem zornigen Blick.

»Wenn der Herr der Dunkelheit die Sonne verschlingt, so ist das ein Zeichen Gottes«, sagte sie. »Die Köpfe der Menschen werden verdreht, das Übel bricht los. Herr, warum hast du nicht gewartet, bis ich im Grabe liege, bevor du die Bosheit der Menschen und die Verderbtheit ihrer Herzen bestraftest? Wahram, was hast du mit deiner Cousine angestellt?«

»Ihr Kleid war so wunderhübsch, dass ich es anfassen wollte und ...«

»Schwefeltopf der Hölle, du, ist so etwas möglich! In dem Kleid steckt ein Körper!«

»Ich weiß, aber in diesem Kleid ist Sirarpi so körperlos —«

Wieder klatschte eine Ohrfeige auf Wahrams Wange. »Lass mich nicht noch einmal hören, dass Sirarpi ›körperlos‹ ist! Sie ist deine Cousine und sonst nichts.«

Jetzt tauchte Sirarpi wieder auf. »Aber Große Frau«, stammelte sie verwirrt, »ich habe doch nur geschrien, weil ich Angst hatte, er würde mein Kleid zerknittern.«

»Dein Kleid! Wie kommst du überhaupt dazu, solchen Firlefanz anzuziehen? Sirarpi, mein Kind, musst du unbedingt der ganzen Welt zeigen, was nur für deinen Mann bestimmt ist?«

»Große Frau, ich ... ich habe doch gar keinen Mann«, stotterte sie mit hochroten Wangen.

Wahram hatte sich, ganz verstört über diesen Ohrfeigenregen, etwas abseits geschlichen. Jetzt begann er, seine Gefühle zu ergründen. Er hatte Angst, die Offenbarung ihrer Schönheit werde die ganze Welt veranlassen, sich auf seine Cousine zu stürzen und sie ihm zu rauben.

»Geh jetzt und zieh dieses Parwana-Kleid, dieses Nachtfalter-Kleid aus, Sirarpi.«

Als das junge Mädchen fort war, ließ Großma sich auf der Bank nieder und richtete einen langen forschenden Blick auf ihren Enkel.

»Du Feuerknospe«, sagte sie, »merk dir, dass man junge Mädchen nie anfassen darf. Unsichtbare kleine Teufel, die sich auf tausend Hexenkunststücke verstehen, schwirren um sie herum. Du brauchst nur ihren Händen, ihren Armen oder ihrem Körper nahe genug zu kommen, und schon stürzen sich diese Teufel auf dich und bringen dir tausenderlei Unheil.«

Sie nahm eine Haarlocke von Wahram zwischen die Finger und zupfte daran. »Vergiss nie, was ich dir eben gesagt habe. Halte stets deine Hände von den Mädchen fern, selbst wenn hundert Büffel an deinen Arm gebunden sind und dich zu ihnen hinziehen wollen. Und sieh sie immer nur mit halb geschlossenen Augen an. Sonst verlierst du deine Mühle, bevor du den Weizen gemahlen hast.«

»Aber Großma, ich liebe Sirarpi, und ich habe sie immer mit offenen Augen angesehen, aber mir ist dabei nie etwas Böses zugestoßen.«

»Vielleicht irre ich mich, aber vergiss du meine Worte trotzdem nicht. Und jetzt komm mit mir. Es wird Zeit, dass du lernst, wie man Pohinds bereitet.«

»Warum?«

»Weil das eine Nahrung ist, die lange im Körper vorhält. Sie ist leicht und unverderblich.«

»Und warum willst du jetzt Pohinds machen?«

»Wir wollen zum Hoch-Warak, und dort ist es kalt. Der Pohinds wird uns Wärme geben, und wir können leicht einen Vorrat davon für zwei Wochen mitnehmen.«

Großma setzte einen großen bauchigen Topf mit verzinntem Boden auf das Holzkohlenfeuer. Ein Stück Butter begann zu schmelzen, zu schwimmen und löste sich mit goldenem Knistern auf. Großmas flinke Hand, deren Haut wie Pergament aussah, ließ einen feinen Mehlregen auf die geschmolzene Butter hinabrieseln. Mit einem flachen hölzernen

Kochlöffel vermengte sie das Mehl mit der Butter. Der glatte Teig verdickte sich. Großma fügte immer mehr Butter und Mehl hinzu.

»Jetzt pass gut auf, Wahram«, sagte sie. »Das Mehl muss sich beim Kochen mit der Butter vollsaugen und dabei hart genug werden, damit der Pohinds bröckelt und nicht an den Zähnen kleben bleibt.« Ein herrlicher Duft nach frischem Brot und heißer Butter verbreitete sich. Der Teig begann zu glänzen und nahm zuerst einen orangefarbenen und dann einen rostroten Ton an. »Mein Arm ist müde geworden, Wahram«, sagte Großma. »Nimm du den Löffel und rühre. Aber schnell, ganz schnell!«

Jetzt klumpte sich der Teig fest um den Löffel, und das Rühren wurde immer schwerer, aber das Mehl rieselte weiter herab, und neue schneeige Flocken begannen zu schmelzen. Als die Masse schließlich einem großen Kürbis glich, der eine einheitlich braune Farbe aufwies, erschien es Großma genug. Sie holte einen Krug mit durchsichtigem hellgelbem Honig. Wahram musste den Kochlöffel fest mit beiden Händen fassen und immer weiterrühren, während ein dünner Seidenfaden herabfloss und sich mit dem Pohinds verband. Diese Prozedur dauerte eine Ewigkeit.

Als endlich der ganze Honig eingerührt war, ohne dass die Farbe oder die Beschaffenheit des Teiges sich verändert hätte, stieß Großma einen tiefen Seufzer aus. »Fertig! Wahram, du zukünftiger Koch, jetzt darfst du den Löffel herausziehen und ablecken. Und dann kannst du, wenn du willst, auch noch mit deinen Fingern den Krug hier säubern.«

Welch köstlicher Geschmack! Eine Mischung aus Kuchen, Karamell und frisch gebackenen Brötchen, der noch eine betörende, unbekannte kandierte Frucht beigemengt schien.

»Nun, ist er gelungen?«

»Oh, ich habe noch nie etwas so Wunderbares gegessen!«

»Weißt du auch, dass der Pohinds seit Tausenden von Jahren die Grundnahrung der armenischen Soldaten darstellt? Ein eigroßes Stück genügt, um einen Mann für einen ganzen Tag satt zu machen. Aber keine Angst, wir werden noch andere Esswaren mitnehmen.«

Im Hinblick auf die bevorstehende Reise packte Großma Dörrfleisch, hart gekochte Eier und ein Stück von dem in rotem Salz eingelegten Käse zusammen, der hart war und dabei so leicht zu beißen wie eine geschälte Nuss.

Eines Morgens belud man dann die beiden Pferde, den Grauen und den Apfelschimmel, mit allem, was für den Aufenthalt im Hochgebirge erforderlich ist; doch blieb auf dem Rücken des Apfelschimmels ein Platz für einen Reiter frei. Als Großma und Wahram mit allem übrigen Gepäck in eine Kutsche gestiegen waren, schwang Sarkis sich auf das Pferd. Ein fröhlicher Himmel lachte. Es war, als habe die Welt sich erweitert. Wahram verspürte den Vorgeschmack des Abenteuers und sah sich bereits den Schatz entdecken, den Gipfel des Warak erklimmen und die Geheimnisse ergründen, von denen er seit seinen frühesten Kindertagen jedes Mal geträumt hatte, wenn der Berg blau oder schwarz, blasslila oder in eine weiße Schneedecke gehüllt vor ihm aufgetaucht war, in Wolken schwimmend oder beim Sonnenuntergang in tausend Feuern flammend.

Als sie an der Armbandquelle vorbeikamen, warf Wahram einen fragenden Blick auf Großma. Er dachte an das Geheimnis des Smaragdritters. »Großma, warum suchen wir jetzt nicht nach dem Schatz?«

»Weil feindliche Augen uns sehen könnten.«

Die Straße stieg an, lief an Steinwänden entlang und um düstere, steil abfallende Felsen herum, deren Strenge hier und da durch einen grünen Fleck gemildert wurde. Plötzlich lag, von Felsen umgeben, am Ende der Straße in majestätischer Würde ein Bau mit sieben Kuppeln vor ihnen: das Heilig-Kreuz-Kloster von Warak.

»Hier müssen wir aussteigen«, sagte Großma. »Aber bevor wir mit dem Aufstieg beginnen, will ich dich noch an einen heiligen Ort führen, Wahram. Trage ihn immer in deinem Herzen.«

Der Wagen hielt vor der schweren, mit rostigen Schlössern versehenen Tür, die zwischen zwei Säulen in die Wand eingelassen war. Auf dem Schlussstein des Bogens, der sich über den Säulen wölbte, las Wahram die Worte: »Im Jahre 735 unseres Herrn«. Als sie den Hof betraten, stürzte ein kräftiger Mann auf Großma zu, um sie zu begrüßen.

»Wosgehad Hatun, bist du es wirklich?«, rief er. »Welch guter Wind hat dich hergeweht? Es ist Jahre her, dass du bei uns gewesen bist!«

»Wir wollen auch nur für einen Augenblick hereinschauen, Bedross Agha; wir sind auf dem Weg zum Hoch-Warak. Ich habe hier haltgemacht, um diesem jungen Spross meines Stammes den Altar und das Grab unseres Königs zu zeigen.«

»Dein erster Enkel? Dann heißt er sicherlich Wahram«, sagte der Mann.

»Ja, Bedross. Und du hast dich überhaupt nicht verändert. Jahre sind vergangen, aber du bist noch derselbe wie damals, als du neben meinem Herrn herrittest, der auf Nasik saß. Dein schöner Renner ist tot, nicht wahr?«

»Schon seit zehn Jahren.«

Großma führte Wahram zu einer kleinen Krypta, die links vom Altar lag. Als sie vor einer Grabplatte standen, sagte sie: »Lies mir den Grabspruch des Königs vor.«

»Hier ruht Howhannes Senekherim, König von Wasburagan aus dem fürstlichen Haus der Ardzruni ...«

Wahram stockte. Die folgenden Worte, die auf dem fast orangefarbenen Marmor unlesbar waren, erinnerten an schwarze Arabesken. Sein Herz klopfte heftig. Unter diesem mit Sternen übersäten Stein lag ein König. »Großma, war das ein armenischer König?«, fragte er.

»Natürlich, und zwar ein Armenier aus Van.«

»Hatte er einen Sohn?«

»Ja, mein Kleiner. Aber zu jener Zeit verwüsteten die Heere der seldschukischen Mongolen Wasburagan. Auch die Griechen von Byzanz wollten ihrerseits Armenien um jeden Preis vernichten. Da es dem König Senekherim nicht möglich war, sein Land zu verteidigen, überließ er es den Griechen im Austausch gegen Sebastia. Unsere Vorfahren mussten sich jahrhundertelang immer wieder gegen mächtige Feinde zur Wehr setzen und befanden sich dabei fast immer zwischen zwei oder drei Fronten. Als Senekherim auswanderte, war unser armes Land am Ende seiner Kräfte.«

»Wenn er nach Sebastia gegangen ist, wie kommt es dann, dass er hier gestorben ist?«

»Er ist zurückgekehrt, um in seinem Land zu sterben.«

»Warum haben wir jetzt keinen König mehr?«

»Weil wir schwach sind.«

»Aber Großma ...«

In diesem Augenblick ertönten draußen entsetzte Schreie. Wahram folgte Großma, die hinausgelaufen war. Einige Bauern kamen heran. Auf einer Bahre trugen sie einen toten Menschen. Der Leichnam hatte eine schmutzig gelbe Farbe und war mit schwärzlichen Krusten bedeckt.

»Oh!«, machte Wahram aufgewühlt.

Die Brust des Toten war eingesunken, und seine Rippen ragten aus den Lumpen, die mit verhärtetem Lehm überzogen schienen. Das

Gesicht war grauenhaft zugerichtet; die Augenhöhlen waren leer, und zwischen den zerschmetterten Zähnen steckte ein kleines Stück Fleisch wie eine rote Kerze. Wie bräunliche Vipern ringelten sich die Eingeweide auf dem Leib. Zwischen den Schenkeln sah man eine riesige schwarze Wunde. Die Beine des Mannes waren an mehreren Stellen gebrochen.

»Mein Gott!«, rief Großma. »Das ist unser unglücklicher Zakar!«

»Wir haben ihn eine Stunde von hier neben der Straße nach Hoschab zwischen schneebedeckten Felsen gefunden.«

»Wer ist Zakar?«, fragte Bedross, der Klosterverwalter, der jetzt herzugetreten war.

»Der Sohn unseres Nachbarn«, antwortete Großma. »Er hat sich mit seinem Vater gestritten und ist von zu Hause fortgelaufen. Er wollte nach Russland ... zu Pferde.«

»Sein Kopf war nach Mekka gewendet«, erzählte der Bauer. »Und an der Stelle, wo er lag, war die Erde schwarz von seinem Blut. Wir haben ihn entdeckt, weil die Geier über ihm kreisten.«

»Bedross«, sagte Großma seufzend, »du musst ihn hier, auf dem Friedhof des Klosters, bestatten. Ich werde seine arme Mutter benachrichtigen.« Großma sprach in einem sachlichen Ton, doch jede Silbe verriet ihre innere Bewegung. »Wir wollen weiter, Wahram. Komm schnell!«

Wahram stieg auf den Apfelschimmel, und Sarkis ergriff den Zügel. Auf einem kräftigen Maultier, das dem Kloster gehörte und einen weichen Sattel trug, nahm Großma Platz.

Die fernen Gipfel schienen unerreichbar, und direkt vor dem Kloster stieg ein Grat senkrecht in die Höhe und versperrte den Himmel. Doch gleich darauf bog die Straße nach links ab und verlief am Rande eines Tales, das sich zu einem Abgrund vertiefte. Plötzlich schnitt ein Vorgebirge den Weg ab. Die Reittiere stolperten über das Geröll und wandten sich einer kaum sichtbaren Felslücke zu. Diese führte auf eine grüne, blütenbedeckte Hochebene. Jetzt schlängelte der Weg sich zwischen zwei Wiesen voller hellblauer Vergissmeinnicht, auf denen hier und da weiße und goldgelbe Flecke schimmerten.

Auf einem schmalen Vorsprung, der wie ein Balkon über dem Abgrund hing, wäre Wahram am liebsten vom Pferd gestiegen und hätte sich am Felsen festgeklammert, um dem Schwindelgefühl zu entgehen. Bald darauf kamen sie zu einem Platz, auf dem zwischen Felsspitzen

Steinbrocken verstreut lagen und der übersät war mit unbekannten Pflanzen und Kräutern.

Schließlich mündete der Weg in eine breite Lichtung; die Felsen, die sie begrenzten, sahen aus wie die Rücken riesiger Elefanten. Hoch über sich erblickten die Reisenden die beiden Gipfel des Warak: den Galiläa und die Festung von Astrik. Sie wirkten wie die ausgebreiteten Flügel eines unermesslich großen Adlers, der, reglos in alle Ewigkeit, dort oben schwebte.

Allmählich wurde der Weg ebener, sodass die Tiere wieder Atem schöpfen konnten. In der Ferne zeichneten sich die Ziegelmauern eines Klosters und eine dichte Baumgruppe ab. Dahinter stieg die zerklüftete Bergwand empor. Ihre Schneefelder leuchteten so blendend weiß, dass die Sonne daneben fast dunkel erschien. Nun kam ein Zeltlager in Sicht. Rings um die drei Zelte erhob sich ein blauer, durchsichtiger Rauch träge in die Luft. Unter den Männern, die sich dort zu schaffen machten, erkannte Wahram seinen Vater, Tigran, Jeghia, Garo und Jegarian.

Wahram war überrascht beim Anblick dieser Klosterruine, die in sich zusammengesunken schien wie eine trauernde Frau. Davor rieselten im Schatten der Bäume drei Quellen. Großma nannte ihm ihre Namen: die Christusquelle, die Milchquelle und die Quelle des Unbefleckten Wassers. Eine metallische, schneidende Kälte herrschte hier oben, Schneeduft tränkte die Luft.

»Komm einmal her und sieh!«, sagte Tigran zu seinem Neffen. Er führte ihn an der Baumgruppe vorbei und hieß ihn auf ein Felsplateau klettern.

»Ich sehe nichts.«

»So schau doch!«

Jetzt stieß Wahram einen Schrei des Entzückens aus. Nach Westen zu neigte sich der Himmel und stieß an den Van-See, der eine endlose dunkelblaue Fläche bildete, glatt wie eine Metallplatte. Dahinter erhob sich der weiße Gipfel des Sipan. Rechts und links des Sees türmten sich die Berge, so weit das Auge reichte. Die Festung Van davor sah aus wie ein Dromedar, das sich neben einem Haufen von Schachteln hingekauert hat. Noch näher erblickte man die Gartenstadt von Van, ein grünes, von Häusern übersätes Meer. Wie klein erschien das alles neben der Majestät des Gebirges! Wahram kehrte der Stadt den Rücken. Sein Blick wanderte über die schneebedeckten Gipfel.

»Onkel«, sagte er zu Tigran. »Dort möchte ich hinaufsteigen.«
»Das kannst du in vier oder fünf Jahren versuchen.«
»Nein, heute!«
»Ausgeschlossen, Wahram. Deine Beine müssen erst noch wachsen. Aber jetzt komm und wärme dich, du hast ganz blaue Backen. Es ist kalt hier oben.«
»Und der Schatz?«, flüsterte Wahram plötzlich. »Werden wir ihn entdecken?«
»Schweig!«
Wahram lief zu Großma, die nach ihm rief. Sie zog ihm einen dicken Pullover mit einem Rollkragen über und führte ihn dann hinter das Kloster. »Du kannst jetzt Kräuter für mich pflücken; mein Kreuz ist nicht mehr jung und biegsam genug, Wahram. Hier wachsen unzählige Sorten, die ich dir jetzt alle zeigen will. Aber nimm dich vor den Schlangen in Acht, du kannst ihnen hier auf Schritt und Tritt begegnen. Merk dir, Wahram, dass man im Gebirge niemals weitergehen darf, ohne zuvor mit den Augen die Stelle erkundet zu haben, auf die man seinen Fuß setzen will. Wage dich nie ins Buschwerk oder zwischen vertrocknete Gräser, sondern tritt nach Möglichkeit auf kahle Steine. Und nun nimm für alle Fälle diesen Stock.«

Damit reichte Großma ihm einen langen Stock mit einem harten, verdickten Ende. »Fass ihn am dünnen Ende an, und wenn du eine Bewegung im Gras bemerkst, schlag rasch zu. Ah, hier!« Großma wies auf eine Blume, deren zarte Blütenblätter ein flammend rotes Herz umschlossen. Die stark gezackten Blätter drängten sich aus den Felsenritzen. »Pflücke sie, es ist eine Anemone.« Während sie sprach, ließ Großma ihren Blick prüfend im Umkreis umherschweifen. Sie zeigte Wahram eine Garbe dunkelvioletter Blüten, die aussahen wie ein Schmetterlingsschwarm, der sich hier niedergelassen hatte. »Hier steht Eisenhut, Wahram! Versuche, ihn mit der Wurzel auszureißen … Und da sind Enziane, zwei verschiedene Sorten nebeneinander.«

Die erste Sorte zeigte einen leuchtend blauen samtenen Blütenkelch inmitten mattgrüner Blätter, die ihn wie einen Königsmantel umgaben. Die andere schien aus vier behaarten Raupen zu bestehen, die ein Kreuz bildeten. Zwischen ihnen sah Wahram eine tiefe Tasche, in der sich goldene Zungen bewegten.

Nun zeigte Großma ihrem Enkel noch das Wintergrün, den Ginster, den Baldrian und die Sternmiere. Dann blieb sie plötzlich stehen.

Zwischen schwarzen scharfkantigen Steinen saß ein Büschel weißer, mit einem feinen Goldton überhauchter Blumen. »Das ist Steinbrech«, sagte Großma. »Von dem hätte ich auch gern die Wurzeln. Steck alles in diesen Sack hier. Komm erst wieder, wenn er voll ist, aber falls eine Schlange dich beißen sollte, bevor du sie erschlagen hast, lauf sofort zu mir. Besonders gut musst du aufpassen, wenn du das Wintergrün pflückst. Schlag ringsum mit dem Stock auf den Boden und tritt erst dann näher. So, siehst du?«

Die Blüte des Wintergrüns, ein kleines, blasses Glöckchen, sah aus, als fürchte sie sich davor, zu wachsen und Farbe anzunehmen. Und auch die runden Blätter mit dem zarten Goldschimmer schienen sich vor Schüchternheit nicht ganz grün färben zu wollen.

Mit ihrem Stock schlug Großma hier und da auf die Blumenbüschel. Plötzlich vernahm Wahram ein leises Rascheln. Ein schwärzlicher dreieckiger Kopf hob sich aus einem der Büschel, drehte sich um und verschwand. Wahram sah die Viper davonhuschen; es war, als bewege ein leichter Windhauch die Gräser.

»Wenn die Viper nicht flieht, wenn sie zischt, lauf davon, ohne dich zu schämen, Wahram. Es bedeutet oft, dass sie ihr Nest in der Nähe hat. Dann ist sie nicht allein und will angreifen.«

Wahram hatte keinerlei Verlangen, sich mit den Vipern zu messen. Er verspürte ihnen gegenüber nicht jene ehrfurchtsvolle Scheu, die er vor den Nattern empfand. Zweimal sah er auf einem flachen Stein oder auf der nackten Erde ihre zusammengeringelten Leiber, die sich in der Sonne wärmten. Er hätte sie erschlagen können, aber er ging behutsam vorbei.

Je nach den Pflanzen, über die er sich bückte, wechselten die Düfte; doch sobald ein leichter Wind aufkam, war es, als rausche eine unsichtbare Woge neuer Gerüche heran, die überlagert waren vom würzigen Aroma des Windes.

Großmas Sack war bald gefüllt. Als Wahram mit sonnenverbranntem Gesicht, den Stock über der Schulter, den Rückweg ins Lager antrat, stellte er mit Erstaunen fest, welch großes Stück er zurückgelegt hatte. Ebenso durstig wie ausgehungert langte er schließlich bei den Klosterruinen an und wandte sich zur Christusquelle.

»Halt, Wahram, nicht trinken!«, rief Großma. »Komm hierher.« Und als Wahram neben ihr stand, fügte sie hinzu: »Das Quellwasser ist eiskalt, und du bist erhitzt. Hier, trink das Wasser aus diesem Krug.

Ich habe es mit Kirschsirup vermengt ... So, Wahram, das genügt. Du Wüstenschlund, du willst doch nicht etwa alles austrinken?«

Noch nie hatte Wahram ein so aromatisches, erfrischendes und vor allem leichtes Getränk gekostet. Er hätte stundenlang weitertrinken können. Aber Großma sagte: »Jetzt kannst du das Wasser dieser drei Quellen Tropfen für Tropfen aus der hohlen Hand trinken. Ihr Eiswasser brennt wie Feuer. Vorsicht, Wahram!«

»Ich habe Hunger, Großma«, sagte Wahram schüchtern.

Ein offenes Lächeln entspannte Großmas strenge Züge. »Du könntest jetzt einen ganzen Berg verschlingen, was? Komm, iss ein Stück Pohinds.«

Plötzlich ertönte ein Schuss. Der Laut brach sich an den zahllosen Falten des Berges, die ein Echo nach dem anderen zurückwarfen.

Wahram trat aus dem Zelt. Die Männer standen beisammen, die Gesichter dem Gebirge zugewandt. Als Wahram näher kam, sah er, dass sie nach einer Zielscheibe schossen. Garo, der eine Mauserpistole in der Hand hielt, visierte eine weiße Pappscheibe an, die in fünfzig Schritt Entfernung angebracht war. Er gab fünf Schüsse ab, die sämtlich die Scheibe trafen. Jeghia traf bei fünf Schüssen dreimal. Durzian kein einziges Mal.

»Ich treffe die Scheibe bestimmt«, drängte Wahram sich vor.

»Sei ruhig«, brummte sein Vater.

Wahram hängte sich an Durzians Arm und bettelte darum, es ihn auch einmal versuchen zu lassen. Garo reichte ihm seine Pistole. »Du musst sie mit beiden Händen festhalten. Und beim Zielen musst du drei Punkte in eine gerade Linie bringen: diese beiden hier auf der Pistole und den Mittelpunkt der Scheibe. Und hab keine Angst beim Abdrücken. Wenn du recht kräftig am Hahn ziehst, verminderst du damit die Wucht des Rückstoßes.«

Wahram traf mit seinem ersten Schuss ins Schwarze.

»Reiner Zufall«, befand Durzian. »Er soll noch einmal schießen, ich gebe ihm Patronen.«

Beim zweiten Mal traf Wahram den Rand der Scheibe. Sein dritter Schuss ging daneben.

»Deine Hand ist ermüdet«, sagte Garo. »Zum Pistolenschießen braucht man eiserne Finger und ein eisernes Handgelenk. Aber du hast es sehr gut gemacht, Wahram.«

Verärgert feuerte Durzian noch zehn Schüsse ab, doch keiner traf.

»Vertraue nie auf Waffen«, foppte ihn Garo, »du wirst nie schießen lernen.«

Die Abenddämmerung brachte eisige Kälte. Während in Van, nur 10 Kilometer entfernt, die Sonne die Mauern zur Weißglut erhitzte, kühlte sich hier beim Anbruch der Nacht die Luft ab, und man fröstelte. Man befand sich an der Schneegrenze. Großma gab Wahram eine Decke.

»Mach es so wie ich«, sagte sie.

Wahram empfand es durchaus nicht als unnatürlich, dass Großma seine Schultern einwickelte, im Gegenteil, er verspürte ein ganz besonderes Wohlbehagen. Hier im Gebirge schien alles verändert: der Geschmack des Pohinds, die Düfte, die belebende Luft, die eine ganz neue Kraft spendete.

Jetzt ging die Sonne in den Wassern des Sees zur Ruhe. Als sie den Horizont berührte, begann die riesige flüssige Weite, wie von tausend Feuern aufzusieden, die Berge verdunkelten sich, und der Himmel bedeckte sich mit silberblauen Streifen. Dann versank die Sonnenscheibe. Langsam zog ein unsichtbarer Vorhang sich vor die Welt. Während die Umrisse der Festung sich verwischten und die dunkle, weiche Masse der Stadt sich auflöste, funkelte der Schnee auf dem Gipfel des Warak wie eine Diamantkrone.

Unter dem Zelt war schwarze Nacht. In seine Decken geschmiegt, von Wärme umhüllt, glitt Wahram in den Schlaf.

Ein Eishauch pikste Wahrams Gesicht. Er öffnete die Augen. Durch die Zeltritzen flimmerte ein bunter Funkenregen. Als das Kind hinaustrat, durchbohrte die Sonne seine Augen mit ihren Millionen von Goldnadeln. Ein blaugrüner Rauch stieg von dem Herd auf, in dem Garo das Feuer entzündet hatte.

»Na, da ist ja unsere Morgengrille«, sagte Garo lachend. »Komm her und verbrenn dir ein bisschen den Mund an einer Tasse Bergtee.«

Das heiße, gezuckerte Getränk, das einen leichten Rosenduft ausströmte, füllte Wahrams Mund. Noch nie hatte er etwas ähnlich Köstliches getrunken. Ganz dem Genuss hingegeben, hob er seine Augen zum Himmel und erblickte den von einem Purpurschein umgebenen Gipfel des Berges.

»Garo Agha, steigen wir heute auf den Gipfel des Warak?«
»Wir vielleicht, du nicht. Dazu bist du noch nicht kräftig genug.«

»Aber ich habe doch gut gezielt, oder nicht?«
»Gewiss, aber zielen und klettern ist zweierlei. Der Weg, der zum Gipfel führt, ist glatt und glitschig, und er führt am Ghiali entlang, das zweitausend Meter tief ist. Wenn ein Mensch dort hinunterstürzt, ist er, noch bevor er auf dem Grund anlangt, in tausend Stücke zerschellt, von denen seine Ohren noch die größten sind.«
»Aber ich will ja gar nicht abrutschen.«
»Komm, trink noch eine Tasse Tee. Zur Festung von Astrik wirst du in vier oder fünf Jahren hinaufklettern.«
»Nein, heute! Ich möchte das Stück von Armenien sehen, das sich südlich des Ararat erstreckt.«
»Nun ja«, meinte Garo gedankenvoll, »der Himmel ist heute so klar wie selten einmal. Aber lass es dir noch einmal gesagt sein: Du bist noch nicht kräftig genug.«

Wahram lief zu Großma, die jetzt die Decken forträumte und den Teppich fegte, der über den Zeltboden gebreitet war. »Großma, welcher der beiden Gipfel ist höher, der Galiläa oder die Festung von Astrik?«, fragte er.
»Sie sind gleich hoch.«
»Und warum hat man ihnen diese Namen gegeben?«
»Unsere Vorfahren glaubten, dass der Palast von Astrik, der ganz aus durchsichtigem Kristall bestand, sich auf dem Gipfel des Warak erhob. Und jedes Mal, wenn die Göttin ein Bad zu nehmen wünschte, breitete ein seidenfeiner Dunst sich zwischen ihrem Palast und dem See aus, damit die Menschen nicht sehen konnten, wie sie durch den Himmel herabstieg.«
»Und steht der Palast jetzt noch dort?«
»Ach, du Teufelsblüte, das alles ist doch nur Einbildung. Astrik hat nie existiert.«
»Und der andere Gipfel, der linke?«
»Das ist der Galiläa. Zur Zeit König Tiridates des Großen entflohen vierzig Jungfrauen aus Galiläa, weil der Kaiser Diokletian, der vom Teufel besessen war, eine von ihnen, die heilige Hripsimea, zu seiner Konkubine machen wollte. Als sie im Gebiet von Van ankamen, umgingen sie die Stadt und flüchteten sich auf den zweiten Gipfel des Warak, der seitdem Galiläa genannt wird.«
»Wie haben die Frauen es denn geschafft, so hoch hinaufzuklettern?«
»Die Engel Gottes halfen ihnen.«

»Und warum helfen sie mir nie?«

»Du bist doch wohl kein Heiliger, soviel ich weiß. Oder?«

»Nein, aber ich gehe regelmäßig zur Kirche, ich kommuniziere, ich bete zweimal am Tag das Vaterunser, und ich bin doch wirklich nicht böse.«

»Ach, wirklich nicht? Da muss ich dir allerdings sagen, dass ich noch nie einen so schrecklichen, ungehorsamen, wilden und eigensinnigen Nichtsnutz gesehen habe wie dich.«

»Oh, Großma, jetzt übertreibst du. Ich habe doch die Scheibe beim ersten Schuss getroffen!«

»Das bedeutet nur, dass du gute Arme und Augen hast. Aber dein Herz?«

»Wenn das nicht gut wäre, Großma, dann wäre auch alles Übrige schlecht, denn wir werden doch vom Herzen gelenkt.«

»Die Viper und die Natter ähneln sich, und doch sind ihre Naturen völlig verschieden.«

»Die Natter hat kein Gift!«

»Weil ihr Herz nicht böse ist.«

»Dann hatten die vierzig Jungfrauen also alle ein gutes Herz?«

»Selbstverständlich. Sonst wären sie keine Heiligen gewesen.«

»Großma, sind sie dort oben gestorben?«

»Nein, mein Kleiner. Sie hatten eine andere Mission. Eines schönen Tages teilte Diokletian, der Teufel, unserem König Tiridates mit, dass vierzig Jungfrauen geflohen seien. Er bat ihn, Nachforschungen anzustellen, sie aufzufinden und hinzurichten und nur die heilige Hripsimea zu schonen.«

»Warum denn nur sie?«

»Sie gehörte zur kaiserlichen Familie. Aber dieser Wunsch, sie zu retten, war die schlimmste aller Gemeinheiten. Diokletian, dieser Teufel, riet unserem König Tiridates, die heilige Hripsimea für sich zu behalten, falls sie ihm gefiele. Wenn nicht, sollte er sie unter guter Bewachung dem Kaiser schicken.«

»Und wurde ihr Schlupfwinkel entdeckt?«

»Nicht sofort. Die vierzig Jungfrauen und ihre Äbtissin, die heilige Gajanea, lebten mehr als zwei Monate auf dem Berggipfel.«

»Aber Großma, haben sie denn nichts gegessen?«

»Doch. Sie beteten zu Gott, und dieser ernährte sie.«

»Und warum sind sie dann wieder von dort weggegangen?«

»Auf Gottes Befehl. Sie suchten Zuflucht im Keller eines riesigen Weingutes bei Wagharschapat, der Hauptstadt des Königreiches, und bereiteten sich dort auf den Opfertod vor. Sie wurden verraten, gefangen genommen und gefoltert. Alle außer der heiligen Hripsimea, die vor den König geführt wurde.«

»Aber Großma, warum hat Gott erlaubt, dass man sie fing?«

»Die Wege des Himmels sind unerforschlich. Sicherlich wollte Gott sie opfern, um Seiner Wahrheit zum Sieg zu verhelfen. Es scheint fast, als bedürfe Er immer schrecklicher Ungerechtigkeiten, um dieses Ziel zu erreichen.«

»Und was wurde aus der heiligen Hripsimea?«

»Als der König den Schimmer des göttlichen Lichtes auf ihrem Gesicht erblickte, wollte er sie für sich behalten. Hripsimea weigerte sich. Daraufhin versuchte er, sie mit Gewalt zu nehmen. Der Kampf zwischen ihnen dauerte sieben Tage und sieben Nächte. Der König wurde besiegt, denn der Engel des Herrn kämpfte aufseiten der Heiligen.«

»Aber Großma, das ist doch unmöglich! Nie konnte eine schwache Frau sich sieben Tage gegen den König Tiridates halten!«

»Du vergisst, dass der Engel Gottes und die Kraft der Gerechtigkeit ihr halfen.«

»Aber Großma, Tiridates der Große hat mit seinen Armen einen Löwen erstickt. Als bei einem Wagenrennen sein Gegner ihn umwarf, packte er mit beiden Händen die Achse des feindlichen Wagens und brachte ihn zum Stehen.«

»Alles das ist ohne Bedeutung. Man bringt euch in der Schule nur Unsinn bei. Wie sollte unser Herr, der mit einer kleinen Handbewegung die Sonne oder die Erde zu Staub zermalmen könnte, nicht stärker sein als der König Tiridates?«

»Und hat man die heilige Hripsimea dann wieder zum Kaiser Diokletian gebracht?«

»Nein, mein Kleiner. Der König Tiridates ließ sie foltern und bei lebendigem Leibe verbrennen. Die Körper der vierzig Jungfrauen, die vereint den Märtyrertod erlitten hatten, blieben, unberührt in ihrer Reinheit, auf der Stätte ihres Todes liegen, und jede Nacht ging ein weißes Licht von dem Platz aus, auf dem sie lagen ...«

»Also Großma, jetzt verstehe ich überhaupt nichts mehr!«, rief Wahram aufgeregt. »Je größer ich werde, umso dümmer und unverständlicher kommt die Welt mir vor. In den Legenden, die du mir früher erzählt hast, wurden die Bösen immer bestraft. Und was ist jetzt mit dieser Geschichte? Die vierzig Jungfrauen hatten doch nichts Böses getan!«

Großma lächelte. »Du brennender Strohhalm, man braucht doch nicht wegen Dingen, die vor mehr als siebzehnhundert Jahren geschehen sind, so in Wut zu geraten. Warte erst einmal ab, wie es weitergeht.«

»Auf was soll ich da noch warten? Die gefolterten Jungfrauen strahlten im himmlischen Licht. Aber trotzdem sind sie doch grausam umgebracht worden! Was sollte da das Licht?«

»Die Körper dieser vierzig Heiligen, die für den Glauben ihr Leben hingaben und nun im dunklen Schoß der Erde leuchten, sind ein Symbol für alle armenischen Frauen, die im Laufe der Jahrhunderte gewaltsam umgebracht wurden und werden. Aber weißt du auch, welche Folge dieses Martyrium hatte?«

»Trat Tiridates zum Christentum über?«

»Das nicht, aber er wurde von Gewissensbissen gequält und fiel den Dämonen, die in unseren Bergen hausen, zum Opfer. Er wurde in einen wilden Eber verwandelt und verschwand in den Wäldern.«

»Aber das ist doch eine Legende, Großma!«

»In diesen Legenden, die jahrhundertealt sind und zu deren Entstehen Tausende von Menschen beigetragen haben, wohnt die Wahrheit. Ein geschichtlicher Bericht hingegen wird nur von einem einzigen Menschen erzählt, und der ist tausend sündhaften Gedanken unterworfen, und oft ist es ihm um persönliche Abrechnungen und Ränke zu tun.«

»Großma, wie sollen wir es Araxi erzählen ... die Sache mit Zakar?«

»Heuschrecke, Heuschrecke, was mischst du dich da hinein? Bedenke doch, die Erde, die dein Fuß betritt, ist aus den verwesten Körpern zahlloser Zakars zusammengesetzt, die den Märtyrertod gestorben sind.«

»Auch aus den Körpern der vierzig Jungfrauen? Haben sich auch ihre Überreste mit der Erde von Wagharschapat vermengt?«

»Nein. Auf Veranlassung des heiligen Gregorius wurden sie in einem Gewölbe unter dem Kloster der heiligen Hripsimea beigesetzt.«

»Aber Großma, blieb der König Tiridates nun für immer in den Wäldern?«

»Nein, denn eines Tages erhielt Hosrowiduhte, die Schwester des Königs, Befehl, die Festung zu verlassen, in die sie sich freiwillig zurückgezogen hatte. Sie sollte Gregorius den Erleuchter aus dem Verlies holen, in dem er seit fünfzehn Jahren schmachtete, weil er dem Christentum nicht abschwören wollte.«

»Ich weiß. Als der Hof hörte, was die Schwester des Königs sagte, glaubte man, auch sie sei besessen wie ihr erlauchter Bruder und habe den Verstand verloren. Aber Gregorius war tatsächlich noch am Leben ... Trotzdem, Großma, das alles kommt mir unglaublich vor ... wirklich.«

»Denk einmal daran, mein Kleiner, dass du vor nur zehn Jahren noch nicht einmal sprechen konntest. Und heute hebst du das Kinn und sagst mit gelehrter Miene: ›Unglaublich.‹ Zu jeder Zeit gibt es unendlich viel Unglück und unendlich viele Wunder rings um uns. Wir fühlen nur das Unglück und werden unfähig, die Wunder zu sehen. Und doch stimmt es: Der heilige Gregorius war heil und gesund. ... Und als er aus seinem Gefängnis trat, stürzte der König in der Gestalt eines riesigen Ebers mit schaumbedecktem Rüssel auf ihn zu und kniete vor ihm nieder.«

»Großma, ich möchte so gern, dass solche Dinge sich auch heute noch ereigneten! ... Warum ist das alles vor siebzehnhundert Jahren geschehen? ... Wie konnte es zugehen, dass der heilige Gregorius, als er die Hände auf den König legte, nicht allein diesen heilte, sondern auch ihn und ganz Armenien zum Christentum bekehrte? Warum könnten nicht zum Beispiel in einer einzigen Nacht alle Türken und alle Kurden aus Armenien verjagt werden? Und dann müsste an unseren Grenzen ein göttliches Licht aufstrahlen wie eine unüberwindliche Schranke, die ihnen für alle Zeiten die Rückkehr unmöglich machte!«

»Die Wunder Gottes sind allezeit auf Erden gegenwärtig, aber meistens ist niemand imstande, sie zu begreifen.«

Plötzlich bemerkte Wahram auf halber Höhe des Berges einige schwarze Flecke, die sich von der Felswand abhoben. »Großma«, rief er, »sieh doch! Das sieht ja aus, als hätten sich Schwalben an den Felsen geklammert!«

»Das ist dein Vater mit Jeghia, Garo und Jegarian. Sie steigen zum Gipfel auf.«

»Und ich?«

»Du? Aber für was hältst du dich eigentlich, Wahram? Für einen Adler? Du bist doch erst ein Spatz. Du hast noch Zeit genug, um auf die Berge zu steigen.«

»Sag mir, Großma, sind dort oben noch irgendwelche Spuren der heiligen Jungfrauen zu sehen?«

»Nein. Nur der Stein ist glatt und abgewetzt an den Stellen, an denen sie den ganzen Tag lang knieten, um ihre inbrünstigen Gebete zu Gott emporzuschicken.«

Wahram stieg den Pfad empor, der zum Gipfel des Warak führte. Er war Großma entwischt und erreichte jetzt den von unten kaum sichtbaren Schlängelpfad, der sich zwischen riesigen Felsblöcken hindurchwand und in Schluchten hinabführte, aus denen zuweilen heiße Dämpfe wie der Atem einer Schmiede emporstiegen. Als Wahram danach wieder zu den kristallhellen Schneefeldern gelangte, umgab ihn eine beißend kalte Luft. Auf einem verwitterten Felsen wuchsen kräftige Blumen mit schönen rotsamtenen Blütenkelchen, die der schwarzen Erde ein fröhliches Aussehen verliehen. Wahram pflückte die behaarten Stängel, die an seinen Fingern klebten.

Nun bog der Pfad scharf nach rechts ab und mündete auf eine Felsplatte, die über einer schwindelnden Leere zu hängen schien. Die Bergwand fiel senkrecht ab, und die Baumgruppen tief unten im Tal wirkten von hier aus wie kleine Grasbüschel. Wahram ging unwillkürlich schneller. Es war ihm unmöglich, den Blick von diesem Abgrund loszureißen, der ihn gleichzeitig anlockte und erschreckte ... Der Pfad führte um einen riesigen Felsen. Wahram wagte nicht, sich mit der Hand dagegen zu stützen, aus Angst, diese einfache Bewegung könne ihn in den Abgrund schleudern. Er zitterte immer heftiger, konnte jedoch auch nicht umkehren. Hastig ging er weiter, und als dieser gähnende Schlund endlich nicht mehr zu sehen war, setzte er sich hin, mit weichen Knien, außerstande, die zusammengebissenen Zähne auseinanderzubringen.

Als er sich ein wenig erholt und beruhigt hatte, stieg er weiter. Eine von leuchtend blauen Blumen bestandene Fläche lächelte ihn an. Wahram pflückte einige davon und fügte sie dem kleinen Strauß hinzu, den er schon in der Hand hatte. Dann überquerte er ein Plateau, über dem die Düfte zahlloser Blumen durcheinanderwogten. Starr ragten die geraden Stängel dieser Blumen empor. An ihren Spitzen hingen Trauben von roten Glöckchen, und jedes dieser Glöckchen schien erfüllt von rosaroten Schleiern. Ein wilder Duft berauschte Wahram. Während er die Blüten pflückte, die ihm am schönsten erschienen, überquerte er das Plateau. Je höher er gelangte, umso steiler ragte der Berggipfel.

Jetzt entdeckte er eine zwischen Felsen eingebettete Mulde, die von einer Unmenge feuerroter Blumen bedeckt war. Ihre breiten Blütenblätter umschlossen ein winziges Herz. Das sonderbare Aussehen dieser Blüten bezauberte Wahram. Er pflückte eine Menge davon und umwand seinen Strauß mit langen, biegsamen Stängeln. Er sah diese Blumen zum ersten Mal und fragte sich, ob Großma sie wohl kannte und ob sie sich darüber freuen würde. Er beschloss, seinen Strauß zu verstecken und ihn Großma erst zu geben, wenn sie anfing, ihn auszuschelten.

Jetzt endete der Pfad vor einem Felsen. Zur Linken stieg er steil zwischen Geröll und Steinen, wahren Vipernnestern, empor, während rechts eine breite Felsplatte, die ebenfalls über dem schrecklichen Abgrund des Ghiali hing, die natürliche Fortsetzung des Weges zu sein schien. Der Instinkt riet Wahram, links hinaufzuklettern, um sich das schreckliche Gefühl zu ersparen, über der Leere balancieren zu müssen. Er zog sein Taschentuch heraus, befestigte damit den Strauß an seinem Gürtel und wandte sich nach rechts, der Felsplatte zu.

Das war richtig, sagte er zu sich selber; denn während der Hang da drüben steil in die Höhe weist, ist diese Felsplatte breit und wird mich wohl bald zum Ziel bringen ... Unter sich sah er wie einen wunderbaren Teppich das bezaubernde Plateau und dann den tiefen, düsteren Abgrund. Aber plötzlich verengte sich die Felsplatte, und ein schwerer Klotz, dessen glatte Oberfläche senkrecht abfiel, versperrte ihm den Weg.

Wahram wagte nicht die kleinste Bewegung zu machen, und er wagte auch nicht, sich gegen den Felsen zu lehnen. Von drei Seiten umgab ihn die Leere. Sollte er umkehren? ... Aber wie? Das Gesicht dem Felsen zuwenden? Aber wenn er beim Berühren der Wand das Gleichgewicht verlor? Also das Gesicht dem Nichts zukehren? Niemals!

Reglos stand er da. Träume kamen ihm in den Sinn. Träume, in denen er über steile Felsen hinabstürzte und dann in seinem Bett erwachte. Aber hier war der Traum ebenso ausgeschlossen wie die Möglichkeit, in der Luft zu schweben und sich langsam hinabgleiten zu lassen. Die Steine waren hart und gefühllos, und der Abgrund offenbarte ihm seine übermenschliche Zerstörungskraft. Die zahllosen, unwiderstehlichen Arme der Leere zogen ihn ins Nichts.

Plötzlich hörte er eine Stimme: »Wahram, hörst du mich? Mach keine Bewegung. Steh ganz still. So, und jetzt tu, was ich dir sage. Wir fangen an ... Sieh nicht in den Abgrund, sondern auf den Felsen. Warte. Jetzt spreize deine rechte Hand und lege sie ganz langsam auf die Felswand. Gut! Atme fünfmal tief ein. Dreh deinen linken Fuß nach links. Gut! Und nun dreh den rechten Fuß nach links. Gut! Schieb deine Hand ein wenig nach links und warte. Sieh den Felsen an. Atme. Jetzt mach mit dem linken Fuß einen kleinen Schritt nach links. Zieh den rechten Fuß nach. Wiederhole diese kleinen Schritte dreimal. Atme zehnmal tief ein. Nun noch zehn kleine Schritte. Und immer zwischendurch atmen!«

Wahram hatte Garos Stimme erkannt und bemerkte gleichzeitig, wie die Felsplatte sich auf wunderbare Weise verbreiterte und der Abgrund hinter ihm verschwand. Erleichtert ging er weiter und gelangte wieder an die Weggabelung. Doch er war so fieberhaft erregt, so beschämt und verärgert, dass er nicht stehen blieb, um seinen Retter zu erwarten, sondern sofort begann, den Weg zur Rechten, dem er vorhin nicht gefolgt war, hinaufzuklettern. Er kämpfte mit Armen und Beinen, bis er schließlich bei einer Mulde anlangte, welche die beiden Flügel des Gipfels, Galiläa und Festung von Astrik, voneinander trennte. Vor ihm saßen vier Männer und aßen.

»Du Büffelkopf!«, schrie sein Vater ihn an. »Aber ... wie bist du überhaupt hierhergekommen?«

Wahram rang nach Atem.

»Jedenfalls ist er jetzt hier«, sagte Jegarian. »Und offensichtlich hat er es allein geschafft.«

»Komm her und iss etwas«, sagte Durzian.

Aber Wahram blieb wie angewurzelt stehen. Er traute seinen Augen nicht! Ihm gegenüber, linker Hand, erhob sich ganz in der Ferne, fast am anderen Ende des Himmels, eine Schneekrone in die blassblaue Luft. Die flimmernde Krone war an ihrem unteren Rand von einem blau-goldenen Streifen gesäumt; dann versteckten die schweren Flanken des Berges sich hinter anderen Gipfeln, die wie aufgewühlte Wellen aussahen, welche gegen den Berg Ararat angestürmt und nun für alle Zeiten erstarrt waren.

Er war es! Wahram erblickte den heiligen Berg, den Berg der Sintflut und Noahs, den höchsten Gipfel Armeniens, neben dem all die kleineren Berge wie Menschen waren, die vor dem Riesen knieten.

»Bist du taub, Wahram?«, fragte jemand.

»Ich habe keinen Hunger«, erwiderte er mit zitternder Stimme. Und er fügte hinzu: »Ich sehe den alten Berg Ararat an.«

»Verdammter Mauleselkopf, du!«

Nun kam Garo heran, packte Wahram um die Taille, hob ihn hoch und schüttelte ihn. »Ein Glück, dass wir noch rechtzeitig merkten, dass er verschwunden war. Zehn Minuten später wäre er kopfüber in den Grund des Ghiali gestürzt.«

»Hat er auf der Kanzel gezittert?«

»Jawohl, er hat auf der Kanzel gezittert.«

Die Männer umringten Wahram. Zuerst blickten sie ihn etwas schief an, doch angesichts seiner wütenden Miene, die aussah, als wolle er jeden Augenblick losfauchen wie ein gereizter Kater, ertönte ein allgemeines Gelächter, dessen Echo von allen Wänden des Gebirges widerhallte.

Natürlich war keine Spur von einem Kristallpalast zu erblicken, obgleich auf diesem Riesengipfel mindestens vier Paläste hätten stehen können!

Auf dem anderen Gipfel, dem Galiläa, breitete sich ein großer freier Platz aus. Eine Stelle in seiner Mitte, die wie mit Glas überzogen schien, war übersät mit kleinen, glatten Vertiefungen. Waren das wohl die Spuren, welche die schwachen Knie der heiligen Jungfrauen im Stein hinterlassen hatten?

Ununterbrochen wehte ein eisiger Wind. Voller Staunen betrachtete Wahram das tiefe Blau des Van-Sees, die gestaffelten Bergreihen, die in rasendem Lauf in alle vier Himmelsrichtungen zu stürmen schienen, und die Sonne, die verschwenderisch ihr Gold über das Azurblau ausschüttete.

»Hat er auf der Kanzel gezittert?«, fragte Großma die Männer.

»Er hat auf der Kanzel gezittert«, versicherte Garo.

»Dann trink diesen Sirup hier«, befahl Großma. »Er unterbindet die Gelbsucht und verhindert, dass die Milz vor Schreck zu faulen beginnt.« Wahram schlürfte ein Getränk, das nach Zitrone, Nuss und Muskat roch und bitter und süß zugleich schmeckte.

»Und jetzt hör mir gut zu, Wahram«, begann Großma wieder. »Derjenige, der auf die Kanzel klettert, wird unerbittlich von der Leere erfasst. Aber nie kommt er auf dem Grunde des Ghiali an. Während des

Sturzes wird sein Körper in kleine Stückchen zerschmettert, während seine Seele den Dämonen des Abgrunds anheimfällt. Hast du das verstanden?«

»Gewiss, Großma.«

»Aber das ist noch nicht alles. Es ist seinen Angehörigen, die er zurücklässt, nicht möglich, ihn zu beerdigen, und darum werden sie bis ans Ende ihrer Tage vom Geist des Verstorbenen gequält.«

»Sieh nur, Großma, was ich dir mitgebracht habe.«

»Du Schwefelschlund, du Felskopf, du ...« Plötzlich stockte Großma und nahm den großen Strauß, den Wahram ihr hinhielt. Ihre Augen leuchteten. »Du Sack voller Arglist«, sagte sie entwaffnet, »das ist ja Fingerhut, Beifuß, Arnika und Bergflachs. Woher hast du gewusst, dass alle die Pflanzen kostbar sind, ausgenommen der Bergflachs? Wahram, wie bist du darauf gekommen, sie zu pflücken? Du musst mir noch mehr davon holen, allerdings, ohne dich noch einmal auf die Kanzel zu wagen.«

»Ich hole dir so viele, wie du nur willst.«

»Nun gut, wir wollen sehen.«

»Großma, warum sind Sirarpi, Araxi und Aghawni zu Hause geblieben?«

»Weil das Hochgebirge nichts für Frauen und Kinder ist.«

»Aber ... du ...«

»Ich bin schon längst keine Frau mehr. Ich bin eine sehr alte Dame.«

Harutiun trat zu den beiden. »Mutter, wir sind bereit«, sagte er. »Wir wollen es jetzt versuchen.«

»Habt ihr euch auch genau umgesehen? Von dort oben konntet ihr alle Wege und Pfade überblicken.«

»Es ist weit und breit kein Mensch zu sehen, Mutter.«

»Seid trotzdem auf eurer Hut«, sagte Großma. »Garo und Jegarian werden Wache stehen. Der Schatzfelsen ist doch dieser Felsen östlich der Christusquelle, der wie ein Helm aussieht, nicht wahr?«

»Ich glaube schon.«

Wahram lief mit, um zu sehen, wie Tigran und die anderen sich mithilfe von Hebeln abmühten, den Felsen umzustürzen. Sofort wollte er mit zugreifen. Aber Tigran herrschte ihn an: »Wenn du dich nicht ganz still verhältst ...«

»Ich sehe doch nur zu.«

»Geh weiter weg.«

Wahram trat zwei Schritte zurück, während der riesige Block zu zittern und zu schwanken begann. Darunter kam eine schwarze Mulde zum Vorschein, die von weißen Wurzeln durchzogen war.

»So, jetzt schnell«, sagte Tigran, und jeder nahm eine Schaufel zur Hand und machte sich ans Graben.

»Zwei Ellen tief«, murmelte Harutiun.

Aber ach, kaum hatten sie zwei Ellen tief gegraben, als die Schaufeln auf etwas Hartes stießen, das mit einer unheimlichen Schmutzschicht bedeckt war. Doch dort, wo die Schaufeln darauf gestoßen waren, zeigte sich ein weißer Strich. Es war ein dunkelgrauer Schädel mit einem Haarbüschel, in dem Würmer herumkrochen. Dann kam ein vollständiges Skelett, das in teils vermoderte, teils noch feste Lumpen gehüllt war. Die Männer legten diese gespenstischen Funde beiseite und gruben weiter. Bald danach tauchte ein Krug aus gebranntem Ton auf, dann noch einer und noch einer. Schließlich waren es zehn Krüge, doch alle waren mit Erde gefüllt.

»Da war schon jemand vor uns«, sagte Harutiun düster. »Schaufeln wir das Loch wieder zu.«

Sie legten die Reste des Unbekannten über die Krüge und rückten dann den Felsblock, so gut es ging, wieder an seine Stelle. In diesem Augenblick rief Jegarian von Weitem: »Achtung! Große Frau, verstecken Sie Wahram im Kloster! Da kommen Kurden. Wahrscheinlich werden sie uns angreifen. Garo, komm schnell her und frage sie, was sie wollen.«

Garo schrie einen langen Satz auf Kurdisch, dem ein wildes Gelächter und wütende Rufe antworteten. Mehrere Schüsse knallten. Die Männer zogen ihre Pistolen und verschanzten sich am Nordende des Plateaus hinter den Klosterruinen. Sarkis führte bereits die Pferde dorthin, und Großma, die Wahram am Arm festhielt, folgte. Das helle Summen wütender Wespen erfüllte die bisher so friedliche Luft, während die drei Quellen unter den Baumgruppen unberührt von all dem Aufruhr ihr kristallklares Nass spendeten.

Nun hörte Wahram die Stimme Jegarians: »Passt auf, die haben türkische Armeegewehre. Lasst sie erst näher kommen. Wenn ich dann das Zeichen gebe, gebt alle zehn Schüsse aus eurer Pistole ab und zielt gut. Spart eure Patronen nicht. Es wird sehr schnell vorüber sein.«

Wahram kletterte durch die Ruinen und gelangte zu einer eingestürzten Fensteröffnung, die nach Norden lag. Er sah vor sich ein etwas abschüssiges Plateau, über das etwa dreißig Kurden, das Gewehr im Anschlag, herankamen. Sie blieben stehen, schossen, liefen ein paar Schritte weiter und schossen wieder.

Wenige Meter von Wahram entfernt lagen die zehn Männer, jeder hinter seinem Felsen, auf dem Bauch und hielten ihre Pistolen auf die Kurden gerichtet. Plötzlich befahl Jegarian: »Ihr zielt alle mitten in die Gruppe der Angreifenden, und wenn ich ›drei‹ sage, schießt ihr und ladet sofort nach.«

Wahram beobachtete den Angriff. Eine Kugel streifte den Rand der Fensteröffnung, und ein feiner Staub- und Mörtelregen rieselte über seinen Kopf. Er wich ein wenig zurück. Nun zählte Jegarian: »Eins ... zwei ... drei!«

Einige Kurden, die zu Boden gestürzt waren, wälzten sich zuckend auf dem Plateau. Einen Augenblick lang blieben die Angreifer reglos stehen. Dann brachen noch einige von ihnen zusammen.

»Fertig?«, fragte Jegarian. »Gut. Aufpassen jetzt, die zweite Salve! Schießen!«

Und wieder ereilte einige der Kurden ihr Schicksal. Diesmal machten die Überlebenden sich aus dem Staub.

Die Männer warteten noch eine halbe Stunde. Dann, als sie sicher waren, dass die Flucht endgültig war, untersuchten Garo und Sarkis die Toten.

»Vierzehn Gewehre, fünfzehnhundert Patronen, fünf Revolver, vierzehn Dolche«, berichtete Garo, als er mit Sarkis zurückkam. »Eine ganz gute Beute. Das entschädigt uns ein wenig für das Verschwinden des Schatzes. Allerdings haben wir auch zweihundert Patronen verschossen. Schade darum, diese Kerle waren es nicht wert. Mögen ihre Väter, die Väter ihrer Väter, ihre Urgroßväter und Ururgroßväter allesamt im größten Kessel der Hölle schmoren!«

»Sarkis und Garo«, sagte Jegarian, »ihr holt jetzt die Pferde, schleppt die Leichen zum Rand des Ghiali und werft sie hinunter. Wir brechen sofort das Lager ab.«

Die Kolonne bewegte sich hinunter in Richtung auf das Heilig-Kreuz-Kloster von Warak. Jegarian und Garo bildeten die Nachhut für den Fall, dass noch ein neuer Angriff erfolgen sollte. Aber die Lektion schien ihre Wirkung getan zu haben, denn der Heimweg verlief ohne Zwischenfälle.

Nein, auf der ganzen Welt gab es nichts, was sich mit dem Garten im Sommer vergleichen konnte, mit seiner fruchtbaren Heiterkeit, seinen Farben, die reicher und leuchtender schimmerten als alle Edelsteine, mit seinen tausend Blüten. Jeder Busch, jedes Blumenbeet, jede Bewässerungsrinne lag gewissermaßen mit einer Duftbombe im Hinterhalt, um die vorübergehenden Menschen zu überfallen. Und jede Frucht, die schwer am Baum hing, speicherte die Sonne in sich. Nach den Ängsten, die er am Warak ausgestanden hatte, wollte Wahram den Garten überhaupt nicht mehr verlassen.

Im Schatten des Apfelbaums ausgestreckt, der die »Wange der Semiramis« trug, fühlte er sich wie im Paradies, und die heruntergefallenen Früchte lagen in Reichweite seiner Hand. Ein leichter Wind strich durch die Blätter. Diese Musik vermittelte ihm ein Gefühl von Unendlichkeit.

Plötzlich hörte er ein Weinen, hob den Kopf, erblickte Araxi und rief sie. Ganz mechanisch kam das junge Mädchen auf ihn zu und legte, von Schluchzen geschüttelt, den Kopf an seine Brust.

»Hat Großma mit dir gesprochen?«, fragte Wahram.

»Ja.«

»Hat sie dir keinen Sirup zu trinken gegeben?«

»Doch.«

»Und?«

»O Wahram!«, rief Araxi und schlang verzweifelt ihre Arme um den Knaben. »Es gibt keinen Sirup, der ein gebrochenes Herz heilt. Ich kann es einfach nicht fassen. Menschen um eines Pferdes willen zu töten! Sag mir, Wahram, was soll nun aus mir werden?«

»Du wirst die bleiben, die du warst.«

»Nein, das verstehst du nicht.«

»Doch. Dein Herz ist gebrochen, aber du bist nicht tot. Du wirst weinen, und die Tränen werden deinen Kummer hinwegschwemmen.«

»Das ist richtig, Araxi«, sagte Sirarpis sanfte Stimme. »Zakar war nichts für dich. Warum quälst du dich so?«

Sirarpi, die unbemerkt herangekommen war, zog die Weinende aus Wahrams Armen und hielt sie eng an sich gepresst.

Wahram setzte sich auf. Er sah wieder diese schwarze, schmutzüberkrustete, stinkende Gestalt vor sich, die keinerlei Ähnlichkeit mehr mit Zakar aufwies. »Lass sie nur, Sirarpi«, sagte er. »Ich will ihr davon erzählen, dann wird sie schneller weinen. Weißt du, er sah entsetzlich aus, so, dass man am liebsten weggelaufen wäre. Aber ich möchte doch herausfinden ...« Wahram stockte; die Gleichheit der Ereignisse kam ihm plötzlich zu Bewusstsein. »Wir haben ja auch ... wegen unserer Pferde ... Die Kurden wollten uns unsere Pferde wegnehmen. Sicher waren es dieselben, die Zakar umgebracht haben. Aber wir haben vierzehn von diesen Mördern erschossen.«

»Was sagst du da?«, fragte Sirarpi.

Wahram erzählte von dem Angriff der Kurden bei Hoch-Warak. Jetzt war er fast überzeugt, dass Zakars Mörder ihre Strafe erhalten hatten.

»Da siehst du, er ist gerächt worden«, murmelte Sirarpi.

Aber Araxis Tränen flossen weiter. Wahram konnte diesen Anblick nicht mehr ertragen und sagte streng: »Hör auf, Araxi, er ist ja gerächt worden. Du bist hier bei uns, du bist unsere große Schwester, und ich werde dir einen anderen Zakar suchen.«

Jetzt ertönte von der Gartenpforte her die Stimme Großmas, die nach den Mädchen rief. Sofort trocknete Araxi ihre Tränen und lief Hand in Hand mit Sirarpi auf das Haus zu.

Wahram, der allein zurückblieb, versank in düsteres Nachdenken. Der Zauber des Gartens war verblasst. Wie lange noch?, fragte er sich. Wie lange werden die Kurden noch Menschen töten, um ihre Pferde zu bekommen?

Aber nun rief Großma auch nach ihm.

Als Wahram in den kleinen Hof trat, hörte er Stimmen. Im Salon unterhielt man sich. »Selim Bey ist da«, sagte Großma. »Fülle einen Korb mit schönen Früchten, besprenge sie zum Abkühlen mit Brunnenwasser und trage sie in den Salon. Beeil dich, Wahram!«

Als Wahram mit seinem Korb voller Birnen, Äpfel, Pfirsiche und Aprikosen eintrat, erzählte Großma gerade den Schluss von Zakars trauriger Geschichte. Selim Bey hörte mit gerunzelten Brauen zu. Wahram brauchte einige Sekunden, um den Oberst wiederzuerkennen. Seine Leibesfülle hatte sich verdoppelt, seine feisten, aufgedunsenen Wangen glänzten, und vor allem kam es Wahram so vor, als sei er kleiner geworden. Das letzte Mal, als er Selim Bey Früchte angeboten hatte, hatte dieser gesessen, Wahram aber hatte aufrecht vor ihm gestanden und ihm doch nur knapp bis ans Kinn gereicht. Jetzt überragte er ihn. Die überraschendste Veränderung jedoch hatte sich auf dem Gesicht des Türken vollzogen. Die lächelnde, wohlwollende Miene war einer harten, ausweichenden, fast feindseligen Maske gewichen.

Der Oberst nahm mit den Fingerspitzen zwei Aprikosen, dachte einen Augenblick nach und erklärte dann:»Ich sagte es Ihnen schon, Große Frau, derartige Morde sind höchst bedauerlich, aber was kann man dagegen tun? Der Kurde war von jeher ein Wegelagerer. Wenn ich das Gouvernement von Van wirklich fest in die Hand bekommen wollte, brauchte ich dazu zwanzigtausend Polizisten. Ich habe aber nur sechshundert. Und außerdem befürchte ich bei der gegenwärtigen Lage so viel Not und Unheil, dass ich, selbst wenn ich es wollte, unmöglich Nachforschungen nach Zakars Mördern anstellen könnte.«

»Oberst Bey«, sagte Großma erschrocken,»welches Unglück steht uns denn jetzt wieder bevor? Werde ich nicht sterben können, ohne zu erleben, wie neues Unheil über die Meinen hereinbricht?«

Die Antwort des Obersten dröhnte wie ein Donnerschlag. Niemand war auf diesen heftigen Ton gefasst gewesen.»Ein Erdbeben wird die gesamte Welt erschüttern. Der König von Serbien hat den Thronerben des österreichischen Kaisers ermorden lassen. Der Zar von Russland unterstützt die Mörder, die Franzosen stehen hinter den Russen und Deutschland gegen Frankreich, das es stets zu vernichten trachtete. Wir werden aufseiten der Deutschen stehen, denn die Russen sollen uns all das bezahlen, was sie uns seit hundert Jahren angetan haben. Dreißig Millionen Türken seufzen unter dem russischen Joch ...«

»Gott sei uns gnädig, Oberst Bey!«, jammerte Großma.»Wie viele arme Kinder werden nun wieder umkommen, und wie viele Mütter werden weinen!«

»Wir alle müssen eines Tages sterben. Etwas früher oder später, was macht das aus? Aber es ist eine Ehre, für die Größe der türkischen Nation zu kämpfen und zu sterben, vor allem, wenn es darum geht, alle Türken in einem Vaterland zu vereinen. Eine solche Gelegenheit bietet sich in einem Jahrhundert nur einmal.«

»Oberst Bey, bei einem Krieg gewinnt niemand etwas«, warf Großma ernst und bescheiden ein.»Der Krieg vernichtet Leben und Besitz, vor allem aber zerstört er die Freundschaft zwischen den Menschen. Und ohne diese Freundschaft verliert alles seinen Wert. Ich habe sechs Kriege erlebt und jedes Mal nichts als Unglück und Elend gesehen.«

»Aber diesmal werden wir siegen, denn wir haben einen mächtigen Verbündeten! Und die Armenier müssen kämpfen wie die Löwen.«

»Die Armenier haben stets wie die Löwen gekämpft«, sagte Großma.

»Besonders als sie das ruhmreiche Janitscharenkorps bildeten«, warf der Oberst in so schroffem Ton ein, dass Tigran den Mund zu einer Antwort öffnete. Aber Großma kam ihm zuvor:

»Sie wissen sehr gut, Oberst Bey, dass die Armenier sich Gott und ihrer Pflicht unterwerfen.«

»Und das müssen sie auch weiterhin tun, Große Frau! Sie sollen mit ihrem Schicksal zufrieden sein und nicht an Reformen denken. Wie kämen zwei ungläubige Ausländer dazu, uns wegen einer armenischen Angelegenheit Befehle erteilen zu wollen? Bildet man sich etwa ein, dass dieser Norweger Hoff, dieser kleine ungläubige Hund, mich, den Polizeichef, zum Zittern bringen kann, weil die Kurden einen Zakar oder irgendeinen Bauern getötet haben? So etwas ist noch nicht dagewesen. Sollten etwa gewisse allzu hitzköpfige Armenier daran schuld sein? Und ich habe tatsächlich gehört, dass die Daschnaks Gewehre nach Van schmuggeln und die Armenier bewaffnen. Das ist doch die Höhe!«

»Aber Zakar hatte kein Gewehr!«, rief Wahram. »Die Kurden haben ihn nur umgebracht, weil sie sein Pferd haben wollten. Und was haben wir in Hoch-Warak gemacht, als – «

Großma beeilte sich, ihn zu unterbrechen: »Du kannst reden, wenn du einen schwarzen Schnurrbart hast, Wahram. Bis dahin hältst du den Mund.« Dann wandte sie sich zu Selim Bey und fuhr sehr liebenswürdig fort: »Oberst Bey, Gott möge alle strafen, die den Frieden unter den Menschen zerstören. Und bitte, glauben Sie uns: Es ist unser sehnlichster Wunsch, unter dem Gesetz des Sultans zu leben und nicht mehr für unser Leben fürchten zu müssen, um besser arbeiten zu können.«

»Das weiß ich, Große Frau. Aber wer bedroht zum Beispiel Harutiun Effendi? Er lebt und arbeitet in aller Ruhe und hat nichts zu befürchten.«

»Alle Armenier sind wie er, Selim Bey.«

»Nein. Die Führer der Daschnaks, diese Arams, die Ischkhans und diese Wramians wollen die Türken verjagen und ihr Land den Russen ausliefern.«

»Verzeihen Sie mir, Selim Bey«, erwiderte Harutiun höflich. »Der Gouverneur Tachsin Bey, der Schwager Enver Paschas, hat mich seiner Freundschaft versichert. Er ist auch mit den Daschnaks persönlich befreundet und berät sich oft mit ihnen. Außerdem ist er überzeugt von unserer Loyalität. Vor Kurzem erst versicherte er mir wieder, dass das Heil der Türkei, ihr Fortschritt und ihr Reichtum eng mit dem guten

Einvernehmen zwischen Türken und Armeniern verknüpft seien. Er erklärte, dass ohne die Armenier Wüste und Verödung wieder ihren Einzug in der Türkei halten würden.«

»Tachsin Bey hat zu lange im Ausland gelebt und zu viele Bücher gelesen«, knurrte Selim Bey missmutig. »Er versteht nichts mehr von seinem eigenen Land.«

Wieder konnte Wahram nicht an sich halten: »Der Sohn von Tachsin Bey geht in meine Klasse«, rief er, »und er lernt alles das, was ich auch lerne. Er erzählt mir oft von seinem Vater und hat mir gesagt, dass Tachsin Bey die Kurden nicht mag und nicht will, dass man die Armenier umbringt. Es ist ihm bestimmt nicht recht, dass sie Zakar getötet haben.«

Der dicke Selim Bey senkte seine blutunterlaufenen Augen auf Wahram, der unter diesem schweren, starren Blick aus der Fassung geriet.

Der Hufschlag eines herangaloppierenden Pferdes, das plötzlich anhielt, und mehrere hastige Schläge gegen die Tür ließen alle verstummen. »Das wird für mich sein«, sagte Selim Bey nach kurzer Pause.

Araxi führte einen Unteroffizier herein, der sich salutierend mitten im Zimmer aufpflanzte, den Säbel an der Seite, den Revolver vor dem Leib, die Sporen seiner Stiefel parallel nebeneinander ausgerichtet, auf dem Kopf die mächtige Mütze mit dem silbernen Halbmond. Er reichte seinem Oberst einen Meldezettel.

Selim Bey erbrach das Siegel, las, las noch einmal, las ein drittes Mal und schrie: »Abtreten!« Als der Unteroffizier fort war, entdeckte Selim Bey Araxi. Er musterte sie mit sichtlichem Entzücken und fragte: »Ist das Ihre Tochter, Große Frau?«

»Nein«, erwiderte sie. »Das ist die Verlobte unseres Zakar, den die Kurden ermordet haben.«

Selim Bey trat auf die erschrockene Araxi zu, streichelte ihren Kopf und sagte in einem honigsüßen Ton, in dem keine Spur von Ärger mehr zu hören war: »Ich werde die Ungeheuer bestrafen, die diese schönen Augen zum Weinen bringen. Augen einer Huri, bei meinem Wort! Ich werde alles tun, um dieses Kind zu trösten.«

Araxi, die den Blick des Türken nicht mehr ertragen konnte, flüchtete aus dem Zimmer.

»Schade, dass ich jetzt gehen muss«, fuhr Selim Bey fort. »Ich fühlte mich so wohl hier bei Ihnen. Aber bevor ich gehe, will ich Ihnen, weiseste unter den Frauen, noch sagen, dass Deutschland soeben Russland den Krieg erklärt hat. Ich muss jetzt ... Wir werden jetzt den Russen in den Rücken fallen und durchmarschieren bis zur Mongolei, um unsere muslimischen Brüder zu befreien.«

Großma hielt ihn zurück. Auch in den schrecklichsten Tagen des Tebk hatte Wahram auf ihrem Gesicht nie einen derart geängstigten Ausdruck bemerkt.

»Selim Bey, gehen Sie noch nicht fort!«, flehte sie ihn an. »Ist es wirklich wahr? Muss ich vor meinem Tode noch einen siebten Krieg erleben? Werden die Waffen wieder einmal den Sieg über die Vernunft davontragen? Selim Bey, Sie haben Brot und Salz mit uns gegessen. Sagen Sie mir offen und ehrlich, warum Sie an Ihren Sieg glauben. Ich erinnere mich noch gut an den letzten Krieg, den wir gegen die Russen geführt haben. Im ganzen Land kannte das Elend keine Grenzen. Selbst in den kurzen Stunden der Ruhe ließ mich der Gedanke an die Verwundeten, die meine Mutter und ich pflegten, nicht los.«

»Hast du damals die Heilkunst erlernt, Großma?«, fragte Wahram.

»Ja, mein Kleiner ... Hören Sie, Selim Bey, ich habe Türken, Armenier, Assyrer, Juden und Kurden gepflegt. Sie litten alle auf die gleiche Art. Wenn der Krieg in ein Land einzieht, verbrennt sein Feuer den Greis wie den Säugling. Es fehlte uns an Brot, an Milch, an Salz, an Knoblauch, an Zwiebeln, ja, sogar an Früchten. Ein Krieg ruiniert den Sieger wie den Besiegten. Kaum zwei Jahre ist es her, seit wir uns von dem letzten Krieg einigermaßen erholt haben. Und nun soll das Land wieder bluten und nichts, nichts dabei gewinnen.«

»Große Frau ...«

Ein Blitz funkelte in Selim Beys Augen auf. Sekundenlang schien er mit sich zu kämpfen; dann ergoss sich sein Zorn in einer Flut überstürzter Worte: »Große Frau, Soliman der Prächtige, der jetzt zwischen Gott und Mohammed auf einem Thron aus Gold und Smaragden sitzt, blickt voller Verachtung auf uns herab. Die Ungläubigen Europas haben uns dem Untergang entgegengetrieben. Doch jetzt marschiert der mächtige Kaiser von Deutschland Hand in Hand mit uns. Im Nu werden wir Baku genommen haben. Und wenn Russland von seinen Ölquellen abgeschnitten wird, ist es aus mit ihm. Der Zar wird zerquetscht in der großen Zange, die Deutschland und die Türkei bilden. Danach werden wir Frankreich besetzen, und dann sind die Engländer an der Reihe. Und wenn die Türken und die Deutschen gesiegt haben, wird Gott das mächtigste dieser beiden Völker zum Herrn der Welt erwählen.«

Selim Bey durchbohrte alle Anwesenden mit herausfordernden Blicken und fuhr dann in fast drohendem Ton fort: »In diesem gigantischen Kampf nun haben die Armenier, die Griechen, die Assyrer und die Juden nur noch eine einzige Pflicht, die Pflicht, uns mit allen Mitteln zu unterstützen. Bei dem geringsten Versuch, nach ihrem eigenen Kopf zu handeln, werden sie zermalmt werden wie eine Ameise zwischen zwei Mühlsteinen.«

Scheinbar erleichtert, erhob sich Großma und sagte in unbekümmertem Ton: »Nun gut, Pascha. Möge Gott uns den Sieg verleihen. Wenn das Land mächtig wird, dann werden auch wir glücklich sein.«

Als Selim Bey sich verabschiedete, schien er sehr zufrieden mit sich zu sein und hocherfreut über Großmas Worte.

»Wahram«, sagte Großma, sobald er das Haus verlassen hatte, »geh und hol mir ein Glas mit meinem Wasser. Ich bin völlig erschöpft. Nie im Leben habe ich einen Menschen gesehen, der sich mit solcher Verbissenheit sein eigenes Grab schaufelte. Er hat mich ganz krank gemacht. Harutiun, mein Sohn, deine Jungtürken sind schlimmer als tollwütige Hunde. Gott bewahre uns vor dem, was sie jetzt heraufbeschwören! Wahram, ruf mir Araxi herein.«

Großma saß nachdenklich da, bis Araxi das Zimmer betrat. »Von jetzt an wirst du es so halten wie Sirarpi, meine Kleine«, sagte sie. »Du wirst dich vor keinem Fremden blicken lassen.«

Die Unruhe wuchs von einem Tag zum andern. Nachrichten trafen ein. Belgien, das zwar klein, aber doch nicht so schwach war wie Armenien, musste Schrecken erdulden, deren Echo bis nach Van drang. Die sechs Konsulate, das französische, das russische, das englische, das italienische, das österreichische und das deutsche, hängten jeden Tag die Kriegsberichte aus, Wahram schrieb sie ab und las sie Großma vor.

»In Lüttich«, so meldete das französische Konsulat, »organisiert sich der Widerstand gegen die entfesselten Horden der Deutschen. Die Einwohner erbringen Beweise der Tapferkeit, die sich mit den größten Heldentaten der Geschichte messen können. Ein junger Student, der sich in den Ruinen eines niedergebrannten Hauses verschanzte, hielt die Deutschen zurück, bis Verstärkung eintraf, und hemmte so das Vorrücken des Feindes.«

Der deutsche Konsul wiederum schrieb: »Die kaiserlichen Streitkräfte haben die irregulären Kampftrupps, die in Lüttich Widerstand leisteten, zerstreut. Die Armeen des Kronprinzen marschieren gen Paris.« Wahram studierte die Landkarten und versuchte, sich ein Bild von den Kämpfen zu machen. Es erschien ihm unglaublich, dass Deutsche, Franzosen, Belgier, Russen – Europäer also und nicht Türken oder Kurden – sich gegenseitig umbringen konnten. Der Gedanke war ungeheuerlich. Waren die Angehörigen dieser Völker denn nicht Christen, zivilisierte Menschen? Wie konnten sie sich denn massakrieren?

Wahram stellte Großma diese Frage, nachdem er ihr die sechs Kriegsberichte vorgelesen hatte.

»Wenn die Menschen viel Geld haben«, antwortete Großma, »dann fabrizieren sie Waffen, und wenn sie Waffen im Überfluss haben, benutzen sie sie.«

»Aber dabei töten sie doch, nicht wahr?«

»Gewiss, mein Kleiner, und sie zerstören Häuser und Städte.«

»Aber warum nur, Großma?«

»Jeder meint, sein Nachbar habe zu viele Reichtümer, Lebensmittel und Ländereien, und da er ihm diese Dinge nicht im Guten wegnehmen kann, versucht er, sie ihm mit Gewalt zu entreißen.«

Trotzdem konnte Wahram noch immer nicht glauben, dass die Europäer tatsächlich im Begriff standen, sich gegenseitig umzubringen. Wie war es möglich, dass diese gottgläubigen, gut gekleideten, liebenswürdigen und wohlmeinenden Menschen Tod und Vernichtung um sich verbreiteten, genau wie die Türken und Kurden?

»Sag mir, Großma, wer wird siegen?«

»Das hat wenig zu sagen. Sie werden am Ende alle geschlagen sein. Oft erleiden die Sieger noch größere Verluste als die Besiegten. Der Schaden, den ein Krieg verursacht, wird durch die Beute niemals ausgeglichen.«

»Ja, Großma, warum setzen sich dann der Zar, der Kaiser und die anderen nicht zusammen, um sich zu einigen? Sind sie denn nicht alle kluge Männer?«

»Armes unschuldiges Vögelchen«, murmelte Großma, als spräche sie zu sich selber. »Gott hat beim Turmbau zu Babel die Zungen verwirrt. Wenn die Mächtigen dieser Erde sich zusammensetzen, spricht jeder von ihnen eine Sprache, welche die anderen nicht verstehen. Jeder von ihnen will alles besitzen und seinen Nachbarn nichts lassen.«

»Großma, wenn ich nun all den Königen das schreibe, was du gesagt hast? Vielleicht würden sie es verstehen.«

Großma lächelte und legte die Hand auf den Kopf ihres Enkels. Dieses Lächeln verjüngte und erhellte ihr kantiges, von Falten durchzogenes Gesicht. »Kleiner Spatz des heiligen Georg«, sagte sie, »wir müssen Kummer und Not ertragen, unseren Besitz hergeben und unsere Männer in den Krieg schicken, aber wir haben nicht das Recht, ein Wort dazu zu äußern. In den Augen der Großen sind wir weniger als Staub.«

»Aber der Mann, der den Thronfolger von Österreich und seine Frau getötet hat, war doch ein armer Student, Großma. Der war also kein Staubkorn.«

»Verflucht sei er, dieser Mörder! Die einfachen Menschen sollen sich nie in die Streitfragen der Mächtigen einmischen. Und nie dürfen sie töten. Das Leben eines Menschen ist geheiligt. Außer Gott und dem Engel des Todes hat niemand das Recht, den Lebensfaden abzuschneiden.«

Wahram verstand das alles nicht. Niemand handelte nach den Grundsätzen Großmas. Nach Selim Beys letztem Besuch war er wütend auf diesen Mann. Wenn Gott seinen Lebensfaden nicht abschnitt, so meinte er, müsse jemand anders, möglicherweise sogar er selber, diese Aufgabe übernehmen.

»Erinnerst du dich, Großma? Selim Bey hat gesagt, er –«

»Gott möge solche menschlichen Wölfe, die nur Unglück bringen, verdammen!«

»Siehst du, Großma, jetzt sagst du selber, dass man Selim Bey umbringen muss!«

»Nein, ich wünsche nur, dass Gott ihn richten möge. Uns steht es nicht zu, noch mehr Unglück heraufzubeschwören.«

»Die Türken sind noch nicht in den Krieg eingetreten. Vielleicht bleiben sie neutral.«

»Nein, mein Kleiner. Sie bereiten sich auf den Kampf vor. Es wäre eine Wohltat des Himmels, wenn sie sich aus dem Konflikt heraushalten würden; aber sie waren stets mit der Hölle im Bunde.«

»Aber trotzdem, Großma … kann man denn nicht etwas tun, um zu verhindern, dass –«

»Du Grünschnabel mit weißem Bart«, sagte Großma melancholisch, »jetzt haben wir genug geschwatzt. Geh in den Garten und warte noch ein wenig, bevor du dich in diesen Strom aus Schmutz, Gemeinheit und Tod wirfst, der bei uns Leben genannt wird. Los, geh schon ...«

Die Bäume verbargen unter ihren dichten Blättern die ganze Farbenskala orientalischer Topase. Die mit Amethysten besetzten indischen Nelken verbreiteten ihren schwermütigen Duft, während das Aroma der reifen Quitten fast nahrhaft wirkte. Die Trauben in ihrer Mischung aus Gold und Beryll spielten mit dem Sonnenlicht, das ein großartiges Feuer in den Wolken entfachte.

Vor sich hinsummend sammelte Wahram die abgefallenen Früchte für das Abendessen. Als er mit seinem Korb in den Dandun kam, war sein Vater soeben aus der Stadt zurückgekehrt und setzte sich neben Großma.

»Mein Sohn«, sagte diese nach einem Augenblick des Schweigens. »Du kommst früh heute Abend.«

»Ich bin beunruhigt, Mutter.«

»Mögen deine Sorgen Azrael ersticken! Was gibt es schon wieder?«

»Heute Nachmittag hielten mehrere Wagen, die ganz mit Staub bedeckt waren und von türkischen Gendarmen eskortiert wurden, gegenüber von meinem Laden vor dem Gouverneurspalast. In einem der Wagen saß der Vizekönig Hoff, der Norweger, den wir in Van erwarteten. Tachsin Bey, der Gouverneur, hat ihn mit Ehrfurcht begrüßt und sich mit ihm unterhalten.«

»Und dann, mein Sohn?«

»Plötzlich brach Hoff Bey die Unterhaltung ab und stieg mit einem knappen Kopfnicken wieder in seinen Wagen. Dann sah ich, wie Tachsin Bey etwas zu seinem Adjutanten sagte, und gleich darauf kam dieser zu mir herüber und bat mich, Hoff Bey zu begleiten.«

»Oh, welches Unglück, mein Sohn!«, rief Großma.

»Hoff Bey wollte weder den Palast betreten noch weiter mit dem Gouverneur sprechen. Er wünschte unseren Erzbischof sowie die Führer der Armenier in der Stadt kennenzulernen. Der Adjutant des Wali sagte zu mir – «

»Ich errate es«, murmelte Großma.

»›Tachsin Bey vertraut Ihnen‹, sagte er. ›Er bittet Sie, Hoff Bey zu begleiten und die Interessen des osmanischen Vaterlandes nie aus den Augen zu verlieren.‹«

»Ja, mein Sohn. Kurzum, er hat dir eine furchtbare Verantwortung aufgebürdet. Da siehst du es, dass man sich nie mit einem mächtigen Türken einlassen soll. Und was geschah dann?«

»Ich habe Hoff Bey zu unserem Bischof begleitet und dann die anderen armenischen Führer rufen lassen. Hoff Bey hat sich mit uns unterhalten, aber sein Pessimismus spiegelte deutlich die Drohung wider, die über Millionen von Männern, Frauen, Kindern und Greisen lastet.«

»Und worüber beunruhigt er sich?«, fragte Großma.

»Während seiner Reise von Konstantinopel nach Van hat er sich ein sehr klares Bild von unserer Lage machen können. Die Türken haben versucht, ihn mit Gold, Ehrungen und schönen Frauen zu bestechen. Einer der Gouverneure, deren Gastfreundschaft er angenommen hatte, hat ihm schließlich reinen Wein eingeschenkt und ihm mit ausgesucht türkischer Höflichkeit zu verstehen gegeben, dass an unserer Lage nie etwas geändert werden könne. Hoff Bey hat eine List angewandt und so getan, als sei er bereit, alle Ratschläge des Türken zu befolgen. Als er dann am Abend in die Gemächer kam, die der Gouverneur ihm zugewiesen hatte, erwarteten ihn dort mehrere halb nackte Frauen. Darum hat er in Van die Gastfreundschaft des Gouverneurs abgelehnt.

Aus seinen sondierenden Gesprächen ist ihm klar geworden, dass es in einem islamischen Land nur ein einziges Gesetz geben kann: das Gesetz des geheiligten Rechts, die Scharia, deren Vorschriften alle Handlungen des öffentlichen Lebens, der Verwaltung, des Privatlebens und des allerintimsten Lebens einbeziehen. Er hat uns das Resultat seiner Überlegungen mit den folgenden Worten mitgeteilt:

›Meine armen Freunde, ihr habt keine Chance, und auch mein Kollege Westenenk und ich sind machtlos gegen diese Zustände. In Europa ist der Krieg ausgebrochen, aber wir können nichts tun. In einem Land, in dem der Fanatismus regiert, kann nur mit Gewalt etwas geändert werden; aber uns steht nicht einmal eine Korporalschaft zur Verfügung. Im Augenblick binden der Krieg und das Bündnis mit Deutschland den Türken die Hände. Die Tatsache, dass mein holländischer Kollege und ich hierher entsandt wurden, schürt ihren Hass gegen euch nur noch mehr. Ich glaube nicht, dass ich lange bleiben werde. Die Türken werden mich verjagen. Aber all die Leiden, die ihr um der Aufgabe willen erdulden müsst, mit denen die Großmächte mich betraut haben, werden stets mein Gewissen belasten.‹«

»Sonderbar, sehr sonderbar«, sagte Großma. »Wie konnte ein unschuldiger und gütiger Europäer die dunkle Seele dieses Landes so schnell ergründen?«

»Die Führer der Daschnaks haben sich vergeblich bemüht, seine düsteren Ahnungen zu zerstreuen, indem sie auf ihre brüderliche Zusammenarbeit mit den Jungtürken und das gute Einvernehmen zwischen beiden Parteien hinwiesen. Hoff Bey hat uns dringend äußerste Wachsamkeit empfohlen. Als wir uns verabschiedeten, hatte ich das Gefühl, als schwanke der Boden unter meinen Füßen.«

»Ja«, murmelte Großma nachdenklich. »Wir sind Ahasver mit gebundenen Händen und Füßen ausgeliefert. Werden wir auch eine Esther haben, die uns errettet?«

In diesem Augenblick wurde an die Haustür geklopft. Wahram, der wie gewöhnlich hinlief, um zu öffnen, blieb vor Erstaunen wie angewurzelt stehen. Im mattgelben Licht des Abends sah er Monsieur de Sandfort, den französischen Konsul, und Pater Paul vor sich.

»Ist Herr Harutiun zu Hause?«, fragte der Letztere.

»Ja, mein Vater«, antwortete Wahram. »Bitte, treten Sie näher.« Ein ungeheurer Stolz schwellte seine Brust. Der Konsul von Frankreich war gekommen, um seinen Vater zu besuchen!

»Monsieur de Sandfort«, sagte Harutiun, der ihnen entgegenkam. »Welche Ehre ...«

»Mein Freund«, erwiderte der Konsul, »es handelt sich leider nicht um eine Ehre, sondern um schlimme Nachrichten. Ich wollte Sie unbedingt vor meiner Abreise noch einmal sprechen.«

»Sie reisen ab? Ist das möglich?«, rief Harutiun. »Wahram, geh und bitte Großma zu uns in den Salon.«

»Wenn es Ihnen recht ist, gehen wir in den Garten«, fiel der Konsul ein.

»Gern. Dann sag ihr, sie möchte in den Garten kommen, Wahram.«

Wie eine Feuerkugel stürzte Wahram in den Dandun. »Großma, der Konsul von Frankreich ist bei uns! Du sollst in den Garten kommen, hat Vater gesagt. Schnell, schnell!«

»Ich komme«, erwiderte Großma. »Ich will mir nur noch mein Kopftuch umbinden.«

Wahram stürzte davon.

Die Männer saßen um den runden Tisch unter der Rosenhecke. Die Strahlen der Abendsonne zeichneten orangefarbene Reflexe auf Pater Pauls makellos weißes Gewand. Zum ersten Mal konnte Wahram den rotblonden Schnurrbart des französischen Konsuls, seine regelmäßigen Züge und seine gerade Nase aus der Nähe betrachten. Er brannte darauf, tausend Fragen zu stellen; doch vorerst war er eingeschüchtert und hörte den drei Männern zu, die über den Regen, das schöne Wetter, den Berg Warak und den Ghiali sprachen.

Bald aber konnte er nicht mehr an sich halten, sondern wandte sich an Monsieur de Sandfort. »Warum nennt der König von Frankreich sich Präsident?«, fragte er.

»Willst du wohl still sein, Wahram!«, rief Harutiun. »Los, geh wieder ins Haus, du hast hier nichts zu suchen.«

»Nein, bitte, lass mich hierbleiben! Ich kenne Pater Paul doch gut, er hat mir oft Schokolade geschenkt. Und außerdem möchte ich mit Monsieur de Sandfort sprechen.«

»Du sollst gehorchen.«

»Entschuldigen Sie, Harutiun Agha«, meinte der Konsul lachend, »aber ich schulde diesem jungen Mann eine Antwort. Er hat mir eine konstitutionelle Frage gestellt.« Dann wandte er sich zu Wahram und fuhr fort: »Es gibt in Frankreich keinen König mehr. Das Volk ist König und wählt alle sieben Jahre einen Präsidenten.«

»Dann ist der Präsident Poincaré also kein Nachkomme Napoleons?«, fragte Wahram sehr erstaunt und etwas enttäuscht. »Schade!«

»Lernst du in der Schule denn nicht französische Geschichte?«

»Doch, wir sind aber erst bei der Einnahme Moskaus durch Napoleon. Von dem, was später kommt, weiß ich noch nichts.«

»Und woher kennst du dann den Namen des Präsidenten Poincaré?«

»Ich habe in einer Zeitung ein Bild von seinem Besuch beim Zaren gesehen. Und er sah ähnlich aus wie der Napoleon auf der Briefmarke. Er hatte den gleichen Bart.«

Der Konsul und Pater Paul lachten laut auf. Wahram war etwas verwirrt.

»Meinst du etwa, Monsieur de Sandfort ist hier, um deine Fragen zu beantworten?«, mahnte Harutiun.

Jetzt kam Großma, begrüßte die Herren und nahm an dem Tisch Platz. Sie machte ein so ernstes Gesicht, dass Wahram schwieg und nur auf ihre fest geschlossenen Lippen blickte, von denen nach allen Seiten zahlreiche Falten ausgingen, die so wirkten, als seien sie langsam und sorgfältig eingeritzt.

»Große Frau«, begann der französische Konsul, »wir lieben Van, seinen Himmel, seine arbeitsamen und mutigen armenischen Bürger, und es schmerzt uns, dass wir gezwungen sind, dies alles zu verlassen.«

»Und Ihre Abreise wird ein Vorzeichen verheerender Stürme sein«, murmelte Großma leise. Dann schwieg sie und schaute zum Himmel hinauf. »Monsieur«, begann sie nach einer Weile wieder, »um Gottes willen, sagen Sie uns, was Sie wissen!«

»Große Frau«, sagte Monsieur de Sandfort langsam, »wir stehen vor einer der furchtbarsten Katastrophen, denen die Welt je ausgesetzt war.«

»Ja«, stimmte Großma gedankenvoll zu. »Es wird eine übermenschliche Prüfung sein.«

»Wie viele von uns werden sie überleben? Und hier in Van sind Sie alle in höchster Gefahr ... Ich bin gekommen ... um Ihnen allen und den dreihundertjährigen Birnbäumen Lebewohl zu sagen, denn die Stunde meines Abschieds hat geschlagen.«

»Glauben Sie wirklich, die Jungtürken werden wahnsinnig genug sein, in diesen Krieg einzutreten?«, fragte Harutiun.

»Nach dem unseligen Ausgang der Balkankriege besteht für mich darüber kein Zweifel. Sie wollen ihre Revanche. Aber hier in Van stehe ich leider auf der untersten Sprosse der Leiter. Niemand hört auf meine Worte und meinen Rat. Vor einigen Monaten konnte ich nicht verhindern, dass Frankreich den Jungtürken eine Millionenanleihe gegeben hat, obgleich ich davon überzeugt war, dass dieses Gold gegen uns verwendet werden würde. Jetzt möchte ich Ihnen nur noch einen ganz kurzen Rat geben: Vermeiden Sie mit allen Mitteln jeden Streit mit den Jungtürken! Versuchen Sie, Zeit zu gewinnen.«

»Das tun wir bereits seit Jahrhunderten.«

»Und jetzt ist es dringender nötig denn je. Auch mein Land kann nur noch an seine Verteidigung denken. Seien Sie überzeugt, dass Sie auf keinerlei Hilfe hoffen können.«

»Außer auf Gottes Hilfe«, fügte Pater Paul hinzu.

»Wenn die Menschen dem Teufel dienen, greift unser Herr nicht ein«, sagte Großma und schlug dreimal das Zeichen des Kreuzes.

»Ich erinnere mich an die schrecklichen Tage von 1895«, sagte Harutiun. »Der Sultan Abdul Hamid wollte uns massakrieren. Wir hatten nur dreihundert Gewehre und haben uns acht Tage lang verteidigt. Aber damals war kein Krieg in Europa, und die Konsuln haben interveniert.«

»Du sprichst von dem Großen Tebk, mein Sohn?«, fragte Großma. »Wenn ich recht verstehe, droht uns jetzt ein noch viel furchtbareres Tebk.«

»Ja, Mutter. Doch damals, beim Großen Tebk, als die Armee, die Kurden und die entfesselte, fanatisierte Menge die Gartenstadt umzingelten, wäre kein Säugling dem Tod entgangen, wenn dieser Orkan über uns hereingebrochen wäre. Unsere Führer waren der große Awedissian, Mardik und Bedo. Wir haben die Flut der wilden Horden eingedämmt, aber die europäischen Konsuln schalteten sich ein und erreichten die Auflösung der Kampflinien unter der Bedingung, dass die Zivilbevölkerung verschont wurde. Wir zogen also ab. Ich war damals erst zweiundzwanzig Jahre alt. Als wir am Ghiali ankamen, waren wir mehr als fünfzehnhundert Mann. Awedissian gab den Befehl, dass alle, die noch nicht fünfundzwanzig waren, umkehren sollten. Ich gehörte zu denen, die zurückmussten. Die Übrigen, achthundert Mann, wurden beim Sankt-Bartholomäus-Kloster im Vorland der Schwarzen Berge umzingelt. Nach einem verzweifelten Kampf, der drei Tage dauerte, ging ihnen die Munition aus, und sie wurden bis zum letzten Mann niedergemacht.«

»Ja, ich erinnere mich«, sagte Pater Paul. »Ich war damals gerade nach Van gekommen, und wir alle waren entsetzt über diese grauenvollen Ereignisse.«

»Nachdem Awedissian, Mardik und Bedo gefallen waren, haben wir monatelang in Angst und Schrecken gelebt. Aber die europäischen Konsuln hatten genügend Einfluss, um größere Massaker zu verhindern. Trotzdem wurden in der Provinz Van etwa zwanzigtausend Armenier ermordet und in der ganzen Türkei ungefähr dreihunderttausend.«

Nun ergriff Monsieur de Sandfort das Wort: »Sie müssen wissen, dass die Prüfung, die Sie heute erwartet, noch viel schrecklicher sein wird, denn die Jungtürken sind ungeheuer gefährlich. Sie wollen eine einheitliche Nation schaffen. Dem Roten Sultan kam es darauf an, Rajahs, also Sklaven, beizubehalten, weil er sie für die Industrie, den Handel und den Ackerbau des Landes als unentbehrlich erachtete. Darum veranstaltete er nur gelegentliche und beschränkte Massaker, um das Anwachsen der armenischen Bevölkerung und die Bereicherung der Rajahs in Schranken zu halten. Außerdem konnte der Sultan nie auf eine so beträchtliche europäische Unterstützung rechnen, wie sie die Jungtürken heute in der Person des deutschen Kaisers haben. Bei einem derartigen Rückhalt werden sie sich nicht den geringsten Zwang mehr auferlegen.«

»Monsieur de Sandfort«, sagte Großma, »warum meinen Sie, dass Sie jetzt unbedingt abreisen müssen?«

»Weil die Kriegserklärung zwischen Frankreich und der Türkei nur noch eine Frage von Tagen ist. Ich will vorher fahren, um das, was ich weiß, in die Waagschale werfen zu können. Aber ich bin skeptisch; mein Wort wird keinerlei Gewicht haben.«

»Harutiun, mein Sohn«, sagte Großma, »du bist ein Volksführer. Vergiss nicht euren Wahlspruch: ›Mögen wir gehängt werden, aber das Volk soll leben!‹ Und Ihnen, Herr Konsul, sind wir dankbar für Ihren Besuch. Ein Nachkomme der fränkischen Ritter konnte nicht anders handeln. Ach, Monsieur de Sandfort, die Jungtürken haben wohl Ihr großherziges Motto ›Freiheit, Gleichheit, Brüderlichkeit‹ übernommen, aber Worte sind nichts wert, wenn das Herz sie nicht diktiert. So ist aus dem Wort ›Brüderlichkeit‹, das im Munde eines Franzosen schön klingt, im Munde der Jungtürken das Wort ›Unheil‹ geworden. Seit einiger Zeit sagen wir nicht mehr ›Hürriet, Adalet, Mussawat‹, sondern ›Hürriet, Adalet, Kassafet‹, und das heißt ›Freiheit, Gleichheit, Unheil‹.«

Wahram kam aus der Schule nach Hause und schloss sich im sogenannten Kafarnaum ein, dem verbotenen Raum, in dem sein Vater sich sein Laboratorium eingerichtet hatte. Da standen Hunderte von Flaschen mit Salzen, Säuren, Pulvern und Kristallen; da gab es Reagenzgläser, Retorten, zerbrechliche Glaskugeln und Destillierkolben. Ein zugleich sengender und beizender Geruch sättigte die Luft. Wahram hatte das Versteck entdeckt, an dem der Schlüssel zum Laboratorium hing, und nun schloss er sich seit einiger Zeit gern in dieser geheimnisvollen Welt ein, an diesem Ort, an dem ihn bestimmt niemand suchen würde.

Er hatte ein Gedicht auswendig zu lernen. Seit seinen frühesten Kindertagen war ihm das Bild des Verfassers vertraut, das im Salon an der Wand hing. Sein Kopf ähnelte ein wenig dem Kopf Gottes auf der Ikone über dem Altar der Kirche von Noraschen: graue Haare, ein großer grauer Bart, ein tiefer, wohlwollender Blick. Der Dichter hieß Victor Hugo, und heute hatte der Lehrer ihnen aufgegeben, eines seiner ins Armenische übersetzten Gedichte zu lernen. *Das Kind* hieß es.

Dieses Kind muss mir ähnlich sein, dachte Wahram.

*»Die Türken waren da, und alles ist entsetzt.
Van, diese Traubenstadt, ist ganz in Trümmern jetzt.
Dies Van, bedacht von Buchenzweigen,
Dies Van, das in den Well'n die grünen Berge spiegelte,
Paläste und, wenn sich der Abend rötete,
Der jungen Dirnen muntere Reigen.
Öd ist es rings: doch nein, auf schwarzem Mauerstein
Sitzt ein schwarzäugig kleines Kind, ein Hay, allein
Was willst du? Blume – Frucht – den Vogel wunderbar?
Freund, sagte das Armenierkind mit dunklem Haar,
Du musst mir Blei und Pulver geben!* ...«

Je weiter er auswendig lernte und je tiefer er in den Sinn des Gedichtes eindrang, umso mehr fühlte Wahram seine Erregung wachsen.

Als er sich schließlich die sechsunddreißig Verse eingeprägt hatte, deklamierte er sie mit großen Gesten, ließ seine Stimme anschwellen und zwang damit eine imaginäre Menschenmenge, so groß wie die Gemeinde in der Kirche, in seinen Bann.

Dann, als er die Verse etwa ein Dutzend Mal rezitiert hatte, klang seine Erregung ab. Seine Aufmerksamkeit wandte sich den Flaschen und Reagenzgläsern zu, und plötzlich musste er an die Chemiestunde und die Ausführungen des Lehrers über die Explosivstoffe denken. Da vor ihm standen Salpetersäure, Salzsäure, Schwefelsäure und Glyzerin, da lag Watte, da war Kaliumsalz, und da standen Flaschen, deren Etikett einen Totenschädel über zwei gekreuzten Knochen zeigte ... Könnte er nicht vielleicht ...?

Er legte das Ohr an die Tür. Kein Laut zu hören. Das Laboratorium, das im ersten Stockwerk völlig isoliert links vom Treppenabsatz lag, war der Inbegriff des Geheimnisvollen, ebenso wie das Kellerversteck, der Schatz und der Smaragdritter.

Noch nie hatte Wahram gewagt, sich den Säuren zu nähern, »die dich grausam verbrennen können, wenn sie an deine Haut kommen, und deren Geruch allein schon tödlich wirken kann«.

Er konnte später sein fieberhaftes Hantieren nicht mehr nachvollziehen, dem er sich jetzt widmete. Bittere, erstickende Dämpfe drangen ihm in die Kehle und zwangen ihn zum Niesen. Eine Säure, die er dem Inhalt einer Kapsel zufügte, begann sofort zu kochen, entwickelte einen bräunlichen Schaum, stieg in kleinen Blasen in dem Behälter hoch und drohte überzulaufen. Erschrocken stopfte Wahram mit einem Glaskolben Wattebäusche hinein. Aber nachdem die Watte sich vollgesogen hatte, wurde sie zuerst teigig, verhärtete dann und haftete fest an dem Glaskolben. Wahram versuchte, Glyzerin beizumischen, und als dieses nicht in die Watte eindringen wollte und er den Kolben damit nicht frei bekam, wählte er eine Säure in einer schweren, viereckigen Flasche, die mit einem Wachspfropfen verschlossen war. Er träufelte nur wenige Tropfen dieser grünlichen Flüssigkeit darauf, und schon stieg ein dichter Rauch auf, dem ein riesiger Funke folgte. Entsetzt wich Wahram vor dem blendenden Schein zurück, nicht ohne vorher die Flasche wieder verkorkt zu haben. Gleich darauf erhob sich eine hohe Flamme und schwärzte die Zimmerdecke, ein scharfer Geruch ätzte Nase und Kehle des Zauberlehrlings, und dann warf eine heftige Explosion, der ein Klirren von zerbrochenem Glas folgte, ihn zu Boden.

»Blei und Pulver ...«, sagte Wahram hustend und seine Tränen hinunterschluckend vor sich hin. Wie ein Besessener stürzte er zur Tür, öffnete sie, rannte, von dichtem Qualm verfolgt, die Treppe hinunter, lief durch den Keller und flüchtete sich in den Lagerraum. Mit schwarzen Händen, zerrissenen Kleidern und beschmierter Nasenspitze hockte er wie eine Ratte im Dunkeln und lauschte auf das Durcheinander im Hause: hastige Schritte, aufgeregte Schreie von Araxi, die nach Großma rief. Dann die ruhige Stimme der Großen Frau, die dem Tumult ein Ende machte und alle auf die Suche nach dem Übeltäter schickte. Aber Wahram stellte erleichtert fest, dass man vor allem nach ihm suchte, um zu erfahren, ob er irgendeine schwerere Verletzung oder Verbrennung davongetragen hatte. So ein Unsinn! Im tiefsten Grunde seines Herzens saß unverrückbar die Überzeugung, dass trotz aller Gefahren, in die er sich begab, nichts ihm je etwas anhaben könne: weder Feuer noch Gewehrkugeln, weder Verfolgung noch Gemetzel ...

Rasch verflog der panische Schrecken, der sich seiner bemächtigt hatte. Jetzt schämte Wahram sich, weil er ausgerissen war. Voller Unbehagen bei dem Gedanken, dass er das Kafarnaum zerstört und vielleicht sogar eine Feuersbrunst verursacht hatte, verließ er sein Versteck. Als er den Treppenabsatz erreichte, war die dichte Rauchwolke immer noch da. Aber sie war heller geworden: Wie in sich zusammengesunken, lagerte sie einen Meter hoch auf dem Boden. Nur die Oberkörper von Großma, Aghawni, Sarkis, Araxi und Sirarpi ragten daraus hervor, unterhalb ihrer Hüften war nichts zu sehen. Jetzt erblickte Großma ihn. »Komm her, du schwarzer Teufel!«, fuhr sie ihn an. »Zeig deine Hände!« Sie berührte seine Hände, befühlte sein Gesicht, zog an seinem Hemd, von dem sich sofort ein schwarzroter Fetzen ablöste. »Du warst es also, du Unglückswurm!«

Und nun machte ihr Zorn sich Luft: »Höllenkreatur, du, leibhaftiger Teufel, Schwefeltopf voller Übeltaten, was hast du da wieder angestellt? Willst du denn nie vernünftig werden?« Zwei, drei, vier Ohrfeigen sausten klatschend und brennend herab und rissen ihm die Haut von der Wange, deren Schmerzempfindlichkeit aufs Äußerste gesteigert war. Wahram war wie versteinert.

»Willst du jetzt endlich erklären, was du da gemacht hast?«

»Ich bitte dich um Verzeihung, Großma ... Ich habe ein Gedicht von Victor Hugo auswendig gelernt ...«

Verzweifelt streckte Großma die Arme zum Himmel. »Ein Gedicht Ursache einer Explosion! Wagst du auch noch, dich über mich lustig zu machen?«

»Aber nein! Und danach ... da wollte ich ... da habe ich versucht, Schießbaumwolle und Nitroglyzerin zu vermischen ... Aber ich dachte doch nicht, dass es so eine Explosion geben würde ... Ich schwöre dir, Großma, ich wollte doch nur einen Versuch nachmachen ...«

»Wahram, du scharlachrote Pest, es ist verboten, sich mitten in der Nacht in ein unbekanntes Land zu wagen. Was wird jetzt dein Vater sagen? Weißt du auch, dass es immer Monate dauert, bis seine Mittel aus Frankreich hier ankommen, dass sie schrecklich teuer sind und dass wir jetzt vielleicht wegen des Krieges auf lange Zeit nichts mehr bekommen können? Und dein Vater braucht alle diese Dinge dringend für seinen Beruf ...«

»Ich weiß, Großma, nur habe ich vorhin nicht daran gedacht.«

»Ja, vorhin, als du dich wie ein Teufel aufgeführt hast! Und jetzt muss ich auch noch deine Brandwunden behandeln! Denn du hast dich verbrannt. Dein Hemd und deine Hose sind verloren, und was hast du dafür gewonnen?«

Wahram wusste, dass es darauf keine Antwort gab. Er hatte sich wie ein Teufel aufgeführt. Warum? Er wusste es nicht.

»Eigentlich sollte ich jetzt roten Pfeffer auf deine Brandwunden streuen, aber ich hoffe, es war das letzte Mal ... das letzte Mal, dass du auf das Schlachtross des Teufels gestiegen bist ...«

Leider hatte die Explosion wertvolle Produkte zerstört. Der Boden des Laboratoriums war verbrannt, und im Raum herrschte ein heilloses Durcheinander.

Unter den goldenen Strahlen der Sonne kamen die mit Früchten beladenen Körbe aus dem Garten. Oft saßen an den Stielen der Äpfel und Birnen noch einige Blätter. Irgendetwas schien unwiderruflich verloren. Der schwere Duft der Früchte stimmte Wahram wehmütig und erweckte in ihm die Sehnsucht nach fernen Räumen. Er verspürte ein Verlangen, Berge und Täler zu durchstreifen, Gipfel zu erklimmen und an Abgründen entlangzuwandem.

Vor ihm ging mit leichten Schritten Sirarpi, die Zöpfe gelöst, die Bluse voll grüner Blätterreflexe. Das Gewicht des Korbes, den sie trug, zog so an ihr, dass es aussah, als wolle ihre schlanke Taille zerbrechen. Wahram tat dieser Anblick leid; er lief vor und griff mit der freien Hand nach dem Korbhenkel, um seiner Cousine die Last zu erleichtern. Sirarpi dankte ihm mit einem lächelnden Blick durch das verbrannte Gold ihrer Flechten, und schweigend gingen sie weiter und überquerten den Hof. In diesem Augenblick wurde Wahram sich darüber klar, wie groß seine Zuneigung zu Sirarpi war. Er hatte das Gefühl, dass er es ihr nie würde sagen können, ebenso wenig wie sich sein Wunsch, ständig bei ihr zu sein, verwirklichen würde.

Als er nach Sirarpi seinen Korb auf dem Boden des Kellers ausgeleert hatte, unterbrach Großma ihre Unterhaltung mit Harutiun und richtete einen durchdringenden Blick auf ihn.

»Mein Gott, bist du hässlich!«, sagte sie. »Diese Hände, dieses kohlschwarze Gesicht, diese zerschundenen Beine! Und erst das Hemd! Gail würde sich vergiften, wenn er hineinbisse. Ein richtiger Mohrenkönig ...«

»Der arme Junge!«, sagte Harutiun. »Ich habe nie mehr Zeit, mich um ihn zu kümmern. Er ist in der letzten Zeit sehr gewachsen. Und dabei fürchte ich, dass es dieses Jahr nicht zu einem neuen Anzug für ihn reichen wird.«

»Wir werden seinen jetzigen verlängern und erweitern«, meinte Großma. »Hoffen wir, dass deine Geschäfte nächstes Jahr besser gehen, mein Sohn, und dass die Gnade des Himmels uns vor allem Unglück bewahrt.«

»Ach Mutter, jetzt glaube ich nicht mehr, dass mein Geschäft sich wieder erholt. Der Krieg wird allem einen Riegel vorschieben. Außerdem wird man mich einziehen.«

Großma schrak zusammen. »Dich? Warum? Das kommt doch gar nicht infrage, du bist nicht mehr dienstpflichtig.«

»Gewiss, das bin ich nicht. Aber wir haben beschlossen, den jungen Leuten ein Beispiel zu geben, und wenn der Krieg erklärt wird, sofort mit klingendem Spiel zur Kaserne zu marschieren und uns freiwillig zu melden.«

Großma zuckte ergeben die Schultern. Dann bekreuzigte sie sich und wandte sich zu Wahram: »Bevor du dir Gesicht, Arme und Beine wäschst, schau einmal in den Spiegel. Du sollst dich so sehen, wie du jetzt bist.«

Wahram verließ den Keller; Sirarpi folgte ihm. Diese Demütigung in ihrer Gegenwart machte ihn so beschämt, dass er kein Wort hervorbrachte.

Im Dandun nahm Sirarpi seine Hand, presste sie zwischen ihren heißen Fingern und legte sie auf ihr Herz. »Für mich bist du der schönste Junge auf der ganzen Welt, Wahram«, erklärte sie. »Großma hat nur so geredet, um dich klug zu machen.«

Wahram fasste seinerseits nach Sirarpis Hand, aber er wagte nicht, sie festzuhalten, sondern ließ sie ohne ein Wort wieder los.

Vor dem Spiegel im Salon, unter den wohlwollenden Blicken des Katholikos, Victor Hugos und Sebuhs wurden die beiden Kinder von einem heftigen Lachanfall geschüttelt. Der braun gebrannte, verschmutzte Wahram mit seinen fleckigen, zerrissenen Kleidern sah tatsächlich aus wie ein leibhaftiger Teufel, der aus dem Reich der Dämonen entwischt ist. Großmas Bezeichnung »Mohrenkönig« war noch viel zu gelinde.

Plötzlich hörten sie, wie auf der Straße die große Trommel zu dröhnen begann ... Ein dumpfer Aufschrei folgte dem Trommelwirbel des Tambours. »Seine Majestät Sultan Mohammed V. erklärt Frankreich, Russland und England den Krieg. Alle Söhne des osmanischen Vaterlands werden zu den Waffen gerufen.«

Sirarpi brach in ein entsetztes Schluchzen aus und legte ihren Kopf an Wahrams Brust. »Ich habe Angst, Wahram, ich wollte, ich könnte mich verkriechen! Was wird jetzt mit uns geschehen?«

Großma rief aus dem Hof nach ihrem Enkel: »Wahram, sind die Gendarmen noch immer da?«

»Ja!«, schrie Wahram zurück.

»Der schwarze Tod soll sie holen!«

»Großma, eben ist Hrant gekommen. Die Gendarmen fragen ihn aus.«

Wahram verließ das Fenster im Salon, aus dem er auf die Straße hinausgeschaut hatte, und stürzte die Treppe hinunter. Vor der offenen Tür stand Hrant in seiner gelben Uniform eines staatlichen Lehrers. Er stützte sich auf sein Fahrrad und beantwortete die Fragen der Gendarmen. Wahram lief auf ihn zu.

Der Unteroffizier hielt ein Papier in der Hand und hatte offenbar Mühe, den Inhalt des Schreibens zu entziffern.

»Herr Unteroffizier«, sagte Hrant, »das hier ist ziemlich schlecht geschrieben. Gestatten Sie, dass ich es Ihnen vorlese … Der Lehrer Hrant Effendi, früher in Dar-ül-Muallimin, jetzt mit der Abhaltung von Kursen in Ardschak beauftragt, ist von jeder militärischen Dienstpflicht entbunden.«

»Sehr wohl, Professor Effendi«, sagte der Unteroffizier und salutierte.

Sowie er die Türe hinter sich geschlossen hatte, rief Hrant: »Mutter, was wollten diese Gendarmen bei uns?«

»Sie suchen nach einem Vorwand, um in das Haus einzudringen, das Selim Bey überwachen lässt. Es ist wegen Araxi …«, murmelte Großma.

»Aber sie haben sie doch nicht gesehen?«

»Nein. Sie suchen nach einem Vorwand, hier hereinzukommen, und mit der Zeit werden sie schon einen finden.«

»Hat Selim Bey nicht neulich mit Harutiun gesprochen?«, erkundigte sich Hrant.

»Er ist in seinen Laden gekommen und hat um Araxis Hand angehalten. Er will ihr das Recht zugestehen, ihre Religion zu bewahren. Er gibt sich liberal und verspricht, uns in den schweren Tagen, die gewiss bald kommen werden, zu beschützen.«

»Weißt du, Mutter«, sagte Hrant, »ich schäme mich, ein Mann zu sein, wenn ich daran denke, dass Selim Bey auch einer ist. Und vor allem erröte ich über meine Ohnmacht gegenüber diesem –«

»Du bist erschöpft, mein Sohn«, fiel Großma ihm ins Wort. »Komm und ruhe dich aus, anstatt dich mit solchen Gedanken herumzuquälen. Die Welt steht kopf, und wir können sie nicht wieder zurechtrücken.«

»Und Tigran?«, fragte Hrant.

»Der hat auch seine Schwierigkeiten. Die türkischen Beamten der Stadtverwaltung versuchen, ihm Steine in den Weg zu legen, und er ahnt nicht, wer sie dazu veranlasst hat. Bisher hatte er sich über seine Amtskollegen nie zu beklagen gehabt.«

»Ein Glück nur, dass Harutiun vom Militärdienst befreit ist«, sagte Hrant. »Die Türken haben ihn zurückgeschickt, als er sich zusammen mit den eingezogenen Rekruten meldete. Ja, das ist wirklich ein Glück, denn von der Front kommen recht beunruhigende Nachrichten ... Es scheint, dass zwischen Baschkale und Saray die ganze Bevölkerung niedergemacht worden ist.«

»Wie hast du das erfahren?«

»Es sind Flüchtlinge nach Ardschak gekommen ... Was sie erzählen, klingt fast unglaublich! Ich habe verwundete Kurden gesehen, die in der Schule von Ardschak untergebracht worden sind. Sie haben sich durch meine Uniform täuschen lassen und mich für einen Türken gehalten. Und ihren Worten zufolge – «

»Ich weiß«, seufzte Großma. »Es konnte nicht anders kommen.«

Das Gespräch wurde durch die Ankunft Tigrans und Harutiuns unterbrochen. »Was macht dich so besorgt, mein Sohn?«, fragte Großma Harutiun, dem man die Niedergeschlagenheit am Gesicht ablesen konnte.

»Alles! Die Türen gehen zu, und die Zukunft verfinstert sich.«

»Eine letzte Tür steht in der Stunde des Unglücks noch immer offen. Nur die Verzweiflung versperrt alle Ausgänge.«

Wahram hörte zu, ohne zu verstehen. »Väterchen«, fragte er, »stimmt es, dass Tachsin Bey das Gouvernement Van verlässt? Sein Sohn Raymond hat es gesagt.«

»Ja, mein Kleiner. Tachsin Bey ist zum Gouverneur von Erzurum ernannt worden. Djevdet Bey ist sein Nachfolger.«

»Was?«, rief Großma. »Dieser unwürdige Sohn von Tachri Pascha, dieser Henker, der die Bauern beschlagen ließ, als wären sie Maulesel?«

»Ja, Mutter, Djevdet, der Hufschmied.«

»Wie, Großma? Er hat die Bauern beschlagen lassen?«, rief Wahram.

»Sieben Bauern hat dieses Los getroffen, und als sie dann nicht mehr gehen konnten, hat Djevdet sie umbringen lassen.«

»Aber warum haben sie sich nicht verteidigt?«

»Weißt du noch immer nicht, Wahram, dass unser Armenien zu allen Zeiten gegen zwei oder sogar drei Feinde zugleich Krieg führen

musste, dass diese Feinde stets stärker waren als die Armenier und dass diese schließlich nach fünfzehnhundert Jahren den vereinten Schlägen der Seldschuken, Byzantiner und Araber unterliegen mussten ...«
»Aber sie hätten doch in die Berge flüchten können!«, rief Wahram empört.
»Die Berge sind schön, aber sie können keine Armeen ernähren.«
»Großma, ich glaube, Gott hätte Djevdet siebenmal mit seinem Blitzstrahl treffen müssen.«
»Halt den Mund, Wahram!«, fuhr Großma ihn an. »Wenn du zuhörst, lernst du mehr, als wenn du Fragen stellst. Und jetzt Schluss damit.«
Wahram schwieg, aber in seinem Inneren kochte es. Er hätte die Berge nehmen und sie gegen seine Feinde schleudern mögen.
Zur Abendmahlzeit versammelten sich alle im Dandun. Aghawni, Sirarpi und Araxi hatten das Essen bereitet und den Tisch nach dem vorgeschriebenen Zeremoniell gedeckt. So wäre es zum Beispiel unverzeihlich gewesen, den Pfeffer und das Salz zu vergessen. Die Anordnung der Gerichte auf dem Tisch unterlag einer unverrückbaren Regel. Die Oliven durften niemals in der Mitte des Tisches stehen, die den Fischen, Fleischgerichten, der Madzunsuppe, dem Harissa und jenen Früchten vorbehalten war, die nicht aus dem Garten kamen, wie die Wassermelonen oder Melonen. In einem zweiten Kreis standen die Schüsseln mit Käse, mit Gemüsen in dicker Sauce oder Gelee, mit Dörrfleisch oder Dolmas. Die Tellerchen mit geschälten Nüssen und Mandeln, mit Feigen, Datteln, Honigkuchen und gedickter Sahne bildeten den dritten Kreis. Auf diese Weise kam durch die symmetrische, in den Farben aufeinander abgestimmte Anordnung der Gerichte auf dem Tisch eine Poesie der Nahrung zum Ausdruck, die den Appetit gleichzeitig anreizte und zügelte.
Sirarpi und Araxi kamen und gingen. Im goldschimmernden Licht der Petroleumlampe erblickte Wahram plötzlich ihre Gesichter.
War es möglich? Die beiden jungen Mädchen hatten die Gesichter alter Frauen! Blasse, eingefallene Wangen voller Falten und Runzeln ... Und dabei hatte Wahram sie noch heute Morgen in strahlender Jugendlichkeit gesehen! Er fasste Sirarpi bei den Schultern und schrie vor Entsetzen laut auf.
»Bist du verrückt geworden, Wahram, du Geißel der Hölle!«, rief Großma. Doch dann erstickte ein Lachen ihre Stimme. Auch Wart-

kes und Sebuh brachen in schallendes Gelächter aus. Diese allgemeine Heiterkeit brachte Wahram vollends in Rage. Er hatte plötzlich das Gefühl, das Opfer eines Komplotts zu sein. Man machte sich über ihn lustig.

»Großma«, flehte er. »Bitte, so sag mir doch, sind Sirarpi und Araxi krank?«

»Ach was, deine Augen sind krank, Wahram«, erklärte Großma. »Ich muss sie einmal behandeln.«

»Du bist wirklich dumm, Wahram«, versetzte Wartkes mit seiner ruhigen Stimme. »Großma hat Sirarpi und Araxi alt gemacht, damit die Türken sie nicht wegholen.«

»W-w-w-w-as?«, rief Wahram mit weit aufgerissenen Augen.

Wieder brachen alle in lautes Lachen aus. Aghawni zog sogar ihr Taschentuch hervor und wischte sich die Augen ... Es war zum Verrücktwerden!

»Jedenfalls ist es ausgezeichnet gelungen«, gab Harutiun zu. »Jetzt kann Selim Bey ruhig kommen. Welche Krankheit hat sie nun eigentlich ereilt, Mutter?«

»Die Pocken natürlich.«

Wieder erhob sich ein allgemeines Gelächter.

»Wir werden unseren lieben Oberst wohl bald wieder hier sehen«, brummte Tigran.

»Großma«, fragte Wahram kläglich, »werden sie nun immer so bleiben? Und wie ... wie ...?«

»Aber Wahram, du kopfloser Spatz, du hast doch selber mitgeholfen.«

»Ich?«

»Denk einmal nach. Was hast du vorgestern, also am Sonntag, im Garten geholt?«

»Aprikosenharz.«

»Siehst du. Das habe ich in bestimmten Essenzen aufgelöst und ... ach was, das genügt, mehr brauchst du nicht zu wissen. Und ihr, meine Kleinen«, fügte sie hinzu, indem sie sich an Wartkes und Sebuh wandte, »ihr habt allzu flinke Zungen. Wenn ihr noch einmal redet, ohne gefragt zu sein, muss ich sie euch abschneiden.«

»Ich habe nichts gesagt ...«, protestierte Sebuh.

Wartkes saß ungerührt da und betrachtete die zauberhafte Fülle all der guten Dinge auf dem Tisch.

»Warum isst du nicht, Harutiun?«, fragte Großma.

»Ich esse nicht? Doch, Mutter.«

»Zu welchen Himmeln ist dein Gedanke entflogen?«

»Mutter ...«

»Iss, mein Sohn. Wenn unser Herr uns eine mit den Gütern der Erde geschmückte Tafel beschert, soll man alles andere vergessen. Der Geist soll während des Essens ausruhen. Später wirst du mir dann alles sagen.«

Eines war sicher: Etwas Ungewöhnliches war im Gange. Großma hätte sonst nie vor Beendigung der Mahlzeit eine Frage gestellt. Aber Wahram zerbrach sich umsonst den Kopf.

»Wahram«, sagte Großma, als Tigran endlich aufhörte zu kauen, »Wahram, sprich nach dem Vaterunser das Gebet, das ich dich vor ein paar Tagen gelehrt habe.«

Wahram sprach das Vaterunser und begann dann voller Inbrunst: »Herr der Welt, ich danke Dir für Deine Milde, die uns am Leben erhält. Herr, wende gnädig Deine Augen auf die Not, die uns bedrückt. Herr, wir sind die Kinder Noahs, mit dem Du auf dem Gipfel des Ararat den Pakt des Regenbogens geschlossen hast. Allmächtiger Gott, sieh unser Elend und geruhe, Deine barmherzige Hand über uns auszustrecken.«

Tiefes Schweigen herrschte im Dandun. Dann erhob sich Harutiuns erregte Stimme: »Möge der Herr dich erhören, Mutter, denn sonst können wir ebenso gut gleich sterben. Die Nachrichten sind alles andere als beruhigend. Enver Pascha, der den Angriff auf Kars-Baku leitete, ist geschlagen. Ohne diesen heldenhaften Armenier, einen gewissen Ohannes Tschawusche, der ihm das Leben gerettet hat, hätten die Russen ihn getötet. Auch der Angriff auf Tabriz ist trotz der Strategie der Deutschen kläglich gescheitert. Die Russen haben daraufhin Saray und Baschkale besetzt, sich jedoch dann aus unbekannten Gründen wieder zurückgezogen. Djevdet, der Hufschmied, hat nun alle Einwohner von Saray und Baschkale massakrieren lassen: Armenier, Assyrer und Juden. Meine einzige Hoffnung aber, aus dieser geschäftlichen Zwangslage herauszukommen ...«

»Richtet sich auf den Juden Heptae, der deine Schmuckstücke verkauft. Ich weiß, mein Sohn.«

»Nun ja, ich hatte beträchtliche Werte bei ihm deponiert. Wenn er nun auch ermordet worden ist ...«

»Dann wird Gott eine andere Tür öffnen, mein Sohn.«

»Nun ja, Mutter ... aber morgen früh wird der Heilige Krieg erklärt.«

»Gott!«

»Jawohl«, schrie Tigran hasserfüllt. »Diese angeblich verwestlichten Jungtürken haben Gold aus Frankreich erhalten. Jetzt erklären sie den Heiligen Krieg, den Dschihad, und hoffen so, die dreihundert Millionen Muslims in der ganzen Welt zu mobilisieren. Der Dschihad befiehlt den Marokkanern, den Algeriern und den Tunesiern, die Franzosen umzubringen, den Senussi, die Italiener umzubringen, den achtzig Millionen muslimischen Hindus, die Engländer umzubringen, und den Turkmenen, den Tataren, den Dadschiks, den Tschetschenen und all den anderen, die Russen umzubringen. Es besteht kein Grund, warum sie nicht mit uns den Anfang machen sollten.«

»Ja, Mutter«, bestätigte Harutiun. »Die Armenier, die Griechen, die Assyrer, die Maroniten und die Drusen sind gezwungen, am Heiligen Krieg teilzunehmen, wenn sie nicht selbst vernichtet werden wollen. Darum haben wir uns entschlossen, als gehorsame Untertanen des Sultans dem Ruf zum Dschihad zu folgen und uns alle freiwillig zu melden.«

»Das ist recht gedacht, mein Sohn.«

»Übermorgen werden alle angesehenen Männer und die vom Militärdienst befreiten Armenier wie auch ich sich als Freiwillige stellen.«

»Aber du bist zweiundvierzig Jahre alt, mein Sohn, und du hast drei Kinder.«

»Mutter, hat unsere Partei der alten Armenaganen nicht den Wahlspruch: ›Mögen wir gehängt werden, aber das Volk soll leben‹? Es ist meine Pflicht, mich zu melden.«

»Vielleicht hast du recht, Bruder«, knurrte Tigran. »Aber wir brauchen auch hier Volksführer.«

»Es bleiben immer noch welche: Aram, Jegarian, Wramian, Gulohlian ...«

»Hrant werden sie auch einziehen, denn seine Schule ist in ein Lazarett umgewandelt worden. Dann soll ich also allein zu Hause bleiben?«

»Vielleicht wird der Krieg nicht lange dauern«, meinte Harutiun nachdenklich. »Zwei, drei Monate ...«

»Damit brauchst du nicht zu rechnen, mein Sohn«, unterbrach Großma ihn. »Allzu viele große Länder, zu viele Waffen, Reichtümer,

Interessen und Religionen stehen hier gegeneinander. Dieser Krieg kann Dutzende von Jahren dauern. Du solltest hierbleiben ...«

»Verzeih mir, Mutter, aber das kann ich nicht. Ich bin schon alt, und ich muss den anderen ein Beispiel geben. Kein Opfer ist zu groß, wenn es um die Sicherheit unserer Kinder, unserer Eltern, unserer Frauen und Schwestern geht. Außerdem wird Selim Bey gleich herkommen, um mit mir zu sprechen.«

»Warum bemüht er sich hierher, anstatt dich in seinem Palast zu empfangen?«

»Er hat mir sagen lassen, dass er es vorziehen würde, heute Abend zu mir zu kommen. Den ganzen Tag über ist er beschäftigt mit den Problemen, vor die ihn die Erklärung des Heiligen Krieges stellt.«

»Aber mein Sohn, das erzählst du uns erst jetzt?«, rief Großma und erhob sich eilig. »Aghawni, hole für jeden die ältesten und geflicktesten Sachen heraus! Schnell, wir müssen uns umziehen! Und ihr beide, Araxi und Sirarpi, kommt einmal hierher ins Lampenlicht ...«

Großma musterte die entstellten Gesichter der jungen Mädchen und reichte jeder von ihnen ein kleines Säckchen. »Wenn Selim Bey kommt, müsst ihr eine Prise von diesem Pulver in eure Augen streuen, um ihnen allen Glanz zu nehmen. Ihr sprecht kein Wort, sondern begrüßt den Gast nur mit einer höflichen Verneigung. Lasst eure ›Freiheit, Gleichheit und Brüderlichkeit‹ nur ruhig beiseite; wir stecken noch tief in den Zeiten des Roten Sultans. Was eure Schminke betrifft, so braucht ihr nichts zu fürchten; dieser Anstrich hält. Ihr seht abscheulich aus, wie zwei alte Hexen.«

Wahram wagte es, mit der Handfläche über Sirarpis Wange zu streichen. Trotz der Runzeln und Falten hatte sie ihre natürliche Glätte und Wärme bewahrt. »Tut dir das nicht weh?«, fragte er.

»Es zieht ein bisschen, wenn ich spreche. Sag mir, Wahram, findest du mich jetzt ekelhaft?«

»Wenn ich nicht wüsste, dass du es bist, würde ich bis ans Ende des Gartens laufen, um dich nicht mehr sehen zu müssen.«

Wahram ging hinaus, um Luft zu schöpfen. Er hatte das Gefühl, als müsse er ersticken. Es drängte ihn, diesen Krieg und die Massaker zu stoppen, den schrecklichen Firnis von Sirarpis und Araxis Gesichtern zu entfernen, die Sorgen seines Vaters zu zerstreuen. Er hatte den sehnlichsten Wunsch, so stark zu werden, dass nichts ihm widerstehen konnte ...

Jetzt verspürte er eine flüchtige, zarte und eiskalte Liebkosung an seinen Wangen. Die Nacht brach herein. Er streckte die Hände aus und stellte fest, dass Schnee fiel. Und auch dagegen konnte er nichts tun. Er fühlte sich elend und unglücklich.

Selim Bey kam im Wagen, begleitet von Wramian und einem Dutzend berittener Gendarmen, die zunächst vor der Tür blieben. Aber Großma bat sie in den Hausflur und bot ihnen Tee an.

»Wir sollten an die Mütter dieser jungen Leute denken«, sagte sie zu Selim Bey. »Der erste Schnee ist gefährlich. Sie müssen sich davor in Acht nehmen.«

Wahram betrachtete Selim Bey. Er erinnerte sich an den jugendlich schlanken und eleganten Oberst mit seinen blitzenden Waffen, Knöpfen und Litzen. Und jetzt sah er einen dickbäuchigen Mann mit aufgedunsenem Gesicht und einem bösen, anmaßenden Lächeln vor sich. Wenn er an den Kuss dachte, den dieser Mensch ihm vor sechs Jahren gegeben hatte, wurde ihm übel. Er setzte sich aufs Sofa und kämpfte gegen sein Verlangen, Selim Bey zu ärgern und ihm unangenehme Dinge zu sagen.

Er fühlte sich gedemütigt. Und er schämte sich, weil er diese alte Jacke und die geflickte Hose anhatte, die er sonst nie mehr trug. Sie alle: Tigran, Hrant, Harutiun, Wartkes, Sebuh, Aghawni, Araxi und Sirarpi waren wie verwandelt; sie sahen auf einmal so abgerissen und ärmlich aus. Selim Bey nahm eine Tasse Tee von dem Tablett, das Araxi ihm hinhielt. Als er jedoch einen Blick auf das Gesicht des jungen Mädchens warf, schrak er zusammen und vergoss seinen Tee auf den Teppich.

»Ist das die Schönheit, die ich erst vor wenigen Wochen bewundert habe?«, fragte er entsetzt.

»Ja, Oberst Bey«, antwortete Großma. »Die Fieberblume hat sich ihrer bemächtigt, und in wenigen Tagen war ihr Zauber dahin.«

»Wie schrecklich!«, rief Selim Bey entsetzt. Sein Blick hing wie gebannt an Araxis Gesicht.

»Oberst Bey«, fuhr Großma fort, »wenn das Unglück einmal beginnt, findet es kein Ende mehr. Dieses arme Mädchen hat nie Glück gehabt.«

Selim Bey trank laut schlürfend seinen Tee und ließ sich noch eine zweite Tasse geben. Er stand noch immer und ließ seine Augen rundum gehen; vor allem aber schaute er immer wieder auf Araxi und Sirarpi.

Schließlich setzte er sich und forderte Wramian auf, an seiner Seite Platz zu nehmen.

Nachdem der Tee getrunken war, verließen die Frauen und Kinder das Zimmer. Wahram blieb wie festgeleimt auf seinem Platz sitzen. »Nun, junger Mann, wie steht es mit dir?«, fragte Selim Bey ihn. »Willst du dich auch zur Armee melden?«

»Das möchte ich schon«, erwiderte Wahram. »Aber als was werde ich dann eingestellt, Selim Bey?«

»Wenn ich mich nicht täusche, willst du mindestens General sein. Aber fürs Erste wirst du die Waffen der Offiziere putzen.«

»Einverstanden«, sagte Wahram. »Aber dann muss ich auch Waffen bekommen: einen Revolver, einen Säbel und einen Dolch.«

»Und was willst du damit anfangen?«

»Ich werde die Offiziere beschützen.«

»Bravo!«, sagte Selim Bey lächelnd. »Ihr Sohn ist wirklich unbezahlbar, Harutiun Bey. Nun, und Sie selber? Sie wollen sich als Freiwilliger melden? Stehen Sie immer noch zu diesem Entschluss?«

»Aber selbstverständlich«, erwiderte Harutiun erstaunt. »Hatten Sie etwas anderes erwartet, Selim Bey?«

»Nein ... Aber nach der Ausrufung des Heiligen Krieges habe ich mich doch gefragt, wie Sie nun reagieren würden.«

»Ich habe es Ihnen ja bereits erklärt«, fiel Wramian ein. »Und Harutiun Bey denkt genau wie ich.«

»Was sagen Sie selber dazu, Harutiun Bey?«

»Da unsere Regierung sich mit dem Aufruf an alle ihre Untertanen gewendet hat, müssen auch wir ihm folgen, denn auch unser Land gehört dem Islam.«

»Da sehen Sie es!«, rief Wramian. »Wir beide gehören nicht zur selben Partei, und doch lautet seine Antwort genau wie die meine.«

»Ja, allerdings«, sagte Selim Bey. »Aber Harutiun ist ein angesehener, arbeitsamer Mann, der sich den Gesetzen seines Landes unterwirft.«

»Das sage ich ja dauernd!«, rief Wramian. »Warum wollen Sie nur nicht verstehen, Selim Bey, dass wir Osmanen bleiben und nicht Russen werden wollen? Brauchen Sie noch einen Beweis dafür? War es nicht ein armenischer Soldat, der an der russischen Front dem Oberbefehlshaber der türkischen Armee das Leben gerettet hat?«

»Zweifellos. Aber ihr wünschtet euch doch andere Lebensbedingungen.«

»Nein, Selim Bey, wir haben uns nur gewünscht, ein menschliches Leben führen zu können.«

»Ja, aber ebendeshalb mischt sich jetzt Europa in unsere internen Angelegenheiten. Warum wollt ihr, dass der Lebensstandard der Türken gesenkt wird, damit der eure sich heben kann?«

»Uns kommt es einzig darauf an, in Ruhe und Sicherheit arbeiten zu können. Inwiefern könnte das den Türken nachteilig sein?«

»In diesem Land muss der Christ dem Muslim dienen, oder es ist kein Platz für ihn.«

»Und das sagen Sie mir, einem Abgeordneten von Van im türkischen Parlament?«, rief Wramian empört.

»Oberst Bey«, mischte Großma sich in liebenswürdigem Ton ein. »Ich glaube fast, ihr sagt alle dasselbe und merkt es nur nicht. Ist mein Sohn Harutiun etwa kein gehorsamer Untertan?«

»Gewiss ist er das, Große Frau.«

»Und möchten Sie nicht, dass alle so wären wie er?«

»Sicherlich, Große Frau ...«

»Sehen Sie«, fuhr Großma, noch immer honigsüß, fort. »Aber leider geben Sie ihnen nicht die Möglichkeit dazu. Und diesen Umstand macht sich Europa zunutze, um sich in unsere Angelegenheiten zu mischen und auf unsere Kosten seine eigene Lage zu verbessern.«

»Was sagen Sie da?«, rief Selim Bey erstaunt. »Aber das ist ja richtig!«

»Natürlich, Oberst Bey. Wenn wirklich alle gut behandelt würden, woher wollte dann Europa einen Vorwand nehmen, um sich einzumischen? Wramian Bey und mein Sohn denken darin genau wie ich. Wir wollen türkische Untertanen bleiben, wir wollen, dass das Land reich und mächtig wird, und wir werden die Russen nicht als unsere Herren anerkennen. Warum hetzen Sie dann die Kurden auf uns, mein Pascha? Warum sorgen Sie dann nicht dafür, dass jedermann, so wie mein Sohn, in Frieden und unter dem Schutz des Gesetzes seiner Arbeit nachgehen kann? Wenn die Christen mehr arbeiten könnten, würden sie mehr Steuern zahlen, und die Gehälter der türkischen Beamten und Soldaten könnten erhöht werden.«

»Gott ist mein Zeuge, Große Frau, Sie verdienten es, unser Ministerpräsident zu sein!«

»Ich bin nur eine arme Frau, die bereits mit einem Fuß im Grabe steht«, sagte Großma. »Aber eines weiß ich: Mit Bosheit und Schlechtigkeit werden Familien, Völker und die ganze Welt zugrunde gerichtet.«

Selim Bey starrte Großma an, als sähe er sie zum ersten Mal. Wahram schwoll vor Stolz so an, dass er ganz rot im Gesicht wurde.

Endlich erhob sich Selim Bey. »Ich bedaure nicht, dass ich gekommen bin«, sagte er. »Eigentlich wollte ich Ihnen und Ihren Kameraden untersagen, sich geschlossen als Freiwillige zu melden; aber ich sehe ein, dass Ihr Entschluss richtig ist, Harutiun Bey. Indem Sie sich dem Gebot des Heiligen Kriegs unterwerfen, besänftigen Sie die Gemüter, die durch unsere Niederlagen erbittert sind.« Dann zog er ein Goldstück aus der Tasche und sagte zu Großma: »Große Frau, mein Herz brennt vor Mitleid mit diesem armen Mädchen, das seine Schönheit verloren hat. Nehmen Sie dieses Goldstück für sie an, und versuchen Sie, ihr Los zu erleichtern ...«

Nach dem Abmarsch der Freiwilligen bedeckte Schnee die Erde.

»Großma«, fragte Wahram, nachdem ein Monat verstrichen war, »warum hören wir nichts von Väterchen?«

»Jetzt sind es vier Söhne, von denen ich getrennt bin«, murmelte Großma vor sich hin, als habe sie Wahrams Frage nicht gehört. »Warum straft Gott mich so?«

»Gott straft dich nicht, Großma, denn Vater wird bald wiederkommen.«

»Was sagst du da?«

»Ich weiß zwar nicht warum, aber ich bin überzeugt, dass Väterchen wiederkommen wird. Je mehr Tage verstreichen, umso sicherer bin ich.«

Jetzt schien Großma plötzlich aus ihrer Versunkenheit zu erwachen. Sie richtete einen forschenden Blick auf ihren Enkel. »Mein Kleiner, hast du etwas darüber gehört, oder sagst du das ganz aus dir selbst?«

»Niemand hat mir etwas erzählt, Großma. Aber eine leise, unbekannte Stimme hat es mir plötzlich zugeflüstert.« Die Abendsonne vergoldete den Schnee, als Hrant aus der Stadt zurückkehrte. Er strahlte über das ganze Gesicht. »Mutter«, sagte er, »ich glaube, mein Bruder wird wiederkommen.«

»Macht ihr euch über mich lustig, oder verschweigt ihr mir etwas?«

»Aber nein, Mutter. Tachsin Bey möchte vor seiner Abreise sein Tafelgeschirr neu versilbern und vergolden lassen. Meine neue Stellung an der Schule von Awantz ermöglichte es mir glücklicherweise, im Vorbeigehen in Harutiuns Laden hineinzuschauen. Kürzlich traf ich dort den Ordonnanzoffizier des Gouverneurs und wies ihn darauf hin, dass durch Harutiuns Einrücken zur Armee die Arbeit beträchtlich verzögert würde.«

»Weiter, weiter!«, rief Großma ungeduldig.

»Ja, Mutter. Der Mann ist wiedergekommen und hat sich nach der Einheit erkundigt, bei der Harutiun dient, weil der Gouverneur ihn zurückberufen will.«

»Und wie lange wird es dauern, bis die Anordnung ausgeführt ist?«

»Nur ein paar Tage, wie mir die Ordonnanz gesagt hat. Tachsin Bey hat es eilig, er will bald abreisen.«

»Seine Familie hat Van schon verlassen, Großma«, fiel Wahram ein. »Raymond sagte mir, dass er sich nach unserer Stadt zurücksehnen würde, denn in Erzurum ist es längst nicht so schön.«

»Um dort zu leben, sicherlich nicht, aber zum Sterben ist eine Stadt so gut wie die andere«, murmelte Großma, die an die bevorstehende Befreiung Harutiuns nicht zu glauben schien.

Alle belauerten die Tür, durch die Harutiun nun bald das Haus betreten würde, als plötzlich eine Gruppe von Reitern auftauchte. Ihnen folgten zwei Maulesel, auf denen eine Frau und ein Kind saßen. Die Reiter waren Kurden, und sie begleiteten Bach Agha, den Freund Harutiuns. Erschrocken flüchteten sich Aghawni, Sirarpi und Araxi mit den Kindern in die oberen Stockwerke. Überall in der Nachbarschaft wurden die Türen mit schweren Eisenstangen verriegelt.

Großma war zur Kirche gegangen, um zu beten. So kam es, dass Sarkis und Wahram den Ankömmlingen als Erste entgegentraten.

»Ich muss Harutiun Agha sprechen«, sagte der Kurdenführer.

»Mein Vater ist bei der Armee«, erwiderte Wahram stolz.

Zu seinem Erstaunen hob jetzt die schwarz verhüllte Gestalt, die er für eine Frau gehalten hatte, den schweren Schal vom Kopf. Ein Greis mit einem roten, knochigen Gesicht, das in einem Wald weißer Barthaare zu versinken drohte, trat vor und kniete vor Wahram im Schnee nieder.

»Da du der Herr dieses Hauses bist«, sagte er, »erbitte ich deine Gastfreundschaft für mich und meine Kinder. Ich bin der Jude Heptae aus Baschkale. Ich habe nur meine Tochter und meinen kleinen Sohn hier retten können. Meine Frau, meine Brüder und meine fünf anderen Kinder sind massakriert worden.«

Wahram war so erstaunt, dass er kein Wort herausbrachte.

Unterdessen waren ein achtjähriger Junge und eine schwarz verschleierte Frau herangekommen. Sie knieten neben ihrem Vater nieder. »Sarkis …?«, murmelte Wahram und bat den Diener mit einem flehenden Blick um Rat. Aber Sarkis sagte kein Wort.

»Mein Herr«, sagte Wahram nun, »ich bitte Sie, stehen Sie auf. Der Schnee wird Ihre Knie erstarren lassen. Ich bin nicht der Herr dieses Hauses. Aber gehen wir doch in den Dandun, Großma wird bald zurück sein.«

In diesem Augenblick erkannte Wahram die anderen Reiter; es waren die drei Söhne des Kurdenführers. »Sarkis«, sagte er, indem er auf die jungen Kurden wies, »führ die Pferde in den Stall. Und Sie, Bach Agha, folgen Sie mir. Wir gehen in den Dandun.«

»Wahram«, riet ihm Sarkis jetzt, »im Salon ist schon Holz im Ofen. Du brauchst nur Feuer zu machen, dann wird er das Zimmer rasch erwärmen. Ich bereite inzwischen den Tee.«

Wahram begriff, dass man nicht jeden Besucher in den Dandun führen konnte.

Als Großma nach Hause kam, fand sie Wahram, die Kurden und die drei jüdischen Flüchtlinge im Salon vor, wo sie ihren Tee tranken. Belustigt und erstaunt zugleich betrachtete sie das Bild, das sich ihr bot. »Möge dein Kopf immer grün bleiben, Wahram«, sagte sie. »Du bist mit einem Schlag erwachsen geworden. Sei mir willkommen, Bach Agha, und auch du, Heptae. Wir waren deinetwegen schon in Sorge.«

Der alte Mann mit den ausgemergelten Leidenszügen verneigte sich und brach in Schluchzen aus.

»Alle unsere Schmerzen werden mit uns vergehen«, sagte Großma freundlich. »Und wir beide, Heptae, brauchen nicht mehr lange darauf zu warten. Komm, nimm noch eine Tasse Tee. Deine zwei Kinder brauchen dich noch.«

»Ich habe Harutiuns Besitz gerettet«, berichtete Heptae unter Schluchzen. »Ich bin glücklich, dass ich ihm alles wiedergeben kann.«

»In diesem Augenblick ist unser wertvollster Besitz die Gesundheit«, erklärte Großma und reichte ihm eine Tasse Tee.

»Du sprichst gut, Große Frau«, sagte der Kurde. »Alles hat seinen Wert verloren. Das Land ist voller Trümmer. Von den zweihundert Dörfern, die rings um meine Besitzungen lagen, stehen kaum noch fünfzig. Alles andere ist zerstört. Die Herbstaussaat ist nicht bestellt.

Und die wenigen Bauern, die dem Massaker entronnen sind, haben die Gegend verlassen. Wir werden dieses Jahr eine Hungersnot haben.«

»Warum denken nicht alle Kurden so wie du?«, fragte Heptae, dessen Erregung nun durch den Tee ein wenig gedämpft war.

»Die Kurden denken nicht, das wisst ihr doch. Als Gott die Erde und die Weisheit verteilte, versorgte der Kurde sein Pferd, und als er dann vor Gott erschien, war nichts mehr übrig. Da sagte Gott zu ihm: ›Du wirst aus der Weisheit der anderen deinen Nutzen ziehen und dich mit den Steinen der Gebirge begnügen.‹ Und so blieben wir zwischen den Felsen, ziehen unseren Nutzen aus dem Boden der Armenier und lassen die Türken für uns denken. Aber jetzt lässt Djevdet Bey die Armenier niedermetzeln, verwüstet das bebaute Land und treibt uns vor die Maschinengewehre. In einem einzigen Kampf habe ich zwei Drittel meiner Krieger verloren. Ach, Große Frau, ich glaube, das Ende der Welt ist gekommen!«

»Kirwa, Kirwa«, warf Heptae ein, »wenn die Russen so stark sind, warum rücken sie dann nicht vor? Warum sind sie bis Saray und Baschkale gekommen und dann wieder bis Tabriz zurückgewichen?«

»Das verstehe ich auch nicht«, erwiderte der Kurdenführer.

»Bei Sevhissar südlich von Saray hatten wir mit den Türken fast uneinnehmbare Stellungen bezogen. Binnen wenigen Stunden haben die Kosaken uns mit einem Feuerregen überschüttet, uns dezimiert und in die Flucht geschlagen. Wir erwarteten, dass sie in den zwei nächsten Tagen bis nach Van vorstoßen würden. Aber nein, nach unserer Niederlage zogen sie sich nach Urmia zurück.«

»Genauso war es bei Baschkale«, erzählte Heptae. »Die Kavallerie des Zaren ist mit ihren kräftigen, windschnellen Pferden an uns vorbeidefiliert. Und zwei Tage später kamen die Türken und Kurden wieder, um Baschkale in ein Meer von Blut und Feuer zu verwandeln … Von den fünfzehn Mitgliedern meiner Familie sind nur wir drei übrig geblieben. Du und deine Söhne, Bach Agha, ihr habt uns gerettet, das ist wahr. Aber warum habt ihr alles zerstört und geplündert?«

Der Kurdenführer zog an seinem Schnurrbart. »Das weiß ich nicht. Die Türken haben zu uns gesagt: ›Es ist aus mit uns. Und da sowieso alles verloren ist, wollen wir den Russen nur Schutt und Asche zurücklassen.‹«

»Heptae«, begann jetzt Großma. »Ich weiß, dass deine Tochter Rebekka heißt. Und dein Sohn?«

»Jassub, dein ergebener Diener«, erwiderte Heptae.

»Nun gut, Rebekka und Jassub, ihr werdet euch jetzt umziehen, euch waschen und ein wenig ausruhen. Wahram, führe sie zu Aghawni.«

Sobald die drei das Zimmer verlassen hatten, enthüllte Rebekka ihr Gesicht, das sie bis dahin verschleiert hatte. Wahram war wie geblendet von den großen mandelförmigen Augen und dem Schimmer der glatten, weißen, rosig überhauchten Haut. Das Gesicht des jungen Mädchens hatte einen so lieblichen Ausdruck, dass Wahram unwillkürlich rief:

»Wie hübsch du bist, Rebekka!«

»Das ist meine Schwester!«, fuhr Jassub dazwischen. »Du darfst sie nicht ansehen!«

Aber Rebekka lächelte und sagte leise: »Bei ihm ist keine Gefahr, Jassub. Er ist ein guter Junge, und er ist weder ein Türke noch ein Kurde.«

»Nun gut, wenn du es sagst, soll es mir auch recht sein. Aber da er das Recht hat, dich anzusehen, kann er uns auch etwas zu essen geben. Ich habe Hunger!«

»Hör nicht auf ihn! Mein Bruder redet Unsinn … Jassub, du darfst ihm doch nicht erzählen, dass du Hunger hast!«

Wahram konnte seine Blicke nicht von Rebekka losreißen. Trotz der weiten, schwarzen Gewänder erriet man ihre zierliche und geschmeidige Gestalt.

Oben auf der Treppe standen neugierig Sirarpi und Araxi, wagten sich jedoch nicht weiter herunter. Aghawni stieg langsam die Stufen herab. Als sie Wahram erblickte, ging sie schneller.

»Mütterchen«, sagte Wahram, »das sind Rebekka und Jassub. Sie haben Hunger.«

»Wahram, wer waren diese Reiter?«, fragte Aghawni.

»Der Bach Agha und seine Söhne. Sie wollten mit Vater sprechen.«

Mit einem tiefen Seufzer der Erleichterung zog Aghawni alle in den Dandun. Dann rief sie Araxi und Sirarpi und machte sich an die Vorbereitungen zum Abendessen.

Am nächsten Morgen kam Harutiun. Wahram, Wartkes und Sebuh betrachteten ihn staunend und konnten kaum glauben, dass er es wirklich war. Seine schmutzige und enge gelbgrüne Uniform ließ ihn kleiner erscheinen. Das abgezehrte Gesicht, der plötzlich ergraute Schnurrbart und vor allem die tief liegenden, düster blickenden Augen und die niedergeschlagene Miene machten ihn fast unkenntlich. Doch als er den Mund öffnete, gab es für Wahram keinen Zweifel mehr. Es war sein Vater.

»Zieh dich erst einmal um und wasche dich«, sagte Großma zu ihm. »Und du, Aghawni, sammle alle seine Kleidungsstücke zusammen, damit wir sie auskochen können. Ruhe dich ein paar Stunden aus, mein Sohn. Wir werden noch genug Zeit zum Reden haben. Bach Agha ist mit seinen Söhnen hier und ebenso Heptae, seine Tochter und sein kleiner Sohn, die dem Gemetzel entkommen sind. Heptae bringt dir deine Schmuckstücke und Edelsteine.«

Harutiun küsste Großmas Hand und zog sich zurück.

Die Kälte nahm zu. Der Schnee bedeckte den Erdboden, die Dächer und die Äste der kahlen Bäume mit zahllosen Kristallen. Mit Mühe nur entfachte die Sonne nach ihrer kurzen Tagesreise ihre machtlosen Feuer, bevor sie hinter dem Horizont verschwand, und die Schar der Spatzen, die sich unter dem Gebälk des Schuppens zusammendrängte, schimpfte ununterbrochen. Die Katzen träumten mit halb geschlossenen Augen neben den Öfen, und Gail, der Jagdhund, lag reglos in seinem Winkel neben der Stalltür und ließ von Zeit zu Zeit ein leises Knurren vernehmen. Im Salon glühte der riesige Ofen, die Männer rauchten, und der Beerenschnaps Oghi, der mit gepfefferten und gesalzenen Vorgerichten gereicht wurde, verbreitete eine festliche Atmosphäre.

»Auf deine gute Heimkehr, Harutiun Agha!«, rief der Kurdenführer mit dröhnender Stimme. »Ich konnte es kaum erwarten, dich vom Frontdienst befreit zu sehen.«

»Ich bin auch glücklich, dich hier zu treffen«, erwiderte Harutiun in ernstem Ton. »Meine Rückkehr verdanke ich dem Gouverneur Bey, der sein Tafelgeschirr neu versilbern und vergolden lassen will.«

»Dann habe ich ja Glück, dass ich genau im richtigen Augenblick gekommen bin!«, rief der Kurde.

»Bach Agha, ich bin dir dankbar dafür, dass du meinen Freund Heptae und seine Kinder gerettet hast. Aber hättest du nicht auch die anderen Mitglieder seiner Familie retten können?«

»Nein«, fiel Heptae ein. »Der Bach Agha war nicht in Baschkale. Als der Angriff losbrach, schaffte ich mit Rebekka und Jassub meinen wertvollsten Besitz in das Versteck meines Hauses. Dann flehte meine Frau mich an, mich nicht von dort wegzurühren, bis sie mir ein Zeichen geben würde. Nach endlosem Warten habe ich mich, vor Kälte erstarrt, doch hervorgewagt. Das geplünderte, zur Hälfte zerstörte Haus enthielt nichts mehr als zwölf grausam verstümmelte Leichen: die meiner Frau, meiner Brüder und meiner anderen Kinder. Alle lagen so da, dass ihr Kopf nach Mekka wies ... Wir konnten nicht dableiben. Im Schutz der Dunkelheit schlugen wir den Weg nach Van ein. Bei jedem Schritt stießen wir auf Leichen. Dann hatten wir das Glück, Bach Agha und seine Reiter zu treffen. Und so kamen wir hierher.«

»Harutiun Agha«, begann nun der Kurdenführer, »ich weiß nicht, ob wir uns je wiedersehen werden, denn mir scheint, dass, selbst wenn sämtliche Teufel der Hölle auf die Erde losgelassen würden, nicht mehr Unheil angerichtet werden könnte als jetzt. Die Jungtürken, diese Schakale, fordern das Fell der ganzen Welt für sich. Wir haben den Befehl, keinen Menschen zu schonen, der nicht Kurde oder Türke ist. Ich konnte Heptae nicht länger bei mir behalten, ohne in Schwierigkeiten zu kommen. Ich habe ihm vorgeschlagen, ihn nach Persien zu bringen, aber er wollte nicht auf mich hören. Er wollte unbedingt hierher. Darum habe ich ihn zu dir begleitet. Und jetzt, Harutiun Agha, möchte ich dir anraten, das Land zu verlassen. Ich werde euch nach Persien geleiten, und von dort aus könnt ihr zu den Russen stoßen.«

»Was sagst du da?«, rief Harutiun.

»Gott ist mein Zeuge, dass ihr keinerlei Aussicht habt, dem Massaker zu entgehen. In der ganzen Türkei soll nicht ein einziger Christ am Leben bleiben. So lautet der Beschluss des Komitees ›Einheit und Fortschritt‹. Ich habe es mit eigenen Ohren gehört. Und darum bin ich auch selber gekommen und habe nicht nur meine Söhne geschickt.«

»Ich bin dir wirklich sehr dankbar«, sagte Harutiun. »Ich glaube dir, aber es ist mir unmöglich, von hier wegzugehen.«

»Nun gut«, sagte der Kurde. »Jedenfalls kennst du den Weg in meine Berge. Wenn die Lage dich dazu zwingt oder wenn du deine Meinung ändern solltest, stehe ich dir zu Diensten.«

»Du musst bedenken, dass ich nur vorübergehend von der Armee beurlaubt bin, um Tachsin Beys Tafelgeschirr zu vergolden und zu versilbern. Dann muss ich wieder zurück.«

»Nein, das darfst du nicht!«, riefen der Bach Agha und Heptae wie aus einem Munde.

»Ich weiß, aber ...«

»Mein Freund«, begann Heptae, »vertraue auf die Erfahrung eines weißhaarigen Mannes. Wir gelten nichts mehr in der Türkei. Wenn du so wie ich in Baschkale die Leichen der Armenier, der Assyrer und der Juden Seite an Seite gesehen hättest, brüderlich vereint im Tode wie zuvor im Unglück, dann hättest auch du begriffen, dass unser Schicksal unabwendbar ist. Bevor die Jungtürken an die Macht kamen, betrachtete man uns als ungläubige Hunde, die jedoch irgendwie nützlich waren wie Pferde, Büffel oder Schafe, und so ließ man uns unser armseliges Leben fristen. Jetzt hingegen will man nur, dass wir so schnell wie möglich verrecken, nichts weiter. Geh nicht an die Front zurück!«

»Es ist ein Unglück für alle«, fügte der Kurdenführer hinzu, »aber Heptae hat recht.«

»Mein Sohn«, mischte sich jetzt Großma ein, »wie lange wirst du hier sein können?«

»Das weiß ich eben nicht! Ich habe den Urlaubsschein gar nicht recht durchgelesen, er ist so schlecht geschrieben.«

Harutiun entfaltete einen gelblichen, eng beschriebenen Bogen. Unter den Zeilen war ein Siegel angebracht.

»Zeig einmal her«, sagte Hrant. Er nahm das Papier und las: »Auf Befehl von Tachsin Bey, Gouverneur der Provinz von Van, ist der Soldat Harutiun, Sohn des …«, Hrant übersprang einige Zeilen, »… abkommandiert zum …«, wieder las er murmelnd weiter, »… aus der Stammrolle seiner Einheit zu streichen und zur Verfügung des Gouverneurs zu stellen.«

»Aber Bruder«, rief Hrant, »du brauchst ja gar nicht zurückzugehen! Du bist jetzt Tachsin Bey unterstellt, und nur er allein kann deine Versetzung verfügen.«

Erstaunt nahm Harutiun den Bogen wieder an sich, las ihn noch einmal durch und betrachtete ihn lange, ohne ein Wort zu sagen.

»Väterchen«, rief Wahram aufgeregt, »du brauchst doch nur Tachsin Bey zu bitten, dich mitzunehmen!«

»Behalte deine Ratschläge für die Ameisen und Insekten, Wahram«, schalt Großma. »Hör zu, Harutiun. Du wirst von Tachsin Bey nichts erbitten und dich wohl hüten, ihm dieses Papier zu zeigen, das Gott selbst für uns ausgestellt hat. Hast du verstanden?«

»Jetzt begreife ich. Bevor ich die Truppe verließ, hat unser Bataillonskommandant, ein arabischer Offizier, mich zu sich rufen lassen, mir Kaffee angeboten und dann nach einigen kryptischen Sätzen zu mir gesagt: ›Ich bin glücklich, dass Sie an den Herd Ihres Hauses zurückkehren können. Hoffen wir, dass es allen Armeniern, Arabern, Griechen und Assyrern ebenso ergehen möge.«"

»Nun gut, Harutiun Bey«, sagte der Kurde, indem er sich erhob. »Ich brachte eine Zentnerlast auf meiner Brust mit hierher, aber ich gehe erleichtert. Und denke daran: Der Bach Agha ist dein Freund, und seine Arme werden immer für dich geöffnet sein.«

Durch den Schnee gedämpft, verklang das Hufgetrappel der Pferde, die Bach Agha und seine Söhne für immer davontrugen. Wahram, der reglos mitten auf der Straße stand, folgte ihnen mit den Augen. Bald waren sie nur noch eine hüpfende Masse, die schließlich seinen Blicken entschwand. Nun wandte Wahram sich der Tür des Hauses zu, blieb jedoch plötzlich wie angewurzelt stehen.

Warum hatte diese Tür ein so teuflisches Gesicht? Sie war aus schweren, massiven doppelten Planken gezimmert und mit großen polierten Ziernägeln geschmückt. Auf einer festen Eisenplatte ruhte der Türklopfer, eine Hand, die eine Kugel hielt.

Plötzlich verwandelten die Nagelköpfe sich in tückische, halb geschlossene Lider. Der Blick dieser unbeweglichen toten Augen übte einen unwiderstehlichen Bann auf Wahram aus. Durch diese Tür hier kam und ging alles. Durch sie traten die Freunde ein, aber vielleicht würden bald die Feinde diese Schwelle überschreiten. Und durch diese Tür würde eines Morgens Rebekka, in ihre Schleier gehüllt, verschwinden, da ihr Vater trotz aller Einwände Großmas um jeden Preis mit seinen Kindern nach Trapezunt weiterziehen wollte.

Die Tür wurde feindselig, hassenswert. Man musste sie zumauern, zerstören und an ihrer Stelle einen unterirdischen Gang graben, denn jenseits von ihr befand sich Wahrams Welt, und all jene, die er liebte. Lange stand er bestürzt vor diesem neuen Gesicht der vertrauten Tür. Es war ihm unmöglich, durch sie hindurchzugehen, und so machte er einen großen Umweg, stapfte durch Schnee, gefrorenes Wasser und Schmutz und kehrte durch den Garten ins Haus zurück.

Gleichförmig folgten die Wintertage aufeinander, und der Schnee bedeckte die Erde. Die Kälte flößte Wahram Angst ein. Fast erkannte er seine geliebten Bäume nicht mehr wieder. Er flüchtete sich in den Dandun und nahm die weiße Katze auf die Knie, in deren blauen, goldschimmernden Augen sich Schelmerei und Weisheit spiegelten.

»Meine Pessuk«, sagte er zu ihr, »aus dem Wasser Gerettete, Mutter vieler Katzengenerationen, du kennst die Geheimnisse der Nacht. Sage mir, was müssen wir tun, um der Gefahr zu entrinnen, die uns droht? Könntest du nicht die Welt der Geister, die du so gut kennst, alarmieren, damit sie uns zu Hilfe kommt? Du schnurrst? Aber in den Märchen sprechen die Katzen doch. Warum willst du mir nichts sagen?«

Als Antwort bohrten sich lediglich die Krallen der Katze in Wahrams Schenkel. Wie sollte er diese Botschaft auslegen?

»Wahram, jetzt weiß ich, dass du wirklich verrückt bist!«

Sirarpi, die aus dem Keller kam, trat vor ihren Vetter. Sie nahm die Katze und setzte sie unsanft zu Boden. Die große Dame fauchte das junge Mädchen an und schritt dann würdevoll in ihrem üppigen Pelz davon.

Sirarpi legte die Hand auf Wahrams Wange.

»Wie soll eine Katze dir helfen können, Wahram?«

»Die Tiere sind klüger als die Menschen, und bestimmt stehen sie in Verbindung mit einer anderen Welt. Ich bin überzeugt, dass sie in Geheimnisse eingeweiht sind, von denen wir nicht einmal etwas ahnen.«

»Du kannst lange warten, bevor ein Tier dir zu Hilfe kommt!«

»Kennst du denn nicht die Geschichte, die man überall erzählt?«

»Welche?«

»Die von dem Geizhals, der dreißig Jahre lang nach einem Schatz sucht, den sein Vater versteckt hat. Er mag die Tiere nicht und hält sie für unnütze Fresser. Sein Sohn jedoch liebt die Hunde. Als er groß wird, nimmt er einen Hund zu sich. Aber dieses Tier hat eine unerträgliche Angewohnheit. Mehrmals am Tage kratzt er an der Schwelle der Gartenpforte und bellt. Schließlich gräbt man ärgerlich nach – und entdeckt den verlorenen Schatz!«

»Wahram, du träumst immer von Schätzen! Was sollen wir damit? Es ist doch gleichgültig, ob man ein Kupferstück oder Tausende von Goldstücken in der Tasche hat.«

»Hat dir das dein Lehrer gesagt?«

»Nein. Unsere Schule ist übrigens seit drei Tagen geschlossen. Unsere Lehrer sind zur Front eingerückt.«

»Meine Schule schließt morgen.«

Wahram hatte geantwortet, ohne die Augen zu heben. Was er hörte und sah, war ihm fast gleichgültig. Wie sollte er dieses reine Wohlgefühl beschreiben, das ihn langsam durchdrang wie eine leuchtende

Hoffnung? Irgendwo schien ein Magnet zu sein, der seine Sorgen aus ihm herauszog.

Die sanfte Wärme im Dandun war durchströmt von einem herrlichen Essensgeruch. Das unbestimmte Licht machte alle Schatten und Konturen weich. Das flackernde Herdfeuer stieg wie ein roter Springbrunnen im glänzend schwarzen Rahmen des seit Jahrhunderten erhärteten Rußes empor. Großmas Platz war leer.

Wahram und Sirarpi liebten einander innig, aber der Gedanke, sich zu küssen, wäre ihnen nie gekommen. Das wäre wie eine Entweihung ihrer Gefühle gewesen. Wenn Wahram zuweilen Sirarpi morgens beim Anziehen überraschte, wagte er kaum, auf die schwere Masse der gelösten Flechten hinzublicken, die auf den zarten, zerbrechlichen Schultern lastete. Das Bild blieb ein Traum, der sich unmerklich verklärte. Nie dachte er an Sirarpis Körper. Aber er liebte es, auf seiner Wange die Hand seiner Cousine wie eine unkörperliche Liebkosung zu fühlen.

Sirarpi brach als Erste den Zauber: »Wer überwacht die Straße, Wahram?«, fragte sie.

»Wartkes. Und den Garten?«

»Sebuh.«

»Kinder«, murmelte Wahram. »Wir sollten sie ablösen.«

»Schön, dann gehen wir. Oder hast du Angst, Wahram?«

»Angst?«, wiederholte er, als erwache er aus einem Traum. »Nein. Jetzt nicht. Nein. Nie. Wir werden uns zu verteidigen wissen, Sirarpi. Es gibt jetzt überall ›Kadschs‹.« Damit stieg Wahram in das zweite Stockwerk hinauf. Er postierte sich am Fenster und schickte Wartkes hinunter. Gewissermaßen hielt er hier Wache für seinen Vater, den sowohl die Armee wie Tachsin Bey »verloren« hatte.

Tatsächlich hatte Tachsin Bey, nachdem die Goldschmiedearbeiten beendet waren, absichtlich oder unabsichtlich vergessen, einen neuen Marschbefehl für Harutiun auszustellen.

»Wundervoll, Harutiun Bey«, hatte der Gouverneur gesagt, als er das vor ihm aufgestellte Tafelgeschirr besichtigte. »Das ist eine Arbeit, die mich jedes Mal, wenn ich sie wiedersehe, auf unser Land stolz machen wird. Ich fahre nicht gern nach Erzurum. Am liebsten wäre ich immer hier in Van geblieben.«

»Auch wir bedauern Ihre Abreise, Gouverneur Bey«, hatte Harutiun geantwortet. »Vor allem in diesem Augenblick, da alles so schwierig geworden ist.«

»Ich gehe trotzdem mit einem Gefühl der Beruhigung, denn die Männer von Van sind klug und umsichtig. Aber ich rate euch äußerste Wachsamkeit an. Der kleinste Funke kann eine Feuersbrunst entfachen. Das wisst ihr ebenso gut wie ich.«

»Ich weiß es, Gouverneur Bey, aber ich kenne auch Djevdet Bey, Ihren Nachfolger. Er hat heißes Blut. Wir alle sind erschrocken über das, was er in Saray und Baschkale getan hat.«

Der Gouverneur hatte auf diese Bemerkung nichts erwidert.

»Gouverneur Bey«, fuhr Harutiun fort, »ich kann Ihnen versichern, dass in Baschkale und Saray weder die Armenier noch die Assyrer noch die Juden, die alle treue Untertanen des Sultans waren, sich etwas haben zuschulden kommen lassen.«

»Ihr wisst selber, Harutiun Bey, dass es überall gewissenlose Elemente gibt, ganz besonders in Kriegszeiten.«

»Gouverneur Bey, zwanzigtausend Menschen sind ermordet, ihre Häuser niedergebrannt – «

»Ich bin verzweifelt darüber. Aber was kann ich tun? Derartige Ereignisse werden das Land für immer zugrunde richten. Hoffen wir, dass alle sich darüber klar sind.«

Aber Harutiun hatte nicht nachgelassen. »Gouverneur Bey«, fragte er, »welchen Rat können Sie uns geben?«

In diesem Augenblick war ein Diener eingetreten, um Kaffee anzubieten, und Tachsin Bey hatte die Unterbrechung benutzt, um das Gespräch auf ein weniger verfängliches Thema zu lenken. Aber er sah nachdenklich aus.

»Harutiun Bey, Verehrtester«, sagte er. »Die Armenaganen, die Daschnaks, die Hentschaks, die armenischen Priester und Beamten müssen jetzt vereint bleiben wie die Finger einer Hand. In Kriegszeiten ist es gleichgültig, mit was für einem Faden man näht. Da sucht man nicht lange nach einem feinen oder dicken, einem schwarzen oder weißen. Was nun uns betrifft, sowohl mich wie meinen Nachfolger, so führen wir nur die Befehle aus, die wir von oben erhalten. Wir können die Ausführung verzögern, beschleunigen oder ein wenig abändern, aber umgehen können wir sie nicht. So etwas war zu Zeiten des Sultans möglich; aber jetzt ist es ausgeschlossen.«

Und als er Harutiuns erstaunte Miene sah, hatte Tachsin Bey gelächelt und gesagt: »Sie sind ein Volksführer, Harutiun Bey, Sie verstehen etwas von diesen Dingen. Wir haben eben auch unsere Komitees, die streng über die Ausführung aller Befehle wachen. Wir können uns diesem Zwang nicht entziehen … Ein Gouverneur hat heutzutage nicht viel zu sagen …«

Die beiden hatten ihr Gespräch noch fortgesetzt, und schließlich hatte Tachsin Bey, der das Ende immer wieder hinauszuzögern schien, Harutiun gute Gesundheit und Mut gewünscht.

Zu Hause berichtete Harutiun von dieser Unterhaltung.

»Was hat er sonst noch gesagt, mein Sohn?«, fragte Großma.

»Nichts. Die Ratschläge, die er mir gab, setzten meine Anwesenheit in Van voraus.«

Tigran lachte laut auf. »Dann hat er dich also auch ›verloren‹, und nun weiß niemand, wo du bist.«

»Trotzdem hat man mich so vom Freiwilligen zum Deserteur gemacht. Normalerweise müsste ich an die Front zurückkehren. Nur –«

»Du wirst dem Gouverneur gehorchen, mein Sohn. Aber hier in der Stadt darf dich niemand sehen. Du darfst das Haus nicht verlassen. Und wir werden Tag und Nacht die Straße und den Garten überwachen. Du hältst dich am besten im Salon auf, gleich beim Versteck.«

Wahram, der die Straße überwachte, rührte sich nicht vom Fenster weg. Seine Aufgabe war nicht schwer, denn die dicke Schneedecke, die sich nach beiden Seiten breitete, machte fast jeden Verkehr unmöglich. Wenn zufällig einige Gendarmen auftauchten, hielt Wahram den Atem an und wartete, bis sie an der Haustür vorbeigegangen waren.

Heute jedoch sah er jemanden kommen … War das nicht Howaguim, der in derselben Kompanie diente wie sein Vater?

Wahram lief in den Salon. »Väterchen«, sagte er, »ich glaube, Howaguim kommt. Ich gehe ihm aufmachen.«

»Howaguim?«, rief Harutiun erstaunt. »Das ist unmöglich!«

»Aber ich habe ihn doch erkannt!«

Ja, er war es, bleich, schwankend, entsetzlich mager.

»Sei uns willkommen, Howaguim Agha.«

»Ist dein Vater zu Hause?«

»Ja, gewiss.«

»Gott sei gelobt! Ich hatte schon Angst, er wäre zur Armee zurückgekehrt.«

»Nein, die Armee hat ihn ›verloren‹. Ooh, das hätte ich nicht sagen dürfen.«

»Mir kannst du es ruhig sagen.«

»Howaguim!«, rief Harutiun und schloss den Kameraden in die Arme. »Aus welcher Hölle kommst du?«

»Ja, Hölle ist das richtige Wort. Ich komme von weit her. Aber höre lieber zu! Vierzehn Tage, nachdem du fort warst, bekamen wir Hacken und Schaufeln ausgehändigt und mussten ohne unsere Waffen losmarschieren, um die Straßen vom Schnee zu säubern. Es waren neue Offiziere, die uns befehligten, nicht mehr die, welche du auch kanntest. Sie haben uns behandelt wie Lasttiere …« Howaguim unterbrach sich, um Großma zu begrüßen, die ins Zimmer kam und zwei Tassen Kaffee brachte.

»Sei willkommen, mein Sohn«, sagte Großma. »Mir scheint aber, du hast weder Blut in den Adern noch Fleisch auf den Knochen.«

»So ist es auch, Große Frau«, erwiderte Howaguim und fuhr dann fort zu erzählen: »Vor fünf Tagen rief ein Offizier, den wir noch nie gesehen hatten, unser Bataillon zusammen.

›Effendis‹, erklärte er uns – er sagte nicht, ›meine Kameraden‹! –, ›Gemäß dem Befehl von Djevdet Bey, dem Zivil- und Militärgouverneur der Provinz, sollt ihr Gräben ausheben. Ich rechne damit, dass ihr rasch und gut arbeitet. Ihr geht jetzt sofort in einzelnen Trupps ab.‹

Wir kamen auf einen Hang der Kaledsch-Berge, nahe der Stelle in den Schwarzen Bergen, wo vor zwanzig Jahren achthundert der Unseren gefallen sind. Dieser Umstand machte mich gleich etwas misstrauisch. Nachdem der Offizier und die türkischen Unteroffiziere unserer Abteilung ihre Anweisungen gegeben hatten, zogen sie sich zurück, um sich ›mit der Gulaschkanone zu beschäftigen‹. Wir mussten da essen, wo wir waren.

Die Erde war durch den Schnee aufgeweicht, sodass die Arbeit rasch voranging. Ich ruhte mich gerade einen Augenblick im Graben aus, als ich auf dem gegenüberliegenden Hang Soldaten bemerkte, die Gewehre und Maschinengewehre auf uns gerichtet hielten. Plötzlich sah ich, wie Feuer aus den Mündungen der Maschinengewehre spritzte, wie die Gewehre Rauchfetzen ausspien, und schon pfiffen die Kugeln über mich hinweg. Meine Kameraden, die getroffen waren, schrien auf, schwankten und stürzten fast alle in den Graben. Bald merkte ich, dass das Feuer nicht nur vom gegenüberliegenden Hügel, sondern auch von der Spitze unseres eigenen Hügels kam …«

»Meine armen Kinder!«, seufzte Großma.

»Binnen wenigen Sekunden lagen mehrere Leichen über mir. Ich versuchte nicht, mich darunter hervorzuarbeiten, denn immer noch knallten vereinzelte Schüsse. Wahrscheinlich galten sie den Verwundeten, die sich zu retten versuchten. Dann ließen die Schüsse immer mehr nach und verstummten schließlich ganz. Ich war mit Blut beschmiert und konnte kaum atmen. Nicht ein Funken Mut oder Kraft war mehr in mir. Die Zeit verrann. Schritte näherten sich. Jemand sagte: ›Wir haben sie abgeknallt wie Hasen, die Männer von Van! Sie waren also doch nicht so schlau, wie es immer heißt.‹

›Tod den ungläubigen Hunden!‹, brüllte eine brutale Stimme.

›Untersucht die Körper. Es darf keiner am Leben bleiben! Macht Schluss mit den Verwundeten!‹

Dann trampelten Füße am Grabenrand hin und her, ein paar Revolverschüsse knallten, und eine Stimme sagte: ›Kein Überlebender mehr, da bin ich sicher. Erledigt.‹ Das war unser Leutnant, der da sprach. ›Morgen werfen wir Erde über sie. Vorwärts jetzt, marsch!‹

Die Türken entfernten sich. Ich wagte jedoch noch nicht, auf den Schutz, den die Toten mir gewährten, zu verzichten, sondern beschloss, die Nacht abzuwarten.

Endlich ging die Sonne unter. Ich arbeitete mich heraus. Mit größter Vorsicht stieg ich aus dem Graben und ging in Richtung Van davon. Kurz vor Tagesanbruch konnte ich bei einem zerstörten Dorf, dessen Trümmer noch rauchten, aus einer Quelle trinken. In dem Dorf lagen die Leichen überall auf den Straßen und auf dem Vorhof der Kirche … Im Pfarrhaus fand ich eine Hose und diesen Mantel und konnte endlich meine blutbefleckte Uniform ausziehen. Dann entdeckte ich auch etwas Pohinds. Zwei Nächte hindurch bin ich marschiert, und jetzt bin ich hier.«

»Ein Wunder hat dich gerettet, mein Sohn«, sagte Großma. »Die Hand des Allmächtigen wird auf die Schuldigen niederfallen …«

»Warum bestraft er sie nicht, bevor sie töten?«, rief Wahram.

»Wie kann er zürnen, bevor die Sünde begangen ist?«, erwiderte Großma ruhig. »Diese Ruchlosen werden alle bestraft werden, da kannst du sicher sein, Wahram.«

Howaguim wandte sich zu Harutiun: »Sie werden uns alle vernichten.«

»Nein«, erklärte Harutiun. »Hier werden sie sich die Zähne ausbeißen. Van ist ein zäher Bissen. Bist du überzeugt, dass alle unsere Freiwilligen tot sind?«

»Alle.«

»Howaguim, ruh dich ein wenig aus und iss. Dann musst du zu Aram gehen und ihm alles erzählen. Und wenn du wieder hier bist, werden wir beraten.«

Harutiun stieß einen tiefen Seufzer aus.

Die Schule und die Bibliothek waren geschlossen. Wahram schlenderte durch die Straßen. Eiszapfen in fantastischen Formen hingen von Bäumen, Dachtraufen und Fenstersimsen herab. Die Sperlinge, die im Schnee herumpickten, hoben sich als lebhaft braune Flecken ab, und die Raben erschienen schwärzer als sonst.

Wahram ging die breite Straße zwischen der Hamid-Agha-Kaserne und Hatsch Poran entlang. Plötzlich bemerkte er eine Soldatenkolonne, die ihm entgegenkam, und flüchtete sich unter einen Torbogen.

Die Abteilung kam in Sechserreihen daher. Der Offizier, ein Hauptmann zu Pferde, eröffnete den Zug. Die aus schwer bewaffneten Tscheten bestehende Einheit, die drei Maschinengewehre mit sich führte, wandte sich zur Hamid-Agha-Kaserne, also mitten ins Herz des armenischen Viertels, das nach der Kriegserklärung evakuiert worden war. Wahram zählte etwa dreihundert dieser Männer, deren bläuliche, knochige Gesichter ihm einen heftigen Schrecken einflößten. Nachdem die Abteilung vorbeigezogen war, lief er zu Garos Haus, doch bevor er dort anlangte, traf er auf einen noch größeren Zug Soldaten, die ebenfalls zur Kaserne marschierten.

Sie hatten nicht nur Maschinengewehre, sondern dazu noch acht Kanonen mit hässlichen, von Grünspan überzogenen Rohren. Dahinter kamen Munitionswagen, die von erschöpften Pferden gezogen wurden.

Wahram stürzte zu Garo. Als er den Klopfer betätigt hatte, ertönte von drinnen ein Aufschrei, dem ein Flüstern und ein aufgeregtes Hin und Her folgte. Endlich hörte er eine weibliche Stimme: »Wer klopft?«

»Wahram.«

Die Tür tat sich auf, und Wartanuische, Garos Frau, schloss ihn in die Arme. »Wahram, du hast uns erschreckt«, sagte sie. »Aber Dank sei dem Herrn, dass du es bist. Komm!«

Wahram trat durch das Tor und blieb dann verwundert stehen. Von dem weißen Untergrund des Schnees, der den Hof bedeckte, hob sich eine zauberhafte Erscheinung ab: ein kleines Mädchen.

»Das ist Warsenig«, sagte Wartanuische. »Sie ist gewachsen.«
»Ich habe sie schon so lange nicht mehr gesehen.«
Warsenig war zierlicher und jünger als Sirarpi, aber sie ähnelte ihr ein wenig. Wahram erschien sie als der Inbegriff von Van, seines Himmels und seiner Blumen.
»Guten Tag, Wahram Pascha!«
Abgemagert, aber noch immer zu Spott und Neckerei aufgelegt, lächelte Garo ihn an.
»Wo ist dein Vater, Wahram?«
Der Junge zögerte, sagte aber nichts.
»Komm mit mir in den Jagdpavillon«, sagte Garo.
Ein großes Gewehr und mehrere Haufen Patronen, die auf dem Tisch lagen, erregten sofort Wahrams Aufmerksamkeit.
»Das ist mein Armeegewehr«, erklärte Garo. »Ich habe es mitgenommen. Hier sind wir allein; du kannst mir ruhig sagen, was du über Harutiun weißt. Ist er bei der Truppe?«
Wahram konnte sich noch immer nicht entschließen zu sprechen.
»Aber Wahram, du kannst ruhig reden. Außerdem muss ich doch zu euch gehen. Was habt ihr in der letzten Zeit von deinem Vater gehört?«
»Ich weiß nicht, ob ich es dir sagen darf«, begann Wahram, noch immer zögernd. »Aber … Väterchen ist zu Hause.«
»Er ist also auch ein Deserteur?«
»Ein Deserteur! … Wenn du nicht weggelaufen wärst, hätten die Türken dich mit ihren Maschinengewehren erschossen.« Und Wahram erzählte Howaguims Geschichte und sprach von den Soldaten, denen er eben begegnet war.
»Es muss also doch noch einen Gott im Himmel geben«, sagte Garo und hob die Augen zur Decke empor. »Und nun pass auf. Djevdet umzingelt die Stadt. Diese zweite Abteilung, die du gesehen hast, die mit den Kanonen, wird die Kaserne von Sew K'herra sowie die Stellung von Zem-Zem-Mahara besetzen.«
Daran hatte Wahram noch nicht gedacht. »Aber Garo Agha«, meinte er, »wenn du ein Deserteur bist, solltest du dich lieber nicht aus dem Haus wagen.«
»Wir gehen durch die Gärten«, erwiderte Garo.
Der Kies des schmalen Weges knirschte leise unter ihren Tritten. Es war, als ginge man durch ein leeres, verzaubertes Land. Vogelschwärme flogen vorüber, und Wahram glaubte, in ihrem Flügelschlag das

Flattern von Fahnen zu vernehmen. In der Ferne beschwerten ein paar Hühner sich mit lautem Gackern über die Kälte.

Garo ging schnell, aber Wahram hielt sich dicht an seinen Fersen, obgleich er dabei ein wenig außer Atem geriet. Endlich waren sie am Ziel. Harutiun schloss Garo wortlos in die Arme.

Wahram starrte mit offenem Mund. Noch nie hatte er gesehen, dass zwei Männer sich umarmten. Das war doch etwas für Frauen!

Der Salon dröhnte von Stimmen. Wahram erblickte hier den alten Dichter und Lehrer Ohannes Gulohlian, Jegarian und den jungen »Kadsch« Ardasches. Die dicken Rauchschwaden in der Luft hatten Großma gewiss verjagt. Laute Rufe und weitere Umarmungen begleiteten Garos Erscheinen.

»Komm, Wahram, setz dich hier neben mich«, sagte der alte Lehrer. »Sperr deine Ohren ganz weit auf, aber halte deine Zunge zurück.«

»Gut, meine Lippen sind zugenäht.«

»Aber zunächst musst du mir doch noch sagen, warum du dich für diese Zusammenkünfte so interessierst. Die anderen Jungen und sogar solche, die älter sind als du, spielen oder schlafen lieber.«

»Ohannes Agha, ich bin hungrig darauf, alles zu erfahren.«

»Gut. Und jetzt wirst du dein Wort halten wie ein Mann und keinen Ton sagen.«

Nachdem die Freude über Garos Rückkehr sich ein wenig gelegt hatte, erklärte er mit dröhnender Stimme: »Jetzt sitzt uns der Jatagan an der Kehle. Das Massaker wird bei uns beginnen und sich dann über ganz Armenien erstrecken. Die Türken machen sich den Weltkrieg zunutze.«

»Garo«, fiel der alte Lehrer ein, »jetzt erzähle uns erst einmal in aller Ruhe, was du gesehen und gehört hast.«

»Wir haben mit dem Hauptmann, der unsere Kompanie befehligte, jeden Abend ein paar Gläser getrunken und uns bis in den frühen Morgen hinein unterhalten. Da ich eine Menge Orischnaps, Sudschuk und Pasturma bei mir hatte, habe ich jeweils einen guten Vorrat für das tägliche Mahl gestiftet. Als die schrecklichen Nachrichten durchzusickern begannen, habe ich unseren Hauptmann so richtig betrunken gemacht, und der gab dann in diesem Zustand große Freundschaftsbeteuerungen von sich und erzählte, dass die Partei ›Einheit und Fortschritt‹ beschlossen habe, die Armenier auszurotten. Alle armenischen Soldaten sollten entwaffnet, zu Schanzarbeiten eingesetzt und dann niedergemacht werden. Und dann würden die Einwohner der Dörfer und Städte daran glauben müssen. Aber er schwor mir, er würde dafür sorgen, dass mir nicht ein Haar gekrümmt würde, er würde mich nötigenfalls unter Einsatz seines eigenen Lebens verteidigen, ich brauche nichts zu fürchten. Das Wort eines Türken! Nach diesen Eröffnungen war mir klar, dass ich keine Minute verlieren durfte. Ich erklärte ihm, dass mein Vorrat an Ori zu Ende ginge und meine zwei Kameraden und ich eine offizielle Marschorder benötigten, um mehr zu beschaffen. Der Hauptmann stellte augenblicklich diesen Befehl aus. Daraufhin nahmen wir drei unsere Waffen und marschierten los. Heute früh sind wir in Van angekommen. Ich bin also ein Deserteur, aber ich schwöre, dass ich alle hundertfünfzig Patronen, die ich mitgebracht habe, verfeuern werde, bevor sie mich wieder kriegen. So. Das ist nicht viel, aber es dürfte genügen.«

»Garo, Garo, du übertreibst! Es wäre doch Wahnsinn von den Türken, zweieinhalb Millionen Männer, Frauen und Kinder ermorden zu wollen! Sie würden damit das ganze Land zugrunde richten!«

»Dann lasst jetzt Howaguim von seiner Wiederauferstehung erzählen.«

Als Howaguim mit seinem Bericht zu Ende war, herrschte allgemeines Entsetzen. »Ich kann euch versichern«, schloss er, »dass alle unsere Freiwilligen aus Van ebenso wie ich entwaffnet und zusammen mit meiner ganzen Kompanie umgebracht worden sind.«

»So, Wahram«, sagte Garo, »und jetzt erzähle uns von den Soldaten, denen du begegnet bist.«

Mit einem Blick erbat sich Wahram von dem Lehrer die Erlaubnis zu antworten, doch bevor er etwas sagen konnte, fiel bereits Ardasches ein: »Wenn es sich um die Truppen handeln sollte, die in die Kasernen von Hamid Agha und Sew K'herra eingerückt sind, kann ich Auskunft geben. Ich bin eigens hergekommen, um mit unserem Führer Harutiun darüber zu sprechen.«

»Also, was ist? Sprich!«, bat Harutiun ungeduldig.

»Dreihundert Tscheten haben die Hamid-Agha-Kaserne besetzt. Sie verfügen über drei Maschinengewehre und reichlich Munition. Und es handelt sich um ebendie Abteilung, die die Massaker in Baschkale und Saray auf dem Gewissen hat. Sechshundert Mann mit fünf Maschinengewehren und acht Geschützen halten die große Kaserne jenseits des Bergbachs von Hanguistzor sowie den Beobachtungsposten auf dem

Gipfel von Zem-Zem-Mahara. Djevdet Bey hat die Absicht, Van zu umzingeln. Die Truppen sind von der Front abgezogen worden.«

Wahram sah in die erschrocknen Gesichter der Männer. Es war, als hätten riesige stählerne Mauern sich in Bewegung gesetzt und näherten sich langsam, um alles unter sich zu begraben.

Jetzt ergriff der alte Lehrer das Wort: »Die Nachrichten, die ich bringe, lauten auch nicht besser. Ihr wisst, dass Djevdet Bey vor einigen Tagen von der Front zurückgekehrt ist. Zuerst war er ganz Zucker und Honig. Seit heute Morgen jedoch ist er zu Galle geworden. Er hat uns zusammengerufen, um – nun hört gut zu! –, um dreitausend Deserteure von uns zu fordern, das heißt also genau die Anzahl von Männern, die bei uns eingezogen wurden. Und er droht, wenn wir diesem Befehl nicht augenblicklich Folge leisteten, werde er in Van ›keinen Stein auf dem anderen lassen‹.«

»Das ist allerdings eine Teufelsrechnung«, bemerkte Harutiun bedrückt. »Christliche Soldaten zu entwaffnen, sie zu Schanzarbeiten einzusetzen, sie hinterrücks niederzumetzeln und sie dann als Deserteure zu reklamieren! ... Diese Hinterhältigkeit erschreckt mich mehr als alles andere.«

Jegarian hatte bisher ruhig zugehört. Plötzlich mischte er sich ein: »Djevdet Bey bewaffnet neuerdings die aus Van gebürtigen Türken und verspricht ihnen den Besitz der Armenier. Seit seiner Rückkehr hat er zwölftausend Gewehre verteilen lassen.«

»Meiner Ansicht nach muss jetzt unser Sicherungsplan in Kraft treten«, sagte Harutiun. »Was haltet ihr davon?«

»Unbedingt! Ab heute Abend muss er in vollem Umfang abrollen«, stimmte Jegarian zu.

»Ohannes Agha, würdest du bitte mit Howaguim zu Aram und Ischkhan, den Führern der Daschnaks, gehen und ihnen unseren Entschluss und die Gründe dafür mitteilen?«

»Gern«, sagte der alte Lehrer. »Ich hoffe nur, dass auch die Daschnaks sich jetzt keine Illusionen mehr hinsichtlich der Jungtürken machen.«

Mühsam erhob er sich. Dann wandte er sich zu Wahram und sagte lächelnd: »Du bist ja gar nicht so ein kleiner Teufel, wie ich dachte. Du hast dein Wort gehalten wie ein Ehrenmann.«

Der Schnee schmolz, und die jungen Triebe kamen aus der Erde, während die Angst wie ein eisiger Wind alle Herzen durchdrang.

Überall in der Provinz häuften sich die Massaker. Zuweilen trafen zu Skeletten abgemagerte Flüchtlinge ein, die wie durch ein Wunder dem Tode entronnen waren, in deren verstörten Augen jedoch noch alle Bilder des Schreckens standen. Die Ankunft einzelner Soldaten aus verschiedenen Einheiten, die ebenso wie Howaguim und Garo der Erschießung entgangen waren, bewies, dass hier ein grausamer Plan zur Ausführung gelangte. Gleichzeitig wurden sechstausend reguläre Soldaten, die von der Front abgezogen waren, rings um die Stadt postiert. Wahram sah Dutzende von Maschinengewehren und Kanonen, deren Rohre auf Van gerichtet waren. Neben dem schreckenerregenden Graugrün dieser Waffen wirkte das zarte Grün, das aus der Erde drang, wie blutige Ironie.

Wer hatte diese Geschütze von der Front herangeholt? Ein teuflischer Mensch, Djevdet, der Hufschmied, der Gouverneur, der Schwiegersohn Enver Paschas. Wahram stellte ihn sich wie einen der riesigen schwarzen Dämonen aus Tausendundeiner Nacht vor, als einen Menschen mit aufgedunsenem Gesicht, vorquellenden, blutunterlaufenen Augen und einem ekelhaften, speicheltriefenden Mund, aus dem ungeheure Eckzähne hervorragten ...

Aber er irrte sich.

Wahram erblickte den Gouverneur, als dieser sich zur Hamid-Agha-Kaserne begab.

Djevdet ritt an der Spitze seiner aus Tscheten bestehenden Eskorte: ein stolzer, schlanker Mann in einer untadeligen, knapp sitzenden Uniform. Seine hohe, glatte Stirn, die mandelförmigen Augen und der glänzende Kaiser-Wilhelm-Schnurrbart hoben die Regelmäßigkeit seiner Züge hervor.

Wütend stürzte Wahram nach Hause. »Großma, warum hat Djevdet kein hässliches Gesicht?«

»Was faselst du da schon wieder? Und zunächst einmal, wo kommst du eigentlich her, wie siehst du aus? Die Schuhe voller Schmutz und die Hosen bis zum Knie hinauf bespritzt! Und was schnaufst du wie ein Blasebalg?«

»Ich habe eben Djevdet gesehen.«

»Und?«

»Er ist ein schöner Herr ...«

»Weißt du nicht, dass die Teufel schöner sind als die Engel?«

»Großma, ich habe weder die einen noch die anderen gesehen.«

»Wahram, die äußere Schönheit hat nichts zu sagen. Manchmal verbergen sich sogar Dummheit und Bosheit dahinter.«

»Aber Großma, Sirarpi ist hübsch, und sie ist nicht boshaft. Und Ardasches ist schön und gut.«

»Und ich, mein Kleiner, bin ich etwa hübsch? Bin ich schlecht?« Verwirrt sah Wahram Großma tief in die Augen. Diese Frage hatte er sich nie gestellt!

»Aber nein, Großma! Für mich bist du schön und sehr gut.«

Wosgehad Hatun lachte auf und hob die Arme zum Himmel. »Dank dir, o Herr, für deine Milde! Trotz all der Schrecknisse, die uns umgeben, bereitest du mir durch den Mund meines Enkels eine große Freude!«

Immer noch verblüfft, betrachtete Wahram Großmas Arme. Und er musste unwillkürlich an Moses denken, wie er auf dem Berge Sinai die Arme emporreckte. Gewiss gehörte die Große Frau zum Stamme des Moses ... zu jenen auserwählten Menschen, die der Herr auf diese Welt entsendet, um das Leben etwas erträglicher zu machen.

»Jetzt siehst du aus, als ob du schläfst, Wahram«, sagte Großma. »Wovon träumst du?«

»Von Moses, Großma. Du bist ihm ähnlich.«

»Leider nicht, mein Kleiner. Und dein Vergleich ist eine Gotteslästerung. Mir sind die Gebote des Herrn ins Herz geschrieben, aber Moses hielt in seiner Hand die Macht Jehovas.«

»Wenn es doch so böse Menschen gibt wie Djevdet, warum sollte der Herr dir dann nicht die Macht des Moses verleihen?«

»Mein Gott, Wahram, du bist verrückt! Denk daran, dass die Gerechtigkeit Gottes jedes Mittel und die ganze Ewigkeit zu ihrer Verfügung hat. Djevdet wird seiner Strafe nicht entgehen.«

Aber Wahram verstand trotzdem nicht, wie Djevdet ungestraft lügen und dreitausend Mann, die er hatte hinmorden lassen, als Deserteure reklamieren konnte. Warum war es ihm erlaubt, die Mündungen seiner Kanonen auf Frauen und Kinder zu richten?

Als der alte Lehrer kam, stellte Wahram ihm diese Fragen.

»Was willst du, Wahram«, erwiderte Ohannes Agha. »Gott fragt nicht nach unserer Meinung, geschweige denn nach deiner. Führe mich zu deinem Vater.«

Als die beiden Männer auf dem Sofa im Salon Platz genommen hatten, sahen sie sich lange wortlos an. Sirarpi brachte Kaffee. Ohannes

Agha nahm eine Tasse und brach dann als Erster das Schweigen: »Die Notabeln, die Missionare, Wramian und ich sind als Abordnung zu Djevdet gegangen. Er hat gedroht, uns alle bis zum jüngsten Säugling auszurotten, wenn wir ihm nicht die dreitausend Deserteure ausliefern. Wramian hat um die Liste gebeten. Daraufhin hat der Gouverneur, schäumend vor Wut, erwidert, er werde diese Liste aufstellen, indem er die Leichen all dieser Ausreißer auf den Ruinen von Van nebeneinander hinlegen lasse.«

»Das ist nur ein Vorwand, nicht wahr?«, fragte Harutiun.

»Natürlich. Als die Delegationen von der amerikanischen, der Schweizer und der deutschen Mission ihn zu beschwichtigen versuchten, teilte er ihnen mit, dass er die Absicht habe, fünfzig Soldaten zum Schutz in jedem Missionshaus zu postieren.«

»Das werden wir nicht zulassen«, erklärte Harutiun. »Schon mit der Besetzung der Hamid-Agha-Kaserne ist der Dolch auf das Herz unserer Verteidigung gerichtet. Wenn aber erst die Missionshäuser besetzt sind und einhundertfünfzig Türken auf den höchsten Dächern der Stadt Stellung bezogen haben, ist uns auch der geringste Widerstand unmöglich gemacht.«

»Dr. Usher hat erwidert, dass die Missionare sich in keiner Weise bedroht fühlten und daher diesen Schutz als unnötig erachteten. Wenn der Gouverneur trotzdem seine Wachsoldaten schicken wolle, würden sie sie zwar aufnehmen, jedoch für den Fall, dass ihnen etwas zustoßen sollte, jede Verantwortung ablehnen. Daraufhin fuhr der Gouverneur wie von einer Schlange gebissen herum und wandte sich an Wramian. ›Bedroht ihr etwa meine Wachtposten?‹, fragte er ihn heftig.

›Aber Gouverneur Bey‹, sagte Wramian, ›seit vielen Jahren wohnen die Missionare mitten in den armenischen Vierteln, und sie haben es noch nie zu bereuen gehabt. Können Sie mir, dem Abgeordneten von Van im türkischen Parlament, wohl sagen, gegen wen Sie die Missionare zu beschützen gedenken? Sollten Sie etwa die Absicht haben, die Kurden und die Tscheten gegen die armenischen Viertel loszulassen? Wollen Sie Ihre Wachen in die Missionen schicken, um ihre Bewohner vor der Wut dieser Menschen zu beschützen?‹

›Ich kann das nur bestätigen‹, sagte Herr Spörri, der Leiter der Schweizer Mission. ›Seit vierzig Jahren hatten wir nicht ein einziges Mal Veranlassung, uns über die Armenier zu beklagen. Von ihrer Seite droht uns keine Gefahr.‹

Jetzt schlug der Gouverneur eine andere Taktik ein. ›Wramian Bey‹, sagte er, ›die Armenier haben sich in Schadah erhoben. Sie haben eine große Anzahl Kurden und viele Polizisten umgebracht. Darf ich auf Ihren Beistand rechnen, um diesen bedauernswerten Vorkommnissen ein Ende zu machen?‹

›Und was wünschen Sie von mir?‹

›Ich schlage Ihnen vor, Ischkhan mit einer Delegation zu entsenden. Er soll sich bemühen, den Kämpfen Einhalt zu gebieten.‹

›Ich bin über die Ereignisse im Bilde‹, erwiderte Wramian. ›Schuld an allem ist der Unterpräfekt von Schadah; er hat den Direktor der armenischen Schule umbringen und mehrere angesehene Armenier verhaften lassen. Obendrein hat er die Kurden bewaffnet und sie zu einem Blutbad unter der Bevölkerung aufgehetzt. Wenn Sie den Unterpräfekten nicht absetzen, kann Ischkhan nichts erreichen.‹

›Wenn der Unterpräfekt als schuldig befunden wird, muss er hängen. Ich kann nicht zulassen, dass jemand in diesen unglückseligen Zeiten auch noch Meutereien verursacht.‹

»Und dann habe ich das Wort ergriffen«, fügte der alte Lehrer hinzu. ›Gouverneur Bey‹, habe ich gesagt, ›ich habe den vornehmen und liebenswürdigen Tachry Bey, Ihren Herrn Vater, gekannt, und er hat mir die Ehre erwiesen, mich als seinen Freund zu betrachten. Und ich habe Sie heranwachsen sehen in all den langen Jahren, in denen er Gouverneur unserer schönen Stadt Van war. Unter seiner Verwaltung wagte niemand, gegen die Ordnung zu verstoßen, und wir hatten Frieden bis zu dem Tage, an dem er zu unserem Unglück zu höheren Ämtern abberufen wurde.‹

›Ich weiß es, Ohannes Bey‹, sagte Djevdet, der Hufschmied, ›und ich höre gern auf den Rat eines Mannes, der der Freund meines Vaters war.‹

›Nun denn, Gouverneur Bey, ich schwöre bei meinen weißen Haaren, dass die Armenier gegenüber der Türkei und ihrer Regierung nicht einen einzigen feindseligen Gedanken hegen. Ihr Herr Vater hätte den Unterpräfekten abgesetzt und die Kurden sowie die Polizisten, die sich schuldig gemacht haben, bestraft.‹

Djevdet unterdrückte eine zornige Bewegung. ›Ich will gerecht sein‹, sagte er. ›Ich möchte, dass ihr selbst in Schadah den Fall untersucht und den Kämpfen ein Ende macht, und ich verspreche euch, dass ich gemäß dem Beschluss eurer Delegierten handeln werde.‹

›Dann ist ja alles gut‹, fiel jetzt Wramian ein. ›Um den Frieden zu erhalten, soll uns kein Opfer zu groß sein. Und wenn Ischkhans Anwesenheit in Schadah zu einer Entspannung der Lage führen kann, so gebe ich mit ganzem Herzen meine Zustimmung.‹

›Ausgezeichnet‹, sagte der Gouverneur, indem er sich erhob. ›Wenn Ischkhan Frieden stiftet und mir einen Beweis für die Schuld des Unterpräfekten liefert, verspreche ich hiermit, diesen hängen zu lassen.‹

›Noch ein Wort, Gouverneur Bey. Wir bitten Sie, handeln Sie wie ein Vater, um die Zukunft dieses Landes zu sichern! Erhalten Sie das gute Einvernehmen zwischen allen Bewohnern dieser Stadt!‹

›Gott ist groß, genau das ist mein Wunsch!‹, versicherte der Gouverneur. Und damit entließ er uns.

Und somit habt ihr den wortgetreuen Bericht über unsere Verhandlungen mit Djevdet«, schloss der alte Lehrer seufzend.

»Aber hat Wramian tatsächlich die Absicht, Ischkhan nach Schadah zu schicken?«, fragte Harutiun erstaunt.

»Ja, er persönlich hält es für richtig. Er muss nur noch erfahren, was Ischkhan selbst und Aram dazu sagen.«

»Aber das ist doch Wahnsinn!«, rief Harutiun. »Ischkhan ist der Anführer unserer Selbstverteidigungskräfte!«

»Meiner Ansicht nach sollte man einen weniger wichtigen Mann hinschicken. Aber diese Entscheidung liegt nicht bei uns. Wir dürfen nicht vergessen, Harutiun, dass die Daschnaks noch immer auf die Freundschaft der Jungtürken vertrauen und dass ihrer Meinung nach all diese Ereignisse an der Front wie in den Provinzen nur lokale Missverständnisse sind.«

Die Nacht brach bereits herein, als Sirarpi in den Salon gestürzt kam. »Eine Gruppe bewaffneter Männer kommt durch den Garten!«

»Öffne die Tür«, sagte Harutiun. »Das sind unsere Kadschs.«

Zehn Männer traten, geführt von Ardasches, in den Hof. Einige von ihnen trugen Gewehre, andere Mauserpistolen. Die meisten hatten zwei Patronengurte umgehängt, die sich auf ihrer Brust kreuzten.

Ardasches führte sie direkt in die Scheune. »Macht es euch hier bequem und schlaft«, sagte er. »Zwei von euch müssen Wache stehen und alle drei Stunden ihre Ablösung wecken. Und wenn ihr auf Wache seid, passt gut auf eure Granaten auf. Begeht keine Unvorsichtigkeit!«

Wahram bestaunte mit weit aufgerissenen Augen die zehn Männer. Sie waren ihm sämtlich bekannt, doch der Anblick ihrer Waffen erweckte in ihm ein Gefühl der Scheu, das ihn daran hinderte, sie anzusprechen. Nun kam Ardasches auf Wahram zu. »Führe mich zu deinem Vater«, sagte er. Da Harutiun nicht im Salon war, führte Wahram den jungen Kadsch ins Laboratorium. Harutiun, der damit beschäftigt war, tabakfarbene Blätter in winzige Vierecke zu zerschneiden, unterbrach seine Tätigkeit und wandte sich freundlich an Ardasches: »Sind alle Punkte unseres Sicherheitsplanes ausgeführt?«

»Jawohl. Sämtliche Stellen, an denen ein Angriff erfolgen könnte, werden bewacht. Außerdem haben wir einen Patrouillendienst organisiert. Auch die Daschnaks haben ihren Sicherheitsdienst in Kraft gesetzt. Und natürlich haben wir die Telefon-Verbindungen zur Kaserne und den Polizeiwachen noch nicht unterbrochen.«

»Hast du noch weitere Nachrichten?«

»Heute sind acht Mann hier eingetroffen. Zwei von ihnen sind dem Massaker an der Front entronnen; die anderen sind, so wie Garo, mit ihren Waffen geflüchtet.«

»Sind auch Armenaganen darunter?«

»Ja, Nazareth und Leo.«

»Ich freue mich für die beiden«, sagte Harutiun. »Hier ist rauchloses Pulver, das ich in den letzten Tagen fabriziert habe – genug für zwanzig Granaten. Bring es bitte zum Pulvermagazin.«

Harutiun schüttete die gefährlichen Körner in eine Papiertüte, die er mit einem Tuch umwickelte.

Als Ardasches gegangen war, wandte Harutiun sich wieder seiner Beschäftigung zu. Nun konnte Wahram seine Neugierde nicht länger bezähmen. »Was wird jetzt geschehen, Väterchen?«, fragte er.

»Wenn ich das wüsste, mein Kind! Kein Mensch kann es sagen. Wir treffen unsere Vorsichtsmaßregeln.«

»Warum, Väterchen?«

»Um einem Überraschungsangriff der Türken zuvorzukommen.«

»Und was soll ich dabei tun?«

»Du wirst das Haus nicht ohne meine Erlaubnis verlassen. Am Tag wirst du ständig die Straße überwachen, und nachts schläfst du.«

Wahram traute seinen Augen nicht. Wramian und Ischkhan kamen auf das Haus zu. Er stürzte die Treppe hinunter und rief: »Väterchen, da kommen Ischkhan und Wramian!«
»Nun gut, Wahram, dann öffne ihnen.«
»Ischkhan lasse ich nicht hier herein!«
»Red keinen Unsinn! Geh hin!«
Der Türklopfer dröhnte.
»Nein, Vater, ich will nicht, dass Ischkhan zu uns kommt! Hat er etwa nicht versucht, ein Attentat gegen dich anzuzetteln?«
»Wartkes!«, rief Harutiun. »Wo bist du? Lauf zur Tür und mach auf!«
Einen Augenblick war Wahram versucht, seinen Bruder zurückzuhalten, dann ließ er es doch lieber sein. Wartkes öffnete seelenruhig die Tür und ließ die beiden Führer der Daschnaks eintreten: Wramian, den Abgeordneten von Van im türkischen Parlament, und Ischkhan, den Anführer der Selbstverteidigungskräfte von Van.
Rasch schlüpfte Wahram vor den beiden Gästen in den Salon und nahm seinen gewohnten Platz auf dem Sofa ein.
»Wahram, geh wieder an dein Fenster und überwache die Straße«, gebot Harutiun.
»Ich habe Araxi hingeschickt. Sie passt für mich auf.«
»Dann lass uns jetzt allein.«
»Nein.«
»Raus mit dir, habe ich gesagt!«
»Nein, ich will doch hören, was – «
»Ist das Ihr Sohn?«, fragte Wramian.
»Ja. Ein entsetzlich dickköpfiger Junge.«
»Ich sehe nicht ein, warum er nicht dabei sein sollte. Er wird uns sicher überleben«, meinte Wramian mit freundlichem Lächeln.
»Also gut. Aber jetzt sitz still und halt den Mund.«
Die drei Männer sahen sich an. Wahram wartete mit klopfendem Herzen und wandte die Augen nicht von den zwei Besuchern, deren spitze Kinnbärte ihn lebhaft an den Präsidenten Poincaré erinnerten. Sie waren beide klein. Wramian hatte feine Züge, glänzende Augen und blasse Lippen. Ischkhans Lippen hingegen waren rot und fleischig, seine Augen hatten einen verschlagenen Blick, und die dichten Haare fielen ihm bis in den Nacken. Bei jeder Bewegung blitzten die Ringe an seinen Fingern. Ein aufdringlicher Lavendelduft ging von ihm aus.
Wramian rieb seine Hände gegeneinander und begann als Erster zu

sprechen: »Herr Harutiun, aufgrund der von unseren Parteien unterzeichneten Abmachung sind wir gekommen, um unsere beiderseitigen Gesichtspunkte zu erörtern, Informationen auszutauschen und uns einen gemeinsamen Überblick über die Lage zu verschaffen.«

»Ihr Besuch ehrt mich sehr, Herr Abgeordneter«, erwiderte Harutiun. »Die Lage ist ernst und erfordert große Umsicht. Ich freue mich, auch Ischkhan bei mir begrüßen zu können; er ist mir willkommen.«

Man nannte einander nicht mehr Agha, sondern Herr, und wog jedes Wort ab. Noch nie hatte Wahram einer so eindrucksvollen Unterhaltung gelauscht.

Nun begann Wramian von Neuem: »Wir wissen, dass Sie den Großen Tebk vor zwanzig Jahren überlebt haben und dass Sie es sich zur Aufgabe gemacht haben, das Werk der Armenaganen fortzuführen. Unserer Ansicht nach war die Lage noch nie so angespannt wie jetzt. Seitdem die Türkei in den Krieg eingetreten ist, sind in unserer Provinz fast fünfzigtausend Armenier, Assyrer und Juden massakriert worden. Viele Ortschaften sind dem Erdboden gleichgemacht. Jetzt erschießen die Türken unsere zur Armee eingezogenen Landsleute, und die Gebiete von Schadah, Timar, Wosdan und Gawar sowie mehrere Orte im Tal der Armenier versuchen sich mit Waffengewalt zu verteidigen. Erachten Sie diese Beschreibung der gegenwärtigen Lage als zutreffend?«

»Durchaus.«

»Ich habe Grund anzunehmen, dass Djevdet wahnsinnig ist. Übrigens hat er den Beweis dafür schon geliefert, als er sieben Bauern mit Hufeisen beschlagen ließ. Ich glaube, er schreckt auch vor der Aussicht, Van völlig zu zerstören, nicht zurück.«

»Und ich bin überzeugt, dass er diesen Befehl aus Konstantinopel erhalten hat«, bestätigte Harutiun düster. »Aber meiner Meinung nach ist hier noch ein viel schrecklicherer Plan im Gange: Es geht ihnen darum, sämtliche Armenier auszurotten.«

»So weit werden sie sich im 20. Jahrhundert nicht versteigen!«

»Herr Wramian, darf ich Sie darauf hinweisen, dass die Türkei sich noch heute im 15. Jahrhundert befindet. Das Gesetz des Islam, das die kriegerischen Sultane entwarfen, von Osman bis Soliman und von Mohammed bis Bayezid und Selim, ist unumstößlich. Die Religion beherrscht alles, und in einem islamischen Land wird der Nicht-Muslim nie als freier Bürger leben können. Er ist Sklave, oder er verliert sein Leben. Die Jungtürken haben dieses Gesetz nicht verändert. Sie haben lediglich vom Abendland vollkommenere Mittel der Unterdrückung und Ausrottung übernommen. Seit meinem Aufenthalt in Konstantinopel weiß ich, dass die Türken von dem Augenblick an, da sie europäischen Schutz genossen, nur auf eine Gelegenheit gewartet haben, uns auszurotten.«

»Nein«, widersprach Wramian freundlich, »das ist nicht möglich. In einer Provinz, wo es viele Kurden gibt und ein Wahnsinniger wie Djevdet an der Macht ist, kann es zwar zu Massakern kommen, aber es handelt sich dabei nicht um einen abgekarteten Plan. Ich kenne Enver, Talaat und vor allem Dschemal, der mein persönlicher Freund und ein Freund aller Armenier ist. Wenn er von dem Verhalten Djevdets erführe, würde er ihn augenblicklich exekutieren lassen.«

»Aber mein lieber Herr Abgeordneter, es ist doch gerade die Partei ›Einheit und Fortschritt‹, die diese Entscheidungen getroffen hat und auf ihrer strikten Durchführung besteht. Djevdet kommt nur seinen Befehlen nach.«

»Ich gebe Ihnen recht, dass wir hier wirklich Gefahr laufen, alle massakriert zu werden«, sagte Wramian. »Es kommt jetzt darauf an, einen Plan zur Selbstverteidigung aufzustellen. Haben wir irgendwelche Aussichten, diesen Kampf siegreich bestehen zu können?«

»Nein«, erwiderte Ischkhan, der jetzt zum ersten Mal das Wort ergriff. »Wir haben kaum fünfhundert Gewehre, fünfhundert Mauserpistolen, siebzigtausend Patronen und unsere Fäuste. Das ist alles. Eine ungünstigere Lage lässt sich nicht denken. Alle strategischen Punkte sind von den Türken besetzt und die Rohre ihrer Kanonen bereits auf uns gerichtet. Wir können höchstens eine Woche lang Widerstand leisten.«

»Was schlagen Sie also vor?«, fragte Harutiun.

»Dass wir um jeden Preis den Kampf vermeiden und den Status quo so lange wie irgend möglich aufrechterhalten.«

»Aber in Schadah und auch anderswo sind die Kämpfe bereits im Gange! Sie werden auch auf unsere Stadt übergreifen.«

»Ebendarum will ich morgen nach Schadah reiten«, erklärte Ischkhan.

»Sie dürfen nicht fort. Sie tragen hier in Van eine zu große Verantwortung«, widersprach Harutiun.

»Aber die Armenier von Schadah hören nur auf mich. Und ich brauche nur in den Bergen aufzutauchen, damit die Kurden sich ruhig verhalten.«

»Herr Ischkhan, bleiben Sie hier«, bat Harutiun. »Schicken Sie den Leuten eine Botschaft.«

»Wir haben beschlossen, dass Ischkhan hinreiten muss«, mischte sich Wramian ein. »Aber vor seiner Abreise wollten wir zu einer Vereinbarung mit Ihnen kommen.«

»Gut. Dann bitte ich hiermit Herrn Ischkhan als Leiter der Verteidigungskräfte von Van, uns seine Ansicht zu sagen.«

»Das habe ich bereits getan. Sowohl hier in der Gartenstadt wie in der inneren Stadt ist jeder Widerstand unmöglich. Darum müssen wir um jeden Preis vermeiden, dass es zum Kampf kommt. Gelingt uns das nicht, dann müssen unsere bewaffneten Kräfte mitsamt der Bevölkerung die Stadt verlassen. Wir verschanzen uns auf dem Warak, ziehen uns kämpfend zurück und versuchen, in den von den Russen besetzten Teil Persiens zu gelangen.«

»Nein, das nicht!«, widersprach Harutiun. »Im Sinne des internationalen Rechts sind wir türkische Untertanen. Wenn wir in Kriegszeiten mit den Waffen in der Hand zum Feind übergingen, so würden wir damit den Jungtürken den erhofften Vorwand liefern, um sämtliche Armenier zu massakrieren. Lieber wollen wir im Notfall kämpfen, um unsere Kinder, unsere Mütter und unsere Frauen zu verteidigen. Wenn wir dann fallen, so fallen wir doch auf der Erde unserer Väter. Unser Mut ist groß, und vielleicht gelingt es uns sogar, bis zur Befreiung durchzuhalten.«

»Bis zu welcher Befreiung? Rechnen Sie etwa mit dem Anrücken der Russen?«, fragte Ischkhan. Dann fügte er mit einem bitteren Auflachen hinzu: »Die Russen werden kommen, wenn sie ganz sicher sind, dass keiner von uns mehr lebt, aber nicht vorher. Sie wollen ein Armenien ohne Armenier und die Armenier ohne Armenien.«

»In diesem Punkt bin ich Ihrer Ansicht«, sagte Harutiun. »Nur die Beendigung des Krieges kann uns retten. Wer soll während Ihrer Abwesenheit das Kommando übernehmen?«

»Wir haben Bulgaratzi, Grigor und Gaydzag Arak'hel dazu bestimmt. Aber wir sind bereit, sie Jegarian zu unterstellen, der in meiner Abwesenheit den Oberbefehl führen soll.«

»Sehr gut«, sagte Harutiun. »Aber ich muss noch einmal betonen, dass ich einen Abzug unserer Streitkräfte in Richtung auf die russischen Linien nicht für richtig halte.«

Wramian machte eine ungeduldige Handbewegung und erklärte:

»Ischkhan hat uns seinen persönlichen Standpunkt hinsichtlich der militärischen Seite unseres Problems dargelegt. Was die juristische Seite betrifft, so bin ich ganz Ihrer Meinung, Herr Harutiun. Aber in einem Punkt sind wir uns alle einig: Wir sind bereit, jedes Opfer zu bringen, um den Kampf zu vermeiden. Ischkhans Reise dient dem Ziel, einen Brand zu ersticken, der sonst leicht auf unsere Stadt übergreifen könnte. Im Falle eines Angriffs leisten wir lediglich Widerstand, um das Leben unserer Angehörigen zu verteidigen. Und während Ischkhans Abwesenheit, die hoffentlich nicht lange dauern wird, übernimmt Jegarian, unterstützt von Grigor und Arak'hel, das Oberkommando.«

»Ich bitte Sie inständig, mein verehrter Herr Abgeordneter, Djevdet zu misstrauen. Es hat gar keinen Sinn, mit ihm zu sprechen. Übermitteln Sie ihm eine schriftliche Nachricht, zögern Sie die Dinge hinaus. Glauben Sie mir: Es gibt nichts, was die Jungtürken davon abhalten kann, das Land zu ruinieren, indem sie die Griechen, die Assyrer, die Armenier, die Araber und schließlich auch die Kurden ausrotten. Und am Ende werden sie sich gegenseitig umbringen.«

Mit einem tiefen Seufzer wandte Harutiun sich zu Wahram: »Wahram, geh und sag Großma, dass sie kommen kann und dass man uns Ori und einen Imbiss bringen soll. Los, geh schon. Was jetzt noch gesagt wird, kann dich nicht mehr interessieren.«

Aber Wahram war wie betäubt. Nun, da er dieses Gespräch mit angehört hatte, fühlte er eine erdrückende Verantwortung auf sich lasten.

Als Wramian und Ischkhan gegangen waren, verfiel Großma in einen Zustand tiefster Niedergeschlagenheit. »Mein Sohn«, sagte sie, »diese beiden Männer ... Die Hand des Engels Gabriel schwebt über ihren Köpfen ... Sie haben nicht mehr lange zu leben.«

Nie vergaß Wahram die Sicherheit, mit der Großma diese Sätze ausgesprochen hatte, und das bestürzte Gesicht seines Vaters. Jetzt aber kam es ihm nur noch auf eins an: sich über den Fortgang der Dinge auf dem Laufenden zu halten.

Manchmal schickte sein Vater ihn mit Botschaften zu Jegarian, Garo und anderen Führern der Armenier. Auf dem Hin- oder Rückweg hielt sich Wahram regelmäßig noch ein wenig auf dem Platz vor der Kirche von Noraschen auf, wo immer Gruppen von Leuten beieinanderstanden. Auf diese Weise erfuhr Wahram von Ischkhans Abreise nach Schadah und hörte auch, dass sämtliche armenischen Häuser, die in der Nähe der türkischen Stadtviertel lagen, evakuiert worden seien. Andererseits waren die türkischen Polizeiwachen im Armenierviertel aufgehoben worden. Es bestand keine Verbindung mehr mit der Türkenstadt. Der Große Basar blieb geschlossen.

Die schmalen Blätter der Weiden glänzten hellgrün im Sonnenschein. Das Eis behinderte nicht mehr den Lauf der Bäche, die Schmutzkrusten an ihren Rändern trockneten und zerbröckelten. Aber die Sonne und die Blumen zählten nicht mehr. Angst schnürte Wahram die Kehle zusammen; das Bild grausamer Todesqualen, die die Seinen und auch er selbst erdulden mussten, tauchte unversehens immer wieder vor seinem inneren Auge auf.

Zwei Tage nach dem berühmten Gespräch kamen der alte Lehrer und der Maler Panos Agha und fragten nach Harutiun. Ihre ernsten Gesichter und die zusammengepressten Lippen schienen Wahram nichts Gutes zu verheißen. Er führte sie zu seinem Vater.

Bevor Panos Agha zu sprechen begann, deutete er mit einer leichten Kopfbewegung auf Wahram, als wolle er sagen: »Schick das Kind hinaus.«

»Wozu?«, erwiderte Harutiun müde. »Sprecht nur.«

»Nun gut«, begann Panos Agha. »Wramian und Aram erhielten heute Morgen eine Aufforderung, zu Djevdet zu kommen. Wramian begab sich sofort zum Palast. Als er dort anlangte, wurde er verhaftet. Als der Kutscher des Wagens, in dem er gekommen war, die Polizisten sah, die Wramian umringten, machte er augenblicklich kehrt und fuhr, so schnell er konnte, zur Gartenstadt zurück. An der Badepforte begegnete er Aram, der sich zu Fuß zum Gouverneur begeben wollte. Der Kutscher forderte ihn auf, in seinen Wagen zu steigen, und erzählte ihm, was geschehen war.«

»Ist es ganz sicher, dass Wramian verhaftet ist?«, fragte Harutiun.

»Er ist seit heute Morgen um neun Uhr dort und bisher nicht zurückgekehrt«, antwortete Panos Agha. »Aber das ist noch nicht alles. Ischkhan und seine Begleiter sind in Hirdsch durch Djevdets Tscheten getötet worden.«

»Was sagt ihr da?«, rief Harutiun entsetzt.

»Vorgestern sind sie bei dem Kurdenführer Kiarim Raschid eingekehrt, der ein persönlicher Freund Ischkhans ist. Wenige Minuten später drangen die Tscheten in den Raum ein, in dem sie sich aufhielten, schossen erbarmungslos alle nieder und massakrierten dann die armenische Bevölkerung der Ortschaft. Einige der Leute sind entkommen und haben uns diese Nachricht gebracht.«

»Was hier gespielt wird, ist wohl klar«, fiel der alte Lehrer ein. »Bevor er das armenische Volk vernichtet, lässt Djevdet die Führer umbringen. Er weiß nicht, dass noch andere vorhanden sind, du, Harutiun, Garo, Jegarian, Bulgaratzi, Eynatian und Panos. Er bildet sich ein, wir wären ohne Kopf, wenn Wramian und Ischkhan einmal tot sind. Der Angriff steht jetzt unmittelbar bevor.«

»Noch nicht«, meinte Panos. »Er wird erst versuchen, Arams habhaft zu werden. Wir haben noch zwei oder drei Tage.«

»Wir müssen Zeit gewinnen«, sagte Harutiun. »Morgen schicken wir eine Abordnung zum Gouverneur. Wir werden Dr. Usher, Herrn Spörri, den italienischen Konsul, Herrn Sbordoni, und einen unserer angesehensten Kaufleute bitten, zu Djevdet zu gehen und ihm unsere Bestürzung über die Ermordung Ischkhans und die Festnahme Wramians zum Ausdruck zu bringen. Wir werden fordern, dass er unseren Abgesandten wieder freilässt und die Tscheten aus der Stadt entfernt.«

Die Delegation, die sich am nächsten Tag zu Djevdet begab, fand den Gouverneur etwas verlegen und unentschlossen. Harutiun, der noch immer nicht das Haus verließ, erfuhr, dass Djevdet erklärt hatte: »Ich habe meine Soldaten zu Ischkhan geschickt, um ihn aufzufordern, zu mir zu kommen. Möglicherweise hat er sich geweigert und wurde deshalb getötet. Was Wramian betrifft, so habe ich Befehl erhalten, ihn nach Konstantinopel zu schicken. Und die Umzingelung der Stadt schließlich ist nur ein Scherz. Der beste Beweis dafür ist, dass ich Aram sehen möchte, der meine höchste Achtung genießt. Ich will mit ihm sprechen, um eine vernünftige Lösung in der Frage der Deserteure zu finden.«

Die Abgeordneten verließen den Palast. Auf dem Platz von Noraschen drängte die Menge sich um ihren Wagen. Dr. Usher, der gute amerikanische Missionar, der das Leid dieser Menschen mitfühlte, stand plötzlich im Wagen auf, wandte sich an die Menge und sprach sie zum ersten Mal in den zehn Jahren, die er nun schon in Van lebte, auf Armenisch an.

»Meine Freunde, meine armen Freunde«, sagte er. »Ich glaube, es bleibt euch nichts anderes übrig, als euer Leben zu verteidigen ... Alle Hoffnung ist verloren ... Wir können nichts erreichen, nichts. Ich zweifle nicht daran, dass es eure Pflicht ist, eure menschliche Würde zu verteidigen ... Ich wünsche euch alles Gute.«

Wer nicht mit dem Ohr hört, wird mit dem Rücken hören

Der Heroismus beginnt erst, wenn eine bestimmte Schwerkraft überwunden ist; wenn der Mensch mehr von sich verlangt, als seiner Behaglichkeit zuträglich ist.

André Gide

Die Sonne ging auf und färbte die Gipfel des Waraks blutrot. Die Schneemassen, die sich auf den nördlichen Ausläufern des Gebirges häuften, überstrahlten das Schwarz der Felsen mit einem violetten Schimmer.

Es war Frühling. Blaue, durchsichtige Rauchwolken stiegen empor und zerteilten sich. Der sorglos lachende Himmel, der den Duft all der tausend Blumen einatmete, schien über die Ängste der Menschen zu spotten.

Im Dandun war der Tisch gedeckt, und die ganze Familie saß wartend da. Wartkes maulte aus einem unbekannten Grund, Sebuh neckte ein Kätzchen. Harutiun, dessen Gesicht von tiefen Falten durchzogen war, starrte abwesend vor sich hin. Langsam, mit ganz ungewöhnlicher Feierlichkeit, sprach Großma das Vaterunser. Jedes ihrer Worte klang wie ein Todesschrei. Tief beeindruckt von dieser Inbrunst, die sich allen Anwesenden mitteilte, blickte Wahram auf Großmas welke Lippen, von denen ernst und schwer die Worte kamen: »... sondern erlöse uns von dem Übel ...«

Dem Gebet folgte ein andächtiges Schweigen. Niemand wagte, vor Großma, die in Gedanken versunken schien, mit dem Essen zu beginnen.

Plötzlich ertönten, nicht weit vom Haus entfernt, im Süden der Stadt mehrere Gewehrschüsse. Eine kurze Pause, und dann wurden die Salven immer häufiger und lauter und pflanzten sich nach Osten, Norden und Westen fort.

Die ganze Armenierstadt war von einem Feuergürtel umschlossen.

Dann dröhnte der erste Kanonenschuss.

Harutiun nahm seine Serviette vom Hals, legte sie langsam auf den Tisch und kniete vor Großma nieder. »Es ist so weit, Mutter«, sagte er und küsste ihre Hand. Tränen stiegen in Großmas Augen; doch sie bezwang sich und küsste die Stirn ihres Sohnes.

»Geh«, sagte sie. »Und Gott sei mit dir.«

Harutiun ging hinaus.

Die Stadt zitterte, bebte, donnerte.

»Esst!«, sagte Großma. »Hrant, Tigran, esst, bevor ihr geht.« Und sie gab selbst das Beispiel. Das Brot und alle Speisen hatten einen Todesgeschmack angenommen.

Wartkes begann zu jammern. »Ich habe Angst, ich habe Angst!«, wiederholte er kläglich.

Wahram sah ihn missbilligend an. »Ich gehe mit Hrant«, erklärte er. »Ich will sehen, was los ist.«

Er hatte sehr laut gesprochen, um jeden Einwand zu übertönen. Aber Großma nickte: »Ja, mein Kleiner. Dein Platz ist nicht mehr bei den Frauen.«

Zuerst war Wahram erstaunt, dass man ihm nicht widersprach, aber dann wurde ihm der Ernst dieser Stunde bewusst. Von jetzt an würde er ein anderer sein. Wenn das Land, das er kannte, verschwunden und er in eine fremde Welt versetzt worden wäre, er hätte das Gleiche gefühlt. Sein Hunger war wie weggeblasen. Er erhob sich.

Über die Häuser hinweg zischten in allen Richtungen die Kugeln wie zahllose fliegende Schlangen.

Hinter Kendertschi hörten die Schutzwände der Weiden und Pappeln auf, sie mussten ohne Deckung weitergehen. Sofort richtete sich das Feuer aus der Kaserne von Zem-Zem-Mahara auf sie, und die Kugeln ließen kleine Staubfontänen aufspritzen.

»Sie schießen auf uns! Schnell, unter die Bäume!«, rief Tigran.

Während Wahram vorwärtsrannte, spürte er, wie eine Feuerwespe seine Locken streifte. Als er sich mit der Hand über den Kopf fuhr, fühlte er zu seinem Erstaunen einen Scheitel in seinen Haaren.

»Sieh mal an«, sagte Tigran. »Ein bisschen niedriger, und sie hätten dich am Kopf erwischt. Die Kerle zielen gut!« Er küsste den Knaben.

»Für diesmal hat dir der Tod noch Aufschub gewährt, Wahram. Jeder Tag, den du von jetzt an erlebst, ist ein Geschenk von ihm. Und nun komm.«

Als sie hinter dem Gebäude der deutschen Mission anlangten, begegneten ihnen zwei Kadschs, das Gewehr in der Hand, Brust und Hüften mit Patronengurten beladen ... und das am helllichten Tage!

»Was ist geschehen?«, fragte Tigran.

»Jeghia und Durzian sind tot.«

Tigran wurde blass und stieß einen Laut des Schreckens aus.

»Es kamen Frauen aus Warak, die von türkischen Soldaten verfolgt wurden. Die Türken wollten sie schon wegschleppen, als Jeghia und Durzian sich dazwischenwarfen. ›Lasst sofort die Frauen los!‹, rief Durzian. Als die Räuber plötzlich die sagenhaften Kadschs, von denen sie bisher nur gehört hatten, leibhaftig vor sich erblickten, waren sie starr vor Staunen. Aber ihre Kameraden, die wütend nachdrängten, eröffneten das Feuer. Auch als Jeghia und Durzian schon längst am Boden lagen, schossen sie noch immer weiter.«

»Und ihr? Habt ihr geschlafen?«, fragte Tigran.

»Wir hatten noch keinen Schießbefehl. Wir wollen uns jetzt unsere Instruktionen holen.«

»Und die Frauen?«, wollte Wahram wissen.

»Die sind nur verwundet. Sie haben sich in die deutsche Mission geflüchtet.«

»Dann hat der Tebk also begonnen?«, fragte Tigran.

»Nein, sondern unser Widerstand gegen die Massaker«, antwortete der Soldat.

Wahram wollte die Stelle sehen, an der Jeghia und Durzian gefallen waren. Er wandte seinen Onkeln den Rücken und begann zu laufen.

»Wahram, wo willst du hin? Komm zurück!«, rief Tigran.

»Ja, gleich«, erwiderte der Junge und lief weiter. Um die Mauer der deutschen Mission herum gelangte er auf ein offenes Gelände, das gegen Urpat-Aru zu abfiel. Zur Linken versperrte in majestätischer Gelassenheit der Warak den Horizont.

Die Kugeln pfiffen. Wahram ließ sich in einen frisch ausgehobenen Graben gleiten und setzte seinen Lauf fort. Etwa 200 Meter vor ihm bewegten sich mehrere Männer wie große Insekten auf zwei dunkle, seltsam reglose Gestalten zu, von denen hin und wieder funkelnde Blitze auszugehen schienen.

Als Wahram auf halber Höhe angekommen war, bemerkte er vor sich fünf Kadschs, die in einem Graben über Urpat-Aru Stellung bezogen hatten. Die gegenüberliegenden Kasernen von Hadschi Bekir verschwanden im Pulverrauch. Die Kadschs beobachteten die Türken, die knapp 100 Meter jenseits der zwei starren Gestalten hinter dem Damm eines von Osten nach Westen verlaufenden Bewässerungsgrabens kauerten und schossen, ohne sich zu zeigen.

Jetzt schien einer von den Kadschs Wahrams Anwesenheit zu spüren. Er wandte sich um. »Was willst du denn hier? Mach, dass du fortkommst!«

»Ach, Ardasches, du bist es!«, rief Wahram. »Bitte, zeig mir doch Jeghia und Durzian. Ich will sie sehen.«

»Verdammter Bengel! Also schön, duck dich und komm her zu mir.« Immer noch flogen die Kugeln wie tönende Eisendrähte über sie hinweg, ohne ihr Ziel zu treffen. »Siehst du die zwei schwarzen Punkte dort?«, sagte Ardasches. »Das sind sie.«

»Und woher kommen diese flammenden Blitze, die von ihnen ausgehen? Ist das der Heiligenschein der Märtyrer?«

»Nein, Wahram, das sind ihre Waffen und ihre Patronen, die in der Sonne aufleuchten.«

»Und die fünf Männer, die da über das Feld kriechen?«

»Das sind ein paar von unseren Leuten. Sie wollen die Waffen und, wenn möglich, auch die Körper von Jeghia und Durzian zurückholen.«

»Im Augenblick haben die Türken Angst, weil sie uns gesehen haben. Sie schießen, aber sie wagen nicht, näher zu kommen«, erklärte Ardasches mit einem nervösen Lachen.

»Und wenn sie nun auch erschossen werden?«

In dem Graben herrschte ein stickiger Geruch nach aufgewühlter, von der Sonne erhitzter Erde. Die inneren Grabenränder waren bespickt mit langen, weißen Wurzeln. Weiter oben stand durchsichtig das Grün der Grasbüschel gegen den Himmel. Schweigend beobachteten die Soldaten, wie die fünf Kadschs sich vorsichtig an die beiden Toten heranpirschten. Sie sahen sie bei den Körpern ankommen und herumhantieren. Dann verschwanden die Kadschs wieder in den Unebenheiten des Terrains. Der eine der fünf Männer tauchte wieder auf. Die vier anderen umringten die beiden leblosen Gestalten, die plötzlich in Bewegung gerieten und sich ruckweise auf die armenischen Stellungen zuzuschieben schienen.

Die Türken schossen noch immer, aber die Männer achteten nicht darauf. Derjenige, der die Waffen geholt hatte, sprang jetzt in den Graben. Er brachte außer seinem eigenen Gewehr zwei auf ihre Holzkästen montierte Mauserpistolen sowie vier Patronengurte mit. Wahram erkannte das kleine Kreuz, das Jeghia so oft am Handgelenk getragen hatte. Er musste an Jeghias rote Lippen und sein freundliches Lächeln denken. Dieses Kreuz, das seinen Besitzer verloren hatte, blieb von nun an mit einer Todeswaffe verbunden ... Tod! ... Die zurückgeholten Waffen wurden beiseitegelegt. Niemand wagte zu sprechen, jeder schien zu warten.

Ferne Geräusche kündigten das Nahen der anderen an. Ardasches wandte sich zu Wahram. »Kleiner, willst du einen Brief zum Generalstab bringen?«

»Wo ist das?«

»Hinter der Kirche von Noraschen.«

»Nein«, sagte der Junge. Er wollte die Toten sehen, obgleich der Gedanke daran ihn gleichzeitig in Angst versetzte.

»Los, Wahram, bring diesen Brief zum Kommandanten. Er ist sehr wichtig. Unsere Führer müssen wissen, dass wir die Waffen und die Gefallenen zurückgeholt haben. Sie warten auf dich.«

»Sie warten auf mich?«, wiederholte Wahram erstaunt. »Wieso?«

»Sie warten auf den Brief. Nun lauf schon!«

Ardasches kritzelte rasch ein paar Zeilen auf ein Stück Papier. »Renne, so schnell du kannst. Halte dich im Schutz der Bäume und lauf dicht an den Mauern entlang. Vermeide alle offenen Stellen in den Gärten oder auf den Straßen. Du musst in fünf Minuten dort sein. Kannst du das? Wenn nicht, schicke ich einen Soldaten.«

»Pah!«, machte Wahram. »Ich laufe bestimmt schneller als der! Gib her.«

Zwischen dem vierstöckigen Gebäude der deutschen Mission und der großen Hofmauer der amerikanischen Mission lag ein freier Platz, über dem sich die Kugeln kreuzten, die aus dem Norden von den Höhen von Sew K'herra und Zem-Zem-Mahara und aus dem Süden von Urpat-Aru und der Hadschi-Bekir-Kaserne herüberflogen. Wahram schlüpfte unter diesem pfeifenden Bogen hindurch. Ohne einer lebenden Seele zu begegnen, gelangte er jenseits des Gebäudes der amerikanischen Mission zu einem sanften Abhang, den er wie ein Pfeil hinabschoss.

Der einzige Mensch, den er auf diesem Weg erblickte, war eine Frau. Sie lag in einer Blutlache, die rings um sie eine Art roten Spiegel bildete.

Ohne auf seine Umgebung zu achten, stürmte er in wildem Lauf weiter und hielt erst vor der Kirche von Noraschen an, um nach dem Generalstab zu fragen. Krebsrot im Gesicht, außer Atem trat er trotz der zwei Wachtposten keck durch die Tür und gelangte in ein großes Zimmer, wo an einem langen Tisch einige unbewaffnete Männer eifrig redend beisammensaßen.

»Raus!«, rief einer von ihnen, als er Wahram erblickte. »Wie oft soll ich noch sagen, dass niemand unangemeldet hier hereinkommen darf!«

Harutiun, der im Hintergrund des Zimmers saß, hob den Kopf. »Das ist mein Sohn«, sagte er. »Was willst du hier, Wahram?«

Aber der Junge hielt bereits einem der Männer, den er kannte, seinen Zettel hin. Bulgaratzi nahm die Botschaft, warf einen Blick darauf und reichte sie ohne ein Wort an Jegarian weiter.

Dieser las sie langsam und bedächtig. Dann wandte er sich mit einem traurigen Lächeln an Wahram, der ihn mit weit aufgerissenen Augen anstarrte.

»Warst du dort unten, Wahram?«

»Ja, Armenag Agha.«

»Und wo? In den Gräben?«

»Ja.«

»Er hat seine Feuertaufe erhalten«, sagte Jegarian, als spräche er zu sich selber. Dann legte er dem Jungen freundschaftlich die Hand auf den Nacken. »Nun erzähle, was du gesehen hast«, forderte er ihn auf.

»Ja ... Die Kugeln pfeifen und pfeifen ununterbrochen über die Gräben. Die Türken liegen überall auf Urpat-Aru bis hin zur Hadschi-Bekir-Kaserne. Und sie schießen so schnell, dass man die einzelnen Schüsse gar nicht mehr hören kann. Ich habe Funken gesehen, die über Jeghia und Durzian aufzuckten, und ich dachte, das wäre das Licht der Märtyrer, aber dann hat Ardasches es mir erklärt. Fünf Kadschs sind zu den Toten hingekrochen und haben die Pistolen, die Patronen und auch die Leichen selbst geholt, aber ich habe sie nicht mehr gesehen, weil Ardasches mich hierhergeschickt hat. Sag mir, Armenag Agha, wenn die Männer so wie Schlangen über die Erde kriechen, verderben sie dabei nicht ihre Anzüge?«

»Gewiss, das tun sie«, erwiderte Jegarian lächelnd. »Aber nun hör mir einmal gut zu, Wahram. Wenn die Kugeln ganz nahe an dir vorbeipfeifen, musst du dich auch hinwerfen und kriechen. Solange du dich fest an die Erde presst, bist du in Sicherheit; denn die Kugeln werden dich nicht treffen können. Hast du das verstanden?«

»Ja, natürlich«, versicherte Wahram eifrig.

»Übernimmst du seine militärische Ausbildung?«, fragte Harutiun.

»Das muss ich, wenn er jetzt unser Meldeläufer ist … Also, was meint ihr? Im Hinblick auf den Druck, den die Türken gegen unsere Stellungen ausüben, werden wir schießen, sobald sie vorrücken. Nicht wahr?«

Er besprach sich leise mit den Mitgliedern des Generalstabs und schrieb dann einige Zeilen auf das Blatt, das Wahram gebracht hatte.

»Bring das zu Ardasches«, sagte er zu dem Jungen. »Lauf schnell. Und vergiss nicht: Wenn die Kugeln zu nahe an dir vorüberpfeifen, wirf dich hin und krieche! Krieche, so schnell du kannst. So, und nun weg mit dir.«

Wahram lief, ohne anzuhalten. Nichts konnte seine Aufmerksamkeit ablenken, nicht einmal die tote Frau, deren weit geöffnete Augen eine erschreckende Anziehungskraft ausübten.

Bevor er in den Graben sprang, glaubte er, über Urpat-Aru ein Hin und Her von schwarzen Vögeln zu gewahren. Von überall stiegen diese kleinen Silhouetten wie Rabenschwärme auf, zogen über den Himmel und fielen nieder, während von anderswo andere Schwärme hochstiegen. Im Graben befanden sich jetzt noch mehr Kadschs. Sie lagen auf der Lauer und hielten ihre Waffen auf den Feind gerichtet. Ihre blassen, scharf geschnittenen, von Falten durchzogenen Gesichter ließen sie ungewöhnlich hart erscheinen. Die meisten bissen die Zähne zusammen.

Ardasches riss Wahram den Zettel aus der Hand, las ihn und rief: »Ihr schießt nur auf meinen Befehl. Zielt gut! Zielt nur auf diejenigen, die laufen.« Und als Wahram versuchte, über den Grabenrand zu spähen, schrie er ihn an: »Wahram, duck dich!«

Aber Wahram wollte unbedingt etwas sehen. Er entdeckte eine Art Schießscharte und presste das Auge dagegen. Jetzt erfasste sein Blick die ganze Ausdehnung von Urpat-Aru bis zum Fuß der Kasernen. Von dort kamen Gestalten näher, die immer größer und deutlicher wurden. Wahram unterschied bereits die Köpfe, die Arme und sogar die Gewehre der Männer, die sie in der rechten Hand hielten. Von überall kamen sie: von gegenüber, von rechts, von links. Und je näher sie kamen, umso eindrucksvoller wurde dieses Schauspiel. Aber Wahram verspürte keine Angst. Wie sollte er sich auch vorstellen, dass alle diese Männer an ihr Ziel gelangen könnten? Die vorderste Gruppe war jetzt nur noch 100 Meter entfernt, als Ardasches sein Gewehr anlegte und rief: »Den Befehl weitergeben! Mit Gottes Hilfe, Feuer!«

Wahram zuckte zusammen und warf sich automatisch zu Boden. Eine Patronenhülse fiel vor ihm nieder. Er atmete den Geruch des Pulvers ein, der dem welker Blätter ähnelte. Schnell gewöhnte er sich an die knallenden Geräusche im Graben, stand auf und begann von Neuem, das Kampffeld zu beobachten.

Drei Gestalten lagen hinter der Gruppe, die dem Graben am nächsten war, eine weitere Gestalt wälzte sich weiter hinten am Boden. Trotzdem rückten die Türken noch immer vor. Mehr und mehr Männer fielen. Wahrams Hände, die auf dem Grabenrand lagen, brannten in der Sonne, aber er konnte die Augen nicht von diesem erschreckenden Bild losreißen. Gleichzeitig war er außerstande, das traurige Schicksal all dieser reglosen Gestalten voll zu erfassen.

Das Gewehrfeuer aus dem Graben wurde immer heftiger. Wahram war wie betäubt, er glaubte zu träumen. Er zählte bereits über fünfzig Tote, als plötzlich die Türken, deren Gesichter er genau erkennen konnte, sich aufrichteten, umkehrten und davonliefen. Bald strömten sie über die ganze Weite von Urpat-Aru zurück. Aber noch immer stürzten einige von ihnen zu Boden. Diesmal erschienen die Ereignisse völlig unwirklich. Es kam ihm vor, als wehe ein Sturm riesige welke Blätter vor sich her und weit fort bis zur Hadschi-Bekir-Kaserne, auf die die Flüchtlinge zuliefen.

»Nicht mehr schießen!«, rief Ardasches. »Sie sind jetzt zu weit, verschwendet eure Munition nicht! Fünf Mann von jeder Gruppe sollen vorkriechen und die Waffen und die Munition einsammeln, die der Feind zurückgelassen hat! Gebt den Befehl weiter!«

In diesem Augenblick vernahm Wahram ein von Klagelauten begleitetes Geräusch. Durch den Graben kam ein Kadsch, den zwei andere stützten. Das seltsame Rot, das seine rechte Seite und sogar die Patronengurte bedeckte, erschreckte Wahram. Aber als darauf eine weiche, sonderbar gestauchte Gestalt von drei Kadschs an ihm vorbeigetragen wurde, begannen seine Zähne zu klappern. Diese schmutzig gelben Ohren ... Der Tod, der Tod! ... Der kalte Schweiß brach ihm aus. Wie gehetzt rannte er nach Hause.

Großma kam ihm öffnen ... Ihre Augen waren gerötet, an der reglosen Hand hing ihr Rosenkranz. Sie schloss Wahram in die Arme und brach in Schluchzen aus. Ohne das Kind loszulassen, schloss sie die Tür und versuchte krampfhaft, ihr Weinen zu unterdrücken. Im selben Augenblick hörte Wahram zu seiner Verwunderung die drei Kühe brüllen. Es war ein ungewohnter, klagender Ton, den sie ausstießen. Von nah und fern klangen ähnliche Laute auf, eine bedrückende Begleitmusik zu dem Krachen und Zischen da draußen.

»Die armen Tiere!«, sagte Großma. »Sie haben Angst, und sie haben seit heute Morgen nichts gefressen.«

Wahram konnte kein Wort hervorbringen. Der Schrecken lähmte seine Kiefer. Immer noch sah er vor sich die gelben, wächsernen Ohren des Toten und sein abgezehrtes, knochiges, fast weißes Gesicht ... Großmas Tränen steigerten seinen Schrecken noch mehr.

»Hast du gegessen, Wahram?«, erkundigte sich Großma mit schwacher, besorgter Stimme.

Das Kind konnte nicht antworten. Jetzt kam wieder Leben in Großma. Ihre Wangen röteten sich, die Augen begannen zu glänzen, und langsam kehrte das gute, gewohnte Lächeln auf ihr Gesicht zurück. Sie begriff, dass Wahram vor Schreck wie versteinert war. Während dieses Tages, den sie so allein und ohnmächtig im Hause verbrachte, hatte sie ihr Gleichgewicht ein wenig verloren; aber jetzt, da Wahram ihrer bedurfte, stellte es sich wieder ein.

Fast mit Gewalt flößte sie ihm eine Flüssigkeit ein. Dann, als Wahram allmählich den Gebrauch seiner Muskeln wiederfand, gab sie ihm ein Glas mit einem orangeroten Saft zu trinken, der ihn auf wunderbare Weise erfrischte. Eine duftende Wärme durchdrang den Mund und den Körper des Kindes. Er setzte sich, und nun brachte Großma eine kräftige Mahlzeit auf einem silbernen Tablett.

»Ich habe auch noch nicht gegessen. Deshalb essen wir jetzt zusammen, und nachher erzählst du mir alles.« Langsam, jedes Wort betonend, sprach sie das Vaterunser.

Dann aßen sie schweigend. Wahram wollte kein Fleisch nehmen, mochte aber den Grund nicht sagen ... Ein grausiges Gefühl ließ ihn eine Verbindung zwischen diesem Fleisch und dem Fleisch des Mannes mit den gelben Ohren herstellen ... mit allen Männern, die da draußen, von den Kugeln getroffen, zu Boden stürzten ...

Jetzt übertönte das Brüllen der Tiere sogar die Gewehrsalven und den Kanonendonner. Wahram, der eine riesige Portion Madzun vertilgt hatte, wurde von unermesslichem Mitleid mit den Tieren erfasst. Nicht eine Minute länger konnte er es aushalten, sie so hungrig zu wissen.

Er vergaß zum ersten Mal in seinem Leben, dass man den Tisch nicht vor dem Dankgebet verlassen durfte, stürzte in die Scheune und ergriff ein mächtiges Bündel Heu. Als er die Stalltür aufstieß, drang ihm das wilde Muhen der Kühe entgegen. Die Pferde, die sich bis dahin still verhalten hatten, begannen zu wiehern. Wahram verteilte das Heu und lief wieder hinaus, um für die Pferde gehäckseltes Stroh und Gerste zu holen. Nachdem er es ihnen vorgeschüttet hatte, konnte er kaum mehr die Tränen zurückhalten. Gerührt sah er zu, wie die Tiere fraßen. Dann kehrte er zu Großma zurück.

Sie hatte bereits bemerkt, dass Wahrams Erregung sich gelegt hatte.

»Wo sind die anderen?«, fragte das Kind.

»Bei Hemayag. Sein Haus liegt geschützter. Hier sind wir der Hamid-Agha-Kaserne zu nahe.«

»Und Sirarpi?«

»Sirarpi ist in der deutschen Mission.«

»Warum?«

»Sie hat sich dort als Krankenpflegerin gemeldet.«

»Ach«, sagte er nur erstaunt.

»Und du? Erzähl mir doch, was hast du getan?«

Wahram zögerte. Ihm war klar, dass er nicht alles erzählen konnte. Er musste die Sache mit Jeghia und Durzian verschweigen, und vor allem das mit diesem … So erzählte er vom Graben, von seinem Botengang zum Generalstab und dem Angriff auf dem Gelände von Urpat-Aru. Aber von all diesen Ereignissen erregte nichts Großmas Aufmerksamkeit, nur die Tatsache, dass Harutiun beim Generalstab war. »Was hat er dort gemacht?«, fragte sie.

»Wer?«

»Dein Vater natürlich. Du sagtest doch eben, du hättest ihn gesehen.«

»Ja, ich habe ihn beim Generalstab gesehen.«

»Und wollte er dort bleiben?«

»Das weiß ich nicht.«

»Und Hrant und Tigran?«

»Die sind in die Werkstatt gegangen, wo das Pulver hergestellt wird.«

In diesem Augenblick erreichten die Explosionen, der Kanonendonner und das Pfeifen der Geschosse eine geradezu unerträgliche Intensität. Die Kugeln, die durch das Laubwerk der Bäume flogen, knallten wie Peitschenschnüre. Dann schien die Hölle loszubrechen. Die Fensterscheiben zersprangen, und bei jedem Kanonenschlag bebte das ganze Haus. Großma bekreuzigte sich mehrere Male, dann zog sie Wahram in den Salon, ganz nahe an den Wandschrank, der zu dem Versteck führte. Das Getöse schien sich immer noch zu verstärken. Auf der Straße und im Garten war kein Lichtschein zu sehen, und doch hatten sie das Gefühl, dass die Türken jeden Augenblick ins Haus eindringen würden. Endlose Minuten dauerte dieser Zustand an. Sie dehnten sich zu Stunden. Dann, obgleich das Schießen nicht nachließ, verflog ihre Angst, und der Zustand wurde zur Gewohnheit.

»Gott helfe den Kadschs, die diesem Höllenfeuer ausgesetzt sind«, sagte Großma. »Das müssen die Tscheten aus der Hamid-Agha-Kaserne und von Zem-Zem-Mahara und die Kanonen von Sew K'herra sein. Aber Gott sorgt dafür, dass sie nicht vorankommen.« Sie führte Wahram in den Dandun zurück, nahm ihren Rosenkranz und betete, wie ihr geängstigtes Herz es ihr eingab. Sie machte sich keine Illusionen über die drohende Gefahr. Nur ein Wunder, das dritte in zwanzig Jahren, würde Großmas Welt vor der Vernichtung bewahren können: ihre Kinder, ihre Enkelkinder, alle diejenigen, die sie liebte und die sie so oft gepflegt und getröstet hatte.

Das erste Wunder hatte sich im Jahre 1896 beim Großen Tebk ereignet. Eine Woche lang hatten die Armenaganen tapfer Widerstand geleistet. Dann hatten die Konsuln von Frankreich, Russland und England interveniert und gegen das Versprechen, dass die Zivilbevölkerung geschont würde, den Abzug der Kadschs erreicht. Die achthundert Kadschs wurden im Gebirge umzingelt und schlugen sich noch drei Tage lang, bis ihnen die Munition ausging und sie der erdrückenden Übermacht ihrer Gegner erlagen. Aber damals hatte kein Krieg in der Welt geherrscht.

Im Jahre 1909 hatte dann die Revolution der Jungtürken, die den Roten Sultan stürzten, das zweite Massaker verhindert. Und jetzt?

Nachdem Großma diesen Erinnerungen nachgegangen war, ergriff sie wieder ihren Rosenkranz und betete: »Mein Gott, höre auf meine geängstigte Stimme, die Zeugin meiner Verzweiflung. Lass es nicht zu, dass unser schwacher Schutzwall zerstört wird und die Bösen in Deine

Stadt eindringen, um Deine Altäre niederzureißen und Deine Diener, die zarten Säuglinge, die unschuldigen Jungfrauen, die frommen Frauen und ihre Kinder zu töten. Entsende Deine Erzengel und Deine Heiligen Ritter, auf dass sie Deine Fahne verteidigen, die Schläge unserer jungen, unerfahrenen und kaum bewaffneten Verteidiger lenken und ihren Mut stählen. Oh, mein Gott, lass dies Gebet Deiner demütigen Dienerin, die Dich stets verehrt hat, zu Deinem Thron gelangen und Gnade vor Dir finden. Wende Deine Augen auf meinen Enkel Wahram, der hier neben mir steht, der ein Recht darauf hat, zu leben, und der ohne Deine Hilfe grausam und sinnlos hingemordet werden wird ...«

Großma forderte Wahram auf, niederzuknien und dieses Gebet nachzusprechen. Dann richtete sie noch ein Gebet an die Muttergottes und flehte sie im Namen ihres gekreuzigten Sohnes an, alle Kinder zu retten.

Als dies Gebet beendet war, sagte Wahram mit fester Stimme: »Großma, heute Morgen haben sie bei Urpat-Aru geschossen und angegriffen. Es waren viele, zwei- oder dreitausend Mann, aber sie sind vor uns ausgerissen. So schnell sind sie davongelaufen, dass die Kugeln sie nicht mehr erreichen konnten.«

In diesem Augenblick gesellte sich zu dem Donnern der Explosionen ein neuer Lärm. Man klopfte an die Tür! Wahram erhob sich. Großma wollte ihn zurückhalten: »Nein, nicht aufmachen!«

»Aber das ist doch Väterchen! Ich erkenne ihn an seinem Klopfen.« Und er lief hin und öffnete die Tür.

Harutiun und Sirarpi traten ein. Großma stand im Hof, ohne ihren Rosenkranz. Der tragische Ausdruck ihres Gesichts zeigte, dass sie darauf gefasst war, dem Tod gegenüberzutreten, dass sie die Türken erwartete ...

Sie hob eine zitternde Hand, die Harutiun ergriff und einen Augenblick festhielt. Dann beugte er sich herab, um sie zu küssen.

»Mutter«, sagte er, »geh mit Wahram in die deutsche Mission.«

»Das ist sinnlos«, erwiderte die Große Frau.

»Aber Mutter, dort bist du besser aufgehoben.«

»Ich verlasse das Haus nicht. Wenn die Türken kommen, dringen sie auch in die Mission ein. Dann kann ich ebenso gut hier sterben.«

»Mutter, es geht nicht ums Sterben. Wir werden nie zurückweichen. Sie kommen nicht durch ...«

»Das glaube ich dir, mein Sohn«, sagte sie. »Aber warum rufen wir nicht alle hierher? Schick Sarkis los, damit er alle zusammenholt. Und ihn brauchen wir auch hier, er muss die Tiere versorgen.«

Harutiun wusste nicht, was er sagen sollte. Den ganzen Tag über hatte er sich Sorgen um seine Mutter gemacht. Und jetzt ... jetzt verblüffte sie ihn, indem sie ihm Kraft und eine unbegrenzte Hoffnung einflößte.

Ein Geschoss flog über den Hof hinweg, aber Großma zitterte nicht.

»Komm jetzt essen«, sagte sie. »Ich bin überzeugt, dass du heute noch nichts in den Magen bekommen hast und Sirarpi auch nicht. Gehen wir in den Dandun.«

Im Handumdrehen war der Tisch gedeckt. Großma setzte sich ruhig in ihren Winkel. Wahram kam mit drei herrlichen Rosen in der Hand herein. »Sie haben auf mich geschossen, Väterchen«, sagte er. »Ich habe diese Rosen hier gepflückt, und auf einmal regneten rings um mich die Kugeln herunter.«

»Du sollst doch nicht mehr in den Garten gehen, du Dummkopf!«, schalt Harutiun. »Musst du dich sinnlos der Gefahr aussetzen? Da, beinahe hätten sie dir ein Loch in den Kopf geschossen«, fuhr er fort, als er den »Scheitel« in Wahrams dichten Locken entdeckte.

»Nein, das war heute Morgen.«

»Heute Morgen?«

Wahram erzählte von seiner Feuertaufe. Als er fertig war, wandte er sich an Sirarpi. »Was hast du seit heute Morgen gemacht?«, fragte er sie.

»Wir haben die Räume für die Kranken, die Kinder und die alten Leute hergerichtet. Und wir hatten so viel zu tun, dass keiner ans Essen gedacht hat.«

Nun sprach Harutiun andachtsvoll das Vaterunser.

»Komm mit, Wahram, du kannst uns helfen«, sagte Harutiun, als die Mahlzeit beendet war und Großma die Lampe anzündete.

Den ganzen Tag über hatten die Waffen Feuer gespien und die Stadt mit einem weiß glühenden Eisenring umschlossen. Das Armenierviertel der Gartenstadt war wie ein riesiger Kessel, der auf ein Höllenfeuer gesetzt ist.

»Wir wollen in die Brunnenschächte hinuntersteigen«, verkündete Harutiun. »Wo sind die Kerzen, Mutter?«

Großma wies auf das Regal neben dem Herd.

Harutiun holte eben die Kerzen herunter, als Bulgaratzi und drei Brunnengräber eintraten. Sie hatten Seile und Werkzeuge mit, und ihre Gesichter und Hände waren mit Gips beschmiert.

»Glaubt ihr, wir schaffen es noch heute Abend?«, fragte Harutiun.

»Wir hoffen es. Vielleicht gelingt es uns auf Anhieb«, sagte Bulgaratzi.

»Und was soll jetzt zuerst geschehen?«

»Wir müssen das Material an Ort und Stelle bringen und die Kanalisation auskundschaften, die zu den Brunnen der Hamid-Agha-Kaserne führt.«

»Beim heiligen Sergius!«, rief Großma. »Was habt ihr da zu suchen?«

»Was wir suchen? Ein Mittel, um die Kaserne in die Luft zu sprengen«, erwiderte Harutiun.

Großma bekreuzigte sich. »Aber mein Sohn, diese Menschen dort haben auch Mütter ...«

Harutiun sah sie mit einem tieftraurigen Blick an. »Gewiss, Mutter«, sagte er. »Aber die Kaserne steckt wie ein Dolch mitten im Herzen unserer Stellungen, und solange die Tscheten sie besetzt halten, laufen wir jeden Augenblick Gefahr, vernichtet zu werden.«

»Der Wille Gottes geschehe ...« Großma hatte noch nicht zu Ende gesprochen, als das ganze Haus erzitterte. Das Geschoss war in die Wand des Salons gedrungen, aber nicht explodiert. Alle hielten den Atem an.

»Fordere den Blitz heraus, und er wird dich treffen«, sagte Großma nach einer Weile. »Aber nun geht, meine Kinder, und der heilige Georg sei mit euch.«

Als die kleine Gruppe ins Freie trat, empfing sie ein ohrenbetäubender Lärm. Von der Spitze des Hügels von Zem-Zem-Mahara schossen ganze Funkengarben empor, die einen weiten Bogen beschrieben und dann über der Gartenstadt niedergingen.

Der Anführer der Brunnengräber befestigte die Strickleiter am Brunnenrand und stieg dann vor den beiden anderen Männern hinunter. Harutiun und Wahram schickten ihnen mithilfe der Rolle und des Eimers die Kerzen, die Seile und das übrige Material nach: Schaufeln, seltsam geformte Hacken, mehrere umfangreiche Pakete, ein Bündel Eisenstäbe und zwei Sturmlampen.

Unvermittelt drängte Wahram sich vor Harutiun, stieg über den

Brunnenrand, setzte den Fuß auf die Strickleiter und verschwand in der Brunnenöffnung.

»Wahram, komm wieder herauf!«, rief sein Vater. »Wer hat dir gesagt, dass du uns begleiten darfst?«

»Du, Väterchen! Ich will auch die Kaserne in die Luft sprengen!«

In der Dunkelheit fühlte er, wie seine Füße schwer wurden. Seine Hände umklammerten die Leitersprossen. Von unten hörte man das Lachen der Männer.

Als Wahram auf der Mitte der Leiter angelangt war, bemerkte er unter sich einen dunklen Spiegel, in dem Flammenfetzen aufzuckten. Er stieg tiefer, und nun tauchten schattenhafte Gestalten auf, und an den Lichtrauten, die sich über schillernden Samt zu bewegen schienen, erriet er das Wasser. Die Luft wurde schwer und kalt und roch nach Lehm.

»Wir können ihn ganz gut gebrauchen«, bemerkte der Anführer, als Harutiun wütend heruntergestiegen war. »Er wird eine der Lampen tragen und hinter mir hergehen, damit ich genügend sehen kann.«

Nun packte sich jeder auf, was er zu tragen hatte, und im Gänsemarsch drang die Gruppe in die Unterwelt ein.

Ein Stück über dem Wasserspiegel führte ein armbreiter Weg entlang, in dessen lehmigem Untergrund die Füße hafteten. In die trockenen und vom Licht der Kerzen vergoldeten Wände des Tunnels waren in bestimmten Abständen Steine eingelassen, auf denen Erkennungszeichen markiert waren. Der Anführer blieb von Zeit zu Zeit stehen, um diese Zeichen zu studieren, und Wahram musste jedes Mal seine Lampe hochhalten. Mühsam kam man voran und langte nach einiger Zeit unter dem Schacht eines Brunnens an.

»Jetzt sind wir bei den Brunnen von Nathanael Agha. Unmittelbar darauf folgt der Brunnen der Kaserne«, murmelte der Anführer. Er stand still und lauschte. Ein dumpfes Grollen wurde vernehmbar.

»Der arme Jeghia«, sagte Harutiun. »Und Nathanael Agha weiß es noch gar nicht.«

Der Boden des Brunnens war von einer runden Mauer umschlossen, und in der Mitte dieses Raumes schimmerte dunkel der Wasserspiegel. Der Tunnel führte von hier aus nach beiden Seiten in unergründliche Finsternis.

»Am besten, wir deponieren hier unsere Geräte«, sagte Bulgaratzi. »Dann gehe ich mit dem Hauptbrunnenbauer weiter, und ihr wartet hier. Wenn wir in einer Stunde nicht zurück sind, kehrt ihr um.«

Das Warten dauerte unerträglich lange. Oben ging das Schießen weiter, aber der Kanonendonner wirkte hier unten wie in Watte gewickelt. Keiner wagte sich zu rühren. Wahram fröstelte. Seine Füße waren nass, seine Schuhe mit eiskaltem Lehm überzogen. Zeitweise war dieses Kältegefühl kaum mehr zu ertragen, doch sagte er kein Wort.

Endlich ertönten Schritte aus dem Inneren des Tunnels. Die beiden Männer kamen von ihrem Erkundungsgang zurück. »Die Türken ahnen nichts«, berichteten sie. »Es steht keine Wache oben, und der Brunnenschacht ist nicht versperrt. Er mündet bei den leeren Pferdeställen. Aber ich glaube, Dynamit allein genügt nicht, um die Kaserne hochgehen zu lassen. Wir werden noch zwei Kannen Petroleum brauchen. Habt ihr welches im Haus, Harutiun?«

»Nein.«

»Dann werden wir heute Nacht nichts ausrichten können.«

»Wenn Aussicht auf Erfolg besteht, dürfen wir die Sache nicht auf morgen verschieben. Wie sollen wir voraussehen, was an einem Tag alles geschehen kann?«

»Also dann ...«

Der Anführer der Brunnenbauer stieß einen tiefen Seufzer aus. Offensichtlich konnte er sich nicht entschließen.

»Es hat gar keinen Sinn anzufangen, wenn wir nicht mit einem sicheren Erfolg rechnen können«, sagte Bulgaratzi. »Wir brauchen unbedingt die zwei Kannen Petroleum.«

Harutiun und Bulgaratzi, denen Wahram auf den Fersen folgte, begaben sich zum Generalstab. Dort saßen Jegarian und Garo inmitten einer Gruppe diskutierender Männer.

Sowie Jegarian Harutiun sah, berichtete er: »Meldeläufer aus Schadah haben sich hierher durchgeschlagen. Fast überall beginnt die Selbstverteidigung. Das alte Wasburagan widersetzt sich der Vernichtung. Aber ich frage mich, was in den anderen sechs Provinzen vor sich geht ... Wenn alle sich verteidigen wollten, könnten wir sicher sein, dass unsere Nation fortbestehen wird. In Van allerdings werden wir uns fürs Erste auch ohne äußere Hilfe halten. Aber wenn uns die Lebensmittel und die Munition ausgehen, was dann?«

»Die Munition wird uns nie ausgehen!«, wetterte Garo. »Allein heute haben wir den Türken fast hundert Gewehre und fünftausend Patronen weggenommen. Wir werden diese Kerle auf langsamem Feuer rösten.«

»Vielleicht kommen die Russen noch rechtzeitig –«

»Die Russen!«, rief Jegarian wegwerfend. »Die pflanzen nicht ein einziges Bajonett auf, um uns zu helfen. Die führen ihren Krieg und halten dadurch gezwungenermaßen die türkischen Truppen fest. Aber wenn sie vorrücken und die Türken vor sich hertreiben, anstatt sie zu vernichten, werden wir es erleben, dass die Armee von Khalil Pascha sich auf uns stürzt und uns den Garaus macht, bevor sie ihren Rückzug fortsetzt.«

Garo lachte höhnisch auf. »Keine Angst! Zerquetscht werden sie wie die Läuse, diese wilden Tiere, diese Hunde, diese Hundesöhne, diese Teufelsfratzen, diese Ausgeburten der Hölle, diese stinkenden Kadaver!«

»Hoffen wir es«, sagte Jegarian. »Wie weit seid ihr, Bulgaratzi?«

»Ich brauche zwei Kannen Petroleum.«

»Petroleum?«, rief Garo und sprang wütend von seinem Sitz auf. »Ihr kommt nicht weiter, bloß weil euch zwei elende Kannen Petroleum fehlen?«

»Ruhe, Garo, Ruhe!«, beschwichtigte Jegarian. Dann wandte er sich an Bulgaratzi: »Wenn die Kaserne nicht heute Nacht in die Luft fliegt, kann unsere Lage sich entscheidend verschlechtern.«

»Die Sache hätte ich in die Hand nehmen sollen!«, brüllte Garo. »Dann wären diese Hunde aus der Kaserne jetzt in Mohammeds Schoß.«

»Ruhe, Garo!«, befahl Jegarian noch einmal in entschiedenem, aber ruhigem Ton. »Mit Schreien erreichen wir gar nichts. Also, Bulgaratzi, wie steht es?«

»Es ist alles vorbereitet. Sobald ich das Petroleum habe …«

»Der Generalstab besitzt kein Petroleum«, erwiderte Jegarian nachdenklich. »Wir müssen welches auftreiben. Aber wo?«

»Ich habe fünf Kannen zu Hause«, sagte Garo plötzlich. »Komm mit, ich gebe sie dir.«

»Nein, du bleibst hier; das ist nicht deine Aufgabe.« Jegarian wandte sich an die Ordonnanz: »Hol mir Howiwian her.« Als der Mann gegangen war, fragte er Garo: »Ist deine Frau zu Hause?«

»Aber natürlich, Wartanuische ist da.«

»Dann schick ihr eine Botschaft, sie soll das Petroleum herausgeben. Beeil dich! Jede Minute, die wir verlieren, bedroht unser Leben.«

»Der Teufel soll die Brunnengräber, ihre Söhne, ihre Enkel, ihre Urenkel und diese gesamte Eunuchengeneration erwürgen!«, rief Garo, als er sich bemühte, ein paar Zeilen hinzukritzeln. Sein Bleistift brach ab, er warf ihn gegen die Wand: »Ich bin jetzt nicht in der Verfassung, zu schreiben! Geht zu Wartanuische und sagt ihr von mir, sie soll alles Petroleum herausgeben, das wir im Hause haben. Los, schnell!«

In diesem Augenblick kam die Ordonnanz mit Howiwian wieder und reichte Jegarian einen Zettel. »Garo«, sagte dieser, nachdem er einen Blick darauf geworfen hatte, »nimm dir fünfzehn von unseren Kampfadlern und fliege mit ihnen in die Stellung von Katschal Mirza. Die Unseren werden dort schwer bedrängt.« Garo stürzte hinaus.

Jetzt überlegte Jegarian kurz und rieb sich nachdenklich die Stirn. Das Schicksal der ganzen Stadt hing an zwei Kannen Petroleum. Und es galt, rasch zu handeln. »Howiwian, mein Lieber«, sagte er dann, »wir müssen uns einen Petroleumvorrat anlegen. Lass vier Kannen bei Garo abholen und gib zwei davon Bulgaratzi. Die zwei anderen kommen zu unseren Reserven. Und dann sieh zu, dass du noch mehr Petroleum auftreibst; wir werden es nötig haben.«

Nun begann er, Harutiun zu befragen: »Glaubst du, dass die Kaserne durch eine Explosion völlig zerstört werden kann? Und wenn nur ein Teil zerstört wird und die Tscheten daraufhin in ihrer Wut gegen unsere Stellungen losgehen – werden wir sie halten können?«

»Keine Sorge, die Tscheten werden vor Schreck wie gelähmt sein«, fiel Bulgaratzi ein.

»Wohin hast du Garo geschickt?«, fragte Harutiun.

»Er ist mit der fliegenden Truppe unterwegs zur Stellung von Katschal Mirza, denn unsere Leute dort werden schwer bedrängt. Der Angriff erfolgt aus dem Gebäude des englischen Konsulats. Die Besetzung dieses großen Hauses durch die Türken stellt eine ebenso ernste Gefahr dar wie die Hamid-Agha-Kaserne.«

»Und wenn man das Haus nun auch in Brand steckte?«, schlug Bulgaratzi vor.

»Großartig!«, rief Jegarian. »Da haben wir bereits Verwendung für die anderen zwei Kannen Petroleum …«

Großma hatte die Betten im Keller aufgeschlagen und sich dort mit Sirarpi und Wahram hingelegt. Aber Wahram konnte in der vom Geruch des gärenden Mostes und dem Duft der reifenden Äpfel und Birnen gesättigten Luft nicht einschlafen. Diese Luft war zu schwer, das Schießen zu nahe, und die Ereignisse des vergangenen Tages rumorten noch immer in seinem Kopf. Ruhelos wälzte er sich auf seinem provisorischen Bett, das nur aus einer Matratze und einer Decke bestand. Dann setzte er sich auf.

»Schläfst du, Sirarpi?«

Als er keine Antwort erhielt, wollte er sie ein wenig schütteln. Seine Hand fand den Arm des Mädchens, glitt langsam daran herab und berührte Sirarpis halb geschlossene Hand. Mit den Fingerspitzen fühlte er die Umrisse dieser im Schlaf erschlafften Hand. Eine unendliche Zärtlichkeit überkam ihn. Die sanfte, lebendige Wärme, die von der schlafenden Hand ausging, konnte vergehen und der Kälte und Starre des Todes weichen ...

Diese Berührung im Dunkeln erschütterte ihn. Er behielt Sirarpis Hand in der seinen; doch bald vergaß er völlig, dass er sie hielt, und die freundschaftliche Wärme schläferte ihn ein.

Eine grüne, phosphoreszierende Schlammschicht erstreckte sich bis zum Horizont, wo eine Kaserne sich schwarz gegen den Himmel erhob.

Wer hatte die Welt so leer gemacht? Wahram watete durch diesen Schlamm, der von wunderbarer Schönheit war. Seine Füße, an denen eine glänzende Jademasse haftete, wollten sich nicht mehr heben. Aber er musste zu der Kaserne gelangen, in der Sirarpi eingesperrt war und ihn angstvoll erwartete. Plötzlich ertönte ein gewaltiges Dröhnen. Aus der Kaserne schossen dichte Rauchwolken, wie schattenhafte Weidenbäume, hervor, verdunkelten den Raum und senkten sich auf ihn herab. Jetzt stieg, wie ein gewaltiger Ritter, die Sonne auf, und ihre Strahlen, zahllose Säbelklingen, zerteilten die Rauchwolken. Die Kaserne barst auseinander, und an ihrer Stelle häufte sich ein Berg aus Staub, der langsam immer höher anwuchs, bis er den Himmel berührte.

Wahram stieß einen Schrei aus und erwachte. Er hielt noch immer Sirarpis Hand. Sein Körper war vor Schreck in Schweiß gebadet. Er erhob sich, zog sich an und lief hinaus, auf die Hamid-Agha-Kaserne zu.

Draußen strahlte hell die Sonne. Aber die höllische Symphonie der Explosionen ging in allen Tonarten weiter. Wahram entschloss sich, zur Schahbender-Stellung zu laufen, die am weitesten vorgeschoben war und zwischen zwei Feuern lag.

Während der Nacht hatte der Tau mit unsichtbaren Pinseln ein durchsichtiges Häutchen auf die Blätter und Blumen gemalt, die in allen Regenbogenfarben funkelten. Es tat Wahram fast leid, dass er bei seinem Lauf durch die Gärten die Flammen dieses Taus austreten musste. In dieser von ohrenbetäubendem Getöse erfüllten Wüste flog jede Kugel daher wie ein Dämon des Todes. Wahram erreichte die Gartenmauer bei der Schahbender-Stellung, hinter der die Kaserne aus allen Öffnungen Feuer spie, während die Kugeln wie ein Hagelschauer auf die Mauern prasselten. Er ließ sich hinter den Schutzwall gleiten. Etwa hundert Schritt weiter bemerkte er Howsep. Sein Instinkt riet ihm, wieder davonzulaufen. Doch jetzt kamen aus der gegenüberliegenden Schahbender-Stellung mehrere Kadschs hervor und rannten auf sie zu. Ihre schmutzüberkrusteten, fast blutleeren Gesichter waren vor Angst verzerrt. Sie keuchten. Howsep warf sich ihnen entgegen.

»Wo wollt ihr hin?«

»Die Türken kommen! Sie sind durchgebrochen«, rief einer der Kadschs.

»Und wohin wollt ihr?«

»Weiter! Die Stellung ist nicht mehr zu halten.«

Howsep zog einen kleinen Revolver aus der Tasche. »Umkehren!«, befahl er. »Geht, und sterbt wie Männer in eurer Stellung, die Waffe in der Hand, anstatt euch feige unter einem Weiberrock zu verkriechen und den Türken den Weg freizugeben. Los, umkehren und mit mir zurück!«

Die ruhige und herrische Stimme brachte die Männer zum Stehen. Dann begann einer nach dem anderen zurückzumarschieren, auf die verlassenen Stellungen zu. Howsep kritzelte ein paar Zeilen auf ein Stück Papier, das er Wahram in die Hand drückte.

»Lauf zum Generalstab!« Dann ließ er den Knaben stehen und stürzte hinter den Männern her.

Anahide!

Eine Mauserpistole am Gürtel, hielt Anahide Wache vor dem Gebäude des Generalstabs. Sie war abgemagert; die blauen Ringe um ihre Augen ließen diese noch größer und schwärzer erscheinen als sonst. »Wahram, wo willst du hin? Hier darfst du nicht hinein!«, sagte sie.

»Ich bin gleich wieder da«, antwortete Wahram und drängte sich an ihr vorbei.

Atemlos stürzte er auf Jegarian zu. Dieser war in einer Unterredung mit Aram begriffen, der mit bleichem Gesicht neben ihm saß und

Wahram einen teilnahmslosen Blick durch seine Brillengläser zuwarf. Jegarian nahm den Zettel und reichte ihn an Aram weiter.

»Lesen Sie doch, mein Lieber, lesen Sie«, sagte Aram freundlich.

Plötzlich stutzte Wahram und starrte den Mann an: Aram trug einen Fez! Der Leiter des Widerstands trug eine türkische Kopfbedeckung! Wahrams Augen hingen wie gebannt an dem Fez, während Jegarian sich bemühte, Howseps Gekritzel zu entziffern. Aram erriet die Bedeutung dieses Blicks.

»Mein Kind«, sagte er, »wir sind zwar gezwungen, unser Leben zu verteidigen, aber wir sind keine Rebellen.«

Wahram verstand den Sinn dieser Worte nicht. Jetzt ertönte aus der Richtung der Hamid-Agha-Kaserne heftiges Gewehrfeuer, Kanonendonner und das Knallen explodierender Granaten. Wahram vergaß den Fez und Arams Bemerkung, denn Jegarian rief: »Nazareth, Garo! Arak'hel! Sammeln! Schnell, schnell! Schahbender wird gestürmt!«

Ein kleiner Mann mit einem Gesicht voller Pickel, der einen Kosakenkarabiner in den Händen hielt, trat vor.

»Los, Arak'hel!«, sagte Jegarian. »So schnell wie möglich zur Schahbender-Stellung!«

Arak'hel ging rasch hinaus, und Jegarian begann, Wahram auszufragen. Immer noch teilnahmslos, die Augen ins Leere gerichtet und sichtlich von Müdigkeit übermannt, saß Aram daneben. Man hatte den Eindruck, dass ihm alles, was um ihn herum vorging, völlig gleichgültig war. Aber plötzlich wandte er sich an Jegarian: »Dieser Howsep, was? Wer hätte das gedacht?«

Wahram war überrascht: Aram schlief also nicht? Sein Blick wanderte von einem der beiden Männer zum anderen. Dieses einfache Lob für Howsep erhielt in Arams Mund ungewöhnliche Ausmaße.

Jegarian bemerkte die Verwunderung des Jungen. »Und du? Was hast du da unten gemacht, du vorwitziger Nichtsnutz?«

Arams kalter Blick fiel auf Wahram, der augenblicklich die Fassung verlor und sich wie das schuldbeladenste Kind der Welt vorkam.

»Armenag Agha ... Aram Agha«, stotterte er, »ich ... ich wollte die Schahbender-Stellung sehen und ...«

»Und was, Waaahraaam?«, fragte Aram in freundschaftlichem Ton.

»Ich wollte die Tscheten sehen, bevor die Kaserne in die Luft fliegt.«

Jegarian schlug laut lachend die Hände zusammen. Aram jedoch nickte anerkennend. »Solange es solche Jungen gibt«, sagte er, »wird

Armenien nie aus dieser verfluchten Welt verschwinden. Bravo, Waaahraaam! Ich werde deinem Vater sagen, dass du ein tüchtiger Junge bist. Aber jetzt geh.«

Aufgebläht vor Eitelkeit, stolz wie ein Pfau, trat Wahram vor Anahide. »Sag mal, Anahide –«, begann er. Sofort unterbrach sie ihn: »Das nächste Mal bleibst du gefälligst stehen und wartest, bis man dich hineinlässt!«

»Aber Anahide, wie böse du geworden bist! Und dazu noch mager wie … Aram hat eben gesagt, dass ich ein tüchtiger Junge bin.«

»Nein, ein ganz schlimmer Teufel bist du.«

»Anahide, gibst du mir deine Pistole? Ich möchte sie so gern einmal in der Hand halten.«

Anahides Finger krampften sich um die Waffe. Sie wurde rot vor Zorn. »Mach, dass du fortkommst!«, herrschte sie Wahram an.

»Anahide …«

»Schluss jetzt!«

Völlig verwirrt und tief empört trollte sich Wahram und lief nach Hause. Diese Anahide! Für wen hielt sie sich eigentlich?

»Du hättest Anahide wirklich nicht vom Tod zu erretten brauchen«, sagte er zu Großma. »Und obendrein hast du mich damals gezwungen, sie zweimal zu küssen! Dabei ist sie schlimmer als ein Skorpion.«

»Mein Gott! Da hätten wir mal ein weiches Herz, das hart geworden ist wie unsere Waffen. Was hat sie dir denn getan, du Höllenwidder?«

Wahram erzählte von dem Streit.

»Sie hat ganz recht«, erklärte Großma. »Sie muss gehorchen und du auch. Mit dem Unterschied, dass du allen gehorchen musst, weil du der Jüngste bist.«

»Und wie lange soll das noch dauern, Großma?«

»Bis du einen schwarzen Schnurrbart hast.«

Jetzt ertönten aus der Ferne Schreie und Klagelaute, begleitet von prasselndem Gewehrfeuer. Wahram stürzte hinaus. »Großma«, rief er, »die Türken haben Feuer an die Kirche von Hanguistzor gelegt! Das Haus Gottes brennt!«

Die Kirche von Hanguistzor! Wahram kannte jeden ihrer Winkel, vom Glockenturm bis zur Krypta. Er kannte die Heiligenbilder, die Statue der Heiligen Jungfrau …

Eine dicke schwarze Rauchwolke wälzte sich aus der Schlucht empor, stieg über die Wipfel der Birken und breitete sich als undurchsichtige Schicht über den Himmel. »Aber Großma«, rief Wahram entsetzt, »wie kann der Allmächtige zulassen, dass die Türken Sein Haus in Brand stecken?«

Großma antwortete nicht. Sie kniete auf den Fliesen des Hofes nieder und begann, so laut zu beten, dass ihre Stimme das Knattern des Gewehrfeuers übertönte: »Gott der Engel und Erzengel, Herr Samsons, Gideons, Samuels und Josuas! Dein Haus hat nicht als Festung gedient, kein einziger Kämpfer befand sich darin! Sie haben es zu Unrecht angezündet. Jahrhundertelang sind unsere Herzen dort mit dem Weihrauch zu Dir emporgestiegen. Räche Dich, aber verschone uns mit Deinem Feuer …«

Den ganzen Tag hindurch brannte die Kirche auf dem Grunde des Tales. Wahram blieb zu Hause. Anahide hatte ihn so tief gekränkt, dass er keine Lust mehr verspürte, die Kampfstellungen zu besuchen. Beim Dröhnen der Kanonen schlief er ein.

Wieder regierten die Schatten. Wahram hatte die Seinen verloren, das Haus, die Stadt … Und plötzlich tauchte weit in der Ferne, kaum sichtbar, ein winziger grüner Lichtpunkt auf. Wahram stürzte darauf zu. Der Funke wuchs und wurde zu einer mächtigen grünen Flamme, die doch nichts ringsum in Brand setzte. In ihrer Mitte stand der Smaragdritter in seiner blitzenden Rüstung, das Visier des festen, glatten Helms herabgelassen, und teilte nach rechts und links gewaltige Schwertstreiche aus, mit denen er schattenhafte dunkle Glieder zu durchschneiden schien. Bei jedem seiner Schläge loderte die grüne Flamme auf und erlosch wieder. Wahram wagte nicht, näher zu kommen. Konnte der Smaragdritter nicht auch ihn mit seinem Schwert treffen, ohne ihn zu sehen? Würde er seinen Namen hören, wenn Wahram ihn mit aller Kraft rief? Explosionen, Donnergrollen und unablässige Klagelaute erfüllten die Welt.

Und dann begann alles zu wanken, und Wahram wurde von dem ungeheuerlichen Gewicht eines Berges erdrückt. Seine eigenen Schreie weckten ihn auf.

Nichts hatte sich geändert. Noch immer lagerte die Drohung des Massakers über der Stadt.

»Hab keine Angst, Wahram, das ist nur die große Kanone.«

»Großma, ist der Smaragdritter nun erdrückt?«

»Bist du verrückt? Träumst du?«

»Ich habe Durst.« In fiebriger Hast erhob er sich, lief in den Dandun, setzte den kalten Krug an seine brennenden Lippen und trank in tiefen Zügen, ohne seinen Durst löschen zu können.

»Warum ziehst du dich an, Wahram? Es ist noch längst nicht Morgen.«

»Ich gehe zur Hamid-Agha-Kaserne. Jetzt ist sie bestimmt in die Luft geflogen.«

»Bleib hier, du Irrwisch!«

Aber Wahram war bereits im Hof. Eine riesige Feuersbrunst erhellte die Hügel von Zem-Zem-Mahara. Turmhoch wirbelten die Funken empor, als wollten sie die Sterne in Brand setzen.

»Großma!«, rief Wahram. »Die Kaserne brennt wirklich!«

Und er stürmte durch die Gärten davon.

Ein Kämpfer, der den Schießscharten den Rücken zugewandt hatte, bemerkte ihn auf dem Weg, den die Feuersbrunst mit einer unnatürlichen Helligkeit überflutete. »Allmächtiger Gott!«, rief er. »Wo kommst du denn her, du Nichtsnutz? Warum bist du nicht in deinem Bett?«

»Die Explosion hat mich geweckt. Erzähl doch, was – «

»Eine Explosion? Drei waren das! Und von denen sind auch die Tscheten aufgewacht, das kannst du mir glauben! Aber ein paar von ihnen sind doch entkommen und haben angefangen zu schießen wie die Wilden. Bei der letzten Explosion gab es ein Flammenmeer wie das, mit dem Gott Sodom und Gomorrha eingeäschert hat. Die Kaserne brannte lichterloh und ist dann mit Donnergetöse eingestürzt.«

Wahram spähte durch die Schießscharte. Die aus der brennenden Kaserne hochgeschleuderten Eisenteile flogen wie glühende Raupen nach allen Seiten. Im Herabfallen verblaßte diese Glut und erlosch schließlich ganz. Der bittere Geruch der Feuersbrunst trocknete die Kehle aus. Keine Spur von Menschen in diesem tobenden Meer. Plötzlich fühlte Wahram sich rabiat zurückgezogen und erblickte Jegarian mit zwei Wachsoldaten.

»Verflixter Bengel!«, rief Jegarian. »Bist du denn überall? Was willst du hier?«

»Armenag Agha, ich wollte nur sehen, wie – «

»Geh sofort wieder zu Bett!«, befahl Jegarian. Dann, als Wahram ihn verdutzt anstarrte, begann er zu lachen. »Alle Kämpfer, die die Kaserne umzingelt haben, können sich jetzt ausruhen. Diese Sache ist erledigt. Kommt morgen zum Generalstab, um weitere Anweisungen entgegenzunehmen. Gebt den Befehl weiter ... Bist du immer noch da, Wahram?«

Diesmal machte Wahram, dass er davonkam.

Harutiun kam herein und setzte sich mit düsterem Gesicht und aufeinandergepressten Lippen neben Großma. Wahram hatte gerade vom Brand der Kaserne berichtet. Jetzt verstummte er, und Großma rief: »Was gibt es, mein Sohn?«

»Mutter, würdest du wohl mit mir zu Nathanael Agha gehen ... und ihm die Nachricht von Jeghias Tod bringen?«

»Nein!«, rief die Große Frau. »Nein! Seit vierzig Jahren sind wir uns nicht mehr begegnet. Wie können wir beiden Alten uns jetzt nach so langer Zeit wiedersehen und von einem jungen Menschen sprechen, dessen Leben ausgelöscht wurde? Jeder von uns wird denken, dass besser er an Jeghias Stelle gestorben wäre. Nimm Wahram mit dir. Die Gegenwart seiner Jugend wird den Schrecken des Todes lindern.«

Wahram erinnerte sich an Jeghias volle und feste Lippen, an sein ständiges Lächeln, seinen schüchternen Blick, an das Feuer seiner Augen.

Nach tausend Umwegen kamen Vater und Sohn auf den Platz vor der Kaserne, über dem der bittere Brandgeruch lagerte. Einige geschwärzte Mauern ragten noch aus den Schuttmassen empor.

Nathanael Agha ließ lange auf sich warten. Der Lärm des Türklopfers inmitten des Kanonendonners wurde den beiden fast unerträglich. Endlich tat sich die Tür auf. »Harutiun! Wahram!«, sagte der Patriarch der Obstgärten. »Möge euer Besuch mir Gutes bringen! Tretet ein!«

Es schien Wahram, als röche das Haus nach Tod. Harutiun schwieg. Er fand keine Worte für diese schreckliche Nachricht.

Der Patriarch der Gärten erriet den Grund ihres Kommens. »Jeghia ...«, sagte er mit dumpfer Stimme. »Verwundet ...? Tot ...?«

»Unser erster Verlust«, brachte Harutiun mühsam hervor. Mehr konnte er nicht sagen.

»Meine armen Bäume, verwaist«, murmelte Nathanael mit priesterlicher Würde. Plötzlich aber erhob sich seine Stimme, wurde laut und schrill: »Mein Garten wird von der Erde des Herrn verschwinden. Denn wir haben keinen Sohn mehr ... Arme, enterbte Bäume, jetzt habe ich nur noch euch.« Er öffnete die Gartenpforte und umfing mit einem Blick voll stummer Zärtlichkeit die grünende Weite. »Wartet einen Augenblick auf mich«, sagte er. Damit verschwand er in seinem Garten.

»Väterchen«, fragte Wahram, »warum hatte Nathanael Agha nur ein einziges Kind?«

»Seine Frau wurde auf einer Pilgerfahrt zum heiligen Gregorius von Narek getötet, und er hat sich nicht wieder verheiratet.«

»Und warum mussten wir ihm die Nachricht von Jeghias Tod bringen?«

Harutiun antwortete nicht. In das befangene Schweigen zwischen Vater und Sohn dröhnte ohne Unterbrechung der Kampflärm von draußen. Nathanael blieb lange fort. Endlich kam er mit einem Korb voller Früchte zurück. »Die sind für Wahram«, sagte er. Und nach einer Pause fügte er hinzu: »Wo ist mein Sohn?«

»Er liegt in der Kirche von Noraschen. Er und Durzian.«

Nun berichtete Harutiun die traurigen Einzelheiten. Nathanael saß reglos da und hörte zu. Nur seine Hände zitterten. »Schickt jeden Tag jemanden her, um Früchte für die Kämpfenden zu holen«, sagte er. Und ohne ein weiteres Wort ging er wieder in seinen Garten.

Anahide stand nicht mehr vor der Tür des Generalstabs, als Wahram den Zettel vom Chef des »Arsenals« brachte. Bis dahin hatte er nie gewagt, die Botschaften zu lesen. Er hatte Angst. Man befahl ihm, irgendwohin zu laufen, und er stürzte davon. Aber an diesem Morgen fühlte er sich voller Zuversicht. Die schreckliche Hamid-Agha-Kaserne war niedergebrannt! Vernichtet die dreihundert Tscheten aus der Elitetruppe Djevdets, des Hufschmieds! Alle Angriffe abgeschlagen! Und Wahram war felsenfest überzeugt, dass er sich einen beträchtlichen Anteil an diesem Sieg zuschreiben konnte.

Im Schutz der Mauer las er die Botschaft: Das Arsenal stellte den Kämpfenden siebentausend Patronen zur Verfügung, meldete, dass künftig pro Tag fünftausend weitere Patronen hergestellt werden könnten, und bat darum, sämtliche Patronenhülsen einsammeln zu lassen.

Wahram übergab seine Botschaft Panos, der sehr beschäftigt war und ihn gleich wieder wegschickte.

Als er aus dem Haus kam, erkundigte er sich bei der neuen Wache: »Weißt du, warum Anahide nicht mehr hier ist?«

»Ja, Kleiner. Sie ist in der Sahak-Bey-Stellung, wo Leo kämpft.«
Die Stellung lag nicht weit entfernt, aber es war gefährlich, dorthin zu gelangen. Wahram schlug den Weg durch die Gärten ein. Die gegenüber der Sahak-Bey-Stellung postierten Kanonen feuerten. Je weiter er kam, umso ohrenbetäubender wurde das Heulen der Kanonenkugeln und das Knallen der Gewehre. Von den Pappeln rieselten ununterbrochen die zarten, von den Kugeln zerfetzten Blätter herab, ein grüner, zischender Regen.
Atemlos, tief gebückt, lief Wahram weiter. Eine innere Stimme riet ihm umzukehren. Er hätte ihr gern gehorcht, aber andererseits musste er die Stellung, Anahide und Leo sehen. Vielleicht brauchte man ihn dort. Durch den Garten betrat er das große, zweistöckige Haus, das jetzt in eine Bastion verwandelt war. Ein stechender Pulvergeruch herrschte hier.
»Du Lausejunge, willst du wohl sofort umkehren? Du hast hier nichts zu suchen!«
»Ich muss zu Leo, eurem Chef.« Wahram stieg ins erste Stockwerk hinauf. Dort war es völlig dunkel. Die Fenster waren verbarrikadiert; man hatte nur schmale Schießscharten übrig gelassen. Vor der mittleren Schießscharte bemerkte Wahram Leo und neben ihm die Umrisse Anahides.
»Hast du eine Botschaft für mich?«, fragte Leo.
»N... nein.«
»Dann mach schnell, dass du wieder fortkommst. Wir erwarten jeden Augenblick einen Angriff. Anahide wird dich begleiten.«
»Nein«, rief Anahide, »ich bleibe bei dir! Und ich will auch eine Mauserpistole haben. Jegarian hat mir eine versprochen.«
»Achtung!«, rief der Wächter, der in der äußersten linken Ecke des Raumes stand. »Sie rücken von rechts unter dem Schutz der schrägen Mauer an. Es sind ... mehr als zweihundert.«
»Weg jetzt mit euch!«, schrie Leo Wahram und Anahide an. Dann nahm er eine seltsame Haltung ein. Wie eine Katze, die sich zum Sprung duckt, dachte Wahram. Leo schoss, spähte einige Sekunden lang durch die Schießscharte und gab dann drei weitere Schüsse ab. Dann lud er sein Gewehr von Neuem und rief: »Feuer! Den Befehl weitergeben! Und ihr, Anahide und Wahram, verschwindet endlich!«
Plötzlich bebte das Haus. In kurzen Abständen erfolgten drei gewaltige Explosionen. Mit einem Getöse, als ginge die Welt unter, brachen

Möbel, Bretter, Mauern und Balken zusammen. Durch die zur Hälfte weggerissene Decke drang mattes Tageslicht in den Raum. Vor der Tür türmte sich ein Schuttberg. Der Teil des Zimmers, in dem Anahide, Wahram und die Schützen standen, war unversehrt geblieben.

»Wenn wir gegangen wären, lägen wir jetzt dort unter den Trümmern«, bemerkte Wahram.

»Unsere Lebensmittel sind verschüttet!«, rief einer.

»Und unsere Munitionsreserven auch. Wenn wir die Patronen an unseren Gurten aufgebraucht haben –«

»Leo, ich habe den Offizier getroffen!«, rief ein anderer.

Aber Leo hörte nicht. Ununterbrochen schoss er und lud seine Waffe von Neuem. Dann barst zwischen Leo und dem Kämpfer, der rechts neben ihm stand, ein Mauerstück. Wahram und Anahide wurden zu Boden geworfen. Beschämt erhob sich Wahram sofort wieder und half Anahide beim Aufstehen.

»Sie sind auf der Straße«, rief Leo. »Sie laufen auf die Haustür zu. Die Granaten, Serop, schnell!«

Serop reichte ihm einen Ledersack. Leo warf einen Blick durch die Maueröffnung und schleuderte dann etwas hinaus. Es folgte eine Explosion; dann hörte man Schreie, Klagelaute, Stöhnen.

Leo warf noch eine zweite und dann eine dritte Granate und trat von der Wand zurück. »Pass auf, jetzt reißen sie aus«, sagte er. In hohem Bogen schleuderte er noch eine vierte Granate durch die Öffnung. Aber auf einmal zuckte er heftig zusammen, drehte sich um sich selbst und lehnte sich gegen die Wand. Eine rote Flüssigkeit rieselte über seine Brust. Entsetzt stürzte Anahide auf ihn zu.

»Leo!«, schrie sie so gellend, als sei er weit von ihr entfernt. »Leo, was ist?«

»Verzeih mir, Anahide«, brachte er keuchend hervor. »Ich habe es nicht absichtlich getan.«

Anahide drückte ihre Lippen auf die Wunde, fuhr sich dann mit dem Handrücken über den Mund, schmiegte ihren Kopf an Leos Brust und begann, still zu weinen. Aber selbst als dieser plötzlich mit hängenden Armen rücklings zu Boden stürzte, schien sie noch nichts zu begreifen. Wahram beugte sich erschrocken über ihn. Anahide, die neben Leo auf dem Boden kniete, bemühte sich fieberhaft, die Patronengurte zu entfernen, um seine Brust freizulegen.

Aber Leo war bereits nicht mehr am Leben.

Jetzt verstand Anahide. Wieder presste sie lange ihre Lippen auf die Wunde. Dann ergriff sie Leos Gewehr, erhob sich, hängte sich die Patronengurte über und stellte sich an Leos Platz. Tränen liefen über das Blut, das schon auf ihren Wangen trocknete. Sie schoss unentwegt und warf nach fast jedem Schuss wieder einen Blick auf den am Boden liegenden Leo.

Wieder erschütterte ein schwerer Stoß das Haus. Serop, der eben den Sack mit den Granaten zurückholte, zögerte ein wenig und sagte dann zu Wahram: »Versuche um jeden Preis, zum Generalstab zu gelangen, und melde dort, dass wir von mindestens fünfhundert Türken angegriffen werden. Ein türkischer Oberst und zwei deutsche Offiziere befehligen die Angreifer. Unsere Munition und unsere Lebensmittel sind verschüttet, wir brauchen dringend Hilfe ... Und ... sag auch das ... das mit Leo ...«

Wahram schaute zur Tür. Dort sollte er hinaus? War die Treppe noch vorhanden? Er wandte sich zu Anahide um.

»Lass sie«, sagte Serop leise. »Du wirst schon durchkommen, du bist doch ein tapferer Junge. Los.«

Wahram kletterte über die Trümmerstücke, die sich bis zur halben Höhe der Tür türmten. Dahinter bot sich ihm ein unbeschreibliches Durcheinander von Gebälk, Mauerbrocken und zerschmetterten Möbeln. Ein Bettrost war die offenbar noch unversehrte Treppe hinabgestürzt. Wahram rutschte, kugelte und fiel; es war wie in einem Albtraum. Schließlich erreichte er die Gartenpforte, lief bis zur Mauer, spuckte die Erde aus, die ihm den Mund füllte, und rannte, was seine Beine hergaben ...

Sofort nach Wahrams Ankunft beim Generalstab hatte man die aus Elitesoldaten bestehende »Fliegende Einheit« als Hilfstruppe zu der Stellung geschickt. Die Türken waren geflohen und hatten ihre Toten zurückgelassen. Anahide hatte ununterbrochen weitergekämpft. Doch wenn die Türken sich auch zurückzogen, so unterhielten sie doch weiterhin ein mörderisches Feuer, das die Armenier daran hinderte, all die Waffen und Patronen aufzusammeln, mit denen die Straße übersät war. Und auch Leos Leiche würden sie erst in der Nacht wegbringen können.

Wahram war wieder zu Großma gelaufen und hatte ihr erzählt, was vorgefallen war. »Nach Sonnenuntergang holst du mir Anahide her«, erklärte Großma, nachdem sie alles gehört hatte.

»Glaubst du, dass sie kommen wird?«
»Du wirst ihr sagen, dass Leo es so gewollt hätte.«
Anahide kam. Sie war bleich und konnte sich kaum aufrecht halten. Schluchzend warf sie sich Wosgehad Hatun in die Arme.
»Ja, meine arme Kleine, weine du nur«, sagte Großma. »Weine, soviel du willst. Worte können hier nichts helfen. Ich wollte, dass du herkommst, damit du dich hier ganz deinen Tränen überlassen kannst. Halte sie nicht zurück. Du hast einen entsetzlichen Verlust erlitten, und nun bäumt sich dein gemartertes Herz auf. Aber was hilft das?«
Lange hielt Großma Anahides zuckenden Kopf an ihre Brust gepresst. Dann, als der Tränenstrom des jungen Mädchens allmählich versiegte, wusch Großma selbst mit unendlich behutsamen Bewegungen das schwärzliche Blut – Leos Blut – von diesem schmerzlich verkrampften Gesicht ab.

Wahram versteckte sich hinter seinem Vater, damit man ihn nicht entdeckte und aus dem Generalstab hinauswarf. Um keinen Preis wollte er sich von hier vertreiben lassen.
Sämtliche Leiter des Widerstands von Van waren versammelt: die militärischen Führer, die Männer, denen die Lebensmittelversorgung und die Waffen- und Munitionsfabrikation unterstand, die Pioniere. Erschöpft, mit ernsten, starren Gesichtern, standen sie in kleinen Gruppen beisammen und diskutierten. Aram packte Jegarian bei den Schultern und zog ihn neben sich auf einen Stuhl. Mit seinem Siegelring pochte er auf das matte weiße Holz des Tisches. Wahram stellte voller Erstaunen fest, dass Aram noch immer den Fez trug. Jetzt trat Stille ein, und die fünfzehn Männer setzten sich hin, wo sie Platz fanden.
»Wir bitten um deinen Bericht, Jegarian«, sagte Aram.
»Meine Freunde«, begann der militärische Leiter mit fester Stimme. »Seit zehn Tagen sind wir siegreich. Das ist ein Wunder. Und Wunder lassen sich nicht erklären. Gewiss konnten wir auf den Mut unserer Männer, unserer Frauen und sogar unserer Kinder zählen. Aber wir besaßen nur fünfhundert veraltete Gewehre, fünfhundert Mauserpistolen und 75 000 Patronen. Wir hatten keine regelrechten Stammtruppen, keine Verwaltung, kein Arsenal, ja nicht einmal eine einzige günstige Kampfstellung. Uns gegenüber jedoch standen zwanzig Kanonen, die uns Tag und Nacht zu schaffen machten, zehntausend reguläre Solda-

ten und zehntausend Kurden und Türken, die hier zur Treibjagd angesetzt und alle besser bewaffnet waren als wir, die die besten Positionen auf den Höhen besetzt hielten, von deutschen Offizieren befehligt wurden und täglich Verstärkung erhalten konnten.«

»Wie viele Waffen haben wir in den zehn Tagen von den Türken erbeutet?«, fragte jemand.

»Dreihundert Gewehre und fünfzehntausend Patronen. Sie haben mehr als tausend Kämpfer verloren. Die Zahl ihrer Verwundeten kennen wir nicht. Es fehlt ihnen an Lazaretten und vor allem an Medikamenten«, antwortete Jegarian.

»Und wie lange können wir uns noch halten?«, fragte ein anderer.

»Sie werden unseren Widerstand nicht brechen können, selbst wenn sie mit doppelten Kräften angreifen sollten. Abgesehen von den Waffen und der Munition, die wir ihnen weggenommen haben, können wir jetzt täglich mit fünftausend zusätzlichen Patronen rechnen, die wir selbst herstellen. Außerdem will Bulgaratzi Kanonen für uns bauen.«

Jegarian schwieg und wischte sich die Stirn.

Jetzt wagte Wahram eine Frage: »Wie kommt es, dass wir tausend Türken getötet, aber nur dreihundert Gewehre erbeutet haben?«

Aram lächelte zwar, machte aber eine gebieterische Handbewegung gegen Wahram, während Jegarian von der Überlegung des Knaben sichtlich belustigt schien.

»Sprich weiter, Jegarian«, murmelte Aram.

»Wenn es also nur auf die Waffen ankäme, könnten wir noch lange Widerstand leisten. Aber leider sind unsere Lebensmittelvorräte nicht ausreichend. Seit Beginn des Krieges verwüsten die Türken unsere Felder. Die Familien von Van, die sonst gewöhnlich einen Vorrat für sechs bis zwölf Monate im Hause hatten, konnten im letzten Jahr nur wenig einlagern. Und jetzt, zu Beginn des Frühjahrs, sind die Speicher der Stadt fast leer. Außerdem droht uns eine neue und sehr ernste Gefahr. Seit zwei Tagen wenden die Türken eine infernalische Taktik an. Sie plündern alle Vorräte der Armenier, Juden und Assyrer, die auf dem Lande leben, und treiben diese ausgehungerten Menschen auf die Stadt zu. Wir können sie nicht zurückdrängen, denn die Türken schießen auf alle, die den Versuch machen, umzukehren. Somit haben wir also seit zwei Tagen siebentausend Münder mehr zu ernähren. Wir besitzen aber nur noch für einen Monat Lebensmittel! Die Türken versuchen uns auszuhungern. Djevdet, der Hufschmied, ist imstande, uns hunderttausend Flüchtlinge auf den Hals zu schicken. Im Augenblick müssen wir uns aufs Äußerste einschränken. Aber wir müssen uns auch bemühen, unsere Vorräte aufzufüllen.«

»Und wo sollen wir etwas finden?«, fragte Bulgaratzi.

»Die Bauern, die Djevdet in die Stadt getrieben hat, haben noch Weizen und Gerste versteckt. Sie könnten eine Expedition zu den Verstecken führen, wo das Getreide liegt. Aber ihre Herden haben die Kurden weggetrieben; die Frage der Fleischversorgung ist also nicht zu lösen.«

»Warum können wir den Kurden die Herden nicht wieder wegnehmen?«, fragte Garo mit dröhnender Stimme. »Die Männer sind nicht da; sie sind zur Treibjagd gegen uns ausgezogen, wie du vorhin sagtest.«

»Eine gute Idee, Garo«, versetzte Aram. »Wir müssen die Sache mit den Bauern besprechen, die zu uns gekommen sind.«

»Und wo verstecken die Russen sich?«

»Die rühren sich nicht von der Stelle. Seit ihrem Rückzug aus Saray und Baschkale haben sie ihre Linien um keinen Meter mehr vorgerückt.«

»Habt ihr versucht, ihnen eine Botschaft zuzuschmuggeln?«

»Zweimal. Ohne jeden Erfolg.«

»Ich frage mich, ob es richtig war, sie zu informieren, dass wir noch nicht massakriert sind«, murmelte Aram.

»Und die Innenstadt?«

»Leistet erfolgreich Widerstand. Zwei Abgeordnete von dort haben sich gestern Abend durch die türkischen Linien zu uns durchgeschlagen. Dieser Widerstand grenzt wirklich an ein Wunder! Dabei überwachen die Türken von der Festung über der Stadt aus jede Bewegung der Verteidiger. Nicht allein, dass die Unsrigen seit Beginn der Kämpfe ihre Verteidigungslinien gehalten haben, nein, sie haben dazu noch die türkischen Stellungen, die sie am stärksten bedrohen, ausgeräuchert und alle Verwaltungsgebäude einschließlich der Post in Brand gesteckt. Außerdem können wir ja selbst hören, wie sie da drüben kämpfen. Und solange von der Festung herunter die Kanonen donnern, wissen wir, dass die Armenier der Innenstadt sich nicht ergeben haben.«

»Und wie steht es in der Provinz?«

»Schadak, Lernaschkarh und ein Dutzend anderer Orte verteidigen sich tapfer. Wir halten auch den Berg Warak mit seinen Klöstern und den Marktflecken Schuschantz. Sehr lange werden wir das allerdings

nicht mehr fortsetzen können, denn es verzettelt unsere Kräfte. Andererseits hätten wir aber keine Rückzugslinie mehr, wenn die Türken den Berg besetzten.«
»Und das Grab des Königs?«, rief Wahram.
»Das Grab?«
»Wenn der Warak erstürmt wird, werden die Türken das Grab des Königs plündern!«
»Zuerst gilt es, die Lebenden zu retten, Wahram. Die Toten sind in Sicherheit. Ihnen kann niemand mehr etwas anhaben.«
»Und jetzt, mein kleiner Soldat, wirst du gebeten, die militärische Disziplin zu respektieren und uns zu verlassen«, fügte Aram mit einem freundlichen Lächeln hinzu.
Wahram senkte den Kopf und ging ohne ein Wort der Widerrede hinaus.

In der Ferne, bei den östlichen Stellungen, spielte das Musikkorps. Wildes Gewehrgeknatter zeigte die Wut der Türken an. Sie hatten keine Militärmusik!

Die elf Jugendlichen des armenischen Lehrerseminars, die in der Musikkapelle spielten, kannten sämtliche Märsche der türkischen Armee sowie die Marseillaise, die deutsche, die englische und die österreichische Nationalhymne. Je nach Lust und Laune wählten sie die eine oder andere Melodie, stellten sich auf einem geschützten Platz in der Nähe der am meisten bedrohten Stellung auf und spielten. Sie konnten sicher sein, dass sie den Feind damit in wilde Wut versetzten.

Diesmal erklang fröhlich der Marsch der Befreiungsarmee:

»Aus Saloniki zogen sie,
marschierten nach Konstantinopel.
Sie haben die Freiheit erobert.
Wer sind diese Löwen?
Wer sind diese Löwen?
Sie sind die Befreiungsarmee.«

Diese Musik rief die Erinnerung an den Sturz des Roten Sultans wach, an die Machtergreifung durch die zivilisierten Jungtürken, die in Paris, in Berlin oder in Genf studiert hatten ... Wahram dachte an den Begeisterungsrausch jener vergangenen Tage. Er sah wieder Selim Bey vor sich, der auf Sebuhs Grab Tränen vergoss, spürte noch einmal die unendliche Hoffnung, dass von nun an die Menschenwürde geachtet werden würde. Und jetzt, nur sieben Jahre später, waren 25 000 friedliche Armenier in Saray, Salmast und Urmiah massakriert worden, fünftausend Juden in Baschkale und zehntausend Assyrer in Dschulamerik, und Djevdet, der Hufschmied, ein Jungtürke, wendete seine Flinten, seine Maschinengewehre und seine Kanonen gegen seine eigenen Städte, um ihre hilflosen osmanischen Bürger auszurotten.

Wahram lief auf die Musik zu. Sie kam aus der Gegend der »Brotzähler«-Stellung, einem der gefährdetsten Punkte der armenischen Verteidigung.

Als er bei der Bresche ankam, die hinter die Mauer führte, wo man vor den Kugeln geschützt war, bemerkte er zu seinem Erstaunen, dass der Feind gerade diese Stelle heftig unter Feuer nahm. Staubwolken wirbelten hoch und bedeckten alles im Umkreis. Gewiss hatten die Türken eine wichtige armenische Stellung überrannt oder zerstört. Wahram wählte einen anderen Durchgang: Er schlüpfte durch die Öffnung des Bewässerungskanals, die in den nächsten Garten führte. Die Klänge der Musik wurden immer deutlicher, aber das Pfeifen der Kugeln steigerte sich zu einer so unerträglichen Raserei, dass es die Musik zuweilen übertönte. Wahram wünschte sich, er wäre eine Schlange und könnte unter der Erde weiterkriechen.

In hundert Metern Entfernung sah er die Blasinstrumente aufblitzen. Eben wollte er dorthin stürmen, als plötzlich Himmel und Erde einzustürzen schienen. Mit ohrenbetäubendem Getöse raste etwas an ihm vorbei, und ein übermenschlicher Atem wehte ihn um ... In eine Wolke von Staub gehüllt, vor dem er die Augen schließen musste, rollte er ein paarmal um sich selbst. Dann blieb er liegen, hustend, Mund und Nase voller Erde. Als seine Tränen endlich diesen Staub weggeschwemmt hatten, sah er zu seiner Rechten in der Mauer, die vor seinem Sturz noch heil gewesen war, ein riesiges Loch, durch das die Kugeln wütender pfiffen denn je zuvor. Irgendwo mussten Männer kauern, die er nicht sehen konnte, die ihn jedoch aufs Korn genommen hatten und auf ihn schossen. Aber von wo? Wahram kroch rückwärts und überquerte, verfolgt von den Kugeln, wieder den Bewässerungsgraben.

Dann legte er sich dicht an die Mauer und wagte sich nicht mehr zu rühren. Warum nur wollte man ihn treffen? Warum wollten diese starken Männer, die er nicht kannte und denen er nichts angetan hatte, seine Haut? Er, der wehrlos war, ohne Waffe, niemanden angriff.

Nach einer Weile kroch er unter einem Kugelregen immer weiter nach links und gelangte schließlich zur »Hussian«-Stellung. Das Musikkorps, das jetzt wieder in weiter Ferne war, spielte die Schweizer Nationalhymne. In rasender Wut schossen die Türken. Die Kugeln prasselten auf das in ein Fort verwandelte Haus, dessen Hof Wahram überqueren musste, bevor er zum Musikkorps kommen konnte.

Plötzlich hörte er eine Stimme: »Schnell, Junge, schnell, sie schießen sich ein! Du störrischer Maulesel, willst du wohl endlich laufen und hier hereinkommen?« Wahram gehorchte.

Das isoliert stehende Haus war jetzt dem vereinten Bombardement aus der Höhe von Zem-Zem-Mahara und der Hadschi-Bekir-Kaserne ausgesetzt. Sechs Kanonen versuchten, die Stellung in Grund und Boden zu schießen. Das zweite Stockwerk war bereits eingestürzt, und auch die Mauern des ersten wiesen einige Löcher auf. Als Wahram das Erdgeschoss betrat, sah er vierzehn Männer, die das Trommelfeuer erwiderten.

Nachdem er die Vorwürfe der erbosten Kadschs hatte über sich ergehen lassen, erhielt er den Befehl, sich in eine Ecke zu verziehen. Die Kämpfer schossen aus allen Luken, und wenn sie sich umdrehten, um ihre Waffen wieder zu laden, bedachten sie Wahram mit ihrem Spott.

»Wir müssen hier raus«, sagte schließlich einer. »Sonst fällt uns noch das ganze Haus auf den Kopf.«

»Los, in den Bewässerungsgraben vor der Stellung.«

»Also dann gut, einer nach dem anderen.«

»Und der Junge?«

»Der Junge wird hier das Vaterunser beten, bis es dunkel ist.«

Wahram entging trotz des Geschosshagels kein Wort. Der Fußboden wankte ununterbrochen. Es war kaum zu begreifen, dass überhaupt noch eine Wand standhielt.

Zwei Kämpfer stahlen sich, einer nach dem anderen, hinaus. »Geschafft! Sie haben den Graben besetzt!«, rief ein Dritter. »Sie geben uns Zeichen, dass wir nachkommen sollen. Los, bevor das Haus zusammenbricht!«

Wahram blieb allein im Raum, und nun packte ihn die Angst, die wirkliche Angst. Was sollte aus ihm werden? Die kurze Strecke bis zu dem Graben erschien ihm unüberwindlich. Bei jedem Geschoss, das herankam, bröckelte ein Stückchen von seinem Mut ab. Beim bloßen Gedanken, da hinauszugehen, zitterte er am ganzen Körper.

Plötzlich drang eine Gruppe bewaffneter Männer in den Raum ein. Erschrocken fuhr Wahram hoch. Doch dann erkannte er Garo und gleich darauf Jegarian. Ihre Waffen blitzten vertrauenerweckend.

»Aufpassen! Nach links! Verstanden?«, rief Jegarian mit lauter Stimme.

»Lieber Gott, sie wollen das Gartentor mit Äxten einschlagen!«, schrie Garo.

»Wir müssen sie zurückhalten«, entschied Jegarian. »Ardasches, Wartan, kennt ihr das Haus?«

»Und ob ich es kenne«, erwiderte eine Stimme. Jetzt erblickte Wahram Ardasches, den »Schlangenerdrossler«, einen kräftigen blonden jungen Mann mit festen runden Wangen und einem stets lächelnden Gesicht, der vor nichts Angst hatte. Seine sprichwörtliche Geschicklichkeit in der Kunst, Schlangen am Hals zu packen und mit seinen Fingern zu erdrosseln, hatte ihm den Beinamen eingebracht, den er mit Leo teilte.

»Man müsste Granaten auf sie schleudern. Von welcher Seite könnt ihr an sie herankommen?« Jegarian war so ruhig, als sammle er Früchte in einem Obstgarten ein.

»Komm, Wartan«, sagte Ardasches, »wir versuchen einmal, ins erste Stockwerk zu klettern. Dort oben liegen zwei Fenster direkt über dem Gartentor.«

Sie gingen hinaus. Jetzt bemerkte Garo Wahram. Er musterte ihn von Kopf bis Fuß und brach dann in schallendes Lachen aus. »Du verfluchter Lausebengel! Was treibst du denn hier? Das ist ja kaum zu glauben!«

»Ich wollte die Musikkapelle hören, und dann haben die Türken mir den Weg abgeschnitten. Ich habe mich nicht mehr hier herausgewagt. Aber sag mir, Garo, wie seid ihr bloß hierhergekommen, ohne erschossen zu werden?«

»Und du?«

»Das weiß ich nicht. Ich bin eben keiner Kugel begegnet.«

»Also, so einen Bengel habe ich in meinem Leben noch nicht gesehen!«, erklärte Jegarian.

Jetzt aber blitzte es dreimal nacheinander hell auf, und wie durch einen Zauber verstummten die Axtschläge am Gartentor. Schmerzensschreie übertönten den allgemeinen Aufruhr.

Garo trat an eine der Schießscharten und fluchte auf Kurdisch: »Medawe babe tako! Mehr als dreihundert von diesen Kerlen kommen heran. Sie sind nur noch fünfzig Meter entfernt. Sie greifen an! Ein Oberst marschiert an ihrer Spitze. Er zieht ein wütendes Gesicht, er fängt an zu rennen. Der denkt wohl, das Gartentor ist schon entzweigehauen. Warte nur, mein …« Garo ließ sein Gewehr sprechen. »Da, jetzt streckt er alle viere in die Luft. Keiner mehr zu sehen. Alle haben sie sich hingeworfen. Doch, da wagt sich ein Unteroffizier vor, er will seinen Oberst sehen.« Wieder ein Schuss. »So, und nun umarmt er seinen Vorgesetzten!«

Gegenüber ging ein wütendes Gewehrknattern los. Jetzt hieb Garo mit dem Kolben seines Gewehrs gegen die Vermauerung des Fensters, sodass ein paar Ziegelsteine herausbrachen und die Öffnung vergrößert wurde. Plötzlich tauchte eine grüne Landschaft in diesem Rahmen auf, und ein Sonnenstrahl, der wie eine helle Staubsäule aussah, drang in den Raum.

Wahram bemerkte, dass Garo jetzt in jeder Hand eine Mauserpistole hielt. Er gab zwanzig Schuss daraus ab, lud sie von Neuem und begann wieder zu schießen. Das Gewehrfeuer gegenüber verstummte.

»Mindestens zehn habe ich umgelegt!«, rief er voller Eifer. Er stellte sich breitbeinig vor die erweiterte Fensteröffnung und schrie: »He, ihr da unten, liebe Mitbürger, ich habe eine Botschaft für euch. Hört sie an, dann könnt ihr meinetwegen weiterschießen. Wir haben nur noch wenige Patronen und wollen uns ergeben. So hat es Aram Pascha beschlossen – es sei denn, ihr wollt um jeden Preis weiterkämpfen. In diesem Fall zeigt euch als gute Nachbarn, und schickt lieber uns ein paar Hunderttausend Patronen, anstatt sie so nutzlos zu verfeuern …«

»Bist du verrückt, Garo?«, rief Jegarian, der sich vor Lachen bog.

Nun hörte man nur noch das Donnern der Kanonen.

»Wie steht es mit deinen Kanonen, Bulgaratzi? Funktionieren sie oder nicht?«

»Die sind fertig, und schießen kann man auch damit. Aber wo sollen wir sie aufstellen?«

»Stell sie aufs Dach!«, rief Garo.

»Die Treppe ist zerstört.«

»Zum Teufel mit der Treppe! Die Kanonen müssen da rauf. Bist du allein?«

»Nein, ich habe Arak'hel und Eynatian mitgebracht.«

»Garo hat recht«, fiel Jegarian ein. »Seht zu, dass ihr ein paar Seile auftreibt, irgendwo im Haus werden schon welche sein. Wir müssen die Kanonen benutzen. Wenn die Türken eine der acht Stellungen in diesem Block besetzen, sind wir verloren.«

Aufseiten der Türken hatte bis jetzt Schweigen geherrscht. Nun erhob sich eine Stimme: »Wollt ihr euch wirklich ergeben?«

»Ja, gewiss«, rief Garo zurück. »Auf Befehl unseres Führers Aram Pascha.«

»Aram ist kein Pascha! Er ist ein ungläubiger Hund, den wir mindestens zehnmal aufhängen werden.«

»Warum denn, mein Herr?«, brüllte Garo. »Wenn Enver ein Pascha werden kann, warum sollten dann nicht auch wir Paschas sein? Enver ist ein Söldling der Deutschen, die uns durch eure Hände umbringen wollen. Wenn wir dann erledigt sind und ihr genügend geschwächt seid, werden sie euch zu ihren Sklaven machen.«

Darauf folgte ein sekundenlanges Schweigen. Dann rief dieselbe Stimme: »Die Russen, eure Verbündeten, sind geschlagen. Khalil Bey hat ihre Armee vernichtet. Jetzt marschiert er auf Baku, um sich dort die russischen Frauen vorzunehmen.«

»Sollen sich doch tausend Teufel jede einzelne russische Frau vornehmen. Was geht uns das an?«, schrie Garo höhnisch. »Die Russen sind nicht unsere Freunde. Die rücken erst wieder vor, wenn ihr uns ausgerottet habt. Sie wollen ein Armenien ohne Armenier.«

»Lüge!«, schrie die türkische Stimme zurück.

»Mein Pascha, bist du ein Söldling? Die Russen und die Deutschen wollen ein Armenien ohne Türken und ohne Armenier. Wer aber wohnt seit Hunderten von Jahren in Van? Türken und Armenier. Wenn erst einmal die Armenier verschwunden sind, werdet auch ihr bald verschwinden. Sind wir denn nicht alle Osmanen?«

»Nein! Auf den Misthaufen mit eurer Religion, eurem Gott, eurem Jesus, euren Priestern, euren Vätern, den Vätern eurer Väter, den Vätern der Väter eurer Väter, ihr ungläubigen Hunde!«

»Verzeihung, mein Pascha, Verzeihung!«, rief Garo. »Auf diesem Gebiet kann ich dir nicht folgen, weil es uns verboten ist, eine Religion, welche es auch sein mag, zu beschimpfen. Aber kennst du zufällig den Koran? Mohammed sagt, dass der Gott der Christen derselbe ist wie der der Muslim und dass Jesus ein Prophet ist. Wenn du das nicht weißt, besuch mich doch einmal. Dann essen wir Honig und Sahne, und wenn wir uns den Mund recht schön verzuckert haben, lesen wir gemeinsam den Koran.«

Das Haus erbebte heftig. Ein Geschoss hatte das Fundament der Hauptmauer getroffen.

Sofort hielt Garo die Hände wie ein Sprachrohr vor den Mund und stimmte ein kurdisches Lied an. Die Türken hörten zu, ohne zu schießen. »Bei Gott, du singst ja wie eine Nachtigall!«, rief ein Kurde herüber. Wahram, der sich umwandte, sah, dass Bulgaratzi in die Tür getreten war. »Die Kanonen stehen im ersten Stockwerk«, knurrte er in wütendem Ton. »Willst du jetzt vielleicht deine Unterhaltung beenden, damit ich anfangen kann zu schießen?«

Aber Garo begann von Neuem: »Warum greift ihr uns an, liebe osmanischen Landsleute? Alles, was wir besaßen, gehört euch ja schon. Wollt ihr mein Hemd? Ich gebe es euch. Aber dafür müsst ihr mir Djevdet, den Hufschmied, umbringen, diesen schmutzigen Ausländer, der hergekommen ist, um Zwietracht zwischen Türken und Armeniern zu säen, die doch seit vierhundert Jahren in gutem Einvernehmen leben.«

»Wollt ihr euch ergeben oder nicht?«, tönte es zurück. »Ihr habt noch drei Stunden zu leben. Aus Erzurum und Diarbekir sind Verstärkungen im Anmarsch.«

»Und euch gebe ich höchstens noch drei Tage Frist zum Leben. Ich meine es ernst. Bringt Djevdet, den Hufschmied, um, und ihr könnt am Leben bleiben. Ihr und wir auch.«

»Jetzt aber genug, Garo!«, rief Bulgaratzi. »Ich gehe hinauf und schieße. Noch bevor diese Kerle meine Kanonen entdeckt haben, werden ihre in die Luft fliegen.«

Damit ging Bulgaratzi hinaus. Garo fuhr in seiner Ansprache fort: »Ihr wollt nicht? Na schön, dann nicht. Dann werden unsere Kanonen euch alle in die Luft jagen … He, Kanonier! Feuer! Schießen!« Zwei heftige Explosionen, denen ein scharfes Zischen folgte, erschütterten die Luft. Noch einmal und noch einmal wiederholte sich dieser Vorgang. Die türkischen Kanonen hörten auf zu feuern. Eine eindrucksvolle Stille breitete sich aus.

Nun tauchte Ardasches wieder neben Garo auf. Zaghaft trat Wahram ein paar Schritte näher. »Unsere dritte Bombe ist auf ihre Batterie gefallen. Die Kanoniere, die sich noch bewegen konnten, sind ausgerissen wie die Hasen!«, berichtete Ardasches mit sichtlicher Zufriedenheit.

Draußen gellten wilde Flüche auf, ein heftiges Gewehrfeuer setzte ein.

»Sie greifen wieder an« sagte Ardasches, »Wahram, du Lausebengel, leg dich wieder in deine Ecke.«

»Nein«, rief Wahram, »ich habe keine Angts vor ihren Kugeln, wo wir doch jetzt auch Kanonen haben.«

Garo, Ardasches und drei weitere Kämpfer traten zurück, während Jegarian auf die von Garo erweiterte Fensteröffnung zukroch. Er stützte den Lauf seiner Pistole auf die Brüstung und gab in regelmäßigem Rhythmus zehn Schüsse ab.

»He, ihr dahinten«, sagte er. »Ihr könnt meine zweite Pistole laden, während ich dieses Magazin hier leer schieße. Garo, ruf mir Eynatian her. Ihr zwei nehmt euch die linke Stellung da unten vor, dort greifen sie jetzt mit neuer Wucht an. Hier haben wir sie so gut wie abgeschlagen.«

Garo gab einen ganzen Schwall von Flüchen von sich und ging hinaus.

»Wahram«, sagte Jegarian jetzt, »willst du dich noch lange in deiner Ecke verkriechen wie eine Katze hinter dem Ofen? Geh hinaus zu Bulgaratzi ...« Und während er eine neue Serie von Schüssen abgab, fügte er hinzu: »Sag ihnen, sie sollen die Angreifer links direkt unter Feuer nehmen und dann nach rechts auf die Bastionen der Hadschi-Bekir-Kaserne zielen.«

Wahram stürzte davon. Jegarians Befehl hatte seine Furcht zerstreut. Seine Stimme zitterte nicht mehr, als er Bulgaratzi den Auftrag ausrichtete. Nun erst sah er den Hof. Die Mauern waren durchlöchert oder zusammengebrochen, der Boden mit Schutt bedeckt, die Treppe an mehreren Stellen eingestürzt. Drei Seile spannten sich über die Leere. Der Kampflärm betäubte ihn, aber er konnte noch deutlich die Schüsse aus Bulgaratzis zwei Kanonen hören. Nein, nun konnte niemand mehr die Männer von Van massakrieren, keine Macht der Welt würde ihren Widerstand brechen. Eine unbezwingliche Zuversicht erfüllte ihn. Er war bereit, allen Gewalten der Erde zu trotzen. Und er wollte die beiden Wunderkanonen sehen! Er zog sich an den Seilen hoch, kletterte die Treppe hinauf, sprang über die zusammengebrochenen Stufen und gelangte so in das obere Stockwerk.

Kein Dach mehr. Die Mauern sahen aus, als hätten die Handwerker sie unfertig im Stich gelassen. Mitten in diesem wüsten Durcheinander standen einige Männer und zielten und schossen. Und dort in der Sonne glänzten zwei stählerne Rohre, die Rücken an Rücken auf stämmigen Dreifüßen ruhten. »Unsere Kanonen«, dachte Wahram. Er kroch näher. Doch plötzlich erhielt er unverhofft eine Ohrfeige, und sein Kopf schlug gegen ein kleines Schränkchen.

Bulgaratzis wütende Stimme dröhnte: »Verdammter Bengel, was hast du denn hier schon wieder zu suchen? Los, weg mit dir! Mach, dass du runterkommst!«

Empört musterte Wahram den Mann von Kopf bis Fuß, ohne sich zu rühren, während eine ganze Kugellawine wie ein Wespenschwarm über seinen Kopf hinwegpfiff.

»Allmächtiger Gott, wie bist du nur hier heraufgekommen?«, knurrte Bulgaratzi.

»Der Junge ist unglaublich!«, rief lachend der Mann, der die zweite Kanone bediente. Er richtete das Rohr gegen die Hadschi-Bekir-Kaserne. Beim Abfeuern blitzte ein so blendendes Licht auf, dass Wahram unwillkürlich zusammenzuckte. Aber er musste sehen, sehen! ... Eine kleine weiße Wolke stieg langsam vor der Kaserne empor.

»Getroffen«, sagte Arak'hel.

»Los, Junge, bring diesen Zettel zu Jegarian«, sagte Bulgaratzi und reichte Wahram ein Blatt Papier, auf das er einige Worte gekritzelt hatte ... »Und lass dich nicht wieder hier blicken, du Hanswurst!«

Widerwillig ließ Wahram sich an den Seilen herab. Er traf Jegarian vor der Tür und reichte ihm den Zettel.

»Wo kommst du her, Wahram?«

»Ich habe mir die Kanonen angesehen«, antwortete er begeistert. »Sie sind blank wie Silber und speien Blitze.«

Plötzlich hörten sie den Marsch von Izmir, den das Musikkorps angestimmt hatte. Die Türken begannen mit verdoppelter Wut zu schießen.

Jetzt kamen Eynatian und Ardasches so rasch um die Ecke gestürmt, dass sie Wahram und Jegarian fast umwarfen.

»Ruhe!«, befahl Jegarian. »Was gibt es?«

»Wir müssen mit Granaten gegen ihre Flanke vorgehen.«

»Ausgeschlossen. Ihr bleibt hier.«

»Nein, das schaffen wir!«, widersprach Ardasches aufgeregt. »Sie sind tot, bevor sie uns überhaupt gesehen haben.«

»Wo haben sie sich verschanzt?«

»Fünfzig Meter von hier. Und sie haben sich ganz gut eingegraben. Aber mit vier oder fünf Granaten holen wir sie schon raus. Der Abstand ist für Bulgaratzis Kanonen zu kurz.«

»Also schön, dann los! Nein, warte, Ardasches. Schreib erst hier etwas auf, ich muss eine Meldung an Aram machen.«

Jegarian diktierte: »Entscheidend wichtiger Kampf bei der ›Brotzähler‹-Stellung. Entsendet zwanzig mit Pistolen und Bomben bewaffnete Kämpfer. Heute Abend: fünfhundert Pioniere. Unternehmt Gegenangriff auf die Tschantik-Stellung ... Wir halten die Position!«

Jegarian warf einen Blick auf den Zettel. »Fertig, Ardasches? Gut. Gib Wahram den Zettel und geh dann mit Eynatian eure Granaten holen. Und du, Wahram, gehst durch den Bewässerungsgraben, immer an der Mauer entlang. Und lauf schnell, mein Kleiner.«

Als Wahram sich auf den Weg machen wollte, bemerkte er rechts mehrere Gestalten, die große Säcke des Roten Kreuzes und zwei Bahren trugen. Jetzt erkannte er Sirarpi und blieb mit offenem Mund stehen. Er hörte nichts mehr von dem Lärm ringsum: Die ganze Welt konzentrierte sich für ihn in diesen blauen Augen, die hier auf das Feld der Toten gerichtet waren.

Auch Sirarpi hatte ihn gesehen. Erstaunt fragte sie: »Du, Wahram? Was machst du hier?«

»Und du?«

»Wir wollen die Verwundeten aufsammeln.«

»Wo?«

»Dort unten.«

»Liegen da Verwundete?«

Aber jetzt ertönte Jegarians dröhnende Stimme: »He, Bulgaratzi, holt die Kanonen herunter! Die Batterie von Sew K'herra hat euch entdeckt. Schnell, schnell! Wahram, bist du immer noch da? So lauf doch!«

Wahram schnellte davon wie ein Pfeil. Seine Sorge um Sirarpi ließ ihn alle Gefahren vergessen. Jetzt galt es, seinen Auftrag zu erfüllen und so schnell wie möglich zurückzukommen. Wer wusste, ob er sonst Sirarpi je wiedersehen würde?

Er überbrachte Aram Jegarians Botschaft und lief dann mitten durch den Geschosshagel zur deutschen Mission. Dorthin würde, wie er annahm, auch Sirarpi zurückkommen.

Keine Macht der Welt, nicht einmal Großmas allgewaltiger Gott, hätte Wahram zur Umkehr zwingen können. Sein einziger Gedanke war, Sirarpi lebend wiederzusehen. Er hatte den ganzen Tag noch nichts gegessen außer ein wenig Madzun und ein Stückchen trockenes Brot, aber er verspürte weder Hunger noch Durst. Die Sonne war es müde geworden, mit ihren zerfasernden Strahlen das Totenfeld zu erhellen; sie zog sich zu den frischen Wassern des Van-Sees zurück. Die Welt hüllte sich in blasse Farben und einen Goldschimmer. Als Wahram den Hof der Mission betrat, bot sich ihm dort ein Bild des Elends. Ausgehungerte, zerlumpte Flüchtlinge gingen verzweifelt auf und ab. Kranke und Verwundete lagen in allen Zimmern und Fluren und in allen Ecken der Umfassungsmauer, die ihnen Schutz vor den Kugeln bot. Die deutschen und schweizerischen Mitglieder der Mission liefen in dieser verpesteten Luft umher und bemühten sich, wenigstens für die notdürftigste Sauberkeit zu sorgen. Sie stellten alle zur Hilfe an: Die Frauen mussten waschen und spülen, die Männer ausfegen und scheuern. Sie fragten überall nach Pflegerinnen, die sich der Wunden und Verletzungen annehmen und die weinenden Kinder versorgen konnten.

Im Hof lief eine Bäuerin dauernd hin und her, doch ihre flehenden Gesten schienen niemanden zu rühren. Sie kniete auch vor Wahram auf dem mit einer dünnen, klebrigen Schmutzschicht bedeckten Boden nieder.

»Pascha, ich habe meinen Mann und meine Brüder verloren. Meine Schwestern haben die Kurden weggeschleppt, zwei von meinen drei Kindern sind verhungert, und nun wird auch das dritte sterben.« Sie schluchzte. »Ich weiß, es wird sterben! Seine schwarzen Augen werden sich schließen, seine Händchen werden sich nicht mehr an den Falten meines Rocks festklammern. Die beiden anderen sind gestorben wie die Tiere, ohne dass der Pfarrer sie einsegnen und ihnen die heiligen Sakramente reichen konnte. Aber dieses dritte darf nicht auch so sterben, sonst werde ich es im Jenseits nicht wiedersehen.« Tränen erstickten ihre Stimme. Ihre Schultern zuckten unter dem zerfetzten Gewand. »Ich flehe dich an, hol mir einen Priester! Schnell, damit er kommt, solange mein Kleiner noch am Leben ist! Bei der Liebe Gottes, bei der Liebe deiner Mutter bitte ich dich! Lauf!«

Flehend umfasste die Kniende Wahrams Beine. »Gut, weine nicht mehr«, murmelte er gerührt. »Ich hole Der Zakar, den Pfarrer von Noraschen ...«

Während er über die schmalen Pfade lief, durch Bewässerungsrinnen und Gräben kletterte, sah und hörte er nichts. Außer Atem langte er bei dem Pfarrer an. Dieser fragte erstaunt: »Ist Wosgehad Hatun bei dem Kind?«

»Nein ... Der Zakar ... sie ist zu Hause ... Die Frau ... ist ... in der deutschen Mission.«

Der Pfarrer setzte seine Kopfbedeckung auf und folgte ihm. Kaum hatte er den Hof betreten, als die Frauen sich um ihn drängten und ihn baten, bei Gott für sie einzutreten.

»Herr Pfarrer, wir sind immer fromm, demütig und fleißig gewesen. Gott soll das wissen! Sag es ihm, damit er unserem Jammer ein Ende macht und die Türken und Kurden bestraft!«

Plötzlich drängte die Mutter des sterbenden Kindes sich durch den Schwarm der Frauen. »Herr Pfarrer, meinetwegen bist du hier! Schnell, schnell, komm, damit mein Kleiner nicht stirbt, bevor ...«

Die Frauen verstummten. Wahram fühlte, wie jemand seine Hände ergriff und küsste. Dann zog die Mutter den Priester rasch mit sich fort.

Wahram wartete und wartete. Jede Minute wurde zu einer quälenden Ewigkeit. Plötzlich näherte sich Fräulein Spörri, die Tochter des Leiters der Schweizer Mission, dem Winkel, in dem er schläfrig hockte. »Du bist doch keins unserer Waisenkinder«, sagte sie. »Was machst du hier?«

Wahram errötete. Dieses junge Mädchen aus Europa schüchterte ihn ein. Sie trug ein Kleid, das ihre Körperformen erkennen ließ. Und sie hatte sich herabgelassen, armenisch mit ihm zu sprechen!

»Fräulein Spörri«, erwiderte er, »ich warte auf meine Cousine Sirarpi, die als Krankenpflegerin bei Ihnen arbeitet.«

»Sirarpi ist im Außenlazarett, wo eure Verwundeten gepflegt werden. Sie wird erst am Abend wieder herkommen.«

»Dann warte ich.«

»Komm jetzt mit mir in die Kirche, wir wollen beten«, sagte Fräulein Spörri. »Nun komm schon!«, fügte sie hinzu, als Wahram zögerte.

Während er hinter Fräulein Spörri herging, erinnerte er sich an die Geschichte, die er über sie gehört hatte. Es war vor einigen Monaten gewesen. Djevdet, der Hufschmied, der von ihrer Schönheit bezaubert war, hatte um ihre Hand angehalten. Die freie Tochter der Schweiz hatte ihn nicht abgewiesen, aber gefordert, dass ihr Bewerber zuerst zum Protestantismus übertreten müsse, da sie keinen Muslim und auch keinen Mann heiraten könne, der sich zur Mehrehe bekenne. Der Gouverneur hatte geschäumt vor Wut. Es hieß sogar, dass er drauf und dran gewesen sei, sein Schwert zu ziehen und sie umzubringen. Nur durch das Dazwischentreten von Herrn Spörri und Dr. Jarrow konnte das schöne Mädchen gerettet werden.

Diese Geschichte hatte Wahram sehr bewegt und die Verehrung noch erhöht, die er wie alle Armenier für den Vater des jungen Mädchens empfand. Herr Spörri war ein Mann mit weißen Haaren und einem rosigen Gesicht, dessen hohe, korpulente Gestalt überall Eindruck erweckte. Im Laufe der Jahre hatte er Tausende von Waisenkindern aufgenommen, deren Eltern durch Feuer und Schwert umgekommen waren.

Das anmutige Fräulein ging durch alle Räume der Mission und forderte die Waisenkinder und alle, die an dem Gottesdienst teilnehmen wollten, auf, in die Kirche zu kommen. Ein Parfüm, das Wahram unbekannt war, umgab das junge Mädchen. Er hatte das Gefühl, als folge er einer Blume aus einer anderen Welt, die der Zufall in dieses dem Unglück geweihte Land geweht hatte.

Im Hintergrund der Kirche erblickte er neben einem niedrigen Tisch die schwere Gestalt von Herrn Spörri. Hier im Licht wirkten die Gesichter der Flüchtlinge noch abgehärmter und niedergeschlagener und die graublauen Uniformen der mageren Waisenkinder noch trauriger. Das ferne Grollen des Kampflärms mischte sich in das Flüstern der Gläubigen.

Wahram setzte sich auf eine lackierte Bank in der ersten Reihe. Alle bekannten Persönlichkeiten der Mission umgaben Herrn Spörri. Da war die alte Mrs Raynolds, die einen Schnurrbart hatte und etwas männlich wirkte; da war der aus Van gebürtige Dr. Usher mit seiner Frau; der Direktor der Knabenschule, Dr. Jarrow, und seine Frau; Miss Rogers, die Direktorin der Mädchenschule, Schwester Käthe ... Amerikaner, Schweizer und Deutsche.

Die Orgel stimmte einen Choral an, und die Waisenkinder sowie die Mitglieder der Mission begannen zu singen. Diese unbekannte Musik schlug Wahram so in ihren Bann, dass er kaum noch wusste, wo er war. Er glaubte, durch fremde Welten zu reisen, und ein wunderbares Gefühl von Geborgenheit erfüllte ihn. Als der Gesang beendet war, richtete sich Herr Spörri vor dem Tisch zu seiner majestätischen Größe auf, schloss die Augen und fragte: »Wer unter euch, meine Brüder und Schwestern, hat den Wunsch, sich mit einem Gebet zu Gott zu erheben?«

Eine eindrucksvolle Stille folgte, bis schließlich die Tochter von Herrn Spörri aufstand und mit niedergeschlagenen Augen begann: »Herr Jesus Christus, ich bringe das ehrliche Zeugnis meines Herzens vor Dich. Seit Jahren lebe ich unter den Kindern dieses Landes, und ich weiß, dass sie Deines Schutzes würdig sind. Gewähre Ihnen Sicherheit, dieses Erbteil, auf das alle Geschöpfe, die aus Deinen Händen hervorgegangen sind, ein Recht haben.« Damit schwieg sie. Nur zu gern hätte Wahram eine Fortsetzung dieses Gebetes gehört, das ihn durch die Aufrichtigkeit seines Tones erschütterte. Und noch etwas griff ihm ans Herz: das ungewohnte Bild dieses frischen, sauber gekleideten jungen Mädchens an der Seite der zerlumpten Flüchtlinge.

Noch einmal reckte Herr Spörri seine mächtige Gestalt empor, schloss die Augen und sagte langsam, mit wohlklingender Stimme: »Herr Jesus Christus, die unsterblichen Seelen der Mitglieder dieser Versammlung legen Zeugnis ab vor Dir in der Ewigkeit der Zeiten. Das apokalyptische Tier ist in dieser Stadt aufgestanden, um die Kinder der Gerechten zu verschlingen. Am zwanzigsten April dieses Jahres hat in Van der Religions- und Rassenhass mit der Ausrottung eines Volkes begonnen. Und dieses Volk ist Dein Volk seit Noah, seit dem Bündnis, das Du, Gott, unser Vater, mit den Menschen durch das Zeichen des Regenbogens geschlossen hast. Kanonen, Maschinengewehre und Flinten sind gegen Deine Herde gerichtet, und auch die Frauen, die Kinder, die Greise und die Gebrechlichen werden nicht verschont.

Jesus Christus, ich bezeuge hiermit, dass unsere Brüder aus Van sich gegen das Tier verteidigen. Ich habe mit eigenen Augen gesehen, wie sie einem unserer Waisenmädchen zu Hilfe kamen, als sie auf dem Weg zu unserer Mission angegriffen wurde. Die Männer wurden getötet, das Mädchen verwundet. Dank Deiner Hilfe konnte sie sich zu uns retten.

Liebe Brüder und Schwestern! Das, was wir hier seit drei Wochen erleben, ist eine Schande für die gesamte Menschheit, eine Schmach für unser 20. Jahrhundert. Lasst uns darum beten, dass die edle christliche Gesinnung, von der die Führer des improvisierten Widerstandes gegen die Ausrottung Zeugnis ablegen, unvermindert erhalten bleibe. Diese Führer des Widerstandes verlangen von ihren Kämpfern absolute Sauberkeit des Körpers und der Seele, Nüchternheit, unbedingte Aufrichtigkeit und Achtung vor der Religion ihrer Gegner. Diese Haltung, Frucht Deiner Güte, bezeugt ihre ganze Größe.

Erheben wir unsere Herzen, liebe Schwestern und Brüder, über alle Niedertracht, vereinigen wir uns im Corpus Christi, und lesen wir eine Bibelstelle aus dem zweiten Buch der Könige, Kapitel sieben:
Elisa aber sprach: ›Höret des Herrn Wort! So spricht der Herr: Morgen um diese Zeit wird ein Scheffel Semmelmehl einen Sekel gelten, und zween Scheffel Gerste einen Sekel, unter dem Tor zu Samaria.

… Denn der Herr hatte die Syrer lassen hören ein Geschrei von Rossen, Wagen und großer Heereskraft … und sie machten sich auf und flohen in der Frühe und ließen ihre Hütten, Rosse und Esel im Lager, wie es stand, und flohen mit ihrem Leben davon …‹

Seid gewiss, meine Brüder und Schwestern, dass diese Prophezeiung sich in Ewigkeit an allen Feinden unseres Herrn erfüllen wird, an all denen, die sein Gebot missachten. Seid gewiss, dass unser Hunger und unser Durst bald ein Ende haben werden und dass das Tier vor unserem Herrn die Flucht ergreifen wird. Amen.«

Nachdem Herr Spörri dieses Gebet gesprochen hatte, blieben alle noch einen Augenblick reglos stehen. Wahram, der seine Augen abwechselnd öffnete und schloss, bemerkte, dass alle Anwesenden die Lider gesenkt hielten, so als wollten sie in den Tiefen ihrer Seele das Gebet wiederholen, das Herr Spörri in einem sehr reinen Armenisch, aber mit einem sonderbar gutturalen Akzent, im Namen aller gesprochen hatte.

Ein wenig erstaunt über dieses Schweigen, jedoch sichtlich bewegt verkündete Herr Spörri schließlich:»Wenn es euch recht ist, singen wir jetzt den Psalm 74.« Als der Gesang verklungen war, sagte Herr Spörri:»Jetzt geht, meine Kinder. Die Hoffnung stütze euch.«

Wahram kehrte in den Hof der deutschen Mission zurück. Die Worte, die Herr Spörri gesprochen hatte, tönten in ihm nach. All die Lehren, die Großma, seine Lehrer und in den letzten Tagen auch Jegarian und Garo ihm eingeimpft hatten, erhielten eine ganz neue Größe und neuen Glanz dank der Worte dieses uneigennützigen, Respekt erheischenden Mannes, der aus Europa hierher gekommen war. Wie gern hätte er diese schönen Worte noch einmal gehört, um sie sich einzuprägen. Er lehnte sich gegen eine Mauer und versuchte, taub gegen die dröhnende Wut des Kampfes da draußen, sich das Gebet von Herrn Spörri noch einmal zu vergegenwärtigen. Es ähnelte den Worten der Heiligen Schrift. Ich muss es unbedingt Großma genau vorsagen, dachte er bei sich.

Da Sirarpi sich noch immer nicht blicken ließ, bekam Wahram Lust, sich wieder zu den Stellungen hinauszuwagen. Aber dann hätte er sie vielleicht verpasst, und das wollte er nicht.

Plötzlich trat ein junger Mann, der etwa zwanzig Jahre alt sein mochte, auf ihn zu: »Warten Sie auf Sirarpi?«

Erstaunt, ohne zu antworten, musterte Wahram den Fremden mit prüfenden Blicken. Er war sehr sorgfältig gekleidet und trug eine Brille, die seine Augen größer erscheinen ließ. Eine zierliche Figur, eine mädchenhaft zarte Haut ... Der untere Teil seines Gesichtes, der Mund, das Kinn und die Andeutung eines Schnurrbarts verliehen diesem jungen Mann eine gewisse Ähnlichkeit mit einem Kalb.

Wie ein schnurrbärtiges Kalb, dachte Wahram, der noch immer kein Wort gesagt hatte.

»Sie sind doch ihr Vetter Wahram, nicht wahr?«, begann der Unbekannte wieder. »Sirarpi hat mir oft von Ihnen erzählt.«

»Und warum spricht sie mit Ihnen?«

»Was für eine Frage! Ich heiße Armenag und bin Lehrer an der Waisenschule, und ich sehe Sirarpi sehr oft.«

»Und was wollen Sie von mir?«

Armenag schien verlegen. Nun war seine Ähnlichkeit mit einem Kalb noch frappanter. Wahram hatte den Eindruck, als stünde er vor einem Vierbeiner, der sich auf seinen Hinterbeinen aufgerichtet hat.

»Ich hege Ihnen gegenüber aufrichtige Sympathie«, sagte der junge Mann mühsam. »Ich fühlte mich darin bestärkt durch alles, was Sirarpi über Sie gesagt hat.«

»Aber ich habe noch nie etwas von Ihnen gehört.«

»Das ist nur natürlich. Sirarpi hat oft gewünscht, dass wir uns einmal kennenlernen, aber bisher hat sich noch keine Gelegenheit geboten.«

»Es war sehr richtig von Sirarpi, dass sie keine Gelegenheit gefunden hat«, brummte Wahram. »Ich verstehe nicht, warum Sie mich unbedingt kennenlernen wollen.« Damit drehte er sich um und wandte sich zum Ausgang, einer kleinen Tür in der Umfassungsmauer der Mission. Der Graben, der zu den Stellungen im Osten führte, war leer. Wahram sprang hinein. Dann bemerkte er in der Ferne eine Gruppe, die sich mühsam auf ihn zubewegte.

Er blieb stehen. Nun entdeckte er Sirarpi in der Gruppe. Zwei beladene Tragbahren wurden herangeschleppt. Verwundete humpelten, auf die Sanitäter gestützt, daher; einige von ihnen trugen blutbefleckte Verbände. Jetzt bemerkte Sirarpi Wahram und lief auf ihn zu. Sie sah müde aus, ihre Haare waren zerzaust, und ihr goldblonder Zopf baumelte wie ein dickes Seil vor ihrer Brust. Aber in ihrem ernsten Gesicht verbarg sich doch ein Lächeln. Und zum ersten Mal entdeckte Wahram unter dem zischenden Kugelbogen und dem Regen der zerfetzten Blätter das Geheimnis dieses stets vorhandenen Lächelns.

Sirarpi legte den linken Arm um Wahrams Schulter, und ihre heiße Hand berührte sein Ohr. »Ich dachte schon, ich würde dich nie wiedersehen, Wahram«, seufzte sie. »Als du fort warst, hatte ich immerzu das Gefühl, dass nichts mehr von mir übrig bleiben würde, dass ich mich auflösen würde wie eine zerplatzte Seifenblase. Wenn die Verstärkung nicht gekommen wäre und wenn Jegarian nicht da gewesen wäre, dann hätten die Türken uns alle niedergemacht.«

»Und jetzt?«

»Jetzt? Dahinten liegen Hunderte von toten Türken und zahllose Verwundete. Sie wimmern und röcheln ... Dort, auf der einen Tragbahre, haben wir einen verwundeten Türken. Er ist auf uns zugekrochen und hat uns angefleht, ihn zu retten. Du weißt es, Wahram, wie oft ich allen Türken der Welt den Tod gewünscht habe, und doch ... wenn ich gekonnt hätte, ich hätte alle ihre Verwundeten aufgesammelt ...«

»Und ... und ... der verwundete Türke? Was wollt ihr mit ihm machen?«

»Er kommt zu den anderen fünfundzwanzig verwundeten Türken ins Hospital der amerikanischen Mission.«

»Fünfundzwanzig verwundete Türken liegen im Hospital?«

»Ja. Sie wurden dort schon vor dem letzten Angriff der Türken gepflegt, und nun sind sie bei uns geblieben.«

»Und als der Verwundete dort auf euch zukroch ... hat keiner versucht, ihn zu töten?«

»Doch. Die Türken haben auf ihn geschossen.«

Jetzt war es mit Sirarpis Fassung vorbei. Während die beiden weitergingen, lehnte sie den Kopf gegen die Schulter ihres Vetters und weinte.

»Ach Wahram, während ich diesen Türken pflegte, habe ich mich gefragt, wie man auf Adele, Annig und Arpig, meine kleinen Schwestern, schießen konnte, die doch tausendmal bemitleidenswerter waren als dieser verwundete Soldat.«

Wahram war erstaunt und zugleich bewegt. Aber trotzdem, kein Grund der Welt ... Waren denn die Türken nicht schlimmer als wilde Tiere? Er wusste es, er hatte es erlebt, daran gab es keinen Zweifel. Aber dieser verwundete Türke, der zu den armenischen Linien hinüberkroch, während die Türken auf ihn schossen ... Und auf einmal begriff Wahram, dass auch der Türke wie jeder andere Mensch einen Körper besaß und dass dieser Körper entsetzlich leiden konnte ...

Sirarpi weinte noch immer. Ihre Tränen fielen auf Wahrams Hals. Nach der höllischen Unerbittlichkeit der Kämpfe war es für Wahram ein Genuss, die seidenweiche Berührung der Haare an seinem Hals und die Wärme der schwesterlichen Hand an seinem Ohr zu fühlen.

»Jetzt gehen wir nach Hause, Sirarpi«, sagte er bestimmt.

Sie antwortete nicht.

Wahram bog nach links ab und schlug einen vor den Kugeln geschützten Weg ein, der zu Großma führte.

Die Tür zur Straße stand weit offen, der ganze Flur war voller Flüchtlinge. Kranke Kinder weinten in den Armen ihrer Mütter, Männer und Frauen lagen zusammengekrümmt oder lang ausgestreckt in allen Winkeln und Ecken. Das Haus war erfüllt von menschlichem Elend.

Im Hof verteilten Aghawni und Araxi kleine Portionen Pohinds, zartes, geröstetes Korn und frisches Brot an die Flüchtlinge. Großma stand im Dandun und legte mit ihren geschickten Händen einen Verband um die Schulter eines jungen Mädchens mit großen schwarzen, verstörten Augen. Als der Verband fertig war, weinte das Mädchen vor Erleichterung. Großma schloss sie in die Arme, streichelte ihr ebenholzschwarzes Haar, das mit Schmutzklümpchen und Strohhalmen durchsetzt war, und sagte: »Hab jetzt nur Geduld, meine Kleine. Deine Verletzung ist nicht gefährlich, die Axt hat deine Schulter nur gestreift, es ist kein Knochen gebrochen. In ein paar Tagen ist alles wieder gut. Sei ruhig, Kindchen, das alles geht vorüber dank der Barmherzigkeit unseres Herrn, der dich vor der Schande und dem Tod errettet hat.«

Jetzt trat eine Frau herzu, die ein fünfjähriges Kind auf dem Arm hielt. Der Kleine war gelb wie eine Sonnenblume und lag reglos da, die großen schwarzen Augen weit geöffnet. »Große Frau«, sagte die

Mutter, »seit zehn Tagen hat mein Sohn kein einziges Wort gesagt. Er weint nicht, er isst kaum einen Bissen und sieht immer nur ängstlich um sich.«
»Welche Schrecken habt ihr erduldet?«
»Eines Morgens in aller Frühe haben die Türken unsere Haustür eingedrückt. Vier Mann kamen herein, alle bis an die Zähne bewaffnet. Zwei von meinen drei Kindern haben sie ermordet; das älteste war zehn Jahre alt, das zweite acht ...«
Großma nahm den Kleinen und begann, ihn auszuziehen. Die Mutter half mit mechanischen Bewegungen und redete unaufhörlich in einem entmutigten, fast unpersönlichen Ton weiter.
»Ich hatte den Kleinsten auf den Arm genommen und wollte mich retten. Da haben sie mich mit der flachen Säbelklinge krumm und lahm geschlagen, mir das Kind weggerissen und in eine Ecke geschleudert, und dann sind sie über mich hergefallen ...«, sie stockte und zog fröstelnd die Lumpen über ihrer Brust zusammen. »Alle vier haben sie sich, einer nach dem anderen, meines Körpers bemächtigt, den der Herr doch nur für meinen Mann bestimmt hat.« Mit einer hastigen Bewegung zerriss sie die Lumpen und entblößte ihre Brust ... »Da, Große Frau, sieh selbst, was diese vier Teufelsrachen angerichtet haben ...«
Ihre Brust! Eine von Bissen, Wunden, schwärzlichen Blutkrusten und gelben Schwellungen übersäte Fläche ...
»Bedecke deine Brust, meine Tochter«, sagte Großma. »Ich werde dich auch behandeln. Das Kind hat blaue Stellen am Nacken und auf dem Rücken ... Und der Kopf?« Durch das dichte schwarze Haar hindurch befühlte sie den Schädel des Kindes, das sich noch immer nicht rührte. »Ah, auch auf dem Kopf sind Beulen.«
Sie legte das Kind auf den Bauch und fuhr mit ihren Händen leicht über den weißen, schlaffen, mit blauen Striemen gezeichneten Körper. Das Auf und Ab der Finger unter den Achseln des Kindes rief ein Zittern auf seinen geschlossenen Lippen hervor. Dann verstärkte sich das Zucken, und das Kind wimmerte.
»Ja, mein kleiner Engel, dich hat es mitten im Kampfgewühl in diesem Tal der Tränen erwischt«, murmelte Großma. »Aber warte nur, wir machen dich wieder gesund.« Mit einer safranfarbenen Pomade massierte sie dem Kleinen Rücken, Hals und Kopf, um das Leben in diesem starren Körper wiederzuerwecken.

Und das Leben kam zurück: Der Körper streckte sich, das Kind erzitterte und begann zu weinen. »Da, er kehrt heim aus dem Nichts«, sagte Großma gedankenvoll. »Er wird leben.«

»Als sie dann mit mir fertig waren, habe ich mein Kind wieder auf den Arm genommen«, fuhr die Mutter fort. »Sie haben mich auf den Dorfplatz gejagt. Vor der Kirche ... ach, Große Frau, vor der Kirche lag der Pfarrer. Er schwamm in seinem Blut, sein ganzer Leib war von Säbelhieben zerfetzt, und in seinem Mund hatte er – «

»Sei ruhig, meine Tochter. Ich weiß.«

»Sie haben uns alle auf dem Platz zusammengetrieben, fünfzig Frauen und Männer, eingepfercht wie eine Schafherde. Unterwegs sind noch weitere Gruppen von Armeniern zu uns gestoßen. Die Türken haben uns nach Segha geführt und auf eure Stellungen zugejagt. Gestern Abend ... Auf einmal waren keine Türken mehr da.«

»Sirarpi«, sagte Großma, »gut, dass du da bist, du kannst mir helfen. Gib diesem Kind, das vor Hunger umkommt, ein Glas heiße Milch. Dort, in dem Topf auf dem Herd. Und du, Wahram, hol mir Anahide her. Sie ist im Salon.« Dann wandte sie sich der armen Mutter zu, die weinend ihre Hand ergriffen hatte und sie küsste. »Und jetzt will ich mir deine Wunden einmal näher ansehen. So geh schon, Wahram! Geht alle hinaus. Du, Sirarpi, bleibst hier und hilfst mir.«

Wahram betrat den Salon. Anahide lag auf dem Sofa und ließ ihre Blicke über einen Waffenhaufen auf dem Teppich wandern. Wahram sah ein Gewehr, einen Revolver, einen Dolch und mehrere Patronengurte. Anahides abwesendes und fast feindseliges Gesicht wandte sich für einen Augenblick Wahram zu, aber er hatte das Gefühl, als erkenne sie ihn gar nicht, als dringe er hier unberufen in das dunkle Reich ihrer Träume ein. Plötzlich aber schien Anahide zu sich zu kommen.

»Da ist ja der junge Dummkopf!«, sagte sie. »Ich rate dir, lass dich nicht vor Bulgaratzi sehen, er ist wütend auf dich. Du hast ihn offenbar mächtig erschreckt, als du auf einmal neben seinen Kanonen auftauchtest.«

»Woher weißt du das?«, fragte Wahram erstaunt.

»Woher? Dummer Kerl, du, sieh dir doch mal den Revolver auf dem Teppich da an.«

»Den habe ich gesehen, er ist sehr hübsch. Willst du ihn mir schenken?«

Anahide wurde von einem hysterischen Lachanfall gepackt. Sie hustete, Tränen traten ihr in die Augen, sie war am Ersticken ...»Ich ... ich frage mich«, sagte sie schluckend, »was du wohl mit einem Revolver anfangen willst.«

»Wenn du noch einmal über mich lachst, spreche ich nie wieder ein Wort mit dir!«, brauste Wahram auf. »Das schwöre ich dir bei der grünen Sonne meines Lebens!«

Anahides Lachen verstummte. »Nun sei doch nicht gleich beleidigt, Wahram. Du brauchst keine Waffen. Du kämpfst nicht, und wir haben so wenige ... Warum willst du also einem unserer Kämpfer einen Revolver vorenthalten? Der dort hat dem türkischen Oberst gehört, den Garo vor der ›Brotzähler‹-Stellung getötet hat.«

Wahram riss die Augen weit auf und nahm den Revolver in die Hand. Der Revolver eines türkischen Obersten! Unglaublich! »Und wie bist du dazu gekommen?«

»Ich habe ihn mir geholt.«

»Waas?«

»Ach, Wahram, das weißt du gar nicht, aber im Grunde verdanke ich ihn dir. Du hast doch Aram eine Botschaft gebracht, nicht wahr? Nun, und er hat die angeforderte Verstärkung geschickt, darunter auch mich. Meine Pistole war mir unter den Fingern entzweigegangen. Nun lagen direkt vor meiner Schießscharte zwei Tote: der dicke Oberst und über ihm der Unteroffizier. Immer wieder musste ich zu ihnen hinschauen. Ich wollte nicht ohne Waffen bleiben. Leben? Sterben? Ich hätte den Tod vorgezogen. Und so bin ich zu ihnen gekrochen. Von dem Unteroffizier habe ich das Gewehr und die Patronengurte genommen, von dem Oberst den Revolver und den Dolch. Und jetzt liegen sie hier vor dir auf dem Teppich. Ich bin bis an die Zähne bewaffnet, und dafür habe ich dir zu danken. Wahram, mein kleiner Armenier aus Van, ich danke dir, dass du mich mit Waffen versorgt hast.«

»Ich hätte dich damit versorgt?« Wahram war so empört, dass ihm fast die Stimme wegblieb. »Also gut«, fügte er hinzu, »unter diesen Umständen werde ich wenigstens den Revolver für mich behalten.«

»Das ist doch Unsinn, Wahram«, widersprach Anahide mit einem müden Lächeln. »Wenn du fünf oder sechs Jahre älter wärst, würde ich dir gern den Revolver des Obersten geben.«

Jetzt sah Wahram sich den krummen, mit Ziselierungen bedeckten Dolch etwas näher an. Stichblatt und Scheide schienen aus Gold zu sein. Auf dem Stichblatt las er eine türkische Inschrift: »Die Offiziere der Gendarmerie von Van dem Kommandanten Selim Bey ...«

Wahram stieß vor Überraschung einen so lauten Ruf aus, dass Anahide hochfuhr und zu ihm hinstürzte: »Musst du denn immer alles anfassen? Hast du dich verletzt?«

»Nein, Anahide, nein. Dieser Dolch hat Selim Bey gehört, dem Türken, der einmal hierher zu uns gekommen ist und sich vor Sebuhs Bild verneigt hat. Hier auf diesem Sofa hat er gesessen. Und an Sebuhs Grab hat er geweint! Und ausgerechnet Garo, sein Jagdgenosse, hat ihn getötet! Garo, der ihm früher einmal das Leben gerettet hat, indem er einen Bären erschlug ...«

Abwechselnd blickte Wahram auf Sebuhs Bild und den Dolch. Bis dahin waren alle Türken, die er hatte fallen sehen, für ihn nur undeutliche Gestalten gewesen, die er mit keinem menschlichen Gesicht in Verbindung brachte. Und nun quälte ihn eine Frage. Was war der Mensch eigentlich? Wie war es möglich, dass Selim Bey, der doch mit seinen armenischen Freunden Brot und Salz gegessen hatte, sich mit einer derartigen Wut in den Kampf stürzte?

»Das ist Gottes Hand«, sagte Anahide. »Wenn ich dieses Ungeheuer erkannt hätte, ich hätte ihm ins Gesicht gespuckt. Und er stank nach Parfüm, wie er da im Gras lag ...«

Es wurde Abend. Der Himmel hüllte mit seiner schwärzlichen Bleifarbe das Blättermeer, das sich bis zum Horizont erstreckte, in Dunkel. Wahram hörte, wie ein Gewittersturm aufzog. Dann folgte ein Frühlingsschauer, der dicke Tropfen niederprasseln ließ und den Salon verfinsterte. Wahram legte den Dolch neben den Revolver und trat mit Anahide ans Fenster. Das Grollen der Kanonen verlor sich in dem majestätischen Dröhnen des Himmels. Es war, als sollten die Blitze die Menschen daran erinnern, dass über jeder irdischen Macht noch eine himmlische steht.

»Jetzt werden die Kämpfer ausruhen«, sagte Anahide. »Sie müssen bestimmt ebenso erschöpft sein wie ich. Am liebsten würde ich mich unter diesem Regen ausstrecken, einschlafen und nie wieder aufwachen.«

»Sag mir eins, Anahide: Als du mit der Verstärkung bei der ›Brotzähler‹-Stellung ankamst, waren da Bulgaratzis Kanonen noch oben im ersten Stockwerk?«

»Nein, sie standen im Hof und waren auf Hadschi Bekir und Sew

K'herra gerichtet. Von dem Haus standen nur noch die Mauerreste des Erdgeschosses. Ein Dach war nicht mehr zu sehen.«

»Und Garo und unsere Leute?«

»Zwei von ihnen sind verwundet, aber nicht sehr schwer.«

»Ardasches, Eynatian, Bulgaratzi und Jegarian?«

Anahide lachte auf: »Unerhört waren sie! Sie haben, mit Pistolen und Granaten bewaffnet, auf der einen Flanke der ›Brotzähler‹-Stellung einen Ausfall gemacht, und plötzlich waren sie fast von allen Seiten von Türken umringt. Wir wagten nicht zu schießen, aus Angst, sie zu treffen. Und da bin ich hinausgekrochen, um mir die Waffen zu holen. Garo stieß die wildesten Flüche aus, bevor er seine Bomben warf. Jegarian und Bulgaratzi schwangen ihre Pistolen, schossen ununterbrochen und drängten vorwärts. Plötzlich sahen wir, dass die Türken abzogen wie ein Rabenschwarm ... Du glaubst nicht, wie wir aufgeatmet haben! Wir haben gelacht und getanzt ... die Gewissheit des Sieges hat uns regelrecht betrunken gemacht. Ja, heute ist Van tatsächlich zum dritten Mal gerettet worden!«

Auf einmal hörten sie Großmas laute, drängende Stimme: »Kommt, kommt alle her und seht das Zeichen Gottes!«

Im Süden spannte sich weit über das Himmelsgewölbe vom Warak bis zum Van-See ein ungeheurer Regenbogen, dessen buntes Band sich leuchtend von den grauen Wolken abhob und die ganze Stadt umschlang. »Kniet alle nieder!«, sagte Großma. »Danken wir dem Herrn, dass Er Seine Blicke auf uns gesenkt hat. Oh, Herr des Himmels und der Erde, jetzt weiß ich, dass Du entschlossen bist, uns zu retten. Wir neigen uns vor Deiner Güte und empfehlen uns Deiner Großmut an, denn wir sind in schrecklicher Bedrängnis und haben nie aufgehört, Dich anzurufen.«

Nachdem Großma ihr Gebet gesprochen hatte, ging sie wieder zu den Flüchtlingen, um sie zu versorgen und ihnen Mut zuzusprechen. Sirarpi kam in den Salon zu Wahram und Anahide, die noch immer den Himmel und den majestätischen Bogen darin betrachteten. Eine ungewohnte Stille breitete sich über die Stadt. Kein Kanonenschuss, kein Gewehrknallen. Die Natur hatte ihre Herrschaft wieder angetreten. Sollten etwa die bösen Geister aus all den Menschen vertrieben worden sein, die sich in reißende Tiere verwandelt hatten? Wer weiß? Und doch hatte diese plötzliche Waffenruhe etwas Unheimliches an sich. Was bereitete sich vor?

Wahram brach das Schweigen. »Sirarpi«, sagte er, »ich habe in der deutschen Mission auf dich gewartet.«

»Dorthin komme ich nur am Abend zurück. Tagsüber arbeite ich im Außenlazarett.«

»Ich habe Armenag gesehen.«

Sirarpi schien auf einmal aufzuwachen: »Ach? Er ist sehr nett. Was hat er gesagt?«

»Er hat auch auf dich gewartet. Aber nett kann ich ihn nicht finden. Er sieht aus wie ein Kalb mit einem Schnurrbart.«

»Hast du ihm das etwa gesagt?«, fragte Sirarpi erschrocken.

»Nein, noch nicht.«

»Er ist mindestens sieben Jahre älter als du.«

»Möglich. Aber er ist dürr wie ein Quittenzweig.«

Sirarpi machte ein verlegenes Gesicht. Jetzt kam Tigran, mit Waffen behängt, eilig ins Zimmer. »Ist Harutiun nicht da?«, fragte er. Dann fiel sein Blick auf Anahide. »Bravo!«, sagte er mit Anerkennung.

»Kommt Väterchen denn nach Hause?«, erkundigte sich Wahram.

»Ja, er ist schon aus dem Generalstab fortgegangen. Hrant wird auch gleich da sein. Aber wie kommt es eigentlich, dass du hier bist, Wahram? Seit Beginn der Kämpfe habe ich dich nirgends zu Gesicht bekommen, und das ist … lass mich nachrechnen … das ist jetzt beinahe drei Wochen her … Drei Wochen …«, wiederholte er nachdenklich. »Und mir kommt es vor, als schlügen wir uns schon seit Jahrhunderten.«

»Onkel«, unterbrach Wahram ihn, »deine Augen sind ganz rot. Hast du sie verbrannt? Und wie viele türkische Stellungen hast du in die Luft gehen lassen?«

Ein Lächeln erhellte Tigrans harte und strenge Züge. »So, hast du davon gehört, Wahram«, sagte er halb streng, halb scherzend. »Und Mutter? Weiß sie auch davon?«

»Ich habe nicht mit ihr darüber gesprochen. Aber sie weiß bestimmt alles«, erwiderte Wahram. Dann fiel ihm ein, dass Tigran seine Frage nicht beantwortet hatte, und er unternahm einen neuen Anlauf: »Du sollst mir sagen, wie viele türkische Stellungen du in Brand gesteckt hast, und vor allem, wie du die Sache mit dem englischen Konsulat geschafft hast! Kennst du deinen Spitznamen?«

»Was? Ich habe einen Spitznamen?«

»Ja, man nennt dich ›Tigran, den Brandstifter‹«, erklärte Wahram voller Bewunderung.

»Ich werde dir alles erzählen, wenn die Kämpfe vorbei sind. Im nächsten Winter zum Beispiel, wenn wir wieder lange, geruhsame Abende haben und der Schnee den Brandgeruch vertrieben hat.«

»Ach, Onkel, bis zum Winter vergeht noch so unendlich viel Zeit ... Werden wir ihn noch in unserem Garten erleben?«

Nun kam Großma mit Hrant, Harutiun und Araxi herein. Draußen herrschte noch immer diese ungewohnte Stille. Nicht ein einziger Flintenschuss. War es möglich, dass der Rhythmus der Friedenszeiten wieder anheben sollte, dass die Tage wieder mit gleichmäßiger Lockerkeit aufeinander folgten und dass der Kreislauf der Jahreszeiten so wie früher seine verschiedenartigen Freuden bieten würde: Blumen, Früchte, Schnee und belebenden Frost?

Wieder tat sich die Tür auf, und Aghawni trat mit Wartkes und Sebuh ein. Auf einem silbernen Tablett, das sie in der Hand hielt, lagen getrocknete Weinbeeren von den »Augen der Semiramis«, kandierte Aprikosen und in der Mitte einige der riesigen Birnen von den dreihundertjährigen Birnbäumen, die auf den Gestellen im Keller ausgereift waren. Auf Großmas magerem Gesicht zeichnete sich eine scheue Freude ab, in die sich Traurigkeit und Unsicherheit mischten.

»Stell diese Früchte auf den runden Tisch, meine Tochter«, sagte sie zu Aghawni. »Dann wollen wir uns rundherum setzen, essen und unserem Herrn für diese Mahlzeit danken, Ihm, der uns Sein Wohlwollen bewiesen hat und der das Wunder vollbracht hat, uns alle wieder zusammenzuführen. Fast alle ... denn meine Söhne Wahram, Seth und Mempre sind nicht dabei, und mein Herz fragt sich, gegen welches Unglück sie sich in diesem Augenblick fern von uns wehren müssen. Und nun, Wahram, sprich uns ganz langsam und laut das Vaterunser.«

Noch nie hatte Wahram die Macht dieses Gebetes, das er doch schon Tausende von Malen gesprochen hatte, so tief empfunden. Ein Licht flammte plötzlich in seinem Geist auf. Und wenn Gott nun sein Gebet in diesen Tagen der Trübsal erhörte? Wenn alle Menschen der Erde zu Brüdern werden sollten?

»Möge dein Mund stets grün bleiben, Wahram«, sagte Großma. »Du hast das Vaterunser besser gesprochen als der Prior des Sankt-Gregorios-Klosters in Narek.«

Als Hrant sich vorbeugte, um sich ein Stück von einer der Riesenbirnen zu nehmen, rief Großma: »Aber mein Sohn, dein Gesicht ist ja kohlschwarz! Was hast du?«

»Das hat nichts zu bedeuten, Mutter«, erwiderte er. »Das rauchlose Pulver, das wir gestern fabriziert haben, ist explodiert.«

Harutiun fuhr hoch. »Was? Explodiert?«

»Etwa vor einer Stunde. Kurz bevor der Regenbogen am Himmel erschien. Die Pulverfladen, die wir gestern hergestellt haben, ungefähr dreißig Stück, haben aus irgendeinem unerklärlichen Grund Feuer gefangen. Glücklicherweise haben wir nur Materialschaden erlitten und eine Tagesproduktion verloren.«

»Wahrscheinlich hat einer von euch heimlich geraucht. Sollte das etwa Runkelrübe gewesen sein?«

Hrant lachte. »Möglich. Jedenfalls hat es keiner von uns gemerkt. Die Explosion war schrecklich. Wir dachten, es wäre eine Kanonenkugel bei uns hereingefahren. Plötzlich war alles in eine dichte Staubwolke gehüllt, und wir purzelten durcheinander.«

»Und die Reserven?«, rief Harutiun.

»Der andere Raum hat überhaupt nichts abbekommen. Aber ...« Hrant konnte trotz der missbilligenden Gesichter um ihn herum ein Lachen nicht unterdrücken, »... aber Runkelrübe, der doch seit seiner Geburt so schön rot ist, sah auf einmal aus, als hätte man ihn mit Teer bepinselt. Als die Explosion vorüber war und der Staub sich etwas gelegt hatte, fragte er mich: ›Um Gottes willen, Hrant, sag mir, lebe ich, oder bin ich tot?‹ Und wir alle haben gelacht trotz der Todesgefahr, der wir eben entronnen waren.«

»Du hast uns heute mit Segnungen überhäuft, Herr!«, rief Großma. »Du hast meine Söhne beschützt.«

»Das magst du wohl sagen, Mutter«, beteuerte Harutiun. »Denn wenn die kleine Menge Kali, die wir dort gelagert haben, auch in die Luft gegangen wäre, hätten wir keine Patronen mehr.«

»Und Wahram?«

Jetzt konnte Sirarpi sich nicht mehr zurückhalten und berichtete errötend: »Wahram ist auch dem Tode entronnen. Beim Angriff auf die Oststellungen ist er dort geblieben und hat sich dem Feuer aus hundert türkischen Gewehren ausgesetzt. Ardasches hat gesagt, es sei ein wahres Wunder, dass er zum Schluss nicht durchlöchert war wie ein Sieb.«

»Ja, das habe ich auch gehört«, bestätigte Anahide lachend.

»Wir sind alle im Rachen des Todes gewesen«, erklärte Tigran. »Aber die Hauptsache ist, dass wir alle lebend wieder aus diesem Schlund herausgekommen sind. Bravo, Wahram! Sag mir, Hrant, könnte ich nicht trotzdem eine Handvoll rauchloses Pulver bekommen?«

»Aber gewiss, Bruder«, versicherte Hrant. »Die Explosion wird uns nicht daran hindern, täglich fünftausend Patronen zu füllen.«

»Schön, dann gehe ich jetzt«, sagte Tigran. »Ich muss einiges vorbereiten ... Und ihr beide?«

»Wir gehen auch«, antworteten die Brüder.

»Dann füllt mir doch diese Flasche mit rauchlosem Pulver. Ich will sie zur ›Badur‹-Stellung bringen lassen.«

»Ich bringe es hin!«, rief Wahram.

Die drei Männer sahen sich an. »Gut«, stimmte Harutiun etwas zögernd zu. »Er kann das Pulver dort vor Anbruch der Nacht abliefern.«

Die ungewohnte Stille dauerte noch immer an, als Wahram, die kleine Flasche mit dem Sprengstoff in der Tasche, bei der »Badur«-Stellung ankam. Aus den roten Wolken, die sich über den magischen Regenbogen gelegt hatten, fiel jetzt ein feiner Regen herab. Der graue Tag neigte sich seinem Ende zu. Der große Raum in dem Erdgeschoss eines Hauses, das die »Badur«-Stellung genannt wurde, war die am weitesten südlich gelegene Stellung der Armenier. Auf der Gegenseite, neben der Kirche von Arark und dem Friedhof, beherrschte die türkische Gendarmerie als uneinnehmbare Bastion den Platz und das südliche Viertel.

Tigran, der in einer Ecke saß, machte sich daran, eine Weißblechkanne mit weitem Einfüllstutzen zu füllen. Bevor er das Pulver, das Wahram gebracht hatte, hineinschüttete, drückte er einen Gummipfropfen, durch den ein Docht gezogen war, in die Öffnung. Dann prüfte er seine Pistole und trat an die Schießscharte.

»Tigran Agha«, sagte einer der Kämpfer, »hast du die Absicht, ein Freudenfeuer anzuzünden?«

»Hm, möglich«, knurrte er.

»Oder willst du vielleicht die türkischen Polizisten rösten?«

»Ich tue, was ich kann«, erwiderte Tigran trocken. Dann wandte er sich an seinen Neffen: »Bist du immer noch nicht fort, Wahram? Es ist stockfinster, man kann nicht mehr die Hand vor den Augen sehen. Komm jetzt mit mir hinaus und geh wieder nach Hause.« Sie traten aus der Gartenpforte. Tigran legte eine Hand auf Wahrams Schulter und sagte: »Du bist ein guter Junge, wenn du nur willst. Also pass gut auf.«

Wahram sprang in den Graben, der an der Gartenmauer entlanglief und im Zickzack durch Straßen und Wege nach Noraschen führte. Nachdem Wahram etwa dreißig Schritte gegangen war, duckte er sich und kauerte sich reglos hin. Der Graben roch nach feuchter Erde, Gras und Quittenblüten. Kein Himmel, kein Horizont, kein Warak. Nur graue Adern, die sich von der dunklen Wolkenmasse abhoben. Wahram konnte die Öffnung des Grabens erkennen, doch dahinter sah er nichts als eine schwarze Wand.

Nachdem er ein Weilchen gewartet hatte, erhob er sich und ging zurück. Tigran war nicht mehr da. Die Kämpfer standen aufmerksam an den Schießscharten, aber draußen herrschte absolute Ruhe.

»Der Brandstifter wird erst dann etwas sehen, wenn sein Feuer angezündet ist«, brummte einer. »Ich will in einem Höllenkessel schmoren, wenn ich etwas anderes entdecken kann als Schatten und Finsternis.«

Wahram näherte sich einer der Schießscharten, und der Mann, der davorstand, trat etwas zurück und machte ihm Platz. Kein Laut. Nichts. Die Zeit schien stillzustehen.

Plötzlich tönte in das Schweigen hinein ein wildes Hundegebell, dem sofort einige Gewehrsalven seitens der Türken folgten. Durch das schwarze Tuch der Nacht zogen die Kugeln rote Fäden, die rasch wieder verschwanden und durch andere, ebenso flüchtige, ersetzt wurden. Dann machte dies Konzert der grollenden Töne die Runde um die Stadt. Wachsam beobachteten die armenischen Kämpfer, was draußen vor sich ging, schossen jedoch nicht. Es regnete, und die Feuerfäden verwandelten die Regentropfen in kleine fliegende Perlen.

Dieser Zustand hielt eine ganze Weile an. In der türkischen Gendarmerie verriet kein Lichtschein die Anwesenheit von Tigran dem »Brandstifter«. Plötzlich aber wurde in einem jähen Aufflammen ein Teil des Gebäudes sichtbar. Das Feuer wuchs, und das Innere des Hauses leuchtete auf, als sei die Sonne in seine Mauern herabgestiegen. Die Flammen leckten aus den Fenstern und Türen und schossen als wogende Garben nach allen Seiten. Die Regenfäden vergoldeten sich, Funken sprühten zu den Wolken empor. Auf dem taghellen Arark-Platz sah man die Einschläge der Kugeln und getötete Türken.

»Feuer auf die Gendarmerie!«, rief eine Stimme im Inneren der Stellung. Der Kämpfer stieß Wahram beiseite und schoss. Aber nun setzten zahllose Explosionen ein, die die Gewehrschüsse übertönten.

»Da fliegt die Munition der Türken in die Luft! Ob Tigran heil herausgekommen ist? In dieser Helligkeit war er bestimmt ein gutes Ziel für die türkischen Schützen!«

Wahram, der zur Tür gelaufen war, wurde nicht müde, in die erleuchtete Nacht hinauszuschauen, die mit jadefarbenem Samt überzogenen Blätter zu bestaunen, die vergoldeten Bäume und diesen funkelnden Silberregen, der unablässig herabrieselte.

Links unter den Bäumen regte sich etwas und setzte sich dann in Bewegung. Eine menschliche Gestalt zeichnete sich ab. Wahram blickte genauer hin und erkannte Tigran. Als er sein Gesicht unterscheiden konnte, wurde er von einer überschwänglichen Freude und Zärtlichkeit erfasst.

»Da kommt mein Onkel! Tigran kommt!«, schrie er. Im selben Augenblick schon betrat Tigran das Haus. Er war tropfnass, Haare und Gesicht geschwärzt, seine Hände verschlammt. Er holte sein Taschentuch heraus und wischte sich ab. Dann zog er seine Pistole hervor, die er unter der Jacke in den Gürtel gesteckt hatte.

Der Chef der Stellung kam ihm mit ausgebreiteten Armen entgegen: »Ich sage gar nichts, denn alle Worte wären nichtig.«

»Und unsere Taten?«, knurrte Tigran. »Ist es nicht ein Wahnsinn, Häuser anzuzünden? Ich habe die Gendarmerie in Brand gesteckt und … ich wollte sogar die Kirche anzünden, unsere Kirche, die zu einer Bastion der Feinde geworden ist …«

»Die Kirche … Ja, wenn wir die Türken auch daraus vertreiben könnten, hätten wir sie uns hier endgültig vom Halse geschafft.«

»Ich hätte es gekonnt! Aber als die Pulverexplosion mit ihren Feuerzungen alles in Brand gesetzt hatte, habe ich mich in den Ruinen des großen Hauses von Sabundschian verkrochen, das ich schon vorher eingeäschert hatte, und da hat mich der Mut verlassen.«

»Aber wir hätten damit die ständige Bedrohung unserer Flanke abgewendet.«

»Gewiss. Ich musste nur daran denken, dass die Gendarmerie ebenso wie die zehn anderen Häuser, die zu türkischen Festungen geworden sind, unser Werk, unser Eigentum, waren. Armenier haben sie gebaut, und morgen werden wir es sein, die diese Häuser wiederaufbauen müssen … Es hat mich geschmerzt, so die Frucht unserer Mühen in Rauch aufgehen zu lassen, und was die Kirche anlangt … das konnte ich nicht … Die Türken haben schon drei unserer Kirchen niedergebrannt …«

»Ja, wenn es so ist ...«, murmelte der Chef erstaunt.

Voller Verwunderung hörte Wahram zu. Er hatte es noch nie erlebt, dass Tigran so lange sprach und so gerechte, wohlabgewogene Gedanken äußerte.

Als hätte er Wahrams Gegenwart gespürt, wandte Tigran sich jetzt um. Die Zornesröte stieg ihm ins Gesicht. »Wahram, was hast du dich hier herumzutreiben!«, fuhr er ihn an. »Warum bist du nicht zu Hause?«

»Ich habe auf dich gewartet«, antwortete Wahram und lächelte unbefangen. »Und außerdem ... konnte ich meinen Weg nicht finden. Es war so dunkel.«

»Als ob ein Teufel wie du etwas zu sehen brauchte, um den Weg zu finden!«

Der Chef der Stellung merkte, dass Tigran erschöpft war und der Ruhe bedurfte. »Wann hast du eigentlich zum letzten Mal geschlafen?«, fragte er Tigran.

»Das mag etwa drei oder vier Tage her sein.«

»Dann geh jetzt in den Keller und schlaf dich aus. Du musst erst neue Kräfte sammeln, bevor du Feuer an die Hadschi-Bekir-Kaserne legst.«

Tigran lachte laut auf, doch dann wurde er nachdenklich. »Warum nicht?«, sagte er. »Warum nicht? Das ist durchaus möglich.«

Plötzlich verstummten die türkischen Gewehre, und die angstvollen Rufe einer Menschenmenge wurden laut. Man vernahm eine kehlige Stimme, die das Getrommel des Regens übertönte. Sie kam von gegenüber, von den türkischen Linien ... Die Schreie hörten auf. »Ihr da drüben«, schrie die Türkenstimme, »ungläubige Hunde, Rebellen, Verräter, verdammte stinkende Kadaver, hört zu!«

Wieder erhoben sich die Klagerufe der Menge. Immer lauter wurden sie ... und wieder verstummten sie.

»Hört ihr es, wie die Hunde von eurer Rasse heulen?«, begann die Stimme wieder. »Dreitausend sind es, die zu euch wollen, dreitausend, die wir in euer stinkendes Loch hinüberlassen. Da sind sie schon, sie kommen! Ihr könnt sie sehen dank dem verbrecherischen Feuer, das ihr gelegt habt! Seht sie euch an!«

Tigran stürzte zu einer Schießscharte, Wahram zu einer anderen.

Der große, taghell erleuchtete Marktplatz von Arark füllte sich langsam mit menschlichen Gestalten. Im Licht der Feuersbrunst hatten ihre durchnässten Lumpen einen metallischen Glanz. Wie ein tobender Bergbach drängten die Flüchtlinge vorwärts, rannten, fielen zu Boden. »Lasst uns durch! Nicht schießen!«, riefen sie. »Um Christi willen, rettet uns!«

»Ruhe!«, dröhnte die Türkenstimme einmal und noch einmal. »Ruhe, oder wir schießen!« Erschrocken verstummte die Menge.

Jetzt wandte die Stimme sich erneut an die armenischen Kämpfer: »Und das sind unsere Bedingungen. Wenn ihr sie nicht annehmt, werden wir diese Leute hier vor euren Augen niedermachen. Wenn ihr sie annehmt, werden andere nachfolgen. Und ohne Nahrung werdet ihr euch gegenseitig auffressen, bevor ihr krepiert. Ihr habt eine Viertelstunde, um euch zu entscheiden.« Die Stimme schwieg. Drückende Stille breitete sich über den Platz. Auch in der Stellung sagte zunächst keiner ein Wort.

»Sind keine Türken unter euch?«, fragte Tigran durch die Schießscharte.

»Nein«, antwortete eine Frauenstimme. »Sie haben Angst, aus ihren Löchern hervorzukriechen. Sie fürchten sich vor euch.«

»Woher kommt ihr?«

»Aus dem Tal der Armenier«, erwiderte dieselbe Frauenstimme. Eine schlanke, schwarz gekleidete Gestalt bewegte sich auf die Schießscharten zu. Die Feuersbrunst überstrahlte sie mit ihrem roten Licht. Auf ihrer Brust blitzte ein riesiges Metallkreuz, und ihr einfaches Nonnengewand verlieh ihrer Gestalt etwas Majestätisches.

»Ich bin die Jungfrau Arschaluis aus dem Kloster zum Heiligen Kreuz, und Gott hat mir die Kraft gegeben, die Seele dieser gepeinigten Menge zu führen und zu stützen. Nehmt uns auf, Brüder. Ich weiß, dass die Tage der Türken gezählt sind.«

In ihrem von einer dunklen, runden Haube umrahmten Gesicht leuchteten verzehrend die schwarzen Augen. Sie schienen fähig, jeden Blick unter ihre Macht zu zwingen. Plötzlich vernahm Wahram im Innern der Stellung die Stimme des Wachtpostens: »Wer da?«

»Dschidschernak«, klang es zurück.

»Passieren.«

Wahram wandte den Kopf und erblickte Arams unvermeidlichen Fez. Im Schein der Petroleumlampe, deren Licht man gegen die Schießscharten zu abgeschirmt hatte, blitzten die Brillengläser in seinem blassen Gesicht. Hinter ihm kamen Jegarian, Bulgaratzi, Garo,

Ardasches und ein Dutzend weiterer Kämpfer. Aram lief auf Tigran zu und umarmte ihn. »Danke«, sagte er. »Danke, in unser aller Namen!«
Der Chef der Stellung berichtete ihm über die neue Lage. Daraufhin zogen die Mitglieder des Generalstabs sich in eine Ecke des Raumes zurück und berieten. Schließlich trat Garo an eine der Schießscharten. »He, ihr da, liebe osmanische Landsleute!«, rief er auf Türkisch. »Wir lassen die Leute durch.« Dann setzte er auf Armenisch hinzu: »Meine Brüder und Schwestern, geht weiter nach rechts und an der Friedhofsmauer entlang und biegt dann nach links ab. Man wird euch führen.« Nun wechselte er wieder in die türkische Sprache über: »Geliebte osmanische Brüder! Wir danken euch dafür, dass ihr so edelmütig wart, diese armen Menschen am Leben zu lassen! Wir nehmen sie bei uns auf. Aber jetzt hört zu: Wir haben eure Gendarmerie niedergebrannt und unsere Kirche verschont. Jetzt bitten wir euch, während die Menge zu uns herüberkommt, die Kirche zu räumen. Ich wiederhole es, wir wollen sie verschonen. Aber ebenso wie die Gendarmerie mit eurer gesamten Munition in die Luft geflogen ist, wird auch die Kirche in die Luft fliegen, sobald wir es wollen. Darum räumt sie jetzt. Ich gebe euch ein paar Minuten dazu. Nachher, wenn die Leute vorbeigezogen sind, könnt ihr eure Stellungen in dem geheiligten Haus unseres Gottes wieder beziehen.«

»Ihr ungläubigen Hunde, ihr habt nicht mehr lange zu leben!«, brüllte ein Türke.

Aber eine andere Stimme unterbrach ihn: »Einverstanden. Wir räumen die Kirche.«

Der rußschwarze Himmel rötete sich, und im selben Augenblick erschütterte eine heftige Explosion die Erde. Ein panischer Schrecken bemächtigte sich Wahrams. Wo verbarg sich das Licht? Nicht das der Sonne, denn morgen würde dieses Gestirn mit seinen honigfarbenen Strahlen wieder aufgehen – nein, wo war jenes andere ewig flammende Licht, das keinen Tod und keinen Untergang kannte? Wahram hatte es verloren. Er fühlte sich ins Dunkel gestoßen und hatte das magische Wort vergessen, das jenes Licht aufleuchten ließ.

Immer dichter wurde die Nacht. Wie während der Kämpfe um Van tastete sich Wahram beim Donnern der Explosionen vorwärts, ohne zu wissen, wo er sich befand. Diese Kämpfe jedoch waren längst vorüber, denn seit die Jungfrau Arschaluis die Stadt betreten hatte, war der Kampflärm wie durch einen Zauber verstummt. Aber wer war die Jungfrau Arschaluis? In ihrer sanften Macht erschien sie so schön, dass die Welt, die in diese endlose Nacht getaucht war, ihr fremd sein musste. War sie etwa der verkleidete Smaragdritter? Er musste sie unbedingt wiedersehen, sonst ... Eine Explosion ... Noch eine ... alles erbebte, von überall her reckten sich Hände aus dem Dunkel, die nach Wahram griffen. Er versuchte, sich zu befreien ...

Wahram öffnete die Augen. Neben ihm schnarchte Tigran. Schweißtropfen hatten die schwarze Rußschicht auf seinem grimmigen, mit bitteren Falten gezeichneten Gesicht aufgelöst. Durch ein von einem Geschoss aufgerissenes Loch in einem Winkel der Kellerwand sah man ein Stück Himmel, das wie ein blauer Glockenturm wirkte.

Wahram zögerte. Sollte er Tigran wecken oder ohne ein Wort gehen? Er wollte die Jungfrau wiederfinden, sie im hellen Tageslicht sehen. In der Nacht, im fantastischen Schein der Feuersbrunst, hatte ihre Ehrfurcht gebietende Gestalt ihn ein wenig erschreckt. Er stieg aus dem Keller hinauf und betrat die Stellung.

Die Kämpfer vor den Schießscharten sahen aus wie sprungbereite Leoparden. Die Artillerie in der Hadschi-Bekir-Kaserne hatte ihr Feuer auf die Stellung gerichtet und die oberen Stockwerke des Hauses völlig zerstört.

»Na, du Nichtsnutz«, sagte der Chef, während er seine Pistole lud, »schläft Tigran der Brandstifter noch immer?«

»Ja.«

»Er hat es offenbar nötig. Da auf dem Schemel liegt ein Honigbrot für dich. Iss es und dann mach, dass du nach Hause kommst. Hier wird es heiß hergehen, und das ist kein Kinderspiel.«

»Ich bin kein Kind!«, brauste Wahram auf. »Ich bin ein Soldat. Und ...«

»Gut, gut, Soldatendäumling, geh nach Hause. Deine Angehörigen fragen sich bestimmt schon, ob du noch am Leben bist.«

Daran hatte Wahram gar nicht gedacht. Zum ersten Mal in seinem Leben hatte er auswärts geschlafen, und daheim mussten sie wohl das Schlimmste befürchten.

»Und wo ist die Jungfrau?«

»Sie hat mit ihren Leuten im Gebäude des Roten Kreuzes und den umliegenden Häusern übernachtet.«

Jetzt rannte Wahram davon. Auf der schmalen Straße, die zum Roten Kreuz führte, traf er die Jungfrau. Sie stand wie abwesend mitten auf der Straße, den Blick zum Himmel gerichtet, und ließ die Perlen ihres Rosenkranzes durch die Finger gleiten. Das Strahlen ihrer Augen schien die grauen Wolken vertreiben zu wollen. Hinter ihr drängte sich die Menge der Frauen. Die meisten hielten ihre müden, hungrigen Kinder auf dem Arm. Die Kleinen greinten und wimmerten. Sie stießen die ausgetrocknete Mutterbrust zurück, die ihnen keine Nahrung mehr bieten konnte.

Wahrams Aufmerksamkeit wurde von diesem traurigen Bild abgelenkt, als Der Zakar, der Pfarrer von Noraschen, herzutrat. Er beugte sein Knie vor der Jungfrau und küsste ihr die Hand: »Wir können gehen«, sagte er. »Es ist alles bereit.« Der Zug wandte sich, geführt von der Jungfrau, der Kirche zu. Wo sie vorüberkam, verneigten und bekreuzigten sich die Menschen. Wahram ging hinterher.

In der Kirche warf die Jungfrau sich vor dem Altar nieder, und die Menge hinter ihr sank in die Knie. Wahram, der wie gebannt auf die Gestalt der Jungfrau blickte, merkte zunächst nicht, dass Der Zakar zu ihm trat.

»Wahram, mein Sohn«, sagte er, »schau einmal nach links. Siehst du die Frau dort mit den blutigen Ohren? Führe sie zu Wosgehad Hatun.«

»Jetzt gleich?«

»Ja. Geh zu ihr hin und sage ihr, dass ich dich beauftragt habe, sie zur Großen Frau zu bringen.«

Die junge Frau, die Wahram folgte, sprach kein Wort. Sie ging wie eine Schlafwandlerin. Ihre Ohren … Wahram wagte nicht, sie anzusehen: unmäßig angeschwollen, blutig, mit schwärzlichen und gelblichen Wunden bedeckt. Während des ganzen Heimweges kämpfte Wahram mit sich. Es drängte ihn, die Frau nach der Ursache ihrer grausigen Verletzungen zu fragen, aber dann wagte er es doch nicht.

Sowie er das Haus betrat, schlug ihm ein abgestandener Geruch entgegen … der Geruch des Elends, den er nun schon kannte. Großma war noch immer damit beschäftigt, Flüchtlinge zu versorgen. Bekümmert untersuchte sie einen Säugling, dessen Leib angeschwollen war. Sie schlug zweimal das Zeichen des Kreuzes über ihn und bereitete dann aus den verschiedensten Zutaten einen Breiumschlag, den sie ihm mithilfe eines Tuches umlegte. Als sie die Frau mit den schrecklichen Ohren erblickte, rief sie: »Mein armes Kind! Was haben sie mit dir angestellt? Wie heißt du?«

»Hasmig«, erwiderte die Frau mit silberheller Stimme.

»Ja, ich glaube, ich weiß, wer du bist ... dann wundert es mich nicht ... Also?«

Hasmig schien nichts gehört zu haben. Ihre klaren Augen waren unverwandt auf Großmas Gesicht gerichtet.

Ein wenig verlegen unterbrach Wahram das Schweigen: »Großma, sie ist heute Nacht mit der Jungfrau Arschaluis gekommen. Der Zakar schickt sie zu dir.«

»Und du, verlorenes Kälbchen, wo warst du die ganze Zeit?«

Wahram berichtete von den aufregenden Ereignissen der Nacht und von Tigrans Heldentat.

Großma machte eine Gebärde des Schreckens. Dann wandte sie sich wieder an Hasmig: »Nun, meine Tochter?«

»Große Frau«, sagte diese, »ich bin eine frühere Schülerin der deutschen Missionsschule und war in Belu verheiratet. Ich möchte mit deinem Sohn, dem Führer der Armenaganen, sprechen, denn auch mein Vater, meine Brüder und mein Mann waren Armenaganen.«

»Er wird heute Abend kommen. Inzwischen werde ich deine Ohren behandeln. Man hat sie dir gezwickt und eingeschnitten, nicht wahr?«

Hasmig nickte und sagte kein Wort mehr. Sogar als Großma die blutigen Wunden ausrieb und reinigte, stieß sie nicht einen einzigen Schmerzenslaut aus. Erst als Großma fertig war, begann sie wieder zu sprechen.

»Große Frau«, sagte sie, »das mit den Ohren ist nicht so wichtig, du brauchst deshalb nicht traurig zu sein.«

»Nein, mein Töchterchen, ich weine auch nicht über deine Wunden, sondern um all der Schrecken willen, die du im Zusammenhang mit ihnen ausgestanden hast ... denn ich kann mir denken, was geschehen ist ... Wahram, geh jetzt schlafen, du hast ganz dunkle Ringe unter den Augen. Und steh nicht auf, bevor ich dich hole.«

»Ist das der Sohn von Harutiun Agha?«, fragte Hasmig.

»Ja, das ist mein Enkel. Ein Topf, in dem das Wasser unablässig brodelt und kocht.«

»Mein Größter war in seinem Alter«, murmelte Hasmig. »Große Frau, ich bitte Sie beim Andenken an meinen Sohn, erlauben Sie ihm, heute Abend dabei zu sein, wenn ich mit seinem Vater spreche.«

»Deine Geschichte eignet sich gewiss nicht für seine Ohren.«
»Er wird das verstehen, was er schon weiß ... Aber später, wenn eine gewisse Zeit verstrichen ist, wird er vielleicht den Rest begreifen.« Plötzlich schlang Hasmig die Arme um Wahram, drückte ihn an sich und begann, rückhaltlos zu schluchzen. Wahram war so erschrocken, dass er fast geschrien hätte. Aber schon löste Großma sehr liebevoll die Arme, die ihn umklammert hielten. »Geh nun und ruh dich aus, mein Kleiner«, sagte sie freundlich. »Und du, meine Tochter, bleib hier bei mir.«

Wahrams Körper war von Schmerzen gelähmt. Jeder Kanonenschuss drängte den Schlaf von Neuem zurück. Plötzlich erwischte ihn eine Kugel und schleuderte ihn vor die Pforte von Mecher. Er hatte sich entschlossen, den bösen Riesen herauszuholen, den der Herr tief in den Felsen eingeschlossen hatte. Die mit Eisenklammern in den Stein eingelassene Tür mit ihren keilförmigen Inschriften, auf welche die untergehende Sonne einen Goldschimmer warf, verharrte in ihrer drohenden Unbeweglichkeit. Aber sie musste sich öffnen, Wahram wusste es ganz genau. Trotzdem hatte er Angst vor Mecher. Wer hätte nicht vor Mecher, dem Armenier, gezittert? ... Doch dieser Stein, der nach Pech und Schwefel roch, widerstand hartnäckig Wahrams immer verzweifelteren Versuchen, ihn durch Zeichen zu beschwören. Plötzlich aber erschütterten rasch aufeinanderfolgende Donnerlaute die mächtige Tür, und sie barst auseinander. Die Sonne entzündete sich, ihr flammender Schein wurde unerträglich. Die Welt brannte. Die Berge wankten, die Felsen erzitterten unter Wahrams Füßen, und ein Riese, von dem ein grünes Licht ausging und dessen Haupt den Himmel berührte, hob sein gepanzertes Bein höher als die höchste Pappel. Langsam tauchte ein Säbel aus dem Dunkel auf und schleuderte Blitze auf die Erde. Ein »Rette sich, wer kann!« ertönte. Entsetzt wollte Wahram fliehen, aber überall versperrten Hindernisse, die aus der Finsternis aufstiegen, seinen Weg, und eine Stimme rief.
»Wahram, steh auf! Komm schnell, Wahram!«

Wahram öffnete die Augen und sah nichts als goldene Flecken, welche die Sonne auf die Wand warf. Sein Vater schüttelte ihn. Draußen donnerten die Kanonen. »Komm schnell, Wahram! Das Haus ist von mehreren Geschossen getroffen worden. Wir gehen in den Keller!«

Mit wildem Heulen, wie metallene Balken, sausten die Geschosse über das Haus. Wahram sah immer noch Mecher vor sich. Aber mit jedem Schritt, den er tat, wurde er ein wenig wacher, jeder Schritt entriss ihn immer mehr der magischen Welt. Im Dandun ergriff er den Krug und trank daraus, und während er so seinen Durst löschte, erfasste ihn die Verzweiflung darüber, dass alles nur ein Traum gewesen war.

Im Keller sah er Hasmig mit verbundenen Ohren neben Großma sitzen. Ihm war, als verdunkele ihr schmerzlicher Blick den Tag. Harutiun und Wahram nahmen neben den beiden Frauen Platz. Außer ihnen war niemand zugegen. »So«, sagte Großma, »jetzt sind mein Sohn Harutiun und mein Enkel Wahram da. Schütte dein Herz aus, wenn du glaubst, auf diese Weise Erleichterung zu finden.«

Die junge Frau mit den blassen Lippen rang unentschlossen die Hände. Dann wandte sie sich an Harutiun: »Mein Vater, meine drei Brüder und mein Mann waren alle Armenaganen. Ich habe dich vor sechs Jahren gesehen, als du mit Jegarian nach Belu kamst, um meinen Vater zu besuchen.«

»Ich kenne die Deinen«, sagte Harutiun ernst.

»Meine drei Brüder und mein Mann wurden im letzten Herbst eingezogen, und seitdem haben wir nie wieder von ihnen gehört. Was meinen Vater betrifft, so wurde er vor etwa drei Monaten zusammen mit den anderen Standespersonen unseres Ortes zum Unterpräfekten gerufen.«

»Ja, das weiß ich auch.«

»Eine Woche verging, und mein Vater kam nicht zurück. Eines Tages umzingelten die Polizisten und die bewaffneten Kurden unseren Ort. In ihrem Auftrag befahl der öffentliche Ausrufer sämtlichen Männern zwischen zwanzig und fünfundsechzig Jahren, sich bei der Polizeiwache zu melden. Sie sollten abtransportiert werden, um die Straßen zu säubern. Nur wenige Männer, einige Daschnaks und Armenaganen, waren gewillt, sich diesem Befehl zu widersetzen und sich notfalls mit der Waffe in der Hand zu verteidigen. Aber der Pfarrer riet vom Widerstand ab. Seiner Ansicht nach würde in diesem Fall unser Ort dem Erdboden gleichgemacht werden, während, wenn die Männer dem Befehl nachkamen, wenigstens den Frauen und Kindern nichts geschehen würde. So zogen die wehrfähigen Männer davon. Am Abend kamen die Polizisten und die Kurden allein zurück. Diesmal verteilten sie sich im ganzen Ort und forderten alle männlichen Einwohner, die noch da waren, auf, in die Kirche zu kommen. Die Greise und Knaben folgten dem Befehl. Und während es allmählich dunkel wurde, hörten wir Schreie und Flintenschüsse. Flammen stiegen auf und umgaben die Kuppel der Kirche. Gleich darauf drangen die Polizisten und die Kurden in die Häuser, und dort, wo die Türen verschlossen waren, schlugen sie sie mit ihren Äxten ein. Ich war mit meiner Schwiegermutter und meinen drei Kindern im Haus. Mein Größter war so alt wie Wahram ...« Hasmig versagte die Stimme. Sie stockte und ließ ihren Blick lange auf Wahram ruhen.

»Du brauchst nicht weiterzuerzählen, meine Tochter«, sagte Großma. »Wir wissen das alles.«

»Ja, ich weiß es auch«, bestätigte Harutiun. »Alle Orte, die sich nicht verteidigen konnten, haben das gleiche Schicksal erlitten.«

»Nein, ich muss es euch anvertrauen, was wir durchgemacht haben. Ich will, dass der Führer der Armenaganen und sein Sohn mich anhören und dass Wahram diese Erinnerung für spätere Zeiten bewahrt. Jussuf, der Kommandant der Polizeitruppe, drang also mit zwei Kurden bei mir ein. Jussuf schleppte mich vor die Tür, riss mir mein Kopftuch und meine Bluse ab und band mich fest. Vor meinen Augen ermordeten die Kurden meine Schwiegermutter. Ich schrie vor Entsetzen und zitterte um meine drei Söhne. Nun war die Reihe an ihnen. Die schrecklichen Einzelheiten ihrer Verstümmelung will ich euch ersparen. Das grauenhafte Bild ihrer gemarterten Körper, wie sie Seite an Seite dalagen, den Kopf nach Mekka gewandt, wird mich stets verfolgen ... Danach plünderten die Männer das Haus und steckten es in Brand. Nun band Jussuf mich auf seinem Pferd fest und brachte mich in sein Haus in Van am Hang der Semiramis.«

»Dieser ruchlose Wüstling! Ich kenne ihn!«, murmelte Harutiun mit zusammengebissenen Zähnen.

»Zwei Frauen halfen ihm, mich in den Harem zu tragen, und dort wurde ich, die ich nach dem Gesetz Gottes durch die geheiligten Bande der Ehe meinem Mann angehöre, meiner Kleider beraubt. Die beiden Weiber hielten mich fest, so dass ich mich nicht rühren konnte, und ich musste die Tätlichkeiten dieses verfluchten Rohlings erdulden. Bevor er von mir abließ, zog er seinen Dolch und machte mir einen Einschnitt ins Ohr.«

»Das genügt, meine Tochter, hör auf!«, bat Großma. »Warum quälst du dich selbst mit diesen schrecklichen Erinnerungen?«

Gespannt und erschrocken lauschte Wahram. Er wusste noch nichts von fleischlichen Dingen, aber gerade diese ihm unverständlichen Einzelheiten in Hasmigs Erzählung erhöhten seinen Schrecken noch.

»Nein, Große Frau, ich will sprechen«, begann diese wieder.

»Herr Spörri hat mich jahrelang gelehrt, dass der Mensch ein Geschöpf Gottes ist und Seinen Geist in sich trägt, dass das menschliche Leben geheiligt ist; dass die geachtete und tugendhafte Frau sich ganz dem Dienst an ihrer Familie widmen muss. Ich habe alle diese Lehren befolgt. Warum dann diese Höllenstrafe? Ist Gott denn taub? Muss ich glauben, dass Gott uns verlassen hat? Ich habe keinen Sohn mehr, den ich bitten kann, der Welt meinen Kummer ins Gesicht zu schreien. Ich will nicht sterben, ohne einem Kind die Erinnerung an mein Unglück hinterlassen zu haben ...«

»Es geht jetzt nicht ums Sterben, meine Schwester«, fiel Harutiun ein. »Wir werden siegen.«

»Große Frau, haben Sie erraten, dass jeder dieser Einschnitte in meinem Fleisch ein Markstein meiner Schmach ist? Denn Jussuf, dieser Teufel, hat sich nicht damit begnügt, mich zu missbrauchen. Er hat auch seine Söhne geholt, und die haben mich unter seiner Aufsicht erniedrigt und jede ihrer Schandtaten mit einem Einschnitt besiegelt. Das höhnische Lachen der beiden Frauen tönt mir noch jetzt in den Ohren. Waren das überhaupt noch Frauen? Nachdem die Rohlinge fort waren, haben sie meine Hände gefesselt und mich so, völlig erschöpft und rasend vor Wut, auf dem Boden liegen lassen.«

»O mein Gott!«, rief Großma. »Warum hast Du Deine Kinder vergessen? Was haben wir getan, um so Deinen Zorn zu reizen? Zu welchem Sühneopfer sind wir bestimmt? Ist es Deine Absicht, mit unserem vergossenen Blut die Kräfte der Gerechten zu stärken, um die Frevler für immer zu vernichten? Gedenkst Du, auf diese Weise in der Seele des Menschen die unsterbliche Flamme, die Deine Weisheit ihr eingab, aufs Neue zu entfachen? Herr, vergib mir, aber unser Jammer ist grenzenlos!«

»Große Frau«, rief Hasmig. »Auch ich habe Tag und Nacht gebetet. Wie viele flehentliche Bitten habe ich nicht zu unserem Herrn emporgeschickt! Aber du, Harutiun, Führer der Armenaganen, was hast du getan? Du, der einmal verkündete: ›Mögen sie uns hängen, aber das Volk soll leben!‹, was hast du getan? Warum ist das Volk mit gebundenen Händen und Füßen seinen Henkern ausgeliefert? Wie könnt ihr die Schmach eurer entehrten und gemarterten Schwestern ertragen?«

»Harutiun, mein Sohn, errege dich nicht«, sagte Großma ruhig. »Unsere Führer sind aufrichtige Männer, Hasmig. Nach der Befreiung haben sie an den ehrlichen und guten Willen der Jungtürken, ihrer Kampfgenossen, geglaubt. Wie konnten sie ahnen, dass es Teufel in Menschengestalt sind, die nichts als Lügen kennen? Jetzt erzähle deine Geschichte zu Ende, denn die Stunde des Gerichts ist noch nicht gekommen. Ich will, dass Wahram keines deiner Worte je vergisst, und dass er, wenn er diesen Schrecknissen entrinnen sollte, Gerechtigkeit für dich, deine Kinder und deine zahllosen Schwestern erlangen möge. Sprich weiter, mein armes, gemartertes Kind.«

»Ja, Große Frau, ich weiß, dass unsere Führer aufrichtige Männer sind ... Aber ich musste einfach jemanden anklagen, um meinen Mut zu bewahren und in Frieden sterben zu können. Zweifel an Gott hätten für mich nur ewige Verzweiflung bedeutet.«

Hasmig unterbrach sich. Ihre hellen Augen in dem schimmernden Weiß ihres Gesichts, das vom Gold der Haare umrahmt wurde, waren wie gebannt auf Wahram gerichtet. Dann fuhr sie fort: »Wie bin ich hierhergekommen? Wie hat der Herr mich von meinen Feinden befreit? Es geschah vor drei Tagen. Ein Polizist kam zu meinem Peiniger, sagte ein paar Worte zu ihm, stieg dann wieder auf sein Pferd und ritt in gestrecktem Galopp davon. Daraufhin stürzte Jussuf in das Zimmer, in dem ich immer noch mit gefesselten Füßen, von den beiden türkischen Frauen bewacht, am Boden lag. Er schäumte vor Wut. ›Die ungläubigen Hunde von deiner Rasse haben meinen ältesten Sohn umgebracht. Das wirst du mir bezahlen!‹, schrie er und schwang seinen Dolch. Die Türkinnen jammerten laut auf und ließen mich los. Jetzt richtete der Mann seine Waffe auf meine Kehle; doch bevor er zustieß, überschüttete er mich mit Verwünschungen. In seiner grenzenlosen Wut achtete er nicht auf seinen Dolch. Ihn aus seinen Händen reißen, in seine Brust stoßen, ihn umdrehen und wieder herausziehen, war das Werk eines Augenblicks. Mit einem Fluch auf den Lippen fiel der Mann zu Boden. Nun schnitt ich meine Fußfesseln durch und beendete mein Werk. Ich erstach die beiden Frauen. Mein Körper war überströmt von ihrem Blut. Dann lief ich durch das ganze Haus und ermordete auch noch die zwei jungen Männer ... Und dann wartete ich die Nacht ab, um zu entfliehen. Bei dieser Flucht ließ Gott mich Arschaluis begegnen.

Er, der mich aus den Händen meiner Feinde errettet hatte, lenkte jetzt meine Schritte zu einer Seiner Dienerinnen, um mich zum Licht und zur Freiheit zu führen. Und so kann ich vielleicht doch noch als Christin sterben und meine Rache einem jungen Herzen anvertrauen … So werde ich nicht ohne Erben sterben.«

»Herr, Herr«, murmelte Großma, »Deine Wege sind unerforschlich. Aber jetzt musst du schlafen, meine Tochter, und nicht mehr an den Tod denken.«

»Ach ja, Große Frau, ich werde schlafen, schlafen …« Wahram hatte das Gefühl, als gehöre Hasmigs strahlend helles Gesicht nicht mehr dieser Welt an. »Mit dem Beistand Der Zakars habe ich mich in der Kirche auf mein Ende vorbereitet«, fügte sie hinzu. »Ich bin bereit zu sterben … Es muss sein …«

Wahram sollte dieses zerquälte und leuchtende Gesicht nie wiedersehen, denn in der Nacht erlosch Hasmigs Leben, während Großma an ihrer Seite schlummerte.

Ein geheimnisvolles Lächeln lag auf ihrem Gesicht, als Großma das Zeichen des Kreuzes über sie schlug. »Sie ist glücklich, mit geläutertem Herzen dahingeschieden«, sagte Großma. »Ich wünsche mir auch so einen Tod.«

Freiheit, geliebte Freiheit

> Kein Leid ist so groß
> Dass es nicht aussetzen könnte
> Für einen nichtigen Augenblick
>
> *Paul Valéry*

Der Tag ging zu Ende. Wahram lief wieder in die deutsche Mission und erfuhr dort, dass mehrere Frauen im Hof getötet worden waren. Während die Kugeln pfiffen, gegen die Mauern prallten und wie ein metallener Hagelschauer in den Hof herunterprasselten, lief Wahram durch alle die Säle, in denen die Kranken, in der Mehrzahl Kinder, weinten und jammerten. Sirarpi befand sich in keinem der beiden Gebäude.

Wahram wollte fortgehen, kehrte aber gleich darauf wieder um. Der Lärm der Schüsse und Explosionen, das Pfeifen der Kugeln und Schrapnells hatte sich bis zur Unerträglichkeit gesteigert. Alles brodelte wie auf einem vulkanischen Boden. Wahram blieb der Atem weg; er fühlte sich wie gelähmt. Das musste das Ende sein! Sicherlich hatten die Türken Verstärkung erhalten. War die Armee Khalil Paschas angerückt?

»Wir halten durch, wir überleben es. Leben, leben«, sagte Wahram immer wieder vor sich hin. Und plötzlich vergaß er das alles. Bevor er in die Stellungen oder nach Hause zurückkehrte, musste er Sirarpi finden. Er lief an der Mauer entlang und schlüpfte durch die kleine Tür im Norden, um so zum Verbindungsgraben zu gelangen.

Da stand Sirarpi und unterhielt sich mit Armenag. Zwei andere Mädchen und ein Knabe hörten ihnen zu. Als sie Wahram erblickte, strahlte ihr Gesicht auf. »Wahram!«, rief sie. »Wahram!«, und fasste mit beiden Händen nach seiner Hand. »Wo kommst du her? Was gibt es Neues? Wie geht es zu Hause?«

Die Anwesenheit des »schnurrbärtigen Kalbs« passte Wahram nicht. Mürrisch und widerwillig antwortete er: »Gut. Großma hat nach dir gefragt. Sie denkt viel an dich.«

»Warum?«

»Du bist allein hier, und das ist nicht gut.«

»Ich versorge die Kinder.«

»Ich werde es ihr sagen.«

»Aber was hast du denn?«

»Ich? Nichts.«

Am liebsten hätte Wahram laut gerufen: »Ich mag dich nicht mit dem ›schnurrbärtigen Kalb‹ zusammen sehen!« Sirarpi lächelte ihn an, um ihn aufzuheitern, aber Wahram hatte den Eindruck, dass sie im Grunde für das »schnurrbärtige Kalb« lächelte, und das machte ihn noch wütender. Er war gekommen, um mit Sirarpi zu sprechen, und jetzt war das unmöglich.

Armenag hob das Kinn, betrachtete Wahram von oben herab mit halb geschlossenen Augen und sagte: »Sie haben noch nicht alle Fragen von Fräulein Sirarpi beantwortet. Ich glaube, sie hat Sie auch nach dem Stand der Kämpfe gefragt.«

Na warte, du Halunke!, sagte Wahram zu sich selber. Jetzt sollst du was hören! Und er erwiderte kühl: »Nun ja, die Türken greifen von allen Seiten an, und wenn sie dich erwischen, werden sie dir die Gurgel durchschneiden.«

»Wahram!«, rief Sirarpi.

»Und dir und allen anderen auch«, entgegnete das »schnurrbärtige Kalb« schlagfertig.

»Ja, sicher. Aber mit dir fangen sie an, und vorher rasieren sie dir noch den Schnurrbart ab.«

»Du hast mich zu siezen.«

»Du bist nicht mein Lehrer.«

»Wahram …«, fiel Sirarpi wieder ein. Die beiden anderen Mädchen und der Junge lachten verstohlen.

»Und außerdem bist du kein Kämpfer. Warum soll ich dann ›Sie‹ zu dir sagen?«

»Und du, Dreikäsehoch, hältst du dich vielleicht für einen Kämpfer?«

»Allerdings. Alle nennen mich den ›kleinen Soldaten‹, während sie dich – «

»Wahram!«, rief Sirarpi warnend.

»Dich nennen sie ... willst du es wissen?«

»Komm jetzt mit mir, Wahram«, sagte Sirarpi und legte einen Arm um die Schultern ihres Vetters. »Ich habe dir etwas zu sagen.« Ohne ihn loszulassen, zog sie ihn mit sich auf den Graben zu. »Warum bist du so hässlich zu Armenag?«

»Aber ich bin doch nicht hässlich.«

»Doch ... Armenag ist sehr klug und immer höflich, und er spricht mit großer Bewunderung von dir.«

»Das will ich aber nicht.«

»Was willst du nicht?«

»Dass er von mir spricht ... mit dir.«

»Du bist dumm, Wahram. Die Menschen haben eine Zunge, um sich ihrer zu bedienen. Du sollst nett zu ihm sein.«

»Komm nach Hause, Sirarpi! Bleib nicht hier!«

»Und meine Kranken? Diese armen Kinder?«

»Du brauchst ja nur ihre Mütter zu holen.«

»Die meisten haben keine Mutter mehr.«

»Na ja«, sagte Wahram etwas verlegen. Er wollte nicht so mit Sirarpi streiten. Er wollte nicht mit ihr über die Kranken oder über das ›schnurrbärtige Kalb‹ sprechen. Am liebsten hätte er ...

»Wahram, du sollst höflich sein und nicht solche Antworten geben. Und du darfst auch Menschen, die älter sind als du, nicht einfach duzen.«

»Sirarpi, ich bin gekommen, weil ich ganz allein dich gesucht habe und nicht das ›schnurrbärtige Kalb‹. Ich will diesen Menschen nicht sehen und auch nicht mit ihm sprechen. Kommst du nun nach Hause oder nicht?«

»Morgen vielleicht.«

Wahram drehte sich um und ging fort. »Wahram!«, rief Sirarpi hinter ihm her. »Wahram!«

Er beschleunigte seine Schritte.

Das Donnern der Geschütze drang immer stärker in Wahrams Bewusstsein. Hatte das türkische Feuer wirklich schon vorhin diese höllische Wildheit gehabt? Wie sturmgepeitschte Wogen brandeten von allen Seiten die Explosionen empor. Wahram kam sich vor wie ein verwundeter Vogel, der nicht weiß, wo er Zuflucht suchen soll. Er hätte nicht sagen können, warum, aber er fühlte, dass er Sirarpi verloren hatte.

Er wandte sich zu den Gräben der »Derdscho«-Stellung, die nördlich von der deutschen Mission die Ebene von Urpat-Aru beherrschten. In dieser Ebene hatte man vor Beginn der Kämpfe beobachten können, wie die Erde aus ihrem langen Winterschlaf erwachte, ihren Hermelinmantel abwarf und ein grünes Kleid anzog. Dicht und kraftvoll stieg der Saft in den Bäumen. Alles feierte seine Auferstehung. Die Natur beging ein Freudenfest für das Leben und die Sonne. Jetzt saßen, ungeachtet der Kämpfe, dicke smaragdgrüne Ringe an den Zweigen aller Bäume. In dichten Reihen schmückten die Narzissen als grünweiße Zöpfe die Ränder der Bewässerungsgräben. Das Gras bedeckte den Boden. Wie zarte Nadeln mit gelben Köpfchen hingen die Kirschen von den Zweigen. Tausende zerfetzter Rebenranken bedeckten den Boden. In diesem wilden Durcheinander tönender Laute, in diesen Krämpfen der Erde aber musste der Zauber des Frühlings ohnmächtig verblassen. Seit Wochen lag eine beängstigende Drohung über allem, und unablässig suchte der Tod durch eine Bresche in der Widerstandsmauer zu dringen.

Wahram umging einen Schutthaufen, der von dem Bombardement der letzten Woche herrührte, stieg in einen Graben hinab und kam so zur »Derdscho«-Stellung.

Mihran Agha bemerkte ihn als Erster. »Da ist ja unser ›fliegender Nichtsnutz‹!«, rief er. »Was bringst du? Den Befehl zum Angreifen?«

Wahram vergaß seine Kränkung. »Noch nicht, Mihran Agha«, sagte er, »aber der kommt sicher auch bald. Nein, ich bringe euch großartige Nachrichten.«

Trotz ihrer Erschöpfung drängten die Kadschs sich um ihn. »Los, verkünde uns deine großartigen Nachrichten!«

»Denk dir, Mihran Agha, heute Morgen sind zehn Schiffe aus Awantz ausgelaufen und steuern unter vollen Segeln nach Westen. Außerdem ist seit Mittag ein unübersehbarer Zug von Menschen und Tieren vom Hang der Semiramis in Richtung auf Ardamet unterwegs.«

»Ist das alles?«

»Nein. Letzte Nacht ist es einer Gruppe von Bauern aus dem Tal der Armenier gelungen, über die ›Tschantik‹-Stellung zu uns herüberzukommen. Sie haben erzählt, dass die Kurden mit all ihren Tieren flüchten, weil die Russen im Vormarsch sind. Und die Kurden haben behauptet, die Russen besäßen Maschinengewehre, die mit einem Schuss hundert Menschen töten können. Ihre Geschosse fliegen im

Handumdrehen über eine Strecke von einer halben Tagesreise und zerstören sechs Häuser auf einmal. Deshalb haben die Kurden den Kopf verloren, und unsere Bauern konnten sich retten.«

»Wenn das, was du da erzählst, wirklich wahr ist, schenke ich dir, was du willst.«

Wahram hob die Augen zu dem Revolver, der in Mihran Aghas Patronengurt steckte. »Würdest du mir auch deinen Revolver schenken?«

»Nein, das wäre zu gefährlich für dich.«

»Dann will ich gar nichts haben.«

Gegenüber der Stellung, jenseits von Urpat-Aru, das von einem dämmerigen Grau verhüllt wurde, war der Himmel im Süden mit Bronzewolken gestreift, die ununterbrochen ihre Farbe wechselten. Als die Sonne verschwunden war, begannen die Schützen in der Hadschi-Bekir-Kaserne, heftig zu feuern, und überschütteten mit ihren Kugeln die deutsche und die amerikanische Mission sowie fast alle südlichen Stellungen der Armenierstadt.

»Ist die Erkundungsstreife aus Andran zurück?«, fragte der Chef der Stellung.

»Ich weiß es nicht.«

»Sie werden die ganze Nacht hindurch schießen«, erklärte Mihran Agha. »Das reine Feuerwerk! Aber vielleicht wollen sie auch nur ihre Munition aufbrauchen«, setzte er nachdenklich hinzu. »Los, Jungs, jeder auf seinen Posten. Passt gut auf!«

Die Kämpfer gingen auseinander. Wahram blickte noch einmal zu der grauen Masse der mächtigen Kaserne hinüber, zu jenem glühenden Schmiedeofen, aus dem die Funkenbündel aufstoben.

Aber dann war es nicht mehr auszuhalten. Die Kanonen und Mörser, die in der Ferne ihre Geschosse auf die Stadt spien, gaben den Orgelpunkt in der höllischen Symphonie ab, während ein neues Netz von Explosionen sich um sämtliche Stellungen der Armenierstadt legte.

Wahram wandte sich um und ging ohne einen Abschiedsgruß davon. Alle erlebten jetzt dasselbe Drama. Keiner wusste, wie es dem Nachbarn erging. »Sei vorsichtig, Nichtsnutz!«, rief Mihran Agha ihm nach. »Folge den Mauern und den Gräben und sieh zu, dass immer eine Mauer oder eine Böschung zwischen den Kugeln und dir ist! Verstanden?« Aber Wahram war bereits jenseits des Grabens. Der Himmel über der Stadt war eine von den roten Flugbahnen der Kugeln durchzogene Kuppel. Aber wo versteckten sich die Sterne?

Zu Hause fand Wahram alle im Dandun um den Tisch versammelt. Großma kaute an einem Stück Brot, das sie in Madzun getaucht hatte. Araxi schien irgendwelchen Träumen nachzuhängen. Wartkes und Sebuh aßen mit Appetit, Aghawni rückte beiseite, um Wahram Platz zu machen.

»Großma«, sagte Sebuh, »warum gehen den Türken nicht endlich die Patronen aus?«

»Weil es dem Teufel nie an Feuer mangelt.«

»Sebuh, iss lieber, anstatt zu sprechen!«, mahnte Wartkes.

»Wahram, was bringst du Neues?«

Wahram verkündete seine »großartigen Nachrichten«.

»Schiffe? Das kann ich nicht glauben«, meinte Großma. »Die Geschichten der Kurden sind immer nur Seifenblasen. Aber wer hat die Menschen und Tiere gesehen, die nach Ardamet gezogen sind?«

»Dsdiotsch Agha.«

»Wie konnte er sie aus dieser Entfernung sehen?«

»Großma, weißt du denn nicht, dass er ein Instrument aus zwei langen Röhren hat? Wenn er da durchsieht, kann er alles erkennen, sogar wenn es hinter einem Berg liegt. Und auf dem Instrument steht Paris.«

»Wenn er wirklich eine Menschenmenge gesehen hat, die aus dem Türkenviertel auszog, dann müssen deine anderen Nachrichten auch wahr sein. Herr im Himmel, sollte das unsere Erlösung sein? Das Herz Deiner Dienerin ist dunkel wie Wasser in der Nacht. Langsam rinnt ihre Verzweiflung auf Dich zu. Wirst Du uns nun nach der Hölle die Freude bescheren?«

Wahram fühlte sich müde. Er hatte den Eindruck, als werde das Licht der Lampe abwechselnd heller und dunkler. Die Stimmen um ihn rückten immer ferner.

Seit zwei Wochen schlief die ganze Familie im Keller und Wahram im Vorratsraum. Durch die dicken Mauern dort unten hörte man den Kanonendonner nur wie ein leises Grollen, aber Großma ließ sich dadurch nicht beruhigen. »Woher soll man wissen, welcher Unterteufel diese Maschinen Beelzebubs lenkt?«

Wahram ergriff eine Kerze und küsste Großma die Hand. Mit ungewohnter Inbrunst schlug sie das Zeichen des Kreuzes über seinem Kopf. »Schlaf gut, mein Kind«, sagte sie. »Mögen die Nachrichten, die du gebracht hast, sich als die Ankündigung eines Wunders erweisen, so wie wir es vor sechs Jahren erlebt haben.«

Ein Bett, welch herrlicher Zufluchtsort! Die weiche Matratze, diese warmen Decken! Wie eine Liebkosung war ihre Berührung für den müden Körper, ein Vorspiel des Schlafes. Als Wahram die Kerze ausgeblasen hatte, versank er in die Schatten, die sein ganzes Sein ausfüllten. Das Grollen der Geschütze, das schwach durch die Mauern drang, war ihm wie ein seit Langem vertrautes Wiegenlied.

Die Sterne machten es den Kugeln nach und begannen, silberne Striche über den Himmel zu ziehen. Von den Grenzen der Unendlichkeit her drangen die bekannten Worte aus der Abschlussliturgie der armenischen Messe an Wahrams Ohr:

»*Christ ist in uns erstanden,*
Und Gott der Herr thront unter uns;
Verkündet ist die Friedenszeit:
Beugt euch, ihr Büßer, nah und weit ...«

Wie lange schon hatte Wahram keinen liturgischen Gesang mehr gehört? Die Kirchen waren verbrannt! Und doch verkörperte das Weltall sich jetzt in den Saiten himmlischer Instrumente, die diesen göttlichen Gesang angestimmt hatten. Ein unendlicher Strom der Freude überschwemmte die Horizonte, vom Berg Warak bis zum Van-See, vom Tal der Armenier bis nach Zem-Zem-Mahara.

Plötzlich tönte gellend der Schall von Zimbeln durch den Raum. Ein grünes Licht, heller noch als das Licht der Sommersonne, blendete Wahram. Sollte er nun erblinden, ausgelöscht werden? Er schloss die Augen, öffnete sie zögernd wieder und erblickte vor sich wie ein unerschütterlicher Felsen den Smaragdritter, dessen Gesicht ein triumphierendes Lächeln erhellte.

»Herr Ritter, ich will mit dir gehen, ich will mit dir gehen ...«

Wahram erwachte in tiefem Dunkel und hörte sich rufen: »Herr Ritter ...«

Aber nur der Kanonendonner antwortete ihm. Er schwitzte vor Angst.

Am nächsten Morgen, als er sich im Schutz des dichten Laubwerks der Weiden und Pappeln im kristallklaren Wasser des Baches wusch, war alles wie tot. Als er fertig war, ging er mit zwei Krügen zur Neuen Quelle, um Wasser für Großma zu holen und Wartkes oder Sebuh diesen Weg zu ersparen. Er lief damit nach Hause und traf Großma im Dandun. Sie saß, in tiefes Nachdenken versunken, an ihrem gewohnten Platz.

Als er eintrat, forderte sie ihn auf zu essen und sagte: »Heute werden wir sehen, ob das, was du gestern berichtet hast, wahr ist. Wenn du fertig bist mit Essen, geh hinaus; aber komm schnell wieder und erzähle uns, was du erfahren hast.«

Wahram ging hinaus. Was war geschehen? Von Kendertschi bis Noraschen waren die Straßen schwarz von Menschen.

»Es ist wahr!«, hörte er allenthalben. »Die russische Armee rückt an!«

Wahram wollte zum Generalstab laufen, aber es war unmöglich, den Marktplatz von Noraschen zu überqueren. Das Gewehrfeuer war verstummt. Wahram wurde von der Menge mitgerissen, die in die Kirche strömte.

Ein Flüstern machte die Runde: »Der Pfarrer wird sprechen!« Und wirklich, Der Zakar, dessen Bart wie eine weiße Fahne wehte, trat vor und wandte sich an die andächtig schweigende Menge: »Die Patrouille von Antan ist zurückgekehrt, nachdem sie Ardschak erreicht hatte«, sagte er. »Drei Armenier, die aus dem entlegensten Osten kamen, haben unseren Leuten erzählt, dass die russische Armee mit zahllosen Maschinengewehren und Kanonen auf sechs Fronten im Anmarsch ist. Die Kurden fliehen, die Armee Khalil Paschas ist vernichtet. In wenigen Tagen werden die Russen hier sein.«

Nach vier Wochen, die wie ein Albtraum auf allen gelastet hatten, stimmten die Glocken ein fröhliches Geläut an, und auf den Straßen spielte das Musikkorps Siegeshymnen.

Wahram lief zu den Stellungen. Er betrat die »Sahak-Bey«-Stellung, die mindestens sechsmal zerstört und wieder aufgebaut worden war, und verkündete dort die Neuigkeit. Der Chef schenkte ihm eine Revolverpatrone und sagte: »Wenn das, was du eben gesagt hast, nicht stimmt, musst du sie mir wiedergeben.«

»Und wenn es stimmt, gibst du mir dann deinen Revolver?«

Einer der Soldaten trat an eine Schießscharte und rief laut zu den Türken hinüber: »Es ist aus mit euch! Macht euer Testament! Euer Djevdet hat euch im Stich gelassen und ist geflohen. Habt ihr es schon gehört?«

»Macht euch um uns keine Sorgen!«, riefen die Türken zurück. »In drei Tagen ist er wieder da, und dann hat eure letzte Stunde geschlagen.« Und sofort begannen sie zu schießen. Djevdet war also tatsächlich geflohen!

Aber Wahram hielt es hier nicht. Er lief weiter und gelangte auf vielen Umwegen zur »Dardanellen«-Stellung, die der Hadschi-Bekir-Kaserne am nächsten lag. Die Kanonen schossen, und ein recht mattes Gewehrfeuer begleitete ihr Donnern.

Wahram wartete eine kurze Ruhepause ab und verkündete dann mit lauter Stimme seine Neuigkeit. Frohlockend begannen jetzt die Kadschs hinüberzurufen: »So schießt doch kräftiger! Eure Geschosse sind aus Watte!« Wütende Gewehrsalven unterbrachen diese »Unterhaltung«.

Wahram ging weiter. Wovor sollte er sich jetzt noch fürchten, da der Tod zurückwich? Er hatte keine Angst mehr, weder vor der Erde noch vor dem Himmel und am allerwenigsten vor den Menschen. Von der im äußersten Süden gelegenen Stellung lief er in den äußersten Norden zur »Zervantian«-Stellung gegenüber der Kirche des heiligen Jakobus von Agrpi. Das Haus, in dem die Kadschs lagen, war, ebenso wie die anderen Häuser dieses Abschnitts, nur durch eine Straßenbreite von den türkischen Stellungen getrennt.

Die Türken hatten die Kirche eingeäschert. Nur der Glockenturm und die achteckigen Kuppeln ragten noch empor, Zeugen einer sinnlosen Barbarei. Aber die Felsen um die Mecher-Pforte versperrten hier den Horizont, und jeder Kämpfer hatte den sehnlichen Wunsch, Mecher möge aus dem Felsen erlöst werden, um mit seiner ungeheuren Kraft die Mächte der Hölle zu vernichten.

In dem dunklen Raum, in dem die Öffnungen der Schießscharten wie eingelassene Diamanten wirkten, bemerkte Wahram Anahide ... »Göttin des Heims und weise Hüterin des Herdes«, so lautete die Bezeichnung ihrer Namenspatronin. Doch diese Anahide hier war zierlich und düster, und ihre Lippen waren fast schwarz. Als sie Wahram sah, lehnte sie ihr schweres Gewehr an die Wand vor der Schießscharte und kam auf ihn zu.

»Ach, Wahram, wir sind müde«, sagte sie. »Was bringst du uns Neues?«

Wahram hatte davon gehört, dass in den verzweifeltsten Augenblicken, als die Geschosse das Dach und einen Teil der Mauern weggerissen hatten, als die meisten der Kämpfer tot oder verwundet waren und die Übrigen kaum mehr die Kraft besaßen, sich zu verteidigen, Anahide unablässig geschossen hatte, bis der überhitzte Lauf ihres Gewehrs ihr die Hände verbrannte. Dann hatte sie ihr Gewehr gegen das eines verwundeten Kameraden ausgetauscht und weitergeschossen, ohne sich eine Ruhepause zu gönnen. ... nicht um zu töten, sondern um die Mörder da drüben zurückzuhalten.

Wahram ergriff Anahides Hand und küsste sie leidenschaftlich. »Aber Wahram, warum küsst du mir die Hand?«, fragte sie. »Bin ich denn so alt geworden?«

»Nein, du bist jünger und hübscher denn je. Aber du gleichst der anderen Anahide, unserer antiken Göttin, die den Mut und die Tapferkeit verkörperte.« Und nun verkündete er die Neuigkeit, zu deren Ehren die Glocken läuteten.

»Mein Gott, und Leo ...!«, sagte Anahide. Ihre Augen füllten sich mit Tränen, sie sank auf die Knie. Niemand wagte, näher zu kommen. Wahram blickte verlegen um sich, dann kniete er neben Anahide nieder. »Ich will mit dir beten«, sagte er. »Und ich werde Großma davon erzählen.« Aber Anahide hörte und sah nichts.

Wahram kehrte zum Generalstab zurück. Aram war nicht da und Jegarian auch nicht. Aber Terlemezian, Bulgaratzi, Howiwian und sein Vater saßen im hellsten Winkel des Raumes und unterhielten sich.

»Nach dem gestrigen Sturm scheint sich heute alles beruhigt zu haben.«

»Sie warten darauf, dass Djevdet mit Verstärkungen und deutschen Offizieren zurückkommt.«

»Nein, ich glaube eher, sie sind erschöpft.«

»Hallo, Wahram! Wo kommst du her? Kannst du kleiner Teufel denn nirgends ruhig sitzen bleiben?«

Wahram erzählte, wo er gewesen war und was er gehört hatte.

»Das wird entweder der letzte Sturm oder die Rettung sein«, meinte Terlemezian.

»Nun geh wieder, Wahram!«

»Nein, warte«, rief Panos Terlemezian. »Bring diesen Zettel hier zu Aram. Er ist im Hotel.«

Wahram trabte los.

Aram, der immer noch seinen Fez trug, las die Botschaft, die Wahram ihm brachte, und richtete dann seinen kalten, schweren Blick auf den Jungen. »Geh jetzt nach Hause«, sagte er.

»Und die Antwort?«
»Geh nach Hause.«
Die Kanonen grollten noch immer dumpf. Aber die Gewehre schienen zu schlummern.

Am folgenden Morgen wagte Wahram sich in den Garten. In jedem Tautropfen glitzerten Diamantnadeln, denn die Sonne befand sich noch hinter dem Warak. Die dichten Blätter der Bäume verdeckten den Blick auf die Kaserne von Zem-Zem-Mahara. Das blasse Gold der Kirschen begann, sich rosig zu färben. In der von Düften durchzogenen Luft zwitscherten unablässig die Vögel. Sie froren und verlangten ein bisschen mehr Wärme von der Sonne. Wahram legte seine Wange an den Stamm des großen Apfelbaums, dessen harte und lederglatte Rinde nach Erde und Früchten roch. Welch sanfte Ruhe lag doch in dieser Wiedergeburt!

Wahram dachte an Sirarpi. Sie war am Abend nicht gekommen, und sicherlich würde sie sich auch heute Morgen nicht sehen lassen. Wenn sie nachts bei den Kindern wachte, warum kam sie dann nicht tagsüber nach Hause, um sich hier auszuruhen? Da sie nicht kam, würde Wahram zu ihr gehen. Er machte sich auf den Weg zur deutschen Mission. Als er bei der kleinen Tür in der Mauer anlangte, heftete ihn das zischende Sausen der Geschosse, die nur wenige Meter über ihm dahinflogen und in einer Böschung niedergingen, für einige Augenblicke an den Boden.

In der Mission herrschte eine ungewöhnliche Aufregung. Der Flur des Erdgeschosses war so verstopft von Menschen, dass niemand vor oder zurück konnte. Endlich entdeckte Wahram Sirarpi inmitten einer Kinderschar, die man aus den oberen Etagen geholt und hier schlecht und recht untergebracht hatte.

»Wahram«, sagte Sirarpi, »eine Bombe hat ein Kind im zweiten Stock getötet, und im Hof sind fünf Frauen getroffen worden. Ich kann nicht kommen.«

»Sie schießen auch auf die amerikanische Mission«, sagte Wahram. »Sie sind rasend vor Wut.« Er sprach ohne Überzeugung. Eigentlich hatte er Sirarpi sagen wollen, wie ärgerlich er auf sie war, weil sie nicht nach Hause gekommen war, aber etwas hinderte ihn daran.

Und warum sagte Sirarpi selbst nichts? Gewöhnlich war sie bei ihren Gesprächen die Führende. Aber das, was sie heute erzählte, interessierte

Wahram nicht. Seit dreißig Tagen waren Frauen, Männer und Kinder nur da, um getötet zu werden. Jeder musste mit dem Tode rechnen. Was bedeuteten da noch Kanonen und Gewehre?

»Warum siehst du mich so an, Wahram?«, fragte Sirarpi.

Verlegen wandte Wahram ihr den Rücken und lief weg. Er irrte von einer Stellung zur anderen. Das Bombardement, das vor allem von der Hadschi-Bekir-Kaserne kam, verstärkte sich. Die Kanonen von Sew K'herra, von Agrpi und Hatsch Poran hingegen waren verstummt. Zu dem erstickten Grollen der Explosionen in der Innenstadt lieferten jene der Armenierstadt eine gedämpfte Begleitmusik.

Schließlich traf Wahram wieder beim Generalstab ein, wo einige ihm unbekannte Männer und der alte Lehrer Gulohlian nachdenklich beieinandersaßen.

»Es macht fast den Eindruck, als würden sie von den Russen heftig bedrängt«, meinte einer der Männer.

»Wir haben nur noch für acht Tage Lebensmittel.«

Jetzt stürzte ein Knabe herein und reichte Gulohlian einen Zettel. Dieser las, was darauf stand, und begann laut zu lachen. »Sie sind verrückt geworden«, sagte er. »Hört euch das an: ›Haben den ganzen Raum vor dem Schahbender-Garten besetzt. Feind schwach. Greifen die Kasernen von Zem-Zem-Mahara an.‹«

Alle lächelten … Was konnten die Armenier gegen die furchtbare Kaserne auf dem Gipfel des Hügels ausrichten, in der kühne Scharfschützen die ganze Armenierstadt überblickten und alles, was sich dort bewegte, aufs Korn nahmen?

»Das ist unmöglich«, sagte Gulohlian, »ich werde ihnen den Befehl geben, sich ruhig zu verhalten.« Aber dann drehte er den Zettel um und las auf der Rückseite: »Wir marschieren gegen die Kaserne.«

»Wahnsinnig sind sie!«, rief er und reichte das Blatt dem Knaben zurück, der es gebracht hatte. »Lauf nach Hatsch Poran und gib diesen Zettel Jegarian oder Aram. Aber, um Gottes willen, lauf, so schnell du kannst!«

Auf der Straße erhob sich ein Lärm. »Die Kasernen von Zem-Zem-Mahara brennen!«, riefen einige.

Hoch oben gegen Norden hin stieg inmitten einer riesigen Rauchwolke eine purpurrote Flamme empor. Noch immer regneten die Geschosse von Hadschi Bekir auf die Stadt. Aber die Menschen kümmerten sich nicht darum. Sie drängten sich in den Straßen und liefen in Richtung des Bergbaches von Hanguistzor. An die Wirklichkeit dieses Brandes glaubte niemand. Das war ein Traum, aus dem man erwachen würde.

Wahram war zuerst der Menge gefolgt, aber dann blieb er plötzlich stehen, drehte sich um und lief nach Hause. Im Halbdunkel erblickte er Großmas schmale Gestalt. Sie saß da und ließ die Perlen ihres Rosenkranzes durch die Finger gleiten. Sebuh und Wartkes, die neben ihr saßen, kauten getrocknete Aprikosen. Vor dem Herd unterhielten sich Aghawni und Araxi mit Sirarpi.

»Großma«, rief Wahram. »Wir haben die beiden Kasernen von Zem-Zem-Mahara erobert! Wir haben sie angezündet! Sie brennen!«

»Wahram, du kochender Dämon, erzähl uns keinen Unsinn. Willst du dich über uns lustig machen?«, sagte Großma streng. Doch dann begann sie zu lachen. »Mein Gott, was der Junge nicht alles zusammenfaselt!«, sagte sie. »Wir, die seit fünfhundert Jahren Sklaven sind, sollten diese Kasernen in Brand gesteckt haben!«

»Doch, Großma, es stimmt!«, versicherte Wahram, und zum ersten Mal in seinem Leben wagte er, sie beim Arm zu fassen und von ihrem Platz hochzuziehen. »Komm, Großma, kommt alle aufs Dach, schnell!«

Hohe Flammen verzehrten die beiden Bauten des Todes. Es sah aus, als lasse ihr Schein die schwarzen Felsen von Sew K'herra und die blassgoldenen von Zem-Zem-Mahara erschauern. Und plötzlich errichtete im Westen von Hatsch Poran bis Arark hin das Feuer eine Mauer der Befreiung. Sie spannte sich über den Horizont, hinter den vor Kurzem die Sonne gesunken war. Sämtliche türkische Stellungen brannten!

Großma sank auf die Knie und hob die Arme zum Himmel: »Herr, Herr! Endlich Dein Wunder!«, sagte sie mit erstickter Stimme. Dann brach sie in Tränen aus.

Wahram empfand ein sonderbares Unbehagen. Etwas fehlte ihm. Erst Wartkes' Bemerkung lieferte ihm den Schlüssel zu diesem Rätsel: »Die Kanonen schießen nicht mehr!«

Ja, seit wenigen Minuten herrschte eine ungewohnte Stille, zum zweiten Mal seit Beginn der Kämpfe. Wochenlang hatte man Kanonendonner und Gewehrknallen gehört, hatte das Pfeifen der Geschosse und Kugeln vernommen, und jetzt nichts mehr davon. Es war verwirrend.

Aber der Abend sollte noch mehr Überraschungen bringen. Auf der mächtigen Brust des Waraks funkelte wie ein riesiger Diamant ein Licht auf. So war der Berg also auch erobert! Und nun flackerte auch über der dunklen Masse der Hadschi-Bekir-Kaserne eine fröhliche Flamme empor, reckte sich zum Himmel, breitete sich aus, setzte den ganzen Süden in Brand und sandte Tausende von Funken zu den Sternen hinauf. Jetzt warfen von drei Seiten die brennenden türkischen Stellungen ihr Licht auf die Gartenstadt der Armenier, und der Pappelwald ließ seine smaragdgrünen Fahnen vor diesen Feuermauern wehen.

Auf einmal brachen Töne aus diesem vom Glutschein überstrahlten Dunkel, und gespielt vom Musikkorps, erklang die französische Nationalhymne, die Marseillaise! Dieser mitreißende Marsch, der wie eine Sturmglocke tönte, um den Soldaten während des Kampfes Mut einzuflößen, hier war er das Symbol einer unermesslichen Freude. Zu Tausenden klangen begeisterte Schreie auf und pflanzten sich durch die Straßen fort. Ein Sklavenvolk, das plötzlich die Freiheit erlangt hatte, brach in einen Freudentaumel aus.

Nun dröhnte durch Wahrams Halbschlaf die Hymne der Jungtürken. Das kann doch nicht wahr sein! sagte er zu sich selber. Gestern Abend haben wir die türkischen Stellungen erobert und in Brand gesteckt. Der Himmel war rot, und wir jauchzten vor Freude. Aber nein, das Gebrüll der Menge und die Beifallsrufe wurden immer deutlicher. Wahram lief ans Fenster. Tatsächlich, das Musikkorps spielte den Marsch der Befreiungsarmee, den Marsch der Jungtürken:

> »*Aus Saloniki zogen sie, marschierten nach Konstantinopel.*
> *Sie haben die Freiheit erobert.*
> *Wer sind diese Löwen?*
> *Wer sind diese Löwen?*
> *Das ist die Befreiungsarmee.*«

Und die Menge lachte und klatschte Beifall. Sie sind verrückt geworden!, sagte Wahram zu sich. Völlig verrückt! Aber nun kam Sirarpi, bereits angezogen und ein wenig blass, herein und legte eine Hand auf die Wange ihres Vetters. »Mach dich fertig und komm mit mir«, sagte sie. »Wir wollen zu meinem Haus und verhindern, dass die Leute es anzünden.«

»Ja, Wahram, beeile dich«, rief Großma, die jetzt auf der Türschwelle erschien. »Sarkis wird euch begleiten. Die anderen sind alle schon fort, um unser Haus auf dem Hang der Semiramis und das auf dem Mitra-Feld zu retten, das die Türken seinerzeit deinem Großvater gestohlen haben. Wenn ihr Türken antreffen solltet, verfahrt milde mit ihnen.«

Je näher Sirarpi ihrem Haus kam, desto dicker standen die Tränen in ihren Augen. Aber sie weinte nicht. Auf ihrem Weg von der Gartenstadt zur Innenstadt waren sie ununterbrochen Menschen begegnet, die, mit Beute beladen, zurückkehrten. Einige trieben Kühe, Pferde und Esel vor sich her.

In Sirarpis Haus, das Saleh Bey beschlagnahmt hatte, waren die Armenier noch nicht eingedrungen. In diesem Viertel war nicht viel zu holen, und die armenischen Bewohner der Innenstadt, die seit einem Monat Hunger gelitten hatten, waren zur Intendantur und zu den Zentren der türkischen Lebensmittelversorgung gelaufen. Sarkis stieß die Gartenpforte auf. Seinen berüchtigten Knüppel in der Hand, drang er in den Vorraum ein, in dem ein stickiger Geruch nach Fäulnis und Brand herrschte. Bevor Sirarpi ihm folgte, heftete sie an die Gartenpforte und die Tür, die zur Straße führte, je einen großen Zettel, auf dem ein Kreuz aufgezeichnet war und darunter auf Armenisch der Hinweis: »Christliches, von den Türken beschlagnahmtes Haus. Im Namen ihrer ermordeten Eltern von Sirarpi wieder in Besitz genommen.«

»Das hat Großma aufschreiben lassen«, sagte Sirarpi zu Wahram.

Das Haus schien unbewohnt zu sein. Sarkis ging durch alle Räume des Erdgeschosses. Plötzlich stieß Sirarpi einen Schrei aus. Es kam ihr vor, als hätte sie Schritte über sich gehört. Vorsichtig stieg Sarkis die Treppe hinauf. Nein, nirgends ein Mensch. Erstaunt wollte er schon wieder hinuntergehen, als Sirarpi ihn und Wahram in den großen Raum des Harems führte. Sechs Jahre waren vergangen, seit Wahram zum letzten Mal hier gewesen war, aber ihm war, als habe er noch gestern hier gestanden. Alles war noch genau wie damals: das schwere Parfüm, die Tellerchen mit Pistazien, Lokhum und anderen Leckereien, die bunten Sirupflaschen, die Diwane, die durcheinanderliegenden Kissen ...

Sirarpi wies auf eine holzgeschnitzte, mit Mosaikornamenten verzierte Tür am Ende des Zimmers. Sie sah aus, als diene sie lediglich dekorativen Zwecken. »Sie führt in ein kleines Gemach«, sagte Sirarpi. »Und von dort kamen die Schritte.«

»Heraus mit euch!«, rief Sarkis auf Türkisch. »Sofort herauskommen, sonst ...«

Man hörte helle Aufschreie und dann eine geängstigte Frauenstimme: »Im Namen Gottes, habt Mitleid mit uns! Wir sind zwei arme Frauen. Wir wollen herauskommen, aber tötet uns nicht!« Die Holztür glitt in die Wand zurück, und in der dunklen Öffnung erschien eine Gestalt und nach ihr eine zweite. Die beiden Frauen waren vom Scheitel bis zur Sohle in weite Tscharschafs gehüllt. Ihre Gesichter waren verschleiert, sie zitterten am ganzen Körper. Die erste wandte sich an Sarkis: »Nehmt mich als Eure Sklavin an! Ich will Euch untertan sein, aber um Gottes willen, tötet mich nicht! Ich will mich zu Eurer Religion bekehren, aber tötet mich nicht!«

Sarkis hatte die Frau mit Erstaunen und Widerwillen betrachtet. Jetzt sagte er auf Armenisch: »Sirarpi, ich bringe diese beiden dreckigen Weibsbilder in den Garten und drehe ihnen dort den Hals um wie zwei Hühnern. Das ist schnell getan.«

»Nein, Sarkis«, widersprach Sirarpi. »Großma hat uns befohlen, keinem Türken, dem wir begegnen, ein Leid anzutun.«

»Dann sehe ich jetzt nach, ob noch jemand in dem Raum dort ist«, erklärte Sarkis enttäuscht.

Plötzlich erhoben sich in der ganzen Stadt wilde Schreie, verdoppelt und verdreifacht durch das Echo, das von der Festung widerhallte. Sarkis stieß das Fenster auf und zerschmetterte mit einem Faustschlag den hölzernen Laden, der die Aussicht versperrte. Die ganze Stadt war ein einziger Schrei. Wahram konnte einzelne Worte heraushören: »Fahne«, »Kreuz«. Nun rief Sirarpi mit tränenerstickter Stimme: »Da oben auf der Festung! Die Fahne mit dem Kreuz!«

In der Tat, anstelle des Banners mit Halbmond und Stern wehte im Wind eine große weiße Fahne, in deren Mitte ein Kreuz prangte. Seit fünfhundert Jahren hatte man sie zum ersten Mal wieder dort gehisst!

In diesem Augenblick hörten sie auf der Straße Tigrans Stimme, und gleich darauf erschien er selbst, schwarz und furchterregend. An seinem Patronengurt baumelte eine Mauserpistole. Bei seinem Anblick fielen die beiden Frauen auf die Knie und schluchzten und jammerten: »Gnade! Gnade!«

»Steht auf!«, herrschte Tigran sie ungeduldig an. »Ihr braucht keine Angst zu haben. Ganz im Gegenteil, euer Sklavendasein hat jetzt ein Ende, genau wie das unsere. Wir bringen euch zur deutschen Mission.

Sie haben dort schon mehr als tausend türkische Männer und Frauen aufgenommen, die wir aufgegabelt haben. Kein Mensch wird euch ein Haar krümmen. Packt jetzt ein Bündel mit euren Sachen zusammen, und dann führe ich euch hinunter nach Haygawank zu den anderen Türken.«

Aber die Frauen waren noch nicht beruhigt. »Igit pascham«, begann die eine wieder, »um Gottes willen, Ihr werdet uns doch nicht umbringen, sobald wir das Haus verlassen?«

Jetzt riss Tigran der Geduldsfaden: »In zehn Minuten müsst ihr fertig sein«, erklärte er schroff. »Macht euch bereit und vertraut auf mein Wort. Sarkis, du bleibst hier, bis alles in Ordnung ist. Und ihr, Wahram und Sirarpi, kommt mit mir.«

Aber Wahram hatte andere Pläne. »Ich werde mir erst einmal unser Haus auf dem Semiramis-Hang ansehen«, sagte er, »und dann gehe ich zur Festung.« Damit ließ er seinen Onkel und seine Cousine stehen und ging in Richtung auf die Südstadt davon.

Noch immer waren die Straßen voller Menschen, die schwere Pakete, Decken, Teppiche, Kochgeschirr und Möbel schleppten. Die ganze Stadt schien umzuziehen.

Wahram kam an der offen stehenden Tür eines türkischen Hauses vorbei. Dahinter gewahrte er einen schönen Garten. Kletterrosen umgaben einen Brunnen, in dessen flachem, mit blauen Mosaiksteinen verzierten Becken das klare Wasser entspannt mit der Sonne spielte. Der Hof summte wie ein aufgeregter Bienenstock. Menschen stritten sich mit erregter Stimme. Wahram trat näher. Ardasches, der Schlangenerwürger, stand mit umgehängtem Gewehr neben einer jungen Türkin ohne Tscharschaf, deren kurzer Rock die runden, glatten Waden sehen ließ. Sie hatte die Hände vors Gesicht geschlagen und weinte.

Als Wahram herankam, hörte er Ardasches sagen: »Ich bringe sie zur Mission. So lautet der Befehl ...«

»Nein, sie gehört mir!«, rief ein Mann. »Ich habe sie in ihrem Versteck entdeckt!«

»Jawohl, und wir sind Zeugen.«

»Und außerdem geht dich das gar nichts an. Du kommst aus der Gartenstadt, und wir sind hier zu Hause.«

»Richtig, wir haben hier die Geschosse dieser Kerle auf den Kopf bekommen, nicht ihr!«

»Überlass sie uns! Wir wissen, wie man mit dieser Mörderbande umzugehen hat.«

Plötzlich hob die Türkin den Kopf. Sie hatte ein feines, ovales Gesicht. Zwei schwarze Zöpfe fielen auf ihren milchweißen Hals. Ihre türkisblauen Augen, die aussahen wie Bergseen zwischen Granitfelsen, blickten flehend auf die Männer.

»Ich verstehe etwas Armenisch«, sagte sie auf Türkisch, »aber ich kann es nicht sprechen. Meine Mutter war Armenierin ... Sie ist gestorben, als ich noch klein war, und darum hatte ich nicht genügend Zeit, eure Sprache richtig zu lernen. Ich bin in Van geblieben, weil mein Vater von Djevdet umgebracht wurde.«

Sie brach in Schluchzen aus und fuhr fort: »Mein Vater hatte viele Türken aus Van veranlasst, einen Brief an Djevdet zu unterzeichnen, in dem er ihn bat, die Armenier wie gleichberechtigte Mitbürger zu behandeln. Aber dieser Brief ... hat Djevdet in Wut versetzt. Er hat meinen Vater zu sich rufen lassen. Mein Vater ... ist nicht zurückgekommen. Dann habe ich mich versteckt, weil Djevdets Wachsoldaten auch mich suchten ... Und als die Türken von hier fortzogen, bin ich nicht mitgegangen ...«

Die Menge lauschte ihr bestürzt.

Das junge Mädchen hob den Kopf und erklärte: »Wenn ihr mich töten wollt, tut es nur gleich. Ich habe keine Angst.«

»Nein«, versetzte Ardasches. »Unsere Führer haben uns verboten, wehrlose Frauen, Greise, Kinder und Männer zu massakrieren. Und da deine Mutter Armenierin war, werde ich dich nach Hause, zu meiner Mutter, bringen, nicht zur Mission.«

»Recht so, Ardasches!«, rief einer.

»Verzeih uns, mein Kind«, sagte ein anderer, »wir konnten das alles nicht wissen. Aber aus welcher Familie stammte deine Mutter?«

»Sie war nicht von hier«, erwiderte das junge Mädchen traurig. »Sie ist in Sassun geboren. Vor zwanzig Jahren hat mein Vater sie zwischen den Toten aufgelesen ... In der Nähe von Dalworik ...«

Seit einigen Minuten herrschte im Hause ein sonderbares Getöse, in das sich das wütende Muhen einer Kuh mischte. Einige Menschen kamen aus einer halb offenen Tür herausgelaufen, die der Letzte hastig schloss.

»Sie ist wild geworden«, berichtete ein Mann keuchend. »He, du«, rief er dann Ardasches nach, der sich mit der jungen Türkin zum Gehen wandte.«»Komm doch herein und erschieße sie!« Aber Ardasches verschwand, ohne den Kopf zu wenden.

»Was gibt es denn?«, erkundigte sich Wahram.

»Eine Kuh ... Sie ist bestimmt tobsüchtig geworden ... Man muss sie töten.«

»Nein«, widersprach Wahram. »Ich sehe sie mir an.«

»Vorsicht!«, sagte der Mann. »Sie wird dich niedertrampeln, du Säugling!«

Tiere sind nie ohne Grund böse, hörte Wahram in Gedanken Großmas Stimme sagen. Wenn man sie nicht misshandelt und sie weder Hunger noch Durst leiden, braucht man sich vor ihnen nicht zu fürchten.

Wahram suchte sich einen Eimer und füllte ihn mit Wasser. In der Scheune holte er ein Bündel duftendes, noch grünes Heu und ging dann, so beladen, auf die Stalltür zu, die der Mann noch immer verschlossen hielt. Rings um ihn diskutierten die Leute: »Wenn sie die Tochter einer Armenierin aus Sassun ist, dürfen wir ihr Haus nicht plündern.«

»Richtig!«, riefen mehrere Stimmen. »Jemand muss ein Plakat machen und es an die Tür heften.«

»Mach auf«, sagte Wahram zu dem Mann, als er an der Stalltür ankam.

Der Mann musterte ihn lächelnd von oben bis unten. »Wenn sie dich tötet, bist du selber schuld«, sagte er. Dann öffnete er die Tür. Wahram erblickte in dem Halbdunkel zwei große, glühende Augen, eine bedrohliche Schnauze und dolchspitze Hörner. Er hielt den Eimer vor sich hin und ging langsam vorwärts. Mit gesenktem Kopf, wie zum Angreifen bereit, erwartete ihn die Kuh. Aber sowie Wahram den Eimer hingestellt hatte, stürzte sie sich darauf. Wahram hörte ein schlürfendes Geräusch, und binnen wenigen Sekunden war der Eimer leer. Die Kuh hob den Kopf und muhte. Wahram holte neues Wasser. Und während das Tier, diesmal etwas langsamer, trank, tat er das Heu in die Futterraufe. Sofort begann die Kuh, gierig zu fressen. Wahram war gerührt, er fühlte sich den Tränen nahe.

Während die Kuh so ihren Hunger stillte und die umstehenden Menschen lachend zusahen, trat Wahram an das Tier heran und streichelte seine Schnauze. Die Kuh hob mit einem Ruck den Kopf, und ihre guten, friedlichen Augen trafen auf die des Knaben. Nur eine Sekunde währte dieser Blick, aber er genügte, um Wahram das Gefühl einer stummen Dankbarkeit zu vermitteln.

Als die Kuh das Heu bis auf den letzten Halm aufgefressen hatte, band Wahram sie los. Sie folgte ihm willig. »Ich bringe sie zu uns, damit sie nicht mehr Hunger und Durst leiden muss«, sagte er. »Sarkis kann sie zusammen mit unseren Kühen versorgen. Und später gebe ich sie dann der Türkin mit der armenischen Mutter wieder.«

Zu Hause öffnete Araxi ihm die Tür. Bei seinem Anblick musste sie unwillkürlich lächeln. »Gehört die Kuh dir?«, fragte sie.

»Nein«, antwortete Wahram und zog die Kuh hinter sich her in den Hof.

Mit wütendem Gesicht kam Großma auf ihn zu: »Bist du jetzt auch noch zum Kuhdieb geworden, Wahram, du Sündenspule? Wer hat dich geheißen, zu plündern? Wir brauchen nichts von den Dingen, die den Türken gehört haben!«

»Aber nein, Großma, ich hab sie nicht gestohlen. Nur damit sie nicht vor Hunger und Durst eingeht, wollte ich sie –«

»Deine Zunge schreckt vor nichts zurück! Los, bring sie sofort zur deutschen Mission!«

»Aber das Mädchen, dem die Kuh gehört, hatte eine armenische Mutter aus Sassun, Großma.«

»Was ist das wieder für eine Geschichte?«

Endlich konnte Wahram erklären, warum er mit dem Tier angekommen war. Großma beruhigte sich. Sie brummelte und lachte zugleich. Aber Wahram wurde plötzlich von einem solchen Angstgefühl befallen, dass er die Kuh im Hof stehen ließ und sich in den Garten flüchtete.

Sirarpi saß vor dem Steintisch unter der Rosenhecke und hatte den Kopf auf die Hände gelegt. Gail, der neben ihr saß und dem die Zunge wie ein roter Lappen aus dem Maul hing, blickte starr auf seine Herrin.

Wahram hatte keine Lust zu sprechen. Er hatte lediglich einen Wunsch: jemanden zu finden, der ihm all dies Unbegreifliche erklären konnte. Er setzte sich neben Sirarpi. Rings um sie blühten die Rosen. Ein träger Windhauch strich über das Blättermeer, und der Himmel schien in einem hellen Jadegrün durch die Ritzen und Fugen dieser Wand. Licht und Düfte verschmolzen ineinander. Weit oben kreisten die Geier wie braune Staubwirbel, und auf dem Tisch marschierten die Ameisen in geordneten Reihen auf leblose Insektenkörper zu und scharten sich darum.

»Sirarpi!«, sagte Wahram leise.

Sirarpi zuckte zusammen, hob jedoch nicht den Kopf.

»Was hast du denn, Sirarpi?«, begann Wahram wieder. Diesmal versteckte sie ihre Augen nicht mehr. Sie waren trübe und gerötet. »Ach, Wahram«, seufzte sie, »ich will unser Haus nie mehr sehen. In mir ist auf einmal so eine Leere, als hätte man mir alles gestohlen.«

»Aber man hat dir doch nichts gestohlen! Im Gegenteil, du hast jetzt dein Haus und deinen Garten wiederbekommen.«

»Ich will sie nicht mehr. Ich will nicht von hier fort ... Ich werde nie wieder dorthin zurückkehren ... Ich will euch nicht verlassen.«

»Aber davon spricht doch kein Mensch!«

»Doch! Du bist viel dümmer als Gail. Als ich vorhin zurückkam, hat er sofort verstanden, dass ich in unserem Haus war. Er war plötzlich wie verrückt. Er fing an zu hüpfen und zu springen, und bestimmt dachte er, wir würden nun wieder in unseren Garten gehen.«

»Gail kann nicht denken.«

»Da irrst du dich, er denkt mehr als du. Aber sag mir, Wahram, findest du es nicht auch sonderbar, dass nicht mehr geschossen wird?«

»Ja. Ich habe das Gefühl, als müsse es jeden Augenblick wieder losgehen.«

Jetzt ertönten undeutliche Rufe vom Haus her. Araxi kam angelaufen. »Die deutsche Mission hat nach Sirarpi geschickt«, berichtete sie. »Es fehlt dort an Pflegerinnen für die Kinder und die kranken Türken, und sie möchten, dass alle wiederkommen, die während der Kämpfe in der Mission gearbeitet haben.«

»Ich gehe nicht hin«, erklärte Sirarpi, als sie Araxi zum Haus folgten.

Die ganze Familie war im Dandun versammelt. Großmas Gesicht war so düster, als stünde das Jüngste Gericht vor der Tür. Sie sprach kein Wort. Harutiun und Hrant, denen man die Erschöpfung und die vielen schlaflosen Nächte am Gesicht ansah, konnten sich nur mit Mühe aufrecht halten. Einzig Tigran, in dessen Gürtel immer noch die Pistole steckte, schienen die Strapazen nichts anhaben zu können.

»Harutiun, mein Sohn«, begann Großma endlich, »besteht wirklich keine Gefahr mehr, dass die Türken zurückkommen?«

»Nein, Mutter. Die russische Armee wird in zwei oder drei Tagen hier sein. Die Türken und die Kurden fliehen Hals über Kopf und befinden sich jetzt schon weit hinter Schadah und Wosdan. Die Straße von Van nach Wosdan ist mit ihren Leichen übersät.«

»Und dabei waren auch sie Geschöpfe Gottes«, sagte Großma. »Haben die Armenier diese Menschen getötet?«

»Nein, Mutter. Sie waren so entkräftet und verzweifelt, dass sie es nicht mehr ertragen konnten. Es heißt, dass viele von ihnen sich vergiftet haben.«

»Was?«, fragte Großma ungläubig. »Türken, die sich vergiften? Das hat man noch nie erlebt.«

»Wir verstehen es auch nicht«, sagte Harutiun. »Aber die Gesichter der Toten sind völlig verzerrt.«

»Und nun kommen also die Russen?«

»Ja«, erwiderte Harutiun mit düsterer Miene.

»Warum habt ihr zugelassen, dass die türkischen Häuser geplündert wurden?«, fragte Großma.

»Mutter, die Kämpfer hatten Befehl, auf den Posten zu bleiben, die man ihnen zugewiesen hatte, und mit wenigen Ausnahmen sind sie diesem Befehl auch nachgekommen. Aber es war uns unmöglich, die anderen zurückzuhalten, vor allem die Flüchtlinge, die während der Kämpfe zu uns hereingeströmt sind. Sie sind seit Jahrhunderten ausgeplündert worden, und jetzt konnte man sie nicht daran hindern, sich zu rächen und sich ihr Eigentum zurückzuholen.«

»Und was ist mit den Türken, die dageblieben sind?«

»Auch da wurden bindende Befehle erlassen. Jeder Widerstand soll rasch und gründlich gebrochen werden. Die Übrigen werden zur amerikanischen und zur deutschen Mission gebracht.«

»Das ist gut. Denn wenn wir so handeln wollten wie die Türken, wo läge dann noch der Unterschied zwischen ihnen und uns? Und jetzt kommen also die Russen. Sie sind stärker als die Türken. Und wie jede junge Nation sind sie unersättlich. Was werdet ihr tun?«

»Ich weiß es nicht, Mutter. Im Übrigen bringen sie wahrscheinlich die Führer der russischen Daschnaks mit, und dann wird unsere Stimme nicht mehr zählen.«

»Dann wird es am richtigsten sein, alles schweigend zu erdulden und sie nicht herauszufordern«, meinte Großma.

»Das haben wir auch gedacht, Mutter.«

»Eine neue Prüfung! Einer von euch muss unser Haus auf dem Semiramis-Hang bewachen; es wird wohl am besten sein, wenn Hrant das übernimmt. Wahram wird die Kuh zurückbringen und diesem jungen Mädchen, das einen türkischen Vater und eine armenische Mutter hatte, sagen, dass ich sie gern einmal sprechen würde ... Sirarpi, meine Kleine, was ist denn mit dir?« Sirarpi war vor Großma auf die Knie gesunken und schluchzte. »Ich habe dir ja gleich gesagt, es wäre besser, wenn du dein Haus nicht wiedersehen würdest. Was hat nun seitdem deine Seele in Schwärze getaucht?«

»Großma, ich will euch nicht verlassen! Es macht mich traurig und verzweifelt, mein Haus zu sehen. Ich möchte bei euch bleiben.«

»Aber du bist doch hier zu Hause, Sirarpi. Kein Mensch denkt daran, dich fortzuschicken.«

Sirarpi küsste Großmas Hand, konnte sich jedoch nicht so schnell beruhigen.

»Jetzt ist vor allem eins wichtig«, sagte Großma. »Wir müssen die Arbeit im Garten wieder aufnehmen. Seit einem Monat hat niemand sich um unseren Garten gekümmert. Dabei wird er vielleicht dieses Jahr unser einziger Ernährer sein. Jede Frucht ist kostbar. Und jetzt lasst uns niederknien, meine Kinder, um Gott unseren Dank zu sagen. Ihr, Wahram, Wartkes und Sebuh, sprecht mein Gebet nach. – Herr, Du hast uns vor dem Drachen und den Engeln mit dem schwarzen Blut errettet. Wir danken Dir für dieses Wunder, denn Deine Kraft war es, die den Arm unserer Kadschs stärkte und ihnen Deine Feinde auslieferte. Jetzt aber, o Herr, erhabene Pforte der Barmherzigkeit, beschütze uns vor den Russen und vor den Fallstricken, die sie möglicherweise vor unseren Füßen ausspannen. Erweiche ihre Herzen und gib uns den Frieden des Körpers und der Seele! Amen.«

Wahram und Sirarpi brachten die Kuh zu Ardasches. Im Hof hinter dem Haus fanden sie den jungen Kämpfer, seine Mutter und Nurigul, die junge Gefangene, vor, die wie eine verschleierte Puppe aussah. Sowie sie das Tier erblickte, stürzte sie darauf zu und warf die Arme um seinen Hals. Wahram empfand bei dieser Geste sofort Zuneigung zu dem Mädchen.

»Warum bringt ihr uns diese Kuh?«, fragte Ardasches' Mutter.

»Großma schickt sie«, antwortete Wahram, »weil sie dem jungen Mädchen hier gehört. Wosgehad Hatun will anderen Menschen nichts wegnehmen.«

»Als ob die Türken irgendetwas besäßen, was nicht eigentlich uns gehörte!«, brummte die Frau. Doch dann hob sie den Kopf und sagte: »Sprich Wosgehad Hatun unseren Dank aus. Und sag ihr, dass ...« Sie senkte die Stimme: »Sag ihr, dass mein Sohn mir da eine schöne Beute angebracht hat. Sag ihr, dass diese schamlose Person ohne Glauben und Gesetz daran gedacht hat, meine Schwiegertochter zu werden.«

Wahram sah die Frau verständnislos an. »Aber ihre Mutter war doch Armenierin«, meinte er.

»Die Tochter ist keine Christin! Sie kann meinen Sohn nicht heiraten.«

Wahram blickte immer erstaunter.

»Gut«, fuhr die Mutter von Ardasches fort, »sag Wosgehad Hatun, dass ich sie bitten lasse, mich einmal zu besuchen.«

»Ach, richtig, das hätte ich fast vergessen«, fiel Wahram ein. »Sie möchte, dass Ihr Sohn und die junge Türkin einmal zu ihr kommen.«

Dann wandte er sich um und ging mit Sirarpi davon.

In der deutschen Mission wimmelte es im Hof und im ganzen Gebäude von Türken. Schreie, Klagerufe und Flüche gellten durcheinander. Die deutschen und schweizerischen Missionare konnten dieser Unordnung kaum Herr werden.

Wahram und Sirarpi bahnten sich einen Weg bis zum Büro von Schwester Käthe. »Da bist du ja, meine kleine Sirarpi!«, rief Schwester Käthe. »Willst du uns helfen? Wir sind hier völlig überschwemmt von Türken. Die wissen nicht, was sie tun sollen, sie verstehen uns nicht.«

»Verzeihen Sie, Schwester«, erwiderte Sirarpi, »aber ich kann nicht hierbleiben. Sie wissen doch ... meine Mutter, mein Vater, meine drei kleinen Schwestern ... alle sind sie von diesen Menschen umgebracht worden ... Ich kann nicht ...«

»Ja, ja, ich verstehe. Verzeih, aber ich hatte es ganz vergessen.« Schwester Käthe öffnete weit ihre Augen, die so hell waren, dass sie fast aussahen wie gebläutes Wasser. »Es ist kaum zu glauben«, murmelte sie. »Anstatt sie niederzumachen, haben die Armenier sie verschont ... Wir haben achthundert Türken hier, und die Amerikaner ebenso viele. 1600 insgesamt.« In dem Gesicht der deutschen Missionarin drückte sich ein solches Staunen aus, dass Wahram diesen Anblick sein Leben lang nicht vergaß. »Ich verstehe«, sagte sie auf Armenisch mit ihrem deutschen Akzent. »Ich weiß nicht, ob ich anders gehandelt hätte. Geh nur, meine Schwester. Ich verstehe.«

Fünf Tage trunkener Freude und völliger Unabhängigkeit folgten in Van auf die Befreiung vom türkischen Druck. Dieser Zustand fand sein Ende an einem Nachmittag.

»Heute kommen die Russen«, hieß es überall.

Wahram lief nach Hatsch Poran. Eine froh erregte Menge drängte sich in den Straßen. Der Brand der türkischen Stellungen hatte die Hoffnung auf einen allgemeinen Wandel erweckt. Worin sollte er bestehen? Wahram wusste es ebenso wenig wie die anderen.

Plötzlich ertönten ferne Schreie. Immer lauter wurden sie, immer näher kamen sie. Zwischen zwei Reihen von Zuschauern sah Wahram Reiter in hellgrauen Uniformen auf sich zutraben. Ein hochgewachsener würdiger Greis ritt dem Zug voraus. Achtzig Jahre alt mochte er sein. Seine Haare, die unter der Mütze hervorlugten, sein Schnurrbart und sein Kinnbart waren so weiß wie Narzissen am Morgen. Und er war nicht bewaffnet. Ein Kreuz hing an seinem Hals, und ein zweites, noch größeres, hielt er in der Hand. War er ein Priester?

Hinter ihm kamen in Fünferreihen die Reiter. Sie sangen ein Lied, das Wahram nicht kannte. Wie mit einem Schlag waren Gegenwart und Vergangenheit versunken, vergessen die von Kugeln und Geschützen durchlöcherten Mauern von Hatsch Poran. Nichts war mehr da als dieser endlose Reiterzug, der unter den Hochrufen der Menge durch die Straßen ritt.

Wahram folgte den Reitern bis zu den Ruinen der Hamid-Agha-Kaserne. Dort stiegen sie ab. Ein Mann aus jeder Reihe ergriff die Zügel der fünf Pferde, die vier anderen gingen auf die Menge zu und begannen, sich mit den Leuten zu unterhalten. Sie sprachen armenisch – nicht alle, aber doch viele von ihnen. Ein seltsam tönendes Armenisch, das in der Kehle kratzte.

Ein Mann mit weizenblondem Haar, hellen Augen und rosiger Haut trat zu Wahram. »Wie heißt du?«, fragte er.

»Wahram.«

»Tak«, sagte er. »Wahram, hast du Angst gehabt, bevor wir gekommen sind?«

»Nein.«

»Warum nicht?«

»Dazu hatte ich keine Zeit.«

»Wieso?«

»Ich bin dauernd von einer Stellung zur anderen gelaufen, ich war ganz betäubt von all den Explosionen, und nachts war ich so müde, dass ich geschlafen habe.«

»Wo wohnst du?«

»Nicht sehr weit von hier.«

»Willst du mich zu eurem Haus führen?«

»Zu unserem Haus? Warum?«

»Damit ich es kennenlerne. Und vielleicht auch, damit ich mich dort einquartieren kann.«

Einen Augenblick sah Wahram den Mann verblüfft an. Dann begriff er. »Ja, können Sie denn einfach mitkommen und Ihre Leute hierlassen?«

»Das kann ich, ich bin Porutschik, Leutnant. Hast du einen Vater?«

»Natürlich. Er ist der Führer der Armenaganen.«

»Umso besser. Ich komme sofort mit.« Nun wandte dieser armenische Leutnant der russischen Armee sich um und rief: »Dimitri!« Ein Soldat kam angelaufen und nahm Haltung an. Gebieterisch erteilte der Offizier einige Befehle auf Russisch. Der Soldat legte die Hand an die Mütze und machte kehrt.

»So, wir können gehen«, sagte der Mann zu Wahram.

»Wo sind Sie her?«

»Aus Igdir«, sagte der Offizier. »Weißt du, wo das liegt?«

»Nein.«

»Das ist eine Stadt auf dem Hang des Ararat, mitten im Herzen von Armenien.«

»Nein, das Herz von Armenien ist Van«, widersprach Wahram lebhaft.

»Ach! Warum denn?«

»Das steht geschrieben.«

»Ja, wenn es geschrieben steht ...«, meinte der Offizier lachend. »Dann ist der Ararat also nicht der Mittelpunkt Armeniens?«

»Nein. Aber er ist der höchste Gipfel.«

»Soso. Du weißt ja recht gut Bescheid, wie ich sehe. Wohnst du weit von hier?«

»Noch fünf Minuten.«

»Habt ihr einen Garten?«

»Aber natürlich! Ein Haus ohne Garten ... das gibt es doch gar nicht!«

»Ich habe in Igdir auch einen großen Garten voller Bäume, ein wahres Wunder.«

»Haben Sie auch eine Natter darin?«
»Eine Natter? Wozu?«
Wahram warf dem Leutnant einen mitleidigen Blick zu. Ein schöner Garten ohne Natter, das war kaum vorzustellen! »Haben Sie eine Nachtigall, dreihundertjährige Birnbäume, Rabatten voller Narzissen, die mehr als hundert Meter lang sind, Aprikosenbäume ...«
»Das habt ihr alles?«, fragte der Offizier freundlich. »Dann ist euer Garten bestimmt noch schöner als der meine.«
Inzwischen waren sie beim Haus angelangt. Sirarpi kam, um ihnen zu öffnen. Als sie die Militärmütze, den Säbel und den Revolver sah, drehte sie sich erschrocken um und lief davon.
»Sirarpi!«, rief Wahram. »Das ist ein armenischer Offizier der russischen Armee. Hab keine Angst, komm her!«
Aber Sirarpi war schon verschwunden. Der Offizier machte ein erstauntes Gesicht. »Warum ist sie weggelaufen?«, fragte er.
»Sie hat Sie sicher für einen Türken gehalten«, erklärte Wahram. »Kommen Sie, wir gehen zu Großma.«
Im Hof stand Großma. Sie war damit beschäftigt, Flaschen mit Rosenessenz zu verkorken, und drehte den beiden den Rücken. Als sie die Schritte vernahm, wandte sie sich um und musterte den Offizier mit strengen, keineswegs wohlwollenden Blicken. »Warum bringst du uns diesen Russen ins Haus, Wahram, du Höllenpest?«
»Das ist ein armenischer Offizier der russischen Armee, Großma. Er ist kein Russe.«
Noch einmal betrachtete Großma den Mann von Kopf bis Fuß. Ihre Miene wurde dabei nicht freundlicher. »Arme Armenier!«, murmelte sie. »Heute türkische Offiziere, Offiziere des Teufels, dann wieder zwischen zwei Feuer genommen oder gezwungen, irgendjemandem zu dienen, nur nicht den eigenen Landsleuten. Ach, Herr, da hätten wir so eins deiner Geschöpfe. Seine Haut ist rosig und sein Bart goldblond. Er ist unwissend und vermutlich auch glücklich. Hab Erbarmen mit uns, Herr!«
»Gute Frau«, sagte der Offizier, »der Zar ist der Freund der Armenier, und wir wollen euch retten. Ich bin gekommen, weil mir Ihr Enkel gefallen hat. Er hat ein so aufgewecktes Gesicht und kann reden wie ein Buch. Ich möchte Sie fragen, ob ich mich bei Ihnen einquartieren könnte.«
»Das Haus einer armenischen Familie steht jedem offen, der fern von den Seinen ist«, erwiderte Großma. »Wo ist Ihre Mutter?«

»Sie sieht seit Langem nicht mehr das Licht dieser Welt«, sagte der Offizier.

»Haben Sie einen Vater, eine Frau, Kinder?«

»Ja. Mein Vater wohnt in Igdir, ebenso wie meine Frau. Ich habe eine kleine Tochter.«

»Möge der Segen Gottes nie von ihren Häuptern weichen«, sagte Großma. »Gehen Sie jetzt in den Garten, und erfrischen Sie sich. Wir werden Sie im Salon unterbringen. Wahram, biete ihm Früchte an.«

In der mittleren Allee trafen sie Araxi. Sie kam aus dem hinteren Teil des Gartens und hatte ein riesiges Bündel Spinat im Arm. Sprachlos blieb der Offizier vor ihr stehen; dann beugte er sich herab und ergriff ihre Hand. Als Araxi versuchte, die Hand zurückzuziehen, fiel der Spinat zu Boden. Der Offizier küsste ihre Hand, und als er sah, dass sie weglaufen wollte, packte er sie bei den Schultern.

»Wie hübsch Sie sind, Fräulein!«, rief er. Dann fragte er Wahram: »Ist das deine Schwester?«

»Nein ... Doch. Sie lebt bei uns. Für mich ist sie genau wie eine Schwester.«

Errötend machte Araxi sich los, sammelte den Spinat wieder auf und lief schnell, ohne ein Wort zu sagen, auf das Haus zu.

Unter der Rosenhecke hielt der Offizier an und blickte sich um. Das dichte Laub der dreihundertjährigen Birnbäume, die Vielzahl der anderen Bäume im Garten, die Fülle der Rosenstöcke, die leuchtenden Farben der Blumen, die lauen Düfte, das alles miteinander erregte seine Bewunderung. Ein Lächeln glänzte auf seinen Lippen; er klopfte Wahram auf die Schulter. »Das ist ein Paradiesgarten«, erklärte er. »Du hattest recht: Unser Garten in Igdir lässt sich damit nicht vergleichen.«

Wahram erwiderte nichts, doch dieses Lob erfüllte ihn mit Stolz. Noch nie hatte er selbst seinen Garten so hoch eingeschätzt. Jeder Ausruf des Leutnants erhöhte in seinen Augen den Wert »seines Reichtums«.

Als der Offizier die Kirschen gekostet hatte, die Wahram ihm anbot, schnalzte er mit der Zunge. »Bravo, Van!«, rief er. »Noch nie habe ich so duftende, so süße Früchte gegessen.«

»Sie sind noch nicht ganz reif«, versicherte Wahram. »Der Garten ist während des Krieges nicht bewässert worden. Aber warum sind Ihr Garten und Ihre Früchte weniger schön?«

»Ich bin nicht gelehrt genug, um dir das zu erklären.«

»Großma weiß es bestimmt.«
Aber als Wahram Großma diese Frage vorlegte, sagte sie nur: »Weil Van nicht Igdir ist.« Dann zeigte sie dem Offizier den Salon, wo man auf dem Teppich ein Bett für ihn herrichten würde.
»Kommen Sie heute Abend, und teilen Sie das Brot mit uns«, sagte sie.
Wahram führte den Leutnant wieder zurück zu seiner Abteilung, die in den türkischen Gärten von Hamid Agha kampierte. Plötzlich tauchte am Ende der Allee, die sie entlanggingen, die russische Armee auf.
An der Spitze, den anderen ein gutes Stück voraus, ritt auf einem goldfarbenen Pferd mit langer korngelber Mähne ein Offizier, die Brust mit Orden geschmückt, Säbel und Revolver an der Seite. Von seinen breiten Epauletten sprühten im Schein der untergehenden Sonne Funken auf.
Wie wünschte sich Wahram, diesem Offizier zu gleichen, dieses goldene Pferd reiten zu dürfen und über eine so gewaltige Macht zu verfügen! Andere Offiziere folgten auf feuerroten Pferden, und dann kamen Reiter, die mit seltsamen Patronengurten behängt waren, einen langen Säbel in schwarzer Scheide an der Seite trugen und quer auf dem Rücken ein kurzes Gewehr.
Vor allem waren es die ungeheuren Mützen, die diesen Männern ein so furchterregendes Aussehen verliehen!
»Wer war der erste Offizier?«, fragte Wahram seinen Gefährten.
»Ein Kosakengeneral.«
Das war also der erste General, den Wahram in seinem Leben zu sehen bekam. Er war nicht enttäuscht. »Und die Soldaten?«
»Das sind Kosaken.«
Der Vorbeimarsch dauerte länger als eine Stunde. Nie hatte Wahram einen auch nur annähernd so großen Zug von türkischen Soldaten gesehen. Die wilde Kraft, die von dieser Truppe ausging, machte ihm tiefen Eindruck. »Aber wie können die Türken sich gegenüber den russischen Soldaten auch nur einen Tag halten?«, fragte er.
»Die Türken sind auch gute Soldaten.«
»Diejenigen, die ich gesehen habe, waren immer klein und mager und hatten nur kurze Säbel. Und einen türkischen General habe ich überhaupt nie zu sehen bekommen.«
Plötzlich stürzten die Männer und Frauen von der Straße fort und rannten schreiend auf ihre Häuser zu. Wahram begann zu zittern. Ein

fürchterliches metallenes Ungeheuer mit zwei riesigen Glasaugen kam funkelnd und brüllend daher. Wahram drehte sich um und wollte ausreißen, aber der Leutnant, der sich vor Lachen krümmte, packte ihn an der Schulter und hielt ihn fest. »Das ist doch ein Automobil! Oder, wenn du willst, eine Kutsche, die mit Petroleum läuft.«

Starr vor Staunen sah Wahram zu, wie das Ungeheuer mit rasender Geschwindigkeit an ihm vorbeibrauste.

Zum Empfang des Offiziers, der Ganja hieß, hatte Großma den großen Tisch decken lassen. Als Wartkes und Sebuh zu Bett gebracht waren, stellte man drei Petroleumlampen auf, die das ganze Zimmer erleuchteten. Großma sprach selbst das Gebet.

»Herr der Welt«, sagte sie. »Demütig bitte ich um Deinen Segen und Deinen Schutz für unseren Gast, der fern von den Seinen Gefahren durchstehen muss und aus Liebe zu Russland gegen die Türken kämpft. Mache den Kriegen ein Ende, schenke der Welt den Frieden, und vor allem, o Herr, verleihe Deine Weisheit denen, die über diese Erde herrschen.«

Dann ließ sie Wahram das Vaterunser sprechen und sagte kein Wort mehr. Es sah aus, als sei sie von einer heimlichen Angst befallen. Ihre durchdringenden schwarzen Augen blickten noch schärfer als gewöhnlich. In ihrer strengen Miene drückte sich eine tiefe Enttäuschung aus. Ihre Haltung gebot auch Wahram Schweigen. Obgleich er darauf brannte, Ganja Fragen zu stellen, fühlte er doch, dass er es jetzt unterlassen musste. Die anderen hatten offensichtlich das gleiche Empfinden.

Ganja saß zwischen Großma und Araxi und gegenüber von Sirarpi. Abwechselnd schaute er auf die beiden jungen Mädchen, vor allem auf Araxi, sprach dabei jedoch kräftig den Speisen zu, die heute besonders sorgfältig zubereitet waren und höchst appetitlich dufteten.

»Wir kennen bei uns keines dieser Gerichte«, sagte Ganja. »Die Küche von Van ist ausgezeichnet. Mein Kompliment für die Herrin des Hauses. Wirklich, seit acht Monaten wusste ich nicht mehr, was es heißt, mit Vergnügen zu essen.«

Aghawni wurde purpurrot, stand auf und verließ leise den Tisch. Es war das erste Mal, dass jemand ihr während einer Mahlzeit ein so direktes Kompliment machte. Gewöhnlich sagte man Großma nach einem Essen, das besonders geschmeckt hatte:

»Loben wir den Herrn, weil er uns ein so köstliches Essen beschert hat!«

Nach einer kurzen Pause erwiderte Großma: »Hoffen wir, dass der Herr uns allen erlauben wird, ein noch hundertmal besseres Essen zu genießen.«

Aber Ganja kam sichtlich aus einer anderen Welt. Plötzlich wandte er sich an Araxi, die, den Kopf tief über den Teller gebeugt, so unauffällig wie möglich aß. »Sie sind sehr hübsch«, sagte er. »Es hat den Anschein, als gäbe es in Van …«

Die Gabel fiel Araxi aus der Hand. Sie blickte verwirrt vor sich hin und errötete bis über die Ohren. Wie konnte ein Mann bei Tisch, in Gegenwart von Großma, der Männer, der Frauen und der Kinder, nur eine so unpassende Bemerkung machen?

Wieder ergriff Großma das Wort: »Möge Gott ihr ihre Jugend bewahren und ihr ein glückliches Leben schenken. Ja, sie ist nicht so hässlich, wie sie sein könnte. Möge nie der böse Blick auf ihr ruhen!«

Ganja schaute etwas verwundert auf die Gesichter, die ihn umgaben. Aber schon sprach Großma weiter: »Warum heißen Sie Ganja? Es ist kein armenischer Vorname.«

»Bei uns benutzt man häufig die russischen Kosenamen anstatt der armenischen Vornamen. Eigentlich heiße ich Gareguin.«

»Und wie wird die Messe bei euch gesungen? Auch auf Russisch?«

»O nein, auf Altarmenisch.«

»Das ist sehr gut«, erklärte Großma mit ihrem freundlichsten Lächeln. »Aber sehen Sie, mein Kind, hier bei uns leben wir unter dem türkischen Joch und werden ständig von wilden Instinkten belauert. Wir halten fest an unseren alten Sitten, um kraft dieser Gewohnheit unser Leben verteidigen zu können. Man hat uns von Freiheit gesprochen, aber das war nur ein Wort. Manche haben daran geglaubt. Gott sei ihnen gnädig! Dieser Glaube hat uns nur Blut und Trümmer eingebracht. Wenn man gewisse Worte ausspricht, ohne dass das Herz daran beteiligt ist, so endet es immer mit einem Unglück.«

Ganja hielt seine Augen fest auf Großma gerichtet und hörte ihr wie gebannt zu.

»Und jetzt ist also die russische Armee gekommen und bringt uns andere Gesetze«, fuhr Großma fort. »Ihr sagt uns, der Zar sei der Freund der Armenier. Warum? Wir sind arm und machtlos, und der Zar hat bereits ein großes Volk, dem er in Liebe zugetan sein muss. Wenn er so etwas sagt, dann gewiss nur deshalb, weil er uns zu irgendwelchen ihm nützlichen Zwecken gebrauchen will. Aber diese Maßnahme wird sich gegen uns kehren.«

Noch nie hatte an diesem Tisch jemand die Mahlzeit mit einer so langen Rede unterbrochen. Alle lauschten gespannt. Als Aghawni mit goldgelb gebratenen Fleischklößchen, über die duftende Gemüse gehäuft waren, ins Zimmer kam, hatte man mit dem vorhergehenden Gericht noch gar nicht begonnen. Sie blieb reglos stehen, die große Platte in der Hand.

»Ja, mein Sohn«, sagte Großma zu Ganja, »jedes Land hat seine eigenen Sitten. Wundern Sie sich nicht über die unseren, und versuchen Sie zu tun, was in Ihrer Macht steht, damit niemand daran rührt.« Dann schlug sie fast unmerklich ein Kreuz, so, als täte sie es nur für sich selber, und sagte: »Nun esst, meine Kinder. Es ist die einzige ungetrübte Freude, die wir hatten, und in der letzten Zeit war es uns nicht oft vergönnt, eine Mahlzeit in Frieden zu beenden.«

Woraufhin alle sich wieder in dem gewohnten Schweigen über ihre Teller beugten.

Nun, da Wahram nicht mehr mit Botengängen und anderen Dingen beschäftigt war, beherrschte ihn wieder der Gedanke an den Schatz des Smaragdritters. Zu gern wäre er noch einmal in das Versteck hinuntergestiegen, um das Pergament erneut zu betrachten. Aber er schaffte es einfach nicht, einmal allein im Salon zu sein. Vor allem Wartkes folgte ihm auf Schritt und Tritt. Kaum betrat Wahram den Salon, schon kam Wartkes hinter ihm hergetrippelt. Stieg Wahram im Garten auf einen Baum, stand Wartkes neben dem Stamm und bat Wahram, ihn hinaufzuziehen. Und wenn Tigran, Aghawni oder Großma Wahram ausschalt, stand stets Wartkes daneben, hörte zu und versuchte, zu Wahrams Kränkung, seinen Bruder in Schutz zu nehmen.

Sonst aber hatte Wartkes Angst vor allem und jedem. Nachts wagte er sich nicht aus einem erleuchteten Zimmer. Wahram hatte ihm Geschichten von Dämonen, Gespenstern und Kröten erzählt, die den Menschen anspringen und ihm unter die Kleider kriechen.

»Sie krallen sich am Bauch fest, und niemand, hörst du, niemand kann sie wieder loswerden, ohne sich gleichzeitig den ganzen Bauch aufzureißen!«

Jetzt entschloss Wahram sich, Wartkes die Lust auszutreiben, mit ihm in den Salon zu kommen.

Eines Abends führte er ihn dorthin, ließ ihn auf dem Sofa gleich neben dem Wandschrank Platz nehmen und sagte zu ihm: »Du weißt ja, Wartkes, dass die Totengeister hier manchmal umgehen. Neulich habe ich einen gesehen, und ich kann dir sagen, er sah ganz reizend aus: mit einem schwarzen Kopf und einem schneeweißen Körper. Er erschien etwa bei Sonnenuntergang. Ich habe ihn um Kanfets gebeten, diese Bonbons, welche Ganja uns geschenkt hat. Er hat mir eine Handvoll gebracht, und dann ist er verschwunden. Warte nur, wenn du mir nicht glaubst, hole ich dir seine Kanfets.«

Wahram hatte seinen Bruder auf dem Sofa sitzen lassen und war schnell hinausgelaufen. Draußen wickelte er sich einen schwarzen Schleier um den Kopf und hüllte seinen Körper in ein weißes Laken. Dann ging er ins Zimmer zurück, stieß spitze Schreie aus, sprang und tanzte herum, pfiff und jaulte.

Wartkes schrie entsetzt auf. Dann hielt er sich die Hände vor die Augen und brach in ein anhaltendes, markerschütterndes Gebrüll aus.

Wahram zog sich rasch zurück und warf seine Vermummung weg. Doch noch bevor er ins Zimmer zurückkehren konnte, waren schon seine Mutter, Großma, Sirarpi, Araxi und Hrant herbeigestürzt. Er hütete sich wohlweislich, hineinzugehen, sondern hörte nur von draußen zu, wie die anderen Wartkes ausfragten.

»Aber der Junge ist ja zu Tode erschrocken!«, rief Großma. »Seine Galle wird platzen! Mein Gott, Sirarpi, lauf und hole mir den kleinen gelben Tonkrug vom linken Regal im Dandun. Schnell, schnell ... Und bring ein Glas mit!«

Unbemerkt entwischte Wahram in den Garten. Aber schon kam Hrant, um ihn zu holen und vor das Tribunal zu schleppen. Großmas Augen sprühten schwarze Flammen. »Wahram«, herrschte sie ihn an, »warum hast du deinen Bruder so erschreckt? Weißt du, dass er daran sterben kann? Du bist schlimmer als Kain. Du wirst groß und kräftig, aber deine Bosheit kommt immer wieder zum Vorschein. Warum hast du das getan?«

»Weil Wartkes immer so leicht Angst hat, Großma.«

»Und du? Hattest du etwa in seinem Alter keine Angst?«

»Nein, da hatte ich keine mehr.«

»Du Zunge Beelzebubs, gehörnte Viper, Höllenschlund voller Teufeleien! Kannst du trotz allem, was ich dich gelehrt habe, noch immer nicht Gut und Böse unterscheiden? Aber ich habe keine Lust, jetzt noch lange darüber zu reden. Sarkis! Sarkis!«

Der Diener kam angerannt, als stünde das Haus in Flammen. Beim Anblick von Wahrams Miene verzog sich sein Gesicht zu einem Lachen, aber sowie seine Augen denen von Großma begegneten, wurde er ernst wie eine geschlossene Tür.

»Wirf diesen Teufel hier in den Keller, damit ich ihn nicht mehr sehen muss«, befahl Großma. »Schnell!«

Sarkis hob Wahram auf wie ein Grasbündel, stieg die sieben Stufen in den Keller hinab und sperrte ihn in das hintere kleine Gelass.

Als der Riegel hinter ihm zugeschoben wurde, bekam Wahram es mit der Angst. Er hatte sich nicht vorstellen können, dass jemandem wegen einer Geistergeschichte »die Galle platzen« konnte. Er hatte Wartkes sehr gern, aber der Kleine war so schwer von Begriff. Wahram lehnte sich an die verschlossene Tür, ging dann ringsherum an den steinernen Wänden entlang und kam wieder zur Tür zurück. Irgendwie musste er sie aufbekommen. Es war wirklich zu dunkel hier drinnen; in den vorderen Keller drang wenigstens ein bisschen Licht.

Das Schloss war mit einer beweglichen Scheibe versehen. Wahram schob sie zur Seite, drückte auf eine kräftige Feder und zog die kleine Eisenstange zurück. Die Tür tat sich auf, und er stieg in den Keller. Hier roch es nach Früchten und nach gezuckertem Essig, und dieser Duft vermischte sich mit einem reinen und angenehmen Geruch nach Erde und Lehm.

Vorsichtig zog Wahram die Kellertür ein wenig auf und lauschte. Oben sprach Großma mit jemandem. Ihre Stimme klang freundlich und hatte ihren stahlharten Ton völlig verloren. »Sei mir willkommen, Harazade Hatun«, sagte sie. »Setz dich auf dieses Kissen hier. Ich freue mich, dich zu sehen. Warte einen Augenblick, ich möchte dir einen Tropfen Veilchengeist anbieten.«

Wahram hörte, wie der Steinzeugkrug gegen ein Glas stieß, und dann die gezierte Stimme Harazade Hatuns: »Ach, Wosgehad Hatun, dieser Likör kann nur aus den Händen eines Engels kommen! Er duftet süß wie Veilchen und schmeckt wie Aprikosen. In meinem ganzen Leben habe ich noch nicht so etwas Gutes getrunken.«

»Nun, und was ist mit den Kindern?«, fragte Großma.

»Ja, darum geht es ... ich bin gekommen, um an die Pforte deiner Weisheit zu klopfen, Große Frau. Man hat mir übel mitgespielt ... Kein Teufel hat je seiner Mutter so etwas zu bieten gewagt!«
»Ich bin ganz Ohr. Aber denke daran, dass wir eben erst durch ein Wunder dem Tod entgangen sind und dass im Vergleich damit nichts ernst oder schwerwiegend sein kann.«
»Die Ursache des Unglücks ist diese junge Türkin. Ich werde dir alles erzählen, damit du mir raten kannst.«
»Gott allein kann uns raten. Wie alt ist das Mädchen?«
»Neunzehn. Aber sie hat vom Teufel nichts mehr zu lernen. Als sie bei uns ankam, hat sie mir tausend Beweise ihres Respekts und ihrer Höflichkeit erbracht. Dann hat sie den Tscharschaf abgeworfen und ihr Gesicht enthüllt.«
»Das ist durchaus in der Ordnung«, erklärte Großma. »Das Namehremm, das Verbot, ihr Gesicht fremden Männern zu zeigen, gilt nicht mehr für sie.«
»Ja, aber daraufhin hat sie Kleider angelegt, die nichts von den Schönheiten ihres Körpers verbergen. Zuerst war mein Sohn verlegen und wagte nicht, sie anzusehen. Dann aber hat sein Blick sich entzündet.«
»O mein Gott!«, rief Großma.
»Das ist noch gar nichts. Gestern Abend, als ich aus dem Garten komme, höre ich die beiden im Zimmer. Ich trete ein, und was sehe ich?«
Einen kurzen Augenblick hörte Wahram nichts mehr. Die Erregung vom Abend vorher verschlug Harazade Hatun noch immer die Stimme.
»Mein Sohn wandte mir den Rücken. Er kniete vor dieser Türkin, die ausgestreckt auf dem Sofa lag, mehr als leicht bekleidet, die Beine bis zu den Knien entblößt. Und den Busen fast nackt unter einer durchsichtigen Bluse! Sie presste die linke Hand meines Sohnes auf ihr ... hm ... und zwang ihn, sie zu küssen. Und dabei säuselte sie ... Nie habe ich geahnt, dass eine Frau so unanständige Dinge sagen könnte! Wahrscheinlich habe ich einen Schrei ausgestoßen, oder Ardasches hat meine Schritte gehört – ich weiß es nicht. Mein Sohn fuhr plötzlich auf und stand sprachlos vor mir. Sein Gesicht war glutrot. Das Mädchen rührte sich zunächst nicht. Dann wandte sie sich voll selbstsicherer Unverfrorenheit zu mir.
›Sie können meinen Körper selbst beurteilen‹, sagte sie, ohne sich zu bedecken. ›Ich habe nichts zu verbergen. Ich werde die Sklavin Ihres

Sohnes und die Dienerin Ihres Hauses sein. Ich verdanke Ihnen mein Leben. Nehmen Sie mich hin!‹«

»Und was hast du geantwortet?«

»Was hätte ich sagen sollen? Sie wollte sich ihm einfach hingeben, ohne Achtung vor Sitte und Gesetz, ohne den Segen des Priesters, wie eine Hündin. Ich habe meinen Sohn beim Arm genommen und aus dem Zimmer gezogen. Meine Wut war so grenzenlos, dass ich kaum zwei Worte herausbrachte. Ich erriet, dass mein Sohn noch nicht den Hund gespielt hatte; aber mir war auch klar, dass er nicht mehr Herr seiner selbst gewesen wäre, wenn ich nur ein wenig später hinzugekommen wäre …«

»Hat er sich dir seitdem anvertraut?«, fragte Großma.

»Ja. Er will sie zur Frau nehmen. ›Ihre Mutter war Armenierin‹, erklärte er, ›und sie gefällt mir so gut, dass ich nicht mehr ohne sie leben mag.‹«

»Und du?«

»Ich habe es ihm abgeschlagen. Aber dann kam sie in einer einigermaßen anständigen Aufmachung, warf sich mir zu Füßen und sagte Dinge, die mir die Tränen in die Augen trieben. Jetzt weiß ich nicht mehr, was ich tun soll. Ich möchte nicht, dass mein Sohn sie heiratet, aber ich will auch nicht so hart sein …«

»Das macht deinem Herzen Ehre, und unser Heiland wird dir verbunden sein. Aber sag mir, Harazade Hatun, spricht dieses Mädchen fünfmal am Tag seine Gebete?«

»Ich habe sie nie beten sehen …«

»Würde sie sich bereit erklären, den christlichen Glauben anzunehmen? Wenn sie das täte, bestünde kein Hindernis mehr.«

»Aber ihren türkischen Charakter und diese Art, sich wie eine Hündin aufzuführen, würde auch die Taufe ihr nicht nehmen.«

»Hauptsache, ihr Herz wird nicht nur christlich, sondern auch armenisch. Wenn sie den Wunsch hat, Ardaches' Sklavin zu sein, und wenn sie noch immer das Andenken ihrer Mutter ehrt, dann ist das nicht unmöglich.«

»Wosgehad Hatun, ich küsse deine Hände. Du nimmst mir eine große Sorge vom Herzen«, sagte die Frau mit bewegter Stimme. Nach einem Augenblick des Schweigens begann sie wieder: »Wosgehad Hatun, ich spreche nicht so gut Türkisch wie du. Erlaube mir, das Mädchen herzuholen.«

»Gern, wenn du es möchtest«, willigte Großma ein.

Vorsichtig schlich Wahram sich wieder in den hinteren Teil des Kellers. Diese Geschichte beschäftigte ihn so, dass er sich gar keine Sorgen mehr um sein eigenes Geschick machte, obgleich er ahnte, dass Großma sich nicht damit begnügen würde, ihn zur Strafe in den Keller einzusperren.

Er schlüpfte wieder in sein Gefängnis, ließ jedoch die Tür ein wenig offen. Jetzt fiel ihm ein, dass die Treppe zum Versteck etwa hinter der rückwärtigen Wand enden musste. Er schlug mit der Faust dagegen, aber nirgends ließ der Ton auf einen Hohlraum schließen. Also erstreckte sich das tief unter der Erde verborgene Versteck noch über das hintere Kellergelass hinaus. Wie sollte er jetzt aus dem Keller herauskommen, um einen Erkundungszug zu unternehmen und das Schatzpergament sowie das Buch vom Smaragdritter wiederzusehen? Großma hielt sich ununterbrochen im Dandun auf. Wahram hörte, wie sie mit ihren Flaschen und Büchsen herumhantierte und zuweilen kurze, an Gott gerichtete Ausrufe von sich gab.

Wahram begann, sich zu langweilen. Um sich die Zeit zu vertreiben, aß er ein paar Aprikosen, die an einer Schnur hingen. Die Schatten verdichteten sich, und auf der Mauer gegenüber der Kellerluke erreichte die verblassende Sonne nur noch die Fenster von Großmas Zimmer.

Plötzlich wurde oben an die Tür geklopft. Das war sicherlich Harazade Hatun mit der Türkin. Wahram postierte sich hinter dem Spalt der Kellertür und sah ihre Schatten vorübergehen.

Großma hatte die große Petroleumlampe angezündet. »Sei mir willkommen, meine Tochter«, sagte sie. »Setz dich hierher. Und du, Harazade Hatun, nimm dort Platz.« Es folgten einige Minuten des Schweigens, und dann begann Großma wieder auf Armenisch: »Harazade Hatun, hast du ihr alles gesagt?«

»Nein. Ich habe ihr nur ein wenig von dir erzählt und ihr gesagt, dass du mit ihr sprechen möchtest.«

»Gut.« Nun wandte Großma sich in türkischer Sprache an das junge Mädchen: »Erinnerst du dich an deine Mutter?«

»O ja! Ich sehe sie noch vor mir. Sie sah fast so aus wie ich heute, nur blasser und magerer. Und sie war immer traurig. Vor allem ihre Traurigkeit ist es, die ich nie vergessen kann und die mir immer das Herz bedrückt.«

»Hat sie dir von den Armeniern erzählt?«

»Ununterbrochen. Sie hat mich ihre Sprache gelehrt und sagte zu mir: ›Merk dir, mein Kind, dass du nie hässlich zu ihnen sein darfst.‹«

»Und ...« Großma zögerte etwas. »Wie betete sie?«

»Sie hat zwar das Namehremm und die übrigen Gesetze befolgt, die den muslimischen Frauen auferlegt sind, aber wenn sie beten wollte, hat sie sich immer zurückgezogen. ›Allmächtiger Herr‹, sagte sie oft auf Armenisch. Sie sprach die christlichen Gebete, und im Grunde ihres Herzens bewahrte sie ihren Glauben. Sie versuchte, es zu verbergen. Aber als ich noch sehr klein war, verheimlichte sie es mir nicht.«

»Hast du sie dieses Zeichen machen sehen?«, fragte Großma, indem sie sich bekreuzigte.

»Ja«, erwiderte die Türkin. »Das habe ich oft gesehen.«

»Armes Kind!«, sagte Großma voll unendlichen Mitleids. »Und dein Vater? Hatte er keine anderen Frauen?«

»Nein. Mutter hatte ihm gesagt, sie würde sich umbringen, wenn er sich je eine andere Frau nehmen sollte.«

»Und du, bist du eine gute Muslimin?«

»Ach, Hanum, das weiß ich nicht«, antwortete das Mädchen. »Es ... es ist mir nicht wichtig, ob ich täglich meine fünf Gebete spreche oder nur zwei oder auch gar keins. Mein Vater war kein Strenggläubiger.«

»Und was dachte er über die Armenier?«

»Er sagte immer, dass man gute nachbarliche Beziehungen mit ihnen unterhalten müsse und dass die Türken ohne sie gar nicht auskommen würden. Er hat auch seine Gedanken in einem Brief an Djevdet Bey dargelegt und –«

»Ja, das weiß ich. Dein Vater muss ein sehr guter und weiser Mann gewesen sein. Möchtest du Christin werden? Warte, meine Tochter, antworte mir nicht sofort, sondern hör mir gut zu. Unsere Religion gründet sich vor allem auf die Nächstenliebe. ›Liebe deinen Nächsten wie dich selbst‹, hat Jesus gesagt. Nicht die Gebete, die unser Mund spricht, sind wichtig, sondern der Drang unseres Herzens und unsere guten Taten. Und außerdem ist die Frau bei uns nicht eingeschlossen und abgesondert. Sie ist die Seele der Familie, die einzige Gefährtin des Mannes, die alle Freuden und Leiden mit ihm teilt. Du hast gesehen, dass unsere Kleidung nichts von den Schönheiten unseres Körpers erkennen lässt. Der Grund dafür liegt darin, dass wir einzig unserem Gatten angehören. Ich weiß, dass ein so kurzer Einblick dich nicht bewegen kann, sofort zum Christentum überzutreten. Denke gründlich nach. Frag mich alles, was du wissen willst. Du bist völlig frei. Dein Leben und dein Besitz sind nicht in Gefahr, weil du zur Hälfte Armenierin bist. Wenn du Muslimin bleiben willst, bringen wir dich zur deutschen Mission.«

Eine kurze Weile sagte niemand ein Wort. Wahram hob sich auf die Zehenspitzen, um etwas sehen zu können. Die Türkin fuhr sich mit dem Handrücken über die Augen. Dann kniete sie vor Großma nieder. »Große Frau«, sagte sie, »ich will Ardasches' Sklavin sein. Alles andere ist mir gleichgültig. Mein Leben gehört ihm. Ob ich Christin oder Muslimin bin, ich werde alles tun, was er will.«

»Ja«, erwiderte Großma, »daran zweifle ich nicht. Aber siehst du, meine Tochter, Ardasches kann dich nicht zur Frau nehmen, wenn du Muslimin bleibst. Und um Christin zu werden, musst du unseren Glauben in dich aufnehmen und wissen, dass es bei uns keine Sklaven gibt. Unser Gott kennt so etwas nicht. Männer und Frauen sind gleichermaßen seine Kinder und dazu geschaffen, ihm zu dienen. Und der Mann hat bei uns nur eine einzige Frau für sein ganzes Leben. Du wirst also nicht die Sklavin, sondern die Ehefrau und Gefährtin deines Mannes sein.«

»Ich will Christin werden«, sagte Nurigul und griff nach Großmas Hand, um sie zu küssen. Aber die Große Frau ließ es nicht zu. Sie hob das Mädchen auf, küsste es auf die Stirn und wandte sich dann an Harazade Hatun: »Du kannst sie zwei oder drei Tage hierlassen«, sagte sie. »Der Pfarrer und ich werden versuchen, sie über unsere Religion aufzuklären. Sie muss sich im vollen Bewusstsein dessen, was sie tut, entscheiden.«

Harazade stieß einen tiefen Seufzer aus. »Ach, Wosgehad Hatun«, sagte sie, »wie gern nehme ich das an! Ich wollte dich schon darum bitten. Ich werde dir ewig dankbar sein.«

Nachdem Harazade Hatun fortgegangen war, rief Großma Aghawni. »Meine Tochter«, sagte sie, »bring mir einen deiner Röcke und eine Bluse. Wir wollen dieses Kind hier anständig anziehen. Harazade hat ein Spatzengehirn. Sie hätte das selbst als Erstes tun müssen.«

Wahram hatte nun genug von seinem Kellergefängnis. »Großma!«, rief er. »Ich möchte hier heraus!« Dann lief er schnell nach hinten in das kleine Gelass.

Aber Großma antwortete nicht und ließ ihn auch noch die Nacht über dort unten. Er ging wieder in den großen Keller und streckte sich auf einer Matratze aus. Er war wütend, denn in seinem Kopf brannten tausend Fragen, die er der Türkin stellen wollte.

Wahram erhebt sich, leicht und frei. Die Kellermauer öffnet sich auf einen unterirdischen Gang, durch den er läuft. Dann steigt er zahllose Stufen hinauf und findet sich plötzlich auf der Festung von Van wieder. In der Ferne neigt sich vor ihm der weiße Gipfel des Sipanberges. Aber Wahram weiß, dass Gurgin Ardzruni, der schreckliche Oberfeldherr mit dem »zerbrechlichen« Herzen, kommen wird. Sicherlich kennt er den Smaragdritter. Jetzt erscheint ein Riese, der Sarkis ähnelt. Sein großer Säbel könnte Berge spalten. Von seinen Schultern flattert ein silberner Umhang, der mit einer blitzenden Agraffe befestigt ist. Er richtet seine brunnenschwarzen Augen auf Wahram und fragt lächelnd: »Wo sind deine Soldaten, Wahram?«

»Aber Herr Prinz, ich habe keine.«

Das stimmt nicht, Wahram hat sie verloren. Nun begreift er voller Verzweiflung, dass er keine Frage wegen des Smaragdritters stellen kann.

Auf einmal, o Wunder, wimmelt die ganze Festung von Soldaten! In der Ebene von Urpat-Aru kampiert eine ganze Armee, und alle Gipfel sind besetzt. Die Federbüsche auf den Helmen leuchten und wiegen sich drohend.

»Dutzende von Tamerlans werden angreifen«, sagt Gurgin Ardzruni, der Riese. »Ich hoffe, Wahram, dass du dich tapfer schlagen und nicht zurückweichen wirst.«

»Ja, Herr Prinz«, erwiderte Wahram.

Der Prinz verschwindet, und ein entsetzlicher Schrecken bemächtigt sich des Jungen. Er fühlt sich so klein, so schwach … Was soll er tun? Großma fragen? Aber sie ist böse auf ihn, denn er hat beinahe Wartkes' Galle zum Platzen gebracht.

Wahram erwacht voller Angst bei dem Gedanken an das, was er seinem Bruder angetan hat. »Nein, nein, ich hätte ihm nicht so Angst machen sollen«, sagt er vor sich hin. Sein Gewissen peinigt ihn in diesem kritischen Augenblick des Erwachens, in dem alle unangenehmen Erinnerungen auf ihn einstürmen. Er friert. Die Wand riecht nach Lehm. Es ist dunkel, und sein ganzer Körper tut ihm weh. Nun dringt ein Rebholzduft zu ihm herunter. In der Küche hat man den Herd angemacht. Er steht auf und schlüpft in den hinteren Keller. Man darf da oben nicht wissen, dass er ganz bequem auf einer Matratze und nicht auf den harten Fliesen geschlafen hat.

Gerade hat er die Metallstange des Riegels wieder vorgeschoben, als die Kellertür knarrend aufgeht. Das ist Sarkis. »Wahram, du Teufel meines Herzens, komm hervor aus deinem Loch! Die Große Frau will dich sehen«, sagt der Diener. Dabei lächelt er über das ganze Gesicht. Was wird Großma sagen? Wahram blickt schüchtern zu ihr hin. Mit strenger Miene sitzt sie da und betet den Rosenkranz. Nun hebt sie die Augen. Ihr Blick durchdringt den kleinen Gefangenen, der langsam näher tritt.

»Wahram, du Höllenfeuer, Wartkes hat nicht die Gelbsucht, und ich erlasse dir alle weiteren Strafen«, sagt sie. »Aber du musst mir versprechen, dass du ein für alle Mal mit deinen Teufeleien aufhören willst.«

»Das will ich schon, Großma, nur weiß ich nie im Voraus, was du eine Teufelei nennst.«

»Deine Zunge ist schlimmer als Beelzebubs Dreizack! Herr, was soll ich nur mit diesem Jungen anfangen? Je größer er wird, umso vorlauter wird er.«

»Großma, wenn Wartkes keine Angst gehabt, sondern gelacht hätte, dann hätte kein Mensch gesagt, dass ich ungezogen bin.«

»Und wenn du gar nichts getan hättest? Wer hätte dann etwas gesagt? Wartkes ist beinahe gestorben vor Schreck, und das allein zählt. Und jetzt Schluss damit. Du hast schlecht gehandelt, Wahram. Nun sag mir, aus welchem Grund du ihm Angst gemacht hast. Los, antworte!«

»Ich wollte mir einen Spaß machen.«

»Nein! Sag mir den wahren Grund! Ich sehe in deinen Teufelsaugen, dass du lügst. Ich will die Wahrheit hören. Und nimm dich in Acht, Wahram, wenn du lügst, merke ich es.«

»Großma, ich will es nicht sagen …«

»Wahram!«

Bei diesem Ton eiserner Bestimmtheit, mit dem Wahram seinen Namen ausgesprochen hört, bricht sein Widerstand zusammen. Eine unheimliche Kraft macht seinen Willen zunichte. Ihm ist, als sei er an Händen und Füßen gefesselt. Mit einem Schlag unterjocht ihn die Angst, und er wird klein und demütig.

»Ich … ich …«, beginnt er stotternd, »ich werde es dir sagen, Großma. Ich wollte Wartkes daran hindern, in den Salon zu gehen, weil …

der Schatz ... der Ritter ...« Und mit einem Mal kommt alles ganz flüssig von seinen Lippen.

Großma reckt die Arme zum Himmel: »Das ist ja unerhört! Noch nie habe ich einen solchen Teufel gesehen! Also du entwickelst dich wirklich zu einer wahren Gottesgeißel! Hör zu, du Turm von Babel, wie oft muss ich dir eigentlich noch sagen, dass es unsinnig ist, etwas, das verborgen ist, erfahren zu wollen. Wie oft ...«

Doch dann stockt Großma plötzlich. Ihr zorniger Blick haftet kurz auf dem »Turm von Babel«, und dann beginnt sie zu lachen, außerstande, diese Heiterkeit, die ihre Vernunft doch verdammt, zu unterdrücken. Auf einmal wird sie von einem heftigen Hustenanfall gepackt. Sie wischt sich die Augen, verstummt und verfällt in ein langes Nachdenken, das Wahram verwirrt und beunruhigt.

»Ich weiß nicht, welches Blut aus dir spricht«, sagt sie endlich. »Es ist schwer, seinen Drang zu zügeln. Du willst alles wissen und die Welt noch einmal für dich aufbauen, Wahram. Du wirst zerbrechen an den vereinten Kräften aller Mächte, die dir entgegenstehen. Auf dieser Erde kommen auf einen günstigen Wind zehn widrige.«

Sie denkt noch immer nach.

»Dein Bruder Wartkes wird sich stets von dem günstigen Wind treiben lassen, aber du, so fürchte ich, wirst nicht aufhören, gegen den widrigen anzukämpfen. Darum, Wahram, um Gottes Liebe willen, befolge den Rat, den ich dir jetzt gebe. Wenn du, von einem unwiderstehlichen Verlangen getrieben, sprechen oder handeln willst, halte dich zurück. Warte. Sage nichts und tu nichts. Lass erst die Zeit verstreichen und den Teufel sich zurückziehen. Und jetzt geh. Meine Augen wollen dich nicht mehr sehen. Du machst mich müde, du zerbrichst mich.«

Wahram stürzte in den Garten. Sein Herz war schwer. Großmas Worte hatten ihn zutiefst verwirrt.

Unter der Rosenhecke saßen Sirarpi, Araxi und die Türkin um den runden Tisch und plauderten angeregt. Gail schien ihnen verächtlich zuzuhören. Sie verstummten, als Wahram kam und sich zu ihnen setzte, ganz glücklich, die Türkin nun aus der Nähe betrachten zu können.

»Du heißt Nurigul, nicht wahr?«, fragte er sie. »Das bedeutet doch auf Türkisch Rosenlicht.«

»Die Große Frau hat mir jetzt einen armenischen Namen gegeben«, erwiderte sie. »Sie nennt mich Wartuhi: Rosenmädchen.«

»Liebst du die Armenier? Willst du Christin werden?«

»Ja. Heute kommt der Pfarrer, um mich zu unterrichten.«

»Sag mir, Wartuhi, wie viele Tage hat die arme Kuh nichts zu fressen und zu trinken gehabt?«

»Drei Tage vielleicht.«

»Warum?«

»Unsere Diener, ein Armenier und seine Frau, hatten sie immer versorgt. Vor der Flucht der Türken sind Baschibuzuks, diese Banditen, in das Haus eingedrungen. Ich höre noch immer die Schreie der armen Menschen. Das Massaker dauerte eine Stunde. Und dabei, und der Gott der Christen ist mein Zeuge, haben diese beiden Armenier uns treu gedient und uns alle gehegt und gepflegt wie ihre Augäpfel ... und ich konnte nichts für sie tun ... Sie flehten mich an ... ›Nurigul Hanum!‹, riefen sie. ›Nurigul Hanum, rette uns!‹«

Sirarpis dunkelblaue Augen trafen auf die Wahrams. Sie schüttelte den Kopf.

»Nichts konnte ich tun, gar nichts«, sagte Nurigul noch einmal.

»Du hättest wenigstens dem armen Tier zu trinken geben können ...«

»Das hatte ich noch nie gemacht ... Ich konnte nicht einmal kochen. Drei Tage lang habe ich nur von Brot und Käse gelebt.«

Wenn die Türkin jetzt auch angezogen war wie eine Armenierin, so schien es Wahram doch, als sei etwas Fremdes an ihr. Weder Sirarpi noch Araxi noch Anahide hätten ein Tier unversorgt gelassen. Sie hätten gewusst, was zu tun war, hätten sich ihr Essen bereitet und den täglichen Lebenskampf weitergeführt. War es das, was Wahram unbewusst fühlte?

Bald darauf kam Sarkis mit dem Pfarrer von Noraschen. Ardasches folgte ihnen. Sowie Wartuhi ihn erblickte, lief sie weinend auf ihn zu. Der Pfarrer hielt sie zurück. »Meine Tochter«, sagte er, »wenn du erst seine Frau bist, darfst du nie deine Gefühle so öffentlich zeigen.«

Verständnislos sah Wartuhi ihn an.

Wahram schlich sich an Ardasches' Seite und fragte ihn: »Wo lässt du jetzt eigentlich dein Gewehr, seit die Kämpfe vorbei sind?«

»Mein Gewehr?«, fragte der junge Kadsch. »Warum?«

»Würdest du mir beibringen, wie man damit umgeht? Ich wüsste es so gern, vor allem weil du ein russisches Gewehr hast.«

»Na schön, aber dann komm jetzt gleich mit mir, denn morgen

muss ich es abliefern«, sagte Ardasches. »Die Russen ziehen alle unsere Waffen ein.«

»Warum?«, fragte Wahram bestürzt.

»Das musst du deinen Vater fragen.«

Den ganzen Vormittag war Wahram voller Eifer damit beschäftigt, die Patronenkammern zu füllen, ins Gewehr zu schieben, die Patronen in den Lauf gleiten zu lassen und auszuwerfen.

Als er aufhörte, schmerzten ihn die Finger, aber sein Herz war gehärtet wie Stahl.

Bei seiner Rückkehr fand er vor dem Haus Ganja im Gespräch mit einem Offizier vor. Der Letztere trug einen Waffenrock, der an der Taille durch einen Gürtel eng zusammengehalten wurde. Die Ärmel des Rocks waren weiter als die eines Priestergewands, die Epauletten so breit wie die Hände von Sarkis und die silbergraue Mütze doppelt so hoch wie der Kopf des Mannes. Zwei Patronengurte aus dem gleichen Stoff wie der Waffenrock spannten sich über seine Brust, und vor seinem Leib hing ein Dolch.

Wahram konnte kein Wort von der sehr lebhaften Diskussion zwischen den beiden Offizieren verstehen, aber er brannte darauf, den Grund einer solchen Aufregung zu erfahren. Offenbar kamen die beiden zu keiner Einigung. Mit einem kurzen Gruß machte der Kosak kehrt und ging davon.

»Was wollte er?«, fragte Wahram.

Ganja sah ihn nachdenklich an und antwortete zögernd: »Er wollte eine Abteilung seiner Kosaken in eurem Garten kampieren lassen. Dabei gibt es anderswo genug Platz.«

»Und warum in unserem Garten?«

»Wegen des Schattens.«

»Warum lässt er sie nicht in den verlassenen türkischen Gärten kampieren?«, erkundigte sich Wahram erstaunt.

»Das habe ich ihn auch gefragt. Es muss da irgendeinen Grund geben, den ich nicht kenne. Er behauptet jedenfalls, die türkischen Gärten seien nicht so gut wie eurer.«

»Dann kommt er also?«

»Vorläufig noch nicht. Aber er will beim Militärgouverneur die Erlaubnis erwirken, seine Kompanie in den Gärten dieser Straße unterzubringen.«

»Weiß Großma davon?«

»Ja. Sie fürchtet sich vor dieser Einquartierung, und damit hat sie ganz recht, denn wenn die Kosaken erst einmal in eurem Garten sind, ist es aus damit. Sie werden ihre Pferde frei laufen lassen und alles zerstören und zertrampeln.«
»Aber wer war dieser Offizier? Ein Russe?«
»Nein, nicht einmal ein Kosak. Er ist ein Türke aus Russland, ein Tatare.«
Wahram riss vor Staunen die Augen weit auf. Es gab also ... »Aber was machen Türken in der russischen Armee?«
»Ach«, meinte Ganja bekümmert, »es gibt viele Muslims in Russland. Mehr als dreißig Millionen. Sogar unter den Georgiern gibt es sie. Und die sind im Grunde für die Türken.«
Entsetzt starrte Wahram Ganja an. In dieser Welt schien alles auf dem Kopf zu stehen.

»Die Russen haben im Hotel alles zerschlagen!« Die Nachricht ging von Mund zu Mund und verursachte Panik im ganzen Ort. Was war hier im Gange? Nachdem die Russen sämtliche Waffen eingezogen, die Pferde und Maulesel requiriert und die Kosaken auf alle Gärten verteilt hatten, begannen sie damit, alles zu zerstören.

Das Leben wurde für Wahram immer überraschender, unverständlicher. Dieses neue Ereignis ... Gerechtigkeit, Ungerechtigkeit ... Da lag ein Geheimnis, das er nicht ergründen konnte. Er lief nach Hatsch Poran. Vor dem Hotel drängte sich eine dichte Menschenmenge.

Die frühere Stellung, deren Mauern noch immer von Kugel- und Geschosslöchern übersät waren und die man während der Kämpfe mindestens zehnmal wiederaufgebaut und schlecht und recht zusammengeflickt hatte, war jetzt wieder ihrer eigentlichen Bestimmung übergeben: der Bestimmung, müden und hungrigen Menschen ein Obdach zu gewähren.

In Wahrams Kopf stieg die nahe und doch so ferne glorreiche Vergangenheit dieses Hauses wieder auf ... Er sah Leo vor sich, der an der Wand lehnte und sich bemühte, ein gleichgültiges Gesicht zu machen. Das Blut floss über seine Brust. Und Anahide stürzte auf ihn zu und schlang ihre Arme um ihn. Wahram sah ihre blicklosen Augen, die wie im Schnee versunkene Steine aussahen. Dann, nach einem Augenblick der Erstarrung, ergriff Anahide Leos Gewehr und schoss und schoss ...

Jetzt wurde die Menge immer unruhiger. Wahram drängelte sich hindurch und gelangte in den Flur des Hotels. Auf dem Fußboden häuften sich Glas- und Porzellanscherben, zerbrochene Tische und Stühle. Blass und verstört stand der Wirt da und begann eben, wahrscheinlich zum zehnten Mal, seine Geschichte zu erzählen:
»Sie haben ein Essen für vierzig Personen bestellt. Mit dem, was jeder auf seinem Teller hatte, wärt ihr eine ganze Woche ausgekommen. Und Wein! Und Schnäpse! Mein Gott, so viel trinkt bei uns im ganzen Jahr kein Mensch. Im Anfang ging alles gut. Aber Durst hatten sie! Man hätte glauben können, sie kämen direkt aus der Hölle. Sie tranken ... Als sie fertig gegessen hatten, kamen einige von ihnen in die Küche, um Früchte und Nachtisch zu holen. Sie machten den beiden jungen Küchenmädchen Komplimente und nahmen sie dann mit hinauf. Etwas später sangen sie alle. Es klang so schön, dass wir alle Lust bekamen, zu tanzen. Selbst die Wände, die Türen und die Fenster schienen sich zu drehen. Und dann hörte ich plötzlich ein Durcheinander von lauten Stimmen und das Klirren von zerbrochenem Geschirr. Ich bin hinaufgelaufen. Als ich in die Tür trat, hat mir das Bild, das ich da sah, den Atem verschlagen ... Sie waren dabei, die beiden Mädchen auszuziehen. Die sträubten sich, aber je mehr sie weinten, umso lauter lachten und grölten die Russen. Sie haben ihnen nichts auf dem Leib gelassen, und ich, der nach fünfzehn Jahren Ehe noch nicht den entblößten Körper meiner Frau gesehen habe, sah diese armen Mädchen so nackt dastehen wie die Fische, die ich schuppe. Dann fingen die Russen an, sie zu umarmen und zu küssen. Aber das, das ...!«

Der Wirt hielt inne. Der Schweiß rann über sein Gesicht, seine Augen glichen leeren Fenstern.

»Um auf dem Tisch Platz zu schaffen, warfen sie alles, was darauf stand, gegen die Wände: Teller, Flaschen, Gläser, Karaffen, Gabeln, Brot und sogar die Reste der Mahlzeit. Dann hoben sie die beiden Mädchen auf den Tisch und befahlen ihnen zu tanzen. Aber die Mädchen tanzten nicht. Sie standen nur da und weinten. Und sie versuchten, alles, was man nicht zeigen darf, schamhaft mit ihren Händen zu bedecken. Als die Russen merkten, dass die Mädchen nicht tanzen würden, haben sie sie auf dem Tisch ausgestreckt, und dann haben sie sie alle der Reihe nach ... Ich bin weggelaufen. Ich weiß nicht mehr, wie lange das Geschrei dauerte. Zum Schluss hörte ich noch einmal ein Klirren von Glas und das Krachen von Stühlen, die zerschmettert wurden. Dann sind sie abgezogen.«

Die Menge, die dem Bericht des Wirts entsetzt gelauscht hatte, teilte sich jetzt und ließ einen Offizier durch, dem mehrere Soldaten folgten. Die Männer gehörten zur russischen Feldpolizei, die eine Untersuchung machen wollte.

Wahram lief zu Ganja in dessen Quartier und erzählte ihm, was im Hotel geschehen war. »Aber warum haben sie sich so aufgeführt?«, fragte er. »Wir sind doch Christen und haben ihnen nichts getan.«

»Das ist ihre Art, sich zu amüsieren«, erklärte Ganja. »Dabei ist nichts von Bosheit oder Hass.«

»Du bist auch Russe, Ganja. Ich habe bemerkt, wie du die jungen Mädchen ansiehst, bis sie rot werden und weglaufen. Würdest du sie auch ausziehen, auf einen Tisch legen und sie schlagen, um dich an ihrer Angst zu weiden?«

Ganja begann zu lachen. »Du glaubst, die Russen haben sie geschlagen?«

»Ja.«

»Du irrst dich, das haben sie nicht getan. Sie ... Das wirst du später einmal verstehen. Aber eins kann ich dir versichern: Bei uns in Russland hätten Frauen in ihrer Lage sofort getanzt ...«

Seit den Kämpfen in Van hatte Wahram die Gewohnheit angenommen, sich zu erzählen, was er sah, und gewissermaßen Gespräche darüber mit sich selber zu führen. Auf diese Weise konnte er sich an die Orte, die Gesichter, die Ereignisse und die gehörten Sätze besser erinnern. Diese unmittelbare Rekapitulation prägte die Vergangenheit unauslöschlich seinem Gedächtnis ein. Aber in diesen verworrenen Tagen, in denen alles, was er bisher gekannt und gesehen hatte, durcheinandergeriet, konnte er nichts mehr in einen logischen Zusammenhang bringen. Die Menschen erschienen ihm wie Rasende. Verstört kletterte er auf den großen Aprikosenbaum, um hier allein zu sein.

Er kostete einige Früchte, aber sein Appetit war wie eingeschlafen. Ihm war nicht einmal danach zumute, eins der Lieder zu singen, die er sonst, wenn er allein in dieser herrlichen Umgebung war, laut herauszuschmettern pflegte.

Nachdem er zwei oder drei der goldenen Früchte gepflückt hatte, hockte er reglos im Baum. Er konnte jenes Glücksgefühl nicht mehr

empfinden, das ihn sonst erfüllt hatte, wenn er seinen Blick auf irgendeinem Winkel dieses Gartens ruhen ließ. Um ein wenig Sicherheit zurückzugewinnen, begann er, sich selbst zuzureden:
»Wahram, du Dummkopf, warum bist du traurig? Die Türken sind abgezogen. Wir sind am Leben. Sirarpi ist da ... Dort stehen die Nelken, die dir mit dem Wind ihren Duft herüberschicken. Oh, wie sanft und tief ist das Blau des alten Warak! ... Da, eine Raupe! Wohin kriecht sie? Sie weiß es selbst nicht. Wenn man denkt, dass sie im Hotel alles zerschlagen haben. ... Aber sie haben niemanden umgebracht, kein Blut ist geflossen. Was wohl Anahide macht? Wenn ich sie besuchen wollte, würde sie mich davonjagen. Nein, das ist nicht sicher ... Warum habe ich plötzlich an sie denken müssen? Wahram, du Dummkopf, du ›Turm von Babel‹ (zu komisch), denk daran, was Großma dir gesagt hat: ›Dränge einen Wunsch zurück, selbst wenn er unwiderstehlich ist!‹ Nein, ich kann nicht. Es ist entschieden. Ich muss sofort Anahide wiedersehen. Ja, Wahram, steig vom Baum, beeile dich!«

Wahram ließ sich vom Baum hinabgleiten, schürfte sich dabei das Handgelenk auf und sauste wie der Blitz davon.

Finster hallten die Schläge des Türklopfers durch das schweigende Haus. Wahram wollte sich schon wieder zum Gehen wenden, als er zögernde Schritte vernahm. Die Tür tat sich auf, und Anahide stand auf der Schwelle. Wahram erschrak, als er ihr blasses, trauriges Gesicht sah. War das Anahide oder ihr Schatten?
»Warum kommst du?«, fragte sie feindselig.
»Gestern hat Großma nach dir gefragt, und ...«
»Schickt sie dich?«
»Nein.«
Anahide schien ärgerlich zu sein. Ihre Augen wichen denen Wahrams aus. Würde sie ihn ausschelten? Plötzlich brach sie in ein nervöses Lachen aus.
»Jetzt zwingst du dich zum Lachen«, murmelte Wahram.
»Nun komm schon herein, du kleiner Teufel. Vielleicht ist es ganz gut, dass du mich besuchst.«
»Sag mir, Anahide, würdest du mir beibringen, wie man mit deinem Revolver schießt?«
Einen Augenblick stand sie reglos da. Dann sagte sie: »Gern.«

»Warum siehst du so verzweifelt aus? Willst du, dass wir zu Großma gehen?«

Sie überquerten den Hof, über dem eine Atmosphäre der Verlassenheit lag. Die Sonnenstrahlen spielten auf der Kletterrosenhecke, deren Blüten, wie blutende Wunden, hier und dort durch die dichten Blätter brachen.

Anahides Eltern waren wohl in der Kirche. Auf dem Küchentisch lag grausam, kalt und drohend Leos Revolver.

Wahram streckte den Arm nach der Waffe aus, aber Anahide hielt ihn zurück. »Rühr ihn nicht an. Er ist geladen.« Rasch, mit zitternden Händen, ergriff sie ihn, ließ das Magazin herausspringen und warf die Kugel aus. Dann brach sie schluchzend auf einem Stuhl zusammen.

Erschüttert kniete Wahram neben ihr nieder. »Anahide«, flehte er sie an, »sag mir, was du hast, und weine nicht mehr!«

Sie schluchzte nur noch heftiger.

»Anahide!«, schrie Wahram, von plötzlicher Wut gepackt. »Trink ein Glas Wasser und weine nicht mehr! Bist du verrückt? Schämst du dich nicht? Hast du nicht wie eine Löwin auf die Türken geschossen? Wie kannst du jetzt weinen?«

»Wir sind frei, die Sonne scheint, aber Leo ...«

Wahram holte ein Glas Wasser und hielt es dem jungen Mädchen an die Lippen. Sie trank mechanisch, völlig apathisch.

Ein wenig ermutigt, zog er sein Taschentuch heraus, entfaltete es und wischte Anahide die Tränen ab. Sie stand auf und ging auf die Tür zu. »Bleib hier«, sagte sie. »Ich will mir das Gesicht abkühlen.« Ihre Stimme zitterte noch immer.

Als sie zurückkam, fragte Wahram sich, ob er geträumt habe.

Anahide war wieder ruhig und sicher, fast aggressiv. Sie lehrte ihn die Handhabung der Pistole und räumte dann die Waffe weg. Jetzt konnte Wahram also sowohl mit einem russischen Gewehr wie mit einer Mauser umgehen.

»Ein sonderbarer Junge bist du, Wahram«, sagte das junge Mädchen nach kurzem Schweigen. »Man hat den Eindruck, als wärst du mit der Vorsehung im Bunde, genau wie Wosgehad Hatun. Warte«, sie nahm die Schere vom Haken und schnitt von einer ihrer Zöpfe ein kleines Stück ab. »Nimm das und behalte es«, fügte sie hinzu. »Es ist ein Stück von mir selbst ... An dem Tag, an dem du es verlierst ... werde ich ... sterben.«

»Ich werde es nie verlieren«, versicherte Wahram errötend. Dann bestürmte er Anahide mit Bitten, bis sie schließlich einwilligte, mit zu Großma zu kommen. Doch kaum hatte sie den Dandun betreten, als sie vor Großma in die Knie sank und zu schluchzen begann.
»Ja, weine nur, mein Kind«, sagte Großma. »Die Tränen werden deinen Kummer wegschwemmen. Lass uns jetzt allein, Wahram.«
Schweren Herzens gehorchte er.

Wahram saß auf der Gartenmauer neben der Bresche. Er konnte nicht singen, obwohl sein ganzes Herz von Musik überquoll. Der Himmel erschien ihm noch tiefer als gewöhnlich, die Farben noch leuchtender und alle Wege und Straßen offener. Jetzt brauchte niemand mehr durch diese Bresche zu flüchten. Die ganze Welt lag frei vor ihm!
Wahram sprang von der Mauer herab. Die »Wangen der Semiramis« auf dem großen Apfelbaum lockten ihn an. »Steig herauf!«, raunte der Baum ihm zu. Aber die errötenden Äpfel flüsterten: »Nein, Wahram!« Der sanfte Wind ließ die Blätter lachen, und unsichtbar sangen die Vögel, keiner wusste, für wen und warum.
Plötzlich stürzte Gail mit hängender Zunge auf Wahram zu, und nun sah dieser auch Sirarpi herankommen, deren Gestalt Schatten und Lichter abwechselnd liebkosten.
Er entschloss sich, nicht auf den Baum zu klettern.
»Wahram, du strahlst ja unter deinen bronzefarbenen Locken!«, sagte Sirarpi. »Und deine Augen singen. Warum?«
»Ich weiß es nicht, Sirarpi. Es ist eigenartig, aber heute Morgen hat der Garten für mich eine so ungewöhnliche Schönheit und Lieblichkeit. Es kommt mir vor, als hätte ich zehn von Glück erfüllte Herzen. Am liebsten würde ich die ganze Welt küssen …«
Sirarpi legte ihre Hand auf Wahrams Wange. »Schön, dann küss doch Gail.«
Wahram fasste die Vorderbeine des Hundes und legte sie auf seine Schultern. Gail war, wenn er aufrecht stand, fast so groß wie er. Wahram spürte seinen heißen Atem und küsste ihn auf die Schnauze.
Sirarpi schien zu warten. Gail stand jetzt wieder auf seinen vier Beinen. »Willst du mit mir auf den Baum klettern?«, schlug Wahram seiner Cousine vor.
Sie antwortete nicht, sondern lief plötzlich auf die Gartenmauer

zu, die an der Straße entlangführte. Erstaunt sah Wahram ihr einen Augenblick nach. Dann schoss er hinter ihr her.

Sirarpi flog so leicht dahin, dass sie kaum den Boden berührte. Aber Wahram überholte sie, wandte sich um und fing die Atemlose in seinen Armen auf. Er hielt sie fest und atmete den Jasminduft ihrer Haare ein. Sein Herz schlug und floss über von lichterfüllter Freude. Vorsichtig löste er sich von Sirarpi und sah, wie ihre lächelnden Lippen zitterten. Sie setzten sich nebeneinander auf die warme Böschung des Bewässerungsgrabens. Die ganze Welt, so schien es ihnen, war überflutet von einer strahlenden Güte.

Der russische Militärgouverneur hatte Befehl gegeben, dass die Kosaken in den Gärten der Bevölkerung kampieren sollten.

So rückte denn eines Morgens auch eine Gruppe Soldaten bei Großma an. Sie rissen drei Meter der Umfassungsmauer nieder, schlugen eine Brücke über den Bach und fällten die große, schlanke Birke, die ihnen im Weg stand. Um das Terrain einzuebnen, rissen sie die Nelken aus und warfen sie auf einen Haufen. Dreißig Kosaken mit ihren Pferden ergriffen Besitz von dem Obstgarten, und um ihre Zelte aufzuschlagen, verwüsteten und zertrampelten sie die Gemüse- und Blumenbeete sowie die Rasenflächen.

Machtlos, schweigend sah Großma mit Wahram diesem Treiben zu. Der Kosakenleutnant trat heran, grüßte liebenswürdig lächelnd und sagte einige Worte, aber sie sah ihn teilnahmslos an und gab sich keinerlei Mühe, ihn zu verstehen. Der Offizier erteilte einen Befehl. Ein Kosak mit einem Karton in der Hand kam angelaufen. Der Offizier öffnete ihn: Kanfets!

Er gab Wahram den Karton, doch Großma ergriff ihn freundlich, aber bestimmt, legte ihn dem Offizier zu Füßen, wandte sich um und sagte: »Komm, Wahram.« Im Dandun ließ sie sich auf ihren Stuhl fallen und begann zu beten. Alle scharten sich um Großma und warteten ...

»Meine Kinder, meine Kinder«, sagte sie endlich mit leiser Stimme. »Gott stehe uns bei! Uns ist Schlimmes widerfahren, und wir werden unendliche Geduld aufbringen müssen. Sarkis wird Wasser aus dem Brunnen schöpfen, und ihr, Aghawni, Araxi, Sirarpi, Wartkes und Sebuh, werdet den Garten nicht betreten, solange diese verfluchten Barbaren sich dort aufhalten. Die Männer werden gut daran tun, sich nicht zu oft dort blicken zu lassen, um nicht den Zorn der Kosaken zu erregen. Wahram, muss ich dich erst ermahnen, auf der Hut zu sein? Nimm nichts von ihnen an, aber geh von Zeit zu Zeit in den Garten, damit du mir berichten kannst, was dort geschieht. Harutiun, mein Sohn, wie konnte eine solche Entscheidung getroffen werden?«

»Mutter, der muslimische Offizier steht beim russischen Generalstab in hohem Ansehen. Er war es, der seine Leute in den Gärten der Armenier kampieren lassen wollte. Weder Ganja noch die anderen Offiziere konnten es verhindern.«

»Und Aram, unser Zivilgouverneur, und die einflussreichen Armenier aus Russland? Ist es zu fassen, dass die Russen auf diese Weise unsere Nahrung und die unserer Tiere vernichten?«

»Mutter, das ist eine vorübergehende Maßnahme. Die Abteilung liegt hier nur für vierzehn Tage in Ruhestellung. Sobald sie mit ihrem Hauptmann Seyfullah abzieht, ist unser Garten wieder frei.«

»Ja, aber unwiederbringlich verloren. Mein Gott, warum musste diese Strafe nur über uns kommen?«

»Aber Mutter«, wandte Harutiun ein, »man hat Befehl gegeben, nichts zu zerstören.«

»Mein armer Sohn, und das glaubst du? Die Türken betrachteten uns als ungläubige Hunde und ließen uns in unseren Löchern. Die Russen lieben uns, und schon haben sie sich in unseren Häusern und Gärten eingenistet, um uns zu ruinieren.«

»Was kann man gegen das Unbegreifliche tun?«, fragte Harutiun. »Sie nehmen uns unsere Waffen und auch die, die wir von den Türken erbeutet haben. Sie requirieren unsere Pferde. Aber die Kurden dürfen alles behalten. Niemand legt Hand an ihren Besitz. Sie sind frei. Sie machen weiterhin ihre Überfälle, plündern und lauern den Reisenden auf. Gott ist mit den Straßenräubern, Mutter.«

»Lästere ihn nicht, mein Sohn. Gott gab dem Menschen den Verstand, doch der Mensch bediente sich seiner nicht, und Gott sandte zur Strafe die Sintflut. Seit eh und je gibt es Menschen, die sündigen, und andere, die für diese Sünden büßen. Und ein Mensch kann für den Sündenfall eines anderen bezahlen. Die Nächstenliebe sollte zum Ideal aller werden. Aber die Mächtigen haben keine Liebe.«

Harutiun dachte nach. Jetzt ergriff Tigran aufgeregt das Wort: »Mutter, wir sollten uns alle zusammentun, zum russischen Gouverneur gehen und ihn bitten –«, begann er.

»Nein«, fiel Großma ein. »Durch eure Bitten würdet ihr euch nur verraten. Er liebt uns nicht und wüsste dann, was uns missfällt. Gedulden wir uns, meine Kinder, halten wir unsere Zunge im Zaum! Vielleicht sind wir jetzt schlimmer dran als unter dem türkischen Joch; denn die Machenschaften der Türken kannten wir genau, während wir von den Russen nichts wissen. Darum müssen wir vorsichtiger sein denn je zuvor. Schweigt, aber haltet eure Augen und Ohren offen. Für uns kommt es jetzt vor allem auf eins an: Wir müssen vor dem Winter Vorräte für das kommende Jahr einlagern.«

Im Eingang zum Dandun tauchte Ganjas Gestalt auf. »Ruf ihn herein, Wahram«, sagte Großma.

Ganja trat mit sorgenvollem Gesicht näher und grüßte. »Verzeihen Sie mir, Große Frau«, sagte er. »Ich habe getan, was in meiner Macht stand, aber ich konnte die Kosaken nicht daran hindern, in den Gärten zu kampieren. Das Oberkommando ist der Ansicht, dass die Soldaten Ruhe benötigen, bevor sie wieder an die Front geschickt werden, und diese Ruhe können sie, wie Seyfullah behauptet, nur im Schatten der Gärten finden.«

»Es sind aber auch noch Gärten da, die früher den Türken gehört haben.«

»Sie haben nicht so viel Schatten …«

»Doch!«, widersprach Wahram. »Sie haben ebenso viele Bäume und ebenso viel Gras. Ich habe es selbst gesehen, als ich in unserem Haus auf dem Semiramis-Hang war.«

»Es sind die gleichen Gärten«, versicherte auch Großma. »Denn hier wie dort waren es Armenier, die sie angelegt und gepflegt haben.«

»So steht es also!«, eiferte sich Tigran. »Die armenischen Offiziere und Beamten aus Russland haben überhaupt nichts mehr zu sagen, was? Hättet ihr nicht erklären können, dass unsere Gärten zerstört werden und wir zum Hunger verdammt sind, wenn man die Soldaten hineinlässt?«

»Du weißt sehr gut, Tigran«, warf Harutiun freundlich ein, »dass die Armenier aus Russland nicht so denken wie wir. Sie haben große Pläne. Sie sehen sich schon als Gouverneure und hohe Beamte in einem von den Russen besetzten türkischen Armenien. Darum hüten sie sich, bei ihren Vorgesetzten Anstoß zu erregen. Sie wollen keine Scherereien haben.«

»Gewiss«, sagte Großma, »Seyfullah kennt da keine Scheu. Möge die

Hölle ihn verschlingen! Stimmt es, Harutiun, dass die Türken, die wir verschont und in die Missionen geschickt haben, von der russischen Armee besser versorgt und verproviantiert werden als wir? Welche Schlange lauert eigentlich in den Herzen dieser Menschen?«
»Sie wollen ein Armenien ohne Armenier, genau wie die Türken«, erklärte Tigran.

Zwei Tage später besah Wahram sich den Garten. Etwa dreißig Kosaken hausten hier mit ihren Pferden. In den Narzissenreihen bemerkte er schon viele kahle Stellen. Auf der Erde welkten die zertretenen Blumen. Die einst samtenen, leuchtenden, duftenden Blütenblätter der Stiefmütterchen, Nelken und Zyklamen hatten ihren Saft verloren und bildeten nur noch eine schmutzigbunte Masse. Die Kosaken rissen die Früchte von den Bäumen und brachen die Äste ab, wenn sie nicht hinauflangen konnten. Schwere Stiefel hatten Basilikum, Petersilie, Spinat, Runkelrüben und Kartoffelpflanzen auf den Beeten niedergetrampelt. Einige Kosaken bewarfen sich mit noch grünen kleinen Kürbissen. Um ihre Zelte aufzuschlagen, hatten sie überall in den Zwiebel-, Salat- und Erbsenbeeten Löcher gegraben. Pferde liefen zwischen den Weinstöcken herum. Kein Unwetter hatte je derartige Verheerungen in diesem Garten angerichtet, der für Großma das halbe Leben bedeutete.

Wahram konnte seinen Augen nicht trauen. Fassungslos ging er umher und antwortete nicht auf die Zurufe der Kosaken, die ihm halb reife Pflaumen oder Aprikosen anbieten wollten.

Das größte der Zelte, das des Offiziers, stand auf dem hinteren Teil eines großen Rasenvierecks neben den Weinstöcken. Als Wahram näher kam, fesselten ein kurzes Gewehr und ein langer Säbel, die am Stamm eines niedrigen Apfelbaumes hingen, seine Aufmerksamkeit.

Plötzlich blieb er, starr vor Schrecken, stehen. Ein Stückchen jenseits des Rasens hatte er die weißen Augen der Natter in ihrem reglosen Kopf entdeckt. Von ihrem Körper waren nur noch einige blutige, zerhackte Stücke zu sehen, die hier und da herumlagen.

Aus Leibeskräften begann er zu schreien: »Großma, Großma, Großma! Sie haben die Natter getötet!« Er schrie so lange, bis an der Gartenpforte die Gestalt der Großen Frau auftauchte. So schnell sie konnte, lief sie herzu, während die Kosaken sich neugierig um Wahram und den von Säbelhieben zerhackten Leib der Natter scharten.

Lange verharrte Wosgehad Hatun sprachlos vor den Überresten des Tieres, das einst der Schutzgeist des Gartens gewesen war. Sie kniete nieder, betete, richtete sich mühsam wieder auf, wandte sich den Kosaken zu und reckte die Arme zum Himmel empor. Ihre Gestalt wirkte so ungeheuer groß, in ihren Augen loderten so feurige Blitze, und ihre Lippen pressten sich so drohend zusammen, dass Wahram, der eben den Mund zum Reden auftun wollte, den Atem anhielt.

»Allmächtiger Gott«, begann sie mit lauter, klarer Stimme, »gib, dass keiner dieser Söhne Satans der gerechten Strafe entrinnen möge, die sie alle verdienen. Mögen ihre Eltern, ihre Frauen und ihre Kinder bald den Tod dieser Männer beweinen. Ihr Land werde zerstört wie Sodom und Gomorrha, denn sie haben den Schutzgeist des Gartens getötet und das Glück dieses Hauses vernichtet.«

Sie schlug ihre Hände über dem Kopf zusammen, verschränkte die Finger und legte sie auf ihre Brust. Dann streckte sie ihre Arme drohend gegen die Kosaken aus, die erstaunt, mit ernsten Gesichtern vor ihr standen, und fuhr langsam fort: »Seid verflucht, ihr Barbaren, weil ihr eine arme, gutmütige und wehrlose Natter, den Inbegriff aller guten Kräfte dieses Gartens, hingemetzelt habt.«

Jetzt kam Seyfullah aus seinem Zelt. Übellaunig, noch halb im Schlaf, rieb er sich die Augen, trat zu Großma und sagte auf Türkisch zu ihr: »Gute alte Frau, was schreist du hier herum? Geh wieder ins Haus und lass uns in Ruhe.«

Großma maß den Offizier mit Blicken, wie sie noch kein Mensch je zuvor von ihr hatte erdulden müssen. Er senkte die Augen.

»Sind Sie es gewesen, Sie unerschrockener Held, der diese Natter getötet hat?«, fragte sie.

»Ja. Und?«

»Sind Sie es gewesen, der seinen Leuten erlaubt hat, unseren Garten mit all seinen Bäumen, Pflanzen und Blumen zu verwüsten?«

»Oh, wir haben nichts zerstört. Wir ruhen uns hier aus, bevor wir wieder in den Kampf ziehen, um euer Land zu befreien. Was kann es euch schon ausmachen, wenn wir ein paar Früchte gegessen oder ein paar Lauchstängel herausgerissen haben?«

»Würdiger Spross eines Tamerlan, Abkömmling des Teufels, Schlauch voller Bosheit, sei verflucht, verflucht wie Tamerlan, bevor er enthauptet und in einen mit Blut gefüllten Krug geworfen wurde! Ich sage dir, der Schutzgeist des Gartens wird dir Unglück bringen. Dein Ende steht bevor, und dein Tod wird schrecklich sein, denn ich verfluche dich ...«

Der Offizier war blass geworden. Er ging in sein Zelt zurück und kam gleich wieder daraus hervor, eine Reitpeitsche in der Hand. Jetzt sah Wahram rot. Er schrie laut auf und stürzte sich auf den Offizier. Sein Kopf prallte gegen den Leib des Mannes, und beide rollten zu Boden. Aber Wahram sprang rasch wieder auf, ergriff das Gewehr, das am Stamm des Apfelbaumes hing, und richtete es auf den Offizier. Nun sprangen die Kosaken herzu, entrissen Wahram die Waffe und schlugen ihn zu Boden. Seine Nase begann zu bluten. Aber sofort erhob er sich wieder, stellte sich schützend vor seine Großmutter, die reglos und gleichgültig dastand, und schrie: »Ganja! Zu Hilfe, Ganja! Seyfullah will Großma umbringen! Ganja, Ganjaaaa!«

Schon stürzten Ganja, Harutiun, Tigran und Sarkis herbei. Ganja und Tigran hielten je einen Revolver in der Hand.

Großma gebot ihnen Einhalt. »Steckt eure Waffen weg«, sagte sie. »Damit wird nie etwas geklärt. Sie machen das Schlechte noch schlimmer und das Leben, das ohnehin nicht süß ist, nur bitterer.«

Dann wandte sie sich zu den Kosaken, die sich um Seyfullah geschart hatten und wie betäubt auf sie starrten. »Ganja, übersetze ihnen meine Worte«, sagte sie. »Sag ihnen, dass der Tod der Natter viel Unheil über sie und ihre Nachkommen bringen wird. Dass eines Tages ihre Felder und Gärten verwüstet sein werden wie jetzt unser Garten und dass ein Übel immer verzehnfacht auf den zurückfällt, der es verursacht hat. Ich sage es ihnen voraus: Das Unglück ist geschehen, unwiderruflich, nicht wiedergutzumachen, und sie werden den Schrecknissen, die sie heraufbeschworen haben, nicht entrinnen.«

Dann kniete sie vor den Überresten des Schutzgeistes nieder, sammelte sorgsam die einzelnen Stücke des verstümmelten Leibes ein und tat sie in ihre Schürze.

Ganja hatte den Kosaken Großmas Worte übersetzt, aber er hielt danach nicht inne, sondern sprach weiter. Seyfullah ging in sein Zelt zurück, die Soldaten grüßten und entfernten sich.

»Sarkis«, sagte Großma, »hol eine Schaufel und grabe dort ein Loch, wo das Nest der Natter ist.« Sie wickelte die Reste der toten Natter in ein weißes Tuch und begrub sie dann in dem Nest unter den Weinstöcken.

Großmas Verzweiflung ließ nicht nach. Ihre Gebete wurden zu drohenden Klagen. Wahram blieb ständig in ihrer Nähe, wagte jedoch nicht, sie anzusprechen. Er hörte, wie sie vor sich hinsagte: »Herr, Dein Schatten liegt nicht mehr über der Erde. Wo bist Du? Die Zahl der Herzen, in denen Du keine Wohnung mehr hast, wächst. Finstere Unwetter, schwerer und schwärzer als die Berge, entladen sich über der Welt. Wohltätige Schutzgeister werden von Säbelhieben zerfetzt, die Früchte werden von den Bäumen gerissen, bevor sie reifen konnten. Deine Blumen werden zertreten. Die Söhne der Hölle grinsen Hohn. Das Brot riecht nach Tod, und das Wasser schmeckt nach Blut ...«

Sie widmete sich nicht mehr ihren vielfachen Beschäftigungen. Sie schickte die Männer und Frauen fort, die zu ihr kamen; ihr Elend, ihre Wunden und Krankheiten erregten nicht mehr ihr Mitgefühl. Das ganze Leben der Familie war ins Stocken geraten. Großma, die entweder schluchzend auf den Knien lag oder in ihr Gebet versunken war, antwortete nicht mehr, wenn eins der Familienmitglieder oder einer der Menschen, die sie früher mit so viel Herzlichkeit aufgenommen hatte, das Wort an sie richtete. Wahram wusste nicht mehr, woran er sich halten sollte, und fühlte einen Wind um sich wehen, der grauenhaftes Unheil zu verkünden schien.

Am siebenten Tag nach der Ermordung der Natter bemerkte Wahram, der Ganja die Tür öffnete, dass das fröhliche Glitzern in den blauen Augen seines russischen Freundes erloschen war. Ganja war sichtlich erschüttert.

»Führ mich zu der Großen Frau«, sagte er.

»Aber Ganja, sie spricht doch nicht mehr mit mir. Dann wird sie erst recht nicht mit dir sprechen.«

»Heute bin ich es, der ihr etwas sagen muss.«

Großma saß im Halbdunkel und betete. Langsam glitt der Rosenkranz durch ihre Hände. Ihr Gesicht war friedlich, wie von einem Traum erhellt. Sie hielt den Kopf gesenkt.

Ganja begann ohne jede Vorrede. »Große Frau«, sagte er, »Seyfullah ist ermordet worden. Sein Nachfolger zieht die Kosaken aus den Gärten zurück und schlägt sein Lager in Ardamed am Van-See auf.«

»Er ist eines grausamen Todes gestorben, nicht wahr?«

»Ja«, bestätigte Ganja leise. »Man hat ihn in einem türkischen Haus am Glor-Dar-Hügel gefunden. Sein Körper wies dreißig Dolchstiche auf. Türken hatten sich dort versteckt, und vermutlich ist er ihnen in die Hände gefallen. Er schwamm in seinem Blut, er war grauenhaft verstümmelt, und sein Gesicht wies eine Unzahl von Schnittwunden auf. Neben ihm lagen fünf Türken, alle mit einer Revolverkugel im Kopf. Große Frau, gib mir deinen Segen, denn ich glaube an deine Prophezeiungen.« Ganja fiel auf die Knie und entblößte sein Haupt. Großma legte ihre Hand auf die goldblonden Haare des Leutnants und murmelte etwas vor sich hin. Kaum hatte sie geendet, als sämtliche Bewohner des Hauses im Dandun zusammenströmten. Die Kosaken rückten ab.

»Sarkis, Tigran! Ihr baut sofort das Mauerstück wieder auf, das die Russen niedergerissen haben. Und du sollst ihnen helfen, Wahram«, sagte Großma. Und dann strahlte, trotz der unendlichen Traurigkeit, die noch immer auf ihrem Gesicht lag, in ihren Augen die gewohnte Güte auf.

»Großma«, sagte Wahram, »ich weiß ja, dass ich ganz dumm und töricht bin, aber etwas musst du mir doch erklären. Warum warst du so außer dir über den Tod der Natter? Noch nie habe ich dich so zornig gesehen. Du hast am ganzen Leib gezittert, als du da im Garten standest und Seyfullah und die Kosaken verfluchtest.«

»Ist das alles?«, fragte Großma.

»Nein«, erwiderte der Knabe. »Da ist noch etwas anderes, was ich nicht verstanden habe. Um niemanden, weder um unsere Freunde, die vor Jahren von den Türken ermordet wurden, noch um Wruir oder Sebuh, noch um Leo und all die anderen Kadschs, die während der Kämpfe gefallen sind, hast du je so geklagt wie um die Natter. Als sie tot waren, hast du kaum eine Träne vergossen, während du jetzt seit einer Woche wie von Sinnen bist. Warum?«

»Ich will es dir sagen, meine kleine geschärfte Klinge. Weil all die Toten und das Unheil, das ihnen widerfuhr, sich der allgemeinen Ordnung der Dinge einfügten. Seit Jahrhunderten haben die Türken so gehandelt, und wir wussten stets, dass unser Herz und unser Fleisch nur Leid von ihnen erfahren würden. Dass jedoch Christen, die von weit her gekommen sind, um uns ihre sogenannte Liebe zu bezeugen, den Garten, der uns ernährt, verwüsten und den wehrlosen Schutzgeist, auf dem unser Glück beruhte, mit Säbelhieben zerstückeln konnten, das ist ein Zeichen dafür, dass die Dämonen die Herrschaft über die Welt angetreten haben. Die niedrigste und schwärzeste Bosheit hat sich auf den Thron geschwungen.«

Wahram war enttäuscht. Viel lieber hätte er gehört, dass Seyfullah umgekommen war, weil Großma ihn verflucht hatte. »Und die Kosaken, Großma?«, fragte er weiter.

»Auch sie werden nach Maßgabe ihrer Untaten bestraft werden. Denn eins müsst ihr wissen, meine Kinder: Der Tod der Natter und die Verwüstung unseres Gartens sind Zeichen des Himmels. Ich sehe eine düstere Zukunft voraus, die unser Haus bedroht.«

Wahram befand sich an unbekannten Ufern. Grüne Wellen mit jadefarbenem Schaum überfluteten das Gold des Firmaments. Ein Nachen mit unsichtbarem Ruder stieß ab, und in ihm stand, hoch aufgerichtet, der Smaragdritter ... Gott der Barmherzigkeit, wohin fuhr er? Wahram lief am Ufer entlang, erfüllt von ungeduldiger Hoffnung. Aber der Ritter würdigte ihn keines Wortes. Und Wahram brannte darauf, das Rätsel der Zukunft zu lösen! Warum sprach der Ritter nicht zu ihm? Er kannte die weite Welt der Vergangenheit. Er, Wahram, hingegen wusste nichts. Er versank im Treibsand des Zorns, der Hoffnung und der Traurigkeit.

Von Schwindel gepackt, warf sich Wahram auf die harten, metallischen Wogen und versuchte, schwimmend den Nachen zu erreichen ... Aber das Gift seiner Wünsche beschwerte ihn. Nun bemerkte er einen schwarzen Abgrund. Der Nachen verschwand, und Wahram schwebte zwischen zahllosen Gespenstern dahin, die aus den Tiefen aufstiegen, körperlosen, formlosen Wesen, die ihn so laut und aus solcher Nähe anriefen, dass ihm war, als hätten zwei feste Hände ihn gepackt ...

Er öffnete die Augen.

Ein engelsgleiches Gesicht neigte sich über ihn, seidenweiche Zöpfe berührten liebkosend seine Wangen ... Der Engel glich Sirarpi.

»Warum redest du im Schlaf, und warum stöhnst du so, Wahram?« Ja, sie war es wirklich! Dieser furchtbarste aller Träume mündete in eine beglückende Vision. Wahram nahm Sirarpis Kopf zwischen seine Hände und hielt sie lange an sich gepresst.

»Ach, Sirarpi«, sagte er. »Der Smaragdritter ist davongefahren, ohne mir etwas zu sagen. Ich war so verzweifelt ... Aber du hast mich aus der Verzweiflung erlöst. Deine Wange ist sanft und warm, Sirarpi ...«

»Es ist bald Tag, Wahram, und dann sind deine Albträume vorüber. So wird es immer sein.«

Als nach der Mahlzeit das Vaterunser gesprochen war, blieb Ganja mit sorgenvoller Miene, die Augen auf das Tischtuch gesenkt, sitzen und fuhr wie zerstreut mit seiner Gabel auf dem Tuch hin und her. Zwei Monate waren nun seit seiner Ankunft verstrichen. Er gehörte jetzt ganz zur Familie, denn er hatte sich den Sitten des Landes angepasst, und Großma hatte mit ihrem freundlichsten Lächeln zu ihm gesagt: »Ganja, mein Kleiner, du bist ein echter Sohn von Van geworden. Du bist ein guter Junge. Gott möge stets deine Schritte lenken.«

Endlich entschloss Ganja sich, den Mund aufzutun: »Es wird mir schwerfallen, euch zu verlassen, aber in wenigen Tagen muss ich an die Front von Alaschkert abrücken. Mehr darf ich als Offizier nicht sagen.«

»Mein Gott«, rief Großma, »welches Unheil bedroht uns denn nun wieder? Lass die Schleier, die deine Worte umhüllen, durchsichtig werden, Ganja! Sprich so, dass wir dich richtig verstehen.«

»Ich will und kann es selber nicht glauben; wie sollte ich es euch also sagen?« Er schwieg und hielt die Augen gesenkt. Dann zog er ein Stück Papier aus der Tasche und reichte es Harutiun. »Das hier ist ein Brief an meine Familie; ich habe ihn in russischer und in armenischer Sprache aufgeschrieben. Wenn ihr jemals nach Igdir kommen solltet, steht mein Haus euch offen, und meine Verwandten werden euch helfen. Die Adresse steht auf der Rückseite des Briefes.«

»Und warum glaubst du …«, begann Tigran.

»Ich glaube … Ich fürchte, die Russen werden sich nach Norden, in Richtung Alaschkert, zurückziehen. Van wird geräumt. Ihr könnt nicht hierbleiben …«

»Ist das dein Ernst? Aber nein, das ist nicht möglich«, rief Harutiun. »Die Türken haben keine Stoßkraft mehr. Und Aram, unser Zivilgouverneur – «

»Aram ist nur ein Spielball in den Händen der russischen Kommandantur. Er hat nichts zu sagen.«

»Und wir haben ihnen alle Waffen, alle Munition, die Pferde und sogar die Wagen abliefern müssen«, knurrte Tigran.

»Ganja, mein Sohn, sag uns alles, was du denkst.«

Großma lächelte ungläubig, und es schien Wahram, als lege sie der Frage, die sie an Ganja gerichtet hatte, keinerlei Wichtigkeit bei.

»An eurer Stelle würde ich mich zur Abreise bereit machen und immer daran denken, dass ich schon morgen gezwungen werden kann, in das russische Armenien zu flüchten«, erklärte Ganja.

»Aber Ganja, dort will ich nicht hin«, versetzte Wahram. »Unsere Schule ist geschlossen, und ich habe nichts zu tun. Kannst du mich nicht an die Front mitnehmen? Ich verspreche dir, dass ich ein sehr guter Soldat sein werde ...«

Von allen Seiten wurden Ausrufe laut. Großma griff in Wahrams Locken und zerrte unbarmherzig daran. »Du flügelloser Geier«, sagte sie, »so kannst du reden, wenn du den Stimmbruch hinter dir hast. Mit einer Frauenstimme spricht man nicht vom Krieg.«

»Anstatt Unsinn zu reden, lauf lieber und bitte Garo, Nazareth und Jegarian her«, fügte sein Vater hinzu.

»Mein Sohn, ich glaube, Ganja hat recht«, erklärte Großma mit lauter Stimme. »Die Russen wollen ein Armenien ohne Armenier. Nie wird der Zar zulassen, dass die Kadschs von Van, die selber das Land ihrer Vorfahren zurückerobert und die Türken in die Flucht gejagt haben, eines Tages vor Gott und den Mächtigen dieser Erde auf ihr Recht pochen können. Die Armenier müssen entweder Van verlassen oder sterben. Ich errate es.«

»Mutter«, sagte Tigran, »wir werden unsere Waffen zurückverlangen und uns bis zum letzten Blutstropfen verteidigen.«

»Nie bekommt ihr eure Waffen zurück«, sagte Ganja leise. »Warum hätte man sie euch sonst weggenommen? Versteht ihr denn nicht? Die Kurden haben ihre Waffen behalten dürfen.«

»Gott, mein Gott«, sagte Großma. »Warum sind wir an Händen und Füßen gebunden? Für welches Sühneopfer hast Du uns bestimmt?«

Die Flucht

> Dem Säugling klebt die Zunge
> vor Durst am Gaumen;
> Die einst Leckerbissen gegessen,
> verschmachten auf den Straßen;
> die man auf Purpur hegte,
> lagern auf Düngerhaufen.
>
> *Klagelieder des Jeremias (Kap. IV)*

Die Stadt? Ein riesiger hinsterbender Körper. Ein allgemeines Zusammenkrampfen, verzerrte Gesichter, hilflose Bewegungen. Alle, Männer wie Frauen, suchten verzweifelt nach einem Ausweg und konnten die Nachricht nicht fassen. Der Warak brannte, schwarz verkohlt, in der Sonne und sah noch dunkler aus als gewöhnlich. Die Bäume und Blumen waren wie verwelkt. Die Bäche funkelten nicht mehr in tausend schillernden Feuern.

Wahram nahm eine Pappschachtel, legte sorgfältig seine Briefmarken hinein, umschnürte die Schachtel fest mit einem dünnen Bindfaden und steckte sie in die Innentasche seiner Jacke. Nun wollte er auch seine Hefte und Bücher zusammenpacken, aber es waren zu viele. Welche sollte er auswählen? Jetzt ertönte unten die Stimme seines Vaters, so angstvoll bebend, wie er sie nie gehört hatte: »Nein, Mutter, du kannst doch nicht ...«

Schnell lief Wahram die Treppe hinunter und betrat den Dandun. Die ganze Familie befand sich hier. Sirarpi hielt sich etwas abseits, aber die anderen umstanden Großma, die schluchzend, die Hände auf der Brust gekreuzt, vor dem Herd auf den Knien lag.

So völlig verzweifelt und entmutigt hatte Wahram seine Großmutter noch nie gesehen.

»Geht ihr nur fort, meine Kinder«, sagte sie. »Der Tod schleicht um

mein Bett. Jeden Abend ist er da. Warum soll ich dann anderswo sterben als in meinem Haus?«
»Mutter, wir werden nicht sterben, wir kommen zurück.«
»Nein, niemand wird zurückkommen. Die Söhne der Hölle sind zu zahlreich.« Plötzlich hörte sie auf zu schluchzen. Sie reckte sich empor, faltete die Hände und betete: »Herr der Barmherzigkeit und der Güte, erhöre Deine demütige Dienerin, die sich in ihrer unendlichen Verzweiflung an Deine grenzenlose Großmut wendet. O Herr, mein Herz quillt über von Tränen und Klagen. Ich werde bald sterben, endlich Ruhe finden. Ich werde vor dem Thron Deiner Allmacht erscheinen. Immer habe ich Dich geliebt, Dich angebetet und gefürchtet. Immer bin ich den geraden Weg vor Dir gewandelt. Und ich flehe Dich an um Gerechtigkeit. Mögen der Zar und all die raubgierigen Menschen, die ihn umgeben, in ihrem eigenen Blut ertrinken, und mögen sie im Sterben das grausame Bewusstsein ihres Orhass haben. Möge das Reich, das Enver, Talaat und Dschemal errichten wollen, über ihnen zusammenbrechen, und mögen sie im Elend umkommen. Möge der Kaiser von Deutschland seinen Thron verlieren und in einen Abgrund voll brodelnden Teers gestürzt werden, mögen seine Ratgeber dahinsinken und ihrer Macht beraubt werden! O Herr, ich verlange nicht zu viel. Strafe das stolze England, das noch stets die Henker Deiner Diener beschützt hat! Wir sind Deine Kinder seit Noahs Zeiten, und wir sind die Einzigen, die vor Dir auf dem rechten Weg gewandelt sind. Räche uns, Herr!«
Großma kreuzte die Hände über der Brust und sammelte sich. Eine Atmosphäre leidenschaftlicher Inbrunst herrschte im Dandun. Keiner rührte sich. Dann begann Großma von Neuem: »O Herr der Liebe und Güte, verzeih mir meinen Zorn, Du, der Du in meinem Herzen lesen kannst und der Du weißt, dass ich es aufrichtig meine. O Vater der Welt, des Lebens und des Lichtes, mach, dass die Söhne Frankreichs und Napoleons zu uns kommen, dass sie uns Hilfe und Schutz angedeihen lassen; denn nur die Tapfersten der Tapferen können uns noch retten. Höre mich, Herr, höre mein Flehen vor der ewigen Pforte Deiner Barmherzigkeit. Sieh die Verzweiflung Deiner Dienerin.«
Am liebsten wäre Wahram neben Großma niedergekniet und hätte mit ihr um das Kommen der fränkischen Ritter gebetet. Aber er blieb wie festgenagelt an seinem Platz und wagte keinen Schritt zu tun.
»Mutter«, sagte Harutiun, »wir müssen uns vorbereiten. Morgen in aller Frühe müssen wir aufbrechen.«

»Ja, mein Sohn, bereitet euch vor. Ich bleibe hier in dem Heim unserer Familie, dem Haus unserer Väter. Hier werde ich sterben. Ich gehe nicht fort.«

»Aber wir können ohne dich nichts tun, Mutter.«

»Komm her und knie neben mir nieder, Aghawni, meine sanfte und gehorsame, tugendsame und fromme Tochter. Komm, damit ich dir meinen Segen erteile und die drückende Last, die ich seit Jahren trage, auf deine jungen Schultern lege.«

Zitternd, die Stirn gesenkt, ließ die junge Frau sich vor Großma auf die Knie nieder. Diese legte ihre rechte Hand auf Aghawnis Kopf. Ihre langsame, gemessene Geste war liebevoll und zärtlich. »Mögen unser Herr und die Heilige Jungfrau dir Mut einflößen«, sagte sie, »damit du imstande seiest, außer deinen eigenen Leiden auch noch die der anderen zu tragen. Von jetzt ab, Aghawni, wird jedes Mitglied unserer Familie dein Sohn sein. Du wirst jedem geben, was er braucht, aber du wirst auch für das Haus, den Garten und den Tisch sorgen. Die Erste an Mut und Güte, die Erste im Schmerz wie in der Freude, wirst du ein Leben ständiger Opfer führen, aber der Herr wird dir dabei helfen, denn Er beschützt jeden Herd, und du wirst Halt und Grundlage unseres Herdes sein.«

»Große Frau«, sagte Aghawni erschüttert, »verlass uns nicht, komm mit uns. Ich bin noch nicht bereit für diese Aufgabe; nie würde ich dich ersetzen können. Und wir werden ganz bestimmt hierher zurückkehren.« Sie ergriff die Hand, die auf ihrem Kopf lag, und küsste sie.

»Meine Tochter«, erwiderte Großma, »seit der Schutzgeist unseres Gartens hingeschlachtet wurde, weiß ich, dass auch unser Heim zugrunde gehen muss. Aber ich werde die Asche des Herdes sein: Ich bleibe.«

»Großma«, rief Wahram plötzlich, indem er neben ihr niederkniete. »Ich bleibe mit dir hier, Großma!«

»Das hätte mich auch gewundert«, sagte Großma in einem kühlen, jedoch ruhigen Ton, der nichts Gutes verhieß, »es hätte mich gewundert, wenn du nicht auch dein Körnchen Salz dazugegeben hättest. Du wirst nicht hierbleiben. Du wirst als Erster fortgehen. Vor allen Gefahren musst du bewahrt bleiben, alle müssen sich schützend um dich scharen, denn du bist die Flamme unseres Herdes. Du gehst.«

»Nein, Großma! Wenn du hierbleibst, bleibe ich auch. Ich habe es mir überlegt. Wenn Gefahr droht, verbergen wir uns im Versteck; dann kann niemand uns finden.«

»Du wirst gehorchen, mein Kind«, erklärte Großma energisch. »Und ich werde auch dir meinen Segen erteilen.«

»Ich kann nicht fortgehen, wenn ich weiß, dass du allein hierbleibst. Ich werde Hrants Pistole nehmen; ich kann sehr gut damit umgehen. Ich werde dich beschützen und dir dienen. Oder du gehst mit uns, Großma. Wir können nicht ohne dich leben.«

Betroffenes Schweigen herrschte im Raum. Der so vertraute Dandun war wie verwandelt. Der Herd mit seinen glänzenden geschwärzten Steinen, seiner weißen Asche und dem riesigen Kessel, der am Haken darüber hing, nahm das Aussehen einer Gottheit an. Eine ungeheure Leere drohte diese armen Menschen zu erdrücken; denn der Schutzengel, der sie bisher zusammengehalten hatte, wollte sie verlassen und sich ganz seinem eigenen Kummer hingeben.

»Ich habe es dir gesagt, Großma, ich bleibe bei dir«, erklärte Wahram noch einmal. »Und wenn man mich mit Gewalt fortschleppt, reiße ich aus und laufe zurück.«

Auch Harutiun, der vor seiner Mutter auf die Knie gesunken war, versuchte, auf sie einzureden: »Mutter, komm mit! Du kannst auf dem großen Büffelwagen sitzen, da hast du es bequem. Es ist ja auch nur für ein paar Wochen. Wir werden, wir müssen vor dem Schnee wieder zurück sein. Komm mit uns.« Jetzt fielen alle auf die Knie, und Sirarpi warf sich schluchzend vor Großma zu Boden. »Große Frau«, rief sie unter Tränen, »was soll aus uns werden? Und ich, was soll ich ohne dich anfangen?«

»Bleibt hier, meine Kinder, und betet. Ich bin gleich wieder da.« Mühsam erhob sich Großma; doch als sie aufrecht stand, erschien ihre Gestalt übermenschlich groß, und ihre Augen sprühten schwarze Funken. Ihre Hand war fest, der Herr hörte auf ihre Worte.

»Wahram, du kleiner Teufel«, sagte Tigran, »diesmal hast du wirklich etwas Gutes getan. Nun lass nicht locker!«

»Ich lasse nicht locker ...«

»Gute Ratschläge gibst du ihm da, Tigran«, fiel Harutiun ein. »Dieser Junge ist zu allem fähig.«

»Eben. Und das weiß Mutter auch.«

Die Wartezeit schien sich ewig hinzuziehen. Nein, Wahram konnte nicht glauben, dass sie tatsächlich den Garten, die Bäume, die Blumen, die Weinstöcke und das Haus verlassen sollten. »Vater«, sagte er, »dann wollt ihr auch die Kühe, Gail und die Katzen hierlassen?«

»Die Katzen bestimmt. Gail wird uns von selbst folgen, solange er irgend kann. Und was die Kühe betrifft, die nehmen wir natürlich mit.«

»Und … die Sachen im Versteck?«

»Was?«, rief Tigran. »Das Versteck? Was haben wir denn im Versteck?«

»Die Bücher, das Bild vom Smaragdritter …«

»Aber das ist doch –«, begann Tigran verblüfft.

»Lass nur, Bruder, es ist jetzt nicht der richtige Augenblick«, meinte Harutiun beschwichtigend. »Wir müssen anfangen, alles Wertvolle, was wir nicht mitnehmen können, ins Versteck hinunterzubringen. Aber wo bleibt nur Mutter?«

Sie hatten gehört, wie sie mit schweren Schritten die Treppe hinaufstieg, in ihr Zimmer trat, die Tür schloss und dann in den großen Raum ging, in den sie sich gewöhnlich zurückzog, wenn sie komplizierte Heilmittel zubereitete oder »Magie« betrieb. Ganz fern und leise, als kämen sie aus einem tiefen Tal, drangen ihre Klagen bis zu ihnen. Flaschen und Krüge stießen gegeneinander, Ketten klirrten. Endlich kam sie wieder herunter. Ihr Gesicht war wie aus Marmor, ihre weißen, welken Lippen schienen sich nicht mehr öffnen zu können, aber ein eiserner Wille hielt sie aufrecht.

»So, meine Kinder, macht euch fertig«, sagte sie. »Schnell. Ihr müsst schlafen, denn dieser Weg, den wir antreten wollen, ist hart und führt ins Elend. Beeilt euch. Stellt in jedem Zimmer auf die eine Seite alles, was wir mitnehmen müssen, und auf die andere die Sachen, die ins Versteck hinunterkommen, aber lasst die Tische, die Stühle und die anderen Möbel an ihrem Platz. Dann bringt alles, was mitsoll, in den Dandun, damit wir hier eine letzte Auswahl treffen. Füllt die Raufen für die Kühe und gebt Gail reichlich zu fressen.«

»Und meine Katzen, Großma?«, rief Wahram.

»Ihr müsst in der Scheune das kleine Fenster zum Garten für Wahrams Katzen offen lassen. Du, Harutiun, nimmst vor allem deine ganzen Handwerksbücher und die wertvollen Instrumente mit. Aghawni, meine Tochter, tu deine Schmucksachen in ein kleines Kästchen und befestige es unter dem Rock an deinem Gürtel. Nun rasch, meine Kinder, beeilt euch!«

Wahram brachte seine Bücher und Hefte in den Keller. Kerzen und Lampen beleuchteten die endlose Steintreppe und das riesige unterirdische Gewölbe, in dem sich zusammengerollte Teppiche, Hausrat,

Kleidung, Geschirr, Tafelsilber und Bilder stapelten. Vor dem Schrank, in dem das Pergament lag, blieb Wahram stehen. Er wollte den Smaragdritter noch einmal sehen und auch das Pergament, das von den Schätzen berichtete, von jenen Schätzen, die er nicht entdeckt hatte und die so viele unsinnige Hoffnungen ihn ihm geweckt und ihm so viel Verdruss eingebracht hatten. Wie eine Lawine unerschöpflicher Überraschungen waren die Jahre in erregender Folge vorübergerast, und nie hatte er das Bild des Ritters wiedergesehen, nie wieder in dem Buch gelesen. Jetzt würde er sicherlich den altarmenischen Text verstehen, denn er konnte nicht allein die Bibel, sondern auch die im 12. Jahrhundert geschriebene Geschichte des Thomas Ardzruni lesen.

In einem unbewachten Augenblick nahm er das Pergament heraus, trat zur Lampe und öffnete es. Der Smaragdritter blickte ihn an. Auf seiner Brust breitete sich das Kreuz mit den vier v-förmig gespaltenen Enden. Im Mittelpunkt des Kreuzes leuchtete der Smaragd.

»Oh, Herr Ritter!«, murmelte Wahram bewegt.

Jede Einzelheit erregte ihn: das dunklere Grün der Rüstung, das dem Smaragd als Einfassung zu dienen schien; das altrosa Kreuz auf der Brust des Ritters, der gegen seine Schulter lehnende Degenknauf. Wie viele Hoffnungen und Illusionen waren jedes Mal zunichtegeworden, nachdem der Ritter ihm erschienen war!

Und nun, in diesem Augenblick, da sein ganzes Leben ins Unbekannte abstürzte, fand Wahram sich wieder dem Smaragdritter gegenüber, der ihn mit seinem reglosen Blick musterte. Diese gleichgültigen Augen, diese in einem bitteren und doch eigenwilligen Lächeln erstarrten Lippen, diese mächtige, mit dem blitzenden Harnisch bekleidete Brust vermittelten Wahram wiederum das Gefühl einer unbezwinglichen Kraft.

Er wandte die Seite um und las den altarmenischen Text, den er nun verstand: »Ich, der Smaragdritter, Wahram aus dem Hause Bachlawuni-Mamikonian, geboren im armenischen Königreich Kilikien, sage dem Herrn Dank, denn Er hat meinen Weg erleuchtet, die Schritte meines Rosses gelenkt und alle meine Gegner der Rache meines Arms ausgeliefert. Und überall, wo ich, der Smaragdritter, mich aufhalte, erhebt sich der Tempel und herrscht über den Geist des Menschen. Ich vermache meinen Söhnen die Furcht des Herrn und den Kult des Ewigen Tempels, denn allein und nackt bin ich hergekommen und habe die Festung Bergri erobert, und vor meinem Schwert zitterten alle Feinde des Schöpfers. Dies ist meine Geschichte, die ich meinen Söhnen und Enkeln und all ihren Nachkommen bis ans Ende der Zeiten hinterlasse, damit sie dem Tempel dienen und der Geist auf immer unter seinen Gewölben regiere ...«

Auf der Treppe wurden Schritte laut. Wahram schlug hastig das Buch zu. Aber unwillkürlich blieb er stehen und wartete.

Sein Vater kam herunter. Er brachte eine Kiste voller Flaschen und Instrumente aus seinem Laboratorium mit, stellte sie ab und wandte sich zu Wahram um. »Was tust du da?«, fragte er.

»Väterchen«, sagte Wahram, »ich werde dieses Buch mitnehmen und lesen.«

»Das hätte gerade noch gefehlt!«, erklärte Harutiun in strengem Ton. »Du hast also schon darin gelesen?«

»Aber nur sehr wenig. Wer war der Smaragdritter? Warum nannte er sich Wahram aus dem Hause Bachlawuni-Mamikonian? Warum hast du mir das Buch nie zu lesen gegeben?«

»Weil es für den Geist der Kinder gefährlich ist. Es ist eine Quelle von Hirngespinsten. Und was den Ritter betrifft, so darfst du nicht mehr an ihn denken.«

»Das ist unmöglich! Ich werde das Buch selbst tragen ...«

Freundlich, aber bestimmt nahm Harutiun seinem Sohn das Buch aus der Hand und verschloss es wieder im Schrank.

»Aber wer war dieser Ritter? Warum hieß er Wahram?«

»Dieser Ritter ist unser Ahnherr, und ihm zu Ehren wird der älteste Sohn in unserer Familie immer auf den Namen Wahram getauft. Durch ihn stammen wir von der Familie der Bachlawuni-Mamikonian aus Ani ab.«

»Und warum hat man mir nie davon erzählt?«

»Weil nicht jeder das wissen soll. Wenn die Türken es erfahren hätten, so hätten sie uns den Kopf abgeschnitten. Darum muss dieses Geheimnis innerhalb unserer Familie gewahrt bleiben. Die Kinder erfahren es, wenn sie über zwanzig Jahre alt und vernünftig geworden sind.«

»Und der Schatz, Vater?«

»Den musst du fürs Erste auch vergessen.«

»Aber – «

»Wahram, wir werden unser Haus verlassen. Vielleicht werden wir es nie wiedersehen. Geh und sieh dir den Garten ein letztes Mal an, iss von seinen Früchten, atme seine Düfte ein, tritt auf seine Erde ... Geh,

mein Kind. Und wenn einmal andere Zeiten sind und wir wieder herkommen sollten, werden wir dir vom Schatz und vom Ritter erzählen.«
Eine unaussprechliche Ergriffenheit bemächtigte sich Wahrams. Allmählich wurde ihm bewusst, dass der Abschied bevorstand, dass er das alles verlassen würde.

Im Garten sah er Großma unter der Rosenhecke. Sie lehnte an dem mächtigen Stamm des dreihundertjährigen Birnbaums und hielt den Blick auf die Bäume gerichtet. Langsam glitten die Perlen des Rosenkranzes durch ihre Finger, und ihre Lippen bewegten sich wie zu einem Murmeln. Wahram wartete, ob sie ihn zu sich heranwinken würde, aber sie sah ihn überhaupt nicht. Er ging weiter. Am Fuße des großen Aprikosenbaumes saß Sirarpi und weinte. Er setzte sich neben sie und ergriff ihre Hand.

»Was hast du denn?«
»Ich werde ihn nicht wiedersehen.«
»Wen, Sirarpi?«
»Armenag.«
»Was für einen Armenag?«
Sirarpi zog ihre Hand aus der Wahrams und legte sie über ihre Augen. Sie schluchzte noch heftiger.
»Möchtest du, dass ich gehe?«, fragte Wahram.
»Nein, bleib hier. Ich werde es dir sagen.«
Aber das war offenbar nicht so einfach. Die letzten Aprikosen leuchteten weit oben wie melancholische rotgoldene Bälle zwischen den Blättern. Wahram schaute sich um. Die Apfelbäume und die Birnbäume, an denen er jeden Zweig kannte, das riesige Beet mit den duftenden indischen Nelken, die unzähligen Blätter dieses grünen Ozeans, alles schien ihn zu verlassen. Nur der Flug der Geier vor der Sonne drückte eine gewisse Unruhe aus.

Sirarpi hörte auf zu schluchzen und richtete ihre Augen, die noch immer so zärtlich strahlten wie früher, auf Wahram. Aber sie lächelte nicht. »Ich will dir etwas anvertrauen, Wahram, was ich nicht für mich behalten kann«, erklärte sie. »Aber wie soll ich es dir sagen?«
»Ich errate es. Dir tut es leid um alles, was wir hier zurücklassen. Es schmerzt dich, dass du fortmusst, nicht wahr?«
»Ja, aber deshalb weine ich nicht. Vielleicht werde ich Armenag nie wiedersehen. Und ich habe ihn ohnehin schon so selten gesehen.«
»Wer ist Armenag?«

»Der junge Lehrer an der deutschen Missionsschule. Derjenige, der so klug ist und so schöne Geschichten erzählen kann.«

»Aber er geht doch auch weg.«

»Das ist nicht sicher. Es scheint, dass die Mission hierbleibt.« Wahram wurde plötzlich unruhig. »Und was macht es dir aus, ob er bleibt oder geht?«, fragte er.

»Er hatte versprochen, mich zu heiraten.«

Wahram fuhr auf. Ihm war plötzlich, als habe eine Viper sich um seine Beine geringelt. Er konnte kaum atmen und starrte Sirarpi an, als sähe er sie zum ersten Mal. Und er sah auch Armenag wieder vor sich, diesen unsympathischen Menschen mit dem winzigen Schnurrbart, der seine Oberlippe teilte und ihm das Aussehen eines Kalbes verlieh ... Diesen Armenag, der einen immer so von oben herab anblickte, der so tat, als wisse er alles besser. Diesen Armenag mit der schrillen, metallischen Stimme.

»Und du?«, flüsterte Wahram. »Hast du Ja gesagt?«

»Ich konnte ihn nicht zurückweisen. Er ist ein so großartiger Mensch; wie hätte ich da Nein sagen können? Ich, die ich nichts bin und nichts habe!«

»Du hast Ja gesagt ...«, wiederholte Wahram erschüttert. »Aber das ist doch nicht möglich! Ich will das nicht.«

Sirarpi riss die Augen weit auf und rückte näher an Wahram heran, um sein zorniges Gesicht genauer zu betrachten. Mit einem zärtlichen Lächeln legte sie sanft ihre Hand auf die Wange ihres Vetters.

»Ach, Wahram, er ist ja viel zu gut für mich. Alle Mädchen in der Mission laufen ihm nach, aber ich bin es, die er begehrt. Und er hat mir bewiesen, dass ich für ihn bestimmt bin.«

»Ja, und ich?«, fragte Wahram.

»Du?«

»Mich lässt du im Stich?«

»Was sagst du da?«, rief Sirarpi erstaunt. »Von dir könnte ich mich nie trennen. Du gehörst zu mir. Ich lass dir meine Hand, die ich keinem Menschen gebe, nicht einmal Armenag.«

»Aber wenn du ihn heiratest, werde ich dich nicht mehr sehen.«

»Aber doch! Immer! Du bist doch immer mit mir zusammen, Wahram, Tag und Nacht, seit ...«

»Jaja, ich weiß.«

Wahram war es, als sei er in tiefes Dunkel gestürzt. Er wollte aufstehen und fortgehen, aber Sirarpi schlang ihre Arme um ihn, und die warme Seide ihrer Zöpfe, die nach Großmas Rosenessenz dufteten, berührte seine Wange. Er verstand überhaupt nichts mehr. Er war nicht einmal böse auf Sirarpi.

»Wahram, du weißt genau, dass ich einmal heiraten muss. Und dich kann ich doch nicht heiraten ... Willst du etwa ...«

»Nein, das will ich nicht.«

»Wahram, mein Lieber, geh schnell und erkundige dich, ob Armenag hierbleibt oder mit uns fortgeht!«

Verwirrt stand Wahram auf. Er war Sirarpi nicht böse. Aber was war es dann, das ihm so ins Herz stach und ihm gleichzeitig ein Gefühl des Zorns und der tiefsten Entmutigung eingab? Seine Wut behielt die Oberhand. »Ich habe genug davon, den Mädchen als Liebesbote zu dienen und ihnen einen Mann zu beschaffen«, erklärte er. »Zuerst Araxi, dann Anahide und nun noch du. Du, Sirarpi!«

»Ich kann doch nicht selbst hingehen, du musst es tun! Du gehörst doch zu mir, also ...«

»Gut, ich gehe, Sirarpi, aber ... Das sage ich dir später.«

Wahram lief zur deutschen Mission. Er suchte Armenag und entdeckte ihn in angeregtem Gespräch mit drei Krankenschwestern. Obwohl Armenag größer war als Wahram, wirkte er doch kraftlos und fast zerbrechlich. Wahram trat zu ihm und sagte: »Sirarpi möchte wissen, ob Sie auch fortgehen.«

»Sirarpi? Wer ist das?«, fragte Armenag hochmütig und hob ein wenig die Oberlippe mit dem kleinen Bärtchen. Ja, er sah tatsächlich wie ein Kalb aus!

»Ach, das weißt du nicht? Das ist meine Cousine, die du gebeten hast, dich zu heiraten«, antwortete Wahram grob.

Die drei jungen Mädchen brachen in lautes Lachen aus, und Armenag wurde röter als eine Mohnblume. »Du kannst ihr von mir ausrichten, dass sie verrückt ist«, sagte er. »Ich habe nie über so etwas mit ihr gesprochen.«

Mit beiden Fäusten fuhr Wahram auf diesen Kalbskopf los und zielte dabei auf das Schnurrbärtchen. Das Blut schoss dem jungen Mann aus der Nase. Er schrie auf und fuchtelte mit den Armen in der Luft herum. Wahram stieß ihn zu Boden und wollte noch weiter auf ihn einschlagen. Aber die Krankenschwestern schrien, und von überall her reckten sich Hände, um Wahram zurückzuhalten. Die Gesichter lächelten. Dann sagte jemand: »Das genügt, Wahram. Du hast recht gehandelt ... Wer nicht mit den Ohren hört, wird mit dem Rücken hören ... Geh jetzt ...«

Wahram, der innerlich vor Wut kochte, hätte am liebsten seine Fäuste noch weiter betätigt, aber er hatte es eilig. Er lief nach Hause. Im Garten wartete Sirarpi auf ihn. Er erzählte ihr, was geschehen war. Sie lehnte den Kopf an seine Brust und weinte. Wahram hatte seinen Zorn noch nicht überwunden. Er hatte Lust, sein Taschentuch herauszuziehen und die Hand, auf die Sirarpis Tränen fielen, abzuwischen.

Wahram stieg auf das Dach. Von hier blickte er über die meisten Bäume hinweg, ausgenommen die dreihundertjährigen Birnbäume und die höchsten Pappeln. Die untergehende Sonne vergoldete die von den zahllosen Baumwipfeln gebildete Fläche; ihre Strahlen, die sich in den Fensterscheiben spiegelten, wirkten wie in den Raum geschleuderte flammende Schwerter. Der Warak, eine Masse aus Rot, Gold und Schwarz, versperrte den Horizont, und eine dichte Rauchwolke stieg von Schuschantz auf, das an der breiten Brust des Berges lag. Der Ort brannte! Der Rauch erhob sich, bis er mit den Felsen von Tziaternug verschmolz. Reglos standen die beiden Gipfel, Festung von Astrik und Galiläa, Wahrzeichen einer heidnischen und einer christlichen Legende, einander gegenüber, bereit, sich in dunkle Nacht zu hüllen.

Und in allen Gärten der Stadt sangen die Vögel ihr Wiegenlied. Die geschwärzten Mauern der niedergebrannten kleinen Türkenkaserne von Zem-Zem-Mahara erinnerten an die berauschenden Tage des Sieges und der Freude. Aber im Westen breitete sich der goldene und purpurne Himmel wie ein funkelnder Schleier über den Van-See, welcher der sinkenden Sonne ein Bett aus Jade darbot. Die Festung von Van mit ihren schroffen Abhängen und welligen Konturen wurde zu einer riesigen Räucherpfanne ...

Und all das würde nun auf immerdar verschwinden.

Wo werden wir morgen Abend sein?, fragte Wahram sich. Unten auf der Straße bewegten sich bereits Kolonnen von Ameisen, winzige schwarze Wesen, langsam einer unbekannten Zukunft entgegen.

»Wahram, komm zu Tisch!«, rief Sirarpi aus dem Hof.

Dieser Ruf hatte etwas Erschreckendes. Zum letzten Mal würde die Familie sich im Dandun vor dem Herd und um den Tisch versammeln ... Wahram wollte nicht hinuntersteigen. Er konnte sich weder vom Berg Warak noch vom Himmel noch vom Van-See trennen und noch weniger von dem Garten, dem Haus und dem Dandun. Warum musste dieser Abschied sein? Zu wessen Glück, wem zuliebe? Den Türken? Auch sie waren zu Tausenden auf der Flucht und im Elend umgekommen, nachdem sie alle Armenier hatten ausrotten wollen. Aber die Armenier wollten kein anderes Volk ausrotten. Seit den Zeiten der Semiramis hatten sie die Erde bebaut, ihre Gärten gepflegt, ihren Nachbarn gedient und sie ernährt. Sie verlangten nichts als Sicherheit und Achtung ihrer Menschenwürde. Warum hatten dann die Russen ihnen die Waffen genommen, von den Kurden hingegen keinen einzigen Dolch gefordert? Warum verjagten sie die Armenier aus ihrer Heimat, nachdem sie ihre Pferde und Maultiere, ihre Esel und Wagen requiriert hatten? Warum hatten sie selbst die Stadt verlassen, sogar noch bevor sie ihrem Befehl gemäß geräumt war?

Aus welchem Grund hatte Großma den Zaren, die Deutschen und die Engländer ebenso verflucht wie Enver, Talaat und Dschemal? Waren denn wirklich alle Mächtigen dieser Erde wahnsinnig geworden?

Aber nein, Großma hatte die Hilfe Napoleons und der fränkischen Ritter erfleht ...

Wahram warf noch einen langen Blick auf diesen unvergleichlichen Schmelztiegel im Westen, in dem die Sonne die Wolken zum Sieden brachte. Dann begab er sich, mit einem Herzen so schwer wie der Warak, in den Dandun.

Großma forderte alle auf, rings um den Tisch, der wie für ein Festessen gedeckt war, niederzuknien. Ihr Gesicht, das neue Falten durchzogen, drückte deutlich ihre Ergebenheit in einen höheren Willen aus. »Mein Kind«, sagte sie zu Wahram, »erhebe deine zarte Seele zu unserem Herrn. Sprich das Gebet mit mir zusammen, nicht mit den Lippen, sondern mit deinem ganzen Herzen. Der Herr wird dich hören.« Dann sprach sie ihm langsam vor: »Herr des Himmels, der Erde und der Seelen, unsterbliche Liebe und beständige Barmherzigkeit! Das Messer sitzt an unserer Kehle, und unsere Körper sind in die Opferflammen geworfen. Unser Unglück ist tief wie die Wasser des Ozeans und unsere Seelen dunkler als die schwärzeste Finsternis. Unschuldige Opfer, Opfer des Bösen sind wir, und doch Deine Kinder und Deine Diener, und vor Dir stoßen wir unseren Angstschrei aus. Richte gnädig Deinen wohltätigen Blick auf uns, rette uns vom Rand des Abgrundes, verschone das Leben der Kinder, der unschuldigen jungen Mädchen, der schmerzgewohnten Mütter und der arbeitsamen Männer. O Herr, vergib uns, wenn wir gefehlt haben sollten, aber errette uns, rette unser Heim und rette das Land unserer Vorfahren! O Herr, Herr, höre die Stimme Deiner Dienerin, und wenn es sein muss, nimm ihr Leben im Austausch gegen das Glück ihrer Kinder an!«

Dann, nach einem langen Schweigen, während dessen ihre Lippen zitterten, sprach Großma ungewohnt langsam, jedes Wort betonend, das Vaterunser.

Das Essen zog sich lange hin. Niemand sprach. Jeder blickte auf das Bild dieser Runde, als wolle er es auf ewig in seinem Gedächtnis bewahren. Bevor die Mahlzeit beendet war, ergriff Großma noch einmal das Wort.

»Wir werden jetzt zum letzten Mal in unseren Betten, innerhalb unserer geliebten Mauern, schlafen«, sagte sie. »Ruht euch gut aus, damit ihr Kräfte sammelt. Heute bin ich noch unter euch, aber wo werde ich morgen sein? Darum sollt ihr Männer euren drei abwesenden Brüdern, wenn ihr sie wiederseht, sagen, dass sie auf Harutiun hören sollen, denn die Hand des Herrn ist mit ihm. Und die Frauen sollen Aghawni gehorchen und sie ehren, wenn ich nicht mehr da bin, denn sie ist meine geliebte Tochter, und ihr Herz ist gut.«

Dann stellte Großma sich vor den Herd, drückte einen Kuss auf jede Stirn und legte ihre Hände auf jeden Kopf.

Wahram ist eingeschlafen und träumt. Er geht durch eine Finsternis, die ihm grün erscheint. Feinde, die sein Blut trinken wollen, stehen bereit, um sich auf ihn zu stürzen. Seit einer endlosen Zeit wandert er über einen Boden, der härter ist als Metall. Seine Todfeinde sind da, aber sie sehen ihn nicht. Und er geht allein diesen Weg, der ihn auf das Große Tal von Warak zuführt. Wenn er dorthin gelangen könnte, wäre er gerettet. Wenn der Mond aufgehen würde, wenn er sein stilles, silbernes Antlitz sehen könnte! Aber nein, dicke grüne Wolken, die Seelen der gestorbenen Blätter, verdecken ihn. Das befreiende Tal ist ganz nahe und doch sehr weit entfernt, denn die Schatten verdunkeln den Weg, der kein Ende nehmen will. Plötzlich schimmert ein Licht auf, ebenfalls grün, durchbricht die Nacht und wirft seinen Schein über Wahram. Der Smaragdritter! Seine breiten Schultern weisen die Spuren furchtbarer Schläge auf, sein Blick ist von Traurigkeit geprägt,

und in seinen Augen funkeln zwei große Smaragde. Über seine Hände, die krampfhaft die Waffen gepackt halten, ziehen sich eherne Adern, seine Rüstung ist mit Staub und Blut bedeckt. Der Ritter bleibt stehen. Eine Stimme ertönt: »Wahram, steh auf! Wahram, steh auf! Wahram, steeeh auuuf!«
Wahram öffnet die Augen. Sein Vater rüttelt ihn wach. Er versteht, und Angst ergreift ihn. Das ist der Morgen, der Morgen des schrecklichen Abschieds.

Die Menge trottete dahin. Man hörte Weinen und Klagen; die Kühe und die Büffel brüllten dumpf. Wahram stand im Nachthemd am Fenster, schaute hinaus und erkannte seine Straße nicht wieder. Die Staubwolken verschmolzen die einzelnen Gestalten dieses Zuges zu einer fließenden, einheitlichen Masse. Erschöpfte Frauen hielten ihre Kinder an der Hand, setzten mechanisch einen Fuß vor den anderen und trieben die mit Decken und Paketen beladenen Kühe vor sich her.

Großma trat ins Zimmer. »Wahram«, sagte sie, »Licht meiner Augen, geh und wasche dich, während ich dir deine Kleider zurechtlege. Dies ist ein schwarzer Tag für uns und für die ganze Welt.« Dann weckte sie auch Wartkes und Sebuh.

Alles erschien Wahram so traurig. Die weiße Katze kam mit hochgerecktem Schwanz auf ihn zu und rieb sich an ihm. Er zitterte und nahm sie auf den Arm. Noch nie war sie ihm so liebenswert vorgekommen: diese Sanftheit ihrer Augen, diese lustigen spitzen Zähnchen, diese komische kleine Schnauze, über der sich die Schnurrbarthaare sträubten, diese anmutig schmeichelnden Bewegungen ... Tiefer denn je zuvor empfand Wahram den Wert alles dessen, was er jetzt verließ. Wahrscheinlich würde er diese azurblauen Augen und den hermelinweißen Pelz nie wiedersehen. Und zum ersten Mal seit sechs Jahren hätte Wahram beinahe geweint.

Tigran ersetzte die Zapfen, welche die Tür zum Versteck schlossen, durch feste Schrauben. Dann holte er die drei Kühe aus dem Stall, und er und Hrant begannen, die Tiere mit Decken und Packen zu beladen. Empört über eine solche Behandlung, warfen die Kühe ihre Lasten ab. Hrant musste ihre Köpfe halten, damit Tigran die Riemen festschnallen konnte. Nun, da sie das Gewicht auf ihrem Rücken nicht mehr abschütteln konnten, waren sie völlig verstört und muhten ununterbrochen.

Die Familie versammelte sich im Hof. Wahram bekam einen Sack zugeteilt, Wartkes einen kleineren. Jeder Erwachsene lud sich eine Last auf den Rücken. Großma teilte Ermahnungen aus: »Sebuh, du darfst nie Aghawnis Hand loslassen, und du, Wartkes, bleibst immer neben Araxi und Sirarpi. Wahram, du gehst hinter ihnen her. Gott möge uns beistehen! Es ist Zeit. Geht nun.«

Die Tür zur Straße stand offen, die zum Garten schloss sich endgültig. Sie gingen hinaus. Auf der Straße warteten Harutiun und Sarkis neben einem Wagen, vor den zwei schwarze Büffel gespannt waren. Sie halfen Großma, hinaufzusteigen und inmitten zahlloser Pakete auf einer dicken Decke Platz zu nehmen. Der Wagen setzte sich in Bewegung. Aghawni drehte den Schlüssel in der Tür um und reihte sich weinend in den Zug der Flüchtlinge ein, die ihre Heimat verließen.

Überall strömten aus den Türen ähnliche Menschengruppen und Kühe, die unter ihrer Last fast zusammenbrachen. Die Augen der Menschen waren rot, ihre Gesichter vor Kummer wie versteinert. Die Heimatlosigkeit wurde zu einer unerbittlichen Tatsache. Bisher hatten alle diese Menschen ein Zuhause gehabt. Jetzt verwandelte ein teuflischer Wille sie unwiderruflich in eine Schar von Vertriebenen.

Hinter Haygawank verließ der Schatten der Bäume diesen ungeheuren Zug der unglücklichen Menschen, und der Schweiß begann, Furchen durch die staubigen Gesichter zu ziehen. Die Straße führte hinter der Festung von Van vorbei. Mit ihren blinden Augen starrte sie reglos auf die Menge. Wie viele Armeen hatte sie wohl schon erlebt, die gegen sie angestürmt, zu ihren Füßen zerrieben worden und verschwunden waren? Noch nie jedoch seit den Zeiten der Semiramis hatte sie mit angesehen, wie ihre Kinder alles hinter sich ließen und zu unbekannten Horizonten flohen.

Als sie die Festung passiert hatten, tauchte Awantz auf. Das zärtliche, vertraute Blau des Van-Sees schien wie ein großes Auge forschend auf diese Menge zu blicken.

»Wahram«, sagte Sirarpi, »wir wollen immer zusammenbleiben. Du darfst mich nicht verlassen. Versprich es mir.«

»Ich verspreche es dir, Sirarpi.«

»Bald kommen wir am ›Feld der zerbrochenen Herzen‹ vorbei. Und du weißt, wenn man daran vorübergeht, ohne auf Rückkehr zu hoffen, ist das Herz für alle Zeit von unendlicher Traurigkeit erfüllt.«

»Sirarpi, denk jetzt nicht an so traurige Dinge«, mahnte Wahram. »Wir kommen wieder. Wir werden unseren Garten wiederfinden, und alles wird sein wie früher.«

»Aber Wahram, du hast es doch selbst gehört. Die Russen wollen ein Armenien ohne Armenier. Sie zwingen uns zur Flucht. Vielleicht werden sie uns unterwegs den Türken ausliefern. Warum wären sie sonst vor uns abgezogen, und warum hätten sie uns sonst unsere Waffen genommen? Warum hätten sie sonst alle unsere Pferde beschlagnahmt? Warum hätten sie sonst die armenischen Soldaten der russischen Armee aus Van entfernt?«

»Ich weiß«, erwiderte Wahram düster. »Aber ich weiß auch, wie oft das Glück zu den Armeniern zurückgekehrt ist.«

»Ach, Wahram, unsere Kinder oder unsere Enkel werden das Land vielleicht wiedersehen. Aber wir nie. Das sagt mir mein Herz.«

»Unsere Kinder?«, fragte Wahram. Er war so erstaunt, dass er stehen blieb. Sirarpi dachte also daran, Kinder zu haben … Er wandte sich um. Der Warak erschien ihm kleiner als sonst. Verwirrt starrte Wahram zu ihm hinüber.

Sirarpi kehrte um und fasste seine Hand. »Wahram …«

»Sirarpi, der Warak ist kleiner als früher!«

Sirarpi hob den Blick, und auch ihr war, als könne sie ihren Augen nicht trauen. Aber sie durften nicht den Anschluss an die übrige Familie verlieren. Es war unmöglich, irgendwo länger anzuhalten; die Menge zog unaufhaltsam weiter, und die schwer beladenen Tiere drängten vorwärts. Die beiden Kinder gingen schneller, aber Harutiun und alle die anderen schienen in diesem Menschenstrom untergegangen zu sein. Sie bekamen es mit der Angst. Plötzlich jedoch rollte eine große Staubkugel über die Straße und gegen Sirarpis Beine. Gail hatte sie wiedergefunden. Ohne ihn wären sie an den Ihrigen vorbeigelaufen, ohne sie zu sehen …

Zahllose Wogen rollten wie flüssige Walzen den Strand herauf. Ein Meeresgeruch erfrischte die Luft, und die Straße, die jetzt weniger staubig als sandig war, schien dieser ermatteten Menge endlich gnädig zu sein.

Trotzdem schwitzte Wahram, und Durst hatte er auch. Der mit Schweiß vermischte Staub bildete eine schmutzige Maske auf Sirarpis Gesicht. Nur ihre Augen unter dem Tuch, das ihren Kopf umhüllte und sie viel älter erscheinen ließ, hatten ihre unendliche sanfte Schönheit bewahrt. Wahram fragte sich, wie er ihr helfen könnte. Sollte er sich ihr Bündel aufladen?

In diesem Augenblick entdeckte Tigran ein mit magerem Grün bestandenes Fleckchen am Meer, das zum Ausruhen einlud. Die Familie folgte ihm dorthin. Die Kühe begannen, an dem Gras zu zupfen, die Lasten wurden in der Mitte eines Kreises aufgestapelt, und dann ließen sich alle zu Boden fallen.

»Ich kann nicht mehr!«, jammerte Sebuh. »Meine Füße und mein Rücken tun weh. Ich will nicht mehr weitergehen.«

»Ich bin auch müde«, sagte Wartkes. »Aber vor allem habe ich Hunger.« Und er lächelte ruhig vor sich hin.

Tigran leerte Lebensmittel aus einem Eimer und ging fort, um Wasser für die Tiere zu holen.

Sirarpi lag erschöpft da und sagte kein Wort, und Wahram blickte mit wachsendem Erstaunen dahin, woher sie gekommen waren. Der Warak erschien jetzt kaum noch größer als die Festung von Van. Der unbezwingbare Riese, der die Stadt überragte, bis an den Himmel reichte und den ganzen Horizont versperrte, schien in sich zusammengesunken zu sein. Sprachlos starrte Wahram ihn an. Er konnte die Formen und Umrisse, die ihm seit seinen ersten Kindertagen vertraut waren, nicht wiedererkennen.

Das trübe Wasser, das Tigran in seinem Eimer brachte, schmeckte nach Dung, war lauwarm und erwies sich als ungenießbar. Das Essen wollte nicht durch die ausgedörrten Kehlen rutschen. Die schmerzenden Muskeln erweckten den Wunsch, sich aufzulösen, nicht mehr da zu sein. Die Sonne war anders als sonst. Ihre flammenden Strahlen klebten sengend auf der feuchten Haut. Wahram sah, wie Gail ins Meer hineinlief, herumplantschte, dann wieder herauskam und sich schüttelte.

»Wir könnten uns doch auch so erfrischen«, meinte Tigran. »Hrant, Wahram, Wartkes, Sebuh, kommt schnell mit!« Das kühle salzige Wasser verlieh den matten Körpern neue Kraft. Die ganze Küste entlang sah man Männer und Jungen, die ebenfalls unter der brennenden Julisonne ein Bad nahmen. Natürlich kam diese Erquickung nur für die Männer infrage – die Frauen durften ihren Körper nicht zeigen.

Wahram wandte sich an Tigran. »Was ist mit den Wagen?«, fragte er. »Kommen sie denn nicht nach?«

»Wahrscheinlich werden wir sie heute Abend treffen. Sie kommen nicht so schnell vorwärts wie wir.«

»Und wie sollen wir sie finden?«

»Indem wir alle gut die Augen aufmachen.«

Sie mussten sich wieder in Marsch setzen. Der unbarmherzig klare Himmel ließ auf keine Wolke hoffen; aber es kam jetzt darauf an, dass sie in drei Tagen den Pass von Bergri hinter sich brachten. Der Befehlshaber der russischen Armee hatte sich klar ausgedrückt: »In drei Tagen wird der Pass gesperrt.« Und einen anderen gab es nicht.

Der endlose Zug nahm seinen Weg durch den brennenden Staub wieder auf, in dem weit und breit kein einziger Baum zu sehen war. Der Durst stellte sich ein. »Meine Kehle brennt, Wahram«, sagte Sirarpi plötzlich mit verzerrter Stimme.

»Hast du Durst?«

»Schrecklichen Durst! Wenn ich nur einen Tropfen Wasser aus unserem Brunnen trinken könnte!«

»Wir kommen bald an eine Quelle oder einen Fluss.« Aber das sagte Wahram nur, um sie zu trösten. Auch er litt unter Durst, und Sirarpis Qual verstärkte die seine nur noch. Jetzt begannen auch Wartkes und Sebuh wieder zu jammern: »Ich habe Durst! Durst!«

Wie lange brannte die Sonne nun schon herunter? Wie lange litten sie schon? Aghawnis Gesicht war feuerrot, aber sie bemühte sich trotzdem, allen Mut zuzusprechen:

»Nur noch ein Weilchen Geduld jetzt, hinter dem nächsten Hügel finden wir Wasser.«

Aber ein Hügel folgte auf den anderen, dürr und immer dürrer, und nirgends ein Baum, nirgends eine Quelle.

Plötzlich rief Sirarpi: »Wasser, Wahram, Wasser! Da vorn laufen sie alle hin!«

Die Menge zerteilte sich. Ein ganzes Heer durstiger Menschen strömte auf einen Hügel zu, an dessen Fuß eine Baumgruppe das Vorhandensein von Wasser anzeigte. Wahram ergriff einen Eimer und lief los. Aber wie sollte er an die Quelle herankommen? Wie sollte er es mit all diesen drängenden und stoßenden Menschen aufnehmen? Der Geruch nach Schweiß, der sich mit dem ewigen Staubgeruch vermischte, drohte Wahram zu ersticken. Große, kräftige Männer schoben sich vor ihn. Endlich gelangte er zu der Baumgruppe.

Ein schwarzes, schlammiges Wasser befand sich auf dem Grund des natürlichen Beckens, aus dem zuvor eine klare Quelle hervorgesprudelt war. Unwillkürlich wich Wahram einen Schritt zurück. Aber sein

Mund war so entsetzlich trocken. Als er sah, wie die anderen ihre Töpfe, Eimer und Krüge in dieses schlammige Nass hielten, beugte auch er sich hinab und füllte seinen Eimer. Wie schwer dieses Wasser war! Und diesen stinkenden Schmutz sollte er nun den Seinen bringen. Lieber wäre Wahram zehnmal hintereinander zur Neuen Quelle gegangen, deren Wasser Großma immer trank. Wartkes, Sebuh und sogar Sirarpi liefen auf ihn zu, sobald sie ihn erblickten. Aber als sie in den Eimer schauten, weinten sie vor Enttäuschung.

Auch Aghawni sah mit Tränen in den Augen auf dieses Wasser. Aber dann überwand sie ihre Abscheu, holte ein sauberes Tuch, spannte es über eine Schüssel und filterte die faulige Flüssigkeit. Der Schmutz setzte sich ab, aber das filtrierte Wasser blieb schwärzlich und übel riechend. Sebuh ergriff die Schüssel und setzte sie an die Lippen, dann trank auch Wartkes. Wahram kam als Letzter an die Reihe. Auch Gail und die Kühe hatten Anspruch auf ein paar Tropfen. Wenn das Wasser auch lauwarm und schleimig war, es löschte doch den Durst und belebte die Gemüter.

»So, nun beeilt euch, wir müssen weiter«, mahnte Tigran. »Vor übermorgen Abend müssen wir den Pass hinter uns haben.«

Überall wurden jetzt Rufe laut. Es klang wie das Blöken einer Herde. Die Stimmen riefen nach einem Sohn, einer Tochter, einem Bruder. Von nun an ertönten sie immer wieder während des ganzen Weges.

Wie verging dieser endlose Nachmittag? Noch nie hatte Wahram solche Stunden erlebt. Endlich hatte die Sonne Mitleid mit den Menschen, verminderte ihr Feuer und verschwand hinter einem veilchenfarbenen Hügel fern vom Van-See.

Tigran ging von der Straße ab quer durch ein Feld. Er hatte in einigen Hundert Metern Entfernung eine Baumgruppe erspäht. Schweigend, erschöpft machte die Familie auf der Wiese neben den Bäumen halt. Man befreite die Kühe von ihren Lasten, und Aghawni versuchte, sie zu melken. Ein dünner, aber köstlicher Strahl schäumte in den Eimer. Tigran und Hrant entfachten ein Feuer, man goss die Milch in einen Topf. Dann ergriff Tigran einen Eimer und verschwand mit den Kühen in der sinkenden Nacht. Gail folgte ihm auf den Fersen. Es galt, um jeden Preis Wasser für Menschen und Tiere zu finden.

Am Himmel stieg eine kahle Scheibe empor und breitete einen dünnen Silberschleier über das Land. Ihre Strahlen brachten dieser leidenden Erde erquickende Kühle. Bald kam Tigran mit den drei Kühen zurück. Von ihren Mäulern troff blinkend das Wasser, und Gail hechelte zufrieden. Die Abendmahlzeit, zu der es warme Milch und frisches Wasser zu trinken gab, kam allen vor wie ein Festessen. Nachdem die Kühe an die Bäume gebunden waren, suchte sich jeder einen Platz auf dem Gras und legte sich zur Ruhe. Aber der Mond schien Wahram direkt ins Gesicht und hinderte ihn am Einschlafen. Auch Sirarpi, die sich neben ihm ausgestreckt hatte, schlief nicht. Ihre Körper schmerzten noch immer. Die Welt verwandelte sich unter diesem weißen Licht in ein Gespensterland.

»Wahram, wir werden unsere Knochen in Bergri lassen«, jammerte Sirarpi. »Wahram, hörst du mich?«

»Sirarpi, mein Kind, schlaf nun!«, ertönte Aghawnis Stimme. »Morgen haben wir einen anstrengenden Tag.«

Dann begann sie auf einmal zu schluchzen: »Warum sind meine Augen nicht blind, und warum bin ich nicht tot? Warum muss ich ohnmächtig mit ansehen, wie meine Kinder hier unter dem Sternenhimmel liegen? Ach, wäre ich doch schon in meinem Grab!«

Wahram setzte sich auf. »Weine nicht, Mütterchen«, sagte er. »Das alles geht vorüber. Aber warum ist Großma noch nicht nachgekommen?«

»Die Wagen kommen nicht so schnell vorwärts«, erwiderte Aghawni noch immer unter Tränen. »Wie kann Gott nur eine heilige Frau wie Großma so quälen?«

»Aghawni, meine Schwester, du wirst die Kinder aufwecken!«, mahnte Tigran.

»Ich schlafe nicht«, murmelte Sebuh. »Ich sehe mir die Sterne an. Noch nie habe ich sie so genau gesehen. Aber warum stehen keine um den Mond herum?«

»Lass mich jetzt schlafen«, knurrte Wartkes. »Ich bin müde.«

Aghawni hörte auf zu weinen. Die Nacht verwischte die Gesichter. Es wurde immer kühler. Bald würde die Kälte die nur notdürftig bedeckten Körper, die hier auf der Erde lagen, erstarren lassen.

Wahram dachte an Sirarpis Worte. Sollte er dem, was Großma so oft gesagt hatte, Glauben schenken? »Wahram, setze nie deinen Fuß auf den Boden von Bergri. Diese Gegend bringt unserer Familie Unglück.« Aber würden sie tatsächlich über Bergri kommen? Wo und wie war der Smaragdritter, der einst Bergri besetzt hatte, eigentlich gestorben?

Ein unwiderstehliches Verlangen, umzukehren und den Pergamentband noch einmal aufzuschlagen, quälte Wahram. Sein Blick verlor sich in dem weißen, vom Mondlicht gesättigten Himmel. Sogar die Sterne schienen sich darin aufzulösen. Wahram richtete seine Augen auf den Großen Bären und suchte von hier aus den Polarstern. Der Zug der Vertriebenen folgte dieser Richtung. Jetzt kam ihm jene Nacht, in der er das Wasser für den Garten gestohlen hatte, wieder ins Gedächtnis. Auch damals hatte der Mond so hell geschienen. Wahram sah den ganzen Garten und seinen nächtlichen geheimnisvollen Reichtum vor sich. Wo war wohl die Nachtigall in diesem Augenblick? Sang sie? Für wen? Und die Natter? Oh, die Natter ...

Wahram erinnerte sich an Großmas bittere Klagen: »Das ist das Ende der Welt, das Ende unseres Hauses! Die Russen sind schlimmer als die Türken. Nie hätten die Türken eine arme Natter getötet ... Wir werden alle umkommen, alle ...«

Sirarpi drehte sich um, und ihr Kopf streifte Wahram. Noch immer dufteten die Zöpfe des jungen Mädchens nach Großmas Rosenessenz. Sie flüsterte: »Weinst du, Wahram?«

»Nein«, erwiderte er leise.

»Wir werden nicht über Bergri hinauskommen«, sagte Sirarpi.

»Doch. Oder vielleicht kehren wir auch vorher um.«

»Wahram, was soll aus mir werden, wenn dir in Bergri etwas zustößt? Dann werfe ich mich in den Bergbach von Bendi Mahu.«

»Sirarpi, du musst jetzt schlafen. Mir wird nichts zustoßen. Morgen wird die Hitze noch schlimmer sein, und wenn wir jetzt nicht ausruhen, kommen wir um vor Müdigkeit.«

»Ich habe so schreckliche Angst«, flüsterte sie. »Meine Angst ist so groß wie der Himmel über uns.«

Wahram sitzt auf der Plattform inmitten der Weinstöcke. Den gezackten Blättern entströmt ein warmer Duft nach reifen Beeren. Riesige Trauben leuchten geheimnisvoll. Wahram stößt einen leisen Pfiff aus, um die Natter anzulocken. Ein zickzackförmiger Blitz huscht zwischen den Weinstöcken hindurch, und die Raute mit den zwei kühlen Diamanten nähert sich ihm.

»Der dritte Stein links ...«

Hat die Natter gesprochen? Bestimmt, denn Wahram ist allein. Er weiß, dass sämtliche Schätze des Smaragdritters ihm bereits gehören. Er hebt die Steinplatte hoch. Ein ungeheurer Strahl fährt empor und überrieselt ihn. Aber dieses Wasser ist nicht nass. Es fällt herab und zerstäubt in den Lüften. Aber da es eiskalt ist, fühlt Wahram, wie diese Kälte ihn durchdringt, wie sie sich in seine Wangen, seinen Hals, seine Hände und vor allem seine Füße bohrt. Und das Wasser fällt und fällt. Es fegt daher wie der Nordwind, während die Augen der Natter immer größer werden, so groß wie diamantene Monde, und zwei grüne Hörner aus ihrem Kopf herauswachsen. Diese Kälte.

Die Hörner der Natter zielen auf ihn. Wahram fühlt, wie jemand ihn schüttelt.

»Steh auf, Wahram, steh auf! Wir müssen weiter.«

Er öffnete die Augen.

In dem eisigen Blau flohen die Sterne. Ein kalter Wind wehte. Keine Wand, kein Fenster. Frei verlor sich der Blick in dem Raum, der von unablässigen Geräuschen erfüllt war: von weinenden und klagenden Stimmen, Rufen, Hundegebell und verzweifeltem Muhen.

Fröstelnd setzte Wahram sich auf. »Steh auf, schnell! Wir müssen fort«, sagte Tigran zu ihm.

In der Ferne schlängelte die Straße sich im Halbdunkel dahin wie ein Drache mit mehreren Köpfen. Die Sonne versteckte sich noch, und die erstarrte Welt verlangte nicht nach ihrer Wiederkehr.

Hrant, Tigran und Aghawni legten die Decken zusammen und beluden dann die Kühe damit. Jeder nahm seine Traglast wieder auf. Die Kühe brüllten und sträubten sich. Eine von ihnen warf zweimal ihre Last wieder ab. Aghawni hatte die Tiere schon gemolken. Jetzt reichte sie jedem vor dem Aufbruch einen Becher Milch und ein Stück Hefebrot. Dann reihte die Familie sich wieder in den endlosen Zug der Menschen ein.

»Wo ist Großma?«, fragte Wahram.

»Wir werden sie vielleicht heute Abend sehen. Wenn die Wagen während der Nacht an uns vorbeigekommen sind, holen wir sie unterwegs ein. Wenn nicht, treffen wir sie morgen Abend in Bergri.«

»In Bergri?«, rief Wahram erschrocken. »Müssen wir wirklich dorthin?«

»Anders geht es nicht. Unser Weg führt über den Pass von Bendi Mahu.«

Warum wollte Wahram unbedingt Großma sehen? Er hätte es nicht sagen können. Als es langsam hell wurde, kletterte er auf einige Felsbrocken neben der Straße, von denen aus man die Landschaft überblicken konnte. Von einem Horizont zum anderen bewegten sich Männer, Frauen, Greise, Kinder und Tiere, alle schwer beladen, in einer Staubwolke dahin – eine endlose Herde. Wahram suchte verzweifelt nach irgendwelchen vertrauten Anhaltspunkten. Die ockerfarbenen Hügel glühten unter der Sonne. Aber der Warak war verschwunden. Wahram empfand es wie einen Schmerz, dass er diesen Freund, diesen unersetzlichen Vertrauten, verloren hatte ... Er stieg von den Felsen und begann weiterzulaufen, um die Seinen einzuholen.

Er fand sie nicht. Wahrscheinlich habe ich sie überholt, dachte er. Ich will lieber warten. Er stieg auf eine Böschung am Straßenrand und spähte forschend in diese graue Menge. Vergebens. Die Familie musste wohl schon weit sein.

Ein entsetzlicher Durst brannte in seinem Mund und seiner Kehle. Unerbittlich strahlte die Sonne herab, unerbittlich wirbelte um ihn der erstickende Staub. Immer schneller ging Wahram inmitten der Seufzer und Jammerlaute, die von der Straße aufstiegen. Trinken, trinken! Nur einen einzigen Tropfen Wasser!, dachte er. Dann stand die Zeit auf einmal still. Er befand sich im Mittelpunkt einer Hölle von Leiden. Seine weit geöffneten Augen konnten kein vertrautes Gesicht in dem Wirbel um ihn entdecken.

Jetzt bemerkte er eine aus Bäumen bestehende Wolke, die zwei Hügel miteinander verband. Neue, ungeahnte Kräfte durchströmten ihn. Er begann zu rennen, bis er ein Wasserband gewahrte, das mit tausend fröhlichen Funken aufblitzte.

»Sew Kede, Sew Kede ... Der Schwarze Fluss!« Müdigkeit, Schmerzen und Angst waren wie weggeblasen. Ehe er sichs versah, stand er bis zu den Oberschenkeln im Wasser, beugte sich hinab und trank die salzige Flüssigkeit. Als sein Durst endlich gelöscht war, stieg er mit nassen Kleidern aus dem Wasser und ließ sich auf sein Bündel fallen, das er am Ufer zurückgelassen hatte.

Eine riesige Kugel, die heranrollte, hätte ihn fast umgeworfen. Wieder einmal hatte Gail ihn aufgespürt. Dann schlangen zwei Arme sich um Wahrams Hals, und Tränen fielen auf sein Gesicht.

»Ach, Wahram!«, schluchzte Sirarpi. Sie weinte hemmungslos. Wahram war so gerührt, dass er nicht einmal seine Wangen abwischte. Aber er wagte auch nicht, Sirarpi zu umarmen. Ganz überwältigt vor Glück, saß er reglos da.

Endlich ließen Sirarpis Tränen nach, und ihr Zorn erwachte. »Warum bist du einfach verschwunden, ohne ein Wort zu sagen? Was hast du getrieben? Wo bist du gewesen?«

»Wo sind die anderen?«

»Dort drüben, unter der großen Pappel. Komm mit.« Sirarpi, die noch immer wütend war, packte Wahram an den Schultern und schüttelte ihn. »Sag mir erst, warum du verschwunden bist!«

»Das habe ich doch nicht absichtlich getan. Ich habe euch den ganzen Morgen gesucht. Ich wollte nur sehen, ob die Wagen endlich nachkommen. Und dann war auf einmal keiner von euch mehr da.«

»Hättest du denn nicht vorher Bescheid sagen können?«

»Ich weiß nicht. Ich habe geglaubt, ich würde euch nie wiedersehen«, sagte Wahram leise.

»Und ich bin beinahe verrückt geworden vor Angst. Und Aghawni auch, und auch Araxi und Tigran, wir alle. Wir dachten, du wärst nach Van zurückgegangen.«

Wahram starrte seine Cousine mit offenem Mund an. Er hätte also zurückgehen können? Warum hatte er es nicht getan?

Unter der Pappel wurde er nicht sehr freundlich empfangen. »Wahram ist ein dummer Besserwisser«, erklärte Wartkes. Aber Wahram hörte gar nicht auf diese Worte. Er kam fast um vor Hunger und stürzte sich auf das Essen, das Aghawni ihm hinstellte. Tigran trat in seiner ganzen imponierenden Größe vor ihn hin und sagte: »Du entfernst dich nie wieder von uns, ohne vorher Bescheid zu sagen. Ein wahres Glück, dass Sirarpi dich wiedergefunden hat; ich wollte schon umkehren und auf die Suche nach dir gehen. Und jetzt hört zu, alle. Damit wir sicher zusammenbleiben, dürft ihr mich nie aus den Augen verlieren. Überholt mich nicht, bleibt aber auch nicht zu weit hinter mir zurück.«

Es kam Wahram vor, als erdulde er schon seit Jahren die sengende Glut dieser Sonne. Und doch war seit ihrem Abschied von Van kaum mehr als ein Tag verstrichen.

»Onkel, warum steht hier nirgends ein Baum?«

»Hast du nicht die Reste von zerstörten Ortschaften am Straßenrand gesehen?«, fragte Tigran.

»Nein, ich habe nichts bemerkt.«

»Nun ja, Schnee, Frost und Tauwetter haben sie bis zur Unkenntlichkeit zerstört … Aber früher führte diese Straße einmal durch grüne Felder und Gärten, Wahram. An ihren Rändern floss Wasser, und die Bäume gaben dichten Schatten. Doch seit die Orte niedergebrannt und ihre Einwohner hingemetzelt wurden, hat kein Mensch sich mehr um die Bewässerung gekümmert. Und so haben die Türken die Wüsten der Mongolei, aus denen sie gekommen sind, hier in Armenien neu geschaffen.«

Unter einer flammenden Sonne watete man durch den Schwarzen Fluss. Würde diese Hitze mit ihren Feuerfluten alles zu Staub zermalmen?

Sebuh ging zwischen Wahram und Sirarpi, die ihn an der Hand hielten. Er taumelte mit schwankenden Schritten daher, auf seinen goldblonden Haaren lag dick der Staub. Bald begann er zu jammern: »Mein Kopf tut weh! Oh, mein Kopf tut so weh!«

Um ihm Erleichterung zu verschaffen, band Aghawni ihm ein feuchtes Tuch um die Stirn. Aber immer wieder, wie beständig anrollende Wellen, ertönten seine kläglichen Worte: »Mein Kopf tut weh! Mein Kopf tut weh!«

Wartkes' Gesicht war so rot wie ein prächtiger reifer Apfel daheim im Garten; aber er blieb immer ruhig und gelassen und wich keinen Schritt von Araxi. Vorweg gingen die Männer, die die Kühe führten, und den Beschluss des kleinen Zuges bildete Aghawni. Der Erdboden, der wieder dürr geworden war, schien Feuer zu speien. Wahram betrachtete die Landschaft jetzt etwas aufmerksamer und bemerkte auf dem Abhang eines Hügels und dann auch an den Ufern eines ausgetrockneten Baches die Trümmer von Ortschaften, zerfallene Mauerreste, über die sich ein vertrocknetes, ausgedörrtes Pflanzengewirr spannte.

Als der Nachmittag vorrückte, verfiel er in einen Zustand tödlicher Erschöpfung. Er konnte sich nur noch mit Mühe vorwärtsschleppen. Seine ausgetrockneten Lippen klebten aneinander. Verzweifelt spähte er hinüber zu dem lockenden Halbdunkel der Felsen und den verbrannten Hängen der Hügel, ob er vielleicht ein Anzeichen von Wasser entdecken könne.

»Mein Kopf tut weh!«, jammerte Sebuh.

Wahram raffte sich zusammen und rief laut: »Onkel, lass uns ein Weilchen ausruhen! Setzen wir uns drüben in den Schatten!«

Nachdenklich blieb Tigran stehen, während der Zug der Flüchtlinge gleichgültig durch die dichte Staubwolke voranstapfte. »Gut, warten wir, bis die Sonne etwas nachlässt«, entschied er. »Heute Nacht wird der Mond scheinen.«

Er verließ die Straße. Am Fuße der Felsen bedeckte eine ärmliche, gelbgrüne Vegetation den Boden. Die Familie bereitete den Lagerplatz vor. Tigran lud die Kühe ab, die sich sofort mit leerem Blick hinlegten. Gail stürzte auf die Felsen zu. »Er scheint Wasser zu riechen«, meinte Tigran und ergriff einen großen Eimer. »Nimm auch einen und komm mit«, forderte er Wahram auf.

Wahram erhob sich. Seine Muskeln waren wie schmerzende Schnüre. Aber er überwand sich. Jetzt kam es vor allem darauf an, Wasser zu finden.

Gegenüber, in einiger Entfernung, bemerkten sie eine Gruppe von Sträuchern, die erstaunlich frisch und grün aussahen. Nach unzähligen Hindernissen gelangten Tigran und Wahram dorthin. Inmitten dieses grünen Flecks plätscherte eine Quelle. Dieses reine, eiskalte Nass wirkte wie Nektar auf sie.

»Trink langsam und ganz wenig«, glaubte Wahram Großmas mahnende Stimme zu hören. »Man darf nicht viel trinken, wenn man erhitzt ist, wenn der Körper brennt und die Zunge am Gaumen klebt.«

Die Berührung dieses nach Bergblumen duftenden Wassers war für die brennenden Münder und Gesichter eine Segnung, wie nur die Natur sie zu spenden vermag.

»Versucht jetzt, zwei oder drei Stunden zu schlafen«, schlug Tigran vor.

»Wo werden wir heute Abend sein?«, fragte Wahram.

»In Dschanig sicherlich, vielleicht sogar schon weiter.«

Aber Wahram konnte nicht schlafen. Er begann zu fürchten, dass er weder Großma noch seinen Vater je wiederfinden werde. Und das Haus? Und den Garten? Und den Warak? Vergebens spähte er zum Horizont hinüber; der Warak war unwiderruflich verschwunden …

Als der Himmel seine grausam weiße Farbe verlor, Schatten die glühende Luft durchzogen und die Sonne sich hinter einer Anhöhe versteckt hatte, gab Tigran das Zeichen zum Aufbruch.

Wahram schaute lange auf die Straße. Die Menschen und die Tiere schleppten sich durch den Staub, der wie eine ständige Rauchwolke vom Boden emporwirbelte. Von Zeit zu Zeit erhob sich ein Schrei oder das Blöken einer Kuh. Nun zogen Wagen vorüber. Aber Wahram konnte das Gefährt, auf dem Großma saß, nicht entdecken.

Und wieder einmal nahm der traurige Zug der Flüchtlinge Wahram und Sirarpi in sich auf. Das kupferne Licht der Sonne ließ den Staub aufglänzen. Ein Schrecken vor dieser Abendstunde überkam Wahram. Dieser Zug erinnerte ihn an die Heimkehr der Herden. In Van jedoch hatte der Warak mit seiner väterlichen Majestät über allem gethront, und die Häuser und Ställe hatten bereitgestanden, um das Vieh aufzunehmen. Auf die Flüchtlinge hingegen wartete nur die Unsicherheit des Morgens. Bald verschwand die Sonne, und der Mond breitete einen weichen Schleier über das Land.

Plötzlich geriet die Menge ins Stocken und staute sich an den Straßenrändern. Mit donnerndem Getöse überholte sie eine Abteilung der mächtigen russischen Armee. Die silbernen Reflexe auf den Kanonen und die langen Mähnen und Schweife der Pferde verliehen diesem Zug ein fantastisches Aussehen.

Auf den Munitions- und Packwagen und sogar auf den Lafetten der Kanonen war noch viel freier Platz. Neidisch starrten die Flüchtlinge. Weinende Mütter streckten den Kosaken ihre Kinder hin und flehten die Starken um Hilfe für die Schwachen an. Greise und Kinder jammerten und bettelten. Aber der lange Zug stob vorüber und nahm alle Hoffnung mit, die für einen Augenblick in den matten Herzen erwacht war. Soldaten und Offiziere, die sich sichtlich schämten, nicht helfen zu können, gaben durch Gesten ihrem Mitleid und ihrem Bedauern Ausdruck. »Verboten!«, riefen sie immer wieder mit starrem Gesicht und warfen, als wollten sie damit um Verzeihung bitten, Brot, Zucker, Süßigkeiten und Konserven von den Wagen.

Wahram verstand das alles nicht. »Aber warum, Sirarpi? Warum nehmen sie uns nicht mit?«

»Großma hätte es dir sagen können. Ich weiß es nicht.«

Oh, Großma!

Diese Männer, die hier mit ihren Kanonen, ihren Gewehren und Munitionswagen vorbeizogen, hätten Van auf unbegrenzte Zeit halten können.

Unerbittlich verhallte das Wagenrollen und Pferdegetrappel in der Ferne. Der Zug der Flüchtlinge formierte sich wieder, die Mühsal begann von Neuem. Weiter ging es, immer weiter ...

Wahram setzte wie im Schlaf einen Fuß vor den anderen. Es kam

ihm auf einmal vor, als ginge er zu schnell. Warum nicht langsamer gehen oder ein wenig stehen bleiben, bis …?
»Wahram, was ist?«, Sirarpi schüttelte ihn. »Schläfst du? Warum bleibst du stehen?«
»Ach, du hast mich schnell eingeholt!«
»Bist du verrückt? Ein Glück, dass ich aufmerksam war!«
Der Mond verschwand wie ein Auge, das sich schließt. Dieser grässliche Staub störte auch ihn! Nein, wirklich, Wahram ging zu schnell. Wozu musste er so rennen? Und dabei mochten seine Beine, diese zwei schmerzenden Pfeiler, sich doch nicht mehr bewegen. Außerdem sah er plötzlich nichts mehr; was war mit seinen Augen geschehen?

Als er sie wieder öffnete, schien es ihm, als schwimme er in einem Strom drängender Schatten. Mit verzweifelter Anstrengung lief er weiter, bis er wieder dicht hinter Sirarpi war, die, tief gebückt unter ihrer Last, mit regelmäßigen Schritten dahinwanderte. Sie hatte die Hände unter die Riemen ihres Rucksacks geschoben, um das schmerzende Einschneiden zu verhindern. Wie sollte er ihr helfen? Wahram fühlte sich so verzweifelt ohnmächtig. Dann erblickte er Sebuh, der sich mühsam auf seinen kleinen Beinchen weiterschleppte, und Wartkes, der ein wenig gebeugt ging, sich aber um keinen Zollbreit von Araxi entfernte. Vor Araxi, die schwer an ihrer Last trug, ging Hrant. Das leidvoll bekümmerte Schweigen ließ ein Gefühl der Bitterkeit in Wahram aufsteigen.

»Bald sind wir in Dschanig«, sagte Tigran. »Dort ruhen wir aus, und dort gibt es auch Wasser. Wer weiß, vielleicht finden wir in Dschanig auch die Wagen vor.«

Plötzlich war Wahram wieder von Kraft und Mut erfüllt. Wie durch einen Zauber wich die Müdigkeit von ihm. »Bald.« Lag dieses »Bald« hinter jenem Hügel? Nein. Dann vielleicht hinter dem nächsten?

Ein Wasserlauf, an dessen Rändern Feuer wie Sterne funkelten, tauchte auf. Überall rasteten die Flüchtlingsfamilien. Tigran schlug einen schmalen Pfad ein, der über die letzten Häuser von Dschanig, eines großen, von dem Fluss gleichen Namens durchzogenen Marktfleckens, hinausführte. Endlich gewahrten sie Bäume und immer mehr Bäume, die ihre mächtigen, vom Mondlicht überglänzten Laubmassen ausbreiteten. Am Flussufer angelangt, entluden Tigran und Hrant mithilfe von Araxi und Aghawni die Kühe.

Wahram trank ein erstaunlich kühles Wasser. Auch die Kühe und

Gail tranken. Es schien, als könne ihr Durst niemals mehr gelöscht werden.

Im Lager knisterte bereits ein Feuer. Aghawni und Araxi »deckten den Tisch«, und nun belebte das Essen die ausgetrockneten und von der Angst zusammengepressten Kehlen.

»Legt euch jetzt noch eine oder zwei Stunden hin«, sagte Tigran und streckte sich selbst am Boden aus. »Heute Nacht müssen wir bei Mondschein weiter. Wenn dann der Mond untergeht, schlafen wir noch einmal, und sobald es hell wird, brechen wir wieder auf. Morgen Nachmittag müssen wir den Pass hinter uns haben; später wird er gesperrt.«

Wahram spürte noch einige Zeit, wie das Mondlicht auf seinen Lidern spielte; dann schlief er ein wie die anderen. Plötzlich rüttelte ihn jemand, und er schlug die Augen auf. Er konnte sich nicht bewegen. Sein ganzer Körper schmerzte. Ihm war, als schnitten stählerne Klingen in seine Fersen, seine Knie und seine Schultern ...

Jemand hat mich verwandelt, das ist nicht mein Körper, dachte er, während er verzweifelt versuchte, sich zu erheben und seine Augen offen zu halten. Dann, noch immer halb im Schlaf, begann er zu gehen. Die Nachtluft, die weiterhin von diesem höllischen Staub durchsetzt war, drohte ihn zu ersticken. Zahllose Schatten wanderten in derselben Richtung wie er. Zuweilen stieg ein leiser Klagelaut auf.

»Mein Kopf tut weh!«

Tigrans Kräfte schienen unerschöpflich zu sein. Beim ersten Tagesschimmer, lange bevor die Sonne aufging, weckte er die Kinder, die zum Frühstück eine Portion Pohinds, hart gekochte Eier und Milch vorfanden. Dann drängte er zum Aufbruch: »Wir sind jetzt in Merek«, sagte er, »und lange vor dem Abend müssen wir den Pass überschritten haben. Wir haben nur wenig Zeit.«

Wahram zitterte vor Kälte. Die Winde, die von den Schneegipfeln herabwehten, hatten die Wut der Sonne besiegt. Strenge Berge breiteten ihre düsteren Flanken aus. In ihren Rissen und Spalten rieselte Wasser. Würde dieses ferne Bild genügen, um den Durst zu bekämpfen? Aber nur zu bald wurde die Sonne wieder unerträglich, und sie quälte die Menschen, bis gegen Mittag der Van-See auftauchte.

Wahram blieb am Ufer stehen und streifte seine Schuhe ab. Die Salz- und Natronkruste brannte in seine Füße. Vor ihm bohrte sich der

Gipfel des Sipanbergs wie eine riesige Säule aus Kandiszucker in das Himmelsblau ... Was hatte dieser Gipfel schon alles gesehen! Die Scharen der Sumerer waren an ihm vorbeigezogen, die Hethiter, die Assyrier und die Meder, die Chaldäer, die Skythen, die Parther, die Römer. Wie ein schwarzer Bergbach waren die Araber hier vorübergebraust, die Horden Dschingis Khans und Tamerlans und auch die räuberischen Mordbanden der Kurden waren hier gewesen. Später hatte der Berg die Türken gesehen, die Perser und schließlich die Neuankömmlinge, die Russen. Und nun zogen, von den Fremden aus ihrer Heimat vertrieben, die Menschen hier vorbei, die seit Noahs Zeiten den geliebten Boden mit ihrem Schweiß und ihrem Blut gedüngt hatten und die nun fliehen und alles verlassen mussten, was zum Herzen spricht und das Leben lebenswert macht.

Das grünlich gleißende Licht der Sonne blendete Wahram. Oh, diese grüne Sonne! Diese grüne Sonne und der Sipan, der tausendjährige Zeuge vor dem mächtigen, stummen Himmel!

Nach der Rast am Seeufer, nach einem erfrischenden Bad, umschloss der Weg des Schicksals sie wieder mit Staub, Glut und Gestank.

Als Wahram in der Ferne zwischen den Hügeln, die ein Tal begrenzten, einen kahlen Felsen erblickte, der von einer winzigen Festung gekrönt war, wurde er von einer tiefen Erregung erfasst.

»Bergri! Das muss Bergri sein!« Ja, es war der Adlerhorst des Smaragdritters!

Je näher sie kamen, umso größer wurde die Festung. Zu beiden Seiten der Straße erstreckten sich Luzerne-, Weizen- und Roggenfelder. Die blauen Berge, die den Horizont abgrenzten, waren zerklüftet und mit Wäldern bestanden. Überall auf ihren Flanken blitzten Wasserläufe. Als die Festung sich schließlich in ihrer ganzen Majestät erhob, einer Majestät, der die Breschen und Lücken in ihren Wällen nichts anhaben konnten, erblickten die Flüchtlinge am Hang des gegenüberliegenden Berges inmitten von Riesenbäumen die Kuppel und die aus dunkelrosa Steinen errichteten Gebäude eines großen Klosters.

»Das Kloster von Der Huskan?« Wahram brannte darauf, hier anzuhalten und genau den Ort zu betrachten, an dem die Kurden seinen Großvater ermordet und ihm sein Pferd Nazik geraubt hatten; aber Tigran wollte nichts davon wissen.

»Wir können uns hier nicht aufhalten«, erklärte er. »Wir müssen den Pass überschritten haben, bevor er gesperrt wird. Eine Rast machen wir, wenn wir auf den Feldern von Abaha am Ufer des Bendi Mahu angelangt sind. Dort unten ist es sehr schön, und es gibt frisches Wasser.« Festung und Kloster entschwanden allmählich ihrem Blick, und der anstrengende Marsch ging weiter.

Schließlich mündete die Straße bei einem Bergbach, dem Bendi Mahu. Schäumende Wogen brachen sich wütend und mit donnerndem Getöse an mächtigen Felsbrocken, die sich ihnen in den Weg stellten. Der zwischen zwei hohe schwarze Mauern gepresste Bergbach war so schreckenerregend, dass die Flüchtlinge unwillkürlich ein breites Stück Straße zwischen sich und dem Wasser frei ließen. Einige Hundert Meter weiter bildeten diese Mauern einen fantastisch aussehenden Engpass, in dessen Tiefe der Bendi Mahu sich wie ein Drache in wilden Zuckungen wand.

Der Tag neigte sich. Noch zwanzig Minuten – endlose Minuten –, und dann würde man trinken und ausruhen können.

Plötzlich wurde ein dumpfes Grollen hörbar, das nicht vom Bergbach herrührte. In immer rascheren Folgen ertönten prasselnde Gewehrsalven. Menschen stürzten schreiend zu Boden. Einen Augenblick lang hielt die Menge, versteinert vor Schreck, inne. Doch als ihnen immer mehr Kugeln entgegenpfiffen und die ersten Verwundeten sich im Staub wälzten, machten sie kehrt, ließen alles liegen und stürzten in wilder Flucht zurück in Richtung auf die Festung Bergri.

Tigran, Hrant und Araxi wurden von dem Rest der Familie getrennt, sodass Aghawni und Sirarpi mit Wahram, Wartkes und Sebuh allein blieben. Rings um sie bohrten die Kugeln sich wie wütende Bienen in die Erde oder prallten von den Felsen ab. Plötzlich gab Gail ein tiefes Knurren von sich und fiel zu Boden. Mit der Vorderpfote kratzte er sich am Kopf. Er war verwundet und blutete. Sein klägliches Jaulen schnitt Wahram ins Herz. Der Junge kniete neben dem Hund nieder. Unter Gails schmutzigem, verfilztem Fell, das in nichts mehr dem dichten glänzenden Pelz von einst glich, bebten die Flanken. Es drängte Wahram, dem Hund etwas Gutes, Tröstliches zu sagen. Er wollte das sterbende Tier hochheben und mitnehmen, aber Aghawni und Sirarpi zwangen ihn, rasch wieder aufzustehen. Sie drängten die drei Kinder auf den Weg nach Bergri. Über Sirarpis staubbedeckte Wangen rollten Tränen. Sie weinte um Gail. Aber trotzdem blieb sie keinen Augenblick stehen. Die Sonne ging unter, eine goldgrüne Dämmerung breitete sich über diese Welt des Schreckens.

Als sie aus dem Bereich der Kugeln heraus waren, ließen Aghawni und die Kinder sich auf einem grünen Viereck zwischen der Straße und dem Bergbach nieder. Jeder warf seine Last ab, und Sirarpi ergriff einen Krug und lief zum Steilufer.

Lange erfrischten sie ihre durstenden Kehlen. Dann richtete Aghawni ein einfaches Mahl her und verteilte ihre letzten Schätze. In der Ferne pfiffen noch immer die Kugeln.

Viele der Flüchtlinge, die auf der Straße stehen geblieben waren, duckten sich verstört unter die Felsen. Jemand hatte eine Order ausgegeben, die jetzt von Mund zu Mund ging: »Wir müssen die Nacht abwarten, um den Pass zu überschreiten. In der Dunkelheit können sie nicht auf uns zielen.«

Aber Wahram wollte nicht hierbleiben. Er wollte Großma wiedersehen.

Gewiss war sie nicht weit; man hatte ja damit gerechnet, dass man im Laufe des Abends die Wagen treffen würde. »Mutter«, sagte er, »ich möchte Großma suchen.«

»Dummkopf, du wirst dich verirren«, widersprach Sirarpi.

»Ja, mein Kleiner, das ist zu schwierig und gefährlich«, meinte auch Aghawni. »Bleib hier. Ein Büffelwagen ist keine Nähnadel. Wir müssen ihn sehen, wenn er vorbeikommt.«

»Aber es kommt ja kein Wagen«, sagte Wahram kläglich.

Vom Pass herab blies ein eiskalter Wind, der die verzweifelte Menge vorwärtstrieb, den Staub aufwirbelte und jeden, der die Augen hob, blendete.

Plötzlich begann Wartkes, laut zu rufen: »Hier sind wir! Hier sind wir!« In dem ziehenden Nebel hatte er die drei Kühe entdeckt, die unruhig ihre Köpfe hochwarfen und auf Bergri zutrabten, und dahinter Tigran, Hrant und Araxi.

Auch Wahram hatte sie gesehen. Da er jedoch merkte, dass sie sie nicht hörten, stürzte er ihnen entgegen und führte sie zu dem Platz, an dem die anderen lagerten.

Tigran war schweißüberströmt. Sein abgemagertes, sonnenverbranntes Gesicht wirkte wie ein wilder schwarzer Totenschädel. »Gut, bleibt jetzt hier«, bestimmte er, während er seine Pistole überprüfte. »Ich gehe und sehe nach, was eigentlich geschehen ist. Rührt euch nicht von der Stelle; bei Anbruch der Nacht bin ich wieder hier. Wir werden den Pass im Schutz der Dunkelheit überschreiten.«

Wahram hatte sich Tigrans Ankunft zunutze gemacht und war entwischt, ohne dass jemand es bemerkt hätte. Jetzt lief er auf die Festung Bergri zu. Es wurde noch immer geschossen, aber Wahram kümmerte sich nicht darum. Ihm kam es nur darauf an, Großma wiederzufinden. Eine Ahnung trieb ihn vorwärts. Nichts hätte ihn aufhalten können. Als er schließlich keuchend auf dem Gipfel anlangte, schwand alle Kraft aus seinen Beinen, und er fiel mehr hin, als dass er sich setzte. Seine Hände verkrampften sich auf der von Schweiß und Staub bedeckten Brust, die alle Schrecken des Fluchtweges und der Todesängste ertragen hatte. Aber der Wille, Großma zu finden, behielt die Oberhand. Er richtete sich wieder auf.

Vor der Festung wimmelten die Menschen durcheinander wie riesige Ameisen. Auf der linken Seite sah Wahram drei Wagen, die dicht gedrängte Masse einer Schafherde und mehrere Hunde.

Wie hatte er in dieser kleinen farblosen Gestalt, die weiter unten auf einem Wagen hockte, Großma erkennen können? Er stürzte hinunter, überwand alle Hindernisse, und plötzlich stand er vor ihr.

»Da bist du ja, Wahram, mein kleiner Diamant«, sagte sie. »Ich wusste, dass du kommen würdest. Wo sind die anderen?«

Wahram konnte nicht antworten. Er hatte so viele Fragen auf dem Herzen. Die Stimme versagte ihm, seine Zunge war wie gelähmt. Er konnte seine Augen nicht von diesem mit einer Kruste aus Schmutz und Staub überzogenen Gesicht und diesem ins Jenseits zielenden Blick unter den weißen Brauen losreißen. Großma war blass, aber es war eine seltsam leuchtende Blässe, die sie verjüngt zu haben schien.

»Du siehst erschöpft aus, Wahram. Steig zu mir auf den Wagen und setz dich neben mich«, sagte sie nach einer kurzen Pause. Und dann: »Wo sind die anderen?«

»Vor dem Pass«, antwortete Wahram mit erstickter Stimme.

»Alle heil und gesund?«

»Ja ... aber Gail ist tot.«

»Er war schon alt, Wahram. Du musst nicht traurig sein über seinen Tod. Mein Gott! Gewähre uns Deinen Schutz und rette uns! Und Sebuh?«

»Er sagt immerzu: ›Mein Kopf tut weh!‹«

»Er hat zu viel Sonne bekommen. Warum, o Herr, brennt Deine Sonne so heiß? Warum ist sie so rot heute Abend?«

»Aber Großma, es gibt keinen Schatten auf den Straßen!«

»Wo haben die Türken euch beschossen, Wahram?«

»In den Schluchten des Bendi Mahu. Viele sind gefallen.«

»Herr, sei uns gnädig«, sagte Großma. Dann nahm sie ein weißes Fläschchen aus ihrem Sack und entkorkte es. »Trink, Wahram«, sagte sie. Wahram trank. Die Flüssigkeit schmeckte nach Früchten und Blumen und hatte eine wunderbar erfrischende Wirkung. »Behalte die Flasche«, sagte Großma, »und wenn du einmal sehr, sehr müde bist; trink einen Schluck daraus. Es sind die Blüten und Gräser des alten Warak. Und jetzt geh dort hinunter ans Wasser und wasche dich. Gieß dir auch etwas Wasser über die Haare. Hier ist mein Kamm. Vergiss nie, deinen Körper zu pflegen. Wenn du ihn sauber hältst, wirst du immer neue Kraft daraus schöpfen.«

Als Wahram zurückkam, hielt Großma ihren Rosenkranz in den Händen, und ihr Gesicht leuchtete noch heller als zuvor. Oder lag es daran, dass das Licht sich verändert hatte?

Die letzten Sonnenstrahlen trafen das Kloster und verliehen ihm das Aussehen eines flammenden Patriarchen mit einer roten Mitra. Die Festung hüllte sich in Gold, während die Hänge der Berge immer dunkler wurden.

»Jetzt hör mir gut zu, mein Kleiner«, sagte die Große Frau, »denn ich werde Bergri nicht lebend verlassen. Die Gebeine deines Großvaters ruhen hier in der Nähe, und ich werde bei ihnen bleiben.«

»Aber Großma, die Gefahr ist doch jetzt vorüber! Tigran sagt, dass wir den Pass unter dem Schutz der Nacht überschreiten werden.«

»Ja, mein Licht, das werdet ihr tun. Ich weiß, dass ihr alle hinüberkommt. Aber Sebuh … Vielleicht bleibt er mit mir hier.«

»Nein, ich bleibe bei dir, Großma.«

»Du nicht. Du hast noch einen langen Weg vor dir.«

»Aber Großma –«

»Hör zu, mein Kind. Wenn ich nicht mehr da bin, sollst du dich an meine Worte erinnern. Sei stets der Feuerfunke und nicht der Wassertropfen. Ein Wassertropfen kann nichts ausrichten. Ein Funke kann die Sonne entzünden. Selbst vor dem Orhass musst du deinen Funken bewahren. Willst du das?«

»Aber Großma, woher habe ich die Gabe, Feuer zu entzünden?«

»Später wirst du es einmal verstehen, Blume meiner alten Tage. Jetzt begnüge dich damit, mir zuzuhören.«

»Ja, Großma.«

»Du weißt, dass Gott allmächtig ist und dass vor Ihm alle Menschen nicht mehr sind als ein Staubkorn.«

»Ich ... ich weiß es.«

»Vor Gott ist selbst der stärkste, der größte und der reichste aller Menschen schwächer und hilfloser als ein Neugeborenes. Wir alle sind wie Kinder vor Ihm.«

Eine sonderbare Erregung bemächtigte sich Wahrams. Großmas ernste Gelassenheit machte einen tiefen Eindruck auf ihn.

»Vor vielen Hundert Jahren fand einmal ein Mann Gnade vor Gott, Wahram. Und dieser Mann war ein Armenier.«

»Wer war das, Großma?«

»Wer ist auf Gottes Geheiß auf dem Berg Ararat gelandet?«

»Der Erzvater Noah.«

»Siehst du, du weißt es. Und als Kain Abel erschlug, wurde Gott nicht zornig. Er schenkte Eva zum Trost einen anderen Sohn: Seth. Aber die Nachkommen Seths und Kains beschmutzten die Welt mit noch viel schwärzeren Untaten, als Kain sie verübt hatte. Da entfesselte Gott Seinen Zorn. Und nur ein einziger Mensch fand Gnade vor Seinen Augen: Noah. Noah, der nach der Sintflut mit seiner Arche am Berge Ararat anlegte, der sich in Armenien niederließ und dessen Nachkommen wir sind.«

»Wirklich, Großma?«

»Wenn in einem Bienenstock die Bienen sich allzu sehr vermehren, schwärmt der Stock. Und so zogen später zahllose Schwärme aus Armenien in alle Gegenden der von der Sintflut verheerten Welt und siedelten sich in allen Ländern an.«

»Aber Großma, willst du damit sagen, dass die Juden, die Russen und die Deutschen auch Armenier sind?«

»Leider sind sie es nicht mehr. Andere Länder, andere Herzen. Aber kein Land ist so schön wie Armenien.«

»Und doch sind die Juden Gottes auserwähltes Volk, Großma. Das habe ich in der altarmenischen Bibel gelesen.«

»Ja, ein Armenier zog am Euphrat entlang und kam nach Ur, und Gott fand Gefallen an seinem Nachkommen Abraham. Er erwählte ihn, um den Menschen Seine Gebote zu übermitteln.«

»Und die Propheten, Großma?«

»Das waren die Söhne Abrahams und demnach die Söhne des Armeniers Noah. ... Aber die Menschen können nicht leiden, ohne böse zu werden. Damit sie es lernen sollten, schickte Gott ihnen Jesus, Seinen Sohn, der Schmähungen und Leiden ertrug, ohne dagegen aufzubegehren. Ja, er vergab sogar seinen Peinigern.«

»Aber Großma, die Russen und die Türken hätte er bestimmt nicht geliebt! Als Jesus lebte, gab es eben noch keine Türken und keine Russen.«

»Wahram, du dummer Junge«, sagte Großma in liebkosendem Ton, »weißt du denn nicht, dass Jesus immer lebt und die ganze Welt in seinem Herzen Platz hat?«

»Gott kann Djevdet, den Hufschmied, nicht lieben.«

»Nein, mein Kind. Der wird um seiner Verbrechen willen ewig im größten und heißesten Schwefeltopf der Hölle schmoren.«

»Großma, warum hat Gott ihn dann nicht verbrannt, bevor er Böses tun konnte?«

»Weil Gott uns den Verstand verliehen hat und sehen möchte, wie jeder Mensch in seiner Seele den göttlichen Hauch von Neuem entfacht. Denjenigen, der dazu nicht imstande ist, stürzt er in den Abgrund der Hölle.«

»Das mag ja alles richtig sein, Großma, aber warum müssen wir, die doch gar nichts Böses getan haben, aus unserer Heimat fliehen?«

»Woher weißt du, dass wir nichts Böses getan haben? Das weiß nur Gott allein. Wahrscheinlich haben unsere Vorfahren nicht recht gehandelt, und wir müssen nun für ihre Sünden bezahlen. Nie darfst du Gott anklagen. ›Liebe deinen Nächsten!‹, befiehlt Er. Das bedeutet, dass alle Menschen gleich sind und jeder in den anderen sich selbst ehren und achten soll. Der Russe soll im Armenier einen Menschen sehen, der ebenso viel Anspruch auf Achtung hat wie er selbst. Und auch der Türke soll so handeln.«

»Aber kein Mensch hat je dieses Gebot befolgt, Großma!«, erklärte Wahram empört.

»Doch. Die Franzosen. Wenn du die Franzosen kennenlernst, wirst du mich verstehen.« Großma unterbrach sich, und ihre Augen begannen zu strahlen. Dann fuhr sie langsam fort: »Denke daran, Wahram, dass an dem Tage, an dem kein Armenier mehr am Ararat, unserem Heiligen Berg, wohnt, der Mensch von der Oberfläche der Erde verschwinden wird. Und diesmal wird der göttliche Zorn sich im Feuer offenbaren. Nach dieser Feuersbrunst wird nichts zurückbleiben als Asche. Nach der Sintflut des Feuers wird es keine Arche geben.«

»Großma, meinst du, dass wir Van für immer verlassen haben?«
»Ich weiß es nicht, mein Kleiner. Vielleicht wird Gott dir erlauben, dorthin zurückzukehren. Ich werde Van nie wiedersehen. Ich bin müde. Die Stunde der ewigen Ruhe hat für mich geschlagen. Du darfst nicht traurig sein, wenn du mich bald nicht mehr sehen kannst, denn jedes Mal, wenn du dich meiner Worte erinnerst, werde ich an deiner Seite sein.«
»Großma, ich gehe nicht mehr fort von dir. Und kein Mensch wird dir etwas antun.«
»Ja, mein geliebtes Kind, wir werden einander stets nahe sein, denn selbst wenn ich zu Staub geworden bin, werde ich in deiner Erinnerung weiterleben. Wenn ich nicht mehr da bin, musst du gut auf deine Brüder aufpassen, vor allem auf Sebuh, denn ich fürchte, der Finger des Bösen hat ihn berührt. Gehorche stets deinem Vater und deiner Mutter. Mäßige deinen Zorn und unterdrücke deine heftigen Anwandlungen. Die Welt wird durch Liebe und Weisheit erhalten, Wahram: Vergiss das nie!«
Der Mond hatte die Sonne im Dunkel begraben. Sein kaltes Licht war für Wahram ein Sinnbild von Großmas Weisheit. Riesige Schattendecken hüllten die Felsen, die Festung und die Hügel rings um das Tal ein. Überall, wo die Flüchtlinge rasteten, loderten kleine Feuer empor. Immer kühler wurde die Nachtluft.
»Der Mond wird sehr schnell untergehen, Wahram«, sagte Großma. »Lauf jetzt wieder zu Tigran, denn du musst noch ein wenig ausruhen und dann zusammen mit den anderen aufbrechen, wenn der Mond verschwunden ist.«
Wahram neigte den Kopf über Großmas pergamentene und doch warme Hand. Sie richtete ihren schmerzerfüllten Blick zum Himmel und begann, unverständliche Worte zu murmeln, während sie liebkosend über die Locken des Kindes strich.
Als sie geendet hatte, erklärte Wahram noch einmal: »Ich bleibe bei dir. Ich ziehe mit dir weiter.«
»So also hörst du auf mich, Wahram? Los, steig sofort vom Wagen, damit ich meine Beine ausstrecken kann; sie tun mir weh. Ich will noch ein wenig ausruhen, bevor ich den Leidensweg antrete, der mich erwartet. Und du gehst jetzt wieder zu Aghawni. Schnell!«
Wahram blickte lange in diese brennenden schwarzen Augen die das von den silbernen Haaren umrahmte Gesicht zu verzehren schienen.

Dann warf er so unauffällig wie möglich zwei Decken zur Erde, stieg vom Wagen und lief um ihn herum, bevor er darunterkroch.

Er zog die beiden Decken zu sich heran, breitete eine über den Boden zwischen die beiden Räder, wickelte sich in die andere und verfiel augenblicklich in tiefen Schlaf ...

Heftiges Donnern und Grollen ... Mächtige Wälle stürzten zusammen und schickten rote Wolken zum Himmel empor. Der Horizont schimmerte blasslila, ein abendliches Dunkel verdichtete sich immer mehr. Plötzlich zerriss ein grüner Blitz den Himmel. Das war der Smaragdritter in seiner blutbefleckten Rüstung. Lodernde Lichter flammten von seinem Schwert auf. Er hob sein Visier und blickte das Kind an. Wahram wusste, dass er nicht sprechen würde. Aber er musste seine Gedanken lesen! Er war wie gelähmt und konnte kein Wort hervorbringen. Doch schließlich gelang es ihm, mit unsäglicher Anstrengung, den Mund zu öffnen und zu rufen:»Herr Ritter, wo sind wir? Warum stürzen die Wälle zusammen?«

Er öffnete die Augen. Der Himmel war eine unendliche Silberkuppel. Der Wagen war verschwunden. Von den Bergen hallte das Echo einer wilden Schießerei wider.

Wahram setzte sich auf. Vor ihm lag die Festung Bergri, rings um ihn war keine Menschenseele zu erblicken; aber soweit der Blick reichte, war der Boden übersät mit Packen, Traglasten, Decken und allen möglichen Geräten. Er fühlte sich ruhig und stark, wenngleich er ein wenig fröstelte. Von dem Wagen sah man nur die Spuren der Räder, die weiterliefen und sich auf der Straße verloren. Nun begriff Wahram. Der Wagen war während der Nacht weitergefahren, und niemand hatte sich um ihn gekümmert, weil man glaubte, er sei wieder zu Tigran und Aghawni zurückgelaufen.

Plötzlich stürzte eine Schar Soldaten aus der Passöffnung hervor. Einige von ihnen wandten sich um, gaben fünf Schüsse aus ihrem Gewehr ab, liefen weiter und luden dabei ihr Gewehr von Neuem. Wahram rannte ihnen entgegen. An den Mützen der Soldaten hatte er erkannt, dass sie Russen waren. Als er bei ihnen angelangt war, rief einer von ihnen auf Armenisch:»Was machst du hier?«

Wahram hatte es also mit Armeniern aus Russland zu tun, mit Soldaten aus der Armee des Zaren.

»Nichts«, erwiderte er.
»Warum bist du allein? Bist du krank? Verwundet?«
»Nein, man hat mich hier allein gelassen.«
»Kannst du gehen? Komm mit uns, vielleicht gelingt es uns, zu entwischen.«
Wahram begann, neben den Soldaten herzulaufen. Es waren etwa zwanzig Männer. Aus einigen Worten, die sie miteinander wechselten, entnahm Wahram, dass sie vor drei Tagen, als sie vor Dschanig kampierten, von ihrer Einheit abgesprengt worden waren. Jetzt waren sie vom Feind überrascht worden und versuchten, den Anschluss an die Ihren wiederzufinden.
Es gelang Wahram, mit ihnen Schritt zu halten. Der Feind blieb unsichtbar. Immer seltener wurden die Feuerstöße, und nach einer halben Stunde hörte das Schießen ganz auf.
»Wie heißt du?«, fragte Wahram den Soldaten, der neben ihm marschierte.
»Grischa«, erwiderte dieser. »Auf Armenisch lautet mein Name allerdings Grigor.«
»Krikor meinst du wohl?«
»Nein, wir Armenier in Russland sagen Grigor.«
»Ich weiß. Aber warum geht ihr nach Dschanig? Gestern habe ich weder in Dschanig noch in Bergri einen Russen gesehen außer denen, die sich zu Pferde gerettet haben. Sie haben ihre Munitionswagen unterhalb der Festung stehen lassen.«
»Mein Gott, das waren unsere Leute!«, rief Grischa. »Dann hat unsere Einheit also den Pass überschritten.«
An einer Straßenbiegung stießen sie auf einen großen ebenen Platz, der übersät war mit blutenden Körpern. Die Menschen waren mit Säbelhieben niedergemacht worden. Da lag ein Kind, dessen Körperchen in zwei Teile gespalten war. Daneben ein Mädchen, dessen Kopf in einer grau-rötlichen Masse schwamm.
Plötzlich erkannte Wahram in einem in blutige Lumpen gehüllten Mann den alten Bettler, der in Van immer vor der Kirchentür gestanden hatte. Sein Hals war zur Hälfte durchgeschnitten, der Leib aufgeschlitzt. Aus dem offen stehenden Mund, aus dem die violette Zunge hing, krochen schwarze Fliegen. Er trug Frauenstrümpfe an den Beinen.
Nein, das alles konnte nicht wahr sein!

Stumm und blass standen die Soldaten da und starrten. Wahram sah, wie ihre Lippen zitterten. Dann brach Grischa in einen Strom von Flüchen und Verwünschungen aus: »Söhne des Teufels! Schweine! Dreckige Hunde! Scheißkerle!«

Wahram riss die Augen weit auf. So etwas durfte man nicht sagen, vor allem nicht in Gegenwart der Toten!

Erneut begannen jetzt die Kugeln zu pfeifen. Der unersättliche Tod hatte noch immer nicht genug. »Hinlegen!«, rief einer.

Diesmal schossen sie von allen Seiten. Die Russen richteten sich ein wenig auf und liefen gebückt links der Straße auf die Hügel zu. Dort verschanzten sie sich hinter den Felsen und eröffneten aus ihren zwanzig Gewehren ein mörderisches Feuer. Wahram konnte jenseits des Platzes, auf dem die Toten lagen, die Gestalten der Feinde zwischen den Büschen erkennen.

»Sie reißen aus!«

»Nein, sie versuchen, uns zu umzingeln. Sie wollen auf die Höhen steigen.«

»Zur Festung!«

Zusammen mit den Soldaten kam Wahram dort oben an. Zu seinen Füßen lag ein Haufen von Munitionskisten. »Granaten hats keine«, sagte Grischa. Jeder Soldat bemächtigte sich einer Kiste. Auch Wahram wollte eine hochheben, aber es gelang ihm nicht. Er ließ die Kiste wieder los und lief hinter den Soldaten her, die einen schmalen Pfad emporkletterten, der sich um riesige Felsbrocken schlängelte.

Die Mauern der rund angelegten Festung waren von drei Seiten zugänglich. Gegen Süden hin jedoch grenzten sie an eine aus übereinandergetürmten viereckigen Blöcken gebildete Riesentreppe. Die einzelnen Stufen dieser Treppe waren drei bis vier Meter hoch. Bald zeichneten sich hier graue Gestalten ab, die sich langsam vorwärtsbewegten. Wenn sie stehen blieben, spuckten sie kleine Rauchwölkchen aus. Waren es Türken, Kurden, Tscheten, Tscherkessen? Es mochten etwa dreihundert Mann sein, und sie schossen unaufhörlich. Wie ein wilder Wespenschwarm schwirrten die Kugeln heran, schlugen gegen die Felsen, prallten ab und bildeten Schlangen aus Staub. Die niedergebrochenen alten Wälle der Festung boten keinen Schutz gegen sie.

Die Russen brachen die Patronenkisten auf, und jeder suchte sich eine halbwegs sichere Stellung. Wahram wurde beauftragt, die Munition zu verteilen.

Während die Türken die Festung von allen Seiten unter Feuer nahmen, entwickelte sich jene Atmosphäre, die Wahram bereits von den Kämpfen in Van kannte. Ohne sich um die Detonationen zu kümmern, schleppte er die Patronenkästen herum und stellte sie in Reichweite der Kämpfer. Plötzlich fiel einem der Soldaten der Helm herunter, und Blut rieselte über sein Gesicht. An seiner Schläfe bemerkte Wahram ein kleines Loch. Der Kopf des Verwundeten glitt zur Erde. Er begann zu röcheln, zuckte ein paarmal ... Wenn nur Großma da wäre, dachte Wahram, verzweifelt, dass er ihm nicht helfen konnte.

Eine blinde Wut ergriff ihn. Vorsichtig nahm er das Gewehr, auf dem die Hände des Sterbenden wie zwei gelbe Blüten lagen. Einer der Soldaten schrie ihn an: »Patronen her, schnell! Wir brauchen alle Patronen! Lass das Gewehr! Los, beeil dich!«

Wahram gehorchte und legte neben jedem der Soldaten ein Häufchen Patronen hin. Dann kehrte er zu dem toten Soldaten zurück, der jetzt still dalag, das Gesicht dem Tal zugewandt. Das Blut, das nun eine purpurne Beule an seiner Schläfe bildete, floss nicht mehr. Die Hände, die jetzt noch gelber aussahen als zuvor, schienen diese friedliche Ruhe zu genießen.

Wahram nahm das Gewehr an sich, postierte sich in der Nähe der Patronenkisten und schoss, schoss, schoss nach allen Richtungen, auf alles, was sich bewegte. Das Gewehr brannte ihm zwischen den Fingern. Er hatte Durst, er hatte Hunger, er schwitzte, aber alles das zählte nicht ... Nicht einmal die Kugeln, die zuweilen an seinen Ohren vorbeipfiffen. Nein, er träumte! Er würde aufwachen, die Hitze, der Hunger und der Durst würden verschwinden, er würde sich im eiskalten Wasser des Baches unter den schmeichelnd herabhängenden Zweigen der Weiden waschen. Und dann würde er in den Garten gehen, die herabgefallenen Früchte auflesen, den Duft der Blumen einatmen, mit den Katzen spielen, mit Gail ... Oh, Gail!

Tränen trübten seinen Blick; er schoss noch wütender als zuvor.

Aber was war geschehen? Es waren nur noch acht Soldaten um ihn.

»Wir können uns nicht länger halten. Sie kommen herauf«, sagte einer.

»Wir sind einer gegen dreißig, und die Stellung hier ist schlecht«, erklärte ein anderer. »Jeder von uns ist ihren Kugeln von drei Seiten ausgesetzt.«

Wahram blickte um sich. »Wo ist Grischa?«, fragte er.

»Da links von dir liegt er. Den hats auch erwischt. Nicht von vorn, von der Seite.«

»Was machen wir jetzt?«

»Zusehen, dass wir von hier fortkommen!«

»Wie?«

»Über die Südseite.«

»Meint ihr wirklich?«

»Wir müssen es riskieren. Wenn wir uns hinuntergleiten lassen und uns an den Felsspalten festklammern, müsste es möglich sein, da runterzukommen.«

»Los, Kleiner, wirf jetzt dein Gewehr weg. Komm!«

»Nein, das behalte ich!«, rief Wahram.

»Na gut, dann wird das Gewehr dich wegwerfen. Los, füllt eure Ladekammern und stopft euch so viele Patronen in die Taschen, wie irgend hineingehen«, rief der Russe, der Befehlsgewalt zu haben schien, obgleich seine Uniform kein Rangabzeichen aufwies.

Alle stürzten sich auf die Munitionskisten und liefen dann zum oberen Ende der Riesentreppe. Im Westen des Tales hing die Sonne über den Gipfeln und schien sich über ihr eigenes flammendes Lachen lustig zu machen. Der Nachmittag war schon weit vorgeschritten. Wahram hatte gar nicht gespürt, wie die Zeit verging.

Zu Füßen der Festung rieselte blau glitzernd der Bach, in dem Wahram sich gestern Abend gewaschen hatte. Ach, trinken! Er konnte diesen Anblick kaum mehr ertragen, so sehr quälte ihn der Durst.

»Los jetzt, den Rücken nach außen, das Gesicht zum Felsen! Hängt euch die Gewehre über!«, rief der Soldat.

Aber Wahrams Gewehr war ebenso groß wie er selber.

»Weg damit!«, rief der Soldat noch einmal, riss Wahram das Gewehr aus den Händen und warf es die Felsen hinunter. »So, und jetzt folgt mir! Macht es so wie ich.« Er zwängte sich zwischen zwei Felsen, fasste in ihre Spalten und ließ seine Füße hinabhängen. Dann ließ er sich auf den nächsten Felsen hinunterfallen.

»So, und jetzt du, Junge!«, rief er. Wahram ließ sich fallen. Der Soldat fing ihn auf und setzte ihn behutsam ab.

Im Handumdrehen waren sie alle am Fuße der Festung angelangt und flohen nach Osten zu.

»Lauft, lauft! Nicht stehen bleiben, nicht trinken! Die knallen uns ab!«

Doch Wahram war fest entschlossen, zu trinken. Dicht bei ihm floss fröhlich das Wasser vorbei; tausend tödlich lockende Funken glitzerten darin. Aber plötzlich taumelte der Soldat, der vor Wahram herlief. Er drehte sich um sich selbst wie ein Betrunkener, griff mit den Händen in die Luft und brach zusammen.

Wahram sprang über ihn hinweg und lief unter dem dichten Kugelregen atemlos weiter. Nur weg hier! Er bereute es, dass er nicht getrunken, sich nicht in den Bach geworfen hatte, um seinen ganzen Körper abzukühlen. Der Durst marterte jede einzelne seiner Zellen, und die Sonne kam ihm vor wie ein Hagel aus schmelzendem Metall.

Außer Atem gelangte er endlich zusammen mit den Soldaten auf ein Plateau und von hier aus auf eine riesige Wiese. Die frischen Halme, die sie kauten, stillten ein wenig ihren Hunger und ihren Durst. Wahram kam es vor, als träume er. Sein ganzer Körper schmerzte, und ein Verlangen, zu schreien, peinigte ihn, ohne dass er die Kraft dazu fand.

Plötzlich brach einer der Soldaten in ein Wutgebrüll aus. Ein zweiter presste ihm die Hand vor den Mund, um seine Schreie zu ersticken, während die anderen ihn festhielten.

»Lasst mich schießen! Ich will schießen! Das ist entsetzlich!«, brüllte er wie rasend. Jetzt begannen zwei weitere Soldaten, wütend zu fluchen. Mit verzerrten Gesichtern und Augen, die ihnen fast aus dem Gesicht quollen, standen sie da und starrten auf die Straße, von der ein Jammergeschrei aufstieg, das bis zu ihnen auf die Wiese herübergellte.

Auch Wahram schaute hinüber und wurde von Entsetzen ergriffen. Auf dieser Straße, die den ganzen Tag über leer gewesen war, stand plötzlich eine Flüchtlingskolonne, von Reitern umzingelt, die mit ihren Säbeln auf die Unglücklichen einhieben. Frauen, Kinder und Greise, die entkommen wollten, wurden von einem Säbel ereilt, der ihnen den Schädel spaltete, sodass sie röchelnd zu Boden sanken. Einige versuchten, sich zu wehren. Aber was vermochten Steine, Stöcke, Töpfe oder Pfannen gegen den Ansturm der Reiter und die Klingen der Säbel!

»Schießen, schießen! Wir können nicht weiterleben, nachdem wir das gesehen haben!«, brüllte der Soldat noch immer und versuchte, sich loszureißen.

»Schluss jetzt!«, befahl einer von den Männern, die ihn festhielten. »Wir sind sieben. Wenn wir schießen, töten wir die Opfer mit ihren

Henkern und erreichen damit nur, dass sie auch uns noch entdecken und massakrieren.«

Nun war keiner der Flüchtlinge mehr übrig. Die Reiter hielten an, stiegen von ihren Pferden und wischten ihre Säbel an den hingestreckten Körpern ab. Dann begannen sie, die Kleider der Unglücklichen zu durchsuchen und ihre Packen und Ballen aufzureißen. Der ganze Grund des Tals war übersät mit den verstreuten Habseligkeiten der Flüchtlinge und ihren zuckenden Körpern. Das Kloster von Der Huskan, das in tiefem Schatten lag, schien sein Antlitz vor diesem Blutbad zu verhüllen.

Jeder der Reiter verstaute seinen Anteil an der Beute auf dem Rücken seines Pferdes, und dann setzte die kurdisch-türkische Abteilung sich in Richtung auf den Pass in Bewegung. Wahram, der wie vernichtet dastand, konnte seine Augen von diesem Bild nicht losreißen. Plötzlich bemerkte er, wie eine kleine Gestalt sich inmitten der regungslos Daliegenden aufrichtete. Schwankend bewegte sie sich bis zum Fuße des Berges. Nur einige unterdrückte Schluchzer drangen bis zu Wahram.

Ich hole ihn her, sagte er zu sich selbst. Von Schmerzen gepeinigt, außerstande, sich aufzurichten, kroch er durch das Gras. Aber er vergaß alles, als er den Kleinen deutlicher sah: Er ähnelte Wartkes, nur war er ein bisschen größer und wie ein Bauer gekleidet. Er hatte Wahram noch nicht bemerkt.

»Komm her, komm mit mir!«, rief dieser ihm zu.

Der Kleine schrak zusammen, schrie auf und begann davonzulaufen. Doch dann besann er sich anders und kehrte um.

»Bist du Armenier?«, fragte er. »Haben sie dich nicht entdeckt?«

»Nein. Wir waren dort oben, ich und die russischen Soldaten. Wir haben alles gesehen. Komm mit.« Wahram nahm die zitternde Hand des Kindes in die seine. »Wie heißt du?«

»Mihrtad. Und du?«

»Wahram.«

»Ich komme mit«, erklärte der Kleine. Aber noch immer war er von Schluchzen geschüttelt und konnte kaum gehen.

»Hast du ein Taschentuch?«, fragte Wahram. »Dann wisch dir die Augen ab und komm schnell mit. Wenn die russischen Soldaten abziehen, sind wir ganz allein. Sie haben Gewehre.«

Der Kleine zog ein schmutziges rotes Taschentuch heraus, wischte sich damit über Augen und Wangen und ging mit Wahram weiter.

Ein veilchenfarbenes, von blitzenden Diamanten übersätes Meer. Noch nie hatte Wahram einen solchen Himmel gesehen. Der Mond war kaum erst aufgegangen, und schon war das Tal in diesem Halbdunkel zu einer Ansammlung geheimnisvoller Materie geworden. In der Ferne breitete sich ein flüssiges silbernes Tuch aus. Der Van-See ... Wahram wusste nicht, dass er ihn zum letzten Mal sah.

Das Luzernefeld neben ihm war mit silbernen und schwarzen Rändern eingefasst. Man konnte deutlich sehen, wie das Gebirge im Westen von Sekunde zu Sekunde dunkler wurde und langsam Malvenfarbe annahm. Dann erschien der Mond, rund, maisgelb.

»Nun, Ascho, ist es jetzt vorbei? Hast du dich beruhigt?«, fragte Bogdan, der Russe, der das Kommando übernommen hatte.

»Ich bin außer mir, wütender als der Bergbach am Pass«, erwiderte der Soldat mit dumpfer Stimme. »Nie werde ich diese Gemeinheit vergessen. Ich schäme mich.«

»Wenn du geschossen hättest, wären sie über uns hergefallen. Was hättest du dann wohl angefangen? Seit gestern nichts im Magen, halb verdurstet, völlig benommen von dieser Sonnenhitze und mit deinem heißgeschossenen Gewehr?«, fragte ein anderer Soldat.

»Anton hat recht. Sparen wir lieber unsere Munition. Nicht ohne Befehl schießen, verstanden? Und jetzt wollen wir losmarschieren. Sascha macht den Beschluss, Ascho und Anton sichern nach rechts und links. Ihr, Kinder, haltet euch direkt hinter mir.«

»Ich bin kein Kind«, protestierte Wahram.

»Karacho, karacho«, sagte Bogdan begütigend, »ich werde vor der ganzen Welt erklären, dass ich noch nie ein so tapferes Kind – Verzeihung, einen so tapferen, ganz, ganz großen Jungen erlebt habe. Habt ihr gesehen, wie er wie ein Aal zwischen den Kugeln durchgeschlüpft ist, um uns allen Patronen zu bringen? Und bei Gott, keiner von uns hat einen solchen Krach mit seinem Gewehr gemacht wie du. War es denn nicht ganz heiß?«

»Und ob es das war!«, rief Wahram wütend.

»Und wie viele von diesen Hunden hast du getötet?«

»Viele, hundert vielleicht«, schrie Wahram aufgeregt. Er merkte, dass man sich über ihn lustig machte, und er war keineswegs sicher, ob er auch nur einen einzigen Türken getroffen hatte.

»Nun etwas anderes«, fuhr Bogdan fort. »Wir wissen sehr gut, dass du mehr Feinde getötet hast als wir alle zusammen, aber trotzdem schreist du zu laut. Von jetzt an darf niemand mehr schreien, ja nicht einmal laut sprechen. Achtung: Schweigen!« Eine unheimliche Stille war auf einmal in diesem Dunkel, und jeder hörte unwillkürlich schärfer ...»Nun passt auf«, fuhr Bogdan ruhig fort. »Wir haben es vor allem mit den Kurden zu tun. Sie sind Bergbewohner. Sie fliegen wie der Adler und kriechen wie die Schlange. Wenn wir auch nur den geringsten Lärm machen, schneiden sie uns die Gurgel durch, bevor wir überhaupt bemerkt haben, dass sie da sind. Und noch etwas. Wenn wir rasten, dürft ihr euch nicht einfach irgendwo hinsetzen. Die Gegend ist voller Schlangen. Und was die Ortschaften betrifft, die vermeiden wir lieber, denn sonst laufen wir Gefahr, mit Gewehrschüssen empfangen zu werden, falls die Kurden da sind – und wie gut sie zielen, habt ihr gemerkt –, oder von den Hunden angefallen zu werden. Die sind alle wild geworden und wissen genau, wie Menschenfleisch schmeckt.«

»Die armen Tiere!«, sagte Wahram.

»Mein Junge, wenn die über dich herfallen, haben sie dich zerrissen, bevor du überhaupt ›Arme Tiere!‹ sagen kannst; und dabei hast du doch wirklich eine flinke Zunge. Wir marschieren also nachts, und zwar in der Reihenfolge, die ich angegeben habe, und wir müssen mindestens bis Tandurag kommen. Dort ist bestimmt das Gros der russischen Armee. Hat noch jemand etwas dazu zu sagen?«

»Ja, ich!«, meldete sich Wahram. »Wenn wir um die Ortschaften herumgehen, was wollen wir denn dann essen?«

»Nichts. Nichts außer Gras und etwas von dem Korn, das jetzt zu reifen anfängt. Drei Tage ist keine lange Zeit. Ich hoffe, wir kommen unterwegs an Bächen und Quellen vorbei.«

»Brechen wir jetzt auf?«, fragte eine Stimme.

»Jawohl, wir brechen auf. So, Kinder, nun folgt mir. Ascho hält sich rechts, Anton links. Sascha, du gehst als Letzter. Sperrt alle die Ohren so weit auf, wie ihr irgend könnt, und macht keinen Lärm.«

Wie fanden die Füße Halt auf diesem mit einer mageren Vegetation und einer Kieselschicht überzogenen Gelände?

Wahram hatte keinen Hunger mehr. Außerdem hatte er die Taschen seiner Jacke und seiner Hose vollgestopft mit zarten Kleesprossen. Wenn der Durst ihn zu sehr plagte, nahm er einige davon in den Mund und kaute sie. Plötzlich sagte Mihrtad zu ihm: »Ich habe Hunger. Gib mir etwas von deinem Brot ab.«

»Das ist kein Brot. Das ist Klee.«
»Du isst Klee?«
»Er schmeckt sehr gut. Da, nimm!«
Das Kind nahm eine Handvoll, die Wahram ihm in der Dunkelheit hinhielt.
»Du kannst noch mehr davon haben«, sagte er.
»Still, ihr beiden!«, befahl Bogdan.
Trotz des Klees, trotz der kühlen Höhenluft wurden die Männer vom Durst gequält. Aber nirgends hörten sie das Plätschern einer Quelle. Man gelangte auf einen Berggipfel.
»Halt!«, befahl Bogdan. Er ging ein paar Schritte nach allen Seiten, um das Terrain zu sondieren. »Da, wo ich gegangen bin, könnt ihr euch hinsetzen. Mir scheint, hier gibt es keine Schlangen.«
»Ich bin todmüde«, sagte Mihrtad zu Wahram. »Meine Füße fallen von mir ab.«
Auch Wahram hätte sich gern beklagt. Aber bei wem? Bei Großma vielleicht oder bei seinem Vater. Aber bestimmt nicht bei Bogdan oder den anderen Soldaten und noch weniger bei dem kleinen Mihrtad.
»Ruh dich ein bisschen aus, das geht vorüber«, sagte er freundlich zu dem Kleinen. »Möchtest du noch von dem Klee?«
»Ja, gern.« Seine Stimme war von Tränen fast erstickt.
»Weiter«, murmelte Bogdan nach einer kurzen Rast. »Jetzt geht es bergab. Seid vorsichtig. Bei dieser Dunkelheit kann man leicht in einen Abgrund stürzen. Verliert mich nicht aus den Augen, Kinder. Und haltet euch alle dicht hintereinander.«
Bei jedem Schritt wurde der Weg abschüssiger. Nein, das war nicht mehr jene freundliche Erde, die sich auf den Wegen von Van nach der Schneeschmelze im Frühling so weich und geschmeidig anfühlte, die so zärtlich knirschte, wenn sie mit Blütenblättern übersät war, die sich im Sommer mit einer warmen Staubschicht oder einem dichten Blätterteppich bedeckte, bevor sie unter dem reinen, kristallhellen Schnee des Winters zur Ruhe kam.
Plötzlich schrak Wahram aus seinen Erinnerungen auf. »Wölfe!«, schrie er entsetzt. Ein dumpfes Geheul tönte furchterregend durch die Finsternis.
»Nein«, widersprach Bogdan ernst. »Das sind die Hunde aus einem eingeäscherten armenischen Dorf. Die treuen Hunde, die Wächter der Schafe, Kühe und Büffel, die Freunde und Gespielen der Kinder, diese

Hunde haben das Fleisch ihrer Herren gefressen und sind jetzt gefährlicher als Wölfe. Um Gottes willen, verhaltet euch ruhig! Wir biegen nach links ab, um das Dorf zu umgehen.«

Sie marschierten weiter. Endlich hielt Bogdan, der zuletzt seine Schritte beschleunigt hatte, inne. Der Himmel wurde allmählich heller. Sie befanden sich auf einem großen, ringsum von Felsen umgebenen Platz. Aus einer der Felsritzen rieselte, wie ein leuchtender Bart, eine Quelle.

»Trinkt«, sagte Bogdan und füllte sich selbst die Hände mit Wasser. »Trinkt langsam und in kleinen Schlucken. Und dann streckt euch aus und schlaft, solange die Sonne noch nicht brennt. Ihr beide« – damit wies er auf zwei der Soldaten – »haltet Wache und lasst euch später von Ascho und Sascha ablösen. Jeder von uns kommt an die Reihe. Ja, und überprüft eure Gewehre, damit sie beim ersten Alarmzeichen schussbereit sind. Kinder, ihr habt euch großartig gehalten!«

Wahram legte sich an einen Platz, an dem das Gras ein wenig dichter stand. Sein Körper versank in einer Lawine von Schmerzen. Der Hunger quälte ihn. Eine harte, bösartige Faust stieß ihm unterhalb der Brust in die linke Seite. Er holte etwas von dem welken Klee aus der Tasche und gab auch Mihrtad davon. Der Schlaf wollte nicht kommen; immer wieder tauchten die schrecklichen Bilder des vergangenen Tages vor ihm auf: das Blutbad in Bergri, die Reiter, die ihre Säbel an den Körpern ihrer Opfer abwischten ...

Können das wirklich Menschen sein?, fragte Wahram sich. Bogdan, den ich gestern noch nicht gekannt habe, ist ein Mensch. Aber diese anderen, die Frauen und Kinder mit ihren Säbeln niederhauen – zu welcher Art von Lebewesen gehören die? Sind sie so etwas wie die Hunde, die vorhin durch die Nacht heulten und vor denen sogar die Wölfe Angst haben?

Wahram fühlte, wie er in einen riesigen rot glühenden Kessel geworfen wurde, dessen Wände bis zum Himmel emporragten. Seine Haut wurde gelb und schließlich goldbraun. Ich werde ein wunderbar zarter Bissen sein, sagte er zu sich selber. Immer noch briet er. Tage würden vergehen, bis er gar war, aber er würde die ganze Zeit über bei Bewusstsein bleiben und diejenigen sehen, die ihn essen würden. Wenn Bogdan nur mein Gewehr nicht weggeworfen hätte! Wenn ich es doch noch hätte!

Dieser Gedanke machte Wahram so wütend, dass er aufwachte. Aber sofort kniff er vor der blendenden Sonne die Augen wieder zu. Dann schleppte er sich zu der Quelle und hielt den Kopf hinein. Wie erfrischende Kompressen legte sich ihm das Wasser auf Stirn und Augen. Er trank voller Genuss.

Bogdan stand im Schatten der Felsen und blickte auf das von schwarzen Bergen zerhackte Tal. »Geh nicht weiter vor«, sagte er leise zu Wahram.

»Dort liegt eine große Ortschaft«, meinte Wahram.

»Ja, ein reicher Ort, in dem die Arbeit nie aufhörte. Aber jetzt ist er vernichtet.«

»Und der Rauch, der da aufsteigt?«

»Den habe ich schon lange gesehen. Sicher sind es Kurden.«

»Nicht unbedingt«, warf Ascho ein, der zu ihnen getreten war.

»Wer denn sonst?«

»Flüchtlinge vielleicht oder eine Kosakenpatrouille.«

»Bestimmt nicht. Wir hatten Befehl, noch vor heute Morgen Tandurag zu passieren.«

»Ich gehe einmal hin«, erklärte Ascho.

»Nein, mach keine Dummheiten!«

»Oh, ich sehe mich schon vor. Ich schleiche mich ganz behutsam an, ohne dass jemand mich sieht.«

»Sie werden dich vorher abknallen.«

»Für wen hältst du mich? Ich habe keine Lust, vor Hunger zu krepieren. Ich gehe. Und wenn ich da bin, gebe ich euch ein Zeichen.«

»Du Idiot, warte doch noch einen oder zwei Tage. Wenn wir ein bisschen Glück haben, stoßen wir morgen früh vielleicht schon zu unserer Truppe.«

»Hör zu, Bogdan, ich gehöre zu einer anderen Kompanie als du, und du bist nicht mein Vorgesetzter. Ich kann tun und lassen, was ich will. Ich gehe dorthin, und damit basta!«

»Ich komme mit dir!«, rief Wahram.

Bogdan packte den Jungen bei den Schultern und schüttelte ihn.

»Halt den Mund, du kleiner Wagehals!«, knurrte Ascho. »Das hätte mir gerade noch gefehlt.«

Ascho lud seine Pistole, behielt sie in der Hand und ging los, sosehr Bogdan und die anderen ihn auch warnten. »Ich werde euch vom Glockenturm aus mit meinem Taschentuch winken«, sagte er. »Wenn ihr nichts seht, bin ich vor Sonnenuntergang zurück.« Damit schlüpfte er zwischen den Felsen hindurch und verschwand.

Die Wartezeit zog sich endlos hin.

»Jetzt ist er schon länger als anderthalb Stunden fort«, meinte Bogdan schließlich. »Bis dort unten braucht man aber höchstens eine Stunde, vor allem da der Weg bergab führt. Er müsste längst beim Glockenturm sein.«

Weitere angstvolle Minuten verstrichen. Plötzlich ertönte ein einzelner Schuss.

»Ascho ist tot«, sagte Bogdan. »Dieser Narr!« Aber er hatte Tränen in den Augen. »Dieser Narr! Dieser Narr!«, wiederholte er. »Und er hatte nicht einmal Zeit, zurückzuschießen.«

Die Sonne zog sich hinter das Bergmassiv zurück, das sie während der Nacht überstiegen hatten. Die Schatten nisteten sich ein und kühlten die brennende Luft. Aber der Horizont blieb noch lange hell.

Ascho kam nicht wieder.

Die Nacht sank herab, und langsam erschien der Mond wieder, zur Hälfte durchschnitten. Den ganzen Tag über hatte Bogdan die Gegend studiert, um sich genau den Weg einzuprägen, den sie während der Nacht einschlagen mussten. »Wenn wir die schwarze Bergkette dort hinten am Horizont übersteigen, kommen wir nach Tandurag«, erklärte er.

Sie marschierten wieder los. Der vertrocknete und hart gewordene Klee in Wahrams Taschen war nicht mehr essbar. Wieder stellte sich der nagende Hunger ein. Aber dafür hatte er getrunken und sich ausgeruht. Mihrtad hingegen war blass und erschöpft.

Wahram träumte im Gehen. Bilder von essbaren Dingen suchten ihn wie Visionen heim: Er sah gepökeltes Fleisch vor sich, Madzunbutter und alle die kunstvollen und köstlich duftenden Gerichte, die Großma manchmal zubereitet hatte. Bald jedoch wurde das Gehen immer beschwerlicher. Nun wusste Wahram nicht mehr, was ihn am meisten quälte: der Durst, der Hunger, seine schmerzenden Füße oder die Kälte, die ihm bis auf die Knochen ins Fleisch schnitt. Auf einmal hatte er Wasser in den Schuhen. Beim nächsten Schritt sank er bereits bis zur Wade ein. Bogdan blieb stehen.

»Von oben habe ich diese Sümpfe nicht gesehen«, sagte er. »Wir müssen nach links abbiegen. Aber links liegen auch ein paar eingeäscherte Dörfer. Vorsicht also!«

Sie wandten sich nach links. Ihre Füße sanken noch tiefer ein. Erst nach einiger Zeit gelangten sie wieder auf festen Boden. Im Dunkel bemerkten sie Gestalten, die sich hin und her bewegten. Menschen? Und wenn ja, was für Menschen? Wem konnte man noch trauen? Die Schlange oder der tollwütige Hund waren nicht gefährlicher als manche Wesen, die der menschlichen Rasse angehörten.

Schon waren die Gewehre im Anschlag, als eine klagende Frauenstimme sich in der Dunkelheit erhob: »O Maria, Heilige Jungfrau, unser Orhass ist gekommen! Die Kurden!«

»Habt keine Angst, meine Schwestern«, rief Bogdan hinüber. »Wir sind keine Kurden.«

»Gott sei Lob und Dank«, erwiderte die Stimme. Drei Frauen saßen hier mit Sack und Pack allein inmitten dieser Hölle!

»Wo seid ihr her?«, fragte Bogdan.

»Bruder«, begann eine der Frauen, »wir hatten uns in die Berge geflüchtet. Dann wollten wir in unser Dorf zurückkehren, aber dort hausten die Kurden. Und deshalb …«, sie zögerte und schluchzte leise auf, »deshalb wollen wir versuchen, nach Russland zu kommen.«

»Habt ihr etwas zu essen?«, fragte Wahram. »Wir haben seit zwei Tagen nichts mehr.«

»Aber gewiss«, antwortete die Frau. »Meine Augen mögen ihr Licht verlieren, wenn ich lüge. Wir haben Pohinds und viel Zucker.«

»Kommt mit uns«, sagte Bogdan. »Wisst ihr, ob es hier in der Nähe Wasser gibt?«

»Der Bendi Mahu ist nicht weit.«

Alles war auf einmal so einfach. Die Aussicht auf eine Erquickung ließ alle Mühen vergessen. Die Soldaten gingen in der Richtung weiter, die die Frauen ihnen gewiesen hatten, gelangten auf einen kleinen Weg, durchquerten zwei Kornfelder, und bald schon waren sie am Rande des Wassers, das seine dunklen Lichter an ihnen vorüberziehen ließ.

»Halt!«, gebot Bogdan und ließ sich im Korn nieder.

Die Handvoll Pohinds und das Stück Zucker, die Wahram erhielt, erschienen ihm wie ein geradezu göttliches Labsal. Sein Mund, der vor Trockenheit schmerzte, wurde wieder feucht und belebte sich. Dann legte Wahram sich am Ufer des Bendi Mahu flach auf die Erde, beugte den Kopf hinab und trank wie ein Tier.

Der endlose Marsch ging weiter. Es galt den Fluss zu überschreiten, der sich an dieser Stelle, ein ganzes Stück oberhalb der Schluchten von

Bergri, in drei ungleich breite Arme teilte. Wahram stieg direkt hinter Bogdan allein ins Wasser, während Mihrtad sich an die Hand einer der Frauen klammerte. Das Wasser ging ihnen knapp über die Knie. Im nächsten Flussarm, der tiefer und reißender war, reichte es Wahram bis an die Brust. In der Mitte des dritten verlor er den Boden, stieß einen leisen Schrei aus, wurde umgerissen und in ein schwarzes Nass hinabgezogen. Eine kräftige Hand packte ihn, zog ihn wieder hoch und ließ ihn nicht mehr los. Von der Strömung vorangedrängt, erreichte Wahram endlich das jenseitige Ufer.

Der Rest der Nacht war fürchterlich. Die eiskalten Körper schlotterten. Endlich erschien die Morgendämmerung in einem Himmel, der aussah wie ein riesiges graues Tuch, das man aus dem Wasser gezogen hat. Kläglich piepsten die Vögel, die gewiss ebenso unter der Kälte litten wie Wahram. Seine blauroten Hände fühlte er überhaupt nicht mehr, seine Füße hingegen brannten, und tausend Hagelkörner stachen in seinen Rücken. Und die Sonne war noch so weit, so unendlich weit ...

Auf einem Pfad, den sie kannten, hatten die Frauen die Soldaten zu einem einsamen Hügel geführt, der mit seinen mächtigen schwarzen Felsblöcken mitten aus dieser Sumpflandschaft aufragte. Es war ein sicherer Ort, um hier den Tag zu verbringen, denn nur ein einziger Weg führte quer durch den Sumpf hierher.

Die Stellen zwischen den einzelnen Felsen waren von einem dichten Pflanzenwuchs bedeckt. Am frühen Morgen entdeckte Wahram eine Art wilder Schwarzwurzel mit kleinen, zarten milchigen Blättern. Er aß davon und stopfte sich die Taschen voll. Die Sonne strahlte herab, und er fror nicht mehr. Die Frauen hatten sich hingesetzt und bereiteten Pohinds zum Frühstück vor. Einer der Soldaten zerstieß mit seinem Dolch einen großen Block Kandiszucker auf der Oberfläche eines glatten Felsens.

Zwei von den Frauen, die bunte Tücher um ihre sonnenverbrannten Gesichter gewickelt hatten, schienen die vierzig überschritten zu haben und verkörperten den Typ der von Arbeit und Sonne gehärteten Bäuerin. Die dritte kam Wahram sonderbar vor. Sie war kaum sechzehn Jahre alt, kleidete sich jedoch wie eine alte Frau und schien am Ende ihrer Kräfte zu sein. Zwei dicke Zöpfe umrahmten ihr totenblasses Gesicht und reichten ihr bis zu den Knien hinab. Das Gefühl, dass ihr zu

Boden gerichteter Blick sich im Leeren zu verlieren schien, erweckte in Wahram ein sonderbares Unbehagen.

Nachdem das Essen verteilt war, streckten sich die Soldaten neben den Frauen im Schatten aus. »Meine Schwestern«, sagte Bogdan, »jetzt sagt uns doch, woher ihr kommt und warum ihr so allein seid.«

»Wir sind aus Hatschan«, erwiderte eine der Frauen, »einem Ort, der etwa einen halben Tagesmarsch von hier entfernt liegt. Als wir sahen, dass die Russen abrückten, sind wir in die Berge geflüchtet, wo wir eine verborgene Höhle kannten.«

»Und eure Männer?«, erkundigte sich Bogdan.

»Sieben sind mit uns gegangen: mein Mann, meine Söhne und meine Schwiegersöhne, sieben prächtig gewachsene Männer, mit Armen und Beinen so fest wie Balken ...« Die Frau weinte. »Vom Berg aus beobachtete mein Mann den Ort. Er sah, wie die Kurden einrückten und wieder abzogen. Daraufhin haben wir uns an den Abstieg gemacht. Aber auf halbem Wege lauerten uns die Kurden auf. Unsere Männer hatten Gewehre und verstanden damit umzugehen. Sie hatten sich in so unzugänglichen Stellungen postiert, dass sie von dort aus sämtliche Kurden der Welt hätten abschießen können. Die Kurden merkten das. Gleich im Anfang waren elf von ihnen gefallen. Nun legten die anderen ihre Gewehre weg und ließen ihren Zungen freien Lauf.«

Hier brach die Frau, der die Tränen über die Wangen rollten, in Verwünschungen aus. »Herr, mein Gott«, rief sie, »warum hast Du die Zunge dieses Kurden nicht in seinem Munde verdorren lassen, bevor er zu sprechen anfing! Dschahhal hieß er, und er war unser Freund und hatte viele Male an unserem Tisch gesessen.«

Wieder konnte sie vor Schluchzen nicht weitersprechen. Aber der Drang, alles zu erzählen, ließ ihre Tränen rasch versiegen.

»›He, Melkon Kirwa!‹, rief der Kurde. ›Ich wusste nicht, dass du es bist. Aber jetzt habe ich dein Gewehr und dein Löwenherz erkannt. Wir sind doch Brüder! Wie verblendet waren wir, unsere Gewehre sprechen zu lassen! Aber jetzt sind uns die Augen geöffnet. Meine Söhne, meine Brüder und ich, wir alle stehen zu euren Diensten. Wir wollen euch gegen die kriegerischen Stämme beschützen. Sieh her, wir kommen ohne Gewehre auf euch zu, um unseren Freundschaftsschwur zu erneuern!‹

Ach, heiliger Sohn von Huskan, warum hast du meinen armen Mann blind gemacht? Warum hast du erlaubt, dass er sich von diesen Worten einfangen ließ? Mit lächelndem Gesicht, ohne Gewehre, kamen die Kurden heran; aber kaum standen sie unter uns, als unsere Männer, von Dolchstichen durchbohrt, zu Boden stürzten.«

Jetzt begann die Frau, vor Kummer zu schreien: »Dann ... dass doch die Erde uns verschlänge! Dann kamen die anderen angelaufen. Etwa dreißig Männer. Die einen hielten uns fest, und die anderen hoben unsere Röcke hoch und zerrten uns die Beine auseinander. Uns zwei Alte haben sie verschont. Aber ich habe mit ansehen müssen, wie sie meine Schwiegertochter vergewaltigten. Und dann kniete Dschahhal, dieser Verräter, dieser tollwütige Hund, vor mir auf den Boden, spottete über unsere grausame Schmach und sagte mit vielen tiefen Verbeugungen: ›Hanum Kirwa, wir überlassen euch die Sorge für unsere Söhne. Sie werden Kurden sein, und damit wird eure schmutzige Rasse sich wandeln.‹ Dann verschwanden sie, ohne dass Gottes Blitz auf ihre Teufelsköpfe herabfuhr.«

Erleichtert weinte sie still vor sich hin. Auch die beiden anderen Frauen weinten.

»Was für Söhne haben sie bei euch gelassen?«, fragte Wahram verwundert. »Die habt ihr doch hoffentlich umgebracht! Oder –«

»Schweig, du Dummkopf«, fiel Bogdan ihm heftig ins Wort. »Diese Geschichte ist nichts für dich. Aber ihr anderen, ihr habt hoffentlich verstanden, dass man sich auf das Wort eines Kurden nicht verlassen kann.«

Zwei Nächte noch setzten sie ihren Marsch durch die Dunkelheit fort. Nun waren auch die Vorräte an Zucker und Pohinds erschöpft. Wieder litten sie unter Hunger und Durst. Am vierten Morgen glaubte Bogdan russisches Gebiet erreicht zu haben. Während der Nacht hatte der Wind das Echo von Rufen und Kosakenliedern zu ihnen herübergetragen.

Als der Tag anbrach, legten sie sich nicht hin, sondern marschierten weiter. Wahram tat sein Möglichstes, um nicht zurückzubleiben, aber seine Beine versagten ihm den Dienst. Mihrtad schleppte sich mühsam vorwärts und jammerte leise vor sich hin. Bogdan schien taub gegen ihre Klagen zu sein; er marschierte unaufhaltsam weiter, denn er hoffte, nun auf die russischen Einheiten zu stoßen. Der steile, mit bröckeligen Felsen übersäte Hang, den sie hinaufkletterten, bot dem Fuß kaum einen Halt.

Plötzlich ertönte hinter ihnen ein Peitschenknall und gleich darauf ein zweiter. Nein, das waren keine Peitschen, das war eine wilde Gewehrsalve. »Lauft, der Kamm ist nicht mehr weit!«, rief Bogdan. Wahram versuchte zu laufen. Aber seine Beine waren wie gelähmt. Es war wie in seinen Träumen, in denen wilde Tiere ihn verfolgten. Verzweifelt bemühte er sich, die Beine mit den Händen hochzuheben – vergebens. Dann war auf einmal alles still um ihn, und die Welt verschwand.

Eine zärtliche Wärme streichelte Wahrams Gesicht. Er versuchte, seine mit Rosenblättern bedeckten Lider zu öffnen. Dort unten rieselte ein klarer Bach, dessen Wellen wie flüssiges Silber glänzten. Dieses Wasser war ein so unwiderstehlicher Magnet, dass Wahram sich aufrichtete. Aber was war das für eine grauschwarze Masse neben ihm? Ein Toter? Nein, es war Mihrtad, der sich auch auf dem Hang hatte hinfallen lassen.

Jetzt erinnerte Wahram sich: die Gewehrschüsse, seine gelähmten Beine. Er schüttelte den Kleinen.

»Komm, trinken«, sagte er. »Schnell! Da ist ein Bach. Los, steh auf!«

»Muuutt-er«, stammelte Mihrtad. Er öffnete die Augen und setzte sich auf. Aber sowie er das Wasser erblickte, erhob auch er sich. Die beiden Kinder liefen, bis sie mitten in dem frischen, seichten Wasser standen. Sie tranken sich satt. Dann stiegen sie ans Ufer, breiteten ihre Jacken und Hosen in der Sonne aus, gingen wieder in den Bach und nahmen ein ausgiebiges Bad.

Nahe am Ufer standen große Kornfelder. Im prallen Sonnenschein tauchten die beiden bis an die Hüften hinein und pflückten einen großen Haufen Ähren. Die noch ein wenig elastischen Körner schmeckten wie frisches, nicht durchgebackenes Brot.

Plötzlich hielt Wahram inne. Eine lange Schlange kroch zwischen den Halmen dahin; die Arabesken auf ihrem Schuppenkleid schimmerten in bunten Farben. Im selben Augenblick merkte Wahram, dass es nur eine harmlose Natter war. Er wollte pfeifen, aber ein Schluchzen erstickte seine Stimme.

Er konnte doch jetzt nicht weinen ... vor Mihrtad! Wahram bückte sich und schluckte. Der Druck in seiner Kehle ließ nach, und er pfiff, so wie er früher gepfiffen hatte, um »seine« Natter anzulocken. Die schlängelnden Bewegungen am Boden hörten auf, die Natter hob den

Kopf und richtete ihre Augen auf Wahram, der diesen Blick wie eine Stärkung und einen Trost empfand. Dann huschte der Schutzgeist des Kornfelds leise davon.

Lieber Gott! Wo versteckten sich eigentlich die Feinde, die vorhin das Feuer auf sie eröffnet hatten? Und wo waren Bogdan und die anderen? Die Sonne lachte herab, aber die beiden Kinder waren mutterseelenallein.

Wahram entdeckte eine mit samtenem Gras überwachsene Mulde und legte sich dorthin. Mihrtad kam hinter ihm her und machte es ebenso. Als Wahram aus einem erquickenden Schlummer erwachte, brach bereits der Abend herein. Seine Kleider waren trocken. Er zog sich an, aß von dem Korn und schüttelte Mihrtad wach.

»Zieh dich an, es wird kalt.«

»Nein«, widersprach der Kleine.

»Los, Mihrtad, wach auf! Der Wind kommt.«

»Ich will nicht.«

Endlich gelang es Wahram, ihn wach zu rütteln. Der Kleine zog seine Kleider an, und dann legten die beiden sich, Rücken an Rücken, wieder hin, um weiterzuschlafen.

Als Wahram im ersten Morgenlicht die Augen aufschlug, flimmerte im Osten ein einzelner Stern. Die Kälte zwang ihn, sich zusammenzurollen und die Knie bis zur Brust hinaufzuziehen. Aber etwas war doch anders als bisher am Morgen: Sein Rücken war warm. Warum hatten die beiden Kameraden nicht schon immer so geschlafen?

Als die Sonne heißer wurde, stürzte Wahram sich noch einmal in den Fluss. Das musste der Bag Dschur sein, einer der Nebenflüsse des östlichen Euphrat. Man nannte ihn auch Aradzani, und er galt als einer der Ströme des Paradieses.

Den ganzen Tag verbrachten die beiden Knaben im Wasser und in den Kornfeldern. Als sie auf dem Fluss einige Enten entdeckten, begannen sie, hinter ihnen herzujagen. Dieses ausgelassene Spiel beschäftigte sie lange Zeit. Plötzlich fragte Wahram: »Warum wollen wir sie fangen?«

»Na, um sie zu töten und zu essen natürlich!«

»Was? Töten?«

Wahram gab die Jagd auf. War in Bergri nicht schon genug getötet worden? Und wo war jetzt die Familie: Großma, seine Mutter, sein

Vater, Sirarpi, die anderen alle? Ein Gefühl der Angst übermannte ihn. Er wollte nicht hierbleiben, obgleich er fast glücklich gewesen war, seit er sich mit all seinen Kleidern in die belebenden Wellen des Euphrat geworfen hatte. Er musste weiterwandern und die Seinen suchen. Aber wohin sollte er sich wenden? Nach Russland, also in nördlicher Richtung. Er hob die Augen zur Sonne, diesem glühenden Netz aus unzähligen Seidenfäden. Ihre Scheibe begann bereits hinabzusinken; der Norden musste also rechts von Wahram liegen. Wie konnte er das genau ermitteln?

»Wahram, wenn du den Norden finden willst, musst du das Sternbild des Großen Bären ansehen. Wenn du den Abstand der beiden Sterne seiner Grundlinie um das Fünffache verlängerst, stößt du auf einen sehr hell leuchtenden Stern, den Polarstern ...«

Die Stimme, die er hörte, war Großmas Stimme.

Der Weg war gefunden! Er brauchte nur noch den Abend abzuwarten; dann würde der Polarstern aufgehen, und sie würden auf ihn zumarschieren, bis sie nach Russland kamen.

In diesem Augenblick fühlte Wahram etwas Hartes in seiner Jackentasche. Ein Zwieback? Hastig zog er den Gegenstand heraus. Das Päckchen mit seinen Briefmarken ... die Frucht so vieler Mühen und Sorgen, so vieler kleiner Listen und Diebstähle. Das Wasser des Bendi Mahu und das des Bag Dschur hatten die Marken zusammengeklebt, ihre Farben verwischt und sie zu einer festen Masse werden lassen. Wieder ein Stück seines Herzens vernichtet, ohne dass ein Mensch daran schuld gewesen wäre.

Er steckte die traurigen Überreste wieder dahin, wo sie gewesen waren. »Mihrtad«, sagte er, »wir werden uns jetzt alle Taschen mit Korn füllen und so viel trinken, wie wir können. Heute Nacht brechen wir nach Russland auf.«

»Wo ist Russland?«

»Ich weiß es schon, mach dir keine Sorgen. Jetzt komm und trinke.«

Mihrtad versuchte es, aber er bekam den Schluckauf und konnte nicht weitertrinken. Wahram trank zuerst in langen Zügen, dann in kleineren Schlucken dieses frische, klare Wasser, das nach Weizen und Bergkräutern schmeckte. Nun legten die beiden sich noch einmal ins Korn und erwarteten den Anbruch der Nacht. Wahram bedauerte es, diese Oase verlassen und sich wieder auf den Weg des Elends machen zu müssen. Aber er wollte Großma und die Seinen wiederfinden.

Ganz langsam und allmählich zog die Hitze sich von der Erde zurück. Der Mond zeigte schüchtern seine Sichel, das Dunkel breitete seine Schleier aus, und ein Windhauch kündigte die nächtliche Kälte der Berge an.

Der vom Polarstern angezeigte Weg führte senkrecht vom Fluss auf die schwarze Kette der Berge zu, die wie eine Herde riesiger Ungeheuer die Ebene von Abaha teilte. Als vor zwei Tagen das Gewehrfeuer losging, waren die Russen Richtung Osten hinaufgestiegen. Wem sollte er glauben? Wahram befolgte Großmas Rat.

Die beiden Kinder wateten durch den Fluss, und der Marsch ins Unbekannte begann. Nichts sah mehr so aus, wie es wirklich war, es gab keinen Weg. Ihnen gegenüber: die Nacht, hier dunkelschwarz, dort ein wenig heller, der Erdboden mit all seinen hinterlistigen Fallgruben für die Füße und dort oben, im Norden, der Stern. Hin und wieder ein Schlangenzischen und der kalte Wind, der das lang gezogene Heulen der Hunde herübertrug.

Wahrams Schuhe hatten keine Absätze mehr, und die Sohlen waren so dünn und durchlöchert, dass sie seine Füße nicht mehr schützen konnten. Die harten Ränder der Schuhe schnitten quälend in die Blasen, die Wahram sich gelaufen hatte.

Nachdem sie drei Nächte marschiert waren, war Mihrtad am Ende seiner Kräfte. Wahram war weniger erschöpft, aber auch er brauchte dringend eine Ruhepause. Ihr Körnervorrat war zu Ende. Wie ein Krebsgeschwür fraß der Hunger in ihren Leibern. Aber weit und breit waren keine Korn- oder Kleefelder mehr zu erblicken.

Gegen Ende der Nacht lockte ein Wasserfall sie von ihrem Wege ab. Kaum hatten sie ihren Durst gelöscht, als sie sich auch schon hinwarfen und Rücken an Rücken einschliefen.

Erst die Sonne weckte sie wieder. An Mihrtads verzerrtem Gesichtchen konnte man die völlige Erschöpfung ablesen; Wahram musste seine ganze Entschlusskraft zusammennehmen, um aufzustehen.

Wo befanden sie sich? Warum hatten sie den Tandurag, diesen roten, von überall sichtbaren Berg, noch nicht erreicht, obgleich sie doch drei Nächte lang marschiert waren? Was sollte in diesem feindseligen Land ohne jede Nahrung aus ihnen werden? Wahram bemerkte einen kleinen Pfad, ging ihn allein hinunter und entdeckte Pferdedung, der noch nicht alt war. Hier waren also Reiter vorbeigekommen. Etwas weiter unten erstreckten sich einige Felder. Korn! Wahram stürzte sich darauf und stopfte sich die Körner in den Mund. Er nahm sich nicht erst die Zeit, sie richtig auszuschälen, sodass die spitzen Grannen ihm in Zunge und Gaumen stachen. Am Rande des Feldes fand er prächtige wilde Schwarzwurzeln mit breiten milchigen Blättern. Er raffte einen großen Vorrat zusammen und lief zurück, um ihn seinem kleinen Gefährten zu bringen. Zitternd vor Gier, machte Mihrtad sich darüber her.

Sie mussten den Platz wechseln und sich in den Schatten verziehen. Bei Sonnenuntergang standen die beiden mitten in einem Kornfeld, aßen ununterbrochen und stopften sich anschließend die Taschen mit wilden Schwarzwurzeln voll.

Der Polarstern ging gegenüber dem Bergpfad auf, den die Reiter vor Kurzem passiert haben mussten. Der Pfad führte um Felsenvorsprünge herum, wurde ganz schmal, verbreiterte sich wieder, war bald mit Geröll bedeckt, dann wieder glatt, stieg plötzlich steil bergan und zog sich endlos, unaufhörlich hin.

Die Dunkelheit übermittelte Wahram ein seltsames Gefühl; ihm war, als ginge er im Schlaf. Abgesehen von dem Stern, der zwischen den wechselnden Farbtönen am Himmel fest und unverrückbar blieb, erschien ihm alles wie ein undeutliches Grau in Grau. Manchmal kam es ihm vor, als existiere sein erstarrter Körper überhaupt nicht mehr.

Die Tage vergingen, aber sie brachten keine Hoffnung. In der neunten Nacht ihrer Einsamkeit fiel Mihrtad zu Boden und konnte nicht wieder aufstehen. Wahram versuchte mit allen Mitteln, ihn zu ermuntern, aber der Kleine rührte sich nicht. Wahram schüttelte ihn und zog ihn dann unter Aufgebot aller seiner Kräfte von der Straße fort auf ein kleines Rasenstück. Dort aber war ihm plötzlich, als habe eine unsichtbare Hand ihm einen Schlag versetzt: Auch er versank in einem riesigen Schattenreich.

Als er die Augen wieder aufschlug, strich ein warmer Wind schmeichelnd über sein Gesicht. Er lag lang ausgestreckt da und spürte Mihrtads Füße unter seiner Hüfte. Der Kleine rührte sich nicht. Seine Augen standen weit offen und hatten einen Ausdruck, den Wahram noch nie an ihm gesehen hatte. Mühsam richtete Wahram sich auf und beugte sich über Mihrtad.

»Ich fühle es, ich kann nicht mehr weitergehen«, murmelte der Kleine. »Ich sterbe.«

»Sterben? Jetzt? Nein!« Wahram setzte sich entschlossen auf. Sie durften nicht sterben! Sie mussten kämpfen, Großma wiederfinden,

Sirarpi, die anderen. Sterben? Niemals! Er packte Mihrtad mitten um den Leib, richtete seinen Oberkörper auf und zog ihn dann in den Schatten. »Jetzt suche ich Wasser«, verkündete er. Damit begab er sich in das Gewirr der Felsen und Fußsteige. Plötzlich sah er tief unten einen milchigen Nebel ziehen, der sich langsam über das ganze Tal ausbreitete. Wie hoch sie beide gestiegen waren! Endlich stieß er auf einen dünnen Wasserstrahl. Nachdem er seinen Durst gelöscht hatte, wurde sein Körper wieder »wie eine frische Gurke«. Er aß von den Schwarzwurzeln aus seiner Tasche, wusch sich Hände und Gesicht und kehrte dann wieder um. Aber er konnte die Stelle, an der er Mihrtad zurückgelassen hatte, nicht wiederfinden. Erschrocken beschleunigte er seine Schritte, drehte und wendete sich im Gewirr aus Steinen, Felsen und Gestrüpp. Schließlich entschloss er sich, zu rufen: »Mihrtad! Antworte mir, wo bist du? Ich kann dich nicht finden.«

Das Echo seiner Rufe hallte wie Schläge auf einen leeren Kessel. Dann vernahm er eine schwache Stimme: »Hier! Ich bin hier, Wahram. Ich habe Angst …«

Er hatte ihn in der entgegengesetzten Richtung vermutet. Von Wahram gestützt, schleppte Mihrtad sich bis zu dem Wasserstrahl. Nachdem auch er gegessen und getrunken hatte, versanken die beiden Kinder in einen schweren Schlaf, schwerer und fester als die Granitfelsen, die sie umgaben.

Mihrtad wollte nicht mehr weitergehen. Er hatte sich dieses kleine Wiesenstück ausgesucht, um hier ein für alle Mal liegen zu bleiben.

Die mondlose Nacht hatte sie vor schwarze, drohende Felsen geführt. Der Wind frischte auf, und nun sah man die Sterne, die wie ein Haufen auf ein veilchenfarbenes Meer gestreuter Blütenblätter wirkten und dem Polarstern das Geleit zu geben schienen. Seit zehn Nächten ließ Wahram sich von diesem Stern leiten, seit zehn Nächten war er keiner lebenden Seele begegnet. Nur hin und wieder hatte er das drohende Heulen der Hunde oder die zarten Zwitscherlaute der Vögel im eisigen Morgengrauen gehört. Jeden Tag war die Hitze drückender, jede Nacht die Kälte schneidender geworden. Sie waren zwei heimtückische, hartnäckige Feinde, die Wahrams Mut immer tiefer zu Boden zwangen.

»Geh du nur weiter«, sagte Mihrtad. »Die Russen sind in eine andere Richtung gezogen. Oder sie sind schon so weit, dass wir sie nie wiederfinden können. Wir sind verloren. Dein Stern lügt.«

»Großma hat immer gesagt, ich müsste mich nach dem Polarstern richten.«

»Sie hat sich eben geirrt.«

»Großma irrt sich nie. Und nun steh auf, Mihrtad! Wir gehen ganz langsam und machen immer wieder eine Pause. Und wenn wir die Russen gefunden haben, bekommen wir ganze Berge von gebratenem Fleisch und Kuchen und eingemachten Früchten zu essen und dürfen so viel Tee und Saft trinken, wie wir wollen. Du kannst dir nicht vorstellen, was die Russen alles haben, denn du hast sie noch nie gesehen. Sie haben einen Wagen, der ohne Pferde und ohne Büffel ganz allein und unheimlich schnell laufen kann. Sie nennen das ein Automobil, und nachts hat es zwei leuchtende Augen, so groß wie der Mond.«

»Bist du ganz sicher, dass sie uns Fleisch geben?«

»Ganz sicher. Wir sagen ihnen, dass wir seit zehn Tagen nichts gegessen haben, und dann stopfen sie uns mit allem voll.«

»Gut, dann komme ich mit. Aber ich habe kein bisschen Kraft mehr, das musst du wissen. Und mir tut es überall weh.«

»Mir auch.«

»Dir? Du bist so stark wie Dscheyran, unser Büffel. Und der war der Stärkste im ganzen Dorf.«

Diese Worte genügten, um Wahrams Mut neu zu beleben, obgleich auch er kurz vor dem Zusammenbrechen war. »Also dann los!«

Wenn der Boden unter ihren Füßen zu schwanken begann, setzten sie sich für ein Weilchen hin. Doch zuvor schleuderte Wahram jedes Mal eine Handvoll Steine auf die Stelle, an der sie sich setzen wollten, um die Vipern zu verjagen. Während dieser letzten zehn Tage hatte er viele gesehen: hellgraue, dunkelgraue oder schwarze, längst nicht so hübsch wie die Nattern, kürzer, mit einem spitzeren Kopf. Sie schnellten dahin wie Peitschenschnüre.

Sobald sie sich ein wenig ausgeruht hatten, standen die beiden Kinder mühsam wieder auf und gingen weiter auf den Polarstern zu.

Eine Art Betäubung hatte sich Wahrams bemächtigt. Ob er weiterging oder stehen blieb, stets hatte er ein Gefühl, als schwebe er über Abgründen oder hoch in den Lüften dahin. Würde sie je ein Ende nehmen, diese reglose, feindselige Nacht? Die Kälte drang in ihre Körper ein und ließ sie erstarren.

Plötzlich brach Mihrtad zusammen. Wahram versuchte, ihn wieder hochzuzerren, aber der Körper des Kleinen war so schwer, dass Wahram fürchtete, er werde ihm den Arm ausrenken. So blieb Mihrtad denn liegen. Ohnmächtig? Vielleicht gar tot? Wahram berührte die Nase des Kleinen.

»Wahram«, hörte er Großmas Stimme, die aus unbekannten Tiefen zu kommen schien, an seinem Ohr, »streife mit deinem Handrücken über die Nasenspitze eines Kranken. Die Temperatur seines Körpers entspricht der seiner Nase ...«

Mihrtads Nasenspitze war eiskalt. Jetzt setzte nicht nur die Kälte, sondern auch die Angst Wahram zu. Ihm wurde ganz übel. Oh, wie gern hätte er jetzt eine Tasse heißen, nach Rosenessenz duftenden Tee getrunken!

Er ließ Mihrtad liegen und wagte sich langsam allein in die feindliche Nacht hinaus. Ein seltsamer Lärm übertönte das Heulen der Hunde, die von überall ihre unheimlichen Klagelaute aufsteigen ließen; ein undefinierbares Geräusch, das von gegenüber zu kommen schien. War es vielleicht ein Wasserfall? Ja, sicherlich. Wahram wand sich stolpernd und strauchelnd durch ein Gewirr von Felsen. Wie rasch es hier bergab ging! Etwas Hartes stieß gegen seinen Körper, und er stürzte hin.

Vor ihm lag der Smaragdritter, das Schwert in der Hand, und blickte ihn streng und schweigend an. Aber gleichzeitig drang eine Stimme an sein Ohr: »Schämst du dich nicht? Los, steh auf! Großma hat gesagt: ›Du hast noch einen langen Weg vor dir.‹ Warum bleibst du dann hier liegen?«

Nun streckte der Smaragdritter seine gepanzerte Linke aus und hob ihn auf. Sein brennender Atem traf das Gesicht des Kindes und drang in seinen Körper.

Jenseits des Felsens, auf den er sich stützte, bot sich Wahram ein Schauspiel, dessen Anblick ihn zuerst mit Staunen, dann mit Schrecken erfüllte.

Ihm gegenüber lag ein roter Gipfel mit abgerundeten Formen und hinter diesem ein ungeheurer roter, mit Schneekristallen gekrönter Berg, der sein stolzes und doch so vertraut aussehendes Haupt hoch in den Himmel reckte ...

Der rote Tandurag! Der Berg Ararat ... Der Berg Ararat!

Das lange Tal, das sich zu seinen Füßen erstreckte, wimmelte von Menschen. Zwischen Kanonen, Packwagen, Pferden und Zelten bewegten sich Männer, so winzig wie Marienkäferchen, hin und her.

Die Türken!, dachte Wahram. Ich bin auf die türkische Armee gestoßen! Fort, so schnell wie möglich! Er duckte sich hinter den Felsen und ließ seinen erschrockenen Blick über dieses riesige Heer schweifen. Plötzlich aber tat sein Herz einen Sprung.

»Mein Gott, ich danke dir!«, rief er laut. »Heilige Jungfrau, ich küsse deine Füße! Eine Fahne mit dem Kreuz!«

Ja, über einem der Zelte wehte auf leuchtend weißem Grund ein rotes Kreuz! »Das sind die Russen! Die Russen! Wir sind gerettet, Mihrtad!«

Aber wo war Mihrtad? Jetzt erinnerte sich Wahram. Er kletterte den Hang wieder empor, den er im Laufe dieser schrecklichen Nacht hinuntergestiegen war, ging um Felsblöcke herum, fand den Weg wieder und entdeckte Mihrtad, der mit blassem Gesicht, zusammengerollt wie ein Jagdhund, dalag.

»Mihrtad!«, rief er. »Die Russen! Wir sind gerettet! Die Russen sind da! Ich habe ihr Kreuz gesehen!«

»Lass mich«, knurrte der Kleine. »Ich will nicht mehr ... Ich bleibe hier ...«

»Aber so hör doch, ich habe sie gesehen! Eine Million Männer sind es, und in ihrer Mitte weht die Fahne. Komm schnell, es ist ganz in der Nähe, unten im Tal! Man kann den Tandurag sehen, und ... und ... den Berg Ararat ...« Plötzlich brach Wahram in Tränen aus. Es war ein krampfhaftes Schluchzen, das ihn schüttelte und das er nicht unterdrücken konnte. Welche Schande, so zu weinen, vor allem vor diesem Kind! Er, der seit sechs Jahren nicht mehr geweint hatte ...

Verdutzt, mit offenem Mund, setzte Mihrtad sich auf. »Du weinst ja wie ein Säugling!«, sagte er. »Was haben sie dir getan?«

»N-N-Nichts ... Ich ... ich ... weiß nicht. So komm doch!«, schluchzte Wahram.

»Ja, wenn du so weinst, komme ich mit«, erklärte Mihrtad beunruhigt.

Wahrams Tränen versiegten wie mit einem Schlag. Er wischte sich die Augen. »Es gibt auch Wasser da unten am Berg. Ich habe es gesehen. Komm schnell!«

Aber Mihrtads Beine wollten ihn nicht tragen. Immer mühsamer schleppte er sich vorwärts. Wahram sprang, wie berauscht vor Freude, munter den steilen Hang hinab. Plötzlich erblickte er auf der Wiese zu Füßen des Hügels einen Trupp Maultiere. Soldaten, deren Mützen er jetzt erkennen konnte, waren damit beschäftigt, die Tiere abzuladen. Ein Offizier nahm seine Mütze ab, zog die Jacke aus, warf sich ein Tuch über die Schultern und ging in Hemdsärmeln auf den Bach zu, an dem Wahram soeben angelangt war. Er legte das Tuch neben sich, beugte sich über das Wasser und begann, sich zu waschen.

Als Wahram am gegenüberliegenden Ufer stehenblieb, hob der Offizier die Augen, schrak zusammen und musterte das Kind von Kopf bis Fuß. Nun blickte auch Wahram an sich hinunter. Aus seinen Schuhen ragten die Zehen in den zerfetzten Socken hervor. Seine Hose und seine Jacke waren mit einer grünlichen Schmutzschicht überzogen. Sein Gesicht? Wahrscheinlich sah es nicht viel anders aus als Mihrtads Gesicht: gelb und mager, mit vorspringenden Backenknochen, riesigen schwarzen Augen und zerzausten Haaren, in denen getrocknete Lehmklumpen hingen.

»Ot? ... ot? ... Kuda?«, stammelte der Offizier. »Kto?«

»Bergri«, sagte Wahram. »Armianin.«

»He, Serioja-a-a!«, rief der Offizier.

Ein Mann kam angelaufen und grüßte. Der Offizier sprach lange in russischer Sprache auf den Mann ein, und dann übersetzte Serioja, der Armenier aus Russland: »Woher kommst du? Warum bist du allein? Was ist dir zugestoßen? Bist du krank?«

»Ich habe meine Verwandten am Pass von Bergri verloren. Ich habe mit den russischen Soldaten bei der Festung gegen die Türken gekämpft. Ich habe gesehen, wie die Kurden Flüchtlinge mit ihren Säbeln niedergemetzelt haben. Ich bin vier Nächte mit den Russen marschiert, und dann haben die Türken uns beschossen. Seit zehn Tagen sind wir allein ... und wir haben nichts zu essen.«

Der Offizier hörte sich die Übersetzung an und stellte dann eine Frage, indem er auf Wahrams Taschen wies, aus denen Kornhalme und Blätter hingen. »Was hast du da in deinen Taschen?«, übersetzte Serioja.

Wahram zog das Korn und die wilden Schwarzwurzeln heraus. Er hatte noch genug, beinahe genug für zwei Tage. »Seit vierzehn Tagen essen wir nichts anderes als das hier. Aber wir hatten immer so schrecklichen Durst.«

»Du sagst immer ›wir‹. Bist du denn nicht allein?«

»Nein, ich bin mit Mihrtad zusammen. Mit einem kleinen Jungen. Er wird wohl gleich nachkommen. Er ist halb tot vor Müdigkeit.«

»Wo ist er?«

Wahram drehte sich um. Langsam kam Mihrtad den Abhang herunter. Er war noch etwa hundert Meter entfernt und sah so hilflos und schwerfällig aus wie ein großes Insekt.

Der Offizier machte Wahram ein Zeichen, ihm zu folgen. Serioja blieb zurück, um auf Mihrtad zu warten. Wahram watete durch den Bach und trat zu dem Offizier. In den Händen hielt er noch immer seinen Vorrat. Der Offizier nahm das Korn und hielt es einem Maultier hin. Dabei murmelte er etwas, das Wahram wie ein leiser Fluch vorkam.

Das Tier kam erfreut heran und riss dem Offizier das Korn fast aus der Hand.

Nun lächelte der Offizier und führte Wahram zu einem großen Zelt, aus dem ein Soldat trat. Der Offizier übergab ihm Wahram, und bald umringte ein Dutzend armenischer Soldaten aus der russischen Armee den Knaben. Wahram musste auf einem Haufen Decken Platz nehmen und von seinen schrecklichen Abenteuern berichten.

Dann trieb Mischa, der Soldat, der Wahram in Obhut genommen hatte, alle aus dem Zelt und machte ein Bett zurecht, indem er etwa zehn Decken aufeinanderstapelte. Daraufhin gab er Wahram ein Glas Tee und zwei Stück Zwieback.

Wahram verschlang sie im Handumdrehen und wartete, was nun kommen würde. Mischa trat wieder in das Zelt. »So, jetzt legst du dich hin und schläfst. Um deinen kleinen Kameraden kümmern wir uns schon.«

»Aber ich habe Hunger!«

»In einer oder zwei Stunden wecke ich dich, und dann bekommst du wieder etwas zu essen.«

»Warum nicht gleich? Ich habe Hunger. Habt ihr etwa auch nichts zu essen?«

Mischa begann zu lachen. »Für dich werden wir schon noch etwas haben«, erklärte er. »Aber du darfst fürs Erste nur langsam und wenig essen. Wenn du zu viel isst, kannst du daran sterben.«

»Aber nein, ich schwöre dir, dass ich nicht sterben werde! Bring mir noch etwas!«

»Nachher. Jetzt schlaf. Du musst dich ausruhen, bevor du isst.« Mischa lachte wieder. »Dein kleiner Kamerad hat auch etwas zu essen verlangt, und er war ganz wütend auf dich. Du hättest ihm gebratenes Fleisch versprochen, sagte er. Er schrie, du hättest ihn belogen, die Russen seien noch ärmer als die Leute in seinem Dorf, und wenn er das gewusst hätte, wäre er gar nicht erst vom Berg heruntergekommen.«

Wahram wollte aufbrausen. Aber wahrscheinlich musste es so sein. Er schmiegte sich in die Decken und versank in Schlaf.

Wahram fiel und fiel. Immer tiefer glitt er hinab, und nirgends war etwas, woran er sich festhalten konnte. Plötzlich aber fing jemand ihn auf, und eine Stimme sagte: »So, jetzt wach auf und iss.«

Wahram öffnete die Augen. Da sein Kopf tief lag, konnte er feststellen, dass der Fußboden des Zeltes ein wenig schräg verlief. Auf einer Kiste in Reichweite seiner Hand sah er drei Stück Zwieback und ein großes Glas mit dampfendem, stark gezuckertem Tee.

Jetzt wurde er wütend. »Ich habe Hunger ... Vierzehn Tage habe ich nichts Rechtes gegessen, mein Magen ist leer, und du gibst mir das da? Jetzt gehe ich und suche mir Korn!«

»Du wirst auch noch diese Pille hier nehmen«, sagte der Soldat und reichte ihm eine graue Tablette. »In zwei Stunden kannst du in dich hineinstopfen, soviel du willst. Aber vorher nicht. So haben der Offizier und der Doktor es befohlen.«

»Der Doktor? Aber den habe ich ja gar nicht gesehen!«

»Er hat dich gesehen.«

»Aber ich bin doch nicht krank.«

»Nein, aber mit deinen wunden Füßen und all dem Wasser, das du getrunken hast, könntest du es werden. Also los, iss das hier und schlafe wieder.«

Wahram riss seine Augen weit auf. Man hatte ihm Schuhe und Socken ausgezogen, und seine Füße waren fast schwarz von der Jodtinktur, die man daraufgepinselt hatte. Er trank den Tee, aß den Zwieback und schlief dann wieder ein. Diesmal war sein Kopf etwas höher gebettet.

Laute Stimmen und ein Lachen weckten ihn auf. Die Sonne ging unter, und das Innere des Zeltes sowie die Gesichter, die ihn umgaben, waren in ein bronzefarbenes Licht getaucht. Auf der Kiste neben seinem Lager sah er ein riesiges Stück gebratenes Fleisch, ein Schwarzbrot, fast so groß wie ein Kochkessel, Käse, einige Scheiben Melone, ein Messer, eine Gabel und ... einen Berg »Kanfets«.

Wahram setzte sich auf. Die Soldaten verstummten.

»Da, siehst du«, sagte Mischa. »Wenn du willst, kannst du das alles essen. Aber du hast geschworen, dass du nicht daran sterben wirst. Und wir werden jetzt aufpassen, ob du dein Wort hältst.«
Sie sind verrückt, dachte Wahram. Ich werde das alles aufessen, und ich werde bestimmt nicht sterben. Nachdem ich diese Hölle überstanden habe, wird mir nicht gerade das Essen den Rest geben. Und er machte sich ans Werk. Er schnitt sich ein tüchtiges Stück Fleisch ab und steckte es begeistert in den Mund. Der köstliche Saft drang bis tief in seine Kehle. Aber im selben Augenblick war es auch schon aus mit seinem unersättlichen Hunger, so sehr die Soldaten, die um ihn herumstanden, ihn auch drängten. Mit Mühe nur konnte er noch eine Scheibe Melone hinunterbekommen. Dann verfiel er wieder in einen bleiernen Schlaf.

Das Zelt war vom Sonnenlicht überflutet. Ringsum herrschte hektisches Treiben.
 Ein Stück Seife und ein Tuch in der Hand, ging Wahram zum Bach hinunter. Dort traf er Mihrtad, der sich soeben gewaschen hatte.
 »Weißt du«, erzählte der Kleine, »die Russen haben sich ja viel Zeit gelassen, bevor sie mir etwas zu essen gaben, aber du hattest doch recht. Sie haben mir Fleisch und einen Haufen andere Dinge vorgesetzt, und außerdem habe ich alle Taschen voll mit ›Kanfets‹. Und du?«
 »Ich auch.«
 »Aber warum sprechen sie so schlecht Armenisch?«
 »Sie sprechen das russische Armenisch. Sie sind keine Russen, sondern Armenier aus Russland, Soldaten in der Armee des Zaren.«
 »Sie sind keine Russen?«, fragte Mihrtad verdutzt.
 »Doch, aber sie sind gleichzeitig Armenier.«
 »Das glaube ich nicht«, erklärte Mihrtad. »Es sind Russen, die nicht richtig Armenisch gelernt haben.«
 Wahram tauchte seinen Kopf, den er kräftig eingeseift hatte, ins Wasser. Er suchte in seinen Taschen nach dem Büffelhornkamm, den Großma ihm gegeben hatte. Er fand ihn, schaute ihn an und spürte, wie sein Herz sich schmerzhaft zusammenzog. Das Fläschchen mit dem belebenden Trank war in Bergri geblieben!
 Jetzt wartete, auf Kisten aufgetischt, ein Frühstück auf sie, das aus Tee, Zucker, Zwieback, kaltem Fleisch und Käse bestand. Die beiden Kinder mussten sich nebeneinandersetzen. Wahram bemerkte, wie die

Soldaten sie beobachteten. Er bemühte sich, wie »ein wohlerzogener Mensch« zu essen. Plötzlich dachte er an die Vorbereitungen zum Aufbruch.

»Wohin geht die Abteilung?«, fragte er Mischa.

»Wir ziehen nach Bajazid weiter und nehmen euch mit.«

»Dann bekomme ich also ein Gewehr?«

»Ein Gewehr? Wozu?«

»Wenn ich mit euch komme, bin ich ein Soldat wie ihr. Und Soldaten ohne Gewehr gibt es nicht.«

Die Männer lachten, aber sie brachten ihm kein Gewehr. Wahram warf ihnen einen finsteren Blick zu.

»Du bist noch nicht kräftig genug, um ein Gewehr zu tragen«, sagte Mischa.

»Ich habe in Bergri tausend Schüsse abgegeben. Wenn wir Bogdan treffen, wird er es euch bestätigen.«

»Ja, aber das ist nicht dasselbe. Außerdem sind unsere Gewehre zu groß für dich.«

»Dann gebt mir eben ein kleines! So eins, wie die Reiter sie gestern über dem Rücken trugen.«

»Du bist doch kein Kosak.«

»Wenn ihr mir kein Gewehr geben wollt, komme ich nicht mit euch.«

Der Offizier kam zurück, fragte den Dolmetscher, worum es ginge, und brach in lautes Lachen aus. Mischa übersetzte: »Wenn du wirklich ein Soldat werden willst, wird man dich in Bajazid dem Kommandanten vorstellen, und wenn der einverstanden ist, bekommst du ein Gewehr. Aber jetzt los, wir müssen weiter.«

Damit hob Mischa Wahram hoch und setzte ihn auf ein Maultier.

Die Abteilung überquerte Wiesen und Felder und gelangte wieder auf die Straße, die zum Tandurag hinaufführte. Soweit der Blick reichte, erstreckte sich die blassrote Erde, und die Hufe der Maultiere wirbelten einen rötlichen Staub auf.

Bald stellte sich die Vision des Todes, deren Bild sich in den letzten Tagen verwischt hatte, auf grausamste Weise wieder ein … An den Straßenrändern lagen zwischen verlassenen Gepäckstücken reglos die Leichen von Männern, Frauen und Kindern in ihren armseligen verschmutzten Kleidern. Plötzlich erhob sich ein Wind. Ein unerträglicher Fäulnisgeruch trieb in Wellen daher, so fürchterlich, dass das Maultier den Kopf hochwarf und die Zähne bleckte. Je höher die Windungen der Straße sich hinaufschlängelten, umso größer wurde die Anzahl dieser schrecklichen Opfer barbarischer Grausamkeit.

Endlich, auf dem Gipfel des Tandurag, erschien der Berg Ararat wieder, größer, mächtiger und leuchtender denn je. Große weiße Wolken umgaben seine Spitze, und seine riesigen Arme streckten sich weit aus, erstarrt zu einer immerwährenden Geste des Segnens. Wie ein gigantischer Patriarch wirkte der Berg. Die Glut der Sonne schwächte sich auf den Höhen ab, und von Zeit zu Zeit strich wie ein feiner, unsichtbarer Schleier eine erfrischende Brise über sie hin.

Gegen Ende des Tages zog die Abteilung in eine Ortschaft ein. »Jetzt sind wir in Kizildize«, sagte Mischa zu Wahram.

Die Straßen, die Häuser und die angrenzenden Felder waren überfüllt von abgemagerten Flüchtlingen. Erschütternder noch als in Bergri hatte sich das Leid in ihre Gesichter gegraben. Diese Menschen erinnerten an die vielen Toten, die Wahram unterwegs auf den Straßen gesehen hatte. Aber diese hier konnten noch gehen und sprechen.

Die Abteilung zog quer durch die Ortschaft und machte dann auf einer Wiese halt. Dort wollte man die Nacht verbringen und am nächsten Morgen nach Bajazid weiterziehen. Wahram ging zum Ort zurück; er wollte sich umhören, ob er nicht etwas von seiner Familie erfahren könne. Mihrtad, der noch recht schwach war, blieb bei der Abteilung. Er hatte auch keine Hoffnung mehr, je einen seiner Verwandten wiederzusehen. Wahram streifte durch die Straßen und Felder, auf denen die Flüchtlinge lagerten.

Plötzlich ... Aber nein, das war nicht möglich! Da stand Wartkes neben einem Berg von Packen und Ballen. Trotz seiner blassen Wangen, trotz seiner staubigen Kleider erkannte Wahram ihn sofort. Der Junge sah ihn erstaunt an.

»Wartkes, bist du allein?«

»Bist du Wahram? Du siehst ganz anders aus als früher ... Aber deine Stimme ist es.«

»Sei nicht so dumm, Wartkes! Natürlich bin ich Wahram. Sind die anderen auch hier?«

»Nein, nur Tigran, Sebuh und ich. Die anderen sind mit den Bagagewagen weitergefahren.«

»Wo sind sie?«

»In Igdir. Das haben uns die Fahrer von den Packwagen erzählt.«

»Und wo ist Onkel Tigran?«

»Er kommt gleich. Er wollte für uns Plätze auf einem Packwagen besorgen, der uns nach Igdir bringt.«

»Und Sebuh?«

»Sebuh ist krank. Komm mit, dort drüben liegt er. Aber wo warst du eigentlich die ganze Zeit? Wir dachten, du wärst schon in Igdir.«

Wahram beugte sich über Sebuh. Die goldblonden Haare des Kindes waren matt und ohne Glanz. Sein abgezehrtes, von Schweiß bedecktes Gesichtchen brannte im Fieber. Unaufhörlich, im ewig gleichen Rhythmus wiederholte er: »Mein Kopf ... mein Kopf ... mein Kopf tut weh ...«

»Sebuh ...«, rief Wahram leise.

»Er hört uns nicht«, erklärte Wartkes. »Er braucht einen Arzt, aber hier gibt es keinen. Darum hat Tigran es so eilig, nach Igdir zu kommen.«

»Wir haben einen Doktor bei uns«, erzählte Wahram stolz. »Ich bin russischer Soldat und bekomme ein Kosakengewehr.«

»Wahram, wie siehst du denn aus!« Das war Tigrans Stimme.

Wahram wandte den Kopf. Da stand Tigran, noch etwas magerer, noch ein wenig verbrannter als zuvor, aber gerade und aufrecht, und blickte erstaunt auf seinen Neffen.

»Ja ... was ist denn?«, sagte er. »Dann warst du also gar nicht in Igdir?«

»Nein. Ich habe mich in Bergri unter dem Wagen zum Schlafen hingelegt, und Großma hat geglaubt, ich sei wieder zu euch zurückgegangen. Als dann die Wagen abfuhren, schlief ich noch. Am nächsten Morgen bin ich Russen begegnet, und jetzt bin ich auch wieder mit Russen hier. Nun wollen wir nach Bajazid, damit der russische Kommandant mir ein Kosakengewehr gibt.«

»Ein bisschen verrückt warst du ja immer schon, Wahram«, meinte Tigran, »aber jetzt bist du völlig verrückt, und man muss auf dich aufpassen. Was erzählst du da?«

»Nichts. Nur was ich erlebt habe.«

»Könntest du mir das wohl bitte etwas ausführlicher erzählen? Aber zunächst, was ist das für eine Geschichte mit den Russen und dem Gewehr?«

Wahram erklärte es ihm.

»Und wo ist diese russische Abteilung?«

»Dort hinten.«

»Dann gehen wir jetzt hin«, sagte Tigran. »Wartkes, pass auf Sebuh auf. Ich habe die Plätze auf dem Packwagen bekommen. Wir fahren morgen in aller Frühe ab.«

Wahram führte Tigran zu dem Offizier.

»Er hat mich gebeten, bei uns bleiben und ein Gewehr tragen zu dürfen«, sagte der Offizier. »Ich kann darüber nicht entscheiden; das könnte nur unser Bataillonskommandant. Darum habe ich dem Jungen versprochen, ihn nach Bajazid mitzunehmen.«

»Sie nehmen also auch Kinder in die Armee auf?«

»Er sieht recht stabil aus. Gestern war er noch halb tot ... Und in einem Tag hat er seine Kräfte wiedererlangt. Manche unserer Kompanien haben im Verlauf dieser schrecklichen Ereignisse verirrte Kinder aufgenommen.«

»Wahram«, sagte Tigran, »du willst uns also wirklich verlassen und Soldat werden? Und deine Eltern? Und deine Studien?«

»Aber gestern wart ihr ja noch nicht da ...«

»Und jetzt? Kommst du nun mit mir nach Igdir, um Großma, deinen Vater und deine Mutter wiederzusehen, oder bleibst du bei den Soldaten?«

»Natürlich komme ich mit euch.«

»Gut«, entschied der Offizier. »Warte nur noch ein wenig, damit Mischa dir ein Vorratspaket und Zucker mitgeben kann. Wir sollen ohnehin neu verproviantiert werden.«

»Erlauben Sie mir, Ihnen meine Dankbarkeit auszusprechen«, sagte Tigran zu dem Offizier und nahm seine Mütze ab. »Und ich möchte Sie auch um Ihren Namen und Ihre Adresse bitten, damit die Eltern dieses Jungen Ihnen danken können.«

Der Offizier war sichtlich bewegt. Jetzt kam Mischa mit einem Paket, das er Wahram übergab.

»Und Mihrtad?«, fragte dieser. »Seine ganze Familie ist in Bergri umgekommen.«

»Der bleibt bei uns, denn er ist krank. Später schicken wir ihn nach Eriwan. Von Bajazid aus fahren oft Abteilungen mit Wagen dorthin.«

Sorglos verabschiedete sich Wahram von Mihrtad. Er ahnte nicht, dass er ihn nie wiedersehen würde.

Die ganze Nacht hindurch, zuweilen im Halbschlaf, dann wieder wachend, jammerte Sebuh vor sich hin: »Mein Kopf ... mein Kopf tut weh!« Seine Stirn und seine glühenden Wangen zeigten an, wie krank er war. Aber noch erschütterter war Wahram über die Magerkeit des Kleinen. Konnten diese dürren Beinchen und diese wunden Füße ihn wohl je wieder tragen? Am liebsten hätte Wahram den abgezehrten Körper auf die Arme genommen, an sein Herz gedrückt und ihm seine eigene Kraft eingeflößt. Wie schrecklich, dass Großma nicht da war! Sie, die alles wusste, hätte Sebuh gewiss von seinen Schmerzen befreien können. Die Nacht war drückend wie ein endloser Albtraum. Bei der ersten Morgendämmerung, unter einem blasslila ausgewaschenen Himmel, weckte Tigran die Kinder. Er belud sich mit allen Packen und Bündeln und verfrachtete seine Neffen zusammen mit etwa einem Dutzend weiteren Flüchtlingen in dem Wagen. Die Gepäckstücke bedeckten den ganzen Fond. Ganz vorn, direkt hinter dem Fahrer, hatte Tigran Decken ausgebreitet, auf denen Sebuh lag.

Der Wagen fuhr die staubige Straße entlang, an deren Rändern immer noch Tote lagen, die mit der Erde zu verschmelzen schienen. Nach einer der ersten Straßenbiegungen tauchte der Berg Ararat wieder auf. Seine gewaltige Masse schien dem Reich der Träume anzugehören. Unaufhörlich ging es in Zickzackwindungen hin und her, an tiefen Abgründen entlang. Plötzlich blitzte unten in einer Schlucht das brodelnde Gold eines Bergbachs auf. Die beiden Felswände, die ihn einzwängten, waren so hoch, dass die Bäume an seinem Rande wie kleine Veilchensträuße aussahen. Die Felsen, die im Schatten lagen, schimmerten blauschwarz, während die, auf denen das Sonnenlicht spielte, wie rosiges Kupfer glänzten. Die Schönheit dieses Bildes erschien Wahram ebenso unwirklich und überraschend wie der blaue, von Schneekristallen gekrönte, legendenumwobene Bergriese, dessen Haupt hoch über die Wolken hinausragte.

Jetzt musste Wahram Tigran alles erzählen, was er seit jenem Augenblick erlebt hatte, da Tigran, die Pistole in der Hand, zum Pass von Bergri aufgebrochen war.

»Und als du aufwachtest, hast du keinen Menschen mehr gesehen? Du warst ganz allein, mutterseelenallein, bis die Russen kamen?«

»Aber ja. Ich glaubte schon, dass es außer mir keinen einzigen Menschen auf der Erde mehr gäbe.«

»Da siehst du, was für eine Dummheit du gemacht hast! Wenn du bei deiner Mutter geblieben wärst ...«

»Aber warum hast du dann sie und die anderen verloren? Und wie kommt es, dass Wartkes und Sebuh bei dir sind?«

»Nach der Schießerei am Pass mit den Kurden habe ich die anderen nicht mehr finden können. Es war eine rabenschwarze Nacht. Aber am Morgen entdeckte ich Sebuh und Wartkes. Sie saßen eng aneinandergeschmiegt auf einer Straßenböschung und weinten. Sie hatten sich in der Dunkelheit verirrt.«

»Habt ihr die Wagen nicht gesehen?«

»Nein, sie sind während der Nacht mit den Schafen vorbeigefahren. Nachbarn, die aus Igdir zurückgekommen sind, um ihre verschwundenen Angehörigen zu suchen, haben mir versichert, dass die ganze Familie wohlbehalten dort eingetroffen ist.«

»Werden wir sie heute Abend wiedersehen?«

»Ja. Wir werden sogar noch vor dem Abend dort sein.«

Eine fieberhafte Ungeduld bemächtigte sich Wahrams. Wie sollte er es noch bis zum Abend aushalten, bis er Großma, seinen Vater, seine Mutter und Sirarpi wiedersehen würde?

»Aber Onkel, wo hast du eigentlich gedacht, dass ich bin?«

»Erzähl du es, Wartkes«, sagte Tigran.

»Als wir merkten, dass Wahram nicht da war, sind Mutter und Sirarpi fast wahnsinnig geworden vor Angst. Sie liefen überall umher, schrien und weinten. Schließlich hat Onkel Hrant erklärt, du wärst bestimmt bei Großma, und so ein verteufelter Dickkopf wie du ginge nie verloren. Dann haben die anderen sich beruhigt, und wir sind alle losgezogen. Aber es war so pechdunkel! Wenn der Bendi Mahu nicht solchen Lärm gemacht hätte, wären bestimmt viele Leute vom Weg abgeirrt und im Fluss ertrunken.«

»Aber wie habt ihr euch dann verloren?«

»Das weiß ich nicht. Auf einmal war ich mit Sebuh allein. Wir sind weiter und immer weitergelaufen. Als es dann Tag wurde, konnten wir nicht mehr. Und da haben wir uns hingesetzt.«

»Alle haben sich mehr oder weniger verirrt und verloren«, meinte ein junger Mann, der mit ihnen im Wagen saß. »Wir sind hier zu dritt, und wir wissen nichts von den zehn anderen Mitgliedern unserer Familie.«

»Der Junge hat recht«, stimmte ein anderer zu. »In meinem ganzen Leben habe ich nicht eine so schwarze und schreckliche Nacht gesehen. Man hatte das Gefühl, in einem Keller zu sitzen.«

»Ich verfluche diesen Pass!«, rief eine Frau. »Meine Tochter ist auf der Brücke getötet worden, und dann hat der Strom sie fortgespült.« »Viele sind hineingefallen. Gott sei ihnen gnädig!«, sagte ein alter Mann. Es wurde still im Wagen. Nur Sebuhs klagende Stimme war noch zu hören: »Mein Kopf ... mein Kopf tut weh!«

Die Luft kühlte sich ab. Mühsam zogen die Pferde den Wagen die endlosen Hänge hinauf. Plötzlich sah Wahram eine riesige Schneefläche aufblitzen und gleich darauf eine zweite und noch eine. Unter einem vergissmeinnichtblauen Himmel rollte der Wagen über diese weiße Decke, welche die Straße verhüllte. Die Berggipfel, eine Karawane ungeheurer Dromedare, marschierten unermüdlich auf den Berg Ararat zu. Aber der Riese thronte noch immer unbesiegbar dort oben. Sein weißes Haupt verschmolz mit dem Himmel. Hingerissen betrachtete Wahram dieses Schauspiel.

Tigran bat den Fahrer zu halten und holte sich eine Handvoll Schnee, den er in ein Taschentuch wickelte und auf Sebuhs Stirn legte. Nun ging es bergab. Neben einem Abgrund, der bis in den Mittelpunkt der Erde hinabzureichen schien, legte der Fahrer einen Bremsklotz an das rechte Rad. Die dunkelblaue Tiefe sah aus, als könne nie ein Lichtstrahl dort hinabdringen.

Nun wurde alles leicht. Bald tauchte eine von großen Obstgärten umgebene Stadt auf. Der Bremsklotz wurde abgenommen, und der Wagen rollte fröhlich auf einer Straße dahin, wie Wahram nie eine gesehen hatte.

Das war keine festgestampfte Erde, sondern so etwas wie ein einziger riesiger Stein, der sich durch die Felder bis ans Ende der Welt zu erstrecken schien. Kein Geröll mehr, keine ausgefahrenen Wagenspuren, kein Stoßen, kein Rütteln.

»Onkel, diese Straße ...«

»Ah, du hast es also bemerkt! Das ist eine Militärstraße. In Russland sind alle großen Straßen so, Wahram. Bei den Schneefeldern des Ararat haben wir die Türkei verlassen.«

»Aber mein Gott«, meinte einer, »warum Russland, warum Türkei? Für uns gibt es doch nichts als Armenien, das Land unserer Vorfahren, aus dem sie uns alle verjagen! Nein, so kann es nicht bleiben!«

»Mein Kopf!«, schrie Sebuh laut auf. Er richtete sich empor, wollte aufstehen und weglaufen. Tigran nahm ihn behutsam in die Arme. Die hellblauen Augen des Kindes starrten ins Leere. Ein furchtbarer, unerträglicher Schmerz verzerrte seine Züge. Tigran erneuerte die Schneekompresse auf seiner Stirn.

Bald darauf sahen sie Häuser mit ein oder zwei Stockwerken, die in der Sonne aufflammten. Der Wagen bog in eine breite, gut gepflasterte Straße ein und hielt schließlich vor einem großen Torweg. Wahram sprang hinunter, ließ sich die Gepäckstücke reichen und half dann Wartkes beim Absteigen. Tigran, der den schlafenden Sebuh auf seinen Armen trug, folgte ihm.

Sie traten in den Hof. Sirarpi war es, die Wahram als Erste entdeckte. Schluchzend stürzte sie auf ihn zu und überschüttete ihn mit Liebkosungen. Wahram war so bewegt wie nie zuvor in seinem Leben. Endlich konnte er seine Cousine in die Arme schließen und an sein Herz drücken. Als Sirarpi sich ein wenig gefasst hatte, begann sie, ihn auszuschelten: »Wo hast du nur gesteckt, du Narr, du Dummkopf, du unmöglicher Junge? Wie bist du davongekommen?«

Wahram blieb keine Zeit, ihr zu antworten. Plötzlich standen alle um ihn herum: Aghawni, Araxi, sein Vater. Aber ...

»Und Großma?«, fragte er. »Wo ist Großma?«

Harutiun schrak zusammen. »Ja, ist sie denn nicht mit euch gekommen?«, fragte er. Wie versteinert sahen alle sich an. Irgendetwas Unwiderrufliches bedrohte sie. Sollte sie etwa ...? Aber nein, das war unmöglich!

»Seit wir von Van fort sind, habe ich sie nicht mehr gesehen«, sagte Tigran ernst und so leise, dass seine Stimme kaum zu hören war.

»Wahram«, wandte Harutiun sich zornig an seinen Sohn, »du warst doch bei ihr in Bergri. Wo hast du sie verlassen?«

»Sie hat mir gesagt, ich solle zu Tigran zurückgehen. Aber das wollte ich nicht. Darum habe ich, ohne dass sie es merkte, zwei Decken genommen und mich unter den Wagen gelegt.«

»Du Dummkopf, das ist ja unglaublich!«, rief Harutiun. »Und dann?«

»Dann habe ich geschlafen. Und als ich am nächsten Morgen von den Schüssen aufwachte, war der Wagen fort. Im ganzen Tal war kein einziger Mensch mehr zu sehen.«

»Was erzählst du da? Du warst also nicht bei Tigran? Wie hast du ihn denn dann wiedergefunden?«

»Er hat mich in Kizildize gefunden«, sagte Tigran. Aber dann konnte er nicht weitersprechen. Tränen traten ihm in die Augen und rollten langsam über seine Wangen.

»Nein!«, sagte Harutiun.»Wie ist das möglich?«
»Nun erzähle du erst einmal, Harutiun«, sagte Tigran.»Wer hat den Wagen geführt?«
»Sarkis.«
»Und du?«
»Ich habe mich um die Schafe gekümmert.«
»Wo ist Sarkis?«
»Hier.«
»Und dann?«
»Als es hell wurde, hat Sarkis gesehen, dass Mutters Platz leer war. Zwei Decken fehlten, und Wahram war auch nicht da. Am Abend zuvor, als Sarkis sich hinlegte, um ein wenig zu schlafen, hatte er Großma und Wahram noch nebeneinander auf dem Wagen liegen sehen.«
»Aber nein, das stimmt nicht!«, widersprach Wahram.»Großma hatte mir befohlen, zurückzugehen, aber das wollte ich nicht. Und da habe ich mich heimlich unter dem Wagen hingelegt.«
»Während jener Nacht, in der die Finsternis so dicht war, dass man sie mit dem Messer hätte schneiden können, hat Sarkis angespannt, so gut er eben konnte, und ist losgefahren. In der Dunkelheit hat er weder Wahram noch Großma gesehen, aber er nahm an, dass die beiden noch auf dem Wagen lägen.«
»Und hat er unterwegs einmal angehalten?«
»Aber gewiss, mehrere Male.«
»Mein Gott!«, schrie Tigran plötzlich mit einer rauen, fast unmenschlichen Stimme.»Mutter ist abgestiegen und hat sich verirrt, oder sie ist vom Wagen gefallen ...«

Wahram fühlte sich schuldig, denn schließlich war er der Letzte, der Großma gesehen hatte. Man hätte Großma in Van lassen sollen! Oder er hätte sich ihr hartnäckig widersetzen und bei ihr bleiben sollen. Aber ihre Prophezeiungen? Der Tod der Natter? Ihre letzten Worte in Bergri, die so schrecklich geklungen hatten ...

Verzweifelt suchte er nach einem Menschen, der ihm eine Stütze bieten konnte. Aber die anderen schienen noch hilfloser zu sein als er. Hrant und Sebuh lagen schwer krank auf ihren ärmlichen Lagern, und für Sebuh gab es keine Hoffnung mehr. Harutiun saß stundenlang reglos da und starrte vor sich hin. Aghawni, Araxi und Sirarpi weinten. Jeder hatte eine Mutter verloren. Nein, mehr.

Wahram überwachte die Straße, auf der die Wagen kamen. Er ging von einer Flüchtlingsgruppe zur anderen, und überall fragte er die Menschen, ob sie Großma nicht gesehen hätten. Aber niemand wusste etwas. Und warum war sie in Bergri so überzeugt gewesen, dass sie bald nicht mehr da sein werde?
War Großma entrückt worden wie der Prophet Elias?

Hrant kämpfte gegen seine Krankheit und erholte sich langsam. Sebuh hingegen schwand dahin. Sein Körper konnte die tödlichen Schläge all dieser Strapazen nicht überwinden.

Die Familie erstickte fast in dem Hof, in dem sie untergebracht war. Das Haus gehörte Ganjas Familie, und Ganja war noch immer bei der russischen Armee. Und als ob auch die letzten Spuren, die noch an Van erinnerten, ausgelöscht werden sollten, kam ein Metzger die Kühe abholen. Die vertrauten Köpfe verschwanden auf Nimmerwiedersehen.

Nun begann Wahram, durch die Straßen von Igdir zu irren. Der Berg Ararat schaute auf ihn herab, aber dieser ferne, majestätische Riese konnte ihm den Warak nicht ersetzen. Wahram betrachtete die Häuser; sie erschienen ihm fremd und feindlich. Und mit den Obst- und Weingärten ging es ihm ebenso. Auch die Augen der Menschen kamen ihm feindselig vor; nirgends begegnete er dem Blick eines Freundes. Er wusste nicht, was ihm fehlte, denn er hatte keinen ausgeprägten Wunsch.

»Komm mit mir, Wahram«, sagte Tigran eines Tages. »Wir wollen uns die Stadt einmal zusammen ansehen.«

Wahram folgte seinem Onkel. Sie gingen schweigend nebeneinanderher. Dann trat Tigran in ein aus festen Quadersteinen erbautes Haus mit großen Fenstern. In einem riesigen Saal warteten zahlreiche Tische voller Zeitungen auf Leser. Tigran setzte sich und bedeutete Wahram, neben ihm Platz zu nehmen.

Wahrams Augen wurden von den Büchern angezogen, die in großen Regalen standen. Ein junges Mädchen, das hinter einem Tisch saß, nahm sie in Empfang oder teilte sie aus. Plötzlich las Wahram einen Titel: *Die geheimnisvolle Insel* von Jules Verne. Der Titel und der Name des Autors, die armenisch geschrieben waren, erregten seine Aufmerksamkeit. Er trat zu der Bibliothekarin und fragte:

»Wie heißt Jules Verne wirklich?«

»Verne. Das ist sein richtiger Name.«
»Aber das ist kein armenischer Name.«
»Natürlich nicht. Jules Verne ist Franzose. Das Buch ist übersetzt.«
»Ich möchte es lesen. Leihen Sie es mir.«
»Du bist nicht bei uns abonniert.«
»Nun komm schon, Wahram«, sagte Tigran, der hinzugetreten war.
»Wir sind Flüchtlinge, uns gibt man keine Bücher.«
»Sie sind aus Van?«, fragte das junge Mädchen mit bewegter Stimme. »Dann werde ich ihm ein kostenloses Abonnement ausstellen. Aber wird er Jules Verne auch verstehen?«
»Dieser Junge ist ein wahrer Teufel«, erwiderte Tigran. »In Van hat er schon heimlich *Die Elenden* von Victor Hugo gelesen und dann den ganzen Inhalt seiner …« Tigran stockte plötzlich. Dann fuhr er fort: »Während der Flucht ist er verloren gegangen. Zehn Tage lang ist er mit einem kleinen Jungen über Felder, Berge und Täler gewandert, umgeben von Kurden, Schlangen und tollwütigen Hunden. Und sie hatten nichts zu essen!«
»Oh, die armen Kleinen!«, rief die Bibliothekarin. »Und wie haben Sie ihn wiedergefunden?«
»Nicht wir haben ihn wiedergefunden, sondern er uns. Weil es gefährlich war, während des Tages zu marschieren, sind sie nachts weitergezogen. Und er hat sich dabei immer nach dem Polarstern gerichtet. Auf diese Weise haben sie sich nicht verirrt und sind tausend tödlichen Gefahren entgangen.«
Wahram hörte mit offenem Munde zu. Wie gut sein Onkel Tigran erzählen konnte! Er erkannte seine eigene Geschichte nicht wieder. Wenn man ihn anhörte, erschien alles ganz einfach. Und eigentlich war es auch ganz einfach und natürlich gewesen; er hatte gegen Hunger und Durst, gegen brennende Hitze, schneidende Kälte und gegen seine eigene Angst gekämpft.
»Und das ist noch nicht alles«, sagte Tigran zu dem jungen Mädchen. »Bevor er mit dem anderen Jungen loszog, hat er mit zwanzig russischen Soldaten sieben oder acht Stunden lang gegen zwei- oder dreihundert Kurden und Türken gekämpft und selbst mit einem Gewehr geschossen.«
»Und dabei ist er noch so jung! Er heißt Wahram, nicht wahr? Also gut, Wahram, ich werde dir dieses Buch leihen, denn es stehen ähnliche Geschichten darin, wie du sie erlebt hast. Ich gebe dir jetzt den ersten

Band mit, und wenn du ihn ausgelesen hast, kommst du und holst dir den zweiten.« Und sie stellte ihm ein kostenloses Abonnement aus.
»Es gibt also sogar in Igdir nette junge Mädchen«, sagte Tigran. »Ich danke Ihnen.«
Sie wurde feuerrot und senkte den Kopf. »Die Leute hier in Igdir sind nicht nett zu Ihnen, nicht wahr?«, fragte sie dann.
»Nein«, seufzte Tigran.
»Sie sind auch untereinander nicht freundlich. Ich bin nicht von hier, ich bin aus Tiflis.«
Unter der Veranda im Hof fand Wahram ein ruhiges Plätzchen, wo er sich hinsetzen und lesen konnte. Am folgenden Tag hatte er bereits den ersten Band ausgelesen. Diesmal ging er allein zur Bibliothek.

Wahram litt an einer sonderbaren Krankheit: an jener Krankheit vielleicht, von der ein Mensch befallen wird, der vom Tode auferstanden ist. Aber diese Krankheit hatte keinen Namen, denn im Tod gibt es keine Erinnerung. Wahram hatte das Gefühl, als lebe er nur an der Oberfläche. Sein Inneres war verwirrt und getrübt und ließ nichts in sich eindringen.
Er kam zur Bibliothek, kurz bevor diese geschlossen wurde. Die Bibliothekarin stand vor ihrem Tisch und unterhielt sich mit einem jungen Mann. Sie lächelte, ihre Stimme floss weich wie Honig, und hielt ihre weit geöffneten Augen auf den jungen Mann gerichtet. Wahram hatte solche Blicke schon gesehen. Aber wo?
Sie empfing ihn sehr freundlich. »Hast du das Buch schon ausgelesen? Gefällt es dir?«, fragte sie.
»Ja, sehr gut ... Und jetzt hätte ich gern den zweiten Band.«
»Wer ist dieses Kind?«, fragte der junge Mann.
»Ein Flüchtling. Ein sehr tapferer Junge, der gegen die Kurden gekämpft und elf von ihnen getötet hat. Er hat sich gerettet, indem er immer auf den Polarstern zugegangen ist. So hat er seine Verwandten wiedergefunden.«
Nein, wirklich, Wahram lernte immer wieder etwas Neues! Nun hatte er schon elf Kurden getötet!
»Sehr gut«, sagte der junge Mann. »Aber da Sie nicht allein mitkommen wollen, könnte er uns ja vielleicht begleiten. So wäre Ihre Ehre nicht gefährdet.«
Das junge Mädchen wurde rot. Offenbar errötete sie sehr leicht.

»Willst du mit uns in unseren Garten kommen?«, fragte der junge Mann Wahram. »Dort kannst du reife Pfirsiche und Trauben essen.«

»Ich möchte vor allem den zweiten Band haben«, antwortete Wahram.

»Aber natürlich, den bekommst du«, versicherte das junge Mädchen. Sie tat plötzlich sehr beschäftigt, machte die nötigen Eintragungen und sagte dann zu Wahram, ohne ihn anzusehen: »Willst du mit uns kommen? Du hast doch wahrscheinlich keinen Garten, nicht?«

»Doch! Das Haus, in dem wir zurzeit wohnen, besitzt einen ziemlich großen Garten, aber er ist längst nicht so groß wie unser Garten in Van. Es sind fast keine Früchte auf den Bäumen, und außerdem hat Väterchen mir verboten, sie anzurühren.«

»Dann komm du nur mit zu uns«, erklärte der junge Mann. »Wie heißt du?«

»Wahram.«

»Ich heiße Jerwant. Und dieses reizende Fräulein hier heißt Marussia.« Der junge Mann sprach so inbrünstig und respektvoll, dass Wahram ihn verwundert ansah. So sprach man doch eigentlich nur mit alten Damen!

»Marussia?«, fragte er. »Das ist doch kein armenischer Vorname.«

»Nein, das ist russisch. Auf Armenisch würde man ›Margarite‹ sagen. Also, wie ist es, kommst du mit?«

»Ich möchte schon«, meinte Wahram. »Aber Sie müssen mir erlauben, auf einen Baum zu klettern und dort mein Buch zu lesen.«

»Aber selbstverständlich. Wir haben einen großen Apfelbaum mit vielen schönen Äpfeln.«

Sowie sie im Garten waren, ging Wahram plötzlich ein Licht auf. Er erschrak. Es ging hier wieder einmal um »Liebe«! War das möglich? Mitten in diesem Elend, unter dem mehr als hunderttausend Menschen litten, die von der Fluchtwelle aus der Provinz Van bis hierher nach Igdir gespült worden waren und nun unter freiem Himmel auf den Feldern und an den Straßenrändern kampierten, neben sich ihre unglücklichen Gefährten, die an Krankheiten, Erschöpfung oder gar an Hunger dahinsiechten und starben – ja, angesichts dieser Bilder dachten die Armenier von Igdir an »Liebe«! Wie konnte man so leichtsinnig sein?

Wahram presste den zweiten Band der *Geheimnisvollen Insel* an seine

Brust und musterte den jungen Mann so genau, dass er gar nicht mehr hörte, was dieser zu ihm sagte. Er hatte ein rotbackiges Gesicht, und die vollen, dunkelroten Lippen lächelten unter einem seidenweichen Schnurrbart. Seine Mütze hielt er in der Hand, sodass die Sonne auf seinem Scheitel glänzte.

»Sieh doch nur den schönen Apfelbaum da unten, Wahram«, sagte er. »Seine Äpfel sind für dich. Aber du kannst auch Trauben oder Pfirsiche essen.«

Mit einem verlegenen Lächeln schob Margarite ihre beiden Zöpfe zurecht und knüpfte den Knoten ihres kleinen Dreiecktuchs neu. Das elfenbeinfarbene Dreieck ihres Halses war eingefasst von einer eng anliegenden Bluse, die rechts und links in weite Ärmel auslief.

Wahram ließ die beiden allein. Er pflückte einen Pfirsich, der ein wenig bitter schmeckte. Das körnige Fruchtfleisch hatte weder den Duft noch die schmelzende Weichheit der Früchte von Van. Die schwarzen Weinbeeren, von denen Wahram dann kostete, erschienen ihm nicht süß genug. Enttäuscht kletterte er auf einen Apfelbaum und stieg so hoch hinauf, wie er konnte, sodass er fast die Höhe der umliegenden Dächer erreichte. Im Süden versperrte das riesige Bollwerk des Ararat den Horizont.

Zwischen Wahram und dem heiligen Berg erstreckte sich, soweit der Blick reichte, eine endlose Ebene. Wie zahllose kleine Steinchen in einem Brettspiel bewegten die Flüchtlinge sich darauf hin und her.

Wahram wählte sich einen schönen roten, fast eiförmigen Apfel, der ihm reif erschien. Aber nein! Er hatte keinen Duft. Das trockne Fleisch schmeckte nach Lehm und erfüllte seinen Mund nicht mit einer Springflut von Saft. Der Apfel zerbröckelte nicht knirschend unter seinen Zähnen, wie die »Wangen der Semiramis« es taten. Eine unendliche Traurigkeit überkam Wahram plötzlich. Was war aus seinem Garten geworden? Wer bewässerte ihn jetzt? Oder mussten die Blätter und Früchte an den Zweigen vertrocknen? Er versuchte zu lesen. Auf einmal hörte er einen Schrei und wandte den Kopf.

Er bemerkte Jerwant und Marussia, die zwischen den Weinstöcken saßen. Fast sah es aus, als ob ... Ja, tatsächlich, die Sonne leuchtete auf Margarites nackter Brust, und Jerwant, dessen Kopf sich ständig von einer Brust zur anderen bewegte, schien mit dieser schneeigen Fülle zu spielen.

Er liebt Frauenmilch, dachte Wahram erstaunt. So etwas hatte er noch nie gesehen! Aber ... wie konnte er denn mit seinen Zähnen saugen?

Wahram wandte sich wieder ab, aber er hatte jetzt keine Lust mehr, zu lesen. Plötzlich ertönte wieder ein Schrei: »Nein! Nein!« Die beiden hatten sich aufgerichtet. Das junge Mädchen knöpfte seine Bluse zu, und Jerwant lag vor ihr auf den Knien.

Eine seltsame Aufregung und Unruhe ergriff Wahram. Er glitt vom Baum hinunter.

»Wahram, wo bist du?«, rief Marussia. »Komm her!«

»Ich komme.«

Wie sollte er ihnen jetzt in die Augen sehen?

Aber sie sahen sehr glücklich aus, und als Wahram bei ihnen ankam, empfingen sie ihn mit liebenswürdigem Lächeln. »Nun, haben die Früchte geschmeckt?«, fragte Jerwant.

»Ja.«

»Hast du viele gegessen?«

»Nein. Einen Pfirsich und einen Apfel.«

»Die schmecken besser als eure in Van, nicht wahr? Die Früchte von Igdir sind die besten von ganz Armenien.«

Sprach Jerwant wirklich im Ernst? Dann musste er verrückt sein!

»Hast du auch gelesen?«, fragte Margarite jetzt.

»Ja.«

»Was gefällt dir in dem Buch am besten?«

»Der geheimnisvolle Mann, den man nie zu sehen bekommt.«

»Gehen wir jetzt, mein Schatz«, sagte der junge Mann. »Da Wahram bei uns ist, wird niemand sich über uns den Mund zerreißen können.« Dann wandte er sich zu Wahram und fragte: »Willst du morgen wiederkommen?«

Wahram hätte am liebsten abgelehnt, aber der strahlende Blick des jungen Mädchens stimmte ihn um. Sie war wie verklärt.

»Wenn ich das Buch bis morgen ausgelesen habe, komme ich und hole mir den dritten Band«, sagte er. »Und vielen Dank für die Früchte.«

Er konnte es kaum abwarten, nach Hause zu kommen. Wie konnte man nur ... Es war doch schmutzig, seine Lippen auf die Haut einer Frau zu drücken! Wieder sah er Marussias nackten Oberkörper vor sich und Jerwants Kopf, der sich von einer Brust zur anderen bewegte.

Dann plötzlich wurde er sich bewusst, dass auch er sich schon danach gesehnt hatte, seinen Kopf an Sirarpis Brust zu drücken. Beim bloßen Gedanken verspürte er ein unendliches Wohlgefühl. Aber gleichzeitig erschrak er, denn ihm war, als dringe er hier in ein ihm unbekanntes Land ein, das vielleicht furchtbare Überraschungen für ihn bereithielt.

Um seine Verwirrung vollständig zu machen, erwartete Sirarpi ihn an der Haustür. In dem Lächeln, mit dem sie ihn begrüßte, erkannte er Margarites Lächeln wieder. Noch nie hatte er diese eigenartig erregende Wirkung bemerkt, die von ihm ausging. Und doch erinnerte er sich, dass er stets dieses Lächeln gesehen hatte, dass es auch nach stürmischen Auseinandersetzungen und Tränenausbrüchen immer wieder auf Sirarpis Gesicht erschienen war.

»Warum kommst du so spät nach Hause, Wahram?«, fragte sie jetzt und ergriff seine Hand. »Und du wirst doch nicht etwa schon wieder den ganzen Tag lesen, so wie du es gestern gemacht hast?«

»Das Buch ist aber wundervoll«, meinte Wahram.

»Du wirst noch Kopfschmerzen bekommen, wenn du so ununterbrochen liest«, beharrte Sirarpi liebevoll.

Sie hatten inzwischen den Hof überquert.

Die große gedeckte Veranda hatte nur zwei feste Wände. Die beiden anderen Wände waren durch hölzerne Säulen ersetzt, die das Dach stützten. Zusammengepfercht auf diesem engen Raum lebte die ganze Familie. Wie lange noch? Würde man nach Van zurückkehren, oder musste man sich zu einer anderen Lösung entschließen? Niemand wusste es.

Hrant war noch immer bettlägerig. Die Haut, die sich über diesen zum Skelett abgemagerten Körper spannte, war gelblich blass. Araxi, die ihn pflegte, wich keine Minute von seiner Seite. Eine neue Entdeckung für Wahram …

Er ging mit Sirarpi in den Garten. Der dürre Boden hier konnte kein lebendiges Grün hervorbringen. Man war weit entfernt von Van und seinem üppigen Pflanzenwuchs. Die Bäume waren verkrüppelt, die Blätter der Weinstöcke vergilbt, und die Erde roch nach gebranntem Ton. Kaum eine Blume und natürlich weder eine Nachtigall noch eine Natter.

»Ach, hätten wir doch wenigstens eine Natter in diesem Garten!«, seufzte Wahram.

»Eine Natter?«, wiederholte Sirarpi, und ihre Hand, die noch immer Wahrams Hand gefasst hielt, zitterte leise. »Wozu eine Natter?«

Aber der unwillkürliche Druck von Sirarpis Hand hatte Wahram sonderbar erregt. Er fasste einen Entschluss. »Hör zu, Sirarpi«, sagte er, »ich muss dir etwas erzählen.« Und nun beschrieb er ihr, was sich in jenem Garten zwischen Jerwant und Margarite ereignet hatte.

Sirarpi ließ seine Hand los und fuhr zurück. »Aber Wahram ...«, rief sie entsetzt.

Mehr sagte sie nicht. Wahram begann wieder: »Sag mir, Sirarpi, hast du ... hast du auch ... Milch ... in deiner Brust?«

Sirarpis Wangen färbten sich flammend rot. »Du Dummkopf«, stieß sie hervor. »Was hast du ...« Aber dann brach sie plötzlich in lautes Lachen aus.

»So sag es mir doch! Und würdest du mir davon geben, wenn ich sie gern kosten würde?«

Eine Ohrfeige klatschte gegen seine Wange. Aber fast im selben Augenblick schon schlang Sirarpi weinend ihre Arme um Wahram. »Du verrückter Kerl, du Dummkopf ... Wie unschuldig du sein kannst! Und dabei bist du schlimmer als der schwärzeste Teufel mit einem großen Bocksgesicht. Weißt du denn wirklich nichts?« Mit ihren heißen Händen fasste sie nach Wahrams Händen und zog ihn neben sich auf eine Böschung.

»Wie meinst du das? Wovon weiß ich nichts?«

»Von dem, was du heute gesehen hast.«

»Ich weiß, dass ... dass sie sich ... wahrscheinlich ... lieben.«

»Ja, bestimmt. Aber was tut man, wenn man sich liebt? Weißt du es?«

»Man küsst sich auf den Mund. Das ist schmutzig.«

»Wenn man sich liebt, ist es nicht mehr schmutzig«, erklärte Sirarpi mit einer leisen, fast unhörbaren Stimme. »Wenn zum Beispiel ich ... wenn ich es dir erlauben würde ... könntest du dann deine Lippen auf ... auf meine Brust legen, ohne zu denken, dass so etwas schmutzig ist?«

»Aber natürlich«, versicherte Wahram, den plötzlich eine sonderbare Angst ergriff. »Ich habe dich immer gern geküsst. Du bist so weich und sanft, du duftest so gut, und du bist so hübsch! Niemand ist so hübsch wie du. Und übrigens habe ich vorhin erst gedacht ...« Er stockte und erschauerte innerlich.

»Was?«

»Ich … ich kann es nicht sagen.«
»Du weißt, dass du mir alles sagen musst.«
»Ja. Ich habe gedacht, dass ich gern meinen Kopf auf deine Brust legen und lange dort liegen lassen würde.«
Plötzlich presste Sirarpi Wahrams Gesicht gegen ihre Brust, die von Schluchzen bebte. »Mein geliebter Dummkopf«, sagte sie immer wieder. »Mein geliebter Dummkopf!«
Wahram war zugleich entzückt und erschrocken. Aber er machte keinen Versuch, seinen Kopf zu befreien. Er hatte ein Gefühl, als zerdrücke er unter seiner Wange durch die glatte Seide hindurch eine weiche, elastische Aprikose.
Jetzt löste sich eine der Hände Sirarpis von Wahrams Hals. Sie knöpfte ihr Mieder auf. »Wahram«, flüsterte sie. »Küss mich.«
Wahram drückte seine Lippen in dieses warme, seidige Nest. Sein ganzes Wesen schmolz dahin. Er schlang seine Arme um Sirarpi und presste seine Lippen noch fester auf ihre Brust. Tränen der Ergriffenheit brannten in seinen Augen. Er hob den Kopf. Sirarpi sah ihn lächelnd an. Ihr Gesicht leuchtete vor Glück.
»Wir lieben uns, nicht wahr, Sirarpi?«
»Schon immer, Wahram.«
»Was werden wir nun tun?«
»Nichts … Immer einer für den anderen das bleiben, was wir in diesem Augenblick sind.«
Wahram wusste nicht, was er sagen sollte. Es erschien ihm auch unnötig, jetzt zu sprechen.
Nach einer langen Pause des Schweigens murmelte Sirarpi: »Diesen Platz wird nie ein anderer Mensch einnehmen. Es wird dein Platz sein, solange ich lebe.«
Wahram hatte keine Lust mehr, zu lesen. Sein Herz quoll über. Ohne etwas zu sehen, ohne zu denken, irrte er umher. Es war, als wolle das Glück ihn erdrücken.
In dieser Nacht streckte er den Arm aus und suchte die Hand Sirarpis, die neben ihm lag, und als er aufwachte, hielt er noch immer die Hand der schlafenden Sirarpi in der seinen. Der Tag, der hinter dem Gipfel des Ararat emporstieg, verschüttete seine goldenen Lavamassen. Flammender Schnee rann vom Gipfel des Berges nach allen Seiten. Behutsam ließ Wahram Sirarpis Hand los. Er fühlte sich auf einmal so stark wie der Ararat.

Wie verging dieser Tag? Und die folgenden? Der Albtraum der Einsamkeit war verschwunden. Sirarpi und Wahram lächelten sich zu, ihre Körper streiften einander, aber der bloße Gedanke an das, was im Garten geschehen war, erschreckte sie. In stillschweigendem Einverständnis vermieden sie es, allein zu sein. Sie sprachen nicht mehr von jenem Ereignis, doch es war ihnen stets gegenwärtig, und die unsterbliche Flamme, die daraus emporschlug, erhellte ihr Herz.

»Wahram«, sagte Harutiun, »leg dein Buch hin und komm mit.«

Auf den Straßen von Igdir brannte der Staub unter der glühenden Sonne. Kein Baum, der Schatten spendete. Kein Tropfen Wasser. Während des Tages verließ keiner der Einwohner sein Haus. Die Flüchtlinge hingegen drängten sich in den Straßen.

Ziellos zogen sie umher, bervor sie sich wieder an den Fuß des Berges Ararat zurückzogen, wo sie laut Anordnung der Behörden kampieren mussten.

Allenthalben erwachte die Hoffnung, dass man nach Van werde zurückkehren können; denn die Türken hatten sich nur wenige Tage in der Stadt gehalten, dann waren die Russen wieder dort eingerückt. Aber der Befehl zum Rückmarsch kam nicht und auch nicht die Genehmigung, weiterzuziehen oder sich im russischen Armenien auf die einzelnen Ortschaften zu verteilen.

»Ich werde mit einer Abordnung nach Tiflis gehen«, sagte Harutiun, »und wahrscheinlich wird die ganze Familie nachkommen können. Ich möchte, dass du deine Studien fortsetzt, und werde daher deine Aufnahme ins Nerzissian-Seminar beantragen.«

»Ja, Väterchen.«

»Du wirst eine Prüfung ablegen müssen.«

»Ich werde sie bestehen, Väterchen.«

»Am besten wäre es, wenn ihr alle zusammen den Zug nehmen könntet. Geht das nicht, musst du allein reisen.«

»Und wenn der Befehl kommt, nach Van zurückzukehren?«

»Dieser Befehl wird nicht kommen.«

»Aber Väterchen, die Russen haben die Stadt doch längst wieder eingenommen!«

»Hör mir gut zu, Wahram, und erinnere dich immer an das, was ich dir jetzt sagen werde. Meiner Ansicht nach gab es für die Russen keinerlei zwingenden Grund, sich aus Van zurückzuziehen. Man wollte lediglich uns aus der Stadt hinaustreiben. Praktisch haben die Russen Van überhaupt nie aufgegeben.«

»Aber wir haben doch gesehen, wie sie abgerückt sind!«

»Gewiss, aber diese russischen Einheiten sind an die Front bei Erzurum geschickt worden, während andere aus der Gegend von Urmiah abgezogen und in die Provinz Van verlegt wurden. In der Zwischenzeit haben die Russen uns veranlasst, unsere Städte zu räumen.«

Starr vor Staunen blieb Wahram stehen und blickte seinen Vater ungläubig an.

»Komm«, sagte Harutiun. Sie traten unter die Veranda eines Hauses. Hier traf Wahram auf Jegarian, Garo, Nazareth, Gabriel und die anderen Führer der Armenaganen.

»Na, dieser Schlingel hier ist ja immer noch auf seinem Posten«, sagte Garo und zog Wahram an den Ohren. »Der versäumt keine Versammlung!« Während man noch auf die Nachzügler wartete, erzählte man sich allerlei Neuigkeiten und versuchte, eine Liste der Verschwundenen, Kranken und Toten aufzustellen.

»Ich glaube, jetzt kommt niemand mehr«, sagte Harutiun schließlich. »Jegarian, mach uns ein Bild von der Lage.«

Jegarian räusperte sich, wischte sich mit dem Taschentuch über die Stirn und begann: »Wir wissen Folgendes: Die Russen haben die Gegend südlich des Van-Sees geräumt und ihre Kräfte nach Norden verlegt. Daraufhin hat Djevdet, der Hufschmied, mit vier- oder fünfhundert Mann Van von Neuem besetzt. Er ist nur drei oder vier Tage dortgeblieben, eben lange genug, um Häuser in Brand stecken zu lassen und die alten Leute und die Kranken, die nicht fliehen konnten, umzubringen. Dann ist er wieder abgezogen. Der hier anwesende Zinngießer Markos, der durch die Krankheit seiner Frau in Van zurückgehalten wurde, ist den Türken entgangen. Bevor ich ihm jedoch das Wort erteile, möchte ich euch meine Ansicht darlegen … Es war die Regierung des Zaren, die uns zur Flucht genötigt hat. Diese Regierung wünschte nicht, dass 250 000 Armenier, die ihre Heimat mit der Waffe in der Hand befreit hatten, an Ort und Stelle blieben, um dann bei den Friedensverhandlungen das Land, das sie erobert hatten, für sich zu beanspruchen. Wir hätten den Soldaten Djevdets leicht Widerstand leisten können. Wir hätten ihren Vormarsch schon bei Wosdan aufhalten können.«

»Wie lange?«, fragte Garo.

»Auf unbegrenzte Zeit.«

»Sag mir, Jegarian, glaubst du, die Russen wären je nach Van zurückgekehrt?«, fragte Harutiun.

»Nein, niemals. Oder sie wären erst zurückgekehrt, nachdem die Türken mithilfe der Kurdenscharen uns alle massakriert hätten. Vorher nicht.«

»Aber die Türken waren doch in Bergri«, fiel jetzt Wahram ein, der nicht mehr an sich halten konnte.

»Jawohl, mein kleiner ›Kämpfer unter dem Polarstern‹«, antwortete Jegarian lächelnd. »Aber in Bergri waren nur die Offiziere Türken. Die Soldaten waren Kurden. Die Russen haben uns unsere Waffen genommen, die der Kurden jedoch nicht angerührt. Sie haben sich damit begnügt, von ihnen die offizielle Bestätigung ihrer Unterwerfung zu verlangen. Und als die Russen dann nach Norden abgezogen waren, wussten die Kurden genau, was man von ihnen erwartete: Sie sollten die Armenier ausrotten.«

»Wir sind also einer Meinung«, sagte Harutiun. »Wenn wir in Van geblieben wären, hätte der Zar zugelassen, dass die Türken und die Kurden über uns herfielen. Dann hätte er sie verjagt ... aber erst hinterher.«

»Genauso ist es«, versicherte Jegarian.

Wahram riss die Augen weit auf. Das war unglaublich. Wie konnte man ein ganzes Volk massakrieren lassen?

»Wenn du jetzt sprechen willst, sind wir bereit, dich anzuhören, Markos«, sagte Harutiun.

»Ich weiß gar nicht, wie ich es alles erzählen soll«, begann der Mann, der erst kürzlich aus Van gekommen war. »Als ich in der verlassenen Stadt zurückblieb, war ich vor Angst wie gelähmt. Es war so, wie es in den Legenden erzählt wird. Ich hatte den Eindruck, als sei die Stadt versteinert und ich der einzig Überlebende. Ich musste nach einem Versteck suchen. Während ich mich überall umsah, kam ich auch zur Hamid-Agha-Kaserne. Da sagte ich mir, dass die Türken, falls sie zurückkehren sollten, meine Frau und mich sicherlich nicht in einer niedergebrannten Kaserne suchen würden ... Ihr wisst ja, dass zwei Räume im Erdgeschoss fast unversehrt geblieben waren. Ich wählte mir den unteren Raum, säuberte ihn, schaffte alles dorthin, was ich nur tragen konnte, und brachte dann meine Frau in die Kaserne. Es ging ihr schon etwas besser, aber sie war immer noch sehr schwach. Um zu meinem Versteck zu gelangen, musste ich über Schuttberge klettern, dann in den ersten Raum hinuntersteigen und von dort aus in den zweiten, dessen Fenster durch die heruntergebrochenen Wände der oberen Stockwerke wie zugemauert waren.«

»Das wissen wir alles. Weiter!«, sagte Garo ungeduldig.

»Verzeihung, Garo, ich habe das nur erwähnt, damit ihr alles Weitere richtig verstehen könnt. Ich richtete mich also in dem Raum ein. Wenn es dunkel wurde, ging ich hinaus, um Früchte und Wasser zu holen, und tagsüber versteckte ich mich im ersten Stock hinter den Schuttbergen und spähte aus.

Am Nachmittag des vierten Tages, nachdem die Bevölkerung Van verlassen hatte, bemerkte ich plötzlich gegenüber meinem Zufluchtsort auf der breiten Straße, die nach Hatsch Poran hinunterführt, einen Reitertrupp. Ich duckte mich hinter einen Trümmerhaufen. Es war der schändliche Djevdet selbst, dessen hässliche Fratze so hochfahrend blickte wie stets und der mit einigen Offizieren an der Spitze einer Abteilung von Kurden und Tscheten dahergeritten kam. Sie hielten vor der Kaserne. Djevdet schaute hinüber nach Zem-Zem-Mahara. Er betrachtete die drei eingeäscherten Kasernen, stieß einige wüste Flüche aus und stieg von seinem Pferd. Direkt mir gegenüber stellte er sich an den Rand des Baches. Dann begab sich – offenbar auf den Rat eines seiner Offiziere hin – das Gros seiner Leute zu dem Haus von Nathanael Agha.

Am Abend zuvor hatte ich Nathanael noch gesehen. Er hatte mir einen großen Korb mit Früchten gefüllt, und ich hatte ihm geraten, auf der Hut zu sein und sich tagsüber lieber zu verstecken oder mit mir zu kommen.

›Was kann man mir schon antun, Markos?‹, hatte er stolz gesagt. ›Ich habe keinen Sohn mehr. Man kann mir das Leben rauben. Und? Dann hätte ich endlich Ruhe.‹

Jetzt brachen die Soldaten die Tür ein und drangen in den geheiligten Garten. Nachdem knapp zwanzig Minuten verstrichen waren, kamen sie mit Nathanael Agha wieder heraus. Er ging vor ihnen her, so würdevoll wie Moses, als er vom Berge Sinai herabkam. Vor Djevdet, dem Hufschmied, blieb er stehen und kreuzte die Arme über der Brust, während die Soldaten Äpfel, Aprikosen und Pfirsiche zu Füßen des Gouverneurs niederlegten.

›Du bist also gekommen, um dich an dem Anblick der Trümmer und Schreckensbilder, die du verursacht hast, zu ergötzen, Wali Bey‹, sagte Nathanael. ›Wenn dein Vater wieder auferstünde, er würde dich nicht als seinen Sohn anerkennen.‹

›Nathanael Effendi, warum bist du nicht mit deinen russischen Freunden abgezogen?‹, fragte Djevdet, der Hufschmied, konsterniert angesichts der ungezwungenen Haltung des Patriarchen der Obstgärten.

›Die Russen sind nicht meine Freunde. Meine einzigen Freunde sind die Bäume. Sie verstehen es, dem Leben Schönheit zu verleihen.‹

Djevdet, der Hufschmied, reckte sich empor. ›Aha‹, sagte er. ›Endlich habt ihr verstanden, dass die Russen nicht eure Freunde sind! Das kommt etwas spät.‹

›Wir haben uns weder die Liebe noch die Hilfe des Zaren je gewünscht, ebenso wenig wie die des Sultans. Und doch waren dein Vater, Tachry Bey, und dein Vorgänger, Tachsin Bey, mir ehrlich zugetan. Sie haben mir die Ehre erwiesen, meine Früchte zu loben, und sie sind zu mir in meinen Garten gekommen, um von ihnen zu kosten, mein Brot und mein Salz zu essen und mein Wasser zu trinken. Und wir haben alles getan, um uns eurer Achtung würdig zu erweisen. Aber jetzt hat es den Anschein, als sei alles menschliche Gefühl bei den Türken abgestorben.‹

In diesem Augenblick ertönten von Kendertschi und Hatsch Poran her Schreie und Klagerufe. Etwa dreißig alte Leute – Männer und Frauen – und Krüppel, die in ihren Häusern geblieben waren, wurden zur Kaserne getrieben. Die Türken schlugen mit ihren Gewehrkolben auf die Unglücklichen ein und zwangen sie, vor Djevdet, dem Hufschmied, niederzuknien.

›Ist das alles, was übrig war?‹, fragte er.

›Alles, was wir gefunden haben, Wali Pascha‹, antwortete man ihm.

Jetzt erhob sich ein ohrenbetäubender Lärm. Ich sah, wie Djevdet einen Befehl brüllte, an seinen Säbel griff und auf den Eingang zur Kaserne wies. Und nun wurden all die alten Männer und Frauen, die Krüppel und Kranken einzeln vor die Kaserne geschleppt und dort ermordet. Ihre Schreie und ihr Todesröcheln machten mich fast wahnsinnig.

Niemand hatte Nathanael Agha angerührt, der reglos dastand und Djevdet zu mustern schien. Aber plötzlich spuckte der Patriarch der Gärten dem Gouverneur mitten ins Gesicht. Gleich darauf wurde er zu Boden geschlagen.

›Bringt ihn in seinen Garten‹, befahl Djevdet. Unmittelbar darauf stiegen überall dichte Rauchwolken auf, und Flammen züngelten empor bis zu den Wipfeln der Birken.

Djevdet ging zu Nathanael hinein. Als er nach einer ganzen Weile wieder herauskam, ließen die Türken ihre Opfer liegen, stiegen auf die Pferde und ritten in Richtung auf Kendertschi davon.

Als es dunkel wurde, ging ich hinüber in Nathanael Aghas Garten. Der Patriarch war an einen großen Aprikosenbaum gebunden. Sein von zahllosen Säbelhieben zerfleischter blutüberströmter Körper wurde von den Stricken, mit denen man ihn umwunden hatte, aufrecht gehalten. Der Kopf, der keine Wunde aufwies, sah noch immer hoheitsvoll aus. Rings um ihn verklebte sein Blut das Gras zu einer schwärzlichen Masse. Ein Glück für ihn, dass er tot war und nicht mehr die Vernichtung seines Gartens hatte mit ansehen müssen. Er, der nicht erlaubte, dass man auch nur einen Zweig beschädigte, hätte den ganzen Boden mit zerhackten Bäumen übersät vorgefunden.

Sein Haus brannte drei Tage lang. Am fünften Tag, als die Brände in der Stadt allmählich erloschen, hörten wir von der Gegend des Sees her heftiges Schießen. Und am folgenden Tag ritt eine Abteilung Kosaken durch die Straße. Ich verließ mit meiner Frau unser Versteck in der Kaserne und ging heim. Mein bescheidenes Haus am Stadtrand war dem Feuer entgangen. Aber fast die ganze Armenierstadt war zerstört. Die Häuser von euch allen, die ihr hier versammelt seid, sind niedergebrannt.

Ich konnte nicht länger in Van bleiben. Diese eingeäscherten Häuser, die verwüsteten Gärten, die verstopften Kanäle, die jede Bewässerung unmöglich machten ... Mein Herz blutete. Ich traf einen Armenier aus Russland und flehte ihn an, mir und meiner Frau eine Möglichkeit zu verschaffen, aus Van fortzukommen. Er erfüllte mit Leichtigkeit meine Bitte und verstaute uns auf einem Packwagen der Armee. Von Dschanig bis direkt vor Igdir waren die Straßenränder mit Leichen übersät. Jetzt verzehre ich mich wieder vor Heimweh nach Van. Aber was tun?«

»Ja, was tun?«, sagte Jegarian. »Das entscheidet sich alles in Tiflis. Ihr müsst schnellstens hinfahren, Harutiun, andernfalls kommt das Volk von Wasburagan in der Ebene vor Igdir um.«

»Die Häuser könnten wir ja wiederaufbauen«, erklärte Harutiun. »Aber wie soll das Land ohne Bewässerung leben? Die Arbeit von fünfzig Jahrhunderten und die Kunst Nathanael Aghas sind unwiderruflich vernichtet. Nie können wir ersetzen, was hier zerstört wurde. So seltsam es klingen mag, ich werde in Tiflis zweierlei fordern: Arbeit für die Flüchtlinge und Wasser für die Gärten von Van.«

Wahram betrachtete seine früheren Helden, die jetzt zu Flüchtlingen geworden waren. Er hätte um Großma weinen mögen, um Nathanael Agha, um die Gärten ... aber das alles war zu viel für ihn. Ihm war, als erfrören sogar seine Augen.

»Hör zu, Harutiun«, sagte Jegarian. »Ich finde, ein Punkt ist noch wichtiger als die Forderungen, die du stellen willst. Wir müssen erreichen, dass die Russen die Kurden entwaffnen und als Feinde ansehen. Wir haben unsere Abgeordneten in der Duna: Gukassow, Adschemow, Papadschanow ... Und jetzt kommt es vor allem auf eins an: Sie müssen davon überzeugt werden, dass die Kurden gefährlicher sind als die Türken. Die Hand des Türken vermag nichts ohne das kurdische Werkzeug.«

»Und die Hand des Zaren auch nicht!«, rief Garo.

»Es hat keinen Sinn, uns Stillschweigen über unsere Gedanken aufzuerlegen«, sagte Harutiun. »Aber in manchen Ohren wird das, was wir sagen, wie ein Sprengstoff wirken.«

»Aber warum schreiben wir nicht an den Zaren?«, fragte Wahram. »Er sieht doch gar nicht böse aus.«

»Nein. Aber man hat dir erlaubt zuzuhören, jedoch nicht, deine Meinung zu äußern«, erklärte Garo. »Hältst du den Zaren etwa für den Polarstern?«

Was hatten sie jetzt wieder mit dem Polarstern? Machten sie sich über ihn lustig?

»Wenn er nicht der Polarstern ist, kann man zu ihm gehen und mit ihm reden. Wenn Großma jetzt hier wäre, dann wüsste sie bestimmt ...«

Einige der Männer richteten stumm ihre Blicke auf Wahram. Nun schämte er sich doch, weil er sich angemaßt hatte, Erwachsenen einen Rat erteilen zu wollen.

Eine ferne Stimme klang an sein Ohr: »Wahram, der junge Trieb kann keine Früchte tragen. Er muss sich an den Baum anlehnen und wachsen. Du bist noch ein junger Trieb; darum höre und schweige.«

»Wahram muss sich am Montag früh um zehn Uhr im Seminar einfinden, um die Aufnahmeprüfung abzulegen. Er muss unter allen Umständen kommen.« Das hatte Harutiun aus Tiflis geschrieben. Jetzt war es Donnerstag. Wahram musste sich also heimlich auf die Reise machen, denn die Bahnbehörde verkaufte keine Fahrkarten an die Flüchtlinge, ja, man verwehrte ihnen sogar den Zutritt zum Bahnhof.

Tigran fand keinen Ausweg. Am Freitagabend schien es festzustehen, dass Wahram nicht würde fahren können. Im Übrigen hätte er auch unbedingt am nächsten Tag den Zug nehmen müssen, um am Sonntagmorgen in Tiflis anzukommen und sich bis Montag noch ein wenig auszuruhen.

Gegen Ende des Samstagvormittags begab sich Wahram, der nun alle Hoffnung verloren hatte, zur Bibliothek. Nach der *Geheimnisvollen Insel* und *Zwanzigtausend Meilen unter dem Meer* wollte er jetzt noch *Die Kinder des Kapitäns Grant* lesen. »Warum bist du so traurig, mein Kleiner?«, fragte Marussia ihn. »Hast du Angst davor, nach Tiflis zu fahren?«

»Ich kann gar nicht hinfahren«, antwortete Wahram. »Man lässt die Flüchtlinge nicht in den Zug und verkauft ihnen keine Fahrkarten.«

»Aber du willst unbedingt nach Tiflis?«

»Ja.«

»Du hast ganz recht. Tiflis ist eine schöne Stadt. Dort sind die Männer und vor allem die jungen Mädchen nett und liebenswürdig. Ich werde dir helfen. Inzwischen nimm hier erst einmal den zweiten Band von *Die Kinder des Kapitäns Grant*. Bring mir das Buch heute Abend zurück; bis dahin hat Jerwant bestimmt eine Möglichkeit gefunden, dich nach Tiflis zu befördern.«

Am Abend hatte Wahram den zweiten Band des Romans von Jules Verne ausgelesen. Den dritten sollte er erst vier Jahre später in russischer Übersetzung in Rostow lesen! Als er in die Bibliothek kam, fand er dort Marussia und Jerwant in angeregter Unterhaltung vor. Sie empfingen ihn mit offenen Armen.

»Du wirst morgen Nachmittag reisen, oder ich schneide mir den Schnurrbart ab«, versicherte Jerwant.

»Dummkopf!«, schalt ihn Marussia.

Sie gingen in den Garten. Dort setzte Jerwant ihm seinen Plan auseinander: »Morgen nehmen wir einen Wagen. Ich setze dich zwischen uns und fahre dich zum Bahnhof von Eriwan. Und dort wird Marussia schon Mittel und Wege finden. Du kannst dich auf sie verlassen; du kommst ganz bestimmt in den Zug. Und jetzt iss noch einmal die guten Früchte von Igdir, denn in Tiflis wirst du nicht so gute bekommen.«

»Dummkopf!«, rief Marussia noch einmal. »Was Früchte betrifft, so hat Tiflis in der ganzen Welt nicht seinesgleichen!«

Wahram schlenderte durch den Garten. Er wusste, dass er die beiden jetzt allein lassen sollte. Diesmal verzichtete er auch darauf, sie zu beobachten. Er legte sich zwischen die Weinstöcke und richtete seine Blicke auf den Berg Ararat. Seine schwarzblauen Felsen verliehen der blendenden Weiße des Schnees etwas Unwirkliches. Die Spiele der Sonne mit diesem ungeheuren Riesen schienen dem Reich des Übernatürlichen anzugehören. Träumte er? Würde der Berg jetzt verschwinden, ohne eine Spur zu hinterlassen, wie es in den Legenden erzählt wurde? Und wo war die Arche Noah verborgen? Unter dieser riesigen Schneedecke? Wie hatte Noah aus solcher Höhe herabsteigen können?

Jetzt vernahm Wahram mehrere Male hintereinander ein sehr energisches »Nein!«. Er rührte sich nicht, und man rief ihn auch nicht. Dann aber kam ein sehr lautes und entschiedenes »Nein«, und im selben Augenblick schien es ihm, als klatsche eine Ohrfeige. Diesmal hörte er auch seinen Namen.

Die »Nein!« kamen immer aus Marussias Mund. Warum?

Als Wahram näher kam, bemerkte er, dass die beiden jungen Leute hochrote Wangen hatten. Aber ihr Gesichtsausdruck war so weich und zärtlich, dass er eine innige Zuneigung für sie empfand.

Als Wahram den Seinen verkündete, dass er am nächsten Nachmittag abreisen werde, wurde seine Nachricht fast mit Bestürzung aufgenommen. Aghawni und Araxi beeilten sich, den Rucksack zu packen, den er mitnehmen sollte. Dann bemächtigten sie sich seiner Jacke und seiner Hose, um sie zu reinigen und zu flicken. Endlich war Wahram mit Sirarpi allein im Garten. Die Sonne versteckte sich hinter dem Berg Ararat. Der Schnee und der Himmel dort oben waren so innig miteinander verschmolzen, dass man kaum sagen konnte, wo die Grenze zwischen beiden lag. Noch höher, in einem türkisblauen Stück Himmel, schwammen einige leichte Wolkenflocken. Auf der entgegengesetzten Seite verdunkelte sich der Horizont zu Ultramarinblau. Sirarpi setzte sich neben Wahram unter den Nussbaum, den größten Baum des Gartens, und sagte kein Wort.

Wahrscheinlich geht es ihr ebenso wie mir, dachte er. Sie ist inner-

lich wie erstarrt. Er nahm ihre Hand und legte sie auf seine Wange.
»Ich freue mich gar nicht, dass ich fortfahre«, murmelte er.

»Und was soll ich erst sagen!«, rief Sirarpi heftig. Tränen stürzten aus ihren Augen, sie zog ihre Hand zurück. »Ich habe Angst, Wahram. Ich habe Angst, dass ich dich nie so wiederfinden werde, wie du jetzt bist.«

»Ihr kommt doch auch alle bald nach Tiflis.«

»Ich kann nicht immer bei euch bleiben.«

»Aber doch! Warum nicht?«

»Nein, Wahram, das fühle ich.« Bei diesen Worten legte sie ihre Hand auf Wahrams Ohr. Die Geste war wie ein klingender Ton, der sie beide vereinigte.

»Ich schwöre dir bei der grünen Sonne meines Lebens, Sirarpi, dass du immer bei uns und mit mir zusammenbleiben wirst.«

»Wir wollen uns jetzt Lebewohl sagen, Wahram. Morgen werden wir es nicht können. Nimm mich in die Arme, drück mich ganz fest an deine Brust und ... und ...«

Wahram nahm sie in die Arme. Aber sein Herz klopfte zum Zerspringen. Dieses dumme Herz! Nie ließ es sich befehlen!

Sirarpi war es, die ihn zuerst küsste. Ihre Lippen brannten, aber sie hinterließen nicht jenes feuchte Gefühl, das Wahram so unangenehm war. Trotzdem hielt er sie von sich ab und sah sie lange mit feuchten Augen an. Dann, als verwirkliche er einen Traum, küsste er sie ganz langsam und sanft auf ihre halb geschlossenen Lider. Schon immer hatte er diese Augen geliebt. Der salzige Geschmack dieser Küsse erinnerte ihn an den unvergesslichen Van-See.

Wahram saß im Wagen zwischen Jerwant und Marussia, die so lustig schwatzten wie die Vögel bei Sonnenaufgang. Er hatte ein Gefühl, als stünde er ganz allein einer Welt gegenüber, deren Absichten ihm unbekannt waren. Plötzlich sagte Jerwant in ernstem Ton zu ihm: »Wahram, du kleiner Seminarist, willst du den Priester spielen, noch bevor wir zur Kirche gehen?«

Erstaunt riss Wahram die Augen auf.

»Ja«, fiel Marussia ein, »dank dir sind wir jetzt verlobt. Willst du unsere Hände zusammenlegen? Du sollst unser Kawor Agha sein.«

Bei diesen Worten stiegen die Erinnerungen in Wahram auf – Erinnerungen an die Hochzeiten, die er in Van mitgefeiert hatte. Und mit einer gewissen Wehmut legte er die Hände der beiden jungen Leute ineinander. Darauf küssten Jerwant und Marussia ihn, und dann küssten sie einander dreimal auf den Mund.

»Wenn wir in Tiflis heiraten, laden wir dich als unseren Kawor Agha ein. Willst du kommen?«

»Ich komme gern«, versicherte Wahram.

Und nun waren sie auf der Brücke, die über den heiligen Fluss der Armenier, die »Mutter Araxe«, führte, jenen Fluss, der seit vielen Jahrhunderten der Bote von Tränen, Freude und Blut gewesen war, der Ernährer der Platanen von Wahakn, der Gott des Mutes und des Lebens.

Die Mutter Araxe! Zur Rechten erhob sich der ungeheure, der erdrückende Ararat, diese diamantenbesetzte Mitra, um die der heilige Fluss sich wand. Auf der gekräuselten Oberfläche des Wassers blitzten zahllose Lichter auf, die ohne Unterlass weiterzogen, ohne doch ganz zu verschwinden.

Jetzt müsste man dort ans Ufer hinabsteigen, dachte Wahram. Man müsste seine Hand in die Fluten tauchen, die weiterfließen zu den Ruinen der alten Königsstädte: Armawir und Ardaschad, Dwin und Wagharschabad, und schließlich Etschmiadsin, das der Erleuchter erbaute und in dem seit siebzehn Jahrhunderten der Katholikos aller Armenier seinen Sitz hat … Und laut ertönte das alte Lied von der Mutter Araxe in Wahrams Herzen:

»An den Ufern der Mutter Araxe
Irr ich seit Langem,
Such in den flüchtigen Wogen
Die Zeit, die vergangen …«

Aber nun rollte der Wagen schon über die breite, feste Brücke und ließ das spiegelnde Wasser, den Berg Ararat und die Sonne hinter sich. Sie hielten am anderen Ufer. Niemals sollte Wahram den Berg und den heiligen Fluss wiedersehen.

Zwei Männer in schwarzen Uniformen, große, Furcht einflößende Mützen auf dem Kopf, Säbel und Revolver an der Seite, näherten sich ihnen. Marussia beglückte sie mit ihrem schönsten Lächeln und begann eine Unterhaltung. Es hatte den Anschein, als amüsierten sie sich ungeheuer. Sie warfen spöttische Blicke auf Jerwant, der ebenfalls lächelte. Schließlich durften die drei passieren.

»Wir haben ihnen gesagt, dass wir verlobt sind und mit dir als unserem Schutzengel unseren ersten Ausflug machen wollen. Das hat ihnen solchen Spaß gemacht, dass sie gar nicht nach unseren Papieren gefragt haben.«

Am Bahnhof jedoch wurden Fahrkarten nur gegen Vorzeigen des Personalausweises ausgehändigt. Der Zug ging bald ab und würde am nächsten Morgen um sieben Uhr in Tiflis sein.

Jerwant bedachte die Menschen, die diesem netten Jungen, der ins Seminar wollte, das Leben schwer machten, mit einem Hagel von Flüchen. »Dann steigst du eben ohne Fahrkarte ein«, entschied er. »Mach dir nur keine Sorgen, du fährst! Es sind so viele Reisende da, dass du dich gut verstecken kannst. Und falls wir jetzt noch Bekannte treffen, geht alles ganz einfach.«

In diesem Augenblick bemerkte Wahram riesige grüne Kisten mit Türen und Fenstern, die auf Rädern standen. Die Räder wiederum standen auf glänzenden eisernen Stangen, die sich bis zum Horizont erstreckten. Ungeheuer mit blinden Augen, metallischen Büffeln ähnlich, spien Feuer und Dampf aus. Wahram erschauerte vor Bewunderung. Das also war die Eisenbahn, von der er schon so viel gehört hatte und deren Bilder längst nicht so erschreckend waren wie diese Wirklichkeit und die Männer mit den schwarzen Gesichtern, die sich daran zu schaffen machten.

Marussia sprach mit einer Frau, die umringt von einer riesigen Kinderschar und einer Unmenge von Ballen und Körben dastand. Jetzt zeigte sie auf Wahram. »Hör zu«, sagte sie und riss Wahram aus seinem selbstvergessenen Staunen. »Diese Frau hier fährt nach Tiflis. Setz dich zu ihr und weiche nicht von ihrer Seite.«

Marussia und Jerwant halfen der Frau, ihr Gepäck zu verstauen, wählten für Wahram einen Ecksitz aus, der weit von der Tür entfernt war, und stapelten die Gepäckstücke vor ihm auf. Dann nahm die Frau mit ihren Kindern Platz. Von der Tür aus warf Marussia noch einen Blick in den Wagen.

»Du musst den Kopf etwas niedriger halten, Wahram«, sagte sie. »So, jetzt ist es ausgezeichnet. Niemand wird dich sehen. Bleib nur dort in deiner Ecke sitzen und pass gut auf. Viel Glück!« Dann setzten die riesigen Kisten (die Waggons, wie man sagte) sich in Bewegung und rollten mit donnerndem Getöse immer schneller dahin.

Es befanden sich dreiunddreißig Personen in dem Wagen, und der gesamte freie Raum war mit Gepäckstücken vollgestellt. Am Abend bot die Frau Wahram an, mit ihnen zu essen, aber er wollte nicht und rührte sich nicht aus seiner Ecke fort. Und er tat gut daran. Plötzlich erschien der Kontrolleur, verlangte die Fahrkarten und die Personalausweise, zählte die Passagiere, zählte sie noch einmal und ging wieder hinaus. Wahram hatte er nicht gesehen.

In der Nacht hatte Wahram eine ununterbrochene Folge von Träumen. Zuletzt hielt er Sirarpi, die heftig schluchzte, in den Armen.

»Warum weinst du denn? Ich bin doch da!«

»Ich weine nicht um dich, ich weine um Wahram.«

»Aber ich bin doch Wahram!«

Da sah sie ihn an und rief laut: »Nein, du bist nicht Wahram!«

Er öffnete die Augen und vernahm das rasche Keuchen des Zuges, der unaufhörlich sagte: »Du fährst nach Van, du fährst nach Van ...«

Wieder umfing ihn der Schlaf. Nun fand Wahram sich plötzlich auf dem dreihundertjährigen Birnbaum wieder. Er stieg von Ast zu Ast und näherte sich dem Nest der Geier. Aber das Nest war verbrannt, und die Blätter fielen raschelnd herab. Er war allein. Alle waren geflohen, selbst die Geier, und ihn hatten sie zurückgelassen. Bald würde Djevdet kommen. Nein, Wahram wollte ihn nicht hier erwarten! Er würde nach Igdir zurückkehren. Aber wie sollte er allein noch einmal diesen ganzen Weg hinter sich bringen ... Er stöhnte. Nie würde er sich dazu entschließen können.

Und auf einmal ertönte rings um ihn ein lautes Donnern und Dröhnen. Wieder schlug er die Augen auf. Die Lampe leuchtete über der Wagentür, das Hämmern der Räder hielt noch immer an, und etwa ein Dutzend Menschen schnarchten so laut, als knatterten fünfzig Feuer in einem einzigen Ofen.

Endlich nahmen die Fenster eine blassgraue Färbung an. Die bleichen, verzerrten Gesichter begannen, sich zu beleben. Der Kontrolleur erschien, klopfte mit einem metallenen Gegenstand gegen die Scheiben, sammelte die Fahrkarten ein und verschwand wieder.

Jetzt hielt es Wahram nicht mehr in seinem Winkel, zusammengekrümmt und fast erdrückt von den Gepäckmassen. Er stand auf ... und sah dem Kontrolleur ins Gesicht, der noch im Türrahmen stand. Dieser begann, ihn auf Russisch zu befragen. Die Frau antwortete für ihn. Eine heftige Diskussion entspann sich, an der sämtliche Mitreisenden sich beteiligten. Wahram verstand kein Wort. Dabei wandte der Kontrolleur sich mit seinen Fragen immer an ihn, und die anderen antworteten an seiner Stelle!

Nun drehte ein Mann sich zu Wahram um und sagte mit verhaltener Wut auf Armenisch: »Dieser Hund von einem Georgier, der sich nicht einmal vernünftig auf Russisch ausdrücken kann, will, dass du aussteigst. Er behauptet, er hätte von dir keine Fahrkarte bekommen. Und dabei haben wir alle hier im Wagen mit eigenen Augen gesehen, wie er sie dir aus der Hand genommen hat. Aber dieser gemeine Kerl mit seiner betressten Mütze will einfach keine Vernunft annehmen. Wir halten jetzt bald in Nawtluk. Dort brauchst du nur aus dem Bahnhof zu gehen. Die Straßenbahn Nr. 7 hält vor dem Gebäude. Du steigst ein und fährst nach Tiflis. Hast du Geld?«

»Ja. Aber was ist das, eine Straßenbahn?«

Wahram konnte nicht begreifen, was hier geschah. Er fragte sich, warum alle Leute logen, wo sie doch wussten, dass er nie eine Fahrkarte gehabt hatte.

»Eine Straßenbahn ist ein Zug, der aus einem einzigen Wagen besteht«, erklärte der Mann. »Wohin willst du in Tiflis?«

Wahram zeigte ihm die Adresse, die auf Russisch und Armenisch geschrieben war.

»Schön, du kaufst dir eine Fahrkarte, die kostet nicht mehr als fünf Kopeken. Dann zeigst du dem Schaffner diese Adresse. Er wird dir sagen, wo du aussteigen musst.«

Wahram nahm seinen Rucksack, bedankte sich bei der Frau und allen anderen Leuten im Abteil und folgte dem Kontrolleur, der ihn durch ein unentwirrbares Durcheinander von Reisenden und Gepäckstücken bis zur Wagentür führte. Als sie dort angekommen waren, fragte er ihn leise auf Armenisch: »Wie viel Geld hast du?«

»Einen Rubel«, antwortete Wahram verdutzt. »Aber wie kommt es, dass du Armenisch verstehst? Die Leute sagten doch, du wärst Georgier!«

»Ich bin ein Armenier aus Tiflis. Aber es ist besser, wenn du in Nawtluk aussteigst. In Tiflis würden die Beamten dich nach deinem Personalausweis fragen. Du bist Flüchtling, nicht wahr? Das sieht man. Woher stammst du?«

»Aus Van«, erwiderte Wahram, der sich vor Staunen kaum fassen konnte.

»Aha! Die Armenier aus Van sind tapfere Kämpfer!«

Der Zug fuhr langsamer. Wahram sah den streitlustigen Mann auf sich zukommen, der ihn gegen den »Georgier« verteidigt hatte. Dieser sagte ganz leise zu ihm: »Sag nichts! Steig schnell aus und nimm die Straßenbahn!« Jetzt hielt der Zug. Wahram stieg aus. Als er noch einmal zurückblickte, sah er die beiden Männer, die einander gegenüberstanden und sich gegenseitig mit den heftigsten russischen Flüchen bedachten. Er stieg in die Straßenbahn, wagte jedoch nicht, sich zu setzen. Staunend betrachtete er die Menschen. Die Männer trugen schwarze Jacken, die wie Hemden aussahen und in der Taille von einem hellen Metallgürtel zusammengehalten wurden, der aus aneinanderhängenden rautenförmigen Gliedern bestand. Vor ihrem Bauch hing eine Art Kette herab. Die Hosen steckten in Stiefeln. Alle diese Männer hatten lange hängende Schnurrbärte. Das Überraschendste jedoch waren die Hüte: kleine schwarze Filzdeckel, die kaum einen Apfel bedecken konnten. Diese sonderbaren flachen Hüte saßen etwas schräg auf den Schädeln der Männer.

Als Wahram jetzt jedoch einen Blick aus der Straßenbahn warf, geriet er vor Staunen fast außer sich. Die Straßen waren gepflastert und von flachen schwarzen Gehsteigen gesäumt. Auf der Spitze eines Hügels am Horizont erhob sich ein Gebäude, das von einer Art Glockenturm gekrönt war. Wahram bemerkte zwei Wagen: einen, der den Berg hinauffuhr, und einen, der herunterkam. Das war die Drahtseilbahn von Tiflis, die er später noch näher kennenlernen sollte.

Er erreichte das Haus in der Golowinski-Straße, stieg in den ersten Stock und klopfte. Harutiun öffnete ihm die Tür. Er hielt sein Rasiermesser in der Hand, seine Wangen waren mit Seifenschaum bedeckt. »Wahram!«, sagte er verwundert. »Ich hatte dich gar nicht mehr erwartet. Wie hast du das angestellt? Bravo! Oder«, fügte er lächelnd hinzu, »bist du diesmal auch wieder zu Fuß gekommen und hast dich nach dem Polarstern gerichtet!«

Wahram hatte jetzt genug von diesem Polarstern. Er wollte schon aufbrausen, aber dann sah er, dass sein Vater glücklich war und sich keineswegs über ihn lustig machte. »Ich bin mit dem Zug gekommen, Väterchen«, sagte er, »aber ohne Fahrkarte. Weißt du, alle Menschen, die mit der Eisenbahn fahren, sind Lügner.«

»Wieso? Haben sie dich betrogen?«

Wahram erzählte sein Abenteuer, und Harutiun lachte laut und herzlich. »Das ist alles ganz ausgezeichnet«, erklärte er. »Aber du musst noch frühstücken, bevor du zum Examen gehst.« Plötzlich aber warf er einen langen prüfenden Blick auf seinen Sohn, als sähe er ihn zum ersten Mal. »Ich frage mich ...«, begann er. »Ich frage mich, warum ausgerechnet dir immer so unwahrscheinliche Dinge zustoßen ... Ich habe nie einen Menschen gesehen, der so viele Geschichten zu erzählen hat wie du. Man müsste dich unsichtbar machen können, Wahram.«

Und damit verließ er das Zimmer.

Wahram schaute sich um. Nein, das war nicht möglich! Die Wände des Zimmers waren mit Papier bedeckt, und auf diesem Papier sah er schöne gelbe Blumen, die von grünen Blättern umgeben waren. Das mit goldenen Kugeln geschmückte Bett ruhte auf vier eisernen Füßen, und von der Decke hing eine Glaskugel herab.

Jetzt kam Harutiun mit frisch rasierten Wangen zurück. Und Wahram entdeckte in einem großen Spiegel sein eigenes gelbes und knochiges Gesicht mit den riesengroßen Augen, seine zerzausten Locken und seine fürchterlich zerknitterten und verfleckten Kleider.

»Komm jetzt und wasche dich, Wahram«, sagte sein Vater. »Beeile dich.« Er führte ihn in einen kleinen Raum. Dort war eine Art weißer Trog an der Wand angebracht, der unten in der Mitte ein Loch hatte und über dem ein mit einem Schlüssel versehener Haken hing. Es lagen Handtücher da, ein Stück Seife, aber ...

»Väterchen«, sagte Wahram, »hier ist kein Wasser.«

Harutiun drehte an dem Gegenstand, den Wahram für einen Schlüssel gehalten hatte, und sofort floss Wasser heraus.

Nein, so etwas!

»Das ist noch nicht alles«, sagte Harutiun belustigt. »Komm her und drehe einmal den Knopf hier an der Wand herum.«

Wahram drehte an dem Knopf, und plötzlich wurde die weiße Kugel an der Decke hell.

»Siehst du, das ist die Elektrizität. Wir sind hier in Europa.«

»Tiflis liegt nicht in Europa.«

»Ja, aber hier ist alles genau wie dort. Das Wasser läuft von selbst aus der Wand, und das Licht leuchtet von selbst auf.«

Staunend machte Wahram sich fertig. Das war zu viel auf einmal für seinen müden Kopf. Was für Neuigkeiten, welche Welt der Wunder! Er schloss die Augen, und plötzlich stieg ein fernes Bild in ihm auf: das frische, kristallklare Wasser im Schatten der Weiden. Und darüber die

Sonne in ihrer unendlichen Helle. Hier hingegen gab es keine Quelle, sondern stattdessen diesen sonderbaren Wasserschlüssel und eine leuchtende Kugel, die die Sonne ersetzen sollte! Sekundenlang war er von Sehnsucht erfasst.

Aber nun forderte Harutiun ihn auf, ihm zu folgen, und schon gewann die Neugier wieder die Oberhand. Da war die georgische Teestube, die Form und der Geschmack des Brotes, die Menschen und ihre Art, sich zu benehmen, die schwarzen Grardawois genannten zaristischen Gendarmen, die Straßen, die ganz aus Stein gemacht waren, die Menge, die sich auf den Gehsteigen drängte, die Wagen und die Automobile. Wahram schaute um sich, und alles war ihm neu und unbekannt.

Die Klassenbänke im Seminar versetzten ihn wieder in eine wirklichere Welt. Mehrere Lehrer prüften ihn und befragten ihn auch über Van und die Flucht.

Diesmal hütete er sich, die Geschichte vom Polarstern zu erzählen. Er war misstrauisch geworden. Wenn er von seinen Abenteuern sprach, hatte er immer das Gefühl, als lüge er, denn er konnte doch nicht ganz genau schildern, wie es gewesen war. Jedes Mal, wenn er von der Flucht berichtete, schien etwas Unschätzbares, etwas, das ganz allein ihm gehörte, in Stücke zu zerbrechen.

Der letzte Prüfer, ein Geschichtslehrer, forderte ihn auf, ihm alles, was er über Tigran den Großen wusste, zu erzählen. Aber bald unterbrach er ihn. »Du weißt mehr über ihn, als nötig ist. Wie kommt das?«

»Mein Onkel heißt Tigran.«

»Ach, so ist das«, sagte der Lehrer. »Nun gut, dann erzähle mir jetzt von Arschak II.«

Aber nach kurzer Zeit unterbrach er ihn wieder. »Hast du etwa auch einen Onkel, der Arschak heißt?«

»Nein.«

Der Lehrer lächelte und führte ihn zu seinem Vater zurück. »Wir werden ihn in die zweite Klasse aufnehmen. Wenn Sie Wert darauf legen, kann er auch in die dritte Klasse kommen. Aber wir halten es für richtiger, ihm nicht zusätzliche Anstrengungen aufzubürden. Er muss sich erst einmal an die neue Umgebung gewöhnen und eine neue Sprache erlernen.«

»Ich überlasse das Ihrer Entscheidung«, erwiderte Harutiun. »Ich bin überzeugt, dass Sie es am besten beurteilen können.«

»Er wird den anderen Schülern zwar voraus sein, aber es erscheint mir doch besser, wenn er in die zweite Klasse aufgenommen wird.«

So trat Wahram denn als Schüler der zweiten Klasse in das Nerzissian-Seminar von Tiflis ein. Der Unterricht sollte am nächsten Morgen um acht Uhr beginnen.

Er hatte den Eindruck, als seien seine Augen jetzt zehnmal weiter geöffnet als zuvor, und er könne trotzdem nichts sehen. Immer wieder stieß er auf unbekannte Dinge in diesem fremden Land. Das Brot schmeckte wie Holz, der Käse war wässerig, die Butter erschien ihm ranzig, und das Wasser war schwer, lauwarm und klebrig und schmeckte nach Schlamm und Pilzen. Es glitt nicht, leicht wie Quecksilber, durch den Mund und die Kehle. Auch die Luft kam ihm dichter vor als in Van. Was Wahram jedoch am meisten in Erstaunen setzte, war dieser breite Fluss, die Kura, die, wenn man sie von dem hohen Metallbau der Muhranski-Brücke aus betrachtete, starr und reglos auf dem Grunde ihres Bettes zu ruhen schien, außerstande, ihre Wasser, diese gelbliche Flüssigkeit, die von keiner Welle gekräuselt war, auf der kein Reflex aufglänzte, weiterzubewegen. Als Wahram aus dem Seminar kam, blieb er völlig versunken auf der Brücke stehen und konnte sich von diesem Schauspiel gar nicht losreißen.

Aber noch mehr als alles andere setzte ihn die Art in Erstaunen, wie die Armenier in Tiflis und seine Klassenkameraden sprachen. Sie hatten nicht nur eine ganz andere Aussprache, sondern sie gebrauchten auch eine Fülle unbekannter Wörter, die Wahram ihre Sprache fast unverständlich machten. Und dabei ließen gerade sein westliches Armenisch und seine Art, sich zu kleiden, ihn zur Zielscheibe ihrer spöttischen Bemerkungen werden. Alle Schüler des Seminars trugen eine Art Uniform: eine Jacke mit hohem Kragen, die rechts auf der Brust geknöpft und durch einen breiten schwarzen Ledergürtel zusammengehalten wurde, auf dessen Metallschnalle die verschlungenen Buchstaben N. H. D. eingraviert waren. Wahram hingegen trug eine geflickte, ausgewaschene Jacke und eine uralte Hose. Er wirkte damit wie ein einfacher Zivilist, der unter eine Schar Soldaten geraten ist.

Zunächst waren die Anzüglichkeiten der anderen ohne jede Bosheit, denn Wahram sprach so wenig wie möglich. Er begnügte sich damit, zuzuhören und zu beobachten. Aber dann fiel in einer Unterrichtsstunde das Wort »Konzept«. Der Lehrer forderte nacheinander mehrere Schüler auf, es an die Tafel zu schreiben, doch keiner konnte es richtig buchstabieren. Nur Wahram schrieb das Wort ohne zu zögern, fehlerlos hin.

»Jaja«, erklärte der Lehrer, »immer sind es die Leute aus Van, die unsere Ehre retten müssen.« Und dann fügte er hinzu: »Wahram, könntest du wohl einen Satz mit diesem Wort bilden?«

»Hinsichtlich der Orthografie entspricht das Konzept der Armenier aus Tiflis nicht dem der Armenier aus Van«, sagte Wahram belustigt.

Der Lehrer lachte, klatschte in die Hände und schickte Wahram auf seinen Platz zurück.

In der Pause jedoch erhielt das Wort eine unerwartete Bedeutung. Wahram bekam den Spitznamen »Konzept«. Und als der Tag um war, verfluchte er alle Konzepte der Welt.

Dann wurden eines Morgens sechs weitere Jungen aus Van in die Klasse aufgenommen. Ihre Kleidung, ihr Verhalten und ihre Sprache riefen bei den Jungen aus Tiflis eine dumpfe Feindseligkeit hervor. Wahram wich allen Bosheiten und Streitereien aus, da ihn Tag und Nacht ein tiefer Kummer plagte.

Unablässig hoffte er auf Nachrichten von Großma. Tigran beharrte, ebenso wie die übrigen Mitglieder der Familie, darauf, in Igdir zu bleiben, um dort weitere Nachforschungen unter den Flüchtlingen und den Soldaten der russischen Armee, die aus dem Gebiet von Van kamen, anstellen zu können. Und einige dieser Abteilungen hatten auch tatsächlich – so wie die, bei der Wahram und Mihtrad Aufnahme gefunden hatten – entgegen ihren Befehlen Kinder, Frauen, Greise und Kranke gerettet.

Aber noch immer enthielten die Briefe aus Igdir keinen Hoffnungsschimmer.

Da die russische Armee Van zurückerobert hatte, dachte Tigran daran, mit einer ihrer Abteilungen nach Bergri und Van zu gehen. Er wollte nichts unversucht lassen, um irgendeine Spur oder einen Hinweis über die Gründe von Großmas Verschwinden aufzufinden. Eines Tages teilte er mit, dass er nunmehr aufbrechen werde.

»Väterchen, ich möchte mit ihm gehen«, bat Wahram.

»Deine Gefühle sind sehr lobenswert«, sagte Harutiun, »aber du wirst auch nicht mehr ausrichten können als dein Onkel. Du siehst, ich selbst bleibe auch hier, obgleich ich Tigran bestimmt ebenso gern begleiten möchte wie du. Aber du hast ja selbst gehört, dass wir alles verloren haben. Unser Haus ist niedergebrannt. Wir müssen arbeiten, um unser Brot zu verdienen, und lernen, uns dem hiesigen Leben anzupassen. Es wird für deine Mutter und uns alle sehr hart sein, keinen eigenen Garten, keine eigenen Früchte und keine eigenen Kühe mehr zu haben, vor allem aber, fern von Van leben zu müssen.«

»Aber ich kann nicht hierbleiben, ohne etwas zu tun ...«

»Ohne etwas zu tun? Was soll das heißen? Du bist von uns allen der Einzige, der eine genau umrissene Aufgabe hat. Ich selbst muss mich für den Augenblick mit einer Hoffnung begnügen: der Hoffnung, eine Goldschmiedewerkstatt aufzumachen, wenn ich ein kleines Kapital zusammenbekommen kann. Einen geeigneten Raum habe ich schon gefunden. Wenn du willst, kannst du morgen mit mir hingehen und ihn ansehen.«

»Und wann kommen die anderen nach?«

»Bald, hoffe ich; sobald Hrant wieder ganz hergestellt ist. Im Stadtteil Hawlabar kann ich ein großes Zimmer mit einer Küche bekommen, das wollen wir uns morgen auch ansehen. Und nun hör mir einmal gut zu, Wahram ...«

Die Stimme seines Vaters klang so ernst, dass Wahram erschrak. Er fühlte, dass er jetzt etwas noch Schlimmeres erfahren sollte als alles, was er bisher erlebt hatte.

»Dein Onkel Tigran ist als Freiwilliger in die russische Armee eingetreten, da es ihm unmöglich war, nach Frankreich zu gelangen und sich dort als Freiwilliger zu melden. Wann wird er wiederkommen? Werden wir ihn überhaupt je wiedersehen? Deine anderen Onkel, meine Brüder Mempre, Seth und Wahram, sind vermutlich verschollen. Somit sind also von den siebenundvierzig Mitgliedern unserer Familie, die den Namen des Smaragdritters tragen, wahrscheinlich nur sechs dem Tode entgangen ...« Harutiun legte eine Hand auf Wahrams Schulter, als suche er nach einer Stütze. »Aber das ist noch nicht alles, mein Sohn. Vor fünf Monaten, im vergangenen April, als unsere Provinz gegen die Türken kämpfte, ist die Elite der Armenier von Konstantinopel deportiert und umgebracht worden ...«

»Väterchen«, rief Wahram, »ich will mich auch als Freiwilliger melden!«

»Hör mich bis zu Ende an, Wahram, und rede keinen Unsinn. Das ist immer noch nicht alles. Auch die Bevölkerung von sechs weiteren armenischen Provinzen der Türkei wurde deportiert und umgebracht.«

Wahram schaute entsetzt zu seinem Vater auf. Dieser fuhr fort: »Jahrelang haben die Jungtürken sorgfältig alles vorbereitet, um ihr ›alltürkisches Reich‹ zu verwirklichen. In unserem alten Wasburagan begannen sie mit der Durchführung ihrer verbrecherischen Pläne. Wir haben uns zur Wehr gesetzt, und unser siegreicher Widerstand hat die türkische Front auseinandergesprengt und verhindert, dass die Armeen Khalils bis nach Baku vorrückten und das dortige Petroleum der deutschen Industrie auslieferten.«

»Aber Väterchen, das ist doch wunderbar!«

»Gewiss, nur wird kein Mensch es uns danken. Und die Jungtürken haben aus den Ereignissen von Van nicht etwa eine Lehre gezogen, sondern ihre Absichten auch noch in den sechs anderen Provinzen in die Tat umgesetzt.«

»Und warum haben die Leute dort nicht Widerstand geleistet wie wir?«

»Weil niemand glaubte, dass es sich um einen vorbedachten Plan handelte. Wer hätte es für möglich gehalten, dass mitten im 20. Jahrhundert unter dem Motto ›Freiheit, Gleichheit, Brüderlichkeit‹ derartige Verbrechen begangen werden könnten? Du darfst nicht glauben, die anderen Provinzen hätten sich nicht verteidigt. Aber wir wissen inzwischen, dass es sich überall nur um einen improvisierten und wirkungslosen Widerstand gehandelt hat.«

»Woher weißt du das, Väterchen?«

»Jeden Tag kommen Flüchtlinge nach Russland und berichten von den Schrecknissen, die seit fünf Monaten in der Türkei im Gange sind. Hunderttausende sind zu Märtyrern geworden wie Großma, Sebuh und Anahide.«

»Anahide ist tot?«

»Ja, sie ist in Bergri gestorben. Als sie keine Patronen mehr hatte, zückte sie den Dolch Selim Beys und verteidigte sich damit gegen die Kurden, und als man sie umringte und gefangen nehmen wollte, stürzte sie sich in den Bendi Mahu …«

»Väterchen, warum soll ich meine Zeit im Seminar verlieren? Ich gehe mit Onkel Tigran!«

»Im Gegenteil, mein Sohn, du bist die Hoffnung unseres Hauses. Du musst dich ganz deinem Studium widmen und möglichst viel lernen, denn Wissen verleiht Macht. Du und die anderen Vertreter unserer leidenschaftlichen Jugend, ihr seid dazu berufen, die Herrschaft der Gerechtigkeit heraufzuführen.«

»Aber Väterchen, ich mag mich nicht mit diesem langweiligen Kram beschäftigen, den man uns in der Schule beibringt!«

»Wenn unsere Generation die Möglichkeit gehabt hätte, sich wirklich gründlich zu bilden, so wie dies in Frankreich üblich ist, wären wir vielleicht für einen Sieg gerüstet gewesen.«

»Aber warum gehen wir nicht wieder nach Van? Die Russen haben es doch zurückerobert.«

»Die Russen wünschen das nicht. Sie wollen dort Kosaken ansiedeln.«

»Und warum tut ihr nichts dagegen, Väterchen?«

»Weil wir nicht die nötige Macht haben.«

»Es zählt also nur die Gewalt?«

»Ja, leider, mein Kleiner.«

»Und Gott? Und die Gerechtigkeit?«

»Hier auf Erden muss man Macht besitzen, um Gott zu helfen.«

Nach diesem Gespräch mit seinem Vater blieb Wahram benommen zurück. Ihm war, als sende er von den Grenzen seines Bewusstseins Rufe aus, die ohne Antwort blieben.

Während der Freistunden im Seminar pflegte Herr Simak, der die Oberaufsicht führte, seinen Schülern etwas vorzulesen. Er hatte dazu Spartakus ausgewählt. Noch nie hatte Wahram einen Menschen erlebt, der so gut vorlas. Jedes Wort tönte wie eine Glocke, und der Inhalt des Buches prägte sich dem Gedächtnis mühelos ein. Wahram, der daran gewöhnt war, von Königen, Oberfeldherren, Fürsten, Herzogen und Rittern zu träumen, wunderte sich, welches Interesse er für die Geschichte dieser Erniedrigten und Unterdrückten empfand, deren Schicksal dem seinen glich. Er liebte Rom und das römische Imperium nicht, und er hatte zwei Gründe dafür. Einmal hatte er eine heftige Abneigung gegen Pontius Pilatus, und zum anderen war er empört darüber, dass Rom und nach ihm Byzanz in ihrer Verblendung das armenische Königreich zerstört und damit der türkischen Invasion Tür und Tor geöffnet hatten. Byzanz hatte so »den Ast abgesägt, auf dem es saß«, und die türkische Welle hatte sich erst vor Wien gestaut … Trotzdem konnten Spartakus und Oktoman Wahrams Sympathie nicht gewinnen. Ihre Lage war der seinen allzu ähnlich.

Als das Vorlesen beendet war, hob Wahram die Hand. »Was soll man von diesem Buch halten?«, fragte er. »Ich begreife nicht, was es sagen will. Was hätte Spartakus getan, wenn er gesiegt hätte? Er besaß nicht den Geist der Ritterschaft, und wenn er auch intelligent war, die Leute, die er anführte, waren es nicht. Sie hätten, wie die Türken, alles zerstört. Also ...«

Herr Simak sah Wahram einen Augenblick nachdenklich an. »Ich verstehe dich«, sagte er. »Aber dieses Buch will nur einen einzigen Gedanken zum Ausdruck bringen. Versucht, ihn zu erraten. Ich stelle diese Frage an die ganze Klasse.«

Von allen Seiten kamen die Antworten:

»Die Sklaven hätten Rom zerstört.«

»Sie wären endlich frei gewesen.«

»Sie hätten sich satt essen können.«

»Wichtig ist nicht, was geschehen wäre, wenn die Sklaven gesiegt hätten, oder was geschehen ist, weil sie besiegt wurden«, erklärte Herr Simak. »Wichtig ist nur der Gedanke; den der Verfasser deutlich machen will.«

Jetzt ging in Wahrams Kopf ein Licht an. Er erinnerte sich:

»Die Türken sind Menschen wie wir. Aber sie sind nicht imstande, das zu verstehen ... ›Du sollst deinen Nächsten lieben‹, lautet unser Gebot. Das aber bedeutet, dass alle Menschen gleich sind und dass jeder in den anderen sich selbst achten soll. Nichts darf diese Achtung zunichtemachen.«

Nachdem Wahram die Worte Großmas wiederholt hatte, war ihm, als sei er plötzlich aus seiner Umgebung entrückt. Er befand sich wieder unterhalb der Festung von Bergri, und der Mond warf seinen Schein auf das Silberhaar Großmas, die zum letzten Mal mit ihm sprach.

»Das ist ausgezeichnet«, hörte er plötzlich. »Wer hat dich das gelehrt?«

»Meine Großma.«

»Wo ist sie?«

»Das weiß niemand.«

»Verschollen?«

»Ja, während der Flucht.«

»Nun, genau diesen Gedanken will unser Buch herausstellen. Wenn die Römer die Menschenwürde geachtet hätten, so hätten sie keine Sklaven gehalten, und es wäre also auch nicht zu diesen Aufständen gekommen.«

»Aber Herr Simak, heute gibt es doch keine Sklaven mehr.«

»Du irrst dich«, erwiderte der Lehrer. »Leider ist in der Welt von heute die Schar der Sklaven zahlreicher denn je. Ihr alle wisst, wie die Türken die Armenier in der Türkei behandelt haben und wie ...« Herr Simak stockte und fuhr dann fort: »Wenn eure Eltern euch ein Buch schenken wollen, dann wünscht euch dieses hier und lest es aufmerksam. Je älter ihr werdet, umso besser werdet ihr es verstehen.«

Die Schulglocke läutete zur Pause. Die sieben Schüler aus Van versammelten sich wie gewöhnlich in einer Ecke des Hofes. Oft standen sie dort schweigend herum; zuweilen sprachen sie auch miteinander von Van und von der Flucht. Doch an diesem Tag bildeten fast alle Schüler der Klasse, denen sich noch eine große Anzahl von Jungen aus anderen Klassen zugesellte, einen feindseligen Kreis um sie.

»Könnt ihr euch denn nicht anständig anziehen?«, fragte einer.

»Das sind Kurden. Sie wissen nicht, wie man sich anzieht«, erklärte ein anderer.

»He, Krros, Krros, Krros!«

»Seid ihr etwa hergekommen, um uns Lehren zu erteilen?«

»Ihr stinkt wie verendete Hunde!«

»Und gelb seid ihr wie die Toten!«

»Krros, Krros, Krros!«

Sie vollführten einen großen Lärm. Wahram spürte, dass seine sechs Kameraden ebenso wie er vor Wut schäumten. Jeden Augenblick konnte eine Schlägerei losgehen. »Wenn sie uns angreifen, lehnt euch mit dem Rücken an die Mauer«, sagte er zu den anderen. »Und dann verteidigt euch mit Händen und Füßen und nehmt auch den Kopf zu Hilfe.«

Plötzlich jedoch trat ein Schüler aus einer höheren Klasse unter diese entfesselte Meute. »Ruhe!«, gebot er energisch. Alle verstummten. »Schämt ihr euch nicht?«, fuhr er fort. »Diese Jungen sind Armenier aus Van. Das wisst ihr doch. Oder?«

»J-j-j-a.«

»Aber offenbar wisst ihr nicht, was Van ist. Das ist eine heldenhafte Stadt, die die Türken besiegt hat. Jeder Armenier sollte vor den Leuten aus Van niederknien, denn sie haben unsere Ehre gerettet. Und was tut ihr? Anstatt diese Jungen als eure unglücklichen Brüder bei euch aufzunehmen, anstatt daran zu denken, dass sie alles verloren haben und dass sie kein Geld haben, um sich Anzüge zu kaufen, quält ihr sie mit eurem Spott. Seht ihr denn nicht, dass sie die armenische Sprache besser beherrschen als ihr? Habt ihr denn kein Herz und keine Ehre? Ich weiß ja, ihr wolltet euch nur einen Spaß machen. Aber man spielt nicht mit dem Leben seiner Mitmenschen. Habt ihr mich verstanden?«

»Ja«, erwiderten einige. Sie waren verwirrt und fühlten sich sichtlich unbehaglich.

»Also dann seid jetzt vernünftig und lasst sie in Ruhe. Bevor ihr auseinandergeht, ruft alle: ›Hoch die Armenier aus Van!‹«

Sie schrien es zweimal, dreimal, immer wieder, bis schließlich der große Junge, den die Vorsehung gesandt zu haben schien und von dessen Lippen während seiner ganzen Rede das Lächeln nicht gewichen war, ihnen ein Zeichen machte, auseinanderzugehen.

»Danke!«, sagte Wahram erstaunt und begeistert. »Von ganzem Herzen Dank in unser aller Namen! Ohne dich hätten wir uns mit ihnen schlagen müssen.«

»Bist du aus Van selbst?«

»Ja.«

»Die anderen sind nicht bösartig. Sie langweilen sich nur. Sie haben nicht erlebt, was ihr erlebt habt. Macht euch nichts draus; das geht vorüber.«

Jetzt betrachtete Wahram den großen Jungen etwas näher, denn die Uniform der Schüler zeigte die Stellung ihrer Familie an. Die Reichen trugen schwarze Uniformen, die etwas weniger Bemittelten dunkelgraue und die Armen hellgraue. Der Verteidiger der Flüchtlinge war hellgrau gekleidet. Seine Jacke hing lose um den mageren Körper. Er hatte ein blasses, kantiges Gesicht, tiefe, durchdringende Augen, ein leichtes, aber beständiges Lächeln und einen von Natur aus liebenswürdigen Gesichtsausdruck. Seine dunkelbraunen, wirren Haare ließen seinen Kopf noch länger und schmäler erscheinen.

»Danke, danke«, riefen jetzt auch Wahrams Kameraden.

Er begann zu lachen. »Keine Ursache. Die ganze Geschichte ist eher komisch. Interessiert ihr euch für Naturgeschichte?«

»Aber gewiss. Zu Hause hatten wir alle große Gärten.«

»Ich bin Vorsitzender der naturwissenschaftlichen Gruppe des Seminars. Wir haben ein großes Laboratorium mit einem Mikroskop und allerlei Instrumenten, und wir haben auch Mikroben- und Protozoenkulturen und Sammlungen von Schmetterlingen, Käfern und Pflanzen. Wollt ihr in meine Gruppe kommen und mir helfen? Ich heiße Anastas Mikojan.«

Die sieben Jungen aus Van stimmten begeistert zu.

»Wenn ihr wollt, könnt ihr auch während der Pausen ins Laboratorium kommen«, schloss Mikojan. »Wir arbeiten vor allem an den Samstag- und Mittwochnachmittagen nach dem Unterricht.«

Wieder lag die Angst wie ein schwerer Druck auf der Welt. Himmel und Erde, ein eintöniges Grau, gingen ineinander über … Die viereckigen Häuser von Van, die geschwärzten Weinstöcke und Blättermassen verbrannten ohne Flammen und ohne Rauch.

Wahram musste fliehen.

Aber welcher Zauber hatte bewirkt, dass er wieder einmal allein war? Warum hatten ihn alle verlassen? Er konnte sich an nichts erinnern. Er verspürte nichts als Angst.

Er fasste einen Entschluss. Es galt, zu sterben und sich zum Himmel aufzuschwingen.

Plötzlich waren seine irdischen Fesseln gesprengt, und leicht wie ein Hauch schwebte Wahram dahin. Er kreiste im Raum und wusste nichts von Licht und Finsternis. Nichts, woran das Auge sich festhalten konnte, weder Himmel noch Erde noch Stern. Die unsichtbare Geschwindigkeit berauschte ihn; Zeit und Entfernungen existierten nicht mehr, aber gleichzeitig wusste er, dass jedes Mal, wenn er mit den Augen blinzelte, Jahre verstrichen. Dann nahm seine Einsamkeit ein Ende. Weit in der Ferne war ein winziger heller Punkt, der allmählich größer wurde, breiter: ein Fluss aus Licht, in dem zahllose Schatten schwammen. Sie wurden an Wahram vorbeigetragen, und er erkannte in ihnen alle die Toten und Verschollenen aus Van.

Eine Wolke, die über der Strömung dahinzog, hielt vor Wahram an. In einen fließenden grünen Schein gehüllt, stand wie ein körperloser Schattenriss ein Ritter aus alten Zeiten vor ihm und hob sein Visier. Endlich konnte Wahram sein Gesicht erblicken … Aber es war ein Gesicht, dessen Züge ständig wechselten. Nacheinander glich es dem von Aram, von Jegarian, von Wramian, Garo, Leo, Ardasches, Anahide … Man hatte den Eindruck, als beschwöre er sie alle herauf – alle zusammen, doch keinen von ihnen im Besonderen. Und diese Gestalten mit den reglosen Gesichtern schwiegen, obgleich ihr Ausdruck laut herauszuschreien schien, was Wahram seit Langem wusste: Sie hatten für eine gerechte Sache gekämpft und darum von vornherein verloren …

Dann verwandelte das Bild des Ritters sich von Neuem, und Wahram stieß einen Freudenschrei aus. In der grünen, von dem funkelnden Smaragd geschmückten Rüstung erkannte er Großmas stilles, schmerzliches Gesicht.

»Bleib bei mir!«, rief Wahram. »Bleib hier, geh nicht mit ihnen! Wo warst du?«

»Dort, wo alle sich wiederfinden, mein Kleiner«, sagte Großma. »Geh du deinen Weg weiter, er wird hart und lang sein. Aber vergiss nie den Smaragdritter!«

Der wunderbare Strom aus Licht, in dem die Schatten schwammen, erreichte bereits die Grenzen der Unendlichkeit. Wahram blieb allein zurück. Er schwebte in der grauen und leeren Weite, während die Wolke mit dem Ritter nur noch ein einziger grüner Punkt in der Ferne war. Welches Schicksal stand Wahram bevor?

Und was war das für ein Donnergrollen? Die unergründlichen Schatten lösten sich in einen flammenden Blitz auf, bildeten sich gleich darauf von Neuem, und jeder Blitz verkörperte Das Wort: »Verlorene Fülle, versagte Freuden, vernichtete Schöpfungen, verstummte Bäche, versiegte Quellen, vertrocknete Gärten, zertretene Blüten, vernichtete Wege, zerfallene Häuser, verschwundene Ortschaften, Städte in Trümmern, hingemordete Jungfrauen, gemarterte Kinder, blutige Massaker ... Hier auf Erden, Herr, Schöpfer des Lebens, welches war unser Platz? ... Welches war unser Platz? ... Welches war ...«

Wahram erwachte im Dunkel, vor Schrecken erstarrt, eingeschlossen zwischen vier Wänden, auf einer fremden Erde, fern der Asche seiner Vorfahren ...

Worterklärungen

Anahide   Anahita, ursprünglich iranische, dann auch armenische Muttergottheit
Armenagan   Die erste geheime nationalistische Partei der Armenier, 1885 in Van gegründet
Arschaluis   Wörtl. »Morgenröte«. »Jungfrau Arschaluis«: die Nonnen wurden in Armenien mit Jungfrau, nicht mit Schwester oder Mutter angeredet.
Assyrer   hier: Bezeichnung für aramäischsprachige Christen, die im Osmanischen Reich lebten. In der Provinz Van gab es etwa 100 000 Assyrer.
Astrik   Liebesgöttin der armenischen Mythologie, mit dem Venusstern gleichgesetzt
Azrael   Todesengel
Baschibuzuk   Osmanische, als undiszipliniert geltende Söldnertruppe, oft gegen unterdrückte Nationalitäten eingesetzt
Dandun   Wörtl. »das Haus des Hauses«. So nannten die Armenier einen sehr großen Raum, der zwei Stockwerke hoch war und in dem sich der Herd befand. Er diente gleichzeitig als Küche und Esszimmer. In ihm spielte sich das tägliche Leben ab, da das eigentliche Speisezimmer, der Salon, nur bei Festlichkeiten benutzt wurde.
Dohnas   Mit Reis und Fleisch gefüllte Weinblätter
Dschennet   Das Paradies, das Jenseits
Dschinn   Die Geisterwelt, meist böse Dämonen des Volksglaubens
Effendi   Herr
Einheit und Fortschritt   Partei der Jungtürken
Hanum   Türk. Anrede: Frau
Hatsch Poran   Wörtl. große Straßenkreuzung
Hay   Ein Ausdruck, mit dem die Armenier sich selbst bezeichnen
Huri   Jungfrauen im Paradies
Janitscharen   Das Janitscharenkorps setzte sich aus Christen, vornehmlich Armeniern, zusammen, die aufgrund eines Gesetzes ihren Eltern weggenommen und in militärischen Bildungsanstalten zur Kriegerkaste erzogen wurden.
Jatagan   Türkisches Krummschwert.

Kadsch Wörtl. »die Verwegenen«.
Kaimakan Türkischer Unterpräfekt
Kalpak Kopfbedeckung türkischer Offiziere
Kanfet Russisches Bonbon, das in Papier mit bunten Bildchen eingewickelt ist
Katholikos Das Haupt der armenischen oder gregorianischen Kirche
Kawor Agha »Herr Gevatter«, Anrede.
Lokman Sagenumwobener Heilkundiger, Figur des Volksglaubens
Madzun Joghurt
Mar-Schimun Patriarch und zugleich der weltliche und geistliche Anführer der Assyrer
Mulazim Oberst (türkisch)
Namehremm Verbot für Frauen, fremden Männern ihr Gesicht zu zeigen
Noraschen Wörtl. das »neue Viertel«
Orhass Schicksal, im Sinne des unausweichlichen Todes
Ori Traubenschnaps, Raki
Parwana-Kleid Parwana bedeutet Nachtfalter. Die Legende erzählt, dass in Liebe entbrannte junge Ritter in Parwanas verwandelt wurden. Sie hielten daraufhin die Flammen für ihre Geliebten und stürzten sich blindlings hinein
Rujas Sklaven (türkisch)
Sussambar Eine Pflanze, deren Blätter, wenn man sie zerreibt, einen durchdringenden Duft ausströmen
Tebk Wörtl. »Zwischenfall«. Bezeichnete zunächst sporadische Massaker. Später im Sinne von »schreckliche Drohung« angewandt
Tscharschaf Weißer, brauner oder schwarzer Ganzkörperschleier
Tscheten Irreguläre Abteilungen der türkischen Armee, die sich aus in den Gefängnissen rekrutierten Verbrechern zusammensetzten
Wali Türkischer Provinzgouverneur
Wosgehad Hatun Frau Goldkorn

Anatolien im Unionsverlag

AYŞE KULIN *Der schmale Pfad*
Die Journalistin Nevra Tuna steckt in einer privaten und beruflichen Krise. Ihre ganze Hoffnung setzt sie auf ein Interview mit der inhaftierten kurdischen Politikerin Zelha Bora, das ihre Karriere retten soll. Doch zwischen den beiden Frauen stehen nur Vorurteile und Vorwürfe. Dann entdecken sie: In ihrer Kindheit waren die beiden engste Freundinnen.

AHMET HAMDI TANPINAR *Seelenfrieden*
Der junge Historiker Mümtaz ist der alten Sultansmetropole geradezu verfallen: ihren Bauwerken, dem Basar voller rätselhafter Dinge, der Poesie, der klassischen Musik. Als er Nuran kennenlernt, erwacht in dieser Liebe einen Sommer lang der Zauber der alten osmanischen Kultur zu neuem Leben. Aber das Glück ist nicht von langer Dauer.

HÜLYA ADAK UND ERIKA GLASSEN (HG.) *Hundert Jahre Türkei*
Zeitzeugen berichten von ihren Erlebnissen und gehen den Fragen nach, die seit je die türkische Gesellschaft umtreiben: sei es der türkische Nationalismus mit all seinen Facetten, der Umgang mit den Nationalitäten, die Stellung der Frau, sei es die Überlegung, wohin die kemalistische Revolution geführt hat. Eine Geschichte der Türkei aus erster Hand.

Mehr über alle Bücher und Autoren auf *www.unionsverlag.com*